THE KINGDOMS OF THORN AND BONE　BOOK 2

THE CHARNEL PRINCE
恐怖王子

荆棘与白骨的王国
THE KINGDOMS OF THORN AND BONE

[卷二]

【美】格里格·凯斯　著
欧凌　朱佳文　译

重庆出版集团　重庆出版社

The Charnel Prince
Copyright © 2004 by J·Gregory Keyes
Simplified Chinese translation copyright © 2014 by Chongqing Publishing House Co., Ltd.
All rights reserved.

版权所有·侵权必究
版贸核渝字(2013)第 234 号

图书在版编目(CIP)数据

恐怖王子/(美)凯斯(Keyes, G.)著;朱佳文,欧凌译. —修订本. —重庆:重庆出版社,2014.1
(荆棘与白骨的王国)
书名原文:The charnel prince
ISBN 978-7-229-07091-5

Ⅰ.①恐… Ⅱ.①凯…②朱…③欧… Ⅲ.①科学幻想小说–美国–现代
Ⅳ.①I712.45

中国版本图书馆 CIP 数据核字(2013)第 244582 号

恐怖王子
KONGBU WANGZI
[美]格里格·凯斯 著 欧凌 朱佳文 译

出版人:罗小卫
出版策划:重庆天健卡通动画文化有限责任公司
责任编辑:邹 禾 肖 飒 唐弋淄
责任校对:杨 婧
封面图案设计:罗 烜
装帧设计:谢颖设计工作室

重庆出版集团 出版
重庆出版社

重庆长江二路 205 号 邮政编码:400016 http://www.cqph.com
重庆出版集团艺术设计有限公司制版
重庆市国丰印务有限责任公司印刷
重庆出版集团图书发行有限公司发行
E-MAIL:fxchu@cqph.com 邮购电话:023-68809452
全国新华书店经销

开本:880mm×1230mm 1/32 印张:15 字数:428 千
2014 年 1 月第 1 版 2014 年 1 月第 1 次印刷
ISBN 978-7-229-07091-5
定价:50.80 元

如有印装质量问题,请向本集团图书发行有限公司调换:023-68706683

版权所有 侵权必究

精彩书评：

"尽管难免会被人和乔治·R.R.马丁的《冰与火之歌》相比，但本书出色的世界架构加上黑暗而充满力度的格调，会让马丁的粉丝同样成为凯斯的拥护者。"

——全球最大售书网站 Amazon.com

这真是一个令人惊叹的故事，从头至尾悬念迭起，妙趣横生。

——泰瑞·布鲁克斯，《纽约时报》畅销作家，奇幻小说《沙拉娜之剑》作者

大师级的睿智使得故事有着一个令人惊艳的开端。而那些简洁扼要的修辞则是作者巧妙设下的陷阱，在不经意中悄悄捕获了那些各具情态的人物性格。

——伊丽莎白·海顿，prophecy 畅销冠军《地之子》作者

凯斯将众多不同的文化，宗教，风俗，语言等元素巧妙地融合在一起，从而浇筑起了这部史诗般的传奇巨著。

——《出版人周刊》

这是一部优秀的幻想小说，有着如恒河沙数般漫长的战争。一段浪漫的伟大爱情，其间那非凡的奇迹感更是让我们深刻感受到了幻想的魅力，是的，它不仅仅拥有着激烈的厮杀，宏伟壮阔的战争，尔虞我诈的政治手腕，同时又充满着令人目眩神迷的奇迹。

——《奇幻科幻小说杂志》

书中的角色洋溢出生命的光彩，凯斯让我从第一页开始便沉醉其中，我热切期待着接下来的每一卷"荆棘与白骨的王国"系列。

——查尔斯·德林，《心之森林》《洋葱女孩》获奖作者

这是一部伟大的史诗奇幻小说，在十页之内便牢牢地俘获了我，我对作者充满了期待。

——《页码杂志》

以传说与历史为主料,用激烈的战斗,沉痛的真爱加以调味,再加上一小勺幽默,凯斯的这盘大菜传承了那些我们最珍视的神话的独特韵味。
——幻想小说评论网(http://www.sfrevu.com)

凯斯每章末尾的惊险片段总是让读者们提心吊胆又无比期待,我已经很多年没有读过如此优秀的系列小说了。

天哪!这家伙怎么能把英语运用得如此出神入化?他处理那些延绵千里的伏笔所运用的绝妙手法,给我留下了深刻印象。
——凯瑟琳·克鲁兹,纽约时报畅销冠军《德尔尼编年史》作者

"一本正统奇幻小说通常要花些时间才能吸引我,可凯斯从第一页起就紧紧抓住了我的心。"
——查尔斯·德·林特

"黑暗的故事,文笔精妙,引人入胜。"
——《守护者》报

"鲜活的人物和远超同类作品的曲折情节。"
——《SFX》杂志

"自乔治·R.R.马丁后最伟大的奇幻系列作品"
——《Time Out》杂志

"深厚的情感,有序的节奏和对那些永恒主题的巧妙安排……为读者们献上了一场思维的盛宴。"
——《出版人周刊》

主要人物：

安妮·戴尔——已故克洛史尼国王的女儿，王位的正统继承人之一，目前流亡中。

尼尔·梅柯文——克洛史尼骑士，御前护卫之一，受王后玛蕊利之命前去寻找安妮·戴尔的下落。

埃斯帕·怀特——前御林看守，受护法赫斯匹罗的命令，前往御林刺杀荆棘王。

斯蒂芬·戴瑞格——得到知识圣者赐福的修道士，拥有常人难及的感官能力和丰富知识。

卡佐·帕秋马迪奥·达·穹瓦提欧——剑士，目前自命为安妮的保护人。

查卡托——卡佐的导师，剑术大师。

玛蕊利·戴尔——克洛史尼的王后，已故国王威廉的配偶，在伊斯冷苦苦维持动荡的政权。

奥丝妲·利斯多特——安妮的贴身侍女，与安妮情同姐妹。

马伽·赫斯匹罗——克洛史尼王国护法，王国教会的领袖。

薇娜·卢夫特——旅店店主之女，埃斯帕的爱人，目前与埃斯帕一起行动。

罗伯特——国王威廉之弟，在谋害威廉后坠入悬崖，奇迹般生还的他在暗地里策划着阴谋。

翡思姐妹——三位身份神秘的女巫，多次用奇特的方法与安妮碰面，声称她命中注定会成为王者。

查尔斯——克洛史尼已故国王的儿子，有智障，对身边的种种阴谋全然不知。

斯宛美——尼尔在异国偶遇的女郎，其身世与背景尚无人得知。

里奥维吉德·埃肯扎尔——宫廷乐师，作曲家，也是保护新壤的英雄，受到新壤乡民的拥戴。

梅丽——国王与葛兰夫人所生，王室的私生女，具有出众的音乐天赋。

目录

序章 ……………………………………………… 1

第一部　阴影七日 ……………………………… 12

第一章　暗夜 ……………………………………… 13
第二章　泽斯匹诺 ………………………………… 22
第三章　作曲家 …………………………………… 34
第四章　护法大人 ………………………………… 50
第五章　沙恩林女巫 ……………………………… 59
第六章　灰烬之眼 ………………………………… 65
第七章　暴露 ……………………………………… 74
第八章　罗勒水妖 ………………………………… 82
第九章　求婚 ……………………………………… 95
第十章　欧斯佩罗 ………………………………… 103

第二部　新相知 ………………………………… 107

第一章　骑士比武 ………………………………… 108
第二章　重归林间 ………………………………… 118
第三章　梅丽 ……………………………………… 127
第四章　伯爵夫人的访客 ………………………… 137
第五章　尤天怪 …………………………………… 147

第六章	阿图摩的猎犬	156
第七章	安波芮	164
第八章	信任	171
第九章	生或死	182
第十章	背叛	188

第三部　陌生的关系　195

第一章	刺客	196
第二章	菲德棋戏	206
第三章	莉希娅	214
第四章	第三位翡思	224
第五章	艾丽思·贝利	231
第六章	《关于变成死人之类多种事物的观察报告》	244
第七章	舞会上	253
第八章	斯宛美	264
第九章	风与海	274
第十章	运河	285

第四部　道标　293

第一章	友谊	294
第二章	瞎子、聋子和黑暗	309
第三章	剑士，祭司与君王	321
第四章	边境之地	332
第五章	鄱堤港	345
第六章	归来	354
第七章	更换赞助人	363
第八章	尼柯沃	373
第九章	姐妹会	382
第十章	序曲	392

第十一章　罗德里克 ………………………………… 404

第五部　和弦 ……………………………………… 412

第一章　岭间之歌 …………………………………… 413
第二章　交汇 ………………………………………… 416
第三章　仪式 ………………………………………… 427
第四章　赫乌伯·赫乌刻 …………………………… 434
第五章　烛光园 ……………………………………… 447
第六章　俞尔 ………………………………………… 458
终章　瑞沙卡拉图 …………………………………… 466

致谢 ………………………………………………… 468
附图 ………………………………………………… 469

序章

> 森林语化万千
> 侧耳倾听，切勿作答
> ——古谚，用以警告孩童

"有声音，"马丁压低嗓音，并勒住他的斑点灰牡马，"但不是自然之声。"修道士睁大了猛兽般的蓝色双眼，仿佛要看透御林中参天的铁橡树与崎岖的山坡。易霍克可以清楚地看见他血红的法衣下一条条紧绷的肌肉。

"毫无疑问，"奥内爵士快活的声音响起，"这森林就跟个恋爱中的女人一样唠叨。"

但不管奥内的语调如何，在与易霍克交谈时他那双黑色的眼睛始终一本正经。而易霍克也一如既往地为老人的面容而惊讶——温和而消瘦，眼角堆积着五十年来的笑纹。怎么看都与他以勇猛著称的骑士之名毫不沾边。

"你觉得呢，小家伙？"奥内问。

"我觉得，"易霍克开口道，"马丁修士甚至能听到一座山后面蛇的呼吸。我可没那样的耳朵，事实上，我现在听不到任何声音。但阁下，这事本身就很奇怪，应该有更多的鸟叫声才对。"

"圣罗斯特的卵蛋啊，"奥内嘲弄道，"你什么意思？现在就有一只，聒噪得我都听不见自己说话了。"

"是的，大人，"易霍克回答，"但那是一个*etechakichuk*，而且它们——"

"用王国语，孩子，阿尔曼语也成。"一个菜青色面庞的阴沉男子突然插嘴。他穿着与马丁相同颜色的法衣，"不要用你的蛮子话来糊弄我们。"

那是高芮尔，五位随行修士之一。他的脸像极了被切开的干苹果。

THE CHARNEL PRINCE

易霍克并不太喜欢这个高芮尔。

"注意点儿态度,高芮尔修士,"奥内爵士温和道,"是我在跟我们的小向导说话,不是你。"

高芮尔对这样的训斥显然很不满意,但也并未反驳。

"你刚才说什么来着,小家伙?"

"你们好像叫它们啄木鸦,"易霍克回答,"没什么能吓得住它们。"

"哦,"奥内眉头一皱,"那我们就安静点儿,让马丁修士可以听得更仔细。"

易霍克依言而行,也尖起耳朵凝神细听,却感觉到森林的静谧里透露出一种陌生的寒意。这实在太奇怪了。

这些日子异状频频发生。就在两周前,天空升起了一轮紫色弦月,那是极为可怕的征兆。还有一阵怪异的号角之声在风中呜咽,不光是易霍克的村子,任何地方都能听得见。年老的女先知唠叨着世界末日地来临,而有关于徜徉在御林里怪兽的谣言也日胜一日被传得沸沸扬扬。

这些人自西方而来。一位身上铠甲闪闪发光的教会骑士,另五位圣满瑞斯修道会的修道士——也都是战士。他们四天前来到易霍克的村子说需要一个当地向导。村里的长老指派易霍克去,尽管他还没过完他的第十七个夏天,但村里没有人比他更擅长打猎与追踪。他对此很是兴奋,因为他们村子地处仙兔山附近,一年到头很少有外乡人来访,而且他也希望能借此知道一些外面的新鲜事。

他并没有失望。奥内·德·罗英威利爵士很喜欢谈他那些稀奇古怪冒险的经历,而且他似乎什么地方都去过。修道士们较为安静——除了高芮尔,他通常口不择言又喜欢一惊一乍——还有马丁,虽然粗鲁,但心地不错。如果要他简洁地叙述他的训练和人生,大概他只会说一个词,有趣。

但易霍克有件事不明白——他们到底要寻找什么。有时他甚至觉得似乎他们自己也不清楚。

奥内爵士取下他的圆锥形头盔,夹在一只臂弯里。一缕游离的阳光从他的钢铁胸甲上折射回来。他低下头拍拍胯下坐骑的脖子,想让它安静一些。接着，他扭头看了看马丁。

"修士弟兄，"他问，"圣者在跟你说什么悄悄话？"

"并非圣者，我想。"马丁说，"是窸窸窣窣的声音，像有许多人在草木上移动，又像狗那样喘着气，另外还有其他一些奇怪的声响。"他转向易霍克，"这附近居住的都是些什么人？"

易霍克思考了一下。"达石皮族人的村落散布在这些山野之间。最近的是阿骨冬村，就在这谷上。"

"他们是不是战士？"马丁问。

"不是。跟我们一样大多都是些农夫和猎人。"

"那些声响有没有靠近？"奥内问。

"没有。"马丁回答。

"很好。那我们就去拜访一下这个村子，听听当地人怎么说。"

"没什么好看的啊。"半小时后奥内在到达阿骨冬村时如是说。

易霍克也这么认为，阿骨冬跟他自己的村子没什么两样——中间一个普通的广场和族长所住的高梁长屋，四周散布着一些小木房子。

不过他的村子里有匆匆忙忙来回走动的人、鸡、猪，而阿骨冬村却跟瑟夫莱的许诺一般大而空。这是最大的不同。"人呢？"奥内问道，"喂？劳驾，有人吗？"但没有回音，连个影子也没有。

"看这里，"马丁说，"他们曾设法搭栅栏来着。"这点毋庸置疑，易霍克看到一些新砍的木材立在那里。还有一些散乱的圆木，倒放一旁。

"小心，年轻人，"奥内柔声道，"我们进去看看到底发生了什么。"

但什么线索都找不到。没有尸体，也没有争斗的痕迹。易霍克发现一个底部烧穿的铜壶。一定是被放在灶火上，直到水烧干了都没人管。

"我猜他们是突然失踪的。"他对马丁说。

"嗯，"修士回答，"他们肯定走得相当匆忙，什么东西都没带。"

THE CHARNEL PRINCE

"他们在躲避着某种什么,"易霍克说,"瞧他们门扉上的那些槲寄生——是为了抵制恶魔入侵。"

"对,还有那些栅栏,"奥内说,"护法大人是对的。这里有了变故。起先是瑟夫莱离开森林远走他乡,现在是这些部落的族人。"他摇摇头,"上马,继续前行。恐怕我们的使命比先前更紧迫了。"

他们急速穿越这片高地,把最大的那片铁橡林抛在身后,转而进入一片胡桃树、枫香树和艾睿树组成的森林。

四周仍是那种怪诞的静穆,马匹也显得焦躁不安。马丁修士眉头拧得不深,但似乎已经忘记了该怎么舒展开来。

"跟上来,小伙子。"奥内回头叫道。易霍克顺从地驱马上前,直至他的那匹暗褐色母马与爵士的战马并肩而行。

"奥内大人?"

"唔。你现在是不是想听剩下的那些故事?"

"是的,大人。我很想听。"

"好,你记得我说到我在一条船上吗?"

"记得,大人。在*迎灾号*上。"

"没错。在瑞斯馗我们冲出了重围,那些剩下的虬坤海盗四下逃窜。迎灾号损毁严重,但在瑞斯馗有很多船,而且补给充足,天气也不错。所以我们认定可以到达寇本维。可是来了一阵暴风,我们受圣赖尔的眷顾被送去一座陌生的小岛,大概是靠近悲叹群岛的某个岛。我们坐上长艇划了很久,上岸后给圣赖尔与圣维闰特做了一次祭礼,接着又派人去查看是否有当地居民。"

"有吗?"

"算有吧。那些逃离的海盗有一半都在那岛的避风岸上扎营。"

"噢。那肯定有麻烦了。"

"的确。我们的船已经坏得不成样,无法撤离,而且船身太大也没法隐藏。在被发现之前我们根本没有时间准备。"

"那怎么办?"

"我径直走向他们的营地,向海盗头儿请求做一次公平的决斗。"

"他接受了?"

"他不得不接受。作为海盗首领,必须表现得很勇敢,否则他的手下不会再跟他。如果他拒绝了我的挑战,第二天说不定得跟他自己的人斗上十次。为了帮他永久解决那些麻烦,我杀了他。"

"那后来呢?"

"我接着跟坐第二把交椅的人挑战,然后是第三把交椅,如此继续下去。"

易霍克咧嘴一笑:"你把他们都杀了?"

"没有。在我决斗时,我的人抢了他们的一艘船开走了。"

"扔下你?"

"对。是我命令他们那样做的。"

"那后来怎样?"

"当海盗发觉后,便抓了我作俘虏,当然决斗也就结束了。他们确信教会会来赎我,所以待我相当不错。"

"教会来赎你了吗?"

"可能来过——我没能等到那个时候。后来有个逃走的机会,我没放过。"

"告诉我怎么做到的。"易霍克请求道。

爵士点点头。"下次吧,小家伙。该你告诉我了——你在这里长大,村里的年长者跟你说过很多故事,有关狮鹫、蝎尾狮——那些传说中的怪兽,千年以来无人见过,现在却忽然间满世界乱跑。你是怎么认为的,我的易霍克小家伙?你信那些传说吗?"

易霍克仔细地考虑了一番他的措辞:"我见过一些奇怪的足迹,气味也很怪异。我表哥欧维尔说他看见一只像狮子的怪兽,但身上有鳞片,还长着一个老鹰似的头。欧维尔不会说谎,他不喜欢吓唬人,也不会看走眼。"

"那你是相信这些传说了?"

"是的。"

"这些怪兽来自哪里?"

"据说它们一直在沉睡——就跟黑熊会在冬天冬眠一样,或者说像蝉,在土壤里睡上十七年才破土而出。"

"你为何相信它们现在苏醒了?"

易霍克再次踌躇起来。

THE CHARNEL PRINCE

"别这样,我的小家伙,"爵士柔声道,"我知道你们的长老对此守口如瓶,是怕被当作异端吧。如果我猜得没错,那你们根本用不着担心。圣者的神秘总是围绕在我们四周,没有教会的指引,人们就会不小心迷失方向。但你住在这里——你知道那些我不知道的事。还有传说,远古的歌谣。"

"是。"易霍克有些闷闷不乐。他瞥了眼高芮尔,不知他是否也有超出常人的听力。

奥内察觉到他的目光。"这次远征,我是头儿,"他继续安抚他,"我以骑士的身份起誓,你所说的一切不会给你带来任何伤害。好了——年老的女先知们说什么了?为何一直平静的旷野里突然有邪恶的生物猖獗?"

易霍克咬了咬嘴唇。"她们说'苔藓王苏醒了'。她们说他苏醒在紫色弦月出现之时,就跟远古预言里的一样。那些生物是他的仆人。"

"跟我讲讲他吧,这个苔藓王。"

"呃……那只是些老故事罢了,奥内阁下。"

"没关系,说吧孩子。"

"她们说,他的体形和人差不多,但身体却是以林中之物组成。他的头顶长着跟麋鹿一样的角。"易霍克看爵士的目光一片坦然,"她们说他早就在这里了,早于圣者,早于一切,世上仅只有森林覆盖整片大地时他就存在了。"

奥内点点头,像是早已知道一般。"可他为什么要苏醒?"他问,"预言里说他会做什么了吗?"

"这是他的森林,"易霍克说,"他可以做任何他想做的事。不过预言里说他苏醒后,森林会报复那些对森林作恶的人。"他移开视线,"这也就是瑟夫莱出走的原因。他们害怕他会杀死所有人。"

"那你害怕吗?"

"我不知道。我只知道……"他打住话头,不知该如何往下说。

"继续。"

"我有个叔叔,病魔缠上了他。表面上什么都看不出来——没有疼痛没有伤口,也没有发烧的迹象——但他却变得日益衰弱,皮肤变得灰白，甚至连目光也迟钝了。他的死亡来得很慢，一直拖到他都能闻到自己体内死亡的气息才咽气。"

"我很抱歉。"

易霍克耸耸肩："森林——也在那样死去，我想。"

"你怎么知道？"

"我可以闻得出来。"

"啊。"爵士似乎陷入了沉思，于是所有人都默默无语地走着。

"这个苔藓王，"奥内爵士最后开口道，"你有没有听人叫过他荆棘王？"

"那是乌斯提人对他的称呼，奥内阁下。"

奥内叹口气，像瞬间苍老了许多似的。"我也那样想。"

"你们要找的就是他吗，大人？就是荆棘王？"

"对。"

"那——"

他的话被马丁突然打断。"奥内大人？"这位修道士的脸看起来相当严峻。

"怎么了，马丁修士？"

"我又听到那些声音了。"

"在哪里？"

"四面八方都有，而且越来越近。"

"是什么，马丁？你能告诉我我们要面临的是什么？是荆棘王的走狗吗？"

"我不知道，奥内大人。我只知道我们被包围了。"

"易霍克，你有什么能告诉我们的吗？"

"没了，大人。我什么都没听见。"

但很快他也听见了。周围所有的树木都在呻吟，宛若一个个扭动的生灵。易霍克感觉森林似乎在缩小，树与树之间靠得越来越近，连接成偌大的一整片。马匹开始焦虑地嘶鸣，连奥内的战马亚尔斯也不例外。

"伙计们做好准备！"奥内爵士低声传令道。

易霍克此时也瞥见了穿行于林间的影子。它们如困兽一般咆哮，

7

THE CHARNEL PRINCE

从喉咙里发出一阵阵低哑的呜咽，但模样却像极了一群或是赤裸，或是身披粗糙树皮的男男女女。

奥内爵士举起他的重枪催促马儿小跑起来，其他成员也紧随其后。隐隐约约地，易霍克似乎见到前方有几个人影在晃动。

走得越近他的心就跳得越厉害。对方共有七人，一些男人，一些女人，浑身伤痕累累，而且赤身裸体——除了其中之一。此人站在他们的正前方，一张狮皮斜着裹住单肩，头上伸出一对茸角。

"**苔藓王！**"易霍克气喘吁吁，双腿发软，膝盖剧烈地抖动着。

"不，"马丁说，"这是个人。那些茸角只是他头饰的一部分。"

易霍克竭力控制住自己膨胀的恐惧，结果发现马丁是对的。可惜的是，此种发现毫无意义。苔藓王会巫术，他可以化作任何模样。

"你肯定？"奥内问马丁，心中存着跟易霍克相同的疑惑。

"他有人的气息。"马丁说。

"到处都是人。"高芮尔嘀咕着，他的头转来转去，凝视森林的暗处。易霍克注意到另外三个修道士围作一个小半圆，手按在了上弦的箭上，蓄势待发。

马丁驱马来到易霍克身边，低声道："紧跟着我。"

"易霍克，我的小伙子，"奥内说，"他们会不会是那些村民？"

易霍克细看了一下站在茸角人旁边的男女。他们的目光很古怪，游移不定，如醉酒一般恍恍惚惚。他们的头发像一堆干枯的稻草，乱作一团。

"差不离吧，"他回答，"样子很像，不过也难说。"

奥内爵士点点头，在离对方十码之遥处站定。霎时，周围安寂下来，易霍克甚至可以听见微风吹过那些高处枝丫的声音。

"我是奥内·德·罗英威利爵士，"他的声音清晰而通透，"肩负着教会的一项神圣使命。请问阁下如何称呼？"

鹿角人露齿一笑，举起自己的双手，好让他们看见他手里那两条不断挣扎的蛇。

"看他们的眼睛，"高芮尔抽出剑来，语音可怖，"他们都疯了！"

"别轻举妄动。"奥内说。他的手轻抚在矛柄之上，身躯前倾。

"这个回答实在高明,"爵士提高声音,"比什么称呼什么问候都高明得多啊。戴着鹿角帽的您实在太睿智了,所以才会用这些蛇来问候我们。实在漂亮极了,我不得不承认,这是最为精彩的答复。我怀着迫不及待的心情等待您的下一句话。"

但鹿角人只眨了眨眼,仿佛奥内的话都是些稍纵即逝的雨点。

"你根本没有脑子,是不是?"奥内问。这次鹿角人扭头朝上,冲着天空号叫。

三张弓在同时发出尖啸。易霍克被惊得一哆嗦,随后看到三位修士正朝森林射击。那些穿梭在树木之间裸露或半裸的影子忽然扑了过来。易霍克见到其中一个倒在地上,她的脖子上插着一支箭。她很漂亮,或者说曾经很漂亮——此刻蜷在地上如一只受伤痉挛的母鹿。

"我们前后夹击,高芮尔修士。"奥内说完,平举手中长矛,对准逼近的那群人。他们手无寸铁,瞥见全副武装的骑者本该心惊胆战。但其中一个女人却冲过来撞上了长矛。力道如此之强,以至于矛尖刺穿了她的脊背。即便如此她仍张牙舞爪要扑过来,浑然不把穿透自己的武器当一回事。

奥内咒骂了一句,随即拔刀,砍向第一个朝他跳过来的男人,接着又砍倒另一个。同时却有更多的疯子从林中蜂拥而出。易霍克瞧着三位修道士以难以置信的速度攻击着,但他们射出的箭大部分都是在极近距离命中的,道路两旁很快便尸积如山。

马丁、高芮尔和奥内爵士拔出长剑替代了弓箭手们的位置,好让他们有足够的空间射击。易霍克被围在了正中。他终于也拿出自己的弓,绷紧了弦,但眼前一片人潮涌动,实在不知射向哪里为好。

对方的人数简直无穷无尽,但全都手无寸铁。

其中有人似乎记起了扔石头的法子,于是状况很快便有了变化。第一块石头撞上奥内爵士的头盔,没任何损伤,但霎时间成千上万大大小小的石头如冰雹般砸将过来。其时,某种没有歌词的圣歌或挽歌在他们之中响起,仿佛夜莺的叫声般此起彼伏。

艾尔维修士被一块石头击中了前额,鲜血喷涌而出。他下意识地举起一只手去擦眼睛,却马上被一个大汉拖入了狂暴的海洋。

THE CHARNEL PRINCE

易霍克从未见过海洋,他一直是通过奥内爵士那些生动的描述来想象——就像一个大湖,水却在浮浮沉沉。而艾尔维就正如溺亡在那种水里的人一般。他挣扎着冲出波浪,却又被另一个浪头打落。之后便出现在离得更加遥远的地方,而且浑身鲜血淋漓。易霍克觉得他已经失去了一只眼睛。

在最后一次挣扎之后——艾尔维消失了。

与此同时,其他修道士与奥内爵士仍在浴血奋战,但各处尸横遍野,马匹们被困在原地无法移动。高芮尔是第二个被拖走的人,并很快被撕成碎片。

"他们想压倒我们!"奥内大声叫道,"我们必须突围。"他驱使亚尔斯一马当先,挥刀砍掉那些来拽他和马匹的手臂。易霍克的小马尖叫着腾越起来,霎时便有人用污秽粗糙的手抓住他的腿。他惊叫一声,接着扔掉弓,拔出匕首便刺下去。可那人却无动于衷,又来拽他手臂,力气大得惊人。

忽然马丁在他身旁出现,攻击者的头颅被砍掉,在地上蹦了几下。易霍克魂不附体地目睹着这一切。

他一扭头刚好看到奥内爵士遇险。三个男人贴近他持刀的手臂,有两人已开始拖拽。在被拽离马鞍之时,他痛苦地叫了一声。修道士们赶忙上前营救。

但他们还是晚了一步。一块石头击中易霍克的肩膀,另几块砸中了马丁。他头部受伤,身子晃了晃,但即刻又坐稳了马鞍。

"跟着我,"马丁对易霍克说,"别畏首畏尾的。"

他驱马撤离他的两位修士兄弟,接着跳入一条小径。易霍克昏头昏脑地跟着修士,根本没想过违抗。马丁手中之剑快得只能见到一片光幕,而他的决断也证明了他的睿智,这是一条敌人攻击最为薄弱的小径,尽头是一条宽阔的河流。

他们跳入水中,水深及项背,于是马儿奋力划动起四肢。好歹渡到了对岸,岸坡不算陡,上岸并不怎么吃力。

但回头的一瞥仍让人胆寒,攻击者们已经追了上来。

马丁靠拢来拍拍易霍克的肩膀:"这个消息必须传达给护法大人。你知道吗,就是赫斯匹罗护法,在伊斯冷。这件事得拜托你了,你必须发誓一定做到。"

"伊斯冷?我去不了伊斯冷!太远了!我不认识路。"

"你必须做到!必须,易霍克!就当是我的临终**遗言**吧。"此刻有几个追随者已跳入河中,笨拙地游起来。

"别离开我!"易霍克拼命央求道,"没有你我做不到。"

"我会尽可能跟着你,但现在我得牵制住他们。你必须尽全力逃命。这个拿着。"他取出自己的腰袋塞进易霍克手中,"里面有些硬币,不太多,省着点儿用。还有一封秘函,你可凭此见到护法大人。告诉他我们这里发生的一切。只许成功不许失败。好了快走!"

此刻马丁不得不转身去对付第一个已经上岸的疯子。他挥剑砍向来者的头颅,像砍掉了一个西瓜。而后转换步伐,准备迎接第二个。

"走!"他头也不回地大叫道,"否则我们都会完蛋。"

易霍克猛一激灵,他一夹马腹,狂奔起来,直到那匹小母马精疲力竭。但即便这样他也没有停下来,任由它能跑多快就跑多快。他的胸口开始作痛,此时星辰也已现身天际。

他一直朝西奔驰,他只知道伊斯冷在西方。

第一部
阴影七日

文龙 2223 年　诺午门月

　　奥太午门月的最后一天,是圣特诺斯节。诺午门月的前六天,分别是圣催讨日、圣昂德日、圣黑荫日、圣梅菲提日、圣加武锐日,还有圣郝拉秦日。合称阴影七日,在此期间,生之世界将与死之世界会首。

　　　　——摘自《普雷森·曼特欧年鉴》

　　　　他十二个月的伤心悲恸,
　　　　让情人之魂由深渊复出,
　　　　你在召唤我吗,我的情人。
　　　　何故打扰我无止境的睡眠?
　　　　我需要你的吻,我的宝贝。
　　　　一个简简单单的吻,
　　　　便不会再来烦你,
　　　　便让你安静地睡。
　　　　我的气息是冰霜是海洋,我的宝贝。
　　　　我的嘴唇是寒冷的泥土,
　　　　只要你吻过这湿咸的唇,
　　　　你便不会活着看到明天。

　　　　——维吉尼亚民谣《溺亡情人之歌》

　　　　他会被诅咒而重生,缘此,带来生之毁灭。

　　　　——译自《塔弗乐·塔瑟斯》,或者《怨言集汇》

阴影七日

第一章 暗夜

尼尔·梅柯文随同王后驱马来到墓城的暗街上。马蹄已被落到鹅卵石地上的冰雹团子所遮掩。风几近狂怒,犹如一条甩着尾巴的龙。幽灵开始四处游走,而在尼尔铿亮的甲衣之下,在他冰凉的肌肤与骨架之下,焦虑紧扣着心弦。

他并不介意狂风或者冰雹。他来自斯科,那里无论是霜是海还是云全都一样,而冰冻与苦痛则是生命最为简单的真相。同样,死者的游灵也惊扰不了他。

他担忧的是生者,是他凡人的双眼无法发现的那些藏于暗处的刀剑与暗器。谋杀王后简直太容易了——只要一枚细小的针,或在她心脏上扎上一个小指大小的洞,或往她鬓角掷一块飞石。要让他如何去保护她?要让他如何去保证自己都感觉不到的安全?

他瞥了她一眼,她罩在一件羊毛风衣之下,脸也罩在风衣帽的阴影之中。一件相似的风衣披在他自己身上。他们本来可以乔装成两个普通朝圣者,来此祭拜他们的祖先——至少他希望如此。如果把那些想取走王后性命的凶器比作沙粒,那么已经足够堆积成海滩。

他们跨过暗沉河水上的石桥,河面吞没了提灯的微弱光亮,在水中游走的身影化作暗黄的薄纱般网纹。墓宅胡乱堆积在水路之间,宅顶都砌成锥形,以防雨水聚集,这样即便天气潮湿也可以让沉默的居民们不被打扰。在小巷间有另外的灯光在移动——似乎王后并不是唯一没有被天气吓倒的人,还有其他人也在今晚朝着同一个目标前行。在任何夜晚,人们都可以向逝者倾诉。但只有在奥太午门月的最后一晚——特诺斯圣夜——逝者才会给予回答。

在山上的伊斯冷城,活着的人们刚才还在飨宴。直到暴风雨来临之际街头巷尾还挤满了扮作骷髅的舞者,与高歌四十首特诺斯圣歌的忧郁祭司。戴颅骨面具的祈祷者在挨家挨户地讨要魂糕,公共场所处处篝火焚烧,最大的队伍是众所周知的丛林之烛。此刻宴会

THE CHARNEL PRINCE

已经转入各个家庭或者酒馆客栈，走向伊斯冷墓城的队伍也在冬日来临的这张狰狞面孔之下逐渐变细，由河流化作时断时续的小溪。雕刻着芜菁与苹果模样的彩灯都熄灭了，看样子无论如何今夜都不可能再有欢宴继续。

尼尔的手一直放在他的黑鸦剑上，警惕的目光一刻不敢懈怠。他没有看那些灯笼，只注视绵延于灯笼之间的黑暗。如果有不速之客造访，很可能就从那些地方出现。

穿过第三条和第四条护城河后，所见的房屋便比外层高大一些了，而现在他已经处于最里层，有花岗岩的城墙与铁矛防护，还有坚守着大理石与雪花石宫殿的圣催讨和圣昂德塑像。这时，有一盏灯正朝他们走近。

"拉紧您的风衣帽，夫人。"尼尔对王后道。

"看守坟墓的只有一个墓城骑士。"她说。

"谁知道呢。"他答复道。

他驱暴风往前小跑数步，质问道："谁在那里？"对方的灯举了起来，风衣阴影下露出一张棱角分明的中年男子面孔。尼尔稍微感觉呼吸顺畅了一点儿，他认识此人——冷阁下，确实是他，奉身于逝者的墓城骑士之一。

当然，人的外表与内在是两种截然不同的东西，对此尼尔有过惨痛的经验。所以他保持着警惕。

"我必须得先问你相同的问题。"老骑士这样回答尼尔的提问。

尼尔走得更近些："是王后陛下。"

"我得看看她的脸，"冷阁下说，"今夜并不特殊，任何事都需要按部就班。"

"那就按部就班吧。"王后的声音响起，与此同时，她举起手中提灯并拉下风衣帽。

她的脸呈现了出来，冷艳似空中坠落的冰。

"我认识你，夫人，"冷阁下说，"你可以过去。但……"他的后半句消失在风雨声中。

"不要*质问*王后陛下！"尼尔生硬地警告道。

老骑士的眼光刺向尼尔。"你的王后还在蹒跚学步时我就认识，"他说，"你那时估计连影子都没有吧。"

"尼尔阁下是我的骑士，"王后说，"他保护我的安全。"

"哦。那离开这里时让他再履行职责。说实话您不该来这里，夫人，不该在这个逝者开口的时候来。这种事我看得太多，没有任何好处。"

王后看了他很久，道："感谢你的建议，但我不准备采纳。请不要再刁难我了。"

冷阁下鞠躬至膝盖处："不会了，我的王后。"

"我不再是王后了，"她语音柔和，"国王已死，伊斯冷不再有王后了。"

"只要您活着，夫人，您就是王后。"老骑士回答，"这是事实，即使并不符合法律。"

她稍一颔首，不再言语，而后两人一道进入王室墓地。

他们走进铁顶的红色雕花大理石间，拴好马匹，并用铁制钥匙把狂风冷雨锁在门外。他们穿过一间内置祭坛的小休息室以及通往建筑内部的厅堂。有人在厅内点上了细烛，但阴暗仍然如角落的蛛丝一般粘在那里不放。

"我该怎么做，夫人？"尼尔问。

"护驾，"她回答道，"这就是全部。"

她拜倒在祭坛前，并点燃蜡烛。

"戴尔家族的父辈祖辈们，"她唱道，"你们的养女在呼唤，在你们面前卑躬屈膝。长夜漫漫，请赠我以荣光。"

她拿起一根熏香，一股松木与枫香的气息差点把尼尔的鼻孔熏坏。

室内某处，有什么在簌簌作响，接着有钟声奏响。玛蕊莉起身脱掉风衣，里面是一件黑色祭服。那黑色与她的乌发似乎融为了一体，衬托出一张如若漂浮着的孤独面孔。尼尔的嗓子哽住了。王后的美实在无与伦比，而且并未被岁月的流逝所侵蚀。但这并非尼尔感觉揪心的原因——只不过，他忽然记起了另一张相似的面庞。

王后开始朝走廊走去。

"陛下，如果可以的话，"他忙道，"我愿意前行一步保护您。"

THE CHARNEL PRINCE

她犹豫道："你是我的仆人，我丈夫的血亲们也都这么认为。你应该走在我身后。"

"夫人，如果前面有埋伏——"

"我愿意冒一次险。"她答复道。

他们走进一间拱形天花板的大房间，内置一张长桌，三十把椅子前摆好三十个水晶杯，杯中盛着如血的红酒。王后逐一走过这些椅子，找到她需要的那一把坐下来盯着酒杯。

室外风在呻吟。

良久之后，有钟声响起，一下又一下，总共十二声。王后端起红酒一饮而尽。

尼尔感觉有什么划过空气，像是股寒意，或是一阵嗡鸣。

接着王后开始说话，声音比平时更为沙哑低沉。尼尔不由得脖子一缩。

"玛蕊莉，"她说，"我的王后。"

接着她像自问自答似的，以平常口吻道："依伦，我的朋友。"

"也是你的仆人，"低沉的声音回答，"你过得怎样？我是否辜负了你？"

"我还活着，"玛蕊莉回答，"你的牺牲并非徒然。"

"可你的女儿在这里，在此尘埃之地。"

尼尔的心跳起来，他意识到自己移动了脚步，站在某把椅子旁，并且盯着里面的酒。

"她们三个都在？"

"不。法丝缇娅在，还有小艾瑟妮。她们穿着裹尸布，玛蕊莉。我辜负了她们——也辜负了你。"

"有人背叛了我们，"玛蕊莉答复道，"你已经尽到了你的职责，贡献了你的所有。我无法责备你。可是我得知道安妮的消息。"

"安妮……"低沉的声音叹了口气，"我们在遗忘，玛蕊莉。逝者在遗忘。就像被一片云一团雾在一口一口地吞噬。安妮……"

"我最小的女儿，安妮。我送她去圣塞尔修女院之后，便再没有消息回来。我必须知道刺客是否已经发现她在那里。"

"你的丈夫死了，"被称作依伦的声音回答，"但他并不在这里，只在很遥远的地方呼喊。他的声音很微弱，很悲哀，也很寂寞。他真的爱你。"

"威廉？你能跟他交谈？"

"他离得太远，找不到回这里的路。道上总是很黑暗，你知道。整个世界都黑作一团，风也肆无忌惮。"

"可是安妮——你没听见她的声音？"

"我记起来了，"依伦用王后的声音低吟道，"发红似草莓，总是惹麻烦，却是你的最爱。"

"她还活着吗，依伦？我必须得知道。"

静寂中，尼尔吃惊地发现自己手中握着酒杯，耳边有依伦在回答。

"我相信她还活着。这里好冷，玛蕊莉。"

还有很多话，但尼尔没能听下去，因为他已经举起杯子喝了红酒。

他放下酒杯，将满口的苦涩咽了下去，而后凝视那些剩下的液体，它们回复了平静，结成一面鲜红的水镜。他见到了里面的自己，有棱角分明酷似其父的下颌，但蓝色眼睛却化作了黑洞，麦色头发也染成鲜红，整个人仿佛一张沾满血迹的肖像。

这时有人站在了他的身后，一只手搭在他的肩上。"不要回头。"一个女人的声音响起。

"法丝缇娅？"

此刻酒里的面孔换作了她的。他嗅到了她身上薰衣草的芬芳。

"过去我是被那样叫的吧？"法丝缇娅说，"你曾是我的情人。"他想转身面对她，但肩上的那只手压得很紧。"不要，"她说，"不要看我。"

他握着酒杯的手在颤抖，但酒中她的影子却丝毫不受影响。她在微微轻笑，但双眸却满蕴哀愁。

"我多么想……"他哽咽着无法说完。

"是啊，"她说，"我也一样。但时光无法逆转，只怪我们自己太傻。"

"可我却眼睁睁地看着你离我而去。"

THE CHARNEL PRINCE

"我不记得那些了,我只记得你把我搂在怀里,像哄婴儿一样摇晃着,只记得我很快乐。但很快,我就会连这些也会忘掉。已经足够,已经足够了。"手指冰冷地滑过他的后颈。"我要知道你是否爱过我。"她低声道。

"我从未像爱你一样爱过任何人,"尼尔说,"也不会再爱上任何人了。"

"你会的,"她柔声道,"一定会的。但别忘了我,因为很快我就会忘记我自己。"

"永远不会。"他说,感觉有泪淌过自己的面庞。

一滴落入酒中,法丝缇娅的影子喘息道:"好冷,你的泪好冷,尼尔阁下。"

"对不起,"他说,"实在对不起。我无法入眠——"

"嘘,亲爱的,安静点儿。让我来告诉你一些我还记得的东西。是关于安妮。"

"王后在这里询问她的消息。"

"我知道。她在跟依伦交谈。但尼尔阁下,我听说了一件事,安妮很重要。比起母后或我弟弟——或任何其他人都更为重要。就算所有人都死了,她也不能死。"

"所有人?"

"伊文龙时代已走向尾声,"她说,"远古的邪恶与新的诅咒加速了它的终结。我的母后打破了死亡法则,你知晓么?"

"死亡法则?"

"被打破了。"她重复肯定道。

"我不知道。"

"我也不清楚,这是白骨大厅里的传闻。整个世界即将灭亡,现在一片混乱。所有活着的人都站立在暗夜的边缘,如果他们跨过那一步,便不再有后来的人。不再有小孩,不再有世代延续。有谁一直站在那里,看着人们跨越暗夜,疯狂大笑。我并不知晓那个人是男是女,但仍有阻止他们的可能。只有一个极为渺茫的机会可以扭转乾坤。如果没了安妮,那个机会便不复存在。"

"没有了你,我什么都不在乎。我不在乎这世界是否灭亡。"

那只手拍了拍他的后背。"你必须在乎，"她说，"想想那不再延续的世代，想想我们永远不可能拥有的孩子，就当那些孩子是我们爱的结晶吧。为他们活下去，就算是为了我。"

"法丝缇娅——"他再也无法忍受，转过身去，但背后什么也没有，肩上的触感也消失了，只留下一种微弱的刺痛。

王后仍凝视着她的酒杯，在低语。

"我想你，依伦，"她说，"你是我强有力的右臂，我的姐妹，我的挚友。敌人困住了我，而我却没有力量来对抗。"

"你的力量不会消失，"依伦回答，"你会做好该做的事。"

"可没了你的指引，那样的血腥场面，我如何能够做到？"

"你会使得血流成海，"依伦说，"但那是必要的。你必须做到。"

"我不能。人们无法接受这样的事。"

"时刻一旦来临，他们无法阻止你的脚步。赶快，玛蕊莉，祝我安息吧，我得走了。"

"别走。我需要你，特别是现在。"

"那么我就要再次让你失望了，我这次一定得走。"

在这过去的数月里佯作坚强的王后低下头啜泣起来。尼尔站在旁边，他的心因法丝缇娅的触摸而狂跳，他的情绪因她的话语而熊熊燃烧。

他只期望一场简单的战斗，意味着死亡的失败远比此般折磨来得痛快。

外面的狂风暴雨愈加肆虐，而逝者已回归沉寂。

睡眠不曾造访，清晨却不请自来。第一道曙光出现时风暴已经结束，他们开始从墓城往伊斯冷城攀登。清新而寒冷的风从海面吹过，赤裸的橡木枝裹着冰在闪耀。

王后已沉默了整个晚上，但在离城门还有一段距离时她转向尼尔。

"尼尔阁下，我有个任务要传达给你。"

"随时听候陛下的差遣。"

THE
CHARNEL PRINCE

她点点头。"你必须找到安妮。你必须找到我唯一剩下的女儿。"

尼尔握紧了缰绳:"只有这件事我不能答应,陛下。"

"这是我的命令。"

"我的职责是保护您的安全。在国王授我爵位之时,我发过誓不离您的左右,要保护您的安全。如果远离,我将无法尽职。"

"国王已死,"玛蕊莉说,她的声音变得有些尖锐,"我现在命令你去为我做这件事,尼尔阁下。"

"王后陛下,请不要为难我,您要是有什么不测——"

"你是我唯一信任的人,"玛蕊莉打断他的话,"你以为我愿意把你送离我的身边?送走一个永不会背叛自己的人?但这也就是必须要你去的原因。那些夺走我两个女儿性命的人现在正到处寻找安妮——肯定的。她能活到现在是因为我送走了她,朝廷里没有人知道她的去向。如果我把她托付给其他人,说不定会带给她更大的危险。可若只把去向告诉你,我知道这秘密还是安全的。"

"如果您认为她的所在是安全的,为何不将她留在那里?"

"我无法确信。依伦暗示说风险仍然很大。"

"王后陛下的风险也很大。那些引狼入室、杀戮国王和公主的家伙同样会杀了您。毫无疑问他们一直在寻找时机。"

"没错。可我并不是在跟你商量,尼尔阁下,我是在下达命令。你得做一次长途旅行,明天就起程。另找几个人来保护我——这方面我更相信你的判断。但你的任务必须由你单独完成,恐怕你得孤单一阵子了。"

尼尔低头鞠了一躬:"是,陛下。"

王后的声音柔和下来:"抱歉,尼尔阁下,真的很抱歉。我知道你是多么忠于职守,也知道卡洛司一事对你的伤害有多深。但你得为我办好此事,拜托了。"

"陛下,如果可以让你改变初衷,我宁愿整日整夜地请求。但我知道您的决定不会轻易改变。"

"祝你一路顺风。"

尼尔点点头:"我一定会照您的吩咐去做,明日清晨我就启程离开。"

第二章 泽斯匹诺

安妮·戴尔，克洛史尼王国最年轻的公主，亦即是罗威女公爵，此刻跪在一水塔边上，衣着褴褛，双手满是水泡与擦伤。她的肩膀酸疼得厉害，双膝也红肿不堪，直射的阳光好似金色木槌一条条重击在她的身上。

仅在几码之遥处，几个孩子在阴凉的葡萄藤架下玩耍，两位穿着丝缎长裙的女士坐在一旁呷吸着红酒。安妮自己的衣服——是件旧棉衫——却已经很多天没有洗过了。她叹了口气，揩了一下额头，以确保她的红发仍裹在头巾里。她怯怯地看了那两个夫人很久，而后回过神来继续干活儿。

她撇开思绪，故意不去看自己的双手。这种小把戏她已经用得得心应手，可以任由想象把自己带回曾经的家，带回那片绿袖套，带回她的爱马飞毛腿的脊背上；还有香喷喷的烤鹌鹑，诱人的绿沙司鲑鱼，吃不完的炸苹果，漂亮的奶油甜点……

刷，刷，刷。刷软了她的手臂。

她正想象着一次清凉的沐浴，却忽然间感到臀部一阵刺痛。她扭头一看，见到一个比她小四五岁的男孩——或许十三岁左右——正咧嘴大笑，好似刚刚听到一则这世上最最有趣的笑话。

安妮把衣服往搓衣板上一摔，嗖地转过身子。"你这讨厌的小畜生！"她大叫道，"真是一点礼貌都没有——！"

她忽然发现两位夫人在看她，脸色铁青。

"是他掐我，"她解释道。而且为了便于她们理解，她又指了指，"这个地方。"

其中一位夫人——蓝眼黑发的达·菲莱罗菲——眯缝双眼语调呆板地质问道："你以为你是谁？在天空和大地的领主女士们的众目睽睽之下，你以为你可以用这种态度对我的儿子说话？"

"你从哪儿找到的这种女仆？"另一位叫做德奥斯佩莉娜的女士

酸酸地问她的同伴。

"可是他——他——"安妮口吃起来。

"给我闭嘴,你这异邦废物!否则我叫园艺工柯希欧来揍你,相信你那里可不只是被掐那么简单了。别忘了你是在替谁做事,别忘了你进的是谁家的门!"

"一位有涵养的女士会教育她的孩子更有礼貌。"安妮的嘴里蹦出这样一句。

"呵,你怎么会知道这些?"菲莱罗菲环抱双臂挖苦道,"你在你母亲把你扔下的脏兮兮的狗窝或者猪圈里又学到了什么礼貌呢?甚至都没有学会记住你的地位!"她下巴一扬,"给我滚开!"

安妮起身道:"很好。"她直面她们并伸出手来。

达·菲莱罗菲大笑:"你不会是要我付你侮辱你主子的劳苦费吧?走开,可怜虫。我简直不明白我丈夫干吗要雇你。"但她接着马上又挤出一个浅笑,"噢,兴许我知道。他大概是觉得你挺有意思,挺野性十足,对不对?"

很长一段时间安妮什么都没说,更长一段时间她斟酌着是该扇她一个耳光,还是该拍拍手走开——当然她知道前者会迎来一顿毒打。

但她两样都放弃了,因为她记起了上周在翠瓦工作时的某件事。

"噢,不,他根本没时间理睬我,"她声音甜甜地回话道,"他跟德奥斯佩莉娜凯司娜一直忙着呢。"

之后她转身离去,微笑着聆听身后传来的喋喋不休的怒骂。

许多庄园都坐落在泽斯匹诺的北部,那里可以眺望赖尔海的苍苍碧波。安妮第一次跨入这家门槛时,她就站在栗子树下,凝视那些翻滚的泡沫浪花。东北方便是克洛史尼,是她父王的国度,也是她热爱的罗德里克所在的地方。不过恐怕他早已放弃了找寻她的希望。

阻隔她与她所爱的仅仅是一点点水,可渡过这片水的费用却让她止步不前。尽管她贵为公主,却身无分文,更不能告知任何人她的身份。在逃到泽斯匹诺之前所经历的种种险境,到现在想来都还不寒而栗。当一个洗刷女佣远比一位公主来得安全。

"你!"一个男子骑马走过,俯视着她。一看他头上的四角帽和长至膝盖的黄色无袖衫便知道他是个埃迪洛,负责维持街道秩序。

"有事么,凯司?"

"到别地儿去,别在这里逗留。"他板着脸道。

"我在替达·菲莱罗菲凯司娜一家做事。"

"你已经做完了不是?所以必须离开!"

"我只想看会儿大海。"

"那就从鱼市上看好了。"他大声道,"难不成要我护送你走?"

"不用,"安妮说,"我自己走。"

她踏上一条被石墙围起来的小巷,墙头上还插着尖头碎玻璃。在她父王的国度,仆人们难道也会遭受如此欺辱?当然不会。

这条小巷通往红砖围墙的派多·达奇·梅迪索王宫,那是一幢气宇轩昂的三层建筑。虽及不上她父王的宫殿,但那些曲折的回廊和精致的亭台水榭,倒也魅力十足。王宫的另一面是一座古雅的圣殿,茶色石基被打磨得莹莹生辉。

宫殿周围色彩绚烂,一派生机盎然。有头戴红帽,推着木车沿街叫卖烤羊羔肉、油炸鱼、蒸贻贝、蜜饯无花果和烤栗子的小贩,也有灰色眼眸的瑟夫莱,他们戴着头巾把自己捂得严严实实,在彩色的遮阳篷底下兜售一些缎带、特色甜食、长袜、圣舍利,还有神奇媚药之类的杂物。另有一小队人马清理好一块场地,正准备演绎圣满瑞斯、圣布莱特、圣罗依与一位长着龙尾的国王的剑术赛。两位风笛手和一个手鼓女郎在幕后吹奏着急促而紧凑的旋律。

正中有座神色严峻的尼图诺神雕像,两条巨大的海蛇绞缠在它的身躯之上,它们口中喷涌出的水雾流入下方的大理石池内。一群衣着华丽的少年围坐池缘,一面抚弄剑柄,一面朝着盛装的姑娘们大吹口哨。

她发现奥丝妮在广场的边缘,几乎已经靠着圣殿的台阶了,旁边放着她的水桶和板刷。

奥丝妮见她走近,微笑道:"已经结束了?"奥丝妮十五岁,比安妮年小一岁。她也跟安妮一样身穿褪色的布衣,并用一条头巾裹好秀发。绝大多数维特利女人都肤色深暗,头发漆黑,她们俩却肌肤雪白,且发色一个金黄一个铜红,不用宣传也会招来众人侧目。

THE CHARNEL PRINCE

幸运的是,绝大多数维特利安女士也都在公共场合把头发裹起来。
"可以这么说吧。"安妮回答。
"噢,我懂了。又一次?"
安妮叹了口气坐下来:"我尽力了,真的已经尽力了。可实际上太难了。我以为修女院的经历已可以让我应付任何事情,但——"
"你用不着非做这些下人的事啊,"奥丝娅说,"让我一个人去吧!你待在屋子里就好了。"
"可如果我不做,要赚够路费就需要更久啊。也就是给了那些妄图找到我们的坏家伙们更多搜索的时间。"
"或许我们可以在路上碰碰运气。"
"卡佐和查卡托说路上被监视得更加严密。就连巡查官们也在悬赏寻找我。"
奥丝娅神色起疑道:"怎么可能呢?在修女院妄图刺杀你的那些家伙是寒沙骑士。他们跟维特利安路上的巡查官有什么关系?"
"我不知道,卡佐也不清楚原委。"
"要真是那样,连各种来往船只也都处在监视之下了不是?"
"没错。不过卡佐说他能找到一个口风很紧的船长带我们离开——当然我们得有足够的银子堵住他的嘴。"她又叹了口气,"可我们不光要攒钱,还得吃饭哪。更糟的是今天我一分钱都没拿到,明天可怎么办啊?"
奥丝娅轻拍她的肩膀道:"别着急,我拿到了。我们先去鱼市瞧瞧,然后买一顿晚餐回来。"

鱼市靠近培多·尼沃港的边缘。港口每日进出着相当数量的高桅船只,它们载走木材与钢铁,再运入酒樽、橄榄油、小麦和丝绸。小渔船都簇拥在南面的码头,因为维特利安的海水会卷来大量的虾、蚌、牡蛎、沙丁鱼,还有许多安妮从未听说过的鱼类。整个鱼市几乎就是一座由箱子、竹篓与木桶构成的迷宫,里面都装满了闪闪发光的出海战利品。安妮渴望地看着巨大的对虾与黑毛蟹——它们还在装了海水的桶中鲜活地折腾着——还有滑溜溜的马鲛鱼和银色金枪鱼堆。她们买不起,只好一直走下去,走了又走,最后停在了一堆盐渍沙丁鱼和一些开始变味儿的牙鳕鱼前。

牙鳕鱼每科尼只卖两个铭币,两个女孩儿皱着眉头开始挑选她们的晚餐。

"查卡托说买鱼要看鱼眼,"奥丝婭说,"如果显得浑浊就不好。"

"那这一堆都糟糕透了。"安妮回答。

"我们只买得起这个,"奥丝婭瞥了她一眼,"一定能找到一两条新鲜的。只能这样了。"

"盐渍鳕鱼怎么样?"

"那得预先浸泡一天。我不知道你的肚子怎样,可我已经饿坏了。"

一个低沉的女人笑声在她们头顶响起。"别这样了,宝贝儿,别买那种东西,肚子会吃坏的。"

说话的女人看上去很亲切——安妮在街上经常见到她,但从未说过话。她穿得很暴露,脸上涂着厚厚的脂粉。安妮曾听查卡托说他"买不起她",所以可以猜出这个女人的职业。

"多谢,"安妮说,"但我们能找到好鱼。"

女人半信半疑。她面容坚毅瘦削,眼眸仿佛黑玉,头发卷在发罩里,上面的玻璃钻闪耀着俗气的光泽。她的绿色裙装显得十分陈旧,但比起此刻安妮的也算是好了许多。

"你俩住在六沼仙街。我见过你们——还有那个老醉鬼和那个帅小伙,就是那个佩剑的。"

"没错。"

"我是你们邻居呀。我叫丽典娜。"

"我是菲妮,她叫莉萨。"安妮撒了个谎。

"好极了,姑娘们,跟我来吧。"丽典娜压低嗓音,"这里哪找得到吃的呀?"

安妮犹豫了。

"我又不会咬人,"丽典娜说,"放心来吧。"

她催促着她俩跟上,辗转到一桌子比目鱼前,一些还在案上扑腾着。

25

"我们买不起。"安妮说。

"你们有多少钱?"

奥丝婠拿出一个十铭币的硬币。丽典娜点点头。

"帕维奥!"

那是一个正忙着在桌后给几位衣着光鲜的女人处理鱼鳞内脏的男人。他少了一只眼睛,且毫无顾忌地敞着伤眼的疤痕。就面目上看,约莫得六十岁上下了,但裸露的手臂却跟摔跤选手一般强健有力。

"丽典娜,*mi cara*!"他说,"有什么能为你效劳吗?"

"卖给我朋友一条鱼吧。"她从奥丝婠手里取走那枚硬币并递了过去。

他瞥了一眼,皱皱眉,接着又对安妮和奥丝婠笑道:"随便哪条都可以,任你们挑,亲爱的。"

"*Melto brazi*,凯司!"奥丝婠选中一条放入自己篮子里。帕维奥对她使了个眼色并递还了一枚五铭币的硬币过来。这鱼本要十五一条。

"*Melto brazi*,凯司娜!"安妮对丽典娜道了谢,准备离开。

"没什么,亲爱的。"丽典娜说,"实际上,我一直在找机会想跟你们说说话。"

"是么?有事儿么?"安妮问道,同时开始怀疑起这个女人的善意来。

"你们可以每天都吃上这样的好鱼。你看你们多漂亮啊,而且异国情调十足。我可以引荐你们,自然不是去见那些街上的蠢人呆子,而是上流的顾客们。"

"你——你要我们去——?"

"熬过第一次就行了,"丽典娜许诺道,"保证不难,钱来得容易极了。只要应付完第一位客人就驾轻就熟了,而且你们那位帅小伙子会照顾你们。你们知道吧,他已经在替我干活儿了。"

"卡佐?"

"对。他负责照顾姑娘们。"

"是他让你来的?"

她摇摇头:"不,他说你们会不屑一顾。可这些男人们总是说些没头没脑的话。"

"他这次说得没错,"安妮冷冷地道,"非常感谢你帮我们买到了鱼,但恐怕此事恕难从命。"

丽典娜的眼光锐利起来:"你们以为自己比干这行的高贵?"

"当然。"安妮毫不犹豫地脱口而出。

"我明白了。"

"不,"安妮说,"你还不明白。我认为你也比干那行高贵。没有女人会心甘情愿做那行。"

丽典娜脸上流露出一丝古怪的笑,但接着耸耸肩:"你们还不了解什么是对自己最好的。做刷洗工可真浪费了这么漂亮的脸蛋儿,你们辛辛苦苦做一个月也抵不上这行一天的收入。好好想想吧。如果回心转意了,就来跟我打个招呼。"她说完便扬长而去。

两个女孩儿默默地走了一会儿,直到奥丝姬清了清嗓子道:"安妮,我可以去——"

"不行!"安妮怒道,"绝对不行!要你受委屈我宁愿不回家。"

就这样一直到帕瑞街拐角处及维奥甫洛时,安妮仍然怒气冲冲。但一阵烤面包的香味飘过,顿时驱走了所有的愤懑,只剩下刻骨铭心的饥饿。面包师——一个总是把自己弄得灰头土脸的憔悴男人——见到她俩进店,递给她们一个友好的笑。他正在黑面包坯上挥舞着切刀,而他身后的助手则忙着用一个长柄器具把另一些推入烤箱。一条躺着的大黑狗疲倦地瞥了她们一眼,又接着缩回头去,一副兴趣缺缺的样子。

篮子和箱子里的各种各样大大小小的面包堆得老高——有棕褐色圆面包,跟马车轮子一般大,上有橄榄树叶状的点缀;另外,有长似胳膊的面包棒;也有比掌心还小的鸡蛋状硬壳面包,壳上的燕麦斑随处可见——这些仅仅只是第一眼所见。

她们花了两个铭币买下一条尚有余温的面包,而后径直朝她们的寄居之所培多微走去。

这条街上的房子都只有一层,有带露台的上窗,下面由大理石柱支撑。她们在满地的残瓦与碎瓶之间小心地选择落脚之处,四下里弥漫着海盐与污水混合交织的恼人气味。

THE CHARNEL PRINCE

　　在午后四时的此刻,身穿低胸衫与擦鲜红唇膏的女人们——跟丽典娜一般——已经聚集在上层的露台,一面高声挑逗看似有钱的男人,一面奚落那些一文不名者。起码有一打男人在踩着稀里哗啦的脚步走过安妮与奥丝娆身边时都挑衅地吹着口哨。

　　"是荷瑞兰兹的女公爵,"其中之一叫嚣道,"嘿,女公爵,赐我们一个雏儿吧。"

　　安妮对此毫不理睬。在培多微寄居的月余时间里,她已知道这种人绝大多数都无害,只是很烦人而已。

　　在下一个十字路口,她们转了个弯,走进敞开的大门,接着上楼,楼上就是她们第二层的公寓。但走近时安妮听到屋内传出了说话声——是查卡托和其他什么人。

　　门开着,查卡托抬眼瞥了她俩一眼。他面露老态,兴许五十上下了吧,大腹便便,头发早就是灰多于黑。他坐在凳子上跟他们的房东欧斯佩罗说话。此人岁数与他相仿,只不过头顶已欠秃,且个子壮实一些。他们两人都是一副酩酊大醉的模样,躺在地上的三只空瓶可以为证。这事儿没有任何不同寻常——因为查卡托成天都醉醺醺的。"*Dena dicolla*,两位凯司娜。"查卡托说。

　　"晚上好,查卡托,"安妮回答,"欧斯佩罗凯司。"

　　"这么早就回来啦?"查卡托问道。

　　"没错。"她不愿多作说明。

　　"我们买回了鱼和面包。"奥丝娆语声欢快。

　　"好极了,"老人道,"不过需要点儿透明的东西来作陪,兴许该是瓶威诺威瑞奥。"

　　"抱歉,"奥丝娆说,"我们没钱买酒。"

　　欧斯佩罗咕哝着摸出一个银币。他翻来覆去把玩一阵,之后抛给奥丝娆道:"拿去买酒,我的漂亮黛拉。"他目光停滞在两个女孩身上许久,最后摇了摇头,"你们可知道暗月街?还有伊瑟罗斯?告诉他是我派你去的,告诉他那可以换两瓶威诺威瑞奥,否则我会揍扁他的脑袋。"

　　"可我——"奥丝娆开口道。

　　"去吧,奥丝娆。我来烧鱼。"安妮说。她不喜欢欧斯佩罗,此人跟他的朋友对她仿佛有某种暧昧的恶意。但查卡托已经把他收拾得服服帖帖，让他肯租房给他们，而且可以每周先住后付，对她最多也只是占了一下视觉上的便宜而已。现在他们还得指望此人的施舍，所以她不愿节外生枝。

她走进狭窄的储藏室取出一罐橄榄油和一小袋盐，然后在一个小土陶锅里倒了点儿油，把盐撒满鱼的两面，接着放入油锅。她万分沮丧地盯着锅中之物，不止一百次地幻想自己要是能买得起黄油——哪怕就算是捡到一点儿——来作个替换该有多好。最后她叹了口气，无奈地盖上锅盖，端着走下楼，穿过一楼的里间，来到一个敞开的院落里。

几个女人正围着一个燃烧的小炭坑取暖。这里甚至没有一个可以用于吃饭的地方，所以她只好坐在一条长椅上等待着，心不在焉地环顾四周沉闷的围墙，并努力把它当作她父王城堡里那些气派的果园庭院。

一个男声打断了她的尝试。"晚上好，黛拉。"

"哦，卡佐。"她身子都没转动一下。

"今晚感觉怎样？"

"很累。"

她发现地上某处还有余烬，于是准备把土陶锅放上去，但卡佐挺身而出道："让我来。"

卡佐个子又瘦又高，只稍微比安妮年长一点儿。他身穿黑褐色紧身衣与绯色长筒袜，腰间斜挂一柄软剑，剑鞘业已磨损。他俊脸上的一双黑目凝视她道："那你今天并不如意？"

"肯定不如你啦。"她把土陶锅递给卡佐。

"你指的什么？"

"我指的是你挑选的工作当然有丰厚的回报来买点心和饮料。"

他看起来一头雾水。

"不用这样难为情，"她接着说，"我今天跟丽典娜说过话，她告诉了我你在做的那些事儿。"

"啊。"他应了一声，走过去把锅放到灰烬上，并用一根烧焦的树枝围住。之后回来坐到安妮身边。"你不满意？"

"我无所谓。"

"怎么可以这样说呢,我做这些都是为了你啊,不记得了?我正努力地赚钱要护送你回家啊。"

"可我们似乎跟一个月前一样毫无进展啊。"

"乘船旅行可没那么便宜,特别是货物需要保密时,那需要的代价就更大。到这街上来搜索你的人越来越多了,你真不知道为什么?"

"我说过我不知道。"这并不完全是一个谎言。她真的不知道自己的脑袋怎么会这么值钱,但她认为此事一定跟自己的地位有关,还跟那些烦扰她的幻境有关。她知道那些幻境——来自四面八方。

"我当然对你的话坚信不疑啦,"他说,"自始至终都是。但如果你忽然猜测到了原因……"

"我父亲是有钱有权的人。那就是我唯一能猜测得到的原因。"

"那你有什么竞争对手或者仇家吗?比如,后母?一个不希望你回去的人?"

"噢,对,我的后母,"安妮说,"我怎么会忘记?那次她把我交给一个猎人并嘱咐他说要带我的心脏回去交差。我差点就死了,多亏那个老猎人突发善心,拿野猪的心脏作了替换。还有一次,她差使我去打水,根本就是要把我骗去让那个住在溪流里的水妖吃。是啊,发生这么多事的确跟我现在的处境有关,但我想我没有怀疑到她身上是因为我亲爱的父亲跟我保证过她已经洗心革面了。"

"你这是在讽刺我,对吧?"卡佐说。

"这不是童话故事,卡佐。我没什么后母。我的家人里也没有一个指望我生病的坏蛋。我父亲的仇家兴许会,但我却没有一点头绪。我一直对政治这东西不太关心。"

卡佐耸耸肩。"呃,好,"他突然脸见喜色,义正词严道,"你嫉妒了。"

"什么?"

"你嫉妒之心已经表露无遗啦。你认为我跟丽典娜的姑娘们有染,所以大为吃醋。"

"我才不嫉妒呢,"安妮说,"我已经有了真爱,但他不是你。"

"哦，对了，是那位空中楼阁里的罗德里克。听说是个翩翩贵公子，一个真正的白马王子。我肯定他已经回了你的信，如果再花上几个月去讨要的话。"

"我们已经为此吵过无数次了，"安妮叹了口气，"无论你认为他怎样，也无须改变你的看法。我很感激你，卡佐，感激你为我做的一切，但——"

"等等。"卡佐冷然道，脸色突然变得凝重而严肃。

"又怎么了？"

"你父亲送你去的圣塞尔修女院，对不对？"

"实际上是我母亲。"她纠正道。

"你的真命天子罗德里克知道你要去？"

"当时事情转变得极为突然，我以为我会去卡洛司，于是告诉了他，但之后就在走的前一天晚上母亲改变了她的决定。我根本来不及跟他留话。"

"他就不能从别人的闲言碎语中得知你的去处？"

"不可能。此事极为秘密，根本无人知道。"

"但就在你送了封信给你的恋人之后——是我亲自送去的——然后不知怎么回事九天后一队骑士便闯进修女院大肆杀戮。你就不觉得这有一丁点可疑？"

不是一丁点——这话简直像火绒一般把火导入了安妮的心脏。

"你太离谱啦，卡佐。你以前也常常故意诽谤罗德里克，但怎么会——怎么可能……"她咬住嘴唇不再言语，内心已化作一团怒火，只因为那太合乎情理了。但肯定不是真的，因为罗德里克爱她。

"那些骑士来自寒沙。"她说，"我知道他们的语言。罗德里克是火籁人。"

但她忽然想起小姨丽贝诗曾说过的一段话。似乎是很久以前了，说罗德里克家族过去支持瑞克堡人夺取王权，因而在朝廷失宠。

不可能，太荒谬了。

她正准备开口时，奥丝姹奔进了院落。她喘息得厉害，晕红的脸上已泪流满面。

"怎么了？"安妮握住奥丝姹的手问。

THE CHARNEL PRINCE

"太可怕了,安妮!"

"什么事?"

"我见——见到一个信使。他在广场上转述新闻,就在酒店旁边。他来自——噢,安妮,我们该怎么办?"

"奥丝妮,什么事?"

她的朋友咬紧嘴唇,看着安妮的眼眸。"非常可怕的消息,"奥丝妮轻声道,"世上最可怕的消息。"

第三章 作曲家

　　里奥维吉德·埃肯扎尔困惑而又苦恼地凝视着长矛。

　　这种苦恼合情合理，因为矛尖与他的咽喉仅有数英寸之遥，而手持长矛的人明显是个大块头，且全身上下披甲戴盔，连胯下战马都面目狰狞。那双铁灰色的眼睛让里奥夫想起冰海无情的海水，他想就算此人杀了他，大概第二天早上就会把他给忘光。

　　要是此人铁了心要自己的命，显然反抗也是无济于事。

　　可话说回来，这种苦恼却又完全不合情理，他搜肠刮肚也找不出自己与来人的半点纠葛。倒是几天前——在山间的某地——他听到过一阵远方传来的笛声。类似于牧羊人所用的那类笛子，但不知为何那旋律就从此滞留脑中且久久萦绕不去，更糟糕的是他没能听到旋律的尾声。他曾不下百次地尝试为其补上一个结尾，可无论如何都不满意。

　　这太反常了。就通常情况来说，里奥夫可以在挥手之间便完成一曲，不费吹灰之力。可那段旋律却始终宛如一位美丽神秘却又若即若离的情人一般——让他心急火燎却又无可奈何。

　　这个早上醒来之时他的脑中突然灵光一现，只可惜之后不到一个小时便被这位不速之客粗鲁地打断。

　　"我没什么钱的。"里奥夫如实道，语声微颤。

　　对方那双尖刻的眼睛眯缝起来："没钱？那你骡子上驮的是什么？"

　　里奥夫瞥了一下他的行李。"有纸、墨、一些衣服。大的是个琵琶，小点儿的是克洛琴。那些更小的是各种各样的木管乐器。"

　　"哦？那就打开看看。"

　　"对你来说分文不值的。"

　　"打开！"

　　迫于对方的淫威，里奥夫屈从了。他先打开琵琶的皮革套子，搁到地上时有微弱的仿佛葫芦掉地时的闷响传出。接着他打开了其他所有的乐器：有八弦紫檀克洛琴，上面嵌有一块达培卡·梅司绰在几年前赠与他的珍珠母。还有一支银键木质长笛，一根高音双簧箫，六支六孔竖笛，一个黑红的弯管号角。

那人无甚表情地注视着这些东西，最后说道："你是吟游诗人。"

"不，"里奥夫回答，"我不是。"他尽力想站得挺直一些，好让自己看起来有平常那么高。他知道虽然自己淡褐眼睛棕色卷发与孩子气的面孔无法威迫生人，但至少让他看上去比较有尊严。

那人一条眉毛上挑："那你到底是什么人？"

"我是作曲家。"

"作曲家是做什么的？"那人问。

"创作乐曲。"

"我知道了。但那究竟跟吟游诗人有什么不同？"

"呃，至少——"

"演奏点儿东西来听。"那人打断道。

"什么？"

"你听见我的话了。"

里奥夫皱了皱眉头，苦恼更深了一层。他环顾四周，希望能发现别的什么人，这条路笔直伸向远方且一眼望不到尽头，可竟没有一处人烟。这片新壤平坦得像块共鸣板，而且广阔无垠。

但他为何刚才没见到那人骑马靠近？

答案当然是他太沉浸于那段灵光乍现的旋律中了。他一听到脑子里的乐声响起，周围世界就全化作粪土一片。

他拾起琵琶。这琵琶该调调弦了，但还不算十分糟糕，只需要一会儿就好。接着他弹奏起来。"不太对劲儿啊。"他咕哝道。

"你会弹，对不对？"骑马者挑衅道。

"别打断我。"*里奥夫*闭上眼睛，心无旁骛地要求道。对了，就该这样！尾声该这样来倾诉！

他重新弹奏起来，在高音的单弦之上升起三个音符，逐次降低，化三为二，随后轻巧地游走于各个音阶之间。同时他还增加了一点低音伴奏,但似乎不太协调,于是停下来又重新开始。"还是不怎么样啊。"对方说。

这太恼人了,更何况还有长矛的威胁。里奥维吉德转过头盯着那人。"如果你不打断我就会很好了,"他说,"曲子几乎已经在我脑子里成型了,完美无缺,可谁料来了你这样一号人,还有根耀武扬威的长矛,还……你到底要我做什么?你是谁?"他冷静地察觉到自己的语音竟然没有丝毫震颤。

"你又是谁?"那人心平气和地反问道。

里奥夫挺直腰板,道:"我是里奥维吉德·埃肯扎尔。"

"你去伊斯冷做什么?"

"我是一位作曲家,应威廉二世陛下之邀,去朝廷赴约。陛下对我音乐的评价似乎比你高许多。"

那人听了却古怪地笑道:"不可能再高了。"

"你什么意思?"

"他已经死了。我就这个意思。"

里奥夫眨了眨眼。"我……根本不知道这事。"

"就是死了,半个王室的人做了陪葬。"他调整了他的坐姿,"埃肯扎尔,这听起来像是寒沙人的名字。"

"不是的,"里奥夫回答,"我父亲来自荷瑞兰兹,而我是在崔玛出生的。"他舔舔嘴唇,"你不是山贼吧?"

"我从未说过我是,"那人回答,"我是阿特沃。"

"你是位骑士,阿特沃阁下?"

幽灵般的浅笑再次浮现:"阿特沃是位骑士。你可有书函证明你所说的都是真话?"

"啊,当然,我有。"

"可否赏光一阅?"

里奥夫心里嘀咕着阿特沃干吗在意那东西,一面翻寻包裹的里里外外,最后拿出一张盖有王室印章的羊皮文书来,递给面前的骑士。可对方却只简短地一瞥。

"看起来是真的。"他说,"我也正要返回伊斯冷,干脆护送你一程。"

里奥夫顿时觉得项背的肌肉松懈下来，道："非常感谢。"

"吓着你的话，我很抱歉。无论如何你不应该一个人单身出行的——至少不该在这种时候。"

中午时分，原本可爱的天气突然变得阴沉可怕。这让里奥夫的情绪更糟糕了。他们脚下的地形已经改变，不再是完全的平原，路开始沿着一条筑堤或是土垄往前行进。他怀疑那是人工开凿的，因为太规整了。而且在遥远处还可以见到相同的土垄，更奇怪的是有一些上还立着塔。这些塔仿佛长着巨轮一般被牢固地钉在上面，但没有塔缘，仅靠着一张帆布掩着下面四个类似于轮子的东西。而且隐约还可以见到他们在微风中徐徐转动。

"那是什么？"里奥夫指着最近的一个问道。

"你第一次来新壤吧？那是眉棱塔，靠风力转动。"

"这我看得出来。这是用来干吗的？"

"那一个用来抽水。有一些用来磨碎谷物。"

"抽水？"

"唔。要不是它们，我们该泡在水里谈话了。"阿特沃略指了一下此处地形，"你以为这新壤的名字是怎么来的？这里的土地曾经被水淹没，若不是有眉棱塔持续不断地抽水出来，估计现在还在水底下。"他向上指着筑堤的顶端，"水在筑堤那面。那条就是北大运河了。"

"我该知道这些的，"里奥夫说，"我听说过这些运河，当然了。我知道新壤低于海平面。我只是——认为自己还没走到那么远而已。我以为感觉会更加明显些。"

他瞥了瞥他的同伴。"这让你紧张了？"

阿特沃点点头。"唔，一点点。无论如何这是个奇迹，是一项不错的防御工事。"

"防御？"

"我们能控制运河决堤与否，所以任何入侵伊斯冷的军队都只有游过来了。伊斯冷本身倒是处在干燥的高地上。"

"那住在这里的居民怎么办？"

"我们会事先通知他们。每人都知道通往最近的安全之地的路径。相信我。"

"这种事发生过吗?"

"唔。有四次。"

"敌军被阻止了?"

"三次成功了。第四次由戴尔家族的一员率领,而他的子孙如今就居住在伊斯冷。"

"那——那国王——"里奥夫开口道。

"你是在担心那儿有没有人愿意听你卖唱,然后帮你付晚饭钱吧?"

"有一部分,"里奥夫承认道,"但我一路上错过了好多重大消息,甚至连日期都记不清了。"

"现在是特诺斯节。明天是诺午门月的第一天。"

"那我一定是多走了许多天。我是色福特门月启程的。"

"正是国王被害的那个月。"

"能否劳驾您……"里奥夫欲言又止,"能否劳驾您讲讲威廉国王的事?到底发生了什么事?"

"当然可以。他在一次狩猎中被刺客袭击。整队人马无一生还。"

"刺客?哪里的?"

"他们说是海盗。他当时在宜纳海角。"

"那其他王族的人都跟他一起遇难了?"

"他弟弟罗伯特亲王在同一地点遇害。法丝缇娅公主和艾瑟妮公主在卡洛司被谋杀。"

"我没听说过那个地方,"里奥夫说,"离宜纳海角近吗?"

"远着呢。就算马不停蹄也要跑九天时间。"

"真是不可思议的巧合啊。"

"对,是巧合,难道不是?这事根本无法解释。"

"原来如此,"里奥夫说,"那,你能告诉我——现在伊斯冷是谁当权吗?"

阿特沃小声笑起来:"那得看你怎么想了。国王当然存在——查尔斯,威廉国王的儿子,也是人称被圣者触摸过的孩子。必须有人辅佐他执政,而他听到的建议五花八门,朝廷众臣们利用所有机会向他献策。说得最多的要算是教会的护法,其次是威廉的未亡人,查尔斯的母亲。"

"玛蕊莉·戴尔。"

"唔。你也知道点儿事啊。"阿特沃说,"对,如果要挑人来统治克洛史尼,她会是最好的人选。"

"我明白了。"里奥夫说。

"你不担心自己的生存空间?"骑士道,"现在还有你这类特殊人才的位置吗?"

"会有其他赞助人的,"里奥夫回答,"我不是毫无名气的人。启程前我还为格拉斯提的总督大人服务来着。但王室的委托……"接着,他低下头来,"但那太微不足道了,跟这变得混乱不堪的世道相比。"

"至少你还有才华,会作曲子。打起精神来——你会有立足之地的——王后也许会欣赏你的。然后你就等着看开战好了。"

"开战?和谁?"

"寒沙——或者莱芮——或者内战。"

"你在说笑?"

阿特沃耸耸肩:"我对这类事很敏感。当今混沌一片,正需要用战争来理顺。"

"圣布莱特啊,千万不要!"

"你不喜欢进行曲?"

"我一首也没听过。你会唱吗?"

"我?唱歌?除非你的骡子突然变作军马。"

"呃,唉,"里奥夫叹道,"只是突发奇想罢了。"

他们沉默地走了一会儿,一阵薄雾随着夜晚一同来临,雾里还残存着夕阳的蔷薇红。远方传来牛的"哞哞"之声。空气里有干草与迷迭香的气息,偶尔拂过的微风也让人心神不宁。

"我们今晚能到伊斯冷吗?"里奥夫问。

"除非走个通宵,可我不太愿意。"阿特沃回答。他显得有些烦乱,像是在搜索着什么。"就在前方道路和运河相交处,有一个小镇。我知道那里有间客栈。我们先去住一晚上,明天早早启程,便会在正午时分赶到伊斯冷了。"

"有什么不对劲吗?"

阿特沃耸耸肩:"大概是我神经过敏。多半没什么事,就像你这样。"

"我们相遇的时候你是否在找寻什么特别之物?"

"没什么特别的,只是在留意那些反常的事。比如你。"

"那现在有什么反常的事?"

"你凭什么这么问?"

"呃,只不过有些——凭你的表情。"

"一个吟游诗人能从我脸上看出什么?"

里奥夫挠了挠下巴:"我说过,我不是吟游诗人,我是作曲家。你还问过两者的不同呢。吟游诗人——是在各处游走的人,靠唱唱歌儿跳跳乡村舞等为生。"

"而你是为国王的人唱歌跳舞。"

"还有更多的事呢。你是这一带的人?跳过舞吗?"

"唔。"

"吟游诗人一般是四人同游。两人弹奏克洛琴,一人吹笛,一人边敲手鼓边唱歌。"

"我也跟你同游了很久啊。"

"有首曲子叫《达尔维斯的美丽少女》。你听过没?"

阿特沃看上去有些吃惊:"知道,那是翡由萨节的必唱曲目。"

"你想象一下,一个克洛琴手奏乐,接着另一个加进来合奏,不一会儿曲调便丰润起来。然后第三个也加入进来,最后还有歌手。你想想四种声音融洽一堂,那种旋律对位彼此交相辉映的场景。"

"我不懂旋律对位,只知道那歌儿。"

"也不错啊。现在只需要想象一下十把克洛琴、两支风笛、一支长笛、一支主风笛,而且所有乐器的旋律高低都有不同。"

"大概跟畜棚场里各种动物的嗷嗷乱叫差不多吧。"

"只要曲子作得漂亮,而音乐家们也尽心尽力分毫不差地演奏,那就是和谐,就是天籁。我听得清清楚楚,她就栖息在我脑海里。在每支曲子被演奏之前我都能想象得出她的身形,阿特沃阁下,包括别人脑子里的事,我也能猜想一二。一定有什么在困扰着你。可否借问一下是什么事?"

骑士摇摇头。"你真是个怪人,里奥维吉德·埃肯扎尔。不过,呃,对——我提到过的那个小镇,布鲁格——就在前面。你那双音乐家的耳朵又听到了些什么?"

里奥夫集中精力。"遥远处有绵羊在咩咩叫。还有奶牛和黑鸟。"

"可是,现在应该听到孩子们的叫喊,妇人对丢了工作成天以麦酒度日的丈夫的数落,还有工地里的铃声与号角声,工人们的闲聊。但此刻完全静寂一片。"骑士猛嗅了一口空气,"也没有炊烟的气息,而风却是吹向这边的。"

"这又代表什么?"

"我不知道。但我想我们最好不要从大路贸然进去。"他抬起头,"如果碰到麻烦,你能做什么?能挥剑或者刺矛?"

"圣者啊,不。"

"那你就待在这里,到堤上的眉棱塔去,告诉风匠,阿特沃说他会在一个小时后回来接你。"

"有这么严重吗?"

"那为什么整个镇子都鸦雀无声?"

里奥夫想到的几个原因都十分糟糕。"就按你说的办,"他叹口气,"如果有麻烦我就一直待着不动。"

爬上几个堤阶后,里奥夫站定脚步,思索着这几英尺的高度会怎样改变整个新壤。

雾气集中在低处像一团团云朵,从他现在所处的位置可以看到整片大陆被运河割开,那些从泛黄的天穹洒下的珊瑚色彩带由圣者的双手笼罩在琥珀色的土地上。还可以见到各处移动的点点银光,那定是航行的船只。

还有一些光点若隐若现,微弱而清冷,仿佛刚从栎人的短暂居所逃离出来,但实际上那只是更遥远处的城镇与乡村里点着烛火的窗户。

他的脚边就躺着那条大运河,比很多河流都宽广——但实际上,它就是一条天然的河，也许是露河，人们用双手所建造的高墙，将他引导到了这里。这实在是个奇迹。他研究了一下眉棱塔，对其所做的工作实在感到惊奇不已。塔轮在微风中打转，但却看不见它们怎样把低处陆地上的水抽出。只能听见一些微弱的吱吱声，是种愉悦的音符。

眉棱塔上敞开的门里透出欢悦的黄光，木炭与烤鱼的香味也飘荡出来。里奥夫下了骡子，轻叩木门。"嗯？是谁呀？"一个响亮的男高音问道。些许时间后，一张脸浮现出来，是个银发蓬乱不堪且面容沧桑的小个子男人。不过双眼却炯炯有神，呈灰蓝色，像是镶嵌在皮革里的青金石。

"我叫里奥维吉德·埃肯扎尔，"里奥夫回答，"阿特沃阁下好心介绍我来，不知道能否借个地方歇歇脚？"

"阿特沃？"老人挠了挠下颌，而后急忙做手势道，"啊哈，欢迎欢迎。我叫吉尔墨·奥科逊，请进。"

"太感谢了。"里奥夫回答。

在眉棱塔里，最底层是个舒适的单间。墙的一面是燃烧的壁炉，一个铁壶正端坐火焰之上，另外还有两条串在一起的大鲈鱼。壁炉边摆着两把三脚凳，对面墙边是张小床。屋梁上挂着几袋洋葱，几束药草，一个柳篮，还有打麻刀、锄头、手斧。另有一条通往二楼的木梯。

屋子中央，一根巨大的木轴在一个石块所筑的洞口上下来回地移动着，动力大概是上方的风轮。

"快卸下东西，饶了那可怜的骡子吧，"风匠说，"你有牙哼哈？"

"什么？恳请再说一遍。"阿特沃的语调已经很奇怪了，没想到这风匠的话更加莫名其妙。

"你是外国人啊哈？"他的语速降慢了点儿，"你的口音很有趣啊。我会尽量用王国语说话的。好吧。你吃了吗？饿了没有？"

"不用麻烦您了，"里奥夫说，"我的朋友应该很快就会回来。"

"那就是说你已经饿了。"老人接口道。

里奥夫出门从骡子身上取下自己的行李，然后便任由它在堤上

THE CHARNEL PRINCE

漫游。他凭经验得知,它一定不会走远。

当他回到眉棱塔里时,发现一条鱼正躺在一只木盘里等着他,另外还有一块黑面包和一些煮好的麦粒。风匠已经端坐在一张椅子上,膝盖上放着他自己的盘子。

"真不巧我现在没有桌子,"他道歉道,"我不得不烧了它。最近几个九日,上游漂下来的木材一直很差。"

"再次感谢您的仁慈。"里奥夫说完,撕下一块脆鱼皮。

"这没什么。阿特沃去了哪里?为何留下你?"

"他担心布鲁格出事了。"

"啊,今晚那里很安静啊,的确没错。我也纳闷着呢。"他皱起眉头,"这可真没准,我想我都没能听到晚祷的钟声。"

不过,就算那让吉尔墨想到了什么,他也没有继续深究的打算,而是专心致志地对付起他的晚餐来。里奥夫也紧随其后,吃得津津有味。

待用膳完毕,吉尔墨把鱼骨扔进了壁炉里。"你从哪里来?"他问里奥夫。

"格拉斯提,在沿海一带。"他回答。

"那很远不是?相当远啊。你怎么认识阿特沃的?"

"我们是在路上认识的。然后他答应护送我去伊斯冷。"

"哦,去宫里?那里现在可是昏黑一片啊,自打那轮紫色妖月出现之后,什么地方都是昏黑一片。"

"我见到了那轮月亮,"里奥夫说,"非常奇怪。它让我想起了一首歌。"

"我敢打赌,肯定是首邪门的歌。"

"是首古老的歌,极其令人费解。"

"那唱唱看?"

"呃,好……"里奥夫清了清嗓子。

> 瑞奇尔骑马驰骋旷野
> 就在西部山脉之下
> 发现一位苍白女王

阴影七日

正在百合丛中休憩
她的手臂如满月莹莹生辉
她的眼眸似露珠璀璨闪耀
银铃在她的裙裾上轻摇
钻石在她的发髻边闪烁
无上的问候献给您,我伟大的女王
无上的问候献给您
您必是最伟大的圣者
是在下所见最伟大的圣者
噢不是的她如此回复
我不是你的美丽女神
只是阿尔维熙的女王
今夜你突然造访
噢欢迎你瑞奇尔
在西部山脉之下
快来与我一同休憩
凡间骑士我爱你最深
我要给你看三个奇迹
还有那未来的景象
我要与你一同饮酒
我要双臂紧拥着你
自此之后
在西部天空之下
她给他阿尔维熙的眼
让他目睹了三个奇迹
噢瑞奇尔再与我同处片刻
再与我待上→两个时代
将命运的土地抛之脑后
与橡树梣树和紫杉同眠
这里是大地与薄雾的入口
就在我的国土之上

THE CHARNEL PRINCE

在陆地所有骑士之中
最受欢迎的是你
可我无法跟随您我伟大的女王
我无法通过您的入口
只能回到我君主身边
在命运的陆地之上
如果你不肯留在此地
如果你决心离去
请给我一个吻
让我永远记得你
他屈身去吻她
在西部山脉之下
她从发髻里抽出一把刀
刺入他的胸膛
他骑马回到母亲的家
胸膛的鲜血汩汩流出
我的儿啊我的儿你如此苍白
到底发生了什么事
噢母亲我伤口疼痛
今天便会离世
但在我离开之前
我要告知您我之所见
一把紫色镰刀将要收割群星
一支无名号角将会突然吹响
帝王之血挥洒之处
黑色荆棘遍地丛生

　　里奥夫唱完歌，吉尔墨显然听得十分入迷。"你有一副好嗓子，"老人说，"我对这个瑞奇尔虽然并不熟悉，但他所说的景象无疑正在上演。"

　　"那会怎样？"

"呃，紫色镰刀——就是上个月出现的新月，正如你所说一样。号角吹响——都传到了各个地方。无论在伊斯冷，还是从海湾到岛屿，无处未闻。帝王之血也已挥洒，还有那些荆棘。"

"荆棘？"

"没错。你没听说？它们最先在卡洛司生长，就是两位公主被谋害的地方。据说，荆棘就从她们流出的血液里窜出，与你的歌如出一辙。而且长势极为迅猛，荒废了整个要塞，而且蔓延出来，不久便吞噬了整个御林。"

"我从没听说过这些，"里奥夫说，"大概是因为已经从格拉斯提启程的原因。"

"到如今消息也该在路上传得沸沸扬扬了，"吉尔墨说，"你怎么就错过了？"

里奥夫耸耸肩。"我跟瑟夫莱商队一同走了很久，他们没怎么和我说话。就最近几天我独自前行，但我猜是我自己太全神贯注了。"

"全神贯注？马上就世界末日了还全神贯注什么？"

"世界末日？"

吉尔墨的语音低了下去。"圣者啊，你就什么都不知道吗，年轻人？荆棘王已经苏醒，他的爪牙正吞噬整个陆地。你听到的号角声就是他的号角。"

里奥夫惊得嘴唇一颤。"荆棘王？"

"一位古老的森林之王。据说，他是最后的古恶神。"

"我从未——噢不，等等，是有一首关于他的歌。"

"你的歌还真丰富。"

里奥夫耸耸肩。"歌曲就是我的饭碗，你可以这么认为。"

"你是吟游诗人？"

里奥夫叹口气，接着又笑了笑。"有点类似。我善于把老歌翻新。"

"哦，是位歌匠啊。跟我一样是个匠人。"

"啊，差不多吧。"

"那，如果是关于荆棘王的歌，我可不想听。他会杀了我们所有人,马上就会。再担心也没用。"

里奥夫不知该如何回话,但他觉得如果这个世界真要结束,阿特沃至少在路上时就应该提及一下。"很不错啊,"他最后指了指上面,"你的眉棱塔。我能否借问一下它是怎么运作的?"

吉尔墨兴致高昂起来。"你见到外面的漂轮没有?嗯?风使其旋转,也就使这里的中心轴有了动力。"他指了指顶部,"那是些木齿轮装置,负责中心轴上抽动。从而带动水泵的运作,就在底下。明天可以带你下去看看。"

"真的非常感谢,不过我不会在您这里待到明天的。"

"也许吧。阿特沃已经去了好长一段时间,一定有什么事儿把他拖住了。我就要歇息了。而且从你撑着眼皮的费力程度来看,我肯定你也需要歇息啦。"

"我的确已经很累了。"里奥夫此刻才意识到这个问题。

"你可以一直待到阿特沃回来,我已经说过。这里还有一张床,在二楼,就是专门为路人准备的。如果愿意就尽管使用好了。"

"非常感谢,哪怕仅仅是用来打个盹儿。"他爬上梯子,看到小床摆放在窗下。外面已经很黑了,但月亮露出了脸。半里格之遥的彼处一定就是布鲁格,有好些房子形状的暗影,还有围墙,以及四座不同高度的城塔。但他见不到一点亮光,而更遥远的——大约是更小的村庄——都能见到灯光闪烁。

他叹了口气,躺倒在粗糙的床垫上,远处有狼嚎与夜莺的鸣唱,身体困倦却无法入睡。上方有齿轮叽叽嘎嘎转动,近处还有流水潺潺作响。

世界末日,哼,他可真够好运。在三十二岁的今日,他才刚刚时来转运能踏入王宫,可马上就世界末日了。

如果他仍能踏入王宫的话。

他的思绪被突然的乐声打断。那声音如此清晰优美,极近真实,但他深知那是自己脑子里的音符,他与此种天赋已经相处很久。

旋律奏响,他微笑着,感觉到身体松懈下来,思虑也跟着活跃起来。

眉棱塔在对他倾诉它的歌。

曲子轻巧地走来，起先是低沉的中提琴，风笛随之从东部越过绿色平原。接着是鼓声，还有轮子——漂轮？——开始旋转，其后有克洛琴——不是拉而是弹奏——开始与长笛合奏。接着低沉的低音克洛琴，地下之泉喷涌出来，当然是随着所有的旋律——一同流入运河，此后木箫欢愉地奏响，直至眉棱塔化作空气、土壤、水与小船。

接着变奏四起，每种元素都有它自己的主题——低沉乐声如同大地的慢拍孔雀舞，而后高昂的风笛变快，踏响了疯狂而欢快的舞步，弦乐也跟着急速拉响几近滑奏……

他眨了眨眼。蜡烛已经燃尽，室内漆黑一片。是什么时候灭的？

协奏曲已经结束，只待诉诸纸笔。与那段山间的旋律不同，眉棱塔之舞倾诉了她的全部。

他现在能清醒过来大概是因为楼下的谈话声。

两个声音，但全都不属于吉尔墨·奥科逊。

"……不明白我们为何要挑这么个差事。"一个声音道。是个男高音，有几许沙哑。

"别抱怨啦，"另一个声音说道。这是个浑厚的男中音。"尤其不要在他身边抱怨。"

"我只是想看看，"第一个声音回答，"当堤防决堤，水淹万物之时，你难道不想待在那里亲眼目睹这一切？"

"你会看到的，"男中音回答，"你会看个够。你会很幸运不用在里面游泳。"

"对，我猜也是。等等。"他的声音里仿佛跳进一颗欢快的小石头。"可那样不更有趣吗？划着船穿越过去，划过那些房顶？真想马上就划……镇上会怎样？"

"那个有女孩说你的鼻子像是海龟刺儿的小镇？"

"没错儿。"

"瑞克黑镇。"

"对。嘿，你还别说，过了今晚海龟刺儿可就是她能得到的最好的东西了。"

"也比你的好，依我之见，"男中音道，"我们下去吧，我们得

THE CHARNEL PRINCE

在黎明前烧掉四里格之内的眉棱塔。"

"没错儿,可为啥啊?"

"它们就没法再抽水出来啦,你这蠢猪。好了,走。"

烧掉?里奥夫的心跳加快了三倍。

顶部的楼梯突然映入眼帘,仿佛橙色的矩形,接着他嗅到了燃烧的油味儿。

第四章 护法大人

埃斯帕·怀特尽力地吸了口气，但却感觉到有只巨人的手掐住了他的喉咙。"混账，这根本就不对劲，"他终于喘过气来，"薇娜——"

薇娜蓝色的眼眸一转，甩了甩蜂蜜色的发丝。"嘘，埃斯帕，"她轻责道，"别这么容易动怒。你以前就没穿过紧领衫？"

"我从没戴过任何一种该死的领子，"埃斯帕哼哼道，"这有什么用？"

"用处就在于，你现在身处伊斯冷，身处王宫之内，不是脚踩山地的荆棘，而且你即将见到护法大人，整个克洛史尼帝国的护法。所以必须得穿得像样点儿。"

"我只不过是个御林看守，"他抱怨道，"穿得像个看守有什么不好？"

"你只用你的弓箭、斧子和匕首，孤身一人杀死过黑瓦夫及其同党。你跟狮鹫单打独斗都活下来了，现在却害怕穿这么一套简单的衣服？"

"这可不简单，我看起来蠢死了，而且无法呼吸。"

"你根本就瞧不见自己的模样，而且已经可以自由呼吸甚至可以连连抱怨。我不得不说你做得不错。来，到这镜子前来看看。"

他的眉毛扬了起来。薇娜年轻的面孔满是笑意。她的头发束作一团套在黑色发网里，身穿一件淡青礼服，而且——他特别留意到——开口低及胸衣。那并非让人不悦的风景，但同时也可愉悦任何瞧见它的其他男人。

"呃，你看起来——呃——漂亮，至少。"他说。

"当然啦。你也一样，瞧好啦？"她把他推到镜子跟前。

他辨认出了那张脸，即便脸上已经刮得光溜溜。晒得黝黑的皮肤上疤痕累累，刻满四十一年来的含辛茹苦，或许称不上潇洒，但

THE CHARNEL PRINCE

却是那种御林守卫者所应有的面孔。

但脖子之下,便是一个完全陌生的人。紧绷而僵直的领子是这紧身上衣最让人窒息的一部分,上面华丽的图案和花纹显然应该用作窗帘或者地毯。而下身,他的双腿套着绿色的长筒袜,像是完全裸露在外一般。整体上感觉自己跟一只插在小棍儿上的糖衣苹果没什么不同。

"是谁想出的这种穿法?"他咕哝道,"好像一些疯女人异想天开的奇装异服,而且——狰狞怪保佑——还引得人人效仿。"

"疯女人?"薇娜反问。

"对啊,没有男人会发明这种滑稽的衣服。一定是某些邪恶的诡计得逞了。要不就是白痴。"

"你已经在宫廷待了不少时日,该懂些道理了吧,"薇娜说,"这里的男人们对这身打扮十分钟爱。"

"对,"他勉强道,"而我也决定要离开这里。"

她的眼睛危险地眯成一条缝儿,而后摇晃一个非难的指头道:"你是因为要见护法而紧张不安了。"

"我才不是那种人。"他怒道。

"你就是那种人!紧张不安且一触即怒的人!"

"我跟教会又没有多少瓜葛,"他嘟囔道,"只不过杀了几个他们的修道士罢了。"

"是违法修道士,"她提醒道,"你做得对,只要尽量不再咒骂——换句话说,尽量不要再开口啦。让斯蒂芬说就成。"

"啊对,那敢情好。"埃斯帕讽刺道,"他就是个智囊包。"

"可他是个祭司,"薇娜指出,"与护法大人对话,他肯定知道的东西比你多。"

这句话引得门口传来一阵轻笑。埃斯帕抬眼一看,见斯蒂芬已经走了进来,斜倚在门扉上,穿得跟自己一模一样,但却显得泰然自若多了。他的嘴角弯作一个弧度,褐色头发按宫廷的方式拢于脑后。"我曾经在教会,"斯蒂芬说,"在变做异端、违抗主教、累其被害、逃离修道院前曾经在。我实在怀疑护法大人会对我说什么好话。"

"彼此彼此,"埃斯帕同意道,"大概之后我们就会在地牢里碰面了。"

"好啦,"薇娜一本正经道,"至少我们去的时候还算穿得体面。"

马伽·赫斯匹罗是个年事较高的高个子男人。狭窄的长脸因一小撮黑色的山羊胡子与唇上之须而显得更加尖细。黑色法衣罩下的身躯——极瘦,几乎跟只鸟差不离。连他的眼睛也仿佛鸟目一般,埃斯帕情不自禁想到——就像一只鹰或者鹫的双目。

接见之处,是一个光线昏暗、空旷、低梁的灰白石屋。在伊斯冷城堡壮观复杂的建筑之中,此石屋显得十分不合时宜。护法坐在一张大桌子后面的扶手椅上。他的左侧坐着一位肤色黝黑,约莫十六岁的男孩,看上去跟埃斯帕一样对自己的宫廷装感觉很不自在。除此以外,房间里就剩了埃斯帕、薇娜与斯蒂芬三人。

"坐。"护法声调愉悦。

埃斯帕待斯蒂芬与薇娜坐定后,也只好在剩下的那张椅子上坐下来。天知道这椅子到底对不对劲儿。到底有没有对劲儿的椅子可坐?他仍为几天前晚宴上发生的汤匙事件深感痛苦。谁会需要那么多种汤匙?

见他们都坐下来,护法站起来将双手合拢背在身后。他看着埃斯帕。"埃斯帕·怀特,"他的声音很柔和,就好似薇娜礼裙的面料,"你当过多年的皇家御林护卫了。"

"我都懒得去数它了,护法大人。"

护法短暂地一笑。"是啊,年岁追赶着我们,是不是?瞧你应该是四十上下吧,而我已离这个岁数有许多时日了。"他耸耸肩,"我们形容枯槁,却换来智慧,人们都这样期待。"

"呃——对,大人。"

"总而言之,迄今为止,你过了一段卓越的生涯。做了许多旁人根本无法做到的事——你真的单枪匹马结果了黑瓦夫?"

埃斯帕不快地改变了一下坐姿。"可能传闻有些夸大。"

"啊,"护法说,"那瑞利斯特事件呢?"

"他从未碰到过一个手持匕首跟斧子的人,大人。还有他的甲衣拖累了他的速度。"

"对，我猜也是。"他瞥了一眼桌上的纸，"我还听说了几句牢骚。阿西魏司总督事件怎么讲？"

"那是个误会，"埃斯帕说，"那位大人当时在发酒疯，还犯了纵火烧林的大罪。"

"你真的绑了他还塞了他的嘴？"

"国王清楚我的所作所为，阁下。"

"对，最后终归如此。那伊丝特仁女士又是怎么回事？"

埃斯帕板起面孔道："这位女士想让我做她的假日导游，大人，可那并非在我职权之内，我已经尽量客气了。"

"但结果不尽如人意啊。"一丝调侃隐藏在护法的语调之中。

埃斯帕刚想反驳，护法抬手制止，并摇了摇头，随即转向斯蒂芬。

"斯蒂芬·戴瑞格，德易修道院曾经的见习修道士。"他凝视着鼻尖下的斯蒂芬道，"在你短暂的任期里，你带给教会的印象可是相当深刻啊，不是吗，斯蒂芬修士？"

斯蒂芬皱起眉头："大人，如您所知，当时的情况——"

护法打断道："我知道你系出名门，在瑞勒的大学受过教育，是古代语言的专家。可你却用此天赋去翻译禁书，而这些禁书——以我的推断，如果错了请给予纠正——最终导致了你们主教大人的死亡，并成为黑暗巫术那些可怕行径的倚仗。"

"这些都是事实，大人，"斯蒂芬回答，"但翻译是主教大人下的命令。黑暗巫术也是教会叛徒德思蒙·费爱一伙人所搞的鬼。"

"说得倒是有理，可怎么看不到丝毫证据呢？"护法明确指出，"费爱修士和他的那帮人都死了，跟佩尔主教一样。死无对证，你却要拿来作为辩解的借口。"

"护法大人——"

"你是否该承认唤醒荆棘王的重罪呢？据说他的出现将导致世界的终结。"

"那纯粹是意外啊，大人。"

"如果世界真的开始迈向终结，你这样说是否会给心灵带来稍许的慰藉？"

"对不起，大人。"斯蒂芬一脸悲戚。

"尽管如此,你的供词却并未表明你在说谎。实际上许久之前我就觉察到德易院有点不对劲。教会毕竟也是有男有女,凡夫俗子难免都是容易犯错误的,任何人都可能腐败堕落。现在德易院已经处于加倍监视之中了,你可知道?"

他最后转向薇娜。

"薇娜·卢夫特。考比村一马夫之女。并非御林看守,也不属于教会。你到底是怎么搅和到这里面去的?"

"是因为我爱上了这个莽汉御林看守,大人。"她回答。

埃斯帕感觉到了自己脸上的红晕。

"呃,这样啊,"护法道,"这类事可没法说清啊。"

"恐怕是的,大人。"

"所以你跟着他追踪狮鹫,还跟到荆棘王出现的卡洛司。你还成为瑟夫莱芬德的俘虏,而这个芬德据说是许多事件的罪魁祸首?"

"是的,大人。"

"好,"他的嘴唇抿作一条细线,"我给你一次选择,薇娜·卢夫特。我们将要谈论的事情绝不可以传出此墙之外。你可以留下,当然四面八方的危险仍然包围着你——或者你可以选择离开,我会遣人护送你安全回到考比村你父亲的客栈。"

"大人,我是这里面的一员,我选择留下。"

埃斯帕发觉自己忽然站了起来,"薇娜,我不允许——"

"呵,你这大笨熊,"薇娜说,"你什么时候允许过?"

"这次我就不许!"埃斯帕道。

"请少安毋躁,"护法开口道。他锐利的眼神落在埃斯帕脸上,"这是她的选择。"

"而且她已经做了决定。"薇娜道。

"务必慎重啊,亲爱的。"护法说道。

"不需要再考虑了,大人。"薇娜回答。

护法点点头:"很好。"

他把手搭在一个男孩肩上,他从始至终都没说过一句话。他长着黑头发黑眼睛,皮肤也很黑,比埃斯帕还黑。

"请允许我介绍一下易霍克,瓦陶部族人,来自仙兔山。你或许认识他们瓦陶人吧，御林看守怀特？"

"唔。"埃斯帕草草应声。他母亲就是瓦陶人，父亲是鄞贡人。但他俩的孩子却在两个部族都不受欢迎。

护法再次点头："你们三人的所作所为与教会有莫大干系，特别是跟所谓荆棘王的出现相关。迄此为止，我们一直把那当作一个普通的传说，一种流传至今的迷信，或者是远于我们祖先打破被奴役的桎梏之前，源自某种巫战时期甚至是囚困时期的谑传。但现在，他却现身了。我们必须重新审视一下我们的知识啊。"

"如果我可以的话，大人，我的报告——"斯蒂芬开口道。

"你的报告我已经看过，"赫斯匹罗道，"做得不错，但你缺乏教会充足的资源。在圣艾滨国，某些文卷只供普瑞斯默教皇陛下翻阅。在听说卡洛司事件后我立即传信至艾滨国，现在已经有了回函。"他顿了顿。

"这些，"他继续说道，"我待会儿再谈。无论如何，之前我并没有把握可以得到艾滨国的答复。我通过教会途径派出一队人去追踪那个——生物，而且获悉了不少东西。那个小队很强，有一名教会骑士和五个满瑞斯级修道士。他们察访到仙兔山，并请易霍克当导游。易霍克，你可以陈述你的所见所闻了。"

"呃，"易霍克应声道。他的口音很重，显然平时不太用王国语。"你好，"他看着埃斯帕，"我听说过你，御林守卫阁下。我以为你会十分高大，据说你的箭跟矛一般大小。"

"在这位大人跟前我缩小了。"埃斯帕闷声道，"你看见了什么，孩子？在哪里？"

"在达石皮部族的领地，靠近阿骨冬村。其中一位修道士——马丁——听到了某种声响，然后，他们就来了。"

"他们？"

"男人跟女人，但又似兽类。什么也没穿，也没带武器。他们就用手和牙齿把奥内阁下撕成了碎片。十分疯狂。"

"他们从哪里来？"

"他们就是达石皮部族人，我敢肯定。或许是全部，但没见到孩子，老人也在里面。"他耸耸肩，"他们杀死了修道士，还分吃了他们的肉。"

"你知不知道是什么令他们变成那样?"

"并不仅仅是他们,御林守卫阁下。在我逃离之后,经过许多村落,所有的都荒废了。我藏身于山洞和树叶之下,但他们发现了我的马,并撕碎吃了。在夜里我听见他们唱歌,却不是山脉中任何部族的语言。"

"但你却逃了出来。"

"唔。我有幸逃出森林,逃离了他们。我来这里是因为马丁的遗言。"

"马丁是我最得力的手下之一,"护法道,"也是位十分强大的满瑞斯修士。"

"是什么疯狂扫荡了所有村落?"斯蒂芬惊愕道。

"那些年老女性……"易霍克刚开口,声音便被截断。

"细节不提也罢,易霍克,"护法语重心长的样子,"拣重要的讲。"

"有一种预言,说苔藓王苏醒之后,会要整座森林成为他的奴隶。"

"苔藓王,"斯蒂芬说,"我见过这个名字,是你们对荆棘王的称呼。"

易霍克点点头。

"埃斯帕,"薇娜喃喃道,"考比村也在御林之中。我父亲,我的家人……"

"考比村离达石皮村远着呢。"埃斯帕说。

"如果这个孩子说的都是真的,那远近又有什么关系?"

"她说得对。"斯蒂芬说。

"他们并未被限定于森林腹地,"护法道,"我们有报告说御林边界出现战斗,至少东部有。"

"护法大人,您一定要原谅我。"埃斯帕道。

"原谅哪桩罪?"

"原谅我的离开。我是国王的御林守卫,御林的安全在我的职权范围之内,我得亲自去查看。"

"对,就后半句话我赞同,但前半句——你已经不再是国王的御林守卫了。"

"什么?"

THE CHARNEL PRINCE

"我已经请求陛下把你安置在我的手下,我需要你,埃斯帕·怀特。没有人比你更了解那片森林。你曾与荆棘王面对面,却活了下来——而且是两次。"

"但他一生都是御林守卫!"斯蒂芬吼道,"大人你不可以就这么——"

护法的语调突然不再温和:"我当然可以,戴瑞格修士。我不仅可以而且已经这么做了。要指出的是,你们的朋友依然是御林守卫——教会的御林守卫。难道还要期盼比这更高的荣誉?"

"可——"斯蒂芬再次开口。

"都一样,斯蒂芬,"埃斯帕平静地说,"我可以代表我自己。"

"请接受这个职位。"护法催促道。

他直视护法的眼睛。"我对宫廷、国王、护法都不甚了解,"他承认道,"他们说我不懂礼节,坏毛病却一大堆。但无论怎样,大人似乎应该在告诉我之前询问一下我的意思才符合礼节吧。"

赫斯匹罗盯了他一会儿,耸耸肩。"很好。你说得有道理。我想大概是因为对克洛史尼民众与整个世界的担忧把我搞糊涂了,是应该先听听个人的愿望,我可以随时让国王撤回任命——但是,我现在想询问你的意愿。"

"护法大人究竟要我做什么?"

"我要你去御林查明情况,到底发生了什么;我要你找到荆棘王,杀了他。"

话语之后是短暂的沉默。他坐在那里,用仿佛是要他们去林子里打一头鹿回来一般的神态看着他们。

"杀了他?"过了会儿,埃斯帕谨慎地重复道。

"对。你杀了狮鹫不是?"

"但它几乎要了埃斯帕的命!"薇娜插嘴道,"他本来就要死了,不知为何却让荆棘王给救了回来。"

"你能确定吗?"护法问,"你们就这样轻易地忽视诸位圣者及其赐福?他们毕竟还眷顾着人类。"

"大人,问题是,"斯蒂芬说道,"我们并不十分确切地了解当天所发生的事,也不明确荆棘王究竟是什么,所预示的又是什么。

我们不知道荆棘王是否该杀,也不知道他是否能被杀死。"

"他能被杀死,也必须死。"赫斯匹罗说,"这个就可以杀了他。"他从身后桌上拿起一个细长的皮革盒子。看样子年代相当久远,埃斯帕见到上面有些快褪掉的文字。

"这是教会最为古老的遗物之一。"护法道,"一直等待着今天,等待有人握住他。教皇做过占卜,他已得到诸神的指示。"

他揭开盒子的一头,小心翼翼地取出一支箭。

此箭头熠熠生辉,芒烁四散,几乎让人不敢直视。

"在圣者摧毁旧神之时,"赫斯匹罗说,"他们制造了这支箭,并授之于教会的创立者。它能杀死任何血肉之躯——不论它们是普通野兽还是超自然的怪物。此箭可以被使用七次,现在已用过五次。"

他把箭放回原位,环抱手臂。

"易霍克便是荆棘王所作所为的目击证人。预言告知人们这种疯狂还将继续蔓延,仿若池中的涟漪,直至吞没人类的所有土地。因此,我受命于教会最高负责人教皇,要让此箭刺穿荆棘王的胸膛。而你,埃斯帕·怀特,就是执行这一任务的最佳人选。"

第五章 沙恩林女巫

"我们收拾不了全部!"安夏尔咬牙切齿地拉开弓。但却找不到任何可射击的对象——所谓的狼也不过就是树间的阴影,而且他确信他所发出的每支箭都射空了。沙恩林里浓雾弥漫,而且蔓藤错综复杂,箭的力道可谓不痛不痒。

"是的,没错,"独眼瑟夫莱冷冷地朝左边道,"收拾不了。但我们到这里来又不是为了宰狼。"

"或许你没有注意到,芬德,"培威修士理了理垂在瘦脸上湿漉漉的褐发,"我们没得选择。"

芬德叹了口气:"他们没有攻击吧,难道不是?"

"瑞凡已被撕成了碎片。"培威观测后如是说。

"瑞凡走岔了道,"芬德说,"我们不能那么傻。"

"你真认为我们只要不偏离大路就安全?"安夏尔怀疑地低头看他们剩下三人的队伍所踩踏的狭窄小径。它跟极度荒凉的森林并无明显的边界,只是泥土与落叶混在一起罢了。

"我没说过我们安全,"芬德的幽默感让人很是不快,"仅仅能让狼逮不到而已。"

"你已经判断失误了。"培威修士指出。

"我?"芬德惊讶道,"失误?"

"比如,在卡洛司。"培威寸步不让。

芬德霎时止住脚步,用他的独眼审视面前的修道士。"我怎么失误了?"

"你对那个御林守卫的判断失误了,"培威指控道,"你说他算不上威胁。"

"我?声称埃斯帕·怀特算不上威胁?唯一一个在决斗中赐给我一道伤口的人?那个抢走我眼睛的人?无论何时何地,我从没声称过埃斯帕·怀特算不上威胁。我想大概是你的朋友德思蒙·费爱说的吧,他还发誓说在到达卡洛司之前阻止御林守卫。"

"他毁了我们的计划。"培威嘟囔道。

"呃,等等,"芬德说,"你这个毁字让我有点糊涂。我们不是杀了两个公主吗?"

"没错,但王后——"

"逃了,我承认。但那并非因为我的失误——而是因为我们战败了。"

"如果我们坚持住——"

"如果我们坚持住,我们俩早就死了,我们的事业就又少了两个拥护者,"芬德说,"你自以为比我更了解我们的主子吗?修士兄弟?"

培威的眉头紧锁,但最后还是点点头,承认道:"不。"

"那不就得了?我们只顾着争辩,那些狼呢?"

"还在那边,"安夏尔回答,"不过没再逼近。"

"那是因为她想知道我们来的目的。只要她对我们还心存好奇——只要我们老老实实遵从她待在路上——我们就没事。"他拍拍培威的后背,"现在你可以放下包袱了?"

培威的脸上挤出一个笑容。

安夏尔听说过卡洛司事件,但没经历过。卷入这场冲突的修道士大都来自德易修道院。而他受训于安太扎修道院,位处寒沙国的极北边。他被派往南方的时间不长,临走前主教要他尽可能地动用一切力量去帮助一个陌生的瑟夫莱,还有培威修士。

主教强调说这位瑟夫莱虽不是教会成员,但必须彻底服从。

所以,他便跟着芬德到了这里,`而此地是他年幼时所听过的绝大部分恐怖故事的发祥地——沙恩林——而且他们要找的不是别人,正是沙恩林女巫。

小径将他们引入树林深处某一山间裂缝之中,很快又延伸成细长的峡谷,两旁是高耸陡峭的岩壁。他从小在乡村长大,对树木很是亲近熟悉。在沙恩林边缘地带,他还能说出绝大部分树木的名称,但现在却一无所知。一些长有鳞甲,枝干仿佛一条条小蛇拧在一起;一些长势极高,从顶上撒出如蛛网般的枝叶;还有些外观并不怪异,

THE CHARNEL PRINCE

但就是认不出来。

最后他们来到一个清澈的水池前,岸上长着厚厚一层苔藓与灰白——几近纯白——的蕨草。这里的树木呈黑色且表面覆有鳞甲,如锯木刀片似的树叶正在飘落。坐定于枝丫上的一个个人类头骨们均朝他行着空洞的注目礼。安夏尔发现自己的脚步正逐渐后退,但他最终以意志战胜了本能。

他嗅到某种气味,似麝香,又很苦涩。

"到了,"芬德低声道,"就是这里。"

芬德手握一柄形状诡异的刀。"你们俩都到这里来,"他说,"她需要一点血。"

安夏尔顺从地走到瑟夫莱的旁边。培威也照做了,但在安夏尔看来他似乎有些踌躇。

之后,芬德的刀刃划过他自己的手掌,血顺着划痕涌了出来。安夏尔有五分惊讶地发现他的血跟人类一样鲜红。

他瞥了两人一眼,道:"准备好了?她还要更多的血。"

安夏尔点点头,抽出自己的刀,培威也照做了。

安夏尔在割破手掌时从眼角瞥见了奇怪的一幕。

培威站在原地,他的刀也划过他的手掌,但他却奇怪地痉挛起来。芬德与他面对面,并扶住他的头,像是在用力把他提起来……

不!芬德的刀刚刚戳入了培威修士的左眼。现在刀已取了出来,血迹擦在培威的法衣上。这个修道士仍站在原地,抽搐着,剜出的眼放在他只割了一半的手掌上。

"更多的血,"芬德放大音量。他推了培威一下,于是修道士便一头栽入了池中。而后瑟夫莱望着安夏尔。他感到一阵寒意袭来,但双脚依然站在原地。

"你不担心自己成为下一个?"芬德问。

"不,"安夏尔说,"如果我的主教送我来这里做祭品,我就做祭品。"

芬德的嘴唇扭曲化作一个勉强的笑。"你们这些教徒啊,"他说,"有这样的信仰,这样的忠诚!"

"你不是为教会服务?"安夏尔惊愕地问道。芬德哼了一下摇摇头。而后他开始唱起一支歌来，用的是安夏尔从未曾听过的特殊语言。

有什么在树间移动。他无法确实看见，但能听到能感觉到。好像是某种长鳞的庞然大物拖着身躯穿越森林，并在池上盘旋，正如传说中的大龙蛇。他知道，它很快将从林间探出头来，并张开血盆大口，露出锋利的牙。

但真正在他们面前现身的面孔却与他的想象大相径庭。

她皮肤白皙，胜过牛奶或月光，她的头发飘动，犹如一卷黑烟。他试图转移视线，因为她裸露着身躯，他也知道自己绝不该盯着她看，但就是做不到。她是如此纤细，如此精致，如此脆弱，甚至让他以为她还是个孩子。他的目光落在她的胸脯，一对小小的乳房上点缀着灰蓝的乳头。令他惊讶的是她还有两对更小的排列在腹部，似猫一般。忽然他醒悟过来，她是瑟夫莱。

她微笑着，让他羞愧的是，在强烈的惊骇之中，他感觉到一阵同等强烈的欲望。她向他们伸手致意，手心朝上，于是他往前走了一步。

但芬德用手挡住了他的去路。

"她并没叫你。"他说完，指指泉水池。

培威忽然出现，四肢收拢，笨拙地站立起来。他的脸转向他们。

"你为什么来，芬德？"培威声音嘶哑。

"我来是为了与沙恩林女巫对话。"芬德回答。

"你已经找到了她。"培威说。

"真的？我一直听人说这女巫是个可怕的食人女妖，是个巨人，丑陋得不得了。"

"我有许多种形象，"培威的尸身说道，"有许多关于我的愚蠢故事流传。"女人竖起头来。"你杀了戴尔公主，"她说，"我嗅到了你身上有这种气味。但戴尔有三个女儿，为什么不杀了第三个？"

芬德低笑道："我以为我的献祭让我有资格得到我需要的答案。"

"你的献祭只能确保我在听完你的话之前不杀你。如果你还有别的要求，就只能看我的心情而定了。"

"啊哈，"芬德说，"很好。这三女儿——我肯定她的名字叫安妮——在卡洛司并未出现。她不知什么时候被送了出去。"

"对，"尸身道，"我知道。其他人在维特利安发现了她，但却

THE CHARNEL PRINCE

失手了。"

"那她仍然活着?"芬德问。

"这是你的问题之一?"

"对,但现在听起来似乎是别人的问题了。"

"陆地与天空已被派去找寻她,"培威说,"她必须死。"

"没错,我知道。"芬德回答,"但既然你说曾找到过她——"

"然后又跟丢了。"

"你能告诉我她在哪里吗?"

"不能。"

"那好,"芬德说,"那些人能跟丢她,就该再去找她。"

"王后在你的手心里,怎么你没杀了她?"培威问。

"是啊是啊,"芬德回答,"好像总有人一直不断地提起这事。我的一个老友出现,在整桩事件上加了点作料。但据我的了解,王后不如安妮重要。"

"她很重要——但别担心,她死定了。你的失败没造成太坏的结果。但你有一件事说得对——她的小女儿就是一切,正如你主人所提到的那样。"

芬德第一次显得吃惊:"我并不称他主人——你知道我为谁做事?"

"很久以前他来找过我一次,而现在我从你身上嗅到了他的味道。"女人昂起下巴,培威也拙劣地模仿着她的动作。"战争开始了?"尸身问。

"你怎么对某些事了如指掌,对另一些事却毫无所知?"

"我对大事了如指掌,对小事知之甚少。"培威说完嗤嗤地笑了笑,好像很中意这个文字游戏。他身后就站着那个女人,安夏尔能看到她的眼睛,是让人惊诧的紫罗兰色。

"我看的是整条江河,而并非里面的旋涡或流势,也并非上面的船只或者漂往大海的树叶。你的话就可告知我那些东西。你说一种,我便知道与之相关的其他事——以此来获悉这些小事。好了,战争开始了吗?"

"还没,"他回答,"但据说快了,正在酝酿之中。但那不是我所关注的。"

"你所关注的是什么?芬德?你来这里真正想发现什么?"

"他们说你是妖魔鬼怪之母,沙恩林女巫。这是真的?"

"妖魔鬼怪是大地所孕育。你想怎样?"

芬德的笑扩散开来,安夏尔感到一阵不寒而栗。但当芬德回答她时,更深的寒意将他淹没。

THE CHARNEL PRINCE

第六章 灰烬之眼

几乎就在转瞬之间,浓烟便从梯口涌入,还有吞噬所有其他噪声的如玫瑰般燃烧的火焰,地板也已经变得滚烫炙手。里奥夫意识到假若这眉棱塔是个烤炉,他自己无疑就是里面的面包。

他奔向窗口,考虑了一下这一跤是否会让他摔断腿,但很快便缩回了脑袋。因为他看到两个人影正关注着这塔的火势,他们的脸因门口溢出的火光而变得红润。

这短暂的一瞥让他更为心慌。那两人之中有一个简直就是巨人,而且他们的两双手都握着寒光闪闪的铁棒。他们并没有查看塔内——仅让火焰代替他们摧毁一切。

"可怜的吉尔墨。"他喃喃道。他们或许已经把那个可怜人杀死在了睡梦之中。

对此刻的里奥夫来说,除了待在这里碰运气之外还能做什么呢?呼吸已变得困难起来。火焰即将蹿上来,但烟雾当然会第一个找到他。

他无法下楼,也不能跳窗。如果还想多活一会儿,所剩的选择只能是往上。

于是他爬上楼梯到了上层。这里也早已经是浓烟遍布,但稍稍好过楼下。

而且很黑,非常黑。他再次听见了齿轮装置转动的声音。

他摸索到最后的楼梯,哆嗦着小心地往上爬,一面想象着自己的某只手——或者更糟,他的头——被看不见的齿轮钩了去。

这最上一层并不十分呛人。他隐隐约约辨出了窗户的方向,并充满希望地走过去。但那两人还在,而且从这里跳窗也实在太荒谬。

为了让自己冷静下来,里奥夫在黑暗中到处摸索,当触到某种可动之物时他差点尖叫起来。但他马上意识到那只不过是个转动的竖柱——说不定就是水泵的中心轴。

可他在一楼所见的那根轴没有转动,只上下抽动。可见那动力必然传至下层。

但这想法似乎也不对。那竖轴——吉尔墨怎么叫的来着？大风轮？哦，漂轮。漂轮必须处于水平状态，由此，动力才能传至这根中心轴。

这也就意味着他的上面还有另外的什么存在。

他仔细地摸索着上部，在轴子顶部找到一个巨木齿轮，正在旋转。而后他又摸了摸，找到第二个齿轮，处于第一个的上方，正往右转，这样底部的巨齿便带动第一个齿轮旋转。里奥夫猜测，使得第二个齿轮转动的那根轴一定与风轮自身有关。

他找到了风轮并顺着它继续前行，虽然并不确定自己到底要找的是什么。浓烟又再次发现了他，随之而来的还有热气。

轴承穿过墙上一个污垢重重的洞，其大小与轴本身的粗细极为接近。

他忽然知道自己要找的是什么了。

"一定有某种通道用来维修漂轮——是啦！"

在轴子下面他发现一个插销，这让他打开了一个四方小门。

往门外看去，只见灰白的月亮落在地平线上，借着光亮，他望见了风中旋转的漂轮，而远处，运河中的水面正银光闪烁。下面没有人，但有足够的阴影可以隐藏任何东西。

整个建筑打了个颤，接着又是一颤。楼下的横梁在折断。可这塔应该支撑得住，它是由石头砌成。

一阵爆发的热气流以及一缕火焰紧随着他的思索轰然涌入梯口。

圣者啊，我并不想这样！但不这样就只有被烧死。

他屏住气，踩着旋转的漂轮缓慢的节奏前行，直至感觉自身与外物融为一体。眉棱塔之歌再度回访，将他周身填满，连呼吸也与之同步。

在强拍之时他一跃而起，却马上因为腿部痉挛功亏一篑，仅剩一只手抓住漂轮风翼上的木网格，而且整个身子都变作了脚底朝天的姿势。他尝试用另一只手也努力抓牢，胃部因恐惧和方向的迷失而搅腾，而陆地却在极为遥远之处。而后风翼推着他下行，他自己也开始逐渐往下爬。

THE CHARNEL PRINCE

就在接近地面时,他加快了速度,但距离还是不够,所以他只好紧贴风翼眼睁睁看着自己的位置再次高升。但奇怪的是,他的恐惧开始转为某种兴奋。他的头现在朝向中心轴,维持着底朝天的姿势,幸好似乎有什么钩住了他的脚。这简直就是圣者的眷顾。于是,他就那样倒立着顺势下滑,在第二枚风翼转到地面时,已经低到可以跳的高度了。

他重重地摔了一跤,但没有摔伤,而后在草地上躺了一会儿。不久,他起身猫着腰离开,朝运河的方向移动。就在即将到达之时,一只强有力的手抓住了他的胳膊。

"嘘!"一个低声命令道,"安静!是我,吉尔墨。"

里奥夫闭上眼睛点点头,祈祷着心脏不要撞断胸骨。

"跟上,"吉尔墨说,"我们得离开这里。做这事的那些人——"

"我见到了,在眉棱塔的另一面。"

"啊,真蠢,他们肯定在。"

"呃,这一面没有可以看到那边的窗户。"他们来到运河处。里奥夫看见一只小艇停在岸边。

"快,"吉尔墨解开船绳,"上来。"只一小会儿后,他们便远在运河的中央了。船上两人配合默契,里奥夫拼命划桨,吉尔墨则负责掌舵。

"我还担心你已经死了。"里奥夫说。

"怎么可能!那时我刚好出去查看转势,回头就听到他们的谈话。我估计凭我一个人阻止不了他们。"他回望了一下眉棱塔。火焰冲出塔顶,直蹿云霄。漂轮之翼好似几根火炬,还在熊熊燃烧。"对不起,亲爱的,"吉尔墨语调低缓,"他们如此对你,那就毁了他们!毁了他们!"而后他转过脸来。

"现在怎么办?"里奥夫问。

"我们去布鲁格,看看有什么闹事发生。"

"可阿特沃还没回来。"

"他可能需要我们帮助。"

对里奥夫来说,连阿特沃都无法处理的麻烦,像他们这样一个作曲家一个风匠就算掺和进去也不抵事。他正准备这样说,但忽然想起了另外一件事情。老人吉尔墨一定是从他的脸上看出了什么,问道:"怎么了?"

"我的乐器。我的东西!"

老人悲哀地点点头。"是啊,我的也没了。现在要考虑的是,如果这些恶棍让河决了堤,下面的平民会有多少损失。"

"我很怀疑就我们能干什么?我又不能战斗,对武器更是一窍不通。"

"呃,我也一样。"吉尔墨回答,"但那并不意味着我就可以袖手旁观。"

仿佛连风也在哀恸眉棱,竟戛然而止。沉寂笼罩着运河上空,只有水中的桨声传来。里奥夫忧虑地注视着岸边,害怕那些人会尾随而至,但水路边上威严的榆树影下并无任何可疑的影子出现。

很快那些树影便与更大的一些影子融合在了一起——开始是村舍,接着是高房。运河也变窄了。

"大门就在前面。"吉尔墨耳语道,"准备好。"

"准备什么?"里奥夫问。

"我也不知道。"老人回答。

一扇水门由熟铁铸成,大大方方地敞开着。他们几乎是悄无声息地穿了过去,来到布鲁格。

这里奇怪的沉寂显得比适才的运河更加厚重,仿佛整个布鲁格就是静寂的中心。也没有任何微弱的烛光点亮只只窗户。它们犹如盲人的眼睛一般笼罩在薄薄的月色之中。

轻轻地,吉尔墨把小船导向一个码头。

"你先下,"他对里奥夫说,"小心点,别让我晃悠。"

里奥夫小心翼翼地踱步上岸,当他的脚踏上那片土地时,寒意爬上了他的背脊。

阿特沃是对的——这里是发生了什么可怕的事。

"帮我拉稳这船,"吉尔墨说,"感觉自己还算有用吧?"

"对不起。"里奥夫低声道。但在这座寂静的小镇上就连这么微弱的回答似乎也听得见回音。风匠系船绳时,他抓住船舷,感觉到喉间的血管在剧烈搏动。

布鲁格整个笼罩在月光中,显得凄美异常。高大狭窄的建筑如

THE CHARNEL PRINCE

叶片般裹着银光，街上的鹅卵石化作流水，向运河的水面则像极了云母地毯。和镇子同名的那一座桥，坚固而端庄地坐落在几步之遥处，每根石柱都与圣者同眠。运河彼岸的远处，耸立着教堂的钟塔。

就在他旁边，与运河平行的那条街边的木头招牌，在暗淡的月色里极难辨认。它标明了下面的一扇门，是通往派特客栈的入口。文字下面是木质浮雕，一个胖侍者正从葡萄酒桶里舀出一杯酒。

吉尔墨系好船之后，指了指派特客栈。"那儿，"他说，"是全镇最热闹的一间客栈，这个时候应该忙得不可开交。"

跟布鲁格其他建筑一样，这客栈也同样静寂与黑暗。

"我们进去瞧瞧，"吉尔墨低声道，"如果有谁想躲起来，这地方一定是首选。或许就是酒窖。"

"躲谁呢？躲那些烧你风车的恶棍？"

"不，"吉尔墨说，"布鲁格的名声不坏。"

"你指的什么？"

"一群恶人过去曾想夺取此镇，因其地理位置十分完美——在这里决堤，便会水漫方圆六十里格。这绝非虚言。三十年前，一个变节的寒沙骑士——雷米斯穆德·弗兰·乌特豪普——带领二十骑兵与一百步兵来到此处，就安顿在这个客栈。他往伊斯冷送去信函，扬言拿不到赎金就要决堤放水。"

"那他没拿到？"

"没有。一个造艇工的女儿，全镇最美丽的姑娘，就要在第二天出嫁了。她穿着婚礼裙跑去找乌特豪普，就在上面最高的那个房间，她吻了他。就那里，靠近那个窗口，他们亲吻时，女孩用裙裾缠住他的脖子，并一跃跳出了窗外。几乎就血洒于你现在所站的地方。其余镇民以此为契机开始反抗。那支部队被迫强行突围，来到镇子大门时，他们身后的街上留下了近一百具布鲁格镇民的尸身。"他摇摇头道，"而且这种事也并非第一次发生。每位成长于布鲁格的男孩女孩都把防工堤防与桥梁当作神圣的职责。他们都会义无反顾地争当下一个故事里的英雄。"

"所以你认为是有什么吓得他们藏了起来？"

吉尔墨摇摇头。"不，"他语调悲哀，"恐怕他们根本就没有藏。"

门吱嘎一声就开了，但里面却没任何回应。吉尔墨嘀咕着掏出他的火绒盒，点燃了近处的一支蜡烛。

"神圣的圣者哪！"里奥夫喘气道，光亮暴露了可怕的一幕。

这派特客栈的确是有很多人，或者说曾经有很多人。他们横七竖八跌倒在地，纹丝不动。连里奥夫都能肯定，他们已死去多时。其血肉就算在温暖的烛光之下，也比骨头还苍白。

"他们的眼睛！"吉尔墨的语音有些哽咽。

里奥夫这才注意到，紧接着倒退几步伏在地上呕吐起来。一时间天旋地转，让他无法呼吸。

他们都没有了眼睛，只有两个骇人的灰色空洞。

吉尔墨拍了拍里奥夫的肩。"放松点儿，"他说，"我们不应该被那些凶手发现，对吧？"老人的声音在颤抖。

"我无法……"又一轮恶心感涌了上来，里奥夫把前额重重地压在厚木地板之上。

直至再次抬头，花了他不少的时间。

他发现吉尔墨在研究那些尸体。

"他们为什么烧掉这些人的眼睛？"里奥夫总算吐出一句。

"圣者才知道。但他们没用任何烙铁。眼睛仍然在上面，只不过变作了焦炭。"

"黠阴巫术。"里奥夫低声道。

"是啊。最邪恶的黠阴巫术。"

"可为什么？"

吉尔墨站起身来，他的表情十分严肃。"这样他们就可以决堤了，再没有任何阻碍，也没有目击证人。"他抿起嘴唇，"但他们还没有决堤不是？我们还有时间！"

"有时间做什么？"里奥夫疑惑地反问。

吉尔墨板起脸来："这些人是我的朋友。你愿意的话就留在这里吧。"

他在尸身上搜索了一会儿，找出一把刀来。

"无论是谁干的，都不会以为还有活口了。他们不知道我们还在。"

"如果他们知道了，我们的下场就跟这里的人一样。"里奥夫的语调透出绝望。

"啊,也许吧。"吉尔墨说着朝门口走去。

里奥夫再次看了看地面,叹口气道:"我也去。"

当他们回到街上,他瞥了瞥鹅卵石,问:"她叫什么名字?"

"嗯?"

"那位新娘。"

"啊,莉塔。莉塔·郎斯多特。"

"她的未婚夫呢?他怎样了?"

吉尔墨的嘴角扭曲得有些古怪。"他一生未娶,跟他父亲一样当了一个风匠。嘘——水闸就在不远处了。"

一路上他们撇下了更多的尸体,它们都用同样的空洞行着注目礼。而且并不仅仅是人,所有动物也都如此——狗、马——甚至连老鼠也一样。一些人脸上冻结着恐怖的表情,更多的则只是稍微的困惑。还有些——不知为何——竟然面露狂喜。

里奥夫还注意到了另外的——一种气味,一种微弱的腐败之气。并不是坟墓或者屠宰场的那种气味,与蛆虫或者硫黄的味儿也不同。它让他想到干枯——这很难以形容,并非真的让人十分不悦,它里面有种溶化糖浆的微弱芬芳。

他们越往前行,有种噪声就听得越明显——是种有节奏的击打之声——不是单个,而是此起彼伏,仿佛同一首挽歌的低音部分。

"是他们!"吉尔墨说,"快!"

他带着里奥夫顺着石阶,跨过死去岗兵的尸首,爬上城墙,从墙顶上俯视下方。

披着如霜月色的新壤一直延伸到地平线,但近处的筑堤却被城墙的阴影所遮蔽。火炬在无风的黑暗里吐出笔直的火焰。五个脱光上衣的人在一节石头筑坝上忙碌地挥舞着铲子。另五六个人在一旁看着——很难说清楚准确的人数。

"为什么那一节是石头筑的?"

"那只是个帽儿。筑堤的绝大部分都是泥土。如果国王需要水淹新壤,像偶尔会有的几次那样,决堤要花不少时间。但若命令来自王室,绝不会不事先通知低处的住民离开的。"

"可他们凿穿之后不把他们自己也给淹死了?"

"不会。他们挖的只是一个窄洞,看明白了?水会喷射出来,压力会逐渐把洞撑大,这段时间足够他们离开了。"

"他们会是谁啊?"

"圣者才知道。"

"那,我们该怎么做?"

"我还在考虑。"

里奥夫努力地盯着这个场面,尽其所能想多理解一些内容。这好似一幅画。可是什么画呢?

他整理了一下思绪。这个有筑堤的景致,就好似音乐创作的五线谱。掘土的人是主旋律,而站着看的人就仿佛孔雀舞曲里的低重音。

这便是所有……

"不。"他低声道。

"嗯?"

里奥夫指向某处。"看,那儿也有死人。"

"别大惊小怪的。任何活人都想去阻止他们。"风匠斜了他一眼,"看懂了吗?他们从大门围过来,然后袭击了敌人的后背。"

"可你瞧瞧他们躺的姿势,是不是个弧形?就像是在靠近之后立刻被一击毙命。"

吉尔墨摇摇头。"难道你没见过战斗?如果他们队形如此,这样倒下是很正常的。"

"可我没见到任何战斗过的迹象。在全镇任何地方都没见过,但每个人都丧了命。"

"啊。我也注意到了。"吉尔墨语音干涸。

"这么看来,弧形是他们制造出来的。注意弧的中央!"

"什么意思?"

"提灯的光是环形的,不是吗?假设那些尸体就是灯光的边缘,那关键就是提灯。"

吉尔墨怀疑地咕哝了一声,看了过去。些许之后,他耳语道:"的确有点东西被遮盖着,像箱子或篓子。"

"我敢打赌那就是扫荡了整个布鲁格的方法。如果我们下去——"

THE CHARNEL PRINCE

如果被他们发现——他们定会把它转向我们。"

"把什么转向我们?"

"不知道。我简直毫无头绪。但那东西被遮盖着,这肯定有原因。只要他们掌握着它,我们就一筹莫展。"

吉尔墨沉默了好长一段时间。"或许你是对的。"他说,"但如果你判断失误……"

"我不信我看错了。"

吉尔墨郑重地点点头,再次凝望下方。"它离墙不远吧?"

"不很远。你想出什么法子了?"

"跟我来。"

这位小老头蹑手蹑脚地在岗兵身上寻找武器,但只找到了空鞘——考虑到一把好剑的价值,这并不令人意外。而后他带着里奥夫沿着墙顶来到一个小仓库前。这一路,他们跨过了六具尸首。

吉尔墨打开门,步入阴暗之中,随即又哼哼着走了出来,手里搂着一块跟里奥夫脑袋一般大的岩石。"帮帮我。"

于是两人抬着石头来到墙栏处。

"你觉得我们可以掷得很远?"吉尔墨问。

"下面是个斜坡,"里奥夫回答,"即使失手,也会自动滚下去的吧。"

"那兴许就砸不坏那个黠阴巫盒了。好了,我们得一同使劲儿。"

里奥夫点点头,用上了双手。当他们瞄准之后,吉尔墨轻声道:"数三下。一,二——"

"嘿!嘿!看那儿!"一个声音叫嚣起来,就在城墙之上,离他们并不太远。

"撒手!"吉尔墨叫道。

他们掷了下去。里奥夫很想看看击中与否,但已有人冲了过来,而且他并不认为对方只是为了一次友好的谈话。

第七章 暴露

扎河之水融化了安妮的泪,并轻轻地将其载入大海。

高台上,茁壮的橄榄树与橘树把根扎在古老而裂缝遍布的铺路石之下,枝丫上有金丝雀在鸣啭,徐徐微风里尽是烤面包的甜香与秋的馥郁,蜻蜓也在金色阳光下倦怠不动。近处某位男子在抚弄一把鲁特琴,并浅吟低唱着一曲情歌。泽斯匹诺城的冬天来得十分缓慢,尤其是这初冬时令,几乎让人察觉不到。

可安妮的身影倒映在河水之中,好似最北方的纳滋格乌漫长而阴冷的长夜一般。就连她火红的头发也仿佛一团昏暗的阴影,一张秀脸似溺水的亡灵一样苍白。

河水看穿了她的心,于是把心之像呈还给她。

"安妮,"她身后的某人轻轻地说,"安妮,你不该这样抛头露面。"

安妮并未抬头。她在水里看到了奥丝娅,跟她自己一样恍惚如幽灵。

"我不在乎,"安妮说,"我没法儿回到那个可怕的小地方去,不要现在,不要这个样子。"

"可至少那里安全些,特别是这个时候……"奥丝娅的声音颤抖着就像要哭出来。她在安妮旁边坐下,两人不由得抱在一起。

"我还是不相信,"稍许,奥丝娅道,"不可能的事。说不定那不是真的。也许只是个谣传罢了。毕竟我们离家太远太远。"

"但愿如此,"安妮说,"可消息是教会的信使带来的,不会有误。我能感觉得到。"她用手背擦了擦眼睛。"事情就发生在我们差点被害死的那个夜里,那个紫色月亮出现之夜。那些骑士烧掉了修女院,我本来也是注定要跟他们一同丧命的。"

"你母后还活着,还有你兄弟查尔斯。"

"可我父王已死。法丝缇娅,艾瑟妮,罗伯特叔叔他们都死了,丽贝诗也失踪了。太过分了,奥丝娅。还有所有圣塞尔修女院的姐妹们，只因为她们站在我这一边——"她浑身发抖，啜泣起来。

"那，我们该怎么办呢？"过了会儿，奥丝妮问道。

安妮闭上眼睛，尽量去追踪眼睑之下的那些幻影。"当然我们得回家。"她最后这样答道，声音听起来好似一个疲惫的陌生人，"所有她所说的……"

她停了下来。

"谁？"奥丝妮问，"谁说的？怎么回事，安妮？"

"没什么。只是个梦罢了。"

"梦？"

"没什么大不了。我不太想谈这个。"她想去抚平棉裙上的褶皱，"这会儿我什么都不想说。"

"那至少我们还是去一个更隐秘点儿的地方吧。小教堂也行啊，都快三点了。"

整个城市已经从午睡中醒来。河滨路开始变得拥挤，无论是刚睡醒的，还是午餐吃到现在的，都在忙着赶去商店和工作，不知不觉中，形只影单的孤独已经成为过去。

她们右方不远处，有横跨扎河之上的彭绰桥。几分钟前此处还静悄悄，现在已是车水马龙一派热闹。与其他几座泽斯匹诺的桥梁一样，彭绰桥实际上也更像一座大型商务建筑，两边都排满了二三层楼的店铺。所以她们基本看不见在桥上走动的人，唯一能看到的只有外墙的红色灰泥，还有黑洞洞的窗户。此桥属于肉商联盟，安妮能听见他们锯子切割骨肉时的声响，另外还有伙计们讨价还价的嚷嚷声。一桶血水模样的液体从窗口倒出，差点儿泼到河中船上一男子的头上。那人仰头朝桥上大叫，不时挥舞着拳头。

当另一桶同样的液体再次出现在窗口时，他终于想起了走为上策这句话，划桨的动作很是奋勇。

安妮正想附和奥丝妮的话时，有道影子落在她们身上。她抬起头，看到一个个头高挑，皮肤黝黑的男人——就像大多数维特利安人的肤色。他的绿色紧身衣褪了色，还有些破旧。脚上的长袜一只红一只黑。他的手放在一把细剑的柄上。

"*Dena dicolla*，凯司娜。"他略一欠身说道，"是什么让这样美丽的脸庞忧郁而悲伤?"

"我不认识你,凯司。"安妮回答,"不过祝你日安,愿圣者保佑你。"

她别过脸,可他并未会意,只是站在那,笑着。

安妮叹口气。"走吧。"她说着拉拉奥丝婼的衣服。两人站了起来。

"我没有恶意,凯司娜们。"那人慌忙说,"只是在南边很少能见着红铜色和金色头发,还有如此迷人的北方口音。一个男人既然能这么大饱眼福,就该尽力效劳才对。"

一股轻微的寒意蹿上安妮的脊骨。她是那么悲伤,以至于忘记了把头发盖住,奥丝婼也一样。

"你可真好。"她飞快地说,"可我跟我妹妹正打算回家呢。"

"那就让我护送你们吧。"

安妮的目光扫遍四周。尽管高处的街道开始变得繁忙,可这附近更像是一座公园,相对安静许多。要到达街上,她和奥丝婼得走过差不多十码,再爬上一打石头台阶。这人就站在她们和最近的台阶之间。更糟的是,另一个家伙就坐在台阶上,对这番对话表现出超乎寻常的兴趣。

或许还有她根本没看到的人。

她挺直身子。"凯司,你能让我们过去吗?"

他看起来很是吃惊。"我怎会不让你们过去?我说过,我没有恶意。"

"很好。"她向前迈步,而他向后退去。

"看来我给你的第一印象有点糟啊,"他说,"我名叫艾瑞索·达奇·萨拉托蒂。你不说说你的名字吗?"

安妮没有回答,只是继续前进。

"或许我该猜猜?"艾瑞索说,"或许哪只小鸟会告诉我你的名字?"

现在安妮能肯定自己听到后边有人在跟着她们。她没有惊慌,反而感到突如其来的怒气以悲痛为翼,飞上高空。这人到底是谁,胆敢在今天打扰她的哀悼?

"你是个骗子,艾瑞索·达奇·萨拉托蒂,"她说,"你肯定有恶意。"

戏谑的神情从艾瑞索的脸上消失了。"我只想拿到赏钱,"他说,"我不晓得别人为啥想要这么个脸色苍白又讨人厌的凯媞拉,不过有银币可拿就成。好了,你是想自己走,还是我拖着你走?"

"我会大叫的,"安妮回答,"周围都是人。"

"那也许会让我丢掉赏钱,"艾瑞索说,"可那救不了你。还有好多巡街卫兵在找你,他们还会在拿到银币之前好好享用你一番。我就不会这么干,我可以对满瑞斯领主发誓。"他伸过手,"来吧。抓住我的手。这对你和我来说都是最简单的法子。"

"是这样吗?"安妮说着,只觉怒气更浓。但她伸出了手。当他们手指相触时,她感觉到他的脉搏,感觉到他体内血液的流动。

"塞尔诅咒你,"她说,"蠕虫带走你。"

艾瑞索睁大了眼睛。"呃!"他嘶声道,"呃,不!"他按住胸口,一条腿瘫软下去,就像是在躬身行礼。他开始呕吐。

"你没在月光下遇见我就该庆幸了,艾瑞索,"她说,"你更该庆幸自己没在月影里碰上我。"她说着,走过他的身畔。坐在台阶上的那人站起来,瞪大了眼睛瞧着她。可他什么都没说,也没阻止她们走向街道。

"你干了什么?"当她们钻入维欧·凯斯图街的人群中时,奥丝婼上气不接下气地发问。

"我不知道。"安妮回答。

等她们走到台阶边,她的怒意和勇气已燃烧殆尽,唯留恐惧与混乱。

"就跟那晚,那些人来修女院的时候一样。"安妮说。

"那时候你弄瞎了那个骑士。"

"我身体里有些东西——让我害怕,奥丝婼。我是怎么做到的?"

"它也让我害怕。"奥丝婼赞同道,"你觉得你杀掉他没?"

"不,我想他会恢复过来的。我们得快点走。"

她们从维欧·凯斯图街转入一条狭窄的林荫道,匆忙地从许多袜子店和一间飘出烤沙丁鱼气味的酒馆前经过,穿过皮亚塔·达·弗菲欧诺那座羊腿神的雪花石膏喷泉,前方的街道变得更窄更乱,最后她们来到了培多微街。跟昨天一样,女人们已经出现在阳台上,几群男人坐在门廊上喝着酒。

"我想他们还跟着我们。"奥丝姹说着,朝身后望去。

安妮也回过头,只见一群男人——大约五六个——正转过街角。

"跑吧,"安妮说,"没多远了。"

"我真希望卡佐在家。"奥丝姹说。

"让卡佐见鬼去吧。"安妮咕哝道。

女孩们开始奔跑。她们才跑出几码,便看到艾瑞索从一条小巷闪出,他的脸色苍白,怒气冲冲,另一个人站在他身边。

艾瑞索拔出细剑,那是根又细又长的铁棍儿。"尝尝这个,女巫,"他大吼着,"他们说过死活不论,况且我的好心都用完了。"

"用这么大的家伙来对付这么些小女孩,"一个女人站在阳台上奚落道,"能瞧见真男人来我们街可真让人高兴。"

"丽典娜!"安妮大喊道。她认出了那个女人,"他们想杀了我们。"

"噢,女公爵大人现在不讨厌我了,是吗?"丽典娜向下方喊道,"不像昨天在鱼市上那样了,嗯?"

艾瑞索哼了一声。"没人会帮你的,凯拉。"他说。

他刚刚说完这句话,一只装满秽物的陶罐便砸中了他同伙的颅骨。那家伙大叫起来,捂着脑袋倒了下去。艾瑞索尖叫一声,想要躲开,可却被不止一道窗户里丢出的烂水果和鱼骨头砸了个满头满脸。

但此时他其余的手下也已赶到,他们四散分开,将女孩们围在中央。他们被迫退到了街道中间,以免被重物砸到。

现在整条街上的女人都在高喊。

"我打赌他屁股上有只帽贝,"一个女人叫道,"要么就是只又小又潮的蜗牛,你瞧他都躲在壳里不敢出来啦。"

"滚回你们的城北去!"

可艾瑞索站在任何危险物件都扔不到的地方,也不再为邻里的女士们费神。他再次朝安妮和奥丝姹走去。

"在这么多人面前你不能杀我们。"她说。

"培多微街没有人,"他说,"只有害虫。就算有人费神去讲这个故事,也没人会听的。"

"那多可惜,"一个新来者的声音说道,"因为这故事会有个有趣的结局。"

THE CHARNEL PRINCE

"卡佐!"奥丝妮喊道。

安妮没看他——她没法把目光从艾瑞索那把剑的尖端移开,而且她对卡佐的声音已经够熟悉了。

"以昂特罗领主之名,你是谁?"艾瑞索问道。

"喔,我是卡佐·帕秋马迪奥·达·穹瓦提欧,我还是这两位凯司娜的保护人。"他说,"还有,今天会是个好日子,因为我有机会保护她们两位了。我只希望你们不是懦夫——那会让我的乐趣打点儿折扣。不过也不打紧。"

安妮听到钢铁在皮革上刮擦的轻响。

"卡斯帕剑,"卡佐对他的剑说,"我们该干活了。"

"我们有六个,你这蠢货。"艾瑞索嘲笑道。

安妮听到身后传来迅疾的脚步声,接着是喘息声和泪汩轻响。

"你的算术真糟,"卡佐说,"我只瞧见五个嘛。安妮,奥丝妮,过来。赶快。"

安妮照他说的转身走去,而卡佐从她身边飞掠而过。卡佐将剑摆出水平守势。

"待在我身后。"他说。

此时女人们开始欢呼。那个被卡佐刺穿的家伙可怜巴巴地爬向街边,而剑士则迎上了艾瑞索和他剩下的手下。但安妮没有被卡佐的虚张声势给骗倒——就算是对他来说,五个人也太多了。一旦他们围住他……

可他并未表现出任何担忧,他懒洋洋地搏斗着,仿佛对此感到厌倦。他身姿舞动,绕起了圈子,片刻之间,他真的让对手全体退至一隅,忙于抵挡他的攻势。

可他们随即发觉到自己的优势,开始从侧面包围过来。卡佐格开一次攻击,身形扭向一个怪异的角度,扣住对手的武器,将那剑锋顺势刺入另一名敌人的身体。与此同时,卡佐自己的剑则狠狠刺进了原先那个对手的肩膀。两人高呼着退开,但似乎伤得都不重。

"*Za uno-en-dor*,"卡佐告诉他们,"是我自创的。我——"

他住口格开艾瑞索狂怒的一击,接着飞快下蹲,避开另一侧刺来的一剑。他匆忙退后,可速度不足以避开第三次刺击,左肩挂了彩。卡佐闷哼一声，抓住了那把剑，可却没时间去解决对手，因为他的敌人又再度围拢过来。

"卡佐！"奥丝婼的呼声中带着真切的痛苦。

接着有个瓶子砸中了一个人的脑袋，让他的耳朵变成血肉模糊的一团。

安妮转头去看，发现约莫三十个住在附近的男人站在她身后，手里拿着匕首和木棍。

其中一个就是欧斯佩罗。他对着艾瑞索打了个响指。

"那边的！"欧斯佩罗怒吼道，"你想拿这些姑娘怎么着？"

艾瑞索紧抿嘴唇："跟你们无关。"

"你可是在培多微街，帅小伙。这么一来就跟我们有关啦。"

艾瑞索的手下里还能动的几个都退了回来，站到他身边。其中一个捂着耳朵，血从指缝间流出。安妮忽然觉得自己就像被两头雄狮围在了中间。

艾瑞索的脸变得阴晴不定，最后他叹了口气。"那个红头发的。她跟拉特罗王子订了婚，可这愚蠢的小凯媞拉被那家伙迷住，然后逃跑了。我来这是为了把她带回去。"

"是这么回事？"欧斯佩罗说，"带她回去没有报酬？"

"没有。"

"那你咋会蠢到跟她到这来？"

"出于荣誉。我发过誓要带她回去的。"

"啊哈。拉特罗王子，是吗？就是那个一边向我们收鱼税，一边让他的卖价显得更便宜的拉特罗王子？那个吊死弗维罗·欧鲁斐的拉特罗王子？"

"我不知道这些事。"

"那你知道的还真不多。可我得告诉你——要是砍掉我的鼻子能让拉特罗·达·维兰奇痛苦，我会很乐意这么干。他会从我们这得回他的姑娘。剁成片的姑娘。"

艾瑞索的脸涨得更红。"你不会这么干的。王子的愤怒是很可怕的。他会派梅迪索的军队到这来。你希望这样？"

"不，"欧斯佩罗承认，"不过我们这条街上的人可谨慎了。我

THE CHARNEL PRINCE

们不在乎别人怎么说,可这是事实。"

"你又打算怎么——"当人群朝他拥来时,尤里克睁大了眼睛,"不!"

他转身飞奔,他的手下跟在后头。

欧斯佩罗看着他们消失在视野中,大笑起来。然后他转身面向安妮、奥丝妮和卡佐。

"他在撒谎。"他对安妮说,"我想你最好告诉我报酬是啥,而且最好马上就说。"

仿佛要强调欧斯佩罗的话似的,他的手下逼得更近了。

第八章 罗勒水妖

我要死了，里奥夫想道。这念头似乎转得很慢，一切都慢了下来，被那道奇特的光镀上金边。作曲家在这一瞬间把正接近他的那人看了个清清楚楚。他有一头淡色头发，剪成长短不一的刘海儿。周围太黑，看不出他双眸的颜色，可那双眼睛在他脸上瞪得浑圆。他的皮马甲敞开到腹部。他的头上围着块布，露出一双耳朵。

还有那把在月光下像毒蛇般美丽的剑。

他本想逃跑，可当他抬起头看到死亡已是如此接近时，他明白自己不愿背对敌人终此一生。

接着有什么东西从他身边划过，伴随着另一道月光，正中那人的胸膛上方。这让对方停了手，随后痛呼着低头望去。某件金属物体撞上地面，完美的音符随即鸣响。那音符仿佛由某种奇怪的和声作为支撑，悬停空中，驻留不去。

"该死。"吉尔墨说。

"蠢货，"那人说着，再次举高了剑，"就为这个，我会在你们死掉前先阉了你们。"可他随即犹豫起来。

里奥夫听到的歌声并不是他想象出来的。它确实存在，那是种令人脊骨发寒的声响，自高墙之下传来。他勉强分辨出那是人的尖啸声——或是喊声，至少他们是在用尽全力高喊。

拿剑的那人就站在城墙边上朝墙下望去。

接着他便试图加入合唱之中。他张大嘴巴，颈后的脊骨像铁丝般凸出。最后，就这么瘫倒了下去。

"什么？"吉尔墨走向前去，也想看个究竟，可里奥夫把他拉到墙垛后面，他俯下身，用力拉着他。

"别看。"他喘息着说，"别看。我不知道那盒子里是什么，可我知道我们不该看。"

那个拿剑的人倒在地上，头正对着他们。他们只凭月光也能看

THE CHARNEL PRINCE

到,那人的两眼化为了灰烬,就像布鲁格其余死者的眼睛一样。

下方仍有尖叫声传来。

"别盯着它看!"

"捂住你们的眼睛!让里弗和海尔曼去抓住它。"

"它没把他们全杀掉。"里奥夫低语道。

"什么没把他们全杀掉?"吉尔墨问。

里奥夫发现老人正在颤抖。

一个更有力也更威严的声音盖过其他人的话语:"这玩意儿是从墙上扔过来的。那里还有人。找到他们。干掉他们。"

"那是指我们,"里奥夫说,"快走。还有别看!"

两人匆忙走下楼梯,回到寂静的镇中。

"他们要多久才会过来?"当他们沿着粗糙的石板路狂奔时,里奥夫喘着粗气问道。

"不用多久。他们会从北边的城门进来。我们最好藏起来。来吧,这边走。"

他带着里奥夫绕过几个拐角,穿过钟塔下的广场,走上另一条街道。

"管它是啥,我只想知道它有几只?"

"我说不清。"

"嘘!"吉尔墨说,"停下。停。"

里奥夫照做了,透过充斥耳中的呼吸和心跳声,他能听出吉尔墨停步的原因——那是正朝他们赶来的几个人的脚步声。

"来,进来。"吉尔墨说。他打开一座三层楼房的门,两人走了进去。他们沿着楼梯走到第二层,走到一间有张床和窗上覆有帘布的屋子里。吉尔墨走向窗子。

"当心,"里奥夫说,"他们也许跟它们在一起。"

"唔,伙计。我就瞄一眼。"

小老头儿靠向窗边。里奥夫紧张地看着他,而这时背后伸来一只手,盖住了他的嘴。

"嘘,"一个声音在他耳边响起,"是我,阿特沃。"

吉尔墨察觉到这轻微的声响,转过身。

"阿特沃领主大人!"他倒吸一口冷气。

"你好啊,风匠,"阿特沃说,"你给我们惹了些什么麻烦?"

"领主大人?"里奥夫重复道。

"你不知道?"吉尔墨说,"阿特沃阁下是我们的公爵,查尔斯陛下的堂兄。"

"不,"里奥夫结结巴巴道,"我根本不知道。领主大人——"

"嘘,"阿特沃打断他,"现在这不重要了。他们紧跟着你们,而且会找到你们的。罗勒水妖的鼻子可灵了。"

"罗勒水妖?"

"哎。这年头,最可怕的传说都成真了。"

"就是那盒子里的东西?"

"对。"他露出紧张的笑容,"我到的时候,他们正带着它在街上走,它亮得就跟盏提灯似的。我瞧见最后一个镇民死去。我得感谢我的老保姆,是她的故事救了我的命。它的目光转到我这边的时候,我别过了脸。当然,你砸烂它笼子的时候我差点就死了,因为那时候我正盯着它呢。做得好。我想他们在把那玩意儿重新遮住前已经被干掉了一半还多。"

"你瞧见了?"

阿特沃点点头。"我在南边的塔楼上看着呢。"

"他们是怎么抓住这东西,又把它关起来的?"

"他们带着两个瞎子,"他说,"他们负责训练它。其他人都走在后面。那笼子就像只宜南灯,除了一面之外全部封死。这玩意儿会发光,一旦你看到它,就只好用尽你的意志力去抵抗了。"

"可现在笼子碎了。"

"对。所以他们只好更小心点儿了,我们也一样。"

"我们得在他们找来之前逃走。"

"不,"阿特沃轻声道,"我想我们必须干一架。还有两个人留在堤坝那边。这会让他们多费点力气,可要是时间充足,他们还是能把堤给决了。这可不成。"

"对,"吉尔墨赞同道,"不能让整个布鲁格白白送命。"

"可我们怎么跟不能用眼睛看的东西打?"里奥夫惊讶地问道。

THE CHARNEL PRINCE

阿特沃拿起门边的某些东西。那是两个蓝色的玻璃烧瓶，装着液体。瓶口塞着布块。

"这就是我的计划。"阿特沃说。

过了好一会儿，里奥夫朝楼梯下望去。阿特沃站在一楼和二楼间的平台上。从地上的影子判断，他拿着弓，还搭上了箭。吉尔墨俯身在里奥夫背后的窗边，两眼紧闭。

"他们来了，"阿特沃的声音传了上来，"准备好。"

里奥夫紧张地点点头。他一只手抓着根蜡烛，另一只手拿着瓶油。吉尔墨也差不多。

里奥夫听到门开了，弓弦发出一声轻颤。

"他们有弓！"有人尖叫道。

"给我上！"另一个声音命令道，"他们闭着眼睛是射不中人的。只要他们睁开眼睛，立刻就会送命。"

脚步声传上楼梯。那把弓发出连声嗡响，接着有人痛苦地大叫起来。

"只是碰巧射中，"那听起来像领头的人大喊道，"赶紧上。"

"就是现在！"阿特沃大喊一声，奔上楼梯。

里奥夫点着了那块被油浸透的破布。

接着他看到了一道充斥着楼梯平台的光。那是一片美丽的金光，是他平生所见最完美的光芒。对彻底安宁的期待填满了他的心，而且他明白，要是他看不到光的源头，他会活不下去的。

"我说现在！"阿特沃吼道。

里奥夫听到下方远处传来玻璃的碎裂声和再度响起的尖叫声。肯定是吉尔墨瞄准屋子的入口扔出了烧瓶。可吉尔墨没看见那光，不会明白……

里奥夫突然想起了旅店里那些尸体。他想起了他们的眼睛。

他将烧瓶丢到阿特沃刚刚让出的楼梯平台。那光变得比以往更亮，也更为绚丽。就连爆散的火焰也像一朵有许多花瓣的玫瑰。里奥夫探出身体，看了一眼，仅仅一眼——

接着阿特沃粗鲁地将他打倒在地。

"满天诸圣啊，你以为自己在干吗？你不能看！"他咆哮道。

更多的尖叫声。此夜为尖叫之夜。油在飞快地燃烧,主要由木材建成的这栋房子也是。

"吉尔墨!"阿特沃叫道,"你砸中门口了没?"

"哎,我砸中啦,"吉尔墨回答,"我估摸那东西既然在楼梯上,朝门口瞟一眼应该不碍事。我的准头可好了。"他挠挠头,"可我们现在给困在房子里啦。"

"他们也一样,"阿特沃说。他走向窗边,推开窗帘,将一支箭搭在弓上。"是算总账的时候了,"他说,"瞧着楼梯那儿。要是有人过去,你们就大喊。"

楼梯间已经化为火海,令人窒息的烟雾在空中翻腾。此夜亦为烈火之夜,里奥夫想。看起来,他注定要给烧死了。

他透过声声怒吼和连连尖叫,听到弓弦的嗡鸣。然后又是一声,那是阿特沃对着街上的什么东西射出了箭。

接着有道身影在烈焰中穿行,大小像只狗,可外形却像蛇。火焰转为金黄之色。

里奥夫紧闭双眼。

"闭上你们的眼睛,"他尖叫道,"它上来了。"

"跟着我的声音,"阿特沃回来了,"去窗户那。我们得跳下去。"

"这儿来。"吉尔墨说。他握住里奥夫的手,将他拉起。先前的那种气息充斥四周,他感到皮肤刺痛,起因并不只是灼热的空气。

接着他碰到了窗框,在恐惧驱使下,他抓住它,跨了过去。他的手悬停在窗缘片刻,随后坠落下去。

他感到一阵天旋地转,地面仿佛在他脚下炸了开来。那是种比任何阳光都要鲜明的痛楚。

有人用力拉着他。又是吉尔墨。

"起来。"小个子男人说道。

里奥夫想要回答,可舌头却打了结。

阿特沃的脸突然出现在通红的火光中。

"他摔断了腿。帮我挪走他。"

他们把他从开始蔓延的火边拖走。黑暗随着痛苦潜入心中,而里奥夫的记忆也时断时续。等他再次清醒时,发现他们身在运河里

THE CHARNEL PRINCE

的一艘小艇上。

"跟他待在一块,吉尔墨,"阿特沃阴着脸,"我还得解决两个。然后我们就能走了。"

"走到哪去?"吉尔墨说。他的话语中带着绝望,"我的眉棱塔,我的镇子……"这时他哭泣起来。

里奥夫把脑袋靠向后方,随着轻轻摇晃的小艇,看着烟雾向群星升去。他努力不去思考那种痛苦。

"腿怎样了?"阿特沃问道。

"不怎么疼了。"里奥夫看着他的腿答道。它被夹板固定住了,可即便如此,每次马车在车辙深凹的路面上颠簸时,他的大腿都会一阵抽痛,就算有干草作缓冲也一样。阿特沃雇了辆两轮拖车和一个寡言少语的家伙作为车夫。

"伤口挺干净的,应该能治得好。"阿特沃说。

"噢,我猜我很走运。"里奥夫闷闷不乐地说。

"我也会为布鲁格哀悼的,"阿特沃说着,语气变得温和,"那阵火只带走了几栋屋子。"

"可他们全都死了。"里奥夫说。

"哎,几乎都死了。"阿特沃附和道,"不过有些人住得远,或者还在地里干活。"

"还有孩子们,"里奥夫说,"谁来照顾他们?"

火灭后的第二天清晨,吉尔墨和阿特沃挨家挨户地寻找了一遍。他们一共找到三十个还躺在摇篮里或是床上的孩子。那些大到能出门的孩子都遭受了和父母相同的命运。"会有人照顾他们的,"他说,"他们的公爵会负责的。"

"噢,对,"里奥夫叹了口气,"领主大人,您先前为何不告诉我您的身份?"

"假使一个人不是总被人叫做'领主大人',他就能学得更好,看得更多,也活得更久。"阿特沃回答,"不知有多少王国变成了废墟,就因为大人们不清楚街头巷尾都有些什么事儿。"

"您是位不寻常的公爵。"里奥夫说。

"而你是位不寻常的作曲家——我想,虽然我在碰到你以前从没听说过你的大名。你为我——为帝国——做出了巨大的贡献。"

"我不明白,"里奥夫说,"那该归功于吉尔墨。如果只有我自个儿在这,我会跑得远远的。我不是英雄,也不是行事果断的人。"

"吉尔墨一辈子都住在这。职责和义务在他骨髓里扎了根。你是个外乡客,不欠这地方什么——而且像你说的,你不是个战士。可你还是为了镇子不惜性命。你是个英雄,阁下,这也是为什么你想逃却没有逃。"

"可我们只救了那么点人。"

"你疯了吗?你不知道如果他们让水决了堤,会有多少人丧生?对王国的损失会有多大?"

"不,"里奥夫闷闷不乐,"我只知道整个镇子的人都死了。"

"总会发生的,"阿特沃说,"在战争和饥荒中,在洪水和火灾里。"

"可为什么?那些人想干什么?他们从哪找来这可怕的东西?"

"我知道就好了,"阿特沃说,"我真希望我知道。等我回到堤坝,最后两个人已经逃走。剩下的人被那场火和罗勒水妖干掉了。"

"还有那东西,"里奥夫问道,"它逃走了没?"

阿特沃摇摇头。"给烧死了。就在那包里。"里奥夫看到驮马身上有个用皮革包着的形状不规则的包袱。

"它没危险了?"他问道。

"我亲手包的,应该没问题。"

"这东西是从哪来的?"

公爵耸耸肩。"几个月前有人在卡洛司宰了头狮鹫。换了一年以前,我会发誓说这些东西只不过是孩子们的童话故事。可我们现在又有了罗勒水妖。就好像有个藏起来的世界在我们身边苏醒了过来。"

"一个邪恶的世界。"里奥夫说。

"世间总有诸多邪恶,"阿特沃点头,"不过我得承认,邪恶的外表好像变得有点不一样了。"

正午时分,里奥夫在地平线处看到了某些东西,起初他以为那是堆积的云朵,可逐渐认出了细长的塔楼和塔顶的三角旗,接着他发现自己看到的是一座耸立在新壤那平坦地面上的山岗。

"那是什么?"他问道。

"唔,"阿特沃回答,"那是旖旎岛,皇家之岛。"

"岛?它看起来像座山。"

"这儿的地势太平坦了,你看不到水。巫河和露河在旖旎岛的这边碰头,然后各自从两边绕过去。另一边是浮沫海湾和赖尔海。那边的城堡是伊斯冷。"

"它看起来真大。"

"是啊,"阿特沃说,"他们说伊斯冷城堡里的房间比天上的星星还要多。我可不知道——两边我都没数过。"

不久后,他们来到了河流交汇处,而里奥夫发现,从某种角度来说,伊斯冷的确是在岛上。露河——就是他们在可怜的、业已毁灭的布鲁格镇旁渡过的那条河——在这里和另一条宽敞的大河——巫河——汇流。巫河十分广阔,约有半里格宽,这两条河在山势最险要处的底部汇聚,形成了一片湖泊。

"我们得搭船过去,"阿特沃说,"我还得决定该怎么介绍你才合适。我不清楚你还能不能得到那份活儿,可我们会弄清楚的。要是不行,就到我在豪德沃普恩的宅子来,我会给你留个职位。"

"感谢您,领主大人。"

"叫我阿特沃——就像当初那么叫我吧。"

等他们看见渡口时,里奥夫开始担心他们跑到了一支军队的营地里。等更接近了些,他发现如果这是支军队,也是支东拼西凑又毫无章法的军队。帐篷和马车之间狭窄的道路和广场构成了一座迷宫,几乎就像座临时拼凑起来的城市。烟雾从几处炉灶处盘旋直上,但没有他料想的那么多。他想起吉尔墨说过木材变得紧缺了。

人手可一点都不紧缺。里奥夫觉得有好几千人聚集在这,大多数人不在马车和帐篷里,而是躺在毛毯甚至是地上。他们看着两轮车经过,脸上流露出五花八门的神情——大都是贪婪、愤怒和无助。

这片贱民宿营地的中央显得井然有序,有众多打着国王旗号的帐篷,以及不少身着宫中服色的人。当他们接近这片营地时,有个中年男子挡住了去路,眼中流露出果决的神色。

"让路。"车夫说道。

那人没理睬他,而是抬头看着阿特沃。"领主大人,"他说,

"我认识您。我年轻时做过您城市的守卫。"

阿特沃低头注视着他。"你想要什么?"他问道。

"我的妻子,领主大人,还有我的孩子。我求您把他们带进城去。"

"然后让他们待在哪?"阿特沃温和地发问,"如果城里还有地方,你们就不会再待在这了。不,他们还是待在外面的好,我的朋友。"

"不是这样,领主大人。恐惧在此横行。每个人都在谈论战争。我不是被吓大的,阿特沃领主大人,可我已经给吓着了。而且这里很潮湿。下雨的时候,我们没地方可以躲雨。"

"你们在城里也得不到这些,"阿特沃满怀歉意地说,"在这你们能有水可喝,有柔软的地面,至少还有些食物。在那儿你们只好用石路做床,用窗户边倒下的尿来解渴。"

"可那儿有墙。"那人说着,语气变为恳求。

"你害怕的东西不会因墙壁而止步,"阿特沃说。接着他挺直身体,"你的名字,给我提个醒,阁下。"

"简·瑞德艾弗森,领主大人。"

"跟我到城里去吧,瑞德艾弗森法赖。你会亲眼看到那里没有能容纳你家人的地方,至少现在没有。另外,我还要给你一项工作——负责给这些人分配食物、衣服和住处。我相信你能这样为家人着想,就能对所有人一视同仁。我会时不时过来检查你的工作。我只能做到这样了。"

瑞德艾弗森鞠了一躬。"您太慷慨了,大人。"

阿特沃点点头。"现在我们该走了。"

他们乘上渡船,开始了穿越河面的短暂旅途。那城堡仿如山峦,耸立在高处,而城市就像山坡般向下绵延,数量庞大的黑顶房屋在围绕城市的高墙边止步。

在他们接近宽敞的石制码头时,里奥夫看到的景象与河那边几乎相同。好几百人在码头远端挤作一团,只是这儿没有马车和帐篷,而他们的神情显得更为绝望。

"你说你当过我的守卫。"阿特沃对他们的新伙伴说,"现在你在为何人效命?"

"我听说东面御林附近的土地收成好。十年前我搭了辆货车过去，建了个农庄。"他的声音似乎变得无力，"然后荆棘王醒了，反正他们是这么说的，然后那种黑色的蔓藤就长出来了——然后情况就更糟了。"他抬起目光，"到现在我还时不时地能听到邻居们的尖叫声。"

"他们被杀了？"

"我不知道。传说里说——我不敢冒险去瞧，您明白吗？我得为我的孩子们着想。可我还是觉得他们就在我背后，我还能感到我的骨头在哆嗦。"

里奥夫觉得他的骨头也在哆嗦。这世界变成了什么样？是否末日即将到来，而天空也会裂开，就像破锅子的碎片那样掉下来？

他们抵达码头时，人群朝他们逼近，可城市守卫把他们推了回去，清开了一条道。过了一会儿，城门嘎吱作响地打开，他们进到了城里。

这条路引领他们走进一片庭院，随后穿过第二道城门。他们头顶城墙上的守卫仿佛根根竖立的鬃毛，可他们显然认得阿特沃，因此内门也开了。

通往城堡的主干道蜿蜒着穿过城市，就像一条巨大的蛇朝山顶爬行。他们颠簸着经过被数千年的雨水和烟尘变得斑纹累累、腐朽不堪的古老的大理石礼拜堂，那里有着直指天际的尖顶房屋，白墙红边的村舍紧紧相连，只在相隔之处空出狭窄的小巷。里奥夫背倚马车坐起身，想要看个真切。大部分建筑都建在两块高度不同的平地上，上方那片显得略为突出——另有好几栋建在第三块平地上。

他们的车轮滚入另一座广场，广场中央竖立着一座饱受风雨侵蚀的雕像，那是个脚踏有翼巨蛇咽喉的女子形象。毒蛇在她脚下蜷缩翻腾，而她的面容如北风般冰冷而傲慢。

广场上聚集着将近百人，有一阵子里奥夫还以为那是群暴民，可随即听到了清脆的女高音，这让他身体坐得更直。在雕塑那宽阔的底座处，有一群演员在表演，乐器手和歌手组成的小小乐团在为他们伴奏。乐器很简单——只有低音小克洛琴，一面鼓和三根风笛。等里奥夫来到跟前，刚好有个女子停止了歌唱，同时另一个穿着绿色长服和镀金王冠的女子把歌词表演出来。演员们似乎在向王座上的一名男子致辞。里奥夫听不清歌词，因为人群中爆发出的笑闹声完全盖过了歌声，可那调子很简单，是首相当有名的酒馆歌谣。

坐在王位上的男人站了起来，咧嘴傻笑。"等一会儿，"里奥夫说，"我能听听这个吗？"

阿特沃回以讽刺的神情。"你大概是想跟这个宫廷也自我介绍一下吧，我想。那位穿绿衣的女士应该就代表我们的好王后玛蕊莉。"

那男人仿佛想清喉咙似的咳嗽一声。他走到乐师中间，三个男人开始合唱。

> 他是王，
> 哈，哈，哈，
> 他是王，
> 嘻，嘻，嘻
> 他该怎么做
> 哈，哈，哈
> 被圣者抚摸
> 嘻，嘻，嘻

那演员爆发出傻子那种身不由己的大笑，而在合唱者们重复这篇韵文时更雀跃不已。一个戴着巨大帽子的可笑角色开始和"国王"共舞。

"我们的好国王查尔斯，"阿特沃不悦地说，"还有他的弄臣。"

乐声突然中止，而在里奥夫听来，那扮演国王的演员也开始胡言乱语。

一个身着黑色长袍、留着长得离谱的山羊胡的邪恶角色登上了舞台。他满口奉承地朝王后走去。他没有歌唱，而是用赞美诗似的戏剧腔说着话。

"容我打断！"黑袍的身影叫道，"好王后，您的儿子已借圣者之口宣示，我将被授予整个王国。我将被授予城市的钥匙，我将可以爱抚您——"

观众们大吼着帮他说完了台词。
"我们爱戴的赫斯匹罗护法。"阿特沃解释道。
"瞧瞧这个!"三个打扮得像是大臣的人冲了进来,互相绊倒摔在一块儿。在他们下面,合唱团开始了歌唱。

>瞧啊瞧,这就是贵族仨
>他们说,护法错,他名叫查尔斯,可不是教会斯,
>他们又说,他的想法是……

他们顿了顿,音乐改变了旋律,变为一段颇为欢快的舞曲。

>税钱多征,
>关紧城门,
>带给他们闺女,带给他们灰
>战争来了,
>他们不看,
>他们是贵族仨蠢蛋!

"贵族们"捂住了眼睛,开始在王后身边蹦蹦跳跳,而这时合唱团唱起了另一段韵文。
"我们睿智而受人爱戴的朝议会。"阿特沃说。
王后站了起来,走到他们中间。
"王后在恳求!"她吟诵道,"就没人能在这黑暗的时刻将我们拯救?"
合唱团随即为王后的子女唱起痛苦与悲恸之歌,而她为死者跳起了孔雀舞,接着其他人唱起了相应的歌曲。
"你作的曲子就像这样?"阿特沃问道。
"不太一样,"里奥夫咕哝着,他被这幕演出迷住了,"这些在附近很常见吗?"
"这种下流小曲?对,可你得明白,这玩意儿只适合在街上表演。平民都喜欢它。贵族阶级假装它不存在——除非他们被嘲讽得

太厉害。那样的话这些演员就会有个更加悲剧式的结局。"

他回头看看那些歌手。"我们该走了。"

里奥夫思考着点点头，阿特沃和车夫说了句话，马车随即又恢复了活力，咯吱作响地在逐渐变得奢华的街区中穿行。

"这些人似乎对他们的领导者们缺乏忠诚。"里奥夫回想着故事的内容，下了结论。

"时日艰难，"阿特沃回答，"威廉资质平平，可王国繁荣又和平，每个人都喜欢他。现在他死了，还有真正受人喜爱的艾瑟妮和丽贝诗。新的国王查尔斯——你刚看到的对他的描绘算不上不公平。他是个好小伙子，只是受过圣抚。"

"我们的盟友，甚至连莱芮人都开始和我们作对，寒沙人更威胁要开战。恶魔在林中肆虐，难民在街上聚集，而沼地女巫都在预言末日。在这样的时刻，人们需要一位有力的领导者，可他们没有。"他叹口气，"或许这些对宫廷不太恭敬的表演确实过于夸张，可连公会都开始组建民兵，恐怕离饥荒暴动的那一天也不远了。在紫色月亮之夜，半数农作物都枯死了，而渔获也很糟糕。"

"那王后呢？你说过她很有力。"

"对。有力而美丽，对她的子民来说更像星辰一样遥远。当然，她还是莱芮人。在莱芮吵着要背叛的这会儿，很多人不相信她。"

里奥夫努力消化了这些话。"布鲁格的消息也不会让事态转好，对吗？"

"一点也不会。不过总比新壤被水淹要好。"他拍拍里奥夫的肩膀，"别担心。你做了这么多，我们会给你补偿的。"

"噢。"里奥夫说。他根本没去担心他自己的事。

布鲁格的那些眼睛令他无暇旁顾。

THE CHARNEL PRINCE

第九章 求婚

从王座望去，前方是条漫长的窄道，充斥着尖刀与毒药。

大厅的扶壁耸立在旁，就像是连绵的厚实树干，从高高的窗口射入的寒光为它披上苍白的阴霾。在烟雾缭绕的空气上方是另一道笼罩在深幽黑暗中的拱顶。鸽子在那儿咕咕鸣叫，拍打着翅膀，它们无法离开这宽广的空间，因为猫儿正在窗帘与挂毯之后巡行，寻找着它们的踪迹。

玛蕊莉总是好奇为何如此巨大的空间会给人以沉重之感。仿佛在进到入口那座巨大的铜制活门后，就来到了地底极深之处，连空气都沉闷得仿如石块。与此同时，她又觉得它高得吓人，就好像走出一扇窗，她就会发现自己正从山顶坠落。

就好像天堂和地狱的一切在这儿平分秋色。

她的丈夫先王威廉很少使用这座大厅，他更喜欢用那座较小的接见厅。至少那儿更容易暖和起来，而今天的大厅很冷。

就让他们冷着吧，玛蕊莉看着聚集在一起的那些脸庞，想道。让他们牙齿打战。让鸽子屎落在他们的丝绒锦缎上。让这地方把他们压倒。

她观察着聚集在王座前的人们，发现自己痛恨每一个人。有人——或许是外边某个窥视着她的人——安排或是插手了她女儿们的死亡。那个人杀死了她的丈夫。那个人只留给她充满恐惧和悲伤的余生，而她同样担心的是，凶手也可能是这里的每一个人。

尖刀和毒药。五百个人对她虎视眈眈，有些更想要她的命。

后者中有几位很显眼。比如安伯芮·葛兰，她脸孔苍白，头上戴着黑色孝带，仿佛她才是王后，而非国王的情妇。比如安伯芮私生的大儿子伦瓦德，他打扮得活像个王子。再比如葛兰在朝议会的三个情人，他们紧挨着她，就好像要把她高举过人群似的，这三人幸福得察觉不到——或许根本不在意——互戴绿帽子的事。

只要葛兰觉得自己能逃脱惩罚,她会立刻下手杀了她。

玛蕊莉的左边站着赫斯匹罗护法,他穿着黑长袍,戴着方顶帽,懒洋洋地抬手去捋他短短的山羊胡,两眼几乎一眨不眨,就好像在聆听身边的每句话,用于完善他的计划。他想要什么?他扮演的角色是她的朋友,当然,还有她的拥护者,可那些杀死她女儿的人就穿着教会的长袍。他们据说只是些叛教修士,可她怎么可能对此毫不怀疑呢?

就在这,就在她脚下,这群穿着华贵的狗儿们匍匐在地,窥视着她,看她有否将脖颈暴露给他们的锐齿。她真希望她能像屠宰牲畜般亲手杀光他们,随后送去喂猪。

可她不能。的确,她的武器少得可怜。

而其中之一便是微笑。

所以她对这群人的首领微笑,点点头,而在她的左侧,她的儿子坐在皇帝宝座上,模仿着她的颔首,示意那只狗可以抬起它弯下的膝盖,开始吠叫了。

"陛下,"他对她的儿子说道,"真高兴看到您身体健康。"

皇帝查尔斯——她的儿子——睁大了双眼。"你的披风好漂亮啊。"他说。

的确如此。韦兰亥·福·阿拉代亲王喜欢打扮。她儿子如此盛赞的披风是一块象牙与金箔装饰的锦缎,披在与亲王的眸色相称的海绿色上衣外面。可这些都和他青筋毕露的粉红色脸颊或是肥胖臃肿的身躯格格不入。

他那位穿着黑红色罩袍的守卫打扮得更整齐些,但在浮华方面分毫不差。

"感谢您,陛下。"他没有理睬那些窃笑,而是用无比严肃的语气回答,仿佛这是一位皇帝能做出的最合理的答复。

可她能看见他眼中深藏的嘲弄之意。

"太后殿下,"阿拉代轻柔地说着,朝玛蕊莉躬下身,"愿您也身体安好。"

"好得很呢,"玛蕊莉欢快地说,"欢迎来自寒沙的兄弟永远是件赏心乐事。请将我对你到来的喜悦转告给你的君主马克弥。"

THE CHARNEL PRINCE

阿拉代又鞠了一躬。"定然不辱所托。可我希望能多转达些事。"

"的确，"玛蕊莉说，"你可以转达我对最近去世的奥斯保公爵的吊唁。我相信公爵是那位陛下的好友。"

阿拉代飞快地皱了皱眉头，接着玛蕊莉看着他走上前来。在多风的宜纳岬举行的某次密会中，奥斯保和她丈夫一同死去。奥斯保是寒沙的一名封臣。

"您真是太亲切了，殿下。这整件事既是悲剧又是谜题。奥斯保将受人怀念，而威廉皇帝和罗伯特亲王也是一样。我希望——正如您的期望——能早日查明犯下此等暴行的幕后主使。"

他说着，瞥了眼费尔·德·莱芮爵士。岬边的尸体上就插着莱芮人的箭。

费尔爵士涨红了脸，可什么都没说——对他来说，这样的表现值得钦佩，几乎是前所未有地自制。

玛蕊莉叹口气，期盼依伦仍在她身边。依伦立刻就能听出阿拉代在隐瞒什么。而在玛蕊莉听来，他显得很真诚。

"过去的几个月里，还有许多值得惋惜的生命逝去，"他把目光转回查尔斯，继续道。他鞠了一躬，"陛下，我知道您的时间很宝贵。我想知道能否直入主题。"

"我命令你这么做。"查尔斯说着，略微侧脸望向玛蕊莉，想弄清自己的回答是否恰当。

"感谢您，陛下。如您所知，从其他许多方面来说，这也是个令人不安的时期。怪诞离奇的生物在夜色中行进，可怕的预言似乎就要成真。悲剧随处可见，而其中最糟的就是您家人的那件事。"

我的脸是石头，玛蕊莉对自己说。

可就算承载她愤怒的是石头，也将被烧毁熔尽。她并不清楚策划杀害她丈夫和女儿们的人是谁，可就算奥斯保是个不解之谜，寒沙人无疑也有份。寒沙诸王曾经就坐在她儿子此刻占据的宝座上，而他们从未停止过将它夺回的梦想。

可就算他们真的有参与，她也没有证据。因此她尽力保持着镇静，只怕自己做得不够好。

"陛下他派我来此，在此艰难时局伸出友谊之手。在圣者眼中，

96

我们并无不同。我们只希望能将这些不愉快的事放在一边。"

"真是值得称颂的表态。"玛蕊莉说。

"我的主人带来的不只是表态，女士。"阿拉代说。他打了个响指，接着他的一名仆从将一只锃亮的蔷薇木盒放在他手中。他躬身行礼，接着把它递给玛蕊莉。

"这一定是给我儿子的吧，亲王殿下。"玛蕊莉说。

"礼物？"查尔斯喃喃道。

"不，女士。这是给您的。一件定情信物。"

"马克弥国王送的？"她说，"一位已婚男士？我希望他别用情太深了。"

阿拉代笑了。"不，女士。这是他儿子贝瑞蒙德王子送的。"

"贝瑞蒙德？"她上次见贝瑞蒙德时他才五岁，而且那似乎就在不久以前，"小贝瑞蒙德？"

"王子已经二十有三了，太后殿下。"

"哦，那我要做他的母亲也不难嘛。"玛蕊莉说。

一阵轻笑环绕廷间。阿拉代的脸更红了。

"女士——"

"亲爱的阿拉代，我只是在说笑，"她说，"让我看看王子送了些什么来。"

仆从打开了盒子，里面是一条精致的腰间短链，以纯金打造，点缀着翡翠。玛蕊莉舒展笑颜，露出一点点牙齿。"它真美，"她说，"可我怎么能收呢？我已经戴着戴尔家族的短链了。可没法戴两条啊。"

阿拉代的脸色终于丰富了些。"殿下，恕我直言。我的主人贝瑞蒙德想要带给您最真挚的友谊。他将娶您为妻，有朝一日您便是寒沙的王后。"

"噢，天哪，"玛蕊莉说，"真是愈加慷慨了。王子殿下是从何时开始对我抱有如此深情的？我听的奉承话已经够多了。像我这个年纪的女人会为这样的爱情——"她突然闭嘴，清楚自己即将说出可能开启战端的话语。她闭上嘴，深吸了口气，随后再度开口。

"礼物很精致，"她说，"但恐怕我的悲痛未消，尚无法接受。"

如若王子真有此意，我只求他给我恢复心情的时间。"

阿拉代鞠了一躬，接着走近了些，压低声音。"殿下，"他低语道，"别这么轻率。也许您不相信我，可我对您丈夫并非只是尊敬，我欣赏他。我只是个信使——寒沙国内的事务与我无关。可我了解您现在处境堪忧。这段时日，您应该注意自己的安全。这也会是威廉所期望的。"

玛蕊莉压低声音来配合这位亲王。"别装作在跟我丈夫的幽灵对话，"她说，"他还尸骨未寒呢。这样的提议，这样的时机，都很不恰当。你清楚的，阿拉代。我说了我会考虑，我会的。现在我只能做到这样了。"

阿拉代的声音变得更低，而此时房间里的每个人都在屏息聆听两人的轻声谈话。玛蕊莉觉得五百对目光戳刺着她，期望自己能从中获益。

"我同意，女士，时机并不合适，"阿拉代承认，"并不是我自己选择这么做的。可时局在与我们作对。世界充斥着战争和背叛。如果您不考虑自身的安全，那么想想您的子民们。已经出了这么多乱子，克洛史尼是否还想要一场战争？"

玛蕊莉皱起眉头。"这是威胁吗，亲王殿下？"

"我永远不会威胁您，女士。我对您的处境只觉得同情。看着乌云而猜测风暴将至，这并非威胁。建议朋友去寻求庇护，这也并非威胁。"

"你是位朋友，"玛蕊莉撒谎，"我明白。我会真心考虑你的建议，但是我不能，也不会在今天就给你答复。"

阿拉代脸色阴沉，却点了点头。"如您所愿，殿下。可如果我是您，殿下，我是不会耽搁太久的。"

"你不用再耽搁一秒。"费尔·德·莱芮咆哮道，他的脸被怒火染红，头顶更仿佛更有一缕白烟飘然升起，"你该告诉这只寒沙来的肥牡蛎，你拒绝他那顶针脑袋的王子的任何建议。"

有一会儿，玛蕊莉就这么看着她叔叔像个被锁链绑缚的狂战士那样踱着步子。朝会已经结束，现在他们在她的私人会客室里，这间屋子空旷而透风,也像朝会厅那样冰冷而坚硬。

"我必须装出会考虑所有提议的样子。"她说。

"不,"他回答。他伸出一根手指,"这不是真的。你不能考虑——就算只是好像在考虑——把克洛史尼王国和帝国交到马克弥的继承人手里。"

玛蕊莉转转眼珠。"什么继承人?就算我要嫁给他,我也得能生出一个才行。就算你觉得我想——而我并不想——难道得我这岁数还能办到?"

"那不重要,"费尔爵士厉声道,"这可是一环扣着一环。娶了你就等于得到了王位,只不过差个头衔。"他用手重重拍打着窗棂,"你必须嫁给瑟奎伊领主。"他厉声道道。

玛蕊莉抬起一边眉毛。"必须?"她冷冷地说。

"对,你必须这么做。这才是最好的做法,我想你明白。"

她站起身,双手紧握成拳,指甲陷入掌中。"威廉尸骨未寒,我已经听了五次求婚了。我已经尽我所能表现得耐心有礼了。可你不只是个外交使节,费尔·德·莱芮。你是我叔叔。我的血亲。我五岁时你把我放在膝上,告诉我那是水马,我笑得和孩童无异,而且对你着迷。可你现在变成了他们中的一员。又一个闯进我的家,告诉我必须做什么的人。我不会听你的,叔叔。我不再是小女孩了,而你也不能左右我的感情。"

费尔睁大了眼睛,接着表情舒缓了些。"玛蕊莉,"他说,"对不起。可如你所说,我们是血亲。你是个德·莱芮。克洛史尼和莱芮之间的裂痕正在扩大。这不是你的错——该由威廉负责。你知道他把战舰借给盐标来对抗悲叹群岛的事吗?"

"那只是谣言,"玛蕊莉说,"还有谣言说莱芮的射手杀死了我丈夫。"

"你不会相信的。那证据实在太假了。"

"在这种时候,你想象不到我会相信什么。"玛蕊莉说。

费尔似乎收回了本想反驳的话,接着叹了口气。他突然显得那么苍老,而有那么一瞬间,她只想抱住他,贴着他粗糙苍老的脸颊。

"不管起因是什么,"费尔说,"问题还在。你会恢复过来的,玛蕊莉。你会让我们的国家重新团结在一起。"

"而你认为莱芮和克洛史尼在一起就能对抗寒沙?"

"我只知道单独一个肯定对付不了。"

"这不是我想问的。"

他呼出一口气,点点头。

"我是个德·莱芮,"她说,"我也是个戴尔。我还剩下两个孩子,两人都是王位的继承人。我必须为他们保护王位。"

费尔的声音显得更温和了些。"人人都知道查尔斯不能有孩子。"

"感谢诸圣,否则我还得处理那些对他的求婚呢。"

"那你说的继承人就是指安妮了。玛蕊莉,威廉宣布他女儿是合法继承人,这可少有先例。教会一直在反对——赫斯匹罗护法已经开始筹划废止相关的法律。就算它没被废止,可要是安妮……"他嘴唇紧抿,显得踌躇不定,"要是安妮也死了呢?"

"安妮还活着。"玛蕊莉说。

费尔点点头。"我真心希望安妮还活着。不过,还有别的继承人需要考虑,而且你知道有人正在考虑他们。"

"我可不会。"

"这也许由不得你。"

"除非我死,否则我决不会让安伯芮·葛兰的私生子染指王位。"

费尔阴郁地笑了。"她是个很有政治野心的家伙,"他说,"你肯定知道她已经赢得了超过半数朝议会成员的支持。玛蕊莉,你必须在朝议会和你父亲的子民之间做个调停。眼下不是继续分裂克洛史尼的时机。"

"可也不是把它交给莱芮统治的时机。"她说。

"这不是我的意图。"

"可这正是你的意图。"

"玛蕊莉,亲爱的,有些事非做不可。有些事没法继续。查尔斯不能——永远不能——得到民众的信任。他们知道他受过圣抚,换个更平和的时代,他们不会在乎。可现在正发生可怕的事,超出我们理解能力的事。有人说世界的终结即将到来。他们需要一位有力而可靠的领袖。何况他确实不会有继承人。"

"安妮能成为有力的领袖。"

"安妮是个任性的孩子，整个王国都知道。而且每过一天，那些说安妮已和她的姐妹一样死去的谣言都会增多。要是你没有通过婚姻把王位交给寒沙，他们就会用武力夺走它。他们只会希望教会的干预不会耽搁他们太久。"

"这些我都明白。"玛蕊莉疲倦地说。

"那你就该明白你得采取行动，抢在他们之前。"

"我不能轻举妄动。就算我嫁给瑟奎伊，惹恼的人也会和取悦的人一样多。甚至更多。如果我拒绝火籁的提议，他们可能会加入寒沙来对抗我们。对我来说没什么坦途可走，费尔阁下。"

"你的忠诚会为你带来坦途。而我的只会让它隐匿不见。我需要真正的建议，真正的选择，而不是来自各处的不断加压。我需要一个我能依靠的人，一个只对我忠诚的人。"

"玛蕊莉——"

"不。你明白你不能成为那个人。莱芮的海水流淌在你的血管里。你该明白我越是爱你，就越不能相信你。真希望我能，可我不能。"

"那你还有谁可以相信？"

玛蕊莉只觉一滴泪水从眼中流出，滚落面颊。她转过身不让他看见。"没有，当然没有。请你走吧，费尔阁下。"

"玛蕊莉——"她能听出他的话语里包含的感情。

"走。"她说。

片刻之后，她听到房门关上的声音。她走到窗边，十指紧扣窗框，思索着阳光为何会显得如此昏暗。

第十章 欧斯佩罗

卡佐走到安妮和欧斯佩罗之间。他并未抬剑防守,但还是将它放在身前。

"就像我告诉那些家伙的,"他坚定地说,"这些女士在我保护之下。我可不想把刚才做过的事重复一遍。"

欧斯佩罗眯起了眼睛,而就算没有那二十多个男人聚集在身后,他也显得相当危险。

"留神你说话的方式,孩子,"他说,"你不知道的事可多着呢。"

"当然了,"卡佐答道,"我不知道一颗石榴里有多少籽儿;不知道火籁人戴的帽子是啥样;我听不懂狗儿说的话,而且我也不知道水泵的原理。可我知道我发过誓要保护这两位女士,而且我说到做到。"

"我可没有威胁你照顾的姑娘。"欧斯佩罗说,"反倒是她们成了我的威胁。北边的剑士来到镇子的时候,我在担心。被迫和他们干架,我就更担心了。现在我只好把他们杀掉沉在沼泽里,而我还得知道有没有人会想念他们。还有谁——如果有的话——会来寻找他们。顶顶重要的是,我得知道他们干吗来这儿。"

"你不关心那些奖赏?"卡佐怀疑地问道。

"我们还不知道是些啥呢。"欧斯佩罗说。

"我们也一样,"卡佐回答,"赶紧把你的手下撤走。"

"孩子——"欧斯佩罗开口道。

"我不知道他们是谁,"安妮脱口而出,"我只知道有人想要我死,而且乐意为此付钱。我没法回答别的问题,因为我不知道答案。感谢你帮我对付那些人,欧斯佩罗。我相信你的内心是位绅士,而你不会乘人之危。"

欧斯佩罗发出一阵沙哑的笑声,而他的许多手下也随声附和。"我不是啥绅士,"他回答,"至少这点是肯定的。"卡佐不慌不忙地举起剑。"你不会想那么做的,孩子。"欧斯佩罗说。

"我想我比你更清楚自己想做什么。"卡佐傲慢地说。

欧斯佩罗微微颔首。接着他以令人惊讶的速度伏下,单腿扫出,踢向卡佐踏前的那只脚。卡佐旋身避开,而欧斯佩罗站起身,不慌不忙地抓住他持剑的手臂,顺势一扭,剑咔嗒一声掉落在地。一把匕首仿佛魔法般骤然出现在他的另一只手里,匕尖飞快抬高,抵住卡佐的喉咙。

"我想,"欧斯佩罗说,"你得学学怎么尊重人。"

"他在这方面还有得学哪。"一个新来者的声音响起。

"查卡托!"奥丝婗叫道。

的确,那位老人正拖着步子沿街走来。"你打算拿他怎么着,欧斯佩罗?"查卡托问道。

"我正考虑给他放血的速度是快点好还是慢点好。"

"随你下重手吧。"卡佐粗声说道。

"照我看快点好,"查卡托提议道,"要不他很可能会长篇大论老半天。"

"我看也是。"欧斯佩罗沉思着说。

"查卡托!"卡佐尖叫道。

老人叹了口气。"你还是放过他吧。"

安妮双手环抱身体。她明白不管外表怎样,查卡托都是位剑术梅司绰,而且他同样非常关心卡佐。他不会让这年轻人不经战斗地死去。她能否再次召唤圣塞尔的力量,弄瞎欧斯佩罗,让他扔掉匕首?无论如何,她都该试试。

可令她惊讶的是,欧斯佩罗收回了匕首,后退了几步。"当然,埃穆拉图。"

卡佐显得大为震惊。"埃穆拉图?"他问道,"这是怎么回事?埃穆拉图?"

"安静,孩子,"查卡托咕哝着,"你能活命就该高兴了。"他转向欧斯佩罗。"我们需要私下谈谈。"他说。

欧斯佩罗点点头。"好像有些事你没告诉过我。"

查卡托也点点头。"卡佐,带凯司娜们回屋去。我很快就过去。"

THE CHARNEL PRINCE

"可——"

"就这一次,别跟我争。"查卡托直截了当地说。

等两位老者一起离开,欧斯佩罗的手下也各自散去。

卡佐看着他们离开,叹了口气,将卡斯帕剑归入鞘中。"我真想知道他们在谈什么。"他说。

"欧斯佩罗刚才是怎么称呼查卡托的?"安妮问道,"埃穆拉图?我从没听你那样叫过他。"

"来吧,"卡佐说,"我们最好照他说的做。"他迈开步子。

安妮跟上了他。"卡佐?"她坚持着。

"卡佐刚救了我们的命,"奥丝娓提醒她,"又一次。"

安妮没理睬她。"你看起来很吃惊。"她说。

"那不是名字,"卡佐咕哝道,"那是个头衔。指挥百人队的军官。"

"你是指在军队里?"

"对,在军队里。"

"查卡托是位埃穆拉图吗?"

"就算是,我也从没听说过。"

"我还以为你都认识他一辈子了。"

他们走到住处的台阶边时,卡佐开了口。"是的。噢,差不多是。他是我父亲的一名仆从。他向我的兄弟和我传授德斯拉塔剑技。可在我小时候,有时他会一次离开好几个月。我想他大概是去参战了。那时我父亲的兴趣相当广泛。他也许是指挥过一百个人。"

"可查卡托仍然在为你父亲效劳。"

"不。我父亲后来时运不济,最终在决斗中被杀。我继承了埃微拉的一间房间,以及查卡托。这些就是我父亲仅余的家产。"

"噢。抱歉。"安妮的双眼盈满泪水。在刚才满心惊恐的那段时间里,她忘记了悲伤。

卡佐停下脚步,她的表情似乎令他有些迷惑,接着他将手放在她肩膀上。"那是很久以前的事了,"他说,"你没必要哭啊。"

"我只是想到了些事,"安妮低声道,"只是这样。是因为我失去的某个人。"

"噢。"他低头望向脚尖,接着目光移回她的身上。"抱歉这么唐突,"他说,"我只是——好吧,我真希望自己知道怎么回事。查卡托带我们来这寄宿的时候我就觉得不对劲,他一定早就认识欧斯佩罗——这事太简单了,而且他甚至让我们欠账。现在我能确定了,我只是不知道这代表什么。"

"你不再信任查卡托了?"

"我不觉得他会背叛我,如果你是这意思的话,"卡佐说,"可他的判断力有时很差。毕竟是他让我的父亲被杀的。"

"那怎么会是查卡托的错?怎么回事?"

"我不知道怎么回事,可我知道查卡托对此感到内疚。从此以后他才开始酗酒。而且他没必要继续跟随我——我没有钱付给他。可他这么做了,这一定是出于内疚。"

"也许是出于爱。"奥丝娅提议道。

"哈。"卡佐答道,他摆手把这种可能性甩到一旁。

"可欧斯佩罗是谁?我还以为他只是我们的房东。"

"哦,对——他是培多微街大多数人的房东。他还掌管着码头那边的很多生意。还有我照顾的那些女士们。附近的人们叫他佐·凯斯洛——'头儿'。哪个口袋会被扒窃他都知道得一清二楚。"

"他是个罪犯?"

"不。他是罪犯中的王子,至少在这地方是。"

"我们该做些什么?"安妮说。

"直到合适的船出现,而我们又有足够的钱付旅费之前,都没什么可做的。他们现在还在四处找你。我们待在这比任何地方都安全。只要查卡托知道他在做什么。"

"我相信他知道。"奥丝娅说。

"希望如此。"

安妮什么都没说。她对查卡托的了解仅止于他成天喝得烂醉。而现在看来,卡佐也不如他自己想的那样了解这位老人。

的确,也许查卡托永远都不会背叛卡佐。可这并不代表奥丝娅和安妮就会安全——一点儿都不。

第二部
新相知

伊文龙2223年 诺午门月

  第一调式,普瑞斯默,乃白昼之灯火。它召来圣罗依,圣奥萨,圣阿布罗与圣费尔。它创造光辉旭阳与蔚蓝穹苍。它招致乐观、热情、好动与鲁莽之言行。
  第二调式,恩特拉玛,乃夜晚之灯火。它召来圣索安,圣塞尔与圣阿图摩。它创造明月之圆缺众形,璀璨繁星与和柔晚风。它招致疲惫、休憩与梦境。

    ——选自艾尔金·维德塞《和弦辑录》

  第一种挡式,普瑞斯默,因最容易将剑从鞘中抽出格挡而得名。难以进行还击。
  第二种挡式,恩特拉玛,这一名称没什么特别含义,但非常适合格挡侧翼攻击。

    ——译自奥博绍·达卓·查迪奥《剑的作用》,译者梅司绰·帕普·艾瓦迪奥·瓦尔莱莫

新相知

第一章
骑士比武

"我觉得这人想杀了我们,暴风。"尼尔拍了拍胯下坐骑的脖颈。接着他耸耸肩,深吸了口气,望向天空。

他总是觉得天空就是天空——是的,它会随气候变化,但不管你去到何方,它的本质始终不变。不过这儿是南方,天空的蓝色似乎也略有不同:它显得更深。随之而来的还有别的陌生事物——日照充足的田地与绵延四方的葡萄园,白石灰粉刷的房子和红瓦房顶,散落在视野中的低矮橡树与细长雪松。他很难相信世上除了他寒冷多雾的家园,还会有这样的地方存在——特别是在诺午门月已经过去一半的现在。这会儿斯科大概已经给盖在一王国码厚的雪下边儿了。在这儿,他的软皮衣和盔甲下却冒出了几滴汗珠。

尼尔仍未忘记它的奇妙。他仍记得初见伊斯冷时的敬畏,世界对于一个来自赖尔海上小岛的男孩来说是那么的博大。而在过去的几个月里,他周围的世界仿佛又缩小了,伊斯冷城堡也几乎小得像个盒子。

如今世界看起来前所未有的宽广,这带给他一种悲哀的幸福感。在这广阔无垠的世界里,尼尔·梅柯文的悲伤与恐惧根本不值一提。

然而,这种复杂的愉悦也让他有了些许罪恶感。王后仍旧身处危难之中,而不管原因为何,抛下她总是让他心中有愧。但却是她为他选择了这条路,是她,还有依伦和法丝缇娅的影子。她们的确比他更清楚该做什么。

但他仍旧不该自顾享乐。

他听到喊声,才意识到路上的那人并不乐意因为他对天空的喜爱而被忽视。

"抱歉,"尼尔用王国语喊了回去,"可我听不懂您说的。我没学过维特利安语。"

男人回以同样无法理解的几句话,这次是和他的一名扈从交谈。

THE CHARNEL PRINCE

至少尼尔猜测他们是扈从,因为他估计叫喊的那个人是个骑士。他骑在一匹额头有白色斑点的壮实黑马上,马身上披挂着轻型马铠。

这骑士也穿了盔甲,造型奇特而又异常精美,盔甲关节处刻着橡叶图案,但明显是骑士战甲。他把头盔夹在胳膊下,但尼尔能看出它是锥形的。头盔上排列着色彩鲜亮的羽饰,几乎就像公鸡的尾巴。他穿着的并非短披风或罩袍,而是件红黄相间的长袍,盾牌上的纹章相当清晰——一个握紧的拳头,一缕阳光,一个袋子之类的东西——尼尔所知的家纹中没有这些图案,但正如他刚才所想的,他离家乡已经很远了。

这位骑士带了四个人,都没穿铠甲,他们身着与盾牌相同纹章的红色短披风。路旁竖着一顶大帐篷,飘扬的三角旗上只有阳光图案。三匹马和两匹骡子正在车辙满布的红土路另一边的牧场上吃草。

其中一个人叫道:"我的主人要你表明身份!"他有张细长而瘦骨嶙峋的脸,下巴上的一丛毛发正努力朝着胡须的目标生长,"若你不会文明语言,那就随你说什么吧,我都能翻译的。"

"我是个流浪客,"尼尔回答,"恐怕我只能告诉你这么多。"

骑士和他手下短暂交谈了几句,接着扈从转身面向尼尔。

"你穿着骑士的盔甲,拿着骑士的武器。你为何人效命?"

"我不能回答这个问题。"尼尔说。

"想清楚喽,阁下,"那人说,"不带证明就穿着骑士盔甲在这个国家可是犯法的。"

"我明白,"尼尔回答,"可如果我是个骑士,而且能提出证明,你的主人会怎么说?"

"他会挑战你,进行一场光荣的战斗。等他杀死你以后,他将得到你的盔甲和马。"

"啊。那如果我只是个冒牌骑士呢?"

"那我的主人就只好罚你的款,没收你的财产。"

"那么,"尼尔说,"两者并没有多大区别,对吧?还好我带了根长矛。"

那人瞪圆了双眼。"你可知道你面对的是谁?"

"我本想问,但既然我不能说自己的名字,再问就不礼貌了。"

"你认不出他的纹章?"

"恐怕是的。我们能快点解决吗?"

那人再度向他的主人开口。作为回应,骑士拿起头盔戴在头上,手臂夹紧长枪,盾牌抬高就位。尼尔依样照做,他注意到自己的武器几乎比对手短了足足一王国码。

维特利安骑士率先行动,战马的四蹄在傍晚的斜阳中扬起一朵红色的尘云。尼尔策动暴风,长矛尖端对准目标。在起伏的原野彼方,一群乌鸦从远方林边飞起。于此瞬间,一切都安静极了。

在最后一刻,尼尔突然在鞍上变换了位置,他转动盾牌,将敌人原本打算直刺的枪尖撞斜。这一下让他牙关紧咬,也刮伤了他的盾面,他随即将自己的矛尖转向右侧,只因对手也转而使用类似的战术。他击中了维特利安人盾牌的边缘,而这一击之力全部传到了骑士的身上。尼尔的矛猛然折断,矛头陷入盾中。当两匹马交错之时,他看到维特利安骑士在马鞍上向后倒去,可等他转过身,却发现那家伙居然还安坐马上。

尼尔露出凶狠的笑容,拔出黑鸦。他的对手看了他片刻,随即将长枪交给其中一位手下,同样拔剑出鞘。

他们如同两道雷霆撞击在一起,盾抵着盾。黑鸦向上挥击,敲得维特利安人的头盔嗡嗡作响,而陌生的骑士则击中了尼尔的肩膀,若非有铁甲保护,他的一只手臂早被砍下。他们就这样纠缠了一会儿,马儿用蹄子踢向彼此侧腹,但它们靠得太近,难以使力。

暴风猛地挣脱出来,尼尔一面驱使它绕着圈,一面挥剑斩下。他正中对手的脖颈,令他砰然坠地。黑马凶恶地跺着蹄子,人立而起,以保护它的主人。

令人惊讶的是,那骑士颤抖着站了起来。就算护喉甲和甲下包裹的厚重衣物挡住了剑刃,他的脖子没折断也真算是奇迹。

尼尔下了马,大步走向对手。维特利安人举剑挥击,可尼尔将盾推向他,迫使他蹒跚着退后一步。尼尔趁着距离被拉开,挥剑直斩,击中了那人持剑的手。盔甲发出铜钟似的嗡响,长剑应声落地。尼尔等着他捡起剑。可骑士却丢下了盾牌,脱下头盔,露出一张中年发福的脸、夹杂着银丝的凌乱黑发,以及梳理整齐的髭须和山羊胡。他鼻子的形状有些怪异,就像是被打断过很多次似的。

"你是个骑士,"那人承认道,他的王国语口音浓重,但要听懂却不难,"即使你尚未自报姓名,我也得向你投降,因为我想你弄断了我的手。我是昆提•达可乌卡拉爵士,很荣幸能与你战斗。你愿意接受我的招待么?"

可在尼尔作答之前,昆提爵士就昏了过去,他的手下连忙奔到他身旁。

尼尔等在一旁,而昆提爵士的手下脱下他的盔甲,用洒过香水的布片为他擦洗。他的肩骨的确被打断了,他们为他做了根吊带。这时昆提爵士醒了过来,可即使碎裂的骨头让他感到疼痛,他也只有些微动容,而且仅止于眼神。

"先前我没有用您的语言说话,"他说,"因为我不认识您,而在我的家乡说异乡语言是不合适的。但您击败了我,为此这座帐篷里的人将说维吉尼亚语。"他朝他凹痕累累的盔甲点点头,"它属于您了,"他挤出这句话,"还有佐•卡巴德罗,我的坐骑。我恳请您善待他——它是匹好马。"

尼尔摇着头。"您真慷慨,昆提阁下,可我两样都不需要。我必须轻装出行,而这些都会拖慢我的脚步。"

昆提笑了。"您才是慷慨的那位,阁下。您能否再发扬一番您的慷慨,告诉我您的名字?"

"我不能,阁下。"

昆提爵士审慎地点点头。"您发过誓。而且您是在进行秘密任务。"

"你想怎么猜都行。"

"我尊重您的意愿,"昆提爵士说,"可我必须对您有个什么称呼。就叫您佐•维奥托吧。"

"我不明白这名字的意思。"

"就是您自称的'流浪客'。我把它翻译成了维特利安语,方便您向那些不懂外语的人解释您的身份。"

"那就谢谢了。"尼尔真诚地说。

昆提转向其中一位手下。"阿沃,给我们拿些食物和酒来。"

"抱歉,我得走了,"尼尔告诉他,"不过还是感谢您的款待。"

110

新相知

"天色已晚。阿布罗领主的战车已驶往世界尽头,而即便是您——您这样伟大的战士——也得睡觉。给我招待您的荣幸吧,这不会耽误您的历险太久,而且会让我感到无上的喜悦。"

尽管尼尔表示反对,可阿沃已经开始往地上铺餐布了。

"好吧,"尼尔让步了,"我接受您的好意。"很快餐布上就盖满了各色食物,多数是尼尔从未见过的。有面包,当然,还有某种硬干酪和梨子。有种红色的水果,剥开壳后能看到无数珍珠似的小小种子。它们味道不错,只是吃起来有些麻烦。有种看起来像是黄油的淡黄色油脂是配面包吃的。还有咸味多于甜味的小黑果子。酒是红色的,尝起来樱桃味很浓。

在开始进餐后,尼尔才想到这些食物可能是下了药或是放了毒的。换了一年以前,他绝想象不到这样不名誉的事。可在宫廷里,名誉与荣耀不过是一种负担。

但昆提爵士和他的扈从也吃着尼尔吃过的每一样东西,因而这种想法被他抛诸脑后。尽管有陌生的外表和道德标准,可昆提爵士是个骑士,而他的言行也名副其实——他不会对尼尔下毒,就跟费尔·德·莱芮爵士,那位在他父亲死后将他抚养长大的老爵士不会这么做一样。

突然间,维特利安看起来没那么陌生了。

这些维特利安人吃得很慢,常常停下来用他们自己的语言交谈或争论几句,那些话在尼尔耳中听来更像是歌声,而非言语。黄昏为凉爽舒适的夜晚让路。星辰将苍穹点缀得珠光宝气,至少,它们仍是尼尔在家乡见过的那些星星。

只是在伊斯冷很少能看到星星。而在这儿,它们璀璨耀眼。

昆提换回了王国语,语气中带着些许歉意。"抱歉,维奥托阁下,"他说,"抱歉让您置身谈话之外。我的扈从并不都会讲维吉尼亚语,我的史官沃里欧也是。"他指向手下里最年长的一个,那个扈从仅在头皮边上有一圈灰发。

"史官?"

"哦,当然。他记述我的事迹——我的胜利与败绩。您瞧,我们在争论应该如何描述我今天的败北——还有它预示着什么。"

THE CHARNEL PRINCE

"这真的重要到要全部写下来吗?"尼尔问道。

"荣誉使然,"昆提说,声音听起来有些吃惊,"或许您从未输过决斗,维奥托阁下,但若真的输了,您能装作它从未发生过吗?"

"不,但这跟写下来不是一回事。"

骑士耸耸肩。"北方人的方式不一样——这没什么可争论的。也不是每个维特利安的骑士都有面对历史的责任,可我是山峦骑士,而我所属的组织要求我保留记录。"

"你效命于一座山?"

这位骑士笑了。"那座山是众位领主碰触过的圣地——我想你们管他们叫圣者。"

"那你是为圣者效命?你没有人类的领主?"

"我为商人公会效命,"昆提回答,"他们向圣山立过誓。"

"你为商人效命?"

骑士点点头。"你不了解这儿,对吧?总的说来,维特利安有四种骑士。每个大公会都有自己的骑士——像是商人、工匠、海员之类的。每个王子——我们叫梅迪索——每个梅迪索都指挥着骑士。当然,还有教会的骑士。最后,法官们也有为他们效命的骑士,这样他们就不会被其他人恐吓,从而作出堕落的裁决。"

"那国王呢?"尼尔问道,"他没有骑士吗?"

昆提轻笑起来,接着转向他的随从们。"*Fatit, pispe dazo rediatur*"他说。他们哄然大笑。

尼尔仍旧困惑不解。

"维特利安没有国王,"昆提解释说,"城市由梅迪索们掌管。有些梅迪索统治着一个以上的城市,但没有人统治一切。从一千年前的黑霸覆灭开始,就再也没有人能统治一切了。"

"噢。"尼尔能想象出摄政王掌权的国家,可他从没听过没有国王的国家。

"而且,"昆提续道,"因为我效命于商人大公会,他们想要保留记录。因此我有自己的史官。"

"可你为何又提到征兆?"

"啊,的确,"昆提抬起一根手指,说道,"一场战斗就像掷骰

新相知

子或是卡片算命。其中有某种意义存在。毕竟由谁获胜是圣者的选择，对吧？如果是你击败了我，那它就代表了某种意义。"

"那你的史官在这件事里看出了什么？"

"一场历险。你在进行一场至关重要的历险，有许多事取决于此。许多王国的命运。"

"有意思。"尼尔说着，试图保持表情波澜不惊，尽管他的好奇心已被挑起。

"所以，当然，我必须与你同行。这是圣者所示。"

"昆提阁下，您没有必要——"

"嗨，"骑士说，"我们用完了晚宴。我受了伤，疲惫不堪。您至少也该觉得累了吧。我请求您，准我今晚尽地主之谊。明天我们一早就出发。"

"我必须独自旅行。"尼尔说道，尽管语气比他所想的更为勉强。

昆提爵士的脸孔失去了光彩。"您不信任我？您击败过我，阁下。我绝不会背叛您。"

"昆提阁下，我曾十分懊恼地发现，并非所有——没有不敬之意——自称体面的人都能依言而行。我的目的地是个秘密，而我必须保守它。"

"除非您的目的地是布斯卡洛的村落，不管是不是秘密，我想象不出还能是哪儿。"

"布斯卡洛？"尼尔有地图，可他不怎么看得懂。自从离开维特利安大道之后，他就不太确定所走的路线。

"那儿是这条路通往的唯一地点。您确定您不需要本地向导吗？"

尼尔考虑了片刻。如果他迷了路，那可不仅仅是迷路而已——他还损失了时间。如果他已步入歧途，总得找个人问问方向才好。

但不需要一群全副武装的人。

可……

他将目光转回昆提爵士真诚的面孔，叹了口气。"您没欺骗我吧，阁下？"

"*Echi'dacrumi da ma matir*，以我母亲的眼泪起誓。"

尼尔点点头。"我在寻找圣塞尔修女院，"他不情愿地说，"它

THE CHARNEL PRINCE

同样以格蕾丝寓所闻名。"

昆提吹了声口哨。"您瞧,您遇见我正是圣者们的意愿。您在几里格外就走错了路啦。"他冲尼尔摆摆手指,"承认需要向导可没什么丢人的。"

尼尔思考着。如果昆提爵士是敌人,他很容易就能跟踪他,而带着手下的他也可以随时制服尼尔——例如在晚上,不加示警。至少与他们同行时,他知道自己身在何方。就算他们派出信使去告知别人,他也会知道的。

"我接受您的提议,阁下,"尼尔回答,"很高兴您能帮我。"

可他当晚仍旧睡得很浅,手一直放在黑鸦的柄上。

次日拂晓,天气凉爽而晴朗,草地上结了一层薄薄的霜。昆提的扈从们在太阳尚未越过地平线前便放下帐篷,将它收起。他们沿着尼尔来时的路返回,才不到两个钟头,便走上了一条大概是被几只山羊踩出来的羊肠小道。

"这条路通往圣塞尔修女院?"尼尔问道,努力掩饰自己话里的怀疑。自从他决定依靠维特利安人的帮助以来,便一直觉得心神不定,而且还得小心翼翼地不让任何骑士的手下完全离开他的视线。

"这是条捷径,"骑士解释说,"您在图罗西河边的十字路口就走岔了道啦。这条路能让我们只花一半时间就走上正道。而且我猜想此刻时间是您的对手,而非盟友。"

"您说得对。"尼尔真诚地回答。越快找到安妮并返回伊斯冷,也就能越快重拾保护王后的职责。

"那就不要担心了。我会在今晚星辰现身天际之前让您到达修女院的。"

随着他们的前行,周围的田地变得更加宽广。昆提爵士的一位扈从取出一件类似小号鲁特琴的乐器,只是琴弦要少得多。他弹唱起一首欢快的曲子,可尼尔一个字也听不懂。不过单凭曲调已足够令人愉悦,待到曲终,这位乐手又弹奏起另一首。

"这首歌,讲的是场悲剧,"昆提爵士解释说,"它讲述了一位骑士与修女院的一位女士间注定以不幸收场的爱情。令人悲伤。"

新相知

尼尔感到一抹苦笑掠过自己的脸庞。

"啊!"昆提惊叫道,"这事与一位女士有关!她在修女院里?"

"不,"尼尔说,"是的,有位女士,但她远在修女院之外。"

"啊。"昆提爵士仔细咀嚼着这句话,"我为我的问题致歉,维奥托阁下。我之前没有察觉您的痛苦。而现在它就像盾牌上的纹章一样显而易见。"

"那不算什么。"尼尔回答。

"那可绝不是'不算什么'。我从不畏惧利剑或长枪,维奥托阁下,甚至是您的剑。可爱情——它能让最高大的巨人卑躬折腰。"他皱眉喃喃了些什么,随即重新开口,这次语气柔和了许多,"您要当心,维奥托阁下。我对您的爱人一无所知,也不会再问更多的问题,可在我看来,您的女士定是永远迷失了方向,或许她已经远离了我们所知之地。如果是如此,您就得确保您了解自己的心,因为它将聆听她的声音,并试图回应。或许在您和我们尚未完成任务之前,它会将您出卖给昂特罗领主和梅菲提女士,还有他们那沉闷的王国。"

尼尔只觉喉咙猛然收紧,在这悲伤的一刻,他觉得自己就要流下泪来。他把悲痛咽回肚里。"您好像觉得自己很了解我啊,昆提阁下。"

"我知道那不过是妄言。请让我再揣测一件事,之后我就保持沉默。如果您想通过修女院的修女与亡者会面,我会提议反对。代价太可怕了。"

"现在您让我完全摸不着头脑了。"尼尔承认。

"您对要去的地方一无所知?塞尔女士和梅菲提女士是同一位萨赫托的两个化身——用你们的叫法就是'圣者'。虔心信奉她的那些女士——她们圣洁,归属教会——会修习谋杀的技艺与死者的语言。维奥托阁下,您这辈子绝对不会想碰上她们组织里的任何一个人,就算只是个初学者。"

尼尔脑中突然浮现出一幕有关依伦女士的景象:在卡洛司的要塞,敌人的死尸将她围在中央,大多数尸体都不见创口。他也记起她曾在圣塞尔修女院受训。

THE CHARNEL PRINCE

"关于这点我深信不疑,昆提阁下。"他回答。

他们走进了一片葡萄园,蔓延直至山丘顶端的葡萄藤环绕在四周,而昆提爵士也将话题转向葡萄酒,他在这方面的学识似乎相当渊博。暮色渐垂,尼尔原本逐渐淡去的怀疑又再度浮现心头。可如果他们想害他,何不把握机会?他可是势单力薄啊。

或许自己对他们还有利用价值。例如安妮。如果圣塞尔修女院的女人们像依伦一样可怕,他们就没法走入或是闯入院内。他们会需要尼尔带着王后的口谕带她出来。

到那时可得小心。

至少昆提爵士在某件事上可算言行一致——在日落之前,他们顺着山旁的曲径,来到了圣塞尔修女院面前。

或者更恰当的说法是,它的遗迹,因为整座女巫院已被付之一炬。初见之时,尼尔策马飞奔起来,可才前进了百来步,他便减缓速度,让马慢步前行。

周围没有烟。这地方很久以前就被烧光了。

可这儿真的是圣塞尔女巫集训院吗?他只听过昆提爵士的一面之词。

他听到身后传来利器抽出剑鞘的刮擦轻响,方才意识到,自己终于给了昆提爵士和其他人置身于他背后的机会。

第二章 重归林间

新相知

当梅高平原让道给御林之时,埃斯帕·怀特停步张望,思考着自己是否走错了道。

"我们两个月前才走过这条路。"斯蒂芬低声说。

"我对从前发生的很多事都记不清了,"薇娜说,"可我肯定还记得这儿。"

"安静,你们俩。"埃斯帕呵斥道。

薇娜的双眼因惊讶与受伤而睁大,可他看都没看她一眼。

瓦陶族的男孩易霍克只顾望着地面。

"我得去……"埃斯帕试图解释,可却想不到该说什么,"等在这就好,"他嘟哝着换了句话,"我就回来。"

他拉动魔鬼的缰绳,这匹强壮的马儿向前冲去——看起来很不情愿。埃斯帕没有责怪他——魔鬼是个杀手,是头无所畏惧的牲畜,可它跟埃斯帕的感觉一样。此刻他们奔向的是本不该去的地方。

正如斯蒂芬所说,离他们上次来此甚至还不到两个月。那时这儿有森林的边缘,有草场和矮树,还有几棵高大的橡树和栗子树,它们的叶子呈现出凋零之色。

如今一切都是黑色。远远望去它仿佛是团烟雾,翻腾不定,却古怪地驻留在地面。靠近之后,你能看清它的真面目。像渡船缆绳一样粗大的藤蔓缠绕着树木,在地上扭动,上千根较小的蔓条包卷住所能触及的每一根——也就是所有的——枝干与细枝。最高大的树木的树梢不堪它们的重压而弯曲或是断成两截。而荆棘更是无处不在——其大小从不超过他指甲的小刺直到足有一掌宽的木质匕刃。

"该死,"埃斯帕低语道,"狰狞怪啊,我的森林怎么了?"

斯蒂芬望向薇娜。"他的意思不是——"

"我知道,"她说,"他的强硬来自习惯,而非内心。就像是那

THE CHARNEL PRINCE

些伊斯冷骑士身穿的钢铁外壳。"她的目光始终落在御林看守身上，看着他的身影在迫近的黑暗中逐渐变小。"他爱这片森林，"她的语气愈加柔和，"这爱高于一切。高于他对我的爱。"

"我对此表示怀疑。"斯蒂芬说。

"用不着，"她回答，"这不会让我烦恼，也不会让我感到嫉妒。能认识感情如此炽热的男人是件好事，特别是对于了解埃斯帕过去的人，而且他并不缺乏骨气。"她的目光掠过斯蒂芬，在他看来，那对碧绿的眸子在这阴暗的晨间几近灰白，"我也爱这片树林——我就在另一片林子边长大。可你和我没法了解他对这地方的感受。只有这件事让我嫉妒——不是他的感受，而是我感受不到。"

斯蒂芬点点头。"你的家人呢？你会为他们担心吗？"

"对，"她说，"噢，对。我一直努力不去想这事。可一旦情况不对头，我父亲会是头一个离开的。如果有人预警，如果时间充足。"

这时，埃斯帕在稍远处下了马。斯蒂芬能听见他下马时皮制马鞍的摩擦声。作为一名见习修士，斯蒂芬已经走过了德克曼巡礼路。圣者们加强了他的感官、他的记忆力——以及其他。他也能听到埃斯帕的咒骂声，其中还提到了狰狞怪。

"你能解释这种现象吗？"薇娜问道，"它为何会发生？确切地说，那些荆棘又是什么？你在这片皇家猎场里找到什么了吗？"

"我知道的不比你多，"斯蒂芬坦言，"都是些和荆棘王有关的民间故事和传说，但这些我们都已经亲身体验过了。"

卡洛司要塞仍旧矗立在他们身后，就在巫河的那一端，清晰可见，巨大的荆棘纠缠而上。那就是他们初次遇见荆棘王的地方。一条蔓藤之路连接了要塞与森林，仿佛将他们握在手中一般。

"他为什么摧毁自己的森林？"

"我不知道，"斯蒂芬说，"在某些故事里，他会摧毁一切，随后从旧世界的灰烬中创造新世界。"他叹了口气，"半年前我曾觉得自己很有学问，而荆棘王不过只是童谣里的名字。如今我发现自己大错特错。"

"我了解你的感受。"薇娜回答。

"他在打手势叫我们前进。"斯蒂芬说。

"你肯定?"

"肯定。"

埃斯帕看着伙伴走近。他让呼吸平静下来。

该死的,他告诉自己。该怎么就怎么吧。没必要让每个人操心。那可一点都没用。我会找到荆棘王,干掉他,把这事做个了结。就这么办。

当他们走到他跟前时,他甚至挤出了一个微笑。

"疯长的杂草。"他给这座濒死的森林挂上一个头衔。

"的确如此。"斯蒂芬赞同道。

"我猜这些都源自他的足迹,"埃斯帕说,"至少这让我很容易追踪到他。除非这些东西已经散播得到处都是了。"

它没有。仅仅半个钟头过后,他们发现周围的树木只有一半被藤蔓包卷着,最后藤蔓全部不见了。埃斯帕只觉全身一阵轻松。还有时间做点什么。足迹还没有完全消失。

"你们瞧,"埃斯帕说,"白天还有两个钟头,不过我想黄昏时会下雨。斯蒂芬,既然我们现在都在帮护法干活,我想你该在你的地图上记下来——记下这东西蔓延了多远。这段时间我和薇娜会把帐篷搭起来。"

"你觉得我们在哪儿?"斯蒂芬问。

埃斯帕缓缓扫视周围。早先看到的这些陌生事物在相当程度上影响了他的方向感。

森林差不多在他们西面,朝南北方延伸。东边是起伏的田野。他能分辨出五六座小农庄,低矮山丘上散放的绵羊、山羊和母牛。一座小小的乡村教会的钟楼耸立于大约一里格之外。

"你知道那座小镇吗?"斯蒂芬问。

"我想它是瑟盖特斯塔斯。"埃斯帕说。

斯蒂芬拿出地图仔细看了一会儿。"你确定?"他问,"我想它更像图尔海姆。"

"噢?那你还问我?我只不过这辈子都在森林里旅行罢了。而你,你有地图。"

"我只是说,"斯蒂芬说,"这是经过卡洛司之后见到的第三个城镇,所以应该是图尔海姆。"

"图尔海姆比它大多了。"埃斯帕回答。

"当你只能看见钟楼的顶端时,"斯蒂芬说,"很难说这城镇有多大。可你说它是瑟盖特斯塔斯,我很乐意这么标注。"

"好得很。那就标吧。"

"不过,瑟盖特斯塔斯应该是靠近——"

"薇娜,"埃斯帕问道,"你要去哪?"她已经悄悄驾马向山下走去,远离了森林。

"去问路,"她说,"下边就有个农庄。"

"勃吉利,"埃斯帕嘟哝着,"你能肯定?"

这个男孩——一个麦色头发的小伙子,十四岁,名字叫阿尔加夫什么的——挠着头,似乎在更努力地思考这个问题。

"呃,阁下,"他最后说,"我这辈子都住在这,可从没听说它还有别的名字。"

"我的地图上没有。"斯蒂芬解释说。

"我们离瑟盖特斯塔斯有多远?"埃斯帕问道。

"喔,我估摸着,差不多一里格吧,"男孩说,"可现在没人住在那儿啦。那些黑糊糊的藤长得到处都是。"

"整个小镇都是?"薇娜问。

"我过去总说它太靠近森林了。"一个女性的声音加入了谈话。埃斯帕循声望去,只见一位约莫三十来岁、穿着朴素的棕褐色衣裙的女人正站在一座石墙围成的猪圈旁。她的发色和男孩相同,埃斯帕猜想她就是男孩的母亲。

"傲慢,那就是原因,"她续道,"他们越界了。每个人都知道。"

"从什么时候开始的?"斯蒂芬问。

"我不清楚,"她说,"在我祖母的祖母之前就已如此。可我祖母说过,森林思考得很慢,但它从不忘却。而如今蔓藤领主已经醒来,他将拿回本属于他的东西。"

"瑟盖特斯塔斯的居民怎样了?"埃斯帕问。

"逃散了。有亲戚的都去亲戚那了。我猜,有些去了城市。总之

新相知

他们全走掉了。"她眯起眼睛,"你就是他,对吧?国王的御林看守?"

"是的。"埃斯帕承认。

女人朝她农场的小小建筑点头示意。"我们是在边界外建的房子。我们遵从他的法律。我们会安全吗?"

埃斯帕叹了口气,摇摇头。"这我不知道。不过我准备弄个清楚。"

"我没有丈夫,也没有能接纳我的家人,"女人说,"我只有这孩子。我不能离开这儿。"

斯蒂芬清了清喉咙。"你听说过其他被遗弃的村庄吗?那些逃跑的人——请原谅——是否像野兽一样光着身子?"

"有位来自东部的旅客带来了这些传闻,"女人说,"但旅客们总是带来传闻。"她局促不安地走动着,"总之,这儿有些东西。"

"什么?"埃斯帕问。

"和那些蔓藤一起出现的东西。牲畜们能闻到它们。狗儿整晚叫个不停。昨天我还少了一头山羊。"

"我瞧见过,"男孩急切地说,"我在林子的边上瞧见过它。"

"阿尔加夫,"女人呵斥道,"我告诉过你别去那儿。永远别去。"

"好的,妈妈。可里奇跑上去啦,我只好去追它。"

"如果它再这样,我们可以再养一条狗。"女人说,"再也别去了,听见没?"

"好的,妈妈。"

"可你看到了什么,孩子?"埃斯帕问。

"我想它是只尤天怪,"男孩高兴地回答,"它站起来比你还高,可要我说,它看起来坏透了。我只瞧见它一小会儿。"

"一只尤天怪。"埃斯帕嘟哝着。要是在过去,他准会把这个男孩的话从脑袋里硬生生赶跑。他这辈子听过无数御林里的尤天怪、熬尸、赫因巫和各种各样稀奇古怪野兽的故事,而在差不多四十年里他连它们的影子都没见着过。

可今年之前他也从未见过狮鹫,还有荆棘王。

"我可以带你去那儿,御林看守大人。"阿尔加夫说。

"你妈妈才告诉过你离森林远点儿,"埃斯帕说,"那是个忠告。你只要告诉我地方就好,日落前我会去瞧一眼的。"

THE CHARNEL PRINCE

"今晚你们会住在我们这儿吗?"女人问。

"我可不想占你们的便宜,"埃斯帕说,"如果可以,我们会在你的田地里搭个帐篷。"

"住在谷仓里吧,"女人说,"那不算是占便宜——只能算是帮助。"她根本没法迎上他的目光。

"好得很,"埃斯帕说,"感谢你的好意。"他走向瓦陶族的男孩,"易霍克,你跟我来。我们去瞧瞧那东西留下什么线索没。"

埃斯帕闻到这气味时皱起了鼻子。

"别碰它。"见易霍克俯身用手指去描画那痕迹,埃斯帕警告说。

"为什么,怀特大人?"

"我摸过狮鹫的脚印,它让我生了病。它会直接干掉更小的生物。我不清楚留下这痕迹的是什么,可我没见过这东西,每当我在御林里看到不认识的东西,我就知道应该小心对待。"

"它很大。"易霍克评论说。

"对。还有六个脚趾。它们在你那边的路上留下这种痕迹了没?"

"没。"

"我这也没,"埃斯帕说,"这种气味呢?"

"我从没闻到过,"男孩肯定地说,"但它真够臭的。"

"我闻过这种气味,"埃斯帕说,"就在山里,在我找到荆棘王老巢的时候。"他叹了口气,"好了,我们下山回去吧。明天再来追踪这东西。"

"已经有人在追踪它了。"易霍克说。

"呃?你看到了什么?"

男孩屈膝指了指,埃斯帕随即发现他是对的。还有另一道比较小的足迹,孩童般大小,穿着软跟鞋。脚印非常模糊,甚至连他训练有素的眼睛都看漏了。

"瓦陶,你有双好眼睛。"埃斯帕说。

"他们也许在结伴同行。"男孩猜测说。

"是啊,也许。来吧。"

新相知

那女人叫布莉安,她用炖鸡肉来招待他们,这顿饭或许比她和那孩子几个月来吃得都丰盛了。埃斯帕小口吃着,希望自己离开后还能给他们剩下一些。

当晚他们睡在谷仓里。那些狗儿,正如布莉安所说,整晚叫个不停,这些叫声来自方圆数里格之内,或许在听不见的地方它们也在叫。那叫声中带着恐惧,让埃斯帕也没睡好。

第二天他们早早起身,前去狩猎尤天怪。

不幸的是,那足迹没延伸多远——它们在进入树丛后二十尺左右就消失了。

"泥土还很松软,"埃斯帕说,"而那野兽体型庞大。应该有足迹才对。"

"在我小时候听过的故事里,尤天怪能缩成跟虫子一样小,还能变成苔藓,"薇娜说,"它可能就藏在我们脚下呢。"

"那些只是故事。"埃斯帕说。

"狮鹫过去也只是故事。"她回答。

"但故事讲得并不全对,"斯蒂芬指出,"我读过的每个关于荆棘王的传说和故事里,只有几句说的是正确的。而真正的狮鹫和民间故事里的狮鹫完全不是一回事。"

"可它是真的,不是吗?"

"说得好,"埃斯帕赞同道,"我从不相信那些故事。"

"除非用自己那两颗眼珠子看见,否则你什么都不信。"薇娜还击道。

"可我干吗要信?能让我相信狮鹫确实存在的方法就是亲眼所见。能让我相信一只半吨重的野兽能变成苔藓的方法也是亲眼所见。我这个人很简单。"

"不,"斯蒂芬说,"你是个怀疑论者。这让你在别人都死掉时还能活下来。"

"我们该谈这个吗?"埃斯帕问道,一条眉毛抬了起来。

"大概吧。很明显很多我们过去认为只是传说的事都有现实基础。可自古以来,没人真的看见过狮鹫或是尤天怪。故事会在讲述中发展变化,所以我们不能把它们当作可信的事实。辨别真实与虚

123

构的唯一方法便是凭我们自己的判断。"

"好吧,用你的判断瞧瞧,"薇娜说,"我们该去哪儿?"

易霍克用严肃的一指回答了这个问题。

"好小伙子,"埃斯帕说。他走向易霍克所指之处,"瞧见没?这里的树皮给刮坏了。它正在树上走着哪。"

斯蒂芬脸色发白,抬头望向远处的树荫。"那简直和变成苔藓一样糟糕,"他说,"这样我们要怎么看见它?"

"你在说谜语么?"埃斯帕问,"用我们的眼睛。"

"可该怎么追踪它?"

"对,这是个问题。可它好像总沿着森林边上的荆棘前进,那也是我们要去的地方。护法可没派我们去狩猎尤天怪。我想我们该继续他雇我们去干的事,如果能再碰上它,那就再好不过。"

"在我看来那根本算不上'再好不过',"斯蒂芬说,"不过我同意你的观点。"

他们沉默地走了好一会。埃斯帕的目光一直搜寻着树梢,他感觉背上奇痒不止。秋叶的气息几乎压倒式地席卷而来。多年的经验告诉他,这种气味正是谋杀迫近的征兆。那位把他养大的瑟夫莱女人曾告诉他这种来自狰狞怪的古怪感觉,因为埃斯帕就是在狰狞怪的祭坛上诞生。埃斯帕根本不相信,也不关心——他关心的通常只有真实的事物。

可是在秋天,本就该有这种气味……

显然他的鼻子又对了一次。接近一片空地时,那味道变得浓重起来。

"我闻到了血气,"斯蒂芬说,"还有些非常臭的东西。"

"你那对圣者祝福过的耳朵听到什么了没?"

"我不能肯定。大概是呼吸声,但我弄不清方位。"他们又前进了一点,直到看见空地上那具残破而碎裂的躯体。

"圣者啊!"薇娜倒抽一口冷气。

"诸圣保佑,"斯蒂芬叹息,"可怜的家伙。"鲜血浸透了落叶和泥土,可那张脸却很干净,很容易就能认出是那个农庄男孩阿尔加夫。

"我想他没听他母亲的话。"埃斯帕叹了口气。斯蒂芬开始向前走去，可埃斯帕伸出一只手臂阻止了他。

"别。你没瞧见么？这孩子是个诱饵。它想让我们走过去。"

"他还活着，"斯蒂芬说，"我听到的呼吸声就是他的。"

"埃斯——"薇娜开了口，可他示意她安静。他的目光穿过树梢，可那除了光秃秃的树枝和风的悲鸣之外什么都没有。

他叹口气。"盯着那些树，"他说，"我去把他带来。"

"不，"斯蒂芬说，"我来。我没法像你那样用弓。如果它真的躲在林子里，你阻止它的可能性最大。"

埃斯帕考虑着，随即点点头。"那就去吧。不过得准备好。"在斯蒂芬小心地步入空地之时，埃斯帕也将一支箭架上弓，等待着。

一群麻雀喧闹着穿过林间。接着森林陷入了怪诞的寂静之中。

斯蒂芬靠近男孩，在他身边屈膝跪地。"情况很糟糕，"他对他们喊道，"他还在流血。如果我们现在就有绷带，或许还能救活他。"

"我什么都没看见。"易霍克说。

"我知道，"埃斯帕道，"我不喜欢这样。"

"或许你错了，"薇娜提醒他，"我们并不了解尤天怪——管它是什么——是否聪明到会设下陷阱。"

"狮鹫就跟人类和瑟夫莱结伴，"埃斯帕提醒她。他想起了那些脚印，"这东西或许也是。它自个儿用不着太聪明。"

"喔。"

他遗漏了什么——他很清楚。它必须得用脚才能走进这片空地。而他只找到一道足迹。他之前假设它是从另一边离开，接着爬到了树上。

"尤天怪能缩成跟虫子一样小，还能变成苔藓。"薇娜说过。

"斯蒂芬，过来，快。"埃斯帕叫了起来。

"可我——"男孩瞪大了眼睛，猛地转过头，随后跌跌撞撞地站起身。

他还没走出一尺远，地面就好像炸了开来，随着一团飘起的落叶，有个比人还要大的东西向斯蒂芬飞扑过去。

第三章 梅丽

里奥夫的指尖在哈玛琴的红黑色琴键上翩翩起舞,可他的思绪却飘飞到那白日的梦魇,那些有着灰烬之眼的尸体,还有那座在夜幕之下永远沉寂的小镇。黑暗悄然爬过他的手指,涌入琴键,而他原本演奏的欢快曲调顿时沉闷得犹如安魂曲。丧气的他拿过拐杖,站起身,腿上的疼痛让他不自觉地退后几步。

他考虑过回房躺下,可光是想到那间又小又暗的屋子就让他心情压抑。至少音乐室的阳光充足,这儿有两扇高高的窗户,向窗外望去,目光可以穿过整个伊斯冷城,直至远方的新壤。这儿还有乐器——除了哈玛琴,还有各种大小的克洛琴、鲁特琴、西尔伯琴、高音双簧管、雷高德笛、六孔竖笛和风笛。纸和墨的供应也很充足。

然而,这些东西上大都积了厚厚一层灰,因为有好些年没人弹奏那些弦乐器了。里奥夫很想知道上次王室雇用常驻作曲家是多久以前的事了。

或者,更直接地说,他想知道王室现在是否想雇一个。

他什么时候才能得到王后的答复?

阿特沃遵守了诺言,给里奥夫在城堡里找了个住处,还允许他使用音乐室。国王曾短暂接见过他,可好像根本不知道他在这儿一样。王后来过这儿,她美丽而高贵,在她的提示下,国王称赞了他在布鲁格的表现,对他的职位却没提半个字。尽管有人为他定做了几套衣物,饭食也定时送往他的房间,可在两个九日里他却没有接到任何委派。

因此他开始漫无目的地工作。他写下了眉棱之歌,把它编排成十二段的合奏曲,随后——由于不满足于成果——安排了三十种乐器。这样庞大的合奏对他而言也是闻所未闻,可那正是他心中所想的曲子。

他再次尝试演奏在山岭间听到的那难以捉摸的曲调,可总有什么在阻挠他，因此他将其抛在一边，开始谱写一组庄严华贵的舞曲，期望能在将来用上——或许，用在婚礼上。

可自始至终，布鲁格的毁灭在他脑海中挥之不去，有个声音仿佛在呼喊着。他知道他应该做什么，可他犹豫不决。他害怕去编写伟大至斯、仿佛在他脑中自行成形的作品，害怕它会耗尽自己的生命。

所以他烦躁不安地在音乐室里走来走去，检查着抽屉里的手稿，给弦乐器调音，接着又调了一次。

他望出窗外，看到远处的露河上有艘驳船，此时他听到模糊的喷嚏声。他转身去看，房间里却空无一人。大门敞开着，他能看到走廊里十尺远的地方。

他脖颈的汗毛直竖，接着在房间里缓缓踱步，思量着刚才的声音是不是自己想象出来的。

可那声音再次响起，这次更加清晰，是从一只木柜里传来的。

他盯着声音的来源，恐惧渐增。是那些凶手从布鲁格来找他了？他们担心他会揭发他们，所以派了刺客前来复仇？

他小心翼翼地拿起手边最近的东西，一根高音双簧管。它很沉——而且有一端是尖的。

他匆匆朝走廊望去。守卫人影全无。他考虑着去找一个来，而且差点就这么干了，可最后还是壮着胆走近柜子，他挥舞着高音双簧管，飞快地握住把手，将它拉开。

一双眼睛惊愕地看着他，小嘴吃惊地吸着气。柜子里的孩子盯着他看了片刻，里奥夫才放松下来。

在柜子里待着的是个小女孩，顶多六七岁的样子。她穿着蓝色的绸制礼服，一头棕色长发显得颇为杂乱。她碧蓝的双眸看起来天真无邪。

"你好啊，"片刻之后，他说，"你可真吓了我一跳。你叫什么名字？"

"请叫我梅丽。"她回答。

"梅丽，你干吗不走出来，然后告诉我你为什么躲在这里。"

"喔，好。"她说，随即从那狭小的空间里飞快地钻了出来。她站起身，然后渐渐后退。

"我现在要走啦。"她说。

"不,等等。你在这做什么呢?"

"以前这儿没人,"她说,"我可以进来弹哈玛琴。我喜欢它的声音。现在你在这儿了,我没法弹了,可我喜欢听你弹。"

"好啦,梅丽,你应该问问我。我不会介意你旁听的。"

她把头低下了一些。"我只是想静静待着,还有不让人看见。这样最好了。"

"瞎说,你是个漂亮的小姑娘。用不着害羞。"

她没有回答,只是盯着他看,就好像他在说维特利安语似的。

他拉过一条凳子,放在哈玛琴边上。"坐下吧。我给你弹点什么。"

她的眼睛睁得更大了,接着她皱起了眉头,像是在怀疑他。"真的吗?"

"真的。"

她照他说的坐在凳子上。

"好啦,你最喜欢的曲子是什么?"

她思考了片刻。"我喜欢《环绕小山再回来》。"

"我知道这首,"他说,"我和你一般大的时候,它也是我最喜欢的曲子。让我们瞧瞧——是不是这样?"他弹奏起主旋律部分。

她笑了。

"我想没错。现在让我们用双手来弹。"他先从简单的低音部分开始,随即重复了一遍,在第三次演奏时加上了一段对位旋律。

"现在它就像是舞曲啦。"她评论说。

"没错,"他赞同,"可听好了,我能把它变成赞美诗。"他停下演奏到一半的低音部分,转为四段式的和声,"我也可以让它变得悲伤。"他转入一段更为哀伤的调式。

她又笑了。"我喜欢这样的歌。你是怎么把一首歌变成那么多首歌的啊?"

"那是我的工作。"他说。

"可要怎么做?"

"噢——就想象你在说话吧。'我想喝点水。'你能用多少种方式说这句话?"

梅丽思考起来。"给我点水喝?"

"正确。还有吗?"

"我想喝点儿水,麻烦了。"

"正是如此。礼貌的说法。"

"我要喝水,现在就要。"

"没错,命令的语气。那生气的呢?"

"给我拿水来!"她强忍着不为自己假装的愤怒而发笑。

"还有很多,"里奥夫说,"这就和音乐一样。同一个念头有很多种方式可以表达。只要选出正确的那种就行。"

"你能再试试另一首歌吗?"

"当然。你想听什么歌?"

"我不知道它的名字。"

"你能哼出来吗?"

"我想可以。"她集中了精神,随后开始哼唱。

立刻有两件事让里奥夫大吃一惊。首先是她在哼唱的正是《眉棱之歌》的主旋律,那是他几天之前才刚刚写下的。

其次是她的哼唱完全合拍,曲调分毫不差。

"你以前在这儿听过,是吗?"

她看起来有些局促不安。"嗯,对。"

"听过几次?"

"就一次。"

"一次。"好奇心自他胸中油然而生,"梅丽,你能用哈玛琴给我弹点什么吗?比如你从前在这儿自己弹过的曲子?"

"可你弹得好多了。"

"我练习得比你久,而且我接受过训练。你上过音乐课吗?"

她摇了摇头。

"那就弹些什么吧。我很乐意聆听。"

"好吧,"她说,"不过不会好听的。"她在小小的板凳上坐稳,灵巧的手指在琴键上伸展,随即开始弹奏。它只有一段旋律,单单一段曲调,可他立刻就听出那是《达尔维斯的美丽少女》。

"好听极了,梅丽,"他说,拉过另一条凳子放在她身旁,"再弹一次吧，我来跟你合奏。"

她再度开始弹奏，而他先是加进了和弦，接着是一段慢速的低音。梅丽的笑容愈发灿烂。

一曲终了，她看着他，碧蓝的眸子闪闪发光。"我真希望我能用双手来弹，"她说，"就像你那样。"

"你可以的，梅丽。如果你想的话，我可以教你。"

她张大了嘴，有些犹豫。"你说真的？"她问。

"那将是我的荣幸。"

"我想学。"

"很好。不过你得认真才行。你必须照我说的做。你有出色的听力，可你手的姿势是错的。你应该这样放——"

在里奥夫察觉之前，已经过去了一个小时。梅丽很快就掌握了练习曲。她的头脑和听力都相当出色，而她的进步也令他欣喜。

他根本没听到有人接近，直到敞开的门扇被人轻轻叩响。

他在座椅上转过身子。那位王后，玛蕊莉·戴尔，就站在那儿。她看着的不是他，而是梅丽。而女孩则飞快地跳下凳子，单膝跪下。稍后里奥夫才从惊讶中缓过神来，试图照做，但腿上的夹板却让效果大打折扣。

"梅丽，"王后用柔和而冰冷的语气说，"你何不离开？"

"遵命，陛下，"她说，然后飞快跑开。可又转过身，害羞地看着里奥夫。"谢谢你。"她说。

"梅丽。"王后说着，加重了语气。

小女孩随即消失不见。

王后将冰冷的目光转到里奥夫身上。"葛兰夫人什么时候准许你教她的孩子音乐了？"她问。

"陛下，我不认识什么葛兰夫人，"里奥夫说，"这孩子因为喜欢音乐才躲在这儿。我今天才发现她。"

王后的表情看起来放松了不少。她的语气也更柔和了些："我会确保她以后不会再来烦你。"

"陛下，我觉得这孩子很讨人喜欢。她有非常出色的听力，而且学得很快。我愿意免费教她。"

新相知

"你愿意?"那冰冷的语气又回来了,里奥夫也开始猜测葛兰夫人究竟是什么人。

"如果您允许的话,陛下,我对这地方知之甚少。说实话,我甚至不知道自己有没有受雇。"

"这就是我来此的目的。"她找地方坐下,而他紧张地看着她,拐杖在他腋下夹得紧紧的。在走廊里,门的两旁各站着一名卫兵。

"我丈夫没有提到过雇用你的事,而你似乎弄丢了他写给你的那封信。"

"陛下,请允许我提起眉棱塔的那场大火——"

"是的,我知道,阿特沃公爵看过那封信,这对我来说已经够了。不过在这段时日,我必须格外小心。我在不同地方对你的事做了几次问讯,这花了点时间。"

"是的,陛下。我当然明白。"

"我不怎么了解音乐,"王后说,"可我知道,你作为作曲家的名声不太寻常。举例来说,教会每年都会在好几个场合公开谴责你的作品。其中甚至有人断言那是黯阴巫术。"

"我向您保证,陛下,"里奥夫连忙开口,"我从未有过任何异端行径,而我也肯定不是什么黯阴巫师。"

"这种看法是格拉斯提的圣职者提供的。他们说你的作品大多是些靡靡之音。"她耸耸肩,"我可不知道那是什么意思。他们还报告说在你的一场音乐会上发生了暴动。"

"仅仅在最最抽象的意义上是如此,陛下。有两位绅士开始谈论我其中一部作品的价值。他们因此动了拳头,接着他们的——朋友们——也加入了进来。"

"随后就是一场殴斗。"

里奥夫叹了口气。"是的,陛下。"

"格拉斯提方面认为你的音乐对群众有堕落的影响。"

"我相信这绝不是真的,陛下。"

她浅浅一笑:"我想我明白为什么我丈夫许诺给你这个职位,却又长久没有兑现了。他和教会有点小小的分歧,特别是和赫斯匹罗护法。我想他这么做肯定让他气急败坏。"那笑容消失不见,"不

THE CHARNEL PRINCE

幸的是，我的儿子和我丈夫的立场不同。我们不能冒险触怒教会——至少不能太多。另一方面，你也证明了自己是王国的支持者，阿特沃公爵对你表现的盛赞更堪比黄金般珍贵。"她略微皱了皱眉，"告诉我教会不喜欢你音乐的哪些方面。务必准确无误。"

里奥夫仔细思索了一阵。"陛下，您的上一位宫廷作曲家——您最喜欢他的哪首作品？"

她眯起了眼睛，而他突然感到一阵寒意——自己正冒昧地用问题来回答她的问题。

"我真的说不出名字，"她说。"我想应该是他的一首孔雀舞曲。"

"您能在心里听到它的调子吗？您能哼唱出来吗？"

此时她看起来有些恼怒："这有什么意义吗？"

他用拐杖让身体保持平衡，方便自己将双手握在身前。"陛下，音乐是圣者的恩赐。它拥有撼动人类灵魂的力量，但大部分音乐做不到这一点。在近一百年的时间里，音乐的创作并非发自心灵，而是头脑，几乎是计算而成的。它变得枯燥无味，完全成了学术练习。"

"孔雀舞曲听起来就该像是孔雀舞曲，不是吗？"王后问道，"安魂曲不就该像是安魂曲吗？"

"这些是曲式，陛下。有了曲式，那些崇高事迹方能写成——"

"我不明白。为什么教会要反对你的哲学观念？"

此刻里奥夫明白，他必须得掂字酌句才行。

"因为某些圣职者用教条来否定习性。在哈玛琴发明之前——它仅仅只有一百年历史。大约两百年以前，别提四重唱了，两位歌手各自演唱不同声部的事还闻所未闻，可现在教会的赞美诗总是谱写成四个声部。而且，不管有什么理由，在过去一百年间，音乐毫无变化。是惰性和习惯在作怪。有些人害怕改变——"

"我说过要你准确一些。"

"遵命，陛下。请原谅我。比方说，声乐和器乐的区别。教会的音乐就完全是声乐。乐器绝不能为安魂曲伴奏。而在另一方面，协奏曲也绝不能带有人声。"

"吟游诗人就又弹又唱。"王后说。

"是的。因此教会厌弃他们。为什么？我从没见过成文的教条解释过这点。"

"而你想同时为声乐和器乐作曲?"

"对!在远古时代,在黑稽王统治之前便是如此。"

"他取缔了它?"

"呃——不。事实上,他大加鼓励,不过就像他碰过的其他东西一样,他让曲式变得堕落。他用恐惧谱写音乐——折磨歌手,让他们用尖叫和声,诸如此类的事。"

"啊,"王后说,"而当黑霸击败他并粉饰和平的时候,他们取缔了这种音乐,就因为跟它有关联的那个人,就像取缔所有和黑稽王有关的东西一样。"

"也包括技艺,"里奥夫说,"如果这些禁令仍然有效,那灌溉您新壤的眉棱塔也绝不会被发明出来。"

王后再次展露微笑。"你认为教会不该努力去阻止它,"她说,"可回头看看你自己的主张——你说音乐有能力撼动人的灵魂,而你又提到了黑稽王。据说在他统治时期写就的音乐能让整个王国陷入绝望,足以引发疯狂和兽行。如果真是如此——如果音乐能够让人的灵魂导向黑暗——那让它像你说的那样乏味而无害不是更好些吗?"

里奥夫松开双手,叹了口气。"陛下,"他说,"这个世界早已充斥着绝望的乐声。悲伤的歌曲就响彻在你我耳际。我能够用以还击的唯有喜悦、自尊、温柔、和平——还有最最重要的希望。我想在我们的生命中加入些东西。"

王后盯着他看了许久,脸上看不出任何表情。"撼动我的灵魂,"她最后说道,"展现你话中真意。我会判断它有多危险。"

他踌躇了半晌,自知此刻非比寻常。他思考着该演奏什么。为格拉斯提王室写的那首激动人心的曲子?《菲尔领主的胜利进军》?

他最后拿定了主意,将手指放上琴键,却发生了料想不到的事。他弹奏的是他一直回避的那首,在他脑中已然成形的曲子。起初颇为轻柔,是爱情与希望之歌,是通往光明未来之路。接着是敌人、冲突、恐惧、黑云遮蔽了太阳。职责,无情的职责贯穿始终,希望的旋律一次次重现,不可战胜的信念,直至曲终,死亡与悲伤之后,唯有一无所有的胜利存留。

THE CHARNEL PRINCE

当他演奏完毕,他感到自己的双眼湿润了,他无声地向圣者们祈祷,感谢他们的恩赐。

他从哈玛琴边缓缓转身,而王后正凝视着他。一滴泪珠正滑过她的面颊。

"这是什么曲子?"她轻声问道。

"我以前从未弹奏过它,"他说,"它是一首更长的曲子的一部分,是它的精华。不过我或许会叫它《丽塔的故事》。"

她沉思着点点头。"我明白为何教会厌恶你的音乐了,"她说,"它的确能撼动灵魂,而他们宣传我们的灵魂是属于他们的。可圣者们不正是在通过你的音乐说话吗,里奥维吉德·埃肯扎尔?"

"我相信是这样,陛下。希望如此。"

"我也相信。"她抬高下巴站起身,"你现在被我雇用了,"她说,"而且我想委托你做些事。"

"任何事都行,陛下。"

"如今是黑暗的时代。战火肆虐,幻想中的可怕生物现身于大地上。许多人流离失所,而如你所言,绝望在我们身边环绕。我本想委托你为亡者谱写一首安魂曲——为我的丈夫和女儿们。可我现在觉得,我们需要的是更伟大的音乐。我要你写首曲子——就像我刚才听到的那首——不是写给我,也不是写给宫廷里的那些贵族。我要你为这个国家写首曲子,写一首能让最卑贱的奴仆与最崇高的领主团结一心的曲子。我想要的是一首写给我所有子民的曲子,你明白吗?这音乐要能装满整座城市,流向远方的乡村,在灰色的海洋上轻声传唱。"

"那会是——"里奥夫发现此刻自己找不到合适的语言,"陛下,"他再度开口,"您说出了我内心的愿望。"

"我想要你在俞尔季的威纳特节演奏这首曲子。你能在那之前完成它吗?"

"绝无问题,陛下。"

她点头,转身,准备离开,却又停了下来。

"你很危险,埃肯扎尔梅司绰。和你会面让我担负了巨大的风险,比你可能知道的要危险得多,可既然已经担上了它,我就会全

新相知

盘负责，并且坚持到底。你谱写的这首曲子必将引起教会的非难。你必须照我所说，把你的能力和创造力发挥至极。你要明白，我也许没有能力保护你，但我会尽我所能。如果你不想为此被烧死，现在就告诉我吧。"

恐惧的寒流掠过里奥夫的身体，可他仍然点了点头。"我没有改变主意，陛下，在布鲁格，"他说，"我见证了他们为您的王国付出的代价。我并不是战士。在我心底我并不勇敢。可为了您的要求——为了达成您要求的那种可能——我愿意冒上被烧死的风险。我只希望自己有这种资格。"

"很好。"她说，然后转身离开了。

第四章 伯爵夫人的访客

尼尔在马鞍上侧过身,担心身后那金铁之声昭示着背叛,可维特利安骑士与他的扈从并没有伤害他。他这才发现,他们察觉到了某些他没能注意到的事——一队武装齐备的骑手正从右方远处策马而来。

他们的衣着极为相似,都在护甲外穿着黑色甲衣和猩红色长袍。没人戴头盔。

昆提爵士将剑还入鞘中,他的手下也依样照做。"是教会的骑士,"他说,"托莫领主骑士团。"

尼尔点点头,未发一言,却将手放在佩剑旁。虽然他相信圣者,可他却曾以一种痛苦的方式知晓,圣者的人类仆从和其他人一样能被腐化。

他们安坐马上,等待那些骑士到来。

领队者是个身材魁梧的男人,有浓密的黑色胡须和一双绿色的巨眼。他抬起手以示问候,随后说起流利的维特利安语。昆提爵士做了回答,而且他们似乎短暂地争论了几句。接着这位托莫的骑士转过身,向尼尔问好。

"我是晨卓爵士,"这时他换上了王国语,"为艾滨国神圣的教皇陛下效命的骑士。昆提爵士告诉我你是来寻找这座修女院的?"

"是的。"尼尔回答。

"你可知晓它现今的情形?"

"不,阁下,我不知道。"

"那你又为何旅行来此?"

新相知

"很抱歉,晨卓阁下,恐怕我不能告诉您。但请您务必告诉我,我必须知道——这儿发生了什么?修女院的修女们都去哪了?"

"她们都已前去塞尔女士身旁,"骑士回答,"她们全都被屠杀了。"

尼尔觉得身体轻飘飘的,仿佛在坠落一般。"晨卓阁下,全部?无人幸免?"

晨卓爵士眯缝起眼睛。"此处发生了可怕的罪行。我必须再问你一次:你为何来此?"

"维奥托阁下誓言保守秘密。"昆提爵士解释说,"但我能担保他是最高贵也最可敬的骑士。"

"好了,好了,"晨卓爵士对尼尔说,"不用说得太具体。你是为送信而来?你是为其中一位修女而来?或许是一次会面?"

尼尔只觉胸口一紧。"很抱歉,阁下。昆提阁下说得对。我发过誓。"

"我也一样,"骑士回答,"我发誓要找出犯下这可耻罪行之人。你所知的任何事都可能对我有用。"

"你没有线索吗?"昆提问道。

"有一些。是一群没有旗帜也没有纹章的外国骑士干的,就像你的这位朋友一样。他们屠杀完修女之后便朝不同方向扬长而去。"

"看起来是在找人。"尼尔低声说。

"是啊,就好像在寻找什么人,"晨卓爵士赞同地说,"可维奥托阁下,他们在找谁呢?这就是问题所在,而我猜想你对答案略知一二。"

尼尔避开他的眼神,试图思考。他无法想象修女院的大屠杀和伊斯冷王家遭遇的谋杀只是巧合。派刺客杀害了他深爱的法丝缇娅的那个人一定也派遣了杀手前来此处,来谋杀她的妹妹。

若安妮已死,那他就有理由认为自己不再受誓言约束。他就可以回到王后身边保护她。

但王后和依伦的幽魂的谈话昭示,安妮至少在两星期前还活着。从废墟的外观判断,修女院早在那很久以前就被烧光。因此她必定逃过了这场大屠杀,却仍在被那些恶徒追捕。

THE CHARNEL PRINCE

这意味着追捕她的人早已知晓她的身份。他发誓保守的秘密已不再是秘密了。

若是如此,唯一需要保密的便只有他的身份和任务了。他不能泄露自己的名字,因为如果安妮还活在世上,他便是她唯一的希望。他绝不能让自己被阻拦在半路上。

因此,在向圣福林提无声地祈祷之后,尼尔撒了谎。

"我想我必须相信您替我保守秘密,"他叹口气说,"我名叫埃坦•梅克梅伦,来自安德沃岛。那有一位我心爱的年轻女士,可她的父母并不赞同我们的爱情。为了拆散我们,他们把她送去了某座修女院。我不知道是哪一座,三年以来我从汉莎走到了萨福尼亚,一直在寻找她,可迄今一无所获。"

"现在我来到这里,而您告诉了我如此可怕之事。"他笔直地坐在马鞍上,"我并不了解那些凶手,可我必须知道她是否属于这座女巫院。如果她还活着,我就要找到她。如果她已死去,我便要为她复仇。我恳求您能向我伸出援手。"

"我就知道!"昆提爵士说,"我早知道你的历险是为了爱情。"

晨卓爵士抬起一边眉毛看着尼尔。"那位女士叫什么?"他问。

"沐尔温•德•塞瑞提,"他回答说。随即换上不安的语气,"请告诉我,她在这里吗?"

骑士耸耸肩。"修女院的档案和其他东西一起被烧毁了。很抱歉,现在没人能知道了。"

"但那些尸体——"

"早已埋葬,而且——很抱歉——大多数已经无从辨认。"

"我知道她还活着,"尼尔说,"我内心感觉得到。您能否至少告诉我,人数最多的那群搜捕者去了哪个方向?"

晨卓爵士摇着头。"很抱歉,埃坦阁下,我也有誓言和职责在身。不过我想请您一同前往我们寄宿之处。安心休息一晚。或许您会想起某些对我们有用的东西。"

"恐怕我得谢绝您的好意,"尼尔答复道,"我必须马上再度开始寻找,现在就开始。"

"请求您,"晨卓爵士说,"我坚持请您同去。"

他眼中的神色让尼尔明白,这并非只是客套。

他们策马越过遍布泛黄野草与紫色蓟类植物的原野,进入广阔的葡萄园,最后来到一大片连绵的白墙红瓦的宅院面前。他们抵达那座宅邸时,已是日落时分,唯有西方尚存一缕余晖。

身穿绛紫色上衣与黄色齐膝短裤的仆役牵走了马,而骑士们穿过大门,走入宽敞的内院。他们进来时,身着同样服色的几位仆役正在打扫,一名侍者带领他们穿过另一扇门,走进一间被烛火和壁炉照得通明的会客厅。有几个人围坐在一张长座旁。其中最引人注目的是一位腰身宽大的中年女性。他们走进大厅时,她站起身来。

"*Portate az me ech' ospi*, 晨卓凯司?"她用愉快而热情的语气说道。

"*Oex*。"他回答,随后又用维特利安语做了一番解说。

女人点点头,做了几个不同的手势,接着目光锐利地望向尼尔。

"*Pan tio nomes, me dello*?"她问道。

"很抱歉,女士,"尼尔说,"我听不懂您的话。"

女人佯怒地看了晨卓爵士一眼。"你让我如此无礼地对待一位客人,"她用王国语对他说,"你该早点告诉我他不懂我们的语言。"

她转头面向尼尔。"我只想问您的名字,我的迪洛。"她说。

"女士,我名叫埃坦·梅克梅伦,愿为您效劳。"

"我是欧绮佤伯爵夫人,而你被带到了我的家里。"她又笑了起来,"天哪。有这么多客人。"

"很抱歉没有事先知会,"晨卓爵士连忙解释,"可我们刚刚才在修女院附近碰上他们。爵士团定会作出补——"

"胡说,"女人说,"别这么庸俗,晨卓阁下。用不着拿教会的银币来说服欧绮佤招待旅客。"她的目光停留在尼尔身上,"更别说这么一位年轻英俊的迪洛了。"她随即向昆提爵士微笑,"或是像昆提阁下这样声名出众的人。"

昆提爵士躬身行礼。"欧绮佤伯爵夫人,这让我欣喜之至。早在这些绅士陪同我们来这儿之前,我就想过要前来此处拜访您啦。"

尼尔也躬下身。他想起了罗依斯的艾黎琬女公爵,尽管外表上她们毫无共同之处。女公爵娇小迷人,几乎像个孩子。可这位欧绮

THE CHARNEL PRINCE

佤伯爵夫人和她一样的举止轻浮。

她在餐桌上也一样挥霍无度。首先端上的是水果、黑甜酒、一种尼尔没见过的朴实的黄色汤汁、烤野兔、填有欧芹的羊羔嫩肋肉、拌有酸味绿沙司的烤猪肉,以及塞满了野蘑菇的馅饼。接着是用山鹑与肉鸡填塞的面点,它们被捏成家畜的形状,还贴上了金箔,就跟鸡蛋似的,随后端上的是一块用腹中蛋、干酪和鹌鹑做成的馅饼,上面浇有红艳艳的蜂蜜,点缀着蒜头。

等鱼肉端上来时,尼尔几乎半点也吃不下了,可他仍然坚持着,只为不触怒那位女主人。

"伯爵夫人,埃坦阁下正在追寻他的真爱。"昆提爵士说着,挑出鲑鱼的一只眼睛,飞快地把它塞进嘴里。

"多有趣啊,"伯爵夫人说,"我正是真爱方面的行家。埃坦阁下,您是早已心有所属,还是仍旧不知她是何人?"

"她——"尼尔开了口,可昆提爵士打断了他。

"我们相信她曾在修女院里。"昆提解释道。

"噢,"伯爵夫人说着,脸色一沉,"那么多女孩,那么年轻。多可怕的事啊。而且翡由萨节才刚刚过去。要知道,她们才来过这。"

"来这?"尼尔问道。

"噢,是的。修女院的修女们是——曾经是——我的邻居。每个翡由萨节我都会为女孩们办一场宴会。那一晚可真——"

"紫色月亮之夜?"尼尔未加思索便脱口而出。他又看见了可怜的艾瑟妮,她的喉咙被割开,从左耳直到右耳。他感觉法丝缇娅就在他臂弯,她的心跳微弱得如同小鸟。他又看见了狮鹫和荆棘王。

他发觉桌边的每一个人都在看着他。

"是啊,"伯爵夫人说,"紫色月亮之夜。"她耸起的眉头垂了下去,随后摇起头来,"我真希望您弄错了,埃坦阁下。我真希望您的爱人并非修女院里那些女孩中的一员。"

"她们有没有可能——如果她们来过这儿——没有回去?"

"我不这么想,"欧绮佤柔声说道,"修女们在这方面管束很严,而袭击是在聚会结束后好几个小时才发生的。"

"感谢圣者,那些袭击者没到这儿来。"昆提爵士说着,一口喝光了整杯脱水红酒。

"是啊,"欧绮佤说,"的确该向圣者道谢。您的女士姓甚名谁,埃坦阁下?如果她来过这儿,我应该见过她。"

"沐尔温·德·塞瑞提。"他回答。

"显然,她们是不会在女巫院里用本名的,"欧绮佤说,"您能否描述一下她?"

尼尔闭上了双眼,静静地回忆着法丝缇娅。"她的双臂比蓟羽更洁白,"他说,"她的长发如鸦翼般乌黑。她的眼眸更为深邃,就像夜空中摘下的星辰。"他用颤抖的声音说道。

"这些对我可没什么用,"伯爵夫人说,"您得描述些她外表之外的东西。"

"我得找到她。"尼尔真诚地说。

晨卓爵士摇着头。"我们接到过几份报告,有人目击两个女孩和两个男人一起逃走了。其中一位的头发是红铜色的,另一位像是金色。她们听起来都不像是您的爱人,埃坦阁下。"

他说这话的时候,颇为不经意地看着尼尔,可那目光却像是在探究他的反应。

"我不能放弃希望。"他轻声说道。

可在心底,他感到一阵狂喜。晨卓爵士描述的正是安妮公主和她的女仆奥丝婼。

他试图让自己看起来很失望,并且觉得自己成功了。

饭后,伯爵夫人的一位仆役前来为他领路,他原以为会带他去寝室,可他错了。那间屋子的墙面全部以瓷片装饰,墙上绘有跳跃的海豚、鳗鱼以及章鱼。一口巨大的浴盆嵌入地板之中,早已装满了热气腾腾的清水。

那仆役期待地侍立在旁,而尼尔看着这房间,清楚那会有多舒服。

同时也意味着他会有多危险。整个房间只有一个入口。"我不需要洗浴。"他最后说。

完全摸不着头脑的仆役点点头,将他带进了一间寝室。它和这屋子里的其他地方一样奢华,不过有扇窗,门也有闩。

窗户的落板并不太长。他觉得自己只要听到一点点响动就能迅速起身。

伯爵夫人正站在他的房间里。他根本没看见她是怎么进来的。

"你先是拒绝了温暖的洗浴招待,现在你好像又要拒绝这张床了。"她说。

"伯爵夫人——"

"嘘。你的怀疑很明智。晨卓爵士打算在今晚羁押你。"

他阴郁地开了口:"那我应该马上离开。"

"放宽心。晨卓爵士短时间还威胁不到你。这是我的家。"

她说这话的时候,所有的轻浮消失不见,有那么片刻,尼尔感觉到恐惧的刺痛——不是因为什么实实在在的东西,而是她的举止。仿佛他正站在月影之中。

"你是谁?"他低声说道。

"我是欧绮佤伯爵夫人。"她说。

"你还有别的身份。"

一抹苍白的微笑掠过她的脸庞。"塞尔的修女们并未在修女院的毁灭中全部死去。仍有一位存活。"

他点头以示明白。"你知道发生了什么吗?"他问。

"骑士们于夜晚来临,大都是寒沙人。他们在寻找一个女孩,和你一样。同一个女孩,对吗?"

"我想是的。"尼尔回答。

"是啊,她很重要。可能比你所知更为重要。"

"我只知道我的职责就是找到她,保护她的安全。我只需要知道这些就够了。"

"我能明白。我看到了你撒谎的样子,也看出那让你有多受伤。你并不擅长撒谎。"

"我从没练习过如何说谎。"他说。

"她还活着,她和她的女仆。我相信我的两个朋友——两位了解这个国家的剑客正与她们结伴同行。我的仆役告诉我他们去了北方,或许是去了泽斯匹诺。我建议你去那儿寻找她们。我同样建议你在今晚独自离开。"

"晨卓爵士是个恶棍吗?"

"并非如此,尽管他可能在为恶棍效命。他和修女院的凶杀无关。但要记好,尼尔阁下——教会里的某个人和这事有关。某个要人。那些参与袭击的骑士身上都留有圣者的徽印,更有几位的徽印十分特殊——那是久未现世的某种徽印。"

"是什么样的?"

"在我的一间酒窖里,有个男人的脖子被砍断了。可他仍旧活着。他没有意识,不能说话,不能看,但他的躯体仍旧抽搐不停。"她耸耸肩,"我想晨卓爵士对此一无所知,可他的长官知道。他受命等候你这样的人到来。你的谎言,正如我所说,很容易被人看穿。"

"那昆提爵士呢?"

"我不知道他是否参与其中,不过要冒险相信他可太蠢了。"

"他曾对我伸出援手。我不了解这里的语言,而当我迷路时他帮我走上了正道。"

"或许是这样。又或许他只是让你相信自己迷了路。我打算派位仆役与你随行。他绝对值得信赖,并且可以充当你的向导和翻译。他还可以为你携带口粮。"

接着她笑了。"去吧。你可以从前门离开。不会有人看见,也不会有人阻拦。"

"那你呢?"

"别为我担心,我处理善后。"

尼尔再度凝视她片刻,随即点头。

正如伯爵夫人保证的,他在大厅和宅院内里除了她自己的仆役外,没有碰上任何人,而那些仆役也只是礼节性地鞠躬和点头,始终保持缄默。

外边的庭院里,暴风等在那儿,旁边有一匹黑色的小母马,以及一匹背着干粮的棕色阉马。在它们身边站着个男孩,他穿着棕色马裤和白色衬衣,身披黑色长马甲,头戴一顶宽檐帽。

"请上马吧,阁下。"男孩说。他说的是略带口音的王国语。语气听起来像在讽刺。

"感谢你——"

"您可以叫我瓦赛托。"他对马儿们点点头,"一切就绪。我们

THE CHARNEL PRINCE

能走了吗?"

"我想可以了。"

"好。"他跳上坐骑的背,"劳烦您跟着我吧。"

月光轻吻之处,大地成了暗淡的金色,而未能得她青睐之地,暗影诡奇。一些影子仿佛黑暗的锈迹般四处蔓延,另一些则像是因火燎而泛黑的青铜,又或是绿色的铜锈。就好像有位巨人打造出了钢铁的世界,却任它被风吹雨淋了许久。甚至连星辰看起来都仿如钢铁,而瓦赛托——当他展露出帽檐下的脸庞时——更仿如金币上刻出的浮雕侧像。

尼尔从没见过这样的夜晚。他觉得自己应该感谢它,可那色彩斑斓的影子仿佛根根竖立的致命钢翎,只属于夜晚的声音在两人身边散开,让他们能够听见些别的东西——跟随在后的某些东西。"你听见那声音了没?"他问瓦赛托。

"那没什么,"男孩回答道,"肯定不是你那些骑士朋友。他们准会跟你一样丁零当啷响个没完的。"他浅浅一笑,"不过你有双好耳朵。"

几个钟头之后,他们在一间柳林遮蔽下的弃屋前停了下来,开始轮流休息。尼尔闷闷不乐地站着放哨,看着阴影随明月落下而变幻,偶尔会发现某道影子移动的方式超乎寻常。

狗儿在远处吠个不停,仿佛在悲悯月落。拂晓后不久,他们继续踏上前往北方的旅程,尼尔精神委顿,而他的同伴却似乎兴高采烈且神采奕奕。瓦赛托个头小巧,肤色黝黑,有一双棕色的大眼睛,还有一头齐耳的碗形碎发。他的骑术仿佛是与生俱来,而他的坐骑——尽管也很小——同样神采奕奕。

到正午时分,他们越过了一条小河,又经过一座山顶小镇。三座高塔坐落在纷乱的屋顶之中,而田野绵延至路边,直至更远处。房屋与旅店出现得更加频繁,最后几乎将道路围得严严实实,随后又开始逐渐减少。林地在路边漫延,有时雪松与月桂甚至构成了阴暗而气味芬芳的通道。

"离泽斯匹诺还有多远?"尼尔不安地发问。

"十晟佩里奇。我们明天就能到达。"

"伯爵夫人跟你说了些什么?"

"你在寻找两个女孩,一个红发而另一个是金发。她们应该和卡佐和查卡托在一起。"

"卡佐和查卡托是谁?"尼尔问道。

"伯爵夫人以前的客人。"瓦赛托回答。

"他们为什么跟那些女孩在一起?"

"卡佐在追求其中一位。修女院被烧那天,卡佐和查卡托也不见了。我发现了他们留下的一些痕迹。"

"你发现的?"

"是的,"瓦赛托回答,"是我。"

"而你认为他们在一起?"

瓦赛托转动着眼睛。"有三道足迹,两道小,一道大,都被骑马的人追着。他们在某个废墟前碰头,有另一个人加入——是查卡托,他的鞋底都磨穿了。他们跟那些骑手战斗,并且勉强获胜。四个人一起离开。"

尼尔盯着瓦赛托看了好一会儿,评判着他语气中的威严。

"你比我想象的要年长。"他说。

"也许吧。"瓦赛托回答。

"而且你不是男孩。"

瓦赛托回以一抹自得的浅笑。"我还以为你永远发现不了呢,"她说,"住在北方一定会让人变笨。不过这儿的人也不见得聪明多少。"

"你打扮得像个男孩。你的发型和男孩一样。而伯爵夫人提到你的时候用的是男性称呼。"

"的确,是那样,而她也是这么说的,"瓦赛托说,"关于这个话题还有很多可讲。但此刻我们有些别的事需要担心。"

"比如?"

作为回答,一支利箭在尼尔头颅侧面仅仅一码处掠过,砰地刺入一棵橄榄树的树干。

THE CHARNEL PRINCE

第五章 尤天怪

  埃斯帕在看清楚那是何物之前便已将箭射出。他可以肯定他射中了，但似乎没什么效果。一条长有利爪的纤长肢体猛然挥出，将斯蒂芬打倒在地。

  埃斯帕射出了第二支箭，此时仿佛有道朦胧的光笼罩了周遭的一切。原本遮蔽那怪物藏身之处的树叶缓缓落下，树种清晰可辨——有铁橡、白蜡、哈伦拜树和白杨。

  树叶落地之时，尤天怪也原形毕露。乍看之下它就像是只巨大的蜘蛛——尽管它只有四条肢体，呈细长的纺锤形，连接于紧凑得仿若箱子的躯干上，大块的肌肉覆盖着看似棕色鳞片的地方，稀疏的绿色毛发在它的背脊处显得更为扎眼，又短又粗的脖颈上环绕着一圈羽毛。它深绿色的椭圆巨角上有作为鼻孔的裂缝和用作耳朵的小孔，黄浊的双眼越过巨角怒视对方。它浮现出噩梦般的笑容——那是道将整个脑袋分割成两半的裂缝，参差不齐的恶毒黑牙正咀嚼不停。

  第二支箭射中了它胸口上部理应是心脏所在之处。那生物转身背对斯蒂芬，随后四肢着地，飞身扑向埃斯帕。

  埃斯帕和易霍克又各自射出一箭，接着那怪物便来到了他们面前。它的恶臭让埃斯帕几欲作呕，他丢掉弓，飞快地拔出匕首和投斧。他用斧子给了它重重一击，接着避开它肢体的横扫。六指的锐爪猛地抓向他，埃斯帕堪堪避过。

  他旋身下蹲，摆出战斗姿势。

  尤天怪顿了顿，用它那长得离奇的两条腿慢慢支撑着站立，竖直起身体，指爪敲击着地面。它比埃斯帕足足高了一王国码。

  埃斯帕将身体后撤，以使自己离开它的攻击范围。

  "薇娜，"他说，"离开这儿，赶快。"

  他注意到易霍克正慢慢地从后方爬向这只怪物。

  "呜呜呜呜啊啊啊。"这东西嘶喊起来，埃斯帕只觉毛骨悚然，仿佛坠入了蠕虫的巢穴。

"呜啊啊噢,去吧。过会我找你。找乐子。"

它用的是本地口音的阿尔曼语。

"狰狞怪的眼珠子啊,"埃斯帕诅咒道,"你是个什么鬼玩意?"

作为回答,尤天怪摇摆着前进几步,把一支箭从胸口拔出。埃斯帕发现那些鳞片更像是天生的骨质护甲——那支箭并没刺入多深。这让他想起狮鹫也同样具有这些爬行生物的特征。

如果这东西和狮鹫一样剧毒无比,那斯蒂芬早已与死人无异。而如果让它碰到自己,也只会是相同的结局。

他等待着它的下个动作,寻找着它的弱点。那怪物头部同样有骨甲保护,而且很有可能是最坚硬的部分。他可以用准确的一掷命中它的眼睛。或许该攻击它的喉咙?

不。都太远了。它的肢体简直无处不在。他略微抬高了手中的匕首。

尤天怪突然疾冲而来,快到身形只剩下一个残影。易霍克高喊着射出一箭,埃斯帕俯身前跃,躲过那迫近的锐爪,利刃切入它的大腿内侧,接着刺向它的鼠蹊处。他感到第一击切下了它的血肉,而那东西随即号叫起来。怪物从他头顶跃过,埃斯帕的突刺落空,而它凶狠的一踢更让他四肢摊开摔倒在地。他甚至还没想到起身,它便转过身来,从树上扯下一根枝条掷出。埃斯帕听见易霍克的尖叫,以及一具躯体撞上地面的声音。接着尤天怪向他扑去。从眼角的余光,他看到薇娜仅握着一把匕首就冲了过来,想要救他。

"不!"埃斯帕喊着,抬起身体,将斧子举高。

可尤天怪用爪背扫中了薇娜,她打了个趔趄,它用另一只爪子抓住了她。埃斯帕掷出斧子,却被那怪物的脑袋弹了回来,没留下半道伤痕。下一瞬间,它带着薇娜,笔直地向上跃去。它那手似的脚爪抓住一根低矮的树枝,荡向空中,又握住了另一根。它以远比人类奔跑更快的速度在树与树之间穿梭着。

"不!"埃斯帕再次喊道。他强迫自己迈开步子,拿回他的弓,接着朝飞速离开的怪物追去。他的心底涌起某种无法遏制的恐惧,这是他从未体验过的感觉。

THE CHARNEL PRINCE

他压下这种情绪,开始飞奔,一面伸手去拿腰带上护法给他的箭匣,将那支黑箭取出。

尤天怪飞快地从树干和树枝后消失,又在另一边现身。埃斯帕沉重地喘着气,将那件圣物搭上弓弦。他停了下来,摆出架势,在那一瞬间,仿佛整个世界再次寂静了下来。他能感觉到脚下广阔无垠的土地,空中微风的追逐嬉戏,还有树木那深沉而缓慢的呼吸声。他挽开弓。

尤天怪消失在一棵树后,再次出现,又再次消失。埃斯帕瞄准着树木之间狭窄的间隙,认为它会在那里再次出现,当感觉时机来临时,他松开了弓弦。

黑檀的箭身旋转着飞远,嗖嗖地穿过叶片和树枝,直飞向两棵树之间短暂现身的尤天怪宽敞的后背。

寂静延续,可平静却不再。埃斯帕再度迈步飞奔,他取出另一支箭,气喘吁吁地咒骂着,他的心就像愤怒的拳头那样,被捏得紧紧的。

他先找到了薇娜。她躺在被秋日染红的蕨草堆里,就像是个被丢弃的布娃娃,衣服上血迹斑斑。尤天怪摊开四肢,倒在几码之外。它背靠着一棵树,看着他的到来。埃斯帕能看到刺透它胸口的黑色箭头。

埃斯帕在薇娜身边跪下,感觉着她的脉搏,目光却不离尤天怪分毫。它咯咯叫着吐出鲜血,然后好像累了似的眯缝起眼睛。它抬起一只六指的手去触摸箭头。

"不公平,人类,"它粗声说道,"这不公平。是种邪恶的东西,是吗?它也会杀死你的。你和我一样注定灭亡。"

接着它大口吐着血,又喘息了两次,目光便已远离命运之地。

"薇娜?"埃斯帕大声叫道,"薇娜?"他的心都快蹦出来了,但她仍有脉搏,而且相当有力。他抚摸着她的脸颊,感到她动了动身体。

"呃?"她说。

"躺着别动,"埃斯帕说,"我不知道你摔得多重。你觉得哪里疼吗?"

"疼,"她说,"全身都疼。我觉得我被装进口袋,又给六头骡子狠踢了一顿。"她猛地吸了一口气,身体骤然坐起,"那个尤天怪——!"

"它死了。好了,我们还得弄清楚你有没有摔断骨头。你从多高的地方摔下来的?"

"我不知道。它打中我以后的一切都模模糊糊的。"

他开始检查她的双腿,试探着是否骨折。

"埃斯帕·怀特。你杀死尤天怪之后总这么浪漫吗?"她问。

"总是如此,"他说,"每一次都是。"他随即吻了她,终于安下心。此刻他意识到,在刚才的短暂片刻,他感受到的是一生中最为强烈的恐惧。它远比他从前所知的一切更让他惊骇莫名,这点他从未察觉。

"薇娜——"他张了张口,接着听到一阵轻响,在尤天怪躺卧背后的灌木丛中,他瞥见一道戴着头巾的人影半掩在树后,面色苍白如骨,还有只绿色的眼睛——

"芬德!"他怒吼一声,伸手去拿他的弓。

等他再次转身,人影已经消失。他搭箭上弦,等待着。

"你能走吗?"他轻声问道。

"能。"她站了起来,"那真是他?"

"肯定是个瑟夫莱。我没瞧仔细。"

"有人朝我们背后来了。"她说。

"对。是斯蒂芬和易霍克。我听得出他们的步子。"

片刻之后,两个年轻人走到他们跟前。

看到那只死怪物时,斯蒂芬猛地吸了一口气:"圣者啊!"

埃斯帕目不转睛地盯着林子。"这儿有个瑟夫莱。"他说。

"那就是我们早先看到的足迹?"易霍克问。

"很有可能。你还好么?"埃斯帕问道。

"啊,我好得很,多谢,"斯蒂芬说,"一点儿擦伤而已。"

"那个孩子呢?"薇娜问。

斯蒂芬的语气变得严肃:"他死了。"

没人再提起这件事。也没什么可说的。

森林归于平静,平日的那种声响又回来了。

"你们俩跟她待在一起,"埃斯帕说,"我去看看这位朋友的伙伴是个什么东西。"

"埃斯帕,等等,"薇娜说,"假使那是芬德呢?假使他是想把

THE CHARNEL PRINCE

你带进另一个陷阱呢?"

他抚摸着她的手:"我想这个陷阱就是他计划的全部了。要不是我们有护法给的箭,它早把我们全解决了。"

"你用了那支箭?"斯蒂芬问。

"它抓走薇娜,"埃斯帕说,"它躲在树上。我没有别的方法可想。"

斯蒂芬皱起眉头,却随即点点头。他走向尤天怪,在它的尸体边跪下,小心翼翼地取出箭头。

"我明白你的意思,"他说,"别的箭根本刺不到一指深。"他嘲弄地露齿而笑,"至少我们知道了,它是有用的。"

"没错。对尤天怪有用。"埃斯帕附和道,"我会回来的。"他轻轻捏了捏薇娜的手,"而且我会小心。"

他顺着足迹走了几百码远,这也是他敢于独自前进的最远距离。他对薇娜说的是真话——他不害怕陷阱——可他害怕瑟夫莱折回去斯蒂芬和薇娜那里,并且趁他不在的时候把他们抓走。对芬德来说,没什么乐趣能与杀死埃斯帕所爱的人相提并论,而且他刚刚几乎已经达成了愿望。

"看起来他只有一个人。"埃斯帕说。

当天晚些时候,他们继续追踪瑟夫莱的足迹。"走得很快,"易霍克说,"可他想要我们跟上。"

"对,我也这么觉得。"埃斯帕说。

"什么意思?"斯蒂芬问。

"足迹太明显了——甚至还沾上了水。他在努力不让我们跟丢。"

"易霍克才说过他看起来很急。"

"这说明不了什么。他根本没想甩开我们,连最简单的把戏都没用过。他走过了三条小河,可从没试过涉水朝上游或者下游前进。你瞧,易霍克说得对——他有些理由想让我们跟着他。"

"如果那是芬德,他多半会带我们去某个讨厌的地方。"薇娜说。

埃斯帕挠挠下巴上的胡楂。"我没法肯定地说那就是芬德。我看得不怎么清楚,可我没见着眼罩。而且这脚印看起来太小了。"

"可不管那是谁,他都是和尤天怪同行的人,就像和狮鹫同行的芬德和德思蒙修士。所以说不定是芬德的同伴，对吧？"

"噢，就我所知，芬德手下那群歹徒是留在森林里最后的一群瑟夫莱。"埃斯帕赞同地说，"其余的几个月前就离开了。"

那足迹将他们带向森林深处。这里没有任何黑色荆棘的影子。巨大的栗子树耸立在他们身旁，地面上铺满了它们浑身是刺的子孙。附近的什么地方，一只啄木鸟振翅飞去，他们能听到野鹅的叫声在远处高空此起彼伏。

"它们飞这么高做什么？"薇娜惊讶地大声问道。

"我想我们会弄明白的。"埃斯帕说。

夜晚来临时，他们就地扎营歇下。薇娜和斯蒂芬梳洗马身，而易霍克生起了火。埃斯帕巡视着，记下周遭的环境，以便在黑暗中分辨它们。

他们在第一缕晨光到来时离开营地，继续前进。此刻足迹显得更为清晰——他们的目标不像他们骑着马。尽管他速度很快，可他们正逐渐追近。

正午时分，埃斯帕注意到前方森林的另一端有什么东西，便挥手示意其他人停步。他瞥了斯蒂芬一眼。

"我没听见什么不寻常的声音，"斯蒂芬说，"可这种气味——它洋溢着死亡。"

"做好准备。"埃斯帕说。

"诸圣在上。"当他们近得能看清楚那东西时，斯蒂芬深吸了一口气。

一栋小小的石屋坐落于一丘土冢之上。围绕着土墩底部的是一排大多仅余骨架的人类尸身。虽然这印证了斯蒂芬的话——尸体的恶臭依然徘徊未去。埃斯帕觉得，对斯蒂芬那圣者祝福过的感官而言，这气味一定更加可怕。

斯蒂芬用两倍剧烈的呕吐肯定了他的猜测。埃斯帕等着他吐完，走得近了些。

"这跟那次一样，"埃斯帕说，"就像你那些异端修士弄的活祭。这是个圣堕，对吧？"

"它确实是圣堕,"斯蒂芬确认道,"但它和上次的不一样。这次他们弄对了。"

"什么意思?"薇娜问。

斯蒂芬无力地靠在一棵树上,面容苍白而虚弱。"你了解圣堕吗?"他问她。

"你向王后的询问官提到过一些,可那时候我没留神听。埃斯帕受了伤,而从那以后——"

"对,从那以后我们就没怎么讨论过。"他叹了口气,"你知道祭司们是怎么接受圣者的赐福的吗?"

"知道一点儿。他们拜访圣殿和祈祷。"

"对。但不仅仅是圣殿。"他对那土墩挥手示意,"那就是圣堕。是圣者曾经待过,并且留下存在证据的地方。可拜访圣堕并不能得到祝福,或者说,至少不总是如此。你必须找到他们的足迹,前往同一位圣者或是其不同表象拜访过的一系列地点。而圣殿——就像这座石屋——本身并无圣力。圣力来源于圣堕——圣殿仅仅只是辅助,它能帮助我们专注于圣者的存在本身。

"我走完了德克曼巡礼路,而他赐予了我如今超乎常人的感官。我能记起一个月前发生的事,而且就像刚刚发生的事那样清晰。德克曼是知识的圣者,而走完其他巡礼路的修士会得到不同的赠礼。举例来说,满瑞斯巡礼路就会赠与走完全程的人以格斗才能。强大的力量、敏捷的身手,以及杀戮的本能,诸如此类。"

"就像德思蒙•费爱。"

"是啊。他走完了满瑞斯巡礼路。"

"所以这就是巡礼路的一部分?"薇娜问道,"可这些尸体……"

"它是新建成的,"斯蒂芬说,"瞧那石头。上面没有半点苔藓或地衣,没有风吹日晒的痕迹。这很可能是昨天刚刚建成的。那些跟着狮鹫的叛道修士和瑟夫莱就在利用那些怪物来寻找森林里的古老圣堕。我猜它有某种能力能闻出它们的位置,然后在那些仍有潜在圣力存留的圣堕之间巡游。接着德思蒙和他那伙人就开始活祭,我猜这是为了查清圣堕是属于哪位圣者的。尽管我觉得他们从前的方法错了——他们过去欠缺了某些知识。不管这次是谁做的,至少用对了方法。"

他用手掌遮住双眼,"这都是我的错。当我在德易院的时候,我翻译了一些禁忌的古代文字,其中就提到了这些东西。我给了他们造此地这一幕所必需的知识。"他颤抖起来,面色前所未有的苍白,"他们正在建造巡礼路,你明白吗?"

"谁?"埃斯帕问道,"费爱和叛道修士们已经死了。"

"看起来没有全死光,"斯蒂芬说,"这是在我们杀死费爱之后建成的。"

"可是哪位圣者在此留下了他的印迹?"薇娜低语道。

斯蒂芬又吐了一次,他擦了擦前额,站直身体。"查明这点是我分内之事,"他说,"请你们都等在这儿吧。"

斯蒂芬走到那圈尸体前方,并再次呕吐起来。这次不是因为气味,而是因为那骇人的场面。衣物的碎片,一具较小的躯体头发上的丝带,以及血肉尚未褪去的露齿笑脸。在她身侧并排放着一件满是污迹的绿色斗篷,上面挂着一枚天鹅形状的铜质胸针。这些尸体简直看不出曾是人类。这个小女孩从哪里得来的这条丝带?她也许是某个伐木工的女儿——而那便是她这一生收到过的最奢侈的礼物。她父亲赶猪前往图尔海姆的市场,买回了它,而她吻了他的面颊。他叫她"我的小鸭鸭",而他就看着她被掏出内脏,随即感觉到匕首刺入斗篷上别着的天鹅胸针下方……

斯蒂芬战栗不已,他闭上双眼,跨过她的身体,感觉到——

——他的胃嗡嗡做响,刺痛不已,脑中响起了某种破裂声。他转头回望埃斯帕和其他人,而他们看起来好远,又好小。他们的嘴巴开开合合,可他却听不到他们在说什么。有那么一会儿,他忘记了自己要做什么,只是呆站在那儿,想着他们是谁。

而在此时,他只觉通体舒泰。疼痛和疲倦全然不见,而他觉得自己可以一口气跑上十里格路。他对着土墩周围的骸骨与腐烂血肉皱了皱眉,模糊地想起这幕景象似乎因为某些原因让他不快。他不明白它们怎会比同样散落地上的枝条和树叶更让人不安。

沉思之后,他缓步走向身后的那座石屋。它的构造与大多数教

THE CHARNEL PRINCE

会神殿相同——石筑的方屋，顶部是石板，还有永远敞开的入口。门梁上刻着某个字眼，而让他感兴趣的是，它并非教会通常使用的维特利安语——它更像是卫桓语，也就是巫师诸国所用的语言。它上面写着：马海尔赫本。

在殿中，有一座纤细小巧的骨制雕像耸立在石制神坛之上。那是一位面带令人不安的微笑的美丽女子。在她身体两侧各自站着一只狮鹫，而她的双手正向下伸去，仿佛想抚摸它们的鬃毛。

他望向四周，却再无别的发现。他耸耸肩，离开了神殿。

而当他再度越过那圈尸体时，有某种可怕的东西挣脱了束缚，从他的喉咙中跃出。整个世界仿佛玻璃般碎裂成千万片，而他也坠入了世界诞生之前的无尽黑夜之中。

新相知

第六章
阿图摩的猎犬

箭羽犹在颤动之时,有两个男人走到了大路上,尼尔推断路边的灌木丛里至少还藏着四个。一阵鞋底的摩擦轻响告诉他背后还有一个。

前方的两人穿着褪色的皮衣,手持长柄矛。他们都以方巾遮住了面孔。

"强盗?"尼尔问。

"不,修士。"瓦赛托讽刺地回答。

其中一个人叫喊起来。

"哪位圣者的?"尼尔问。

"要我说,该是托莫领主,他是盗贼之神。他们刚刚叫你下马然后脱掉盔甲。"

"他们这么说?"尼尔问道,"你有什么建议吗?"

"这取决于你想不想保留你的东西。"

"想,谢谢。"

"噢,那好。"瓦赛托说着,吹起清晰而响亮的口哨。

那人又喊了些什么。这次瓦赛托喊了回去。

"你都说了些什么?"

"我给了他们投降的机会。"

"很好,"尼尔回答,"俯下身子吧。"他伸手去拿他的长枪。

与此同时,路的另一端正在进行激烈的搏斗。尼尔驾着暴风前行,却瞥见矮树丛中有个庞大的棕色物体。树叶纷飞,有人正痛苦地号叫。

摸不着头脑的他转身面向路上的那些人,却恰好看见他们落入两只巨獒的爪下。

THE CHARNEL PRINCE

"*Oro*！"其中一个人尖叫道，"*Oro, pertument! Pacha Satos, Pacha sachero satos! Pacha misercarda!*"

尼尔望向周围。这儿至少有八只这种巨兽。瓦赛托又吹了声口哨。狗儿们从那些受害者身边退开几码，但仍旧露着尖牙。

尼尔盯着跳下马的瓦赛托。"你何不收起手里的家伙，"她说，"让我来收拾他们？"

"可怜可怜我吧！"路上那些人的其中一个用王国语说，"瞧见我会说你们的语言了吗？我们说不准是同乡呢！"

"你想要我怎么可怜你？"尼尔问道，他看着在旁看守的狗儿，一面拿走他的长矛和两把小刀，"你本想抢劫我，是吗？或许还想杀了我？"

"不，不，当然不，"那人说，"可这些日子生活艰难。工作紧缺，食物更少。我还有妻子和十个孩子——求求您，大人，饶了我吧！"

"安静，"瓦赛托说，"这是你自己说的。食物紧缺。如果我的狗儿吃掉一头绵羊或者山羊，我会惹上麻烦。如果它们吃掉你，我只会得到感谢。所以给我安静点，感谢领主和女士们允许你填饱这些高贵生物的肚皮吧。"

那人抬头上望，泪水在他眼里打着转。"阿图摩女士！请让您的子女们饶我一命！"

瓦赛托在他身边蹲下，弄乱他的头发。"这太没有诚意了，"她说，"你先是招惹阿图摩的仆人，接着又要她宽恕你？"

"女祭司大人，我不知情啊。"

她吻了他的前额。"这是借口吗？"她问。

"不，不，我明白您的话。"

她在他腰带上摸索一阵，拿出个钱袋。"好吧，"她说，"或许捐给下个神殿一笔款子能让你得到宽恕。"

"是啊，"那人抽抽鼻子，"也许能。我祈祷它能。伟大的领主，伟大的女士——"

"我听厌了你的话了，"瓦赛托说，"再说一个字，你的喉咙就会被割开。"

他们缴了其余那些强盗的武器，再度上马。

新相知

"我们是不是应该把他们带去某个地方?"尼尔说。

她耸耸肩:"除非你还有可以浪费的时间。那样你就得留下来等待判决。只要没了武器,他们会消停一阵子。"

"像羔羊一样无害!"路上那个人应和道,接着那只狗朝他扑去,令他尖叫连连。

"我说过了,不准说话,"瓦赛托说,"安静地躺着。我会留下我的兄弟姐妹们,让他们看情况处置你。"

她驾着小母马沿路快步离去。片刻之后,尼尔也跟了上去。

"你应该告诉我那些狗的事的。"过了半晌,尼尔说。

"我是该说,"她承认,"可不说比较合我意。你生气了吗?"

"不。我只是在学习不再惊讶。"

"噢?那真太可惜了。那表情多适合你啊。"

"你会杀了他们吗?"

"嗯?不。它们只会待在那儿很久,好好吓吓他们,然后跟上我们。"

"瓦赛托,你是什么人?"尼尔问道。

"这问题可算不上公平,"瓦赛托说,"我还不知道你的名字。"

"我名叫尼尔·梅柯文。"他说。

"这不是你告诉伯爵夫人的名字。"她评论道。

"对,不是。但它是我的真名。"

她露出微笑:"而瓦赛托也是我的真名。我是欧绮佤伯爵夫人的朋友。你需要知道的就这些了。"

"那些人好像觉得你是个女祭司。"

"那有什么不好的?"

"你是吗?"

"我可没受过神召。"

这就是她对这件事的全部解释。

次日的正午时分,尼尔闻到了大海的气息,稍后便听见了泽斯匹诺的钟鸣。

当他们策马登上一座小山的顶端时,座座高塔映入眼帘,纤细的红色或黄黑色石制尖顶高耸于充斥着数英里方圆的穹顶与屋顶之上。近处是与金色麦田对比鲜明的深绿色橄榄林,还有外形仿如匕首的小

THE CHARNEL PRINCE

片雪松树丛。远方,狭长的蔚蓝海面在大片的白云下波光粼粼。

在这座城市的西方,耸立着另一片杂乱的建筑,那儿昏暗阴森,没有高塔,也没有围墙。他猜想那就是泽斯匹诺墓城。

"它真大。"尼尔说。

"的确够大,"瓦赛托回答,"而且在我看来太大了点。"

"我们要怎么在这么大的地方找到两个女人?"

"噢,我猜我们得好好想想,"瓦赛托说,"如果你是她们,你会怎么做?"

有安妮在,这很难说。尼尔条件反射式地想道。她什么事都做得出。她会不会已经知道家人遭遇的不幸了?

可就算她不知道,此刻也正迷失在异国他乡,更有敌人追逐在后。如果她尚存一丝理智,就该试图返回故乡。

"她会前往克洛史尼。"他说。

瓦赛托点点头:"有两条路可以去那儿。海路或者陆路。那女孩身上带了钱吗?"

"大概没有。"

"那我想走陆路会简单些。你应该清楚——你刚从那条路过来。"

"是的,可那条路很危险,而且那些人可能还在搜捕她。"他在马鞍上动了动身体,"伯爵夫人提到有个人被打断了脖子,可仍然活着。"

"她告诉过你,是吗?而你等了这么久才来问我?"

"我想知道将要面对的敌人是什么。"

"我要是知道就告诉你了,"瓦赛托说,"他们不是普通的骑士,可这很明显。就像伯爵夫人说的,那家伙勉勉强强还活着,可完全没法说话。"她皱了皱眉毛,"你是不是根本就不相信?对于这么荒谬的事情来说,你接受得好像太快了点。"

"在过去一年里,我见识过的黯阴巫术和寅恪诺力已经够多了,"尼尔沉思,"我没有任何理由怀疑伯爵夫人,而且有充足的理由相信她。如果她告诉我那些是从墓穴里跑出来的异壳兽,我也会深信不疑。"

"异壳兽?"瓦赛托有些惊讶,"你是指司皋斯罗羿?要我说,你们莱芮人总能把好好的一个词弄得乱七八糟。无论如何,我们所谈论的那些的确是人,或者说起初是人。我们也找到过一些死法比较普通的。如果非得要我猜，我会说他们是来自你的国家，或者北边的别的什么地方，有好几个人有跟你一样的黄发和浅色瞳孔。他们不是维特利安人。"

"我很好奇，他们是如何深入你的国家来犯下谋杀罪行的。"

瓦赛托露齿一笑，"可你已经知道答案了，或者说，你至少猜到一点了。这儿有人在帮助他们。"

"教会？"

"不是教会本身，但或许是教会里的什么人。考虑到你那位昆提阁下，商人公会也有嫌疑。或许是随便哪个王子，谁知道呢？但他们在这有帮手，这点可以肯定。"

"那他们在泽斯匹诺也会有帮手？"

"很有可能。一袋铜子儿就能让这座邪恶城镇里的大多数官员堕落。"

尼尔点点头，目光炯炯地看着横亘于他和城市之间的那片风景。

"下面那东西是什么？"他指着小路交会延伸成大道之处。在路边，竖立着许许多多的帐篷和货摊。就在交会点之后不远，道路穿过运河上的一座石桥，而在城市那端的桥头有一扇大门。

"那是商人公会收税的地方，"瓦赛托回答，"你问这个干吗？"

"因为假使我要寻找某个要进入或者离开泽斯匹诺的人，或许会等在这儿。"

瓦赛托点点头。"很好。我已经让你学会猜疑了。"

"他们可能也在找我。"尼尔说。

"好孩子。"

他觉得她大概是在跟她的某只狗儿说话。他将目光转向她，可她却专心致志地看着那些排队过桥的旅客。

"我有个主意。"她说。

尼尔把眼睛贴近马车木板上那条裂缝。透过这条狭窄的开口，他能看到的大多是色彩——丝绸、锦缎和染成鲜亮色彩的棉布旋转飘飞，仿佛风中起舞的千片花瓣。面容几乎模糊不清，可也偶有几张能看得真切。

THE CHARNEL PRINCE

马车摇摇晃晃地停了下来。他半蹲着身体,试图透过木板上的小孔找到他的目标。

一群身着橙色罩袍的男人正在盘问车夫,以及那些徒步或是带着家畜的人。他们时不时检查货物,有时又一言不发地让旅客通过。其间发生了几起争吵,最终随着钱币的转手达成和解。在这些人前面的大门处,有更多手持武器的人,他甚至能看见大门上方塔楼里的弓箭手。

他继续看着,诅咒着只能给他如此狭窄视野的小小木孔。有个商会成员朝着他藏身的马车处走来。很快,他就得——

让他找到线索的并非眼睛,而是耳朵。笼罩着他的那些无法理解的维特利安话刹那间云开雾散。而在这片空旷之中,他听到了一种熟悉的语言。那是种令他厌恶的语言——寒沙语。

他听不清他们在说什么,可他熟悉那种语调,长长的过渡元音和像是捏着喉咙发出的嗓音。他的双手不自觉地攥成了拳头。

他靠向另一条裂缝,在这过程中脑袋撞上木板好几次。"嘘,快回来,"一个声音愤怒地低语,"要是你不照之前说的安静躺着,我就不干了。"

"就一会儿。"尼尔回答。

"一会儿也不成。给我躺好,赶快。"

一张脸挤进挂帘,光线也奔涌而入。尼尔只能看见戴着宽檐帽的脸部轮廓和叶绿色瞳孔里闪动的微光。

"外边有没有浅色头发的人?"

"那俩和商会成员在一起的寒沙佬?对。现在给我躺下!"

"你看到他们了?"

"我当然瞧见他们了。他们在看着旅客,看着商会成员的工作。我猜他们是在找你,而且他们会因为你不躺好而找到你!"

另一张脸挤了进来,这次是瓦赛托的。"快点,你这大傻瓜。我在充当你的眼睛!我会找到他们的。现在做好你的本分吧。"

尼尔迟疑了片刻,才意识到自己没有选择。他也没法跟所有商会成员以及寒沙人作战……

他躺回身体,拉高衣领把嘴盖上,这时有什么东西重重撞上了马车的后部。他试图放缓呼吸,却马上意识到他忘了某件事。钱币!他先是找到了它们,随后放在眼皮上,马车后方的挂帘在此时沙沙作响。

他屏住呼吸。

"Pis' es ecic egmo?"有个人尖声问道。

"Uno viro morto."一个口音浓重的人声回答。尼尔听出那就是负责为其他人代言的那个瑟夫莱。

"Ol Viedo! Pis?"

尼尔感觉到有只手握住了他的手臂。他挣扎着压下跃起的冲动。接着他感到那手指扫过他的前额。他的气息变得浑浊,肺部阵阵刺痛。

"Chiano Vechioda daz' Ofina,"瑟夫莱回答,"Mortat daca crussa."

手指猛地抽了回来。"丢沃!"商会成员喊道,帘子随即放下。随即是一阵他听不清内容的争吵。过了好一会儿,马车才开始动了起来。在一阵似乎永无休止的刺耳摩擦声后,车轮在石头路面上停下,有人敲了敲他的靴子。

"你现在可以起来了。"瓦赛托说。

尼尔从眼皮上拿下硬币,坐起身。"我们过了大门了?"

"对,但一点都不感谢你,"瓦赛托牢骚满腹,"难道我没说过这行得通吗?"

"他碰到了我。再有一会他就能发现我的身体还是热的。"

"可能吧。我可没说这法子没有风险。不过这些瑟夫莱做得很好。"

"他们对他说了什么?"

"说你是死于脓血瘟疫。"她微笑道,"那些化装很有用。"

尼尔点点头,剥下那些瑟夫莱用面粉和猪血做成的假伤痕。

"他现在大概去祈祷了吧,"她补充道。接着她抬起头,"来吧。"

他把头伸出马车后厢。他们身在高大建筑围成的一片广场之中。其中一座建筑有高大的穹顶,看起来像是座神殿。行人熙熙攘攘,他们衣着古怪,服色多彩,就像桥那边的商队成员。

他们在马车的前方走来走去,而三个瑟夫莱在那里搭起了厚厚的布篷,用来阻挡烈日。

"谢谢你们。"尼尔说。

其中一个瑟夫莱老女人哼了一声。另两个理都不理他。

"你是怎么让他们帮忙的?"当瓦赛托带领尼尔走过广场时,他问道。

"我说我要揭发他们马车的暗仓里藏着违禁品。"

"你是怎么知道的?"

"我不知道,"她说,"至少不能肯定。但我了解瑟夫莱,他们几乎总是带着违禁品。"

"说得有理。"

"他们还欠我几个人情。或者说欠过。他们刚刚差不多都还清啦。所以别浪费这次机会。把假发戴好。别再炫耀你头上那稻草垫子了。"

尼尔扯了扯那顶演戏用的马毛假发,让它盖住自己修剪过的短发。"我没注意。"他嘀咕着。

"你戴着它可真是个美人儿,"瓦赛托告诉他,"现在开始,别说得太多,尤其是别人对你说寒沙话或者克洛史尼话的时候。你是从伊塞佩格来的旅客,来这儿是为了参观万斯神坛。"

"伊塞佩格在哪儿?"

"我不知道。估计谁都不会知道的。可泽斯匹诺人总夸耀他们对世界的了解,所以没人会承认自己无知。你只要练好这句话:'*Edio dot Ilsepeq. Nefatio Vitellian.*'"

"*Edio dot Ilsepeq*,"尼尔试着念道,"*Nefatio Vitellian.*"

"非常好,"瓦赛托说,"听起来就像你根本不会说维特利安语。"

"我确实不会。"尼尔说。

"噢,那就说得通了。现在走吧,我们去找你的女孩们。"

新相知

第七章 安波芮

"我喜欢这首歌。"梅丽心不在焉地说。她趴在一张地毯上,两条小腿晃来晃去。

"是吗?"里奥夫问道。他继续弹奏着哈玛琴,"很高兴你能喜欢。"

她用两只小拳头抵着下巴。"它很悲伤,可不是那种会让我哭的悲伤。就好像秋天来了。"

"忧郁?"里奥夫反问。

她若有所思地捏捏自己的嘴。"我猜是的。"

"就像秋天来了。"里奥夫沉思起来。他微笑着停止弹奏,把羽毛笔蘸上墨水,在这首曲子上加了一行注释。

"你写了什么?"梅丽说。

"我写的是,'就像秋天来了',"他说,"这样音乐家们就知道该如何演奏。"他在位子上转过身,"你准备好上课了吗?"

她一下子快乐起来。"好了。"

"那就过来,坐在我身边。"

她站起身,拂了拂衣裙的前摆,飞快地跑到座位上。"让我想想……我们正在学第三调式,对吗?"

"嗯哼。"她轻叩着刚刚听到的曲调,"我能试试吗?"

他看了她一眼。"试试吧。"他说。

梅丽把手指放在键盘上,专注而热切的神情出现在她的脸上。她咬着嘴唇,弹奏起第一段和弦,旋律开始轻快地踱步,可却在第三小节戛然而止。她的惊愕之情溢于言表。

"怎么啦?"他问道。

"我够不着。"她说。

"没错,"他说,"你知道为什么吗?"

"我的手不够大。"

他笑了。"没人有这么大的手。那不是真的写给哈玛琴来演奏的。下面那一行是低音克洛琴负责的部分。"

"可你刚刚才弹过。"

"我作弊了,"他说,"我打乱了乐谱的顺序,把它改成了八度和音。我只是想听听它们一起演奏时大概是什么样的。真要弄清楚的话,我们得找一支乐团来演奏才行。"

"喔。"她指了指,"那这行是什么啊?"

"那是高音双簧管的。"

"那这行呢?"

"那是男高音部分。"

"会有人唱歌?"

"说得没错。"

她弹奏了那段音节。"还有歌词?"她问。

"对。"

"我没看到有啊。"

他敲了敲自己的脑袋。"它们在这里面,还有剩下的曲子。"

她的大眼睛忽闪了几下。"你能把它变出来?"

"我正在这么做呢。"他肯定地说。

"那歌词是些什么?"

"第一个词是鄙人。"里奥夫严肃地说。

"鄙人?那是奴仆们用来代替'我'这个字的。"

"对,"他说,"这是个很重要的词语。这也是它头一回被这么用。"

"我不明白。"

"我也不太肯定我自己明白。"

"可为什么用奴仆的语言?为什么不是王国语?"

"因为克洛史尼的大多数人说的是阿尔曼语,而不是王国语。"

"真的吗?"

他点点头。

"是不是因为他们都是奴仆?"

他大笑起来。"在某种意义上,你说得没错。"

"我们每个人都是奴仆,"门口处传来一个女人的声音,"只是效命的对象不同。"

新相知

里奥夫在座位上转过身。有位女性站在那儿。他起先只看到了她的双眸，那仿佛是一对闪耀着深绿色火焰的、雕琢精美的黄宝石。那双冷酷的眼睛牢牢盯着他，让他喉咙发紧。他努力使自己挣脱了那道目光。

"女士，"他艰难地说，"我尚未有此荣幸见过您。"里奥夫拿过拐杖，勉强站起，然后略微躬身示意。

那女人露出了笑容。她一头灰黄色鬈发，那张有着讨人喜欢的酒窝的脸已开始显露出岁月的痕迹。他估计她应该在三十五岁上下。"我是安波芮·葛兰。"她告诉他。

里奥夫发觉自己张大了嘴，接着连忙合上。"您是梅丽的母亲？"他说，"很高兴能见到您。我得说，她是个令人愉快，而且非常有前途的学生。"

"学生？"葛兰用甜美的声音问道，"你是谁？准确地说，你教的又是什么？"

"噢，真抱歉。我是里奥维吉德·埃肯扎尔，宫廷作曲家。我以为梅丽向您提到过我呢。"他看着女孩，而她站得远远的，看起来很是无辜。

她笑得更欢了。"噢，对，我听说过你。您是位英雄，对吗？是因为您在布鲁格那件事的表现吧。"

里奥夫觉得脸庞发热。"我向您保证，如果说我做过什么值得夸奖的事，那也纯粹是出于意外。"

"此刻谦逊这件外衣在宫廷里可不太流行，不过您穿着确实很合身，"葛兰夫人说。她的目光扫视着他的轮廓，"正如我听闻的，您是个美男子。"

"我……"他哑口无言，试图让自己冷静下来，"抱歉，女士，我本以为您知道我在给梅丽上音乐课。我向您保证，我不会伤害她。"

"这不是您的错，"葛兰回答，"梅丽只是忘了告诉我。是不是啊，梅丽？"

"对不起，妈妈。"

"你是该觉得对不起。埃肯扎尔法赖是位要人。我能肯定他没时间教你。"

"哦,不,"里奥夫回答,"正如我所说,她是个了不起的学生。"

"我能肯定她是。可目前我的财产没法承担辅导的开销。"

"我不要报酬,"里奥夫说,"有人负责我在宫廷里的开销。"他无力地摆摆手,"我不想看到她的天赋被浪费。"

"你认为她有天赋?"

"我能保证。您想听听她弹点什么吗?"

"哦,不,"葛兰说。她的笑容还挂在脸上,"别人总说我不懂欣赏音乐。我相信您的判断。"

"那您不会介意了?"

"我怎么能拒绝如此好心的要求呢?"她撅起嘴唇,"不过这还是让我欠了您人情。请务必允许我用什么方法偿还吧。"

"真的不必。"他说着,努力让自己的语气不显困窘。

"要的,我刚好知道一个法子。在圣布莱特节前夜,我会举办一场小小的宴席。您才刚来这不久,可以向大家自我介绍一番。我坚持邀请您参加。"

"您真好心,女士。"

"才不是呢。对于满足我的小梅丽愿望的人来说,这是我力所能及的报答。那就这样定了。"她转过目光,"梅丽,等你上完课就来我的房间,知道了吗?"

"好的,妈妈。"女孩回答。

"那祝您日安了。"葛兰说。

"祝您日安,葛兰夫人。"

"你可以叫我安波芮,"她回答,"大多数朋友都这么叫我。"

半个钟头之后,梅丽离开,而里奥夫继续工作。紧张的悸动在他胃中渐渐增长。他的曲子逐渐成型,而且正是他要的那种完美的感觉。他明白这首曲子很重要,但他不打算对它过于重视。如果考虑得太多,反而会让他裹足不前。

直到晚祷时分,他听见脚步声和轻轻的叩门声。他看到阿特沃站在门口,穿着他们初次见面时的装束——一身旅行打扮。

"领主大人!"他伸手去拿拐杖。

"不，不，不用起来，"阿特沃说，"我们之间用不着这么客套。"

里奥夫笑了，意识到能再见到这位公爵是多棒的一件事。

"你怎么一个人啊，里奥夫？"阿特沃说着，在一张凳子上坐下。

"王后来见过我，"他说，"她委派我作曲，而且进展——噢，非常顺利。我对此十分期待。"

阿特沃看起来有点惊讶。"哪种曲子？我希望不是安魂曲。"

"不，是更加激动人心的曲子。我可以告诉您，是一首前所未有的曲子。"

阿特沃抬起一边眉毛。"是吗？噢，当心点吧，我的朋友。有时候，新东西并不能让所有人认同。本地的修士们已经开始抱怨你啦。"

里奥夫摆手把这话扫去一旁。"王后很信任我。我关心的只有这个。"

"在宫廷里，王后并非唯一举足轻重的人。"

"总不可能比布鲁格更糟糕吧。"里奥夫说。

"很有可能，"阿特沃说，他的语气突然变得前所未有的严肃，"在这段时间，真的很有可能。"

里奥夫勉强笑出声来。"噢，我会努力记住的。可您得知道，这是一项委托，而且是王后亲自下达的。"他顿了顿，再次留意到阿特沃的衣着。他在宫廷里穿着锦缎和亚麻制成的衣物。"您正要去旅行吗？"他问道。

"是的，事实上，我只是顺道来跟你告别。我受命去处理东边的一些麻烦。"

"那有更多任性的音乐家？"

阿特沃摇了摇头。"不，恐怕更棘手一些。王后要我带一支军队前去。"

里奥夫的心脏怦怦直响。"要开战了吗？是和寒沙？"

"我不能确定，也不认为会和寒沙开战。似乎一些当地人变成了食人者。"

"什么？"

"听起来很荒谬，对吧？那些人光着身子跑来跑去，扯下他们邻居的手脚。起先这事很难让人信服，虽然护法大人证实了这种说法。

而现在——噢，有好几个村庄被摧毁，在上一个九日他们更杀光了史立夫海姆里的所有人。"

"史立夫海姆？我去过那儿。那是座有相当规模的小镇，还有一座要塞。"他顿了顿，"您说他们光着身子？"

"我是这么听说的，而且每天都有更多这种传闻。护法大人说那是某种巫术。而我只知道我得在他们涌入弥登高地之前阻止他们。"

里奥夫摇摇头。"而您刚刚还警告要我当心。"

"噢，我倒是宁愿在任何时候踏上战场，见证自己在刀剑下的死亡，而不是在伊斯冷死于一颗钉子或是一杯毒酒，"他说，"此外，我会穿着盔甲，手握利剑，还有五百个精锐士兵陪伴左右。我不觉得一群光着身子的疯汉能有机会伤到我。"

"如果有罗勒水妖之类的怪物跟着他们呢？如果就是荆棘王本人驱使着他们，让他们变得疯狂的呢？"

"噢，那我就顺手干掉他好了，"阿特沃说，"这段时间——哈，这是什么？"

里奥夫看着阿特沃拿起地毯上的一条披肩。"你已经有了些熟人了，哎？"阿特沃说着眨了眨眼睛，"是那种好到能把东西忘在地上的关系？"

里奥夫笑了。"恐怕不是您指的那种关系。一定是梅丽落在这的。"

"梅丽？"

"我的学生之一。葛兰夫人的女儿。"

阿特沃盯着他看了一会儿，接着小声吹起了口哨。"真是有趣的搭配。"阿特沃评论道。

"对，王后和您的反应一样。"里奥夫说。

"我想也是。"

"可这孩子很让人愉快，"里奥夫说，"而且是个出色的学生。"

阿特沃瞪大了眼睛。"你不知道她是谁？"

"知道，我刚告诉您了——安波芮·葛兰之女。"

"哎，可你知道她是谁吗？"

里奥夫忽然感觉心里一沉。"哦——不，不很清楚。"他说。

新相知

"你真是幼稚得可爱,里奥维吉德·埃肯扎尔。"公爵说。

"这种评价我听得够多了。"

"那你就该偶尔问些问题。那女孩的母亲是葛兰夫人,没错。我应该说,她是安波芮·葛兰与先王威廉二世之女。"

里奥夫沉默了半晌。"噢。"他最后开口道。

"对。你和一个国王的私生女交上了朋友——而她这会儿在太后那可不得宠。"

"这可怜的女孩没法决定自己的出身。"

"是啊,当然了。可葛兰夫人是梦想戴上王冠的众人之一,而她会毫不犹豫地用一切手段去让梦想成为现实。她是王后的死敌。梅丽已经很幸运了,到现在还没遭到某种……不幸。"

里奥夫愤怒地坐直身体。"我不相信太后会去做这种事。"

"一年以前,我也许会同意你的看法,"阿特沃回答,"而现在——噢,我可不会跟小梅丽走得太近。"

里奥夫将目光转向走廊,希望那女孩所在的地方听不见这些话。

"啊,"阿特沃说,"我想已经太迟了。"他走上前来,把手放在里奥夫的肩膀上。"宫廷是个危险的地方,特别是现在,"他说,"你必须看清楚自己交了什么样的朋友。如果王后开始怀疑你被引入了葛兰的陷阱——噢,那我担心你会摔得很重。"他抬起手。"认真听好我的话。"他总结道,"离葛兰远点儿。别引起她的注意。"他露齿而笑,"祝我好运吧。如果一切顺利,我会在俞尔季前回来的。"

"祝您好运,阿特沃,"里奥夫说,"我会请求圣者们保佑您平安。"

"哎。如果他们没保佑好我,可别弄什么见鬼的安魂曲,么?那东西可沉闷得要命。"

里奥夫目送公爵离开,心情更加沉重。阿特沃是他在伊斯冷唯一真正了解的成年人,也是唯一能让他称之为朋友的人。除了他,也只有梅丽了。

至于安波芮·葛兰——阿特沃的警告来晚了几个钟头。他已经引起她的注意了。

第八章 信任

卡佐闯进庭院的时候，安妮正蜷缩在炉火旁，缝补着一条披肩。夜晚正变得越来越冷，而她买不起一条新围巾。

她朝着一如既往洋洋自得的卡佐略展笑颜。

"我要送你一件礼物。"他宣布。

"什么样的礼物？"

"好好问我，我就告诉你。"

"请问，是什么样的礼物？"她不耐烦地说。

他皱起了眉头。"这就是你最好的问法儿？我还期待有个吻之类的呢。"

"是啊，喔，没了期待，我们就没有努力下去的动力啦，对么？如果我吻了你，你还剩下什么可期待的？"

"哦，我可以想到一两样。"他挑逗地瞥了她一眼。

"对，可你不会真的期待那些吧，"她说，接着吸了口气，"没关系。除非你的礼物是条新披肩，要么是件更暖和的衣服，否则我很怀疑我会需要它们。"

"哦，不需要吗？一段海上之旅又如何？"

安妮的缝衣针失手落下。她随即紧皱双眉，将它捡起。"别戏弄人了。"她心烦意乱地说。

"你该说这是个好笑话才对。"他说。

"我从没——"

"我在开玩笑。"卡佐说，接着又飞快地开口，"但船的事不是玩笑。都安排好了。我们四个的旅程。"

"去哪儿？"

"鄱堤。它离伊斯冷很近，对么？"

"非常近，"安妮说，"够近了。你说真的？你不是在戏弄我？"

"凯司娜，我没有。我才跟那个船长谈过。"

"而且它很安全?"

"是我们能找到的最安全的。"

安妮对卡佐眨眨眼。过了这么久,她已经开始不再思念家乡,努力让自己安于现状,日复一日。可现在——

她的房间。得体的衣物。噼啪作响的壁炉。温暖的浴室。真正的食物。

以及平安。

她站起身,不慌不忙地在卡佐唇上印下深深一吻。

"在这一刻,"她说,"我爱死你了。"

"噢,"卡佐的声音突然显得有点不自然,"那么,再来一个如何?"

她沉思半晌。"不,"她最后开口,"那一刻已经过去了。不过我还是很感激,卡佐。"

"呃,你可真是薄情啊,"卡佐说,"我做的一切都是出于对你的爱,而得到的回报是如此渺小。"

安妮笑了起来,接着却为那话里的诚挚而惊讶。"你爱我,你爱奥丝妮,你爱所有穿着裙子的年轻生物。"

"有些是爱,而有些是真爱。"卡佐回答。

"的确。可我觉得你永远不会知道它们的区别。"她扯扯他的衣袖,"我的确感谢你的帮助,尽管我怀疑父亲会付给——"她突然停了口。

她都忘了。

卡佐留意到她面容的变化。"别费神想什么报酬了,"他说,"我已经是全维特利安最好的剑士了。我只想瞧瞧在别处能否找到对手,而你的国家是个不错的起点。"

安妮点点头,可却无力去回应这句玩笑。

"无论如何,你都该收拾行李了,"他继续说道,"如果你还想搭明早出发的那条船的话。"

"你能保证它安全吗?"

"我认识船长。虽不太喜欢他,可他是个言出必行的人,而且可靠得让人觉得无趣。"

"那我们就走吧,"她说,"非走不可。"

就在这时,街上传来一阵呼喊声。安妮的目光越过卡佐,发现欧斯佩罗就站在门口。她看见门外有人群聚拢。

"出什么事了?"她问道。

"他们又发现你了。"欧斯佩罗回答。他的手里握着一把匕首。

尼尔深吸着海边的空气,长久以来头一回感觉自己回到了家乡。陌生的语言、行人的古怪衣着,甚至连海的气息都跟斯科或是莱芮的寒冷清新截然不同,可它毕竟是大海。

"坐下,"瓦赛托说,"你会引起别人注意的。"

尼尔低头望向这名女子,而她正盘腿坐在海事公会门厅前的石阶上,吃着从小贩处买来的一把油腻腻的炸沙丁鱼。

"在这些人中间?"他朝着身旁川流不息的商人、海员、小贩以及流浪汉们抬起下巴。他的伪装仍在,"我觉得我们一点都不显眼。"

"还有别人在注意那些船。你朋友们的悬赏可是很丰厚的。"

"我没发现有别人在看。"

"那是因为他们知道自己在做什么,"她回答,"如果你看起来就像在朝船张望,总会有人发现的。"

"我想,"他叹了口气,"我厌倦了这些伪装的把戏和藏匿的手段。"

"你的朋友们就在藏匿,他们有理由这么做,而且似乎找到了个藏身的好地方。关于他们的行踪,街头巷尾只有些靠不住的谣言。"

"也许他们已经走了。"

"我不这么想,"她摇头,"有人声称看见过他们,而且就在不久之前。如果他们正打算搭船出海,就是我们的最好时机。其他人多半只是凭描述在寻找他们。你认识那些女孩,即使她们化了装也认得出。而我认识卡佐和查卡托。这是我们的优势。"

"可等待还是让人厌烦。我们都在这待了四天了。"

"他们在这待得更久。"

"噢,可为什么?"

"他们在寻找能到达目的地的船,而且还得付得起旅费。有人见过女孩们在干活。"

"干活?她们俩?"克洛史尼的公主在干活?安妮在干活?

"对。当洗衣女工、洗碗女仆之类的。"

"难以置信。"

"搭船是要花钱的。他们从修女院来,所以不可能带多少钱,对吧?也许根本身无分文。就我对卡佐的了解,他不会带一分钱,就算他带了,查卡托也会全部用来买酒,把钱花个精光。他们可能还得再花一两个月才能赚够旅费。"

"或许有别的方法能找到他们。我不能等这么久。"

她舔舔手指,厌恶地看了他一眼。"去散散步。假装在看鱼什么的吧。你快要惹火我了。"

"我没想——"

"快去!"她挥了挥手背。

"我去查看别的船。"他嘀咕着。

他沿着码头踱着步,努力遏制心中的沮丧,又试着去思索一些瓦赛托没有想到的策略。可他对城市几乎一无所知,更别说这么大的外国城市了。他从没想过会有这么多人挤在同一个地方。当他初次看见伊斯冷时,它对他来说显得难以想象的庞大,可泽斯匹诺是如此广阔,即便身处城市中央,他也难以融入其中。

像瓦赛托建议的那样,他假装在查看商人的贩卖品以及船上卸下的货物,可他所关注的却始终是那些船只本身,而他渴望着能踏上其中一艘。自从和费尔爵士前往伊斯冷之后,他就再没有过置身大海之上的经历。他一直没发现自己是多么想念那种感觉。

在他右侧的远方,他看见一根直刺天际的桅杆,上方挂着盐标的盈狼旗,便决定走另一条路——这些盈狼旗号的船是寒沙海军引以为傲的战舰。

他向左走去,首先看到的是船首显眼的木刻圣弗罗雯面像,这位海之女王的长发被雕刻成翻涌波涛的形状,接着他发现那是条来自特纳非的三桅战船。停泊在稍远处的是荷瑞兰兹的一艘朗佐科夫船,和那些尼尔曾经对付过的维寒海盗船一样,只有一面帆和五十条桨,以及用于冲撞的铁质船首。一条伤痕累累的盖里安捕虾船刚刚进港,船员正依序走上码头。

走过捕虾船,尼尔看到一艘简洁的小船,船身像海豚般光滑,不大的船身却有五条船桨。这位波涛上的舞者在转向时一定很迅速。

THE CHARNEL PRINCE

做工似乎是北方的样式,可乍看之下却找不到任何能证明它出身的凭据。它没有悬挂任何旗帜,也没有印在船身上的船名。他停下脚步,仔细观察着做工,很怀疑它会没有名字。有几个人正在甲板上干活,他们有浅色的皮肤和头发,而且说着北方话。他们或许说了些什么,可他没能听清。

些许惊愕掠过心头,他这才发觉有人正从船楼的舷窗处望向他。那人有双深情的蓝色眼眸和年轻的面孔,美丽而忧伤,使得他的心也为之颤抖。两人的目光长久交汇。接着她转身走开,退入船舱的暗处。

他局促地望向别处。他刚刚做的正是瓦赛托告诫他应当避免的事——他引起了别人的注意。

他离开码头,却看到一幕令人痛苦的熟悉景象,心仿佛悬在半空——那是桅杆状的圣赖尔礼拜堂的尖顶。他毫不犹豫地走了进去。

他已经很久没有做礼拜了。片刻后他出来时,步履轻松了许多。他朝着瓦赛托方才所在的地方走去,目光有意避开那条奇怪的船。

"你来了,"在他走到时,瓦赛托说,"我就知道把你打发走就会交好运。"

"你是说?"

"卡佐。他刚上了那条船。"她对着一艘四桅商船挥手示意。

"那是艘维特利安船。"他说。

"对。驶往鄱堤。别太靠近去瞧。"

"安妮和奥丝婼也跟着他?"

"不。看着我。"

他颇为艰难地将目光从那艘船拉开,望向瓦赛托棕色的双眸。

"看这儿,"她说,"假装你感兴趣的是我,而不是船。"

"我——"他的记忆中却在闪动着另一双眼睛——来自那艘船上的那名女子。而随即带着罪恶感出现的,是法丝缇娅的双眸。

瓦赛托一定是从他的脸上看出了什么——她脸上紧绷的线条软化了些,更伸出一只手温柔地抚摸他的脸颊。"你有时会在梦中呼喊一个名字。你知道吗?"

"不。"他说。

"她死了?"

"是的。"他说。

"你看着她死去。"

这次他只是点点头。

"痛苦会过去的,"她说,"就像宿醉一样。"

他勉力笑出了声,却听不出半点愉悦。"这比喻真古怪。"他说。

她突然耸耸肩膀,"或许是不大合适。我向来只是旁观,从没亲身体验过。"

"你从未失去过你爱的人?"

她抬起头,眼中现出古怪的神色。"我从未爱过,"她说,"也永远不会。"

"你怎么知道自己不会?"

"那跟我的身份有关。我永远不会知道男人的碰触是何感受。"

"这跟爱不是一回事。"他指出。

"对,我想也不是。可我仍然肯定,我永远不会去爱。"

"我希望那不是真话。"

"即使它带给了你这样的痛苦,你还这么说?"

"哦,是的。"他说。

"她死的时候——你还能这么说?"

"不,"他回答,"那时我只想死。"

她笑着弄乱了他的头发。"而这就是为什么我永远不会去爱。好了,别看了,我们的朋友都离开那条船了。"

他站起身,可她却抓住了他的手。"别动。"她说。

"可我们得找他谈谈。"

"要是那么做,那些探子会看到的。"

"那我们跟着他吧。"

"我想这也不是什么好主意。"

"可要是他没有搭这艘船呢?要是我们再也见不着他了呢?不,此刻他是我和安妮之间的唯一联系,我不能让他离开我的视线。"

她考虑着,随即叹了口气。"或许你说得对,"她说,"或许我太过小心了。可安妮——"她突然停了口。那是尼尔头一回意识到

THE CHARNEL PRINCE

瓦赛托也会迟疑不定。也是她头一次说了不该说的事。

"安妮怎么了?"他说。

"我不能告诉你。可出于某些原因,她比你所知的更为重要。"她站起身。"来吧。用你的手搂着我。我们像对情侣一样走过去,跟上卡佐。"

他照她所说的去做,手臂绕过她的腰。她真的很娇小,而且这让他窘迫得很。

"瞧,他在那儿,"她说,"帽子上有羽毛的就是。"

"我看见他了。"尼尔说。

他们跟着他,穿过七拐八弯的街道,来到这座城镇昏暗荒废的那部分,外貌粗鲁的人们用充满敌意的冷漠表情看着他们走过。最后,卡佐走上一间房子的阶梯,进了门。

尼尔加快了脚步,可瓦赛托却拖住了他。

"等等,"她说,接着咯咯笑了起来,"哦,算啦。已经太迟了。"

尼尔看到了她话里的含意。人们仿佛突然出现在街上,将他们包围起来,他们手里拿着匕首和棍棒。尼尔将手探入斗篷,想握住黑鸦的柄,可它不在那儿。它和他的盔甲一起放在旅馆里了。

瓦赛托开始用维特利安语高声喊话,可包围圈却继续缩小。

"别过来。"欧斯佩罗建议道。

安妮却充耳不闻地挤向前去,试图看个清楚。欧斯佩罗的手下正围着一个男人和一个男孩。那男人拔出了一把匕首,缓缓转着身。而那男孩却在叫喊他们是卡佐的朋友。

她看着卡佐,而他脸上正现出某种专注的神情。

"你认识他?"她问道。

"我想是的,"他回答,"我想他有时会去欧绮佤伯爵夫人那儿做客。我不认识另一个家伙。"

"等等,"安妮叫道,"看看他们想要什么。"

听到她的声音时,那个陌生人的脸猛地转了过来。"安妮!"他大喊,"我是你母亲派来的!"

他说的是王国语,带着些海岛口音。安妮的心仿佛陀螺般转个

176

不停。

"欧斯佩罗,请叫你的人走吧,"她说,"我想我认识他。"

"让他过来。"欧斯佩罗说。

那男孩低声对男人说了些什么,而男人的目光片刻不离安妮。他点点头,走进大门。接着他拿下假发,现出掩盖着的一头金发。

"尼尔阁下?"她的呼吸变得急促起来。

"是的。"他说着,单膝跪下。

"不,不,起来吧。"她飞快地说。

他顺从地起身。

"母亲派你来的?"她说,"你是怎么找到我的?"

"那是个很长的故事,"骑士回答,"我去了修女院,发现那里被毁了。欧绮佤伯爵夫人指引我来到这里。"

"我——"此时,安妮的心中仿佛有东西像火中的玻璃瓶般炸裂开来。泪水自眼中涌出,尽管她几乎不认识尼尔爵士,可她还是张开双臂抱住了他,哭泣起来。

尼尔窘迫地抱着安妮,不清楚自己该做什么。他感受着她的颤抖,闭上了双眼。整个世界的声音随即变得一片模糊。

尽管安妮和法丝缇娅这对姐妹的外表并不相像。可安妮给他的感觉就像法丝缇娅。她们颈上的那股气味完全相同。安妮发着抖,而尼尔感觉到的是法丝缇娅濒死前的颤抖。他的泪水突然间迫近眼眶。

"尼尔阁下?"安妮说道,她的声音在他臂弯里显得模糊不清,"尼尔阁下,你抱得——抱得太紧了。"

他松开她,飞快地后退几步。"很抱歉,公——很抱歉,"他说,"只是我找您找了那么久,以及您母亲——"

他说着,感到愉悦几乎全然抹去了不断膨胀的伤感。他这次没有失败。他找到了安妮。现在只要把她带回家,他就能回到太后的身边,回到他的归宿。"我母亲?她还好吗?"

"您母亲身体很好,"他证实,"她很悲伤,但身体很好。"

她抬起下巴,没有抹去泪水,而是任其慢慢滑落脸颊,"尼尔阁下,那时候你也在吗?"

THE CHARNEL PRINCE

他点点头,感觉喉咙仿佛被攥住一般。"我在,"他说,"我和您的姐妹都在那。您的父亲那时身在另一个地方。"

卡佐轻咳一声,用维特利安语说了句话。其中一个词听起来像是罗德里克。安妮飞快地转动着眼睛,然后摇摇头。尼尔不耐烦地等着他们交换意见,而瓦赛托时不时地插上几句嘴。

等他们讨论完毕,安妮对卡佐点点头。"尼尔阁下,这位是卡佐·帕秋马迪奥·达·穹瓦提欧。他已经证明了自己是我的朋友。没有他的帮助,奥丝婼和我根本逃不出修女院。"

尼尔鞠了一躬。"很荣幸认识您。"他说。

卡佐也躬身回礼,接着安妮把尼尔介绍给这个维特利安人。尼尔把瓦赛托介绍给二人。等客套完了之后,安妮转身面向尼尔。

"卡佐知道我是克洛史尼的一个贵族,"她解释道,"他并不知道我的家族名。"

"你不相信他?"

"我相信他。可我很小心。"

尼尔点点头,开始重新评价起安妮来。他在伊斯冷认识她的时间并不久,也不深,可她似乎和那些任性粗鲁的传闻相当不同。她一定很快就学会了维特利安语,她粗糙的手更是参与劳作的证明,而这是出身皇室的人几乎无法想象的。这可不像是个宠坏了的孩子,而更像是个正在学习自食其力的女人。学习那些必须去做的事。

"我去把你的盔甲和武器拿来,"瓦赛托告诉他,"卡佐想搭的船几个小时之内就会开走。你会跟他们一起——伯爵夫人给过你搭船的费用,而且卡佐相信船长愿意再带上一位乘客的。"

"你不去吗?"

瓦赛托挤出一脸近乎滑稽的表情。"去水上?不,我可不这么想。我的任务就是带你到这儿。不会更远了。"

尼尔躬身行礼。"我会永远心存感激,女士。希望没给您添太多麻烦。"

"不太多。不过等我们再会时,可别忘了你的感激。"

"希望能再会。"

瓦赛托狡黠地笑笑:"噢,这点毫无疑问。我已经能看到那一幕了。现在，等在这，我去带你的东西回来。"

"我可以自己去。"

瓦赛托摇摇头。"这儿也许有人需要你，特别是别人也有可能跟踪过来。"

尼尔想到这种可能，便点点头。"好吧。"他说。

卡佐拉拉安妮的衣袖。"凯司娜，能跟你单独说句话吗？"他说。

安妮起先不耐烦地甩开他的手。她得和尼尔爵士谈话。她有那么多问题要问——可她随即看到卡佐眼中诚挚的关切神色，便跟着他走到庭院里。况且尼尔正在跟那个古怪的小个子女人说话。

"快说。"她说。

卡佐交叠双臂。"这男人是谁？"他问道。

"我已经告诉你了，他不是罗德里克。他是我母亲的一位仆从。"

"而你就完全相信他了？他的样子和那些在修女院袭击你的人有点像。"

"他是我母亲最信任的仆人。"安妮向他保证说。

"他现在还是？"

安妮一时语塞。尼尔爵士说自己从她母亲那儿来。可她没法证明这点。她只记得他才进入宫廷不久，自己就被送走了。的确，他曾在艾瑟妮的生日宴会上救过她母亲的命，可如果那只是个花招呢？那名信使并未提到杀死她父亲和姐妹的人的名字。要是尼尔爵士就是凶手之一呢？

伴随着彻骨的惊愕感，她忽然发现这一切是那么合情合理。只有他母亲和依伦知道她被送去了圣塞尔修女院。或许还有她母亲的贴身护卫，尼尔爵士。这就意味着罗德里克没有背叛她。倒不是说她过去真的相信是那么回事，可……

卡佐察觉出她眼神的变化，严肃地点点头。"对，你明白了吧？这整件事太可疑了。我刚刚才找到一条能搭的船，他就来了。"

"那是——母亲相信他。"

"可你不会相信他的，"他说，"在你思考过这一切之后。"

"在你把这想法放进我脑子里之后。"她痛苦地说。

她发现那小个子女人已经走了。尼尔现在一个人站着,试图表现得对他们的谈话不感兴趣。可在她看来,他的维特利安语应该很流利。

"去找奥丝妮,"她小声说道,"还有查卡托。你们都上船去。我一会儿就跟来。"

"为什么不跟我走?"

"因为他会坚持一起走。如果他说的都是真的,而他也确实在为我母亲效命,就更不会在找到我之后还让我远离他的视线的。"

"可他也许会在我走了以后杀掉你。"

的确如此。

"有欧斯佩罗在,"她说。"你觉得他会帮忙吗?"

卡佐点点头。"他就在外面。我会叫他照看你的。"他说。

她点点头。他们随即回到街上。

"卡佐去带其他人来了,"安妮告诉尼尔,"我上楼去收拾东西。你能在这儿放会儿哨吗?"

"乐意效劳,"尼尔说。他看起来很是警惕,"有什么我该知道的事吗?"

"暂时没有。"

他点点头。她走上台阶,为他没有跟来而松了口气。

她感到一阵突如其来的内疚。如果尼尔爵士说的是真话,那他刚在一段漫长而艰辛的旅程后找到她,她就背叛了他。

可她无法承担这种风险,尤其是她对他确实知之甚少。就算她弄错了,他也能独自原路返回,而她会为此表示歉意。

她会为此深表歉意。

新相知

第九章 生或死

"他走进圣殿的时候还好好的,出来的时候也不像伤到了。可他刚离开那个土墩就倒下了。"

"但是——"

"薇娜。"他试图让语气显得温和,可却发觉严苛悄然混入其中,就好像喉咙里长了刺似的。

他叹了口气。"薇娜,我是个御林看守。我不了解什么神殿、圣者还有黠阴巫术。这是斯蒂芬的事。我懂的只有追踪、寻找和杀戮。那些才是我该做的。那些才是我要做的。"

"那是护法大人要你做的事,"薇娜说,"这么顺从可不像你啊。"

"他在摧毁我的森林,薇娜。而且我得告诉你,如果我了解狮鹫、尤天怪、邪恶神殿,还有斯蒂芬身上发生的事,这些——这种事在荆棘王从骗小孩的传说里跑出来,并且绕着森林乱跑之前都不会发生。等我阻止他乱跑之后,我猜每件事都会变回原样的。"

"可如果没变回来呢?"

"那我就找到建了这圣殿的家伙然后把他也干掉。"

"我了解你,埃斯帕,"薇娜说,"你可不是只会杀戮。"

"也许不是,"他承认,"可死亡总是和我如影随形。"他低下头,接着再次仰起。"薇娜,就这么办吧。你和易霍克,你们先回伊斯冷。告诉护法我们在这瞧见的东西,还有斯蒂芬说的那些话。我继续前进。"

薇娜嗤之以鼻。"这可不成。你准备一个人拉着可怜的斯蒂芬在林子里转悠?"

"他会躺在天使背上。必须得这样——我差点就因为尤天怪失去了你。从那会儿开始我一直做噩梦。真的,你有危险的时候,我没法认真思考。

"你知道,我只有一支箭。等我们碰上他,除了我之外的人都没什么可做的,只要没人分我的心,我就能做到最好。而且你说得对——斯蒂芬是觉得该对这座神殿做点什么。可我们几个没人知道该做什么,要是我们都在这儿送命,那护法就永远不会知道我们发现的事了。"

薇娜紧抿着嘴唇。"不,"她说,"根本就不是你想的那样。你觉得你只靠自己就能解决一切?你觉得我们都只会拖你后腿?噢,你当初是自个儿磕磕绊绊走到德易修道院的,是吧?要是斯蒂芬没有找到你,你早就死了。要是他没为你去跟别的修士作对,你早就死了。你准备怎么填饱自己的肚子?如果你离开斯蒂芬去打猎,就会有东西跑来吃了他的。"

"薇——"

"别说了。我和你一样对护法大人发了誓。你以为这事跟我无关?我父亲就生活在御林里,埃斯帕——至少我会祈求圣者保佑他活着。易霍克的同胞也住在这里。所以你得带着对我的担心活下去。我没法像你那样战斗,也没有斯蒂芬那样的知识,可有一件事我很擅长,那就是让你比平常更加小心。那就是我救你命的方法,别抵赖了,你这大傻瓜。"

埃斯帕看了她半晌。"我是这支远征队的头儿。你得照我说的做。"
她的神色变得冰冷。"是这样吗?"

"对。这是你最后一回跟我对着干了,薇娜。必须得有人领头,那就是我。我不能把所有时间都花在跟你吵架上。"

她的脸色舒缓了一些。"但我们还是会一起走。"

"眼下是的。如果我又改变了主意,就只能那么做了,明白吗?"

她的面容再度变得僵硬,而他觉得自己呼吸沉重。"好吧。"她最后说。

次日早晨,天空戴上了灰色云朵做成的头巾,而空气冷得如同薇娜的心情。他们几近无声地走着,只有马儿在喘着鼻息,潮湿的鞋底沉重地踏上落叶。埃斯帕感到森林的病痛又再一次加重,那感觉直入骨髓。

又或许只是关节炎犯了。

他们发现了黑色荆棘的踪迹,跟着它来到了狐阴湿地,传说斜

新相知

顶山的古老黄岩就是在这被巨人砸碎，做成用来走过巫河的台阶的。可对于埃斯帕和他的同伴这些正常大小的人来说，这些台阶就显得有些难以逾越——他们不得不寻找断流后变得干涸的河道。荆棘尚未扼杀此地的生机，大地仍旧被蕨类和几乎和马头一样高的马尾草染得鲜绿。山核桃树和艾睿树的落叶漫天飘飞，仿佛一场绵绵细雨。

而周围是如此安静，就好像大地也屏住了呼吸，这令埃斯帕背脊发寒。

像往常一样，和薇娜争吵让他觉得心情糟糕，而这件事本身又让他恼怒不已。在他的大半辈子里，他都能做他真正喜欢做的事，用他喜欢的方法，而且不需要得到任何人的许可。可现在，一个养尊处优的护法和一个只有他一半年纪的女孩就让他像只训练过的狗熊一样跳起舞来。

去她的，薇娜肯定觉得他现在已经很听话了，对吧？可就她这个年纪怎么可能真正了解他？不可能，尽管事实上看起来她确实了解。

"瑟夫莱走了这条路。"易霍克轻声说，打断了埃斯帕正生着的闷气。他低头看着这个瓦陶族人下巴所指的地方。

"这脚印可真够清晰的，"他咕哝着，"这是你头一回瞧见？"

"对。"易霍克承认。

"我也是。"显然他是考虑太多薇娜的事了，甚至连这样明显的痕迹都会遗漏。

"看起来他又想引我们前进了。"易霍克说。

"往南。"埃斯帕点点头，"他觉得我们会走这条路，会跟着那些荆棘，而现在他还留下了路标。"他挠挠下巴，随即望向薇娜。

"那？"他问道。

"那什么那？"她打断他，"你才是这支远征队的头儿，记得吗？"

"只是想瞧瞧你会怎么做，"他嘟哝着回答。稍后他审视了一番地貌。南方又是块高地，那是一片他相当熟悉的狭长地带，而且他觉得自己知道那个瑟夫莱去了哪儿。

"你们俩回到我们中午路过的那片空地，"他说，"我顺着足迹再跟过去一段。如果我早上还不回来，或许就不会再回来了。"

"那又是什么意思？"薇娜问道。

THE CHARNEL PRINCE

埃斯帕耸耸肩。

"如果你不回来,我们该做什么?"

"做我们早前谈过的事。回伊斯冷去。在你提出异议之前我得告诉你,我一个人去是为了能不出声地跟上去,不是因为别的。"

"我没想跟你争。"薇娜说。

他的心略微一沉,可同时又有点儿满足。"噢,那样的话。很好。"他说。

如果说让魔鬼爬上刚刚走下的小山让它感到生气,它也没有表露出来,只是闷不吭声地攀上覆盖着橡树的山顶。这次他们走上的是一片地势相对平缓的台地,埃斯帕在确定那条足迹的目的地之后便停止了追踪,免得在路上再碰上些令人不快的"惊喜"。他改道绕行,从其他方向接近那里。

夕阳低垂,橙色的余晖穿过林间,而这时他听见了人声。他下了马,把魔鬼留在一条小溪旁,蹑手蹑脚地走近。

他所看到的不算出乎意料,但他仍然没做好思想准备。

那些习惯给每个地方起名的人把这儿叫做阿尔布莱斯。它是个锥形的土丘,光秃秃的,只有几根挣扎求存的黄色野草和一棵有着黑色鳞片般树皮以及锯齿小刀状树叶的纳拜格老树。

一些枝条低垂下来,一些腐烂绳索的残余仍然缠绕其上,尽管多年前国王的律法就已禁止了使用它们。过去人们把罪犯吊死在这,当作献给狰狞怪的祭品。埃斯帕就是在这里,在这片病恹恹的草地上,在刚刚挂起的套索下出生。他的母亲也是在这死去的。

教会曾努力终止了献祭。而现在他们正忙着举行自己的祭礼。

木制的柱子竖立在这方土丘周围,每一根都差不多有四王国码高,上面钉着一个男人或女人,双手高悬头顶,两脚垂向下方。埃斯帕能看到鲜血从他们手腕和脚踝的孔中涌出,这儿早已血流成河。

他们每个人都被开膛破肚,内脏被拉出,刻意排列成某种图案。排列的工作仍未完成,而干活的那些人穿着教会的长袍。他弄不清是哪个修道院的。斯蒂芬应该知道。

他数清楚他们有六个人。而他有两倍多的箭。他闭紧嘴,抽出第一支箭,一面思考该如何去做这件非做不可的事。

新相知

他正思考着，一只狮鹫从土丘后面踱出。

它比差点杀了他的那只要小些，鳞片更黑，闪耀着绿光，可那种鹰似的喙和猫一样灵活的肌肉是不会弄错的。即使在这种距离，他仍感觉它的存在仿佛扑面而来的热气，令人感到一阵眩晕。

这只野兽的触摸——哪怕只是目光——都包含着致命的毒素。这点是他从可怕的亲身体验中，从被它的同胞杀死的生物那儿学到的。它的毒性甚至剧烈到连碰触被它所杀的尸体都会中毒，甚至死去。即使蛆虫与食腐生物都不会去碰狮鹫杀死的东西。

可这些修士不像快死的样子。他们甚至都不把它当回事。他惊讶地看到，甚至有个人在它经过时伸手去摸它。

他深深吸了口气，想要弄个明白。他真希望斯蒂芬跟着他来了。他会想起什么古籍或是传说，对这一幕做出合理的解释。

一对六已经很吃力，假如对方是满瑞斯修士就更难了。六个修士再加狮鹫，那根本不可能——除非他再用那支箭。

可那是留给荆棘王的。

先是一个，接着所有修士突然站直身体望向东方，仿佛听见了同一种神秘的召唤声。他们的手握住剑，埃斯帕紧张起来，意识到自己可能必须逃离这里去寻求帮助。

可他随即明白，他们根本不是发现了他，是有别的什么引起了他们的注意。此刻他能听到远方传来一阵号叫，像是犬吠，而又不尽相同，熟悉得可怕，却又全然陌生。

狰狞怪。

他还记得第一次遇见斯蒂芬的情景，那时他们在国王大道上听见远方传来号叫声。埃斯帕听出那是西门·卢克华爵士的猎犬，可他却吓唬那男孩，告诉他那是狰狞怪和他的手下，那些出没于御林，追捕受诅者的猎犬。他把那个小伙子吓得不轻。

此时他感觉自己的心越跳越快。他们召唤了狰狞？他们召唤了那个狰狞怪？

那号叫愈加嘹亮，有东西正飞快地在树叶间穿梭。他感觉手在颤抖，之后又为自己的软弱而愤怒。可要是整个掩藏的世界都在觉醒，狰狞怪又有什么稀奇？狰狞怪，地狱仆从，独眼之神，狂斗士之主,血腥神罚,如同所有的古老异教神明一样疯狂。

狮鹫也转身朝向声音来处,它脊骨上稀疏的毛发根根竖起。他听到它的咆哮声。

身后传来人声,那是用瑟夫莱语说出的轻柔低语。

"生或死,御林看守,"那个声音说,"你可以做个选择。"

新相知

第十章 背叛

当太阳开始黯淡无光,瓦赛托也牵着暴风归来时,尼尔仍在等候安妮。马背上的包裹里装有他的盔甲和几件私人物品。他走到街上,拍拍这匹种马的笼头,留意到附近那些人正带着好笑和关注的神情看着他们俩。

瓦赛托也注意到了。"我想这附近的人没怎么见过马吧,"她说,"战马就更别提了。"

"我想他们是没见过。"尼尔同意这点,想到自己从穿过城门前那片大广场之后就再也没看见有人骑马。

暴风不安地甩着头。

"好了,伙计,"尼尔轻声说,"很快我们就能回到家乡了。我保证在新壤会让你好好活动一下筋骨。在坐船之后你确实需要活动一下。"

"假如他们允许你带上它的话,"瓦赛托指出,"人用的舱位是一回事。马用的又是另一回事。"她耸耸肩,"不过只要他们有舱位,伯爵夫人给你的钱应该足够支付费用的。"她的脸上闪过一丝笑意,"无论如何,现在那是你的事了。我得回去找我的狗儿们啦。"

尼尔躬身行礼。"我仍然不知您究竟是谁,但我要再次感谢您。"

"你已经比大多数人更了解我了,"瓦赛托说,"如果我是你,我会更操心自己是谁。这对你来说更有用些。"

带着这句含意模糊的评论,她沿街离去,消失在转角处。

片刻的考虑之后,尼尔决定穿上他的盔甲。要是追捕安妮的人也跟他一样好运,那他会用得上它的。

一个钟头过去,不仅安妮没有下楼,他也没看到奥丝娅或是卡佐。先前卡佐谈话时似乎有什么急事,可他们都去哪儿了?

他看着被人叫做欧斯佩罗的那个老人。他也正看着尼尔,目光并不尖锐,却也未加掩饰。自从安妮和卡佐交谈后上楼开始,他就一直这么看着他。

"你能告诉我安妮的房间在哪吗？"他问道。

"*Ne comperumo*."老人说着，耸耸肩。

尼尔望向四周，希望能找到会说王国语的人。卡佐仍然没有回来，或许是去确定搭船事宜了吧。

除非……

他的心沉了下去，仿佛身处一场愈演愈烈的狂风暴雨之下。

为什么？为什么安妮要从他身边逃走？是她的维特利安朋友和敌人联手了吗？

不，还有更好的解释。他真是个傻瓜，没有早点发现这一点。安妮已经听说她的父亲和姐妹们都被杀了，而她也不太可能了解得更多。她怎能只因他声称自己是被派来保护她的，就相信这么个几乎不认识的骑士呢？

不过现在没关系了，他安慰着自己，努力把惊慌抛到脑后。不管安妮对他信任与否，他的职责都不会变。不管用什么方法，他都会把她带回家乡，确保她安然无恙。

他知道那艘船的位置——而安妮不知道这点。只要他们还没启航，他就能追上她。

他朝着欧斯佩罗点点头，随即旋身上马。欧斯佩罗咧嘴微笑，抬起手挥了挥。在最后一刻，尼尔看到了铁器的闪光。他在马鞍上侧身避开，感觉有东西擦着他的手臂飞了过去，而在前一瞬间，它的目标正是他心脏所在之处。他阴郁地让暴风转身，拔出黑鸦。人群仿佛成群结队地从街道的两侧涌出。不用多久，就会有更多人出现，可尼尔并不打算给他们时间。他们拿着匕首和棍棒，可还有一个拿着长矛。如果他们伤到或者困住了暴风，那情况就不妙了。

欧斯佩罗又喊了起来，而尼尔则再次诅咒起不懂维特利安语的自己。

他让暴风对准那个拿着长矛的人，策马冲锋。值得赞赏的是，那家伙似乎知道该如何应付。他屈膝着地，将这把长柄武器的底端插进鹅卵石地面，尖头对准暴风的胸骨下方。

此刻，尼尔的呼吸变得冷静、迟缓而均匀。他能看清那些男人的脸、身上的伤疤，以及刮没刮胡子。

新相知

在最后一瞬间,他拨转暴风,避开了那根矛。他施展"死神一击",让其中一名攻击者倒在街上,路面的乱石痛饮着他无头尸体的鲜血。暴风凶猛地用后腿踢倒了另一个。尼尔只觉腿上中了一击,但他随即摆脱了人群,马蹄声在逐渐黯淡的街道中远去。

他俯身摸向那条腿,但护甲完全挡开了攻击。暴风看起来也没受伤,所以他保持着马速,看着行人四散逃开,听着他们那无法理解的抗议,一面开始痛恨这整次冒险。异国的新鲜感已彻底消退无形。

她应该给我一件信物,他生气地想到。能让安妮相信真是她派我来的。

他对王后的怒气很快在震惊中转为羞愧。他有什么资格去质疑她?

他催促暴风加快步子,希望能及时赶上。

他们到达码头时,安妮已经从自责中恢复过来。当她看到那些船的时候,她才真正意识到,自己真的要回家了。家,在那她不用洗衣服,不用做奶酪,也不会被人怂恿去当妓女。

在这些想法背后,她清楚自己会很伤心。她走进城堡,却发现父亲和姐妹真的已经离她而去。不过离那个时刻还远着呢。眼下,她可以先想比较好的那一面。

"可我们为什么要丢下尼尔爵士?"奥丝妮对她耳语道。卡佐发现她在大广场附近的一家卡拉齐奥里洗着脏盘子。安妮曾经在那工作过,她的嘴里曾灌满了拌有茴香和蒜头的烤羊羔的味道。而现在奥丝妮的身上就是这种气味。

"卡佐没解释吗?"

"解释了,可卡佐不了解尼尔爵士。"奥丝妮说。

"我简直没法相信,"安妮说,"你在怀疑卡佐的判断?"

奥丝妮脸颊微红。"他比我们了解维特利安,"她说,"而且他很聪明。可他怎么能了解尼尔爵士在想什么?看起来他想错了。他在我看来是很正派的。"

"奥丝妮,我们都不了解尼尔爵士。他完全可能先杀了我的姐妹,现在又来找我。"

THE CHARNEL PRINCE

"他没跟那些攻击修女院的骑士在一起啊。"

"你怎么知道?我们可没看清所有人。"她拉起奥丝妮的手,"关键是我们不可能知道。而且就算我错了——哎呀,他也不会有事的。他能来维特利安,就能自己回去。"

奥丝妮怀疑地皱起眉头。

"恕我插嘴,"卡佐说,"可我们的船就在前面了。"

查卡托自从在屋后巷子里跟上安妮之后一直缄默不语,这时他突然哼了一声。"我知道那面旗,"他说,"要是你早告诉我,我绝对不会同意搭这艘船的。"

"安静,老人家,"卡佐压低声音说,"我只是做了我该做的。"

"你不常能吓到我,孩子,"这位剑技大师嘟哝着,"可今天你办到了。"

"他在说什么?"安妮问。

"没什么。"卡佐飞快地回答。

她转向查卡托,看到他的眼神很古怪,好像在生气,甚至是怒不可遏。她随即发现他已经将剑握在手中,剑尖方才从鞘中抽出。她不觉害怕,只是好奇这个老人为何想杀了她。可当他猛地抓住她时,她感到了恐惧。

查卡托推了她一把,而她摔向鹅卵石路面,一条腿的膝盖撞上了石头。她痛苦地喘息着,抬起头,想弄明白发生了什么。

有个男人——一个她不认识的男人——正盯着查卡托的剑,那把已没入他咽喉的剑。

卡佐随即大喊着拔出剑来,突然间,四周站满了人,有些还穿有护甲。

"快跑!"卡佐叫道,"跑到船上去!"安妮手足并用地尝试起身,可却碰到了一双甲靴,她抬头望去,只见一张钢铁的面孔正朝下盯着她。那骑士举起一把似乎只剩一半的剑,仿如蜂鸟挥动的双翼般模糊不清,却在每一次心跳间变幻着彩虹的七色光彩。

她定定地上望,身体僵直,而那利刃在她头顶高高举起。卡佐的剑刃从她头顶越过,正中那骑士的护喉甲,而卡佐也随着利剑飞身而至。"*Z' ostato en pert*!"他叫道。

新相知

骑士蹒跚后退，可卡佐仍旧身在空中，他向他撞去，用剑的护手处猛击那人的面甲。骑士摇晃着砰然倒地。安妮在奥丝娅的帮助下匆忙爬起来，手牵着手，一起奔向踏板。

她能看到船上有许多张面孔正惊讶地看着这一切。他们之中有一张黝黑而无须的脸。看起来有些眼熟。

"帮帮我们！"她叫道。水手们纹丝不动。

又有两个人突然出现在她和船之间，而一切仿佛逐渐静止下来。在眼角的余光处，她能看到那个拿着发光剑的骑士已经单膝起身，反手以着甲的手套给了卡佐雷鸣般的一击。查卡托让至少四个人难以近身，可又有两人在朝他逼近。她和奥丝娅被困住了。

随着一声怒吼，她猛地抽出瑟若拉院长给她的匕首，打算最后一搏。挡在她和船之间的人穿得比那骑士单薄，身着链甲和皮衣。他们根本没戴头盔。

当她举起武器时，他们开始大笑。可其中一人突然古怪地倒了下去，他的脑袋离奇地变了形，就像被长棍之类的东西敲过似的。接着又有样庞大之物撞上了另一个人，令他的身体仿佛是破布和稻草做成的一般直飞出去。

她发现那是一匹马，随即看见它倒了下去。另一个穿甲的身影"哐当"一声倒在离她一王国码远处的地方，可在这瞬间，她和船之间再无阻碍。她拖着奥丝娅飞快地跑去。

还没走过踏板的一半，她想起了卡佐和查卡托，便转身去查看情况。

那匹马已经站起，正疯狂地在码头周围飞奔。刚刚摔倒的骑士也已起身，她从他头盔上的玫瑰纹章明白，那是尼尔爵士。她正好看到他无情的重击让那个拿着发光剑的骑士双脚离地。接着他转向逼近查卡托的那些人，砍下了其中一个的脑袋。

卡佐犹豫着，可查卡托却没有半点迟疑。他飞快地从敌人中抽身，朝船那边冲去。很快，卡佐也跟了上去。

安妮突然觉得脚下在动，接着意识到他们在收回踏板。她转过身，两个水手抓住她，把她拉上了船。她不明所以地尖叫踢打着，发现他们把奥丝娅也拖了上来。查卡托以超乎他年纪的敏捷动作飞

THE CHARNEL PRINCE

身一跃,正落在收回的踏板上,接着他跳上船,紧随着他的是气喘吁吁的卡佐。

在码头上,尼尔爵士化身成一片利刃的风暴,将敌人远远驱离那艘船。至少还有八个人在对抗他,这还不算拿着发光剑的骑士,那个人又——与一切自然法则背道而驰地——站了起来。

"尼尔阁下!"她尖叫道,"快上来!"

在她身边的水手们正疯狂地切断缆绳,用长杆把船推离码头。

"他不可能跳上来的,"查卡托说,"穿着那盔甲就没可能。"

"把船开回去!"她大喊,"现在就回去。"她给了离他最近的水手一记耳光,就是看起来眼熟的那个,"你们不能把他丢在这儿!"

他抓住她的手,对她怒目而视。"我是马可尼欧船长,而这艘船正在离港。如果你再敢打我,我就吊死你。"

"可他会死的!"

"我没理由去关心这个。"他说。

穿过那片鲜血的薄霾,尼尔斩向左侧,接着是右方,击中了一个穿着链衫和胸甲的男人的肩膀关节,他看着利刃斩入,随即抽回,血花飞溅。他着甲的左手握住武器的锋刃,剑柄砸进下一个敌人的脸,接着调转武器,仍旧像长杖似的握着它,将尖端塞入对手的胸甲与胸口之间。他感到自己切断了胸骨,那人随即朝后倒去。

他双手持柄,击向下一名敌人,而那人蹒跚着试图躲开,接着尼尔感到左侧肩膀处受了一击。他看不见敌人,几乎是本能地压低身子,利刃朝腰际高处斩去。感到挥击命中时,他转过身,让敌人进入之中。那是另一个身着轻甲的敌人,他瞪圆双眼,鲜血自口中涌出,捂着自己折断的肋骨倒了下去。

这次转身也让他再次面向那个拿着发光剑的骑士——他本该死了,可却没有——而他正踏步上前,挥剑向他斩来。

在那骑士背后,尼尔依稀意识到那艘船正逐渐远离码头。他能看见安妮的红发,知道她上了船。

逼近的骑士挥出一道从左上到右下的斩击,尼尔走近一步,用刀刃最厚实处格下这一击。余劲令他全身震颤——他的对手很强壮,非常强壮,挥剑的速度又快得超乎寻常。尼尔觉得黑鸦奇怪地变轻了,接着才意识到,武器已经被一刀两断。发光的利刃再度向下斩去。尼尔放下左臂,抓住那人的护手,接着将黑鸦剩余部分插入敌人的面甲。

一只着甲的手肘撞上他的下颌,他的手松开了那个骑士,倒退了几步。剑锋再度逼来,这次是来自侧面,而他离得太远,没法再次抓住那人的手,甚至来不及阻挡。这把施有魔法的利刃就像切断黑鸦那样,切开了他的护甲。

尼尔孤注一掷地朝着斩来的方向扑去,而此时,整个世界的痛楚穿过了他的身体。他的目光离开地面,窥见了天空,接着有某种冰冷的东西为他让道,这才明白过来他已经纵身冲出了码头,撞进了水中。他扭转身子,想看安妮的船是否安然离开,可海水已没过头顶,喧嚣声也消失无踪。

第三部
陌生的关系

伊文龙2223年 德克曼之月

　　第三调式,泰提欧,它召来圣米切尔,圣满瑞斯,圣布莱特,圣芬弗。它创造利剑、长矛、战事冲突与宣战之鼓。它招致高昂勇气、恼火与狂怒。

　　第四调式,蓬托,它召来圣克里斯泰,圣欧莫,圣撒提尔,圣罗阿。它创造谄媚朝臣、尖刻丑角与背中之匕。它招致妒忌、憎恨、诡计与背叛。

——选自艾尔金·维德塞《和弦辑录》

陌生的关系

第一章 刺客

玛蕊莉尽可能压低呼吸,她沿着墙壁摸索,直到发现了那块小小的金属片。她将它推向上方固定,随即有道一指宽的微光透了进来。她俯身向前,拂开面上的长发,将眼睛凑上窥视孔,观察着眼前那间屋子的动静。

战炉大厅内空无一人,只有几道摇曳的烛火作为照明,足以让人看清楚威廉的旧扶手椅边的那座圣芬弗的雕像,也隐约照出——但不太真切——装饰过度的墙壁上那些描绘着战争与胜利的油画。

这屋子看起来依然无人使用。

她叹口气,告诫自己要耐心。依伦多年前就给她看过城堡墙壁里的这些暗道,就在她成为王后的不久之后。这些走道狭窄而又老旧。依伦声称在这座王宫建造时,她们那群曾在修女院受训的刺客就巧妙地操纵了建筑师,说服他附带上这些设施,并且确保他和参与建筑的工人永远不会泄密。因此这条黑暗的走廊便成了唯有圣塞尔的修女——以及她们指定的寥寥数人——知晓的秘密。

玛蕊莉常常怀疑,在这么多世纪之后,这秘密能否保守至今。假使别的王后也像她一样知道这些通道,肯定有几个会告诉她们的丈夫、女儿或者朋友。

然而,她这一生中从未在这些隐秘的通道中见过依伦以外的人,这也让她想到,她的老朋友清楚她过去的一言一行。

这些窥视孔隐藏得极为巧妙,外表经过伪装,并且盖有玻璃,外人无法轻易察觉。那些门更是奇迹的造物,合拢时看不到半条接缝。

自依伦死后,她开始频繁地使用暗道。它们比她自己的房间更安全,而且没了依伦,又没有值得信赖的替代者,她要是想对身边的密谋有最起码的了解,就只能自己充当探子。可今晚并非是走马观花式地搜索,试图逮到赫斯匹罗护法或是朝议会其他成员的秘会——今晚她有确实的目的。

这目的来自于一张塞进了她房门下的折叠过的短笺,上面用流畅的字体写着:

陛下:

您正身处危机之中。我也一样。我有能保住您性命和您儿子王位的情报,但作为回报,我需要您的庇护。在得到您的保证之前,我必须掩饰自己的身份。若您同意,请将一张写着"同意"的字条压在战炉大厅书桌的雕像下。

噢,这就是她的答复,安全地藏身在暗处,玩着这种孩子气的把戏。可五个小时过去了,没有人来拿走纸条。当然,她写了那张"同意"的字条,可她觉得自己应该知道那个报信的人是谁——或许整件事都是精心策划的诡计。

或许有人先于她找到借口脱身之前便已来过这里。他或许读过了字条,随后把它放回了原位。可战炉大厅位于城堡中心,尽管晚上很安静,可在白天,任何访客都会引起注意。另外,为何要留下那字条?

夜幕降临,她也该正式就寝。她得一觉睡到清晨,而睡眠与梦境对她毫无意义。

一个钟头之后,某种声音引起了她的注意,那是皮革在石头上的摩擦轻响。她的目光穿过小孔,试图看清是谁或是什么东西弄出的这种声响,却发现房间的西侧投来一道影子。她焦躁地等着那身影走到亮处,让她的努力得到回报。

那是个女人,一头卷曲的栗色头发,穿着蓝灰色睡袍。她这位"朋友"很精明。他派了个年轻侍女来拿那张字条。也许我能认出她,她想,然后就能知道她的主人是谁。但她并没抱多少希望。伊斯冷堡中有许多仆从,而她能认出的不超过十分之一。

接着那女人转过了身,烛光照亮了她的脸庞,而玛蕊莉惊愕地眨着眼睛。的确,她认识这女孩,而她也不是女佣或是侍女。不,这张年轻的脸属于艾丽思·贝利,她已故丈夫最年轻的情妇。

艾丽思·贝利。

怨恨、嫉妒与自责让玛蕊莉怒火中烧,可她努力让它平息下去,只因这并非恰当的时机。艾丽思·贝利的脑子和韭葱没多大区别。她是维吉尼亚的贝利领主的小女儿,她父亲管理着王国中最贫困的一块领地。两年前她的家族来访时，威廉就爱上了她蓝宝石般的眸子和窈窕的曲线。自从威廉死后，她就不再抛头露面，尽管玛蕊莉曾多次想过将艾丽思逐出原本的住所，可事实上她有远比满足这种可鄙且微不足道的怨恨更重要的事要做。

直到此刻。现在艾丽思·贝利再次引起了她的注意。甚至依伦也认为这女孩又蠢又轻率，一心只想留住国王的宠爱，不会有什么政治动机。一直以来，只有葛兰才有威胁。贝利甚至没有子女，而且显然也从没想过怀上一个。

这表示她的第一种猜测是对的，贝利是别人派来取字条的。可会是谁呢？除了威廉之外，她从未表现出和宫廷里任何人有关系。但近来有足够时间改变这种状况，而眼下的情况正是如此，每个人都在使尽解数争权夺利，显然，有人发现这女孩可以利用。

贝利找到了字条，看了看，自顾着点点头，接着转身向房间西侧走去。片刻之后，一阵非常轻微的声音传来，但那却令玛蕊莉颈上的汗毛竖起。

房间西侧的唯一出口正通向玛蕊莉此刻所在的这条暗道。艾丽思·贝利也知道暗道。

她知道这女孩过去会不时和威廉在战炉大厅会面。可威廉根本不知道暗道这回事。

又或许他知道，而玛蕊莉并不像她自己认为的那样了解她的丈夫。

她感觉到一阵失落，这感觉是如此突然而强烈，令她震惊不已。她和威廉并非因爱情而结合，可后来却彼此相爱——至少有段时间是这样。她始终痛恨他的情妇，但她总觉得在某天他俩会以某种方式重燃爱火。

她也思念着他——他的笑，他衣服的味道，还有私下给她取的可笑绰号。

这些都已不再。但现在他似乎一直都知晓这些暗道，却从未告诉过她，从未将这些秘密托付给她。这本不算太糟——毕竟她也没告诉过他——可他却偏偏告诉了艾丽思·贝利，他最最愚蠢、最最无关紧要的情妇——这让她伤心。

这也让玛蕊莉担心起来。要是他也告诉了葛兰呢？

THE CHARNEL PRINCE

她等了一会儿,半是希望半是害怕那女孩会走到这里,这样她就能扼死她,然后把尸体藏在没人能找到的地方,可过了好几分钟,没有任何人出现,玛蕊莉摸索着墙壁上的指向记号,沿着这条漫长曲折的走道走回自己的房间。

当通向她卧房的秘门刚刚打开一道缝隙,她就觉得有些事不对劲。她曾在房间里留下了一盏点燃的灯,可视野中却见不到任何光亮。整间屋子漆黑一片。是她的女佣尤娜进来把灯拿走了吗?可她为什么这么做?

她定定地站了片刻,目光透过缝隙,落在黑暗之上。或许是灯自己熄了吧。

有人说了些什么。只是一个单词,声音低到无法听清。她喘息着关上了暗门,连连后退,心知无论那人是谁,肯定听到了她的声音,恐惧的蛛网塞满了她的脑海,而她除了对面前的黑暗瞠目结舌之外什么都做不了。

她想到的只有自己犯下的错误。贝利知道圣塞尔的暗道,别人也能知道。她房间里那个男人知道吗?那是个男人吗?

有人撞上了墙壁,而她能听到微弱的、咝咝的喘息声。她的手落在腰间短链旁的匕首上,但它只能让她感到少许安心。

撞击声后,一记模糊的叩击响起,紧接着又有几声响动沿着墙壁传来。她心中的寒意更甚,忍不住开始颤抖。有人在搜索秘门。这就意味着对方不知道秘门的位置。它从另一边难以发现。但她已经泄露了大体的方位。

敲打声渐渐远离,接着再度移回。她能听见他的呼吸,以及突然再次传来的低语,可她仍旧听不真切。

她远远退开,战栗着,发现自己因为屏息太久开始头晕眼花。她将双手抵住墙壁,由它们指引着方向前进。当她认为自己走得已经够远时加快了步子,只觉得前所未有的恐慌,只因她不清楚那人仍在房间抑或身处暗道。

她找到了白鸽大厅的入口,望向里面,确认无人之后,她冲进房间,关紧身后的暗门,开始飞奔。

过了好一会儿她才放缓脚步,可普通的走道并没让她感到安全,

陌生的关系

尽管这儿灯火通明，到处都有仆从。她的敌人有张未知的面孔，而堡中的每个人可能是这张面孔的主人。更糟的是——她刚刚才想明白——假使在她房间的那个人真是来杀她的，这可就不单单是企图谋杀了。那会是一场政变。这意味着，此刻她需要帮助，需要她能够信赖的人的帮助。

她还在思考谁可以信任的时候，几乎和里奥维吉德·埃肯扎尔撞了个满怀。她尖叫着倒退几步。而作曲家则显得手足无措，随即想屈膝行礼。他费力地弯下膝盖，而她想到，上次他们会面时，他还拄着拐杖。

布鲁格的英雄。

"别介意，"她压下自己的不安，说道，"这时候你在大厅做什么，埃肯扎尔法赖？"

"陛下？我只是在活动一下腿脚。"

他的脸上毫无欺瞒之色，因此她飞快地作了个决定。

"跟我来，"她说，"你带武器了吗？"

"武——武器？"他结结巴巴地说。

"噢，我猜你没带。啊，好吧。总之跟我来。"

"遵命，陛下。"

她快步走着，后来又放缓步子，让他能跟上她，而她开始惊讶自己为何会让他跟来。他完全是个陌生人——她为何会相信他？可她还记得他那天的演奏，曲中那全然的真诚，不知怎的，她觉得他不会伤害自己。她很少相信自己的感觉，但此刻她没有选择。

他一言不发，只是蹒跚地跟在后面，他显得迷惑不解，却没打算问任何问题。

"我委托你的事进展如何？"她的发问主要是为了打破这片紧张的沉默。

"很顺利，陛下。"他的语气中透出兴奋的情绪，在这种环境下显得很有感染力。这让她发现他和尼尔·梅柯文的相似之处——尼尔也充满热情和活力，是个毫不愤世嫉俗的真正骑士。作曲家也像他一样，尽管他热情的方向截然不同。但他们同样值得信任。

她多想尼尔此刻就在身边，可她已经把他派去寻找安妮了。他

THE CHARNEL PRINCE

是她唯一相信能找到安妮下落的人。

"我希望你能尽快完成,"她说,"我已经在烛光园安排了一场演出,以及附带的宴会,就在三周之后。"

"三周?噢,好的,曲子已经快完成了。不过我得马上开始排练才行。"

"有什么需要就告诉我。"

"事实上,我想跟您谈些事。"他说。

"关于什么?"

"合奏团的规模,陛下。"

"你想要什么规模都行。"她回答。

"我的想法有点不太寻常,"他有些迟疑地说,"我——我在谱写的这首曲子——我想由三十种乐器演奏效果会最好。"

她停下脚步,好奇地看着他。"那有点多,是吗?"她问道。

"从没有过这么大规模的合奏团。"他说。

他把这事说得很是重要,可她突然意识到,这幕情景是多么荒诞不经。她一面为性命和王国担心,一面却在讨论该雇多少个音乐家。

可她的心跳已经回归正常,而她感到自己近乎古怪地冷静了下来。

"那为何我们的就得这么大呢?"她问。

"因为从没人写过这么一首曲子。"他回答。

她驻足片刻,打量起他,想弄清这番声明中是否带有任何傲慢或是不逊。可就算有,他也未曾显露出来。

"我不会反对一场大规模的合奏,"她最后说道,"就算是最大的也不会。"

"教会也许会的,陛下。"

"有什么理由?"

他突然颇为孩子气地露齿而笑。"理由就是从没人这么做过,陛下。"

她感觉讽刺的笑意抽动着她的双唇。"你想办多大就多大吧,"她说,"就算更大都行。"

"感谢您,陛下。"

她点点头。

"陛下?"他问道。

"嗯?"

"有什么事不对劲吗?"

她闭上双眼,接着睁开,继续前行。"是的,埃肯扎尔法赖,有些很不对劲的事。我的房间里有个人,一个不请自来的人。"

"您觉得——我是说,陛下,您相信那是个刺客吗?"

"我想不出还能是什么。"

他的脸色发白。"那——噢,陛下,我们是不是该叫护卫来?"

"很不幸,"她回答,"我无法信任大多数护卫。"

"怎么会?一位王后怎么会不相信她的护卫?"

"埃肯扎尔法赖,你真的这么幼稚?你可知多少国王和王后就死在自己仆从的手里?"

"可我听说伊斯冷皇家的护卫——御前护卫?——是无比正直的。"

"在过去几个月里,在不同的场合,其中两个曾试图杀死我。"

"噢。"

"他们中了巫术,是某种寅恪诺力,现在他们应该已经受到了保护,不会受黯阴巫术之类的东西影响。可考虑到他们杀死了我的两个女儿,我还是难以信任他们。"

"我明白了,陛下。抱歉。"

"除此之外的一项事实就是,他们中的一个本该守在我的门外。显然,要么是他让刺客进的门,要么他就是刺客,又或者他已经死了。"

"哦,诸圣哪。"

"的确如此。"

"因此——啊——此刻我就是您的护卫?"

她对他露出微笑。"的确,你就是。"

"陛下,如果您被攻击,我恐怕帮不上什么忙。"

"可你是布鲁格的英雄,埃肯扎尔法赖。你单凭目光就能吓退大多数刺客。"

"我想那不太可能,"埃肯扎尔发表着不同的意见,"可我会尽

THE CHARNEL PRINCE

我所能保护您,陛下。只是——如果您觉得这是一场进行中的政变,您应该去寻找更多也更有力的帮手。"

"我知道,"她说,"那就是我们正要做的。可我不喜欢那样。"

"为什么?"

"因为我得道歉才行。"

费尔·德·莱芮摆手示意她不必致歉。

"您没有错,"他说,"我所做的超出了自己的职权,更重要的是,超出了我的本意。当召唤我的使命不止一个时,很难决定该选择哪个。格洛里恩·德·莱芮是我的领主,可威廉是我的国王,而您是我的王后——也是我心爱的侄女。我欠您一份歉意——以及我的效忠,如果您不嫌弃的话。"

她很想当场给他一个拥抱,可此刻他们是王后与臣子,而她不想破坏这一刻。

"现在,告诉我您来这的目的吧,陛下,"费尔说,"您看起来就像被死神召唤了一样。"

他聆听着她的解释。

等她说完,他阴郁地点点头。

"您必须和我们一起走,"他最后说,"就算御前护卫忠于您,他们也不会让一群拿着武器的人走进王家套间。"

"我明白。"

费尔点点头。"等您准备好就出发,陛下。"

"我准备好了。"她转向埃肯扎尔,"你可以走了,"她说,"感谢你的陪伴。"

他躬身行礼,这次没那么笨拙了。"感谢您,我的陛下。永远乐意为您效劳。"

"我的委任何时能办妥?"

"已经完成了超过一半了,"他回答,"我想月底前就能完成。"

"我期待着那一天。"

"感谢您,陛下。愿圣者们与您同在。"

她看着他一瘸一拐地走远,而费尔爵士此时正把他的手下们叫醒。

　　他们带着八名士兵离开了费尔爵士的房间，尽管这队人马引来许多迷惑的表情，但沿途并没有遭到任何抵抗。

　　他们发现两个御前护卫正在守卫王家居所的入口门厅。他们走进时，其中一个踏前一步，以明显的怀疑目光审视着这些莱芮人。

　　"靠边站，莫里斯阁下，"玛蕊莉命令道，"这些人要陪伴我回我的房间。"

　　蓄有金色髭须的莫里斯的圆脸转为红色。"陛下，我不能允许，"他说，"除了王室成员和御前护卫，没人可以携带武器走过这里。"

　　玛蕊莉站直了身体。"莫里斯阁下，显然已经有人从你鼻子下溜过，侵入了我的房间。你得让我们过去，你明白吗？"

　　"侵入您的住所？"莫里斯爵士反驳，"这根本不可能。"

　　"是啊，你会这么觉得，"玛蕊莉干巴巴地说，"可我向你保证，确实如此。"

　　莫里斯把这番话咀嚼片刻。"如果陛下您允许我们去查明情况——"

　　她摇摇头，从他身边走过。"要是你敢攻击和我一起的这些人，我就要了你的脑袋。"她说。

　　"陛下，这——至少让我跟您一起去。"

　　"悉听尊便。"

　　他们发现一名御前护卫倒在她套间的门外。他的蓝色双眼睁得大大的，毫无生气。

　　伴随一声怒吼，费尔爵士冲进了门里，他的手下跟在他身后。

　　尤娜的身体就倒在门的另一边，那件小小的睡衣上血迹斑斑。她再也没法看到自己生命中的第十二年了。

　　玛蕊莉坐在一边，看着尤娜的躯体，而费尔的手下搜遍了她的套房，可却没发现任何人，除了尸体之外，再没有别人来过的迹象。

　　确定了情况之后，费尔爵士把手放在她肩上。"抱歉。"他说。

　　她摇摇头，与她叔叔的眼光相交。

　　"不会再这样了，"她说，"费尔阁下，我希望任命你和你的手下为我的私人护卫。"

"遵命,陛下。"

她转向莫里斯爵士。"查清楚发生了什么,"她说,"否则每个御前护卫都得掉脑袋。明白吗?"

"我明白,陛下,"莫里斯僵硬地说,"可容我说一句,每位御前护卫都是忠于您的。"

"恐怕您得证明这一点才行,莫里斯阁下。先从这件事开始——把艾丽思·贝利给我带来,现在就去。她得活着,而且这事得保密。"

她转身面向费尔爵士。透过她的双眼,他一定能看到她体内有东西在熊熊燃烧。

"您还好吗,陛下?"他问道。

"不好,"她说,"我很难过。成为目标让我难过得要命。"

她走向窗户,猛地推开窗扇,注视着闪耀在这座黑色城市中的星点灯火。

"我想,"她说,"我得开始寻找自己的目标了。"

第二章
菲德棋戏

当尼尔沉入翡翠色的海水中时,听到飓流开始歌唱。那没有歌词的吟唱远远传来,可他仍旧能听出其中饱含的孤独与渴求。歌声来自布瑞乌特·托尼,来自那波涛之下的大地,沉入彼方的人,一切光明与爱都将被吞噬殆尽。

如今他们为尼尔·梅柯文和他的到来而歌唱。

尼尔挣扎着,试图阻止身体缓慢下沉,他两脚踢打,两臂划水,可盔甲却让他像船锚那样向下沉去,而且他实际上很少游泳,在海边度过的童年让他几乎没有兴趣去进行这类练习。在如此幽暗的海水中,他甚至弄不清楚哪边是海面。他摸到盔甲上的甲扣,清楚自己绝不可能及时脱下,他开始奇怪自己为何早先没有想到。

他屏住最后一口气息,可这口气也已用尽,在他体内变得浑浊。大海渴求着他,而且永远没人能长久拒绝这份邀请。

我属于您,海之父,他想着。我永远属于您,可我还有很多事要做。

可圣赖尔没有回答,飓流的挽歌也逼得更近,直到环绕在他身旁。在这黯淡无光的深渊中,他看不见飓流冰冷的眼眸,也看不见鲨鱼的锐齿。

他停止屏息,海水涌入肺中。开始时他感到从未经历过的痛楚,所幸持续的时间并不长,随后他感觉到了安宁。这是他最后一次让太后失望了。

他完了。

他的手指开始失去知觉,也感觉不到盔甲上的搭扣,可奇怪的是,那些盔甲好像正在滑落,就好像有人正在为他取下它,一道苍白的光芒在他身周显现。他觉得自己落在某种如床垫般柔软,又如冬日浪花般冰冷的东西上。指尖拂过他赤裸的背脊,直至他的手臂,尽管那丝毫不比海洋温暖,可他了解这种触感。

"法丝缇娅。"他呻吟着,为塞满了海水的自己还能说话而惊奇。

THE CHARNEL PRINCE

"你已经忘记我了。"她低语道。那是她的声音,冷冰冰的,而且显得遥远,尽管话声就来自他的耳边。

"我没忘记,"他说,"吾爱,我没忘记。"

"已忘。将忘。都一样。"

光芒变得更强。他抓住她的手拉到身边,此刻他下定了决心,至少得看到她。

"不要。"她说。可太晚了。当他看到她时,他开始尖叫,而且无法遏止。

当黄澄澄的光照在身上时,他兀自尖叫不止,接着一张脸如日出般出现在他面前。那是张女性的脸,可却不是法丝缇娅。

起初他只看到她那对充满矛盾的双眸。那是种极深的蓝色,让人无法辨认她的瞳孔。她看起来既像是盲人,又仿佛能够看透任何人的心。那眼中既有几乎无法承受的悲伤,同时又有着难以抑止的兴奋。这双眼睛既属于初生的婴儿,又属于垂老的妇人。

"冷静点。"她说,声音稍显沙哑。她原本握着他的手臂,这时却突然放下,向后退去,仿佛他做了什么让她害怕的事。她的双眼变成了眉下的影子,而此刻他能看到,她有张坚定的面孔,仿如象牙雕成的高而宽的脸庞,头发就像蜘蛛丝,剪得很短,仅至耳畔。她用一只苍白的手提着盏灯,整个人就像灯火中的木炭那样散发着光芒,可她的长袍却是黑色或者其他的某种深色,看起来又像不存在似的。

尼尔感到大惑不解。他躺在一张床上,身体已被擦干。充斥他肺中的并非盐水,而是空气,可他仍旧身处大海之中,只因他能感觉到它环绕身际,能听到木头咯吱作响。他将目光投向漆成黑色的木质舱壁,这才明白过来——他正身处船舱内部。

"冷静,"那女子重复道,"您还活着,只是没有痊愈。您只是梦见了死亡。"她空出的手伸向自己的颈前,拨弄着一条小小的护身符。

他知道他还活着。他的心跳动得有如雷鸣,头疼不已,而身体的一侧仿佛被人切开了似的。

如果他记得没错的话,他的身体的确被切开了。

"您是谁?"他勉强开口说。

这个问题似乎让她困惑了片刻。

"叫我斯宛美吧。"她最后说。

"这儿是——?"他试图坐起身,可脑袋里却有什么东西转个不停,身侧的疼痛也转变为压倒一切的痛苦。他把哀号咽回肚里,仅仅发出一阵低沉的喉音。

"别动,"斯宛美说,她踏前几步,接着又停了下来,"您身上有很多伤,还记得吗?"

"是的,"尼尔喃喃说着,闭上了眼睛,努力止住胃里的翻搅,"是的,我记得。"现在他也记起了她。这就是码头上那位从奇怪的船中向外窥视的女子。

很可能就是他如今身处的这条船。

"我们在海上。"他说。他的思维就像逃学的孩子那样,拒绝回归正途。死去的法丝缇娅的触感仍在他肩头徘徊不去。

"对,"她说,"我们两天前就出海了。"

"两天前?"

"对。您一直都没有知觉。我都开始担心您不会醒了呢。"

尼尔开始思考。两天了。安妮怎样了?

斯宛美又走近了些。"别想伤害我,"说,"只要我叫一声,我的人就会进来杀了您。"

"我没有理由伤害您,女士,"他答道,"或者说我不知道有这种理由。而且就算有,我也不会伤害您。"

"您很明智,"她说,"但在您睡着的时候,您的声音和动作非常粗暴。我想您在梦里一直在打仗。您还记得那些梦吗?"

"我记不起什么仗了。"尼尔说。

"真可惜。相信您的梦是很有趣的。"她顿了顿,"我相信您。我会在这坐上一会儿,因为我肯定您应该有问题要问。我想如果我在陌生的地方,在陌生人的身边醒来,也会很害怕。"

她坐在了一张小凳子上。

"我会先告诉您,"她说,"假使您不敢问那件事的话。您为之战斗的那些人——您保护的那些人——他们逃脱了。"

尼尔叹口气,觉得稍微放下了心。

"您说得对,"他说,"我不敢问。"

她试探性地笑了笑。"他们安全地摆脱了敌人。有个人喊着您的名字,想离开船,可其他人拦住了她。"

"他们逃脱了。"尼尔重复着,安慰感飘然而至,宛如东方吹来的微风。

"是的,"她说道,转而使用询问的语气,"我想知道自己是不是参与了某种罪行。"

"我不是罪犯,女士,我向您保证。"

她耸耸肩。"维特利安并非我的故乡,就算您违背了他们国家的某些法律,我也不在乎。可我钦佩您战斗的方式。我钦佩您一路高歌走向死亡的方式。我读过像您这样的人的故事,可我从没想到能亲身碰上。我不能将您留在海底下。"

"所以您——您是怎么——?"

"我的一些手下会游泳。他们带着一根结实的绳子潜下去,把您拉了上来,可那时您已经失去了知觉。"

"我欠您和您的人一条命。"

"是的,我想是这样,可我不会对此感到太过不安。"她抬起头,"她是谁?"

"谁?"

"红头发的那个女孩。你就是为她而战的,是吗?"

尼尔不太清楚该如何作答,而且他突然意识到他不该回答。自身体坠入海中后,他就对接下来发生的事毫无概念。也许斯宛美所说的一切都是真的。也许全都不是。也许他被那些袭击他的人俘虏了。毕竟,他们来自寒沙,至少其中一些人是来自那儿。斯宛美有接近寒沙人的外表,但也有可能来自克洛史尼或是荷瑞兰兹。她流利的王国语什么都说明不了。

他也想起,她的船上没有标志。

"女士,"他勉强开口道,"请原谅我,我不能告诉您我为何而战。"

"啊,"斯宛美说,这时她脸上的笑意更浓,"您并不愚蠢。您没有理由相信我说的任何事,是吗?"

"是的,女士,"尼尔承认道,"哪句都不能信。"

"别介意。我只想知道您是为了爱情还是职责而战。现在我明白,或许两者皆有。可您的爱人并非船上的那个女孩。"

他能看见她的双眼,现在它们看起来根本不像是瞎了。

"我累了。"他说。

她点点头。"您需要时间思考。我会暂时离开,不过请别动。我的医师说您如果乱动,就会像破船一样开始漏水,而我对您很感兴趣。我宁愿您活得久到足以稍微信任我一点儿。"

"我能问问我们要去哪吗?"

她用手紧握着膝盖。"您可以问,我也会回答,可您怎么知道我有没有说谎?"

"我想我没法知道。"

"我们此刻正航向西方,前往路斯弥海峡,从那前往萨福尼亚。之后的目的地,我不能说。"

她站起身。"眼下就好好休息吧,"她说,"如果您需要什么,就拉床那边的绳子。"

尼尔随即想起了暴风。

"女士?我的马怎样了?"

她的神色变得悲伤。"我最后看到它时,它正看着我们启航。我们这没有专供牲口用的舱位。抱歉。我肯定这么好的牲口一定会找到一位好主人的。"

这对于尼尔来说,只是又一阵隐隐作痛。黑鸦毁了,他的盔甲受损严重,也许没法修好,而暴风也丢了。除了生命之外,他还有什么可失去的?

"感谢您,女士。"他低语道。

他看着她离开。在门关上的前一瞬间,他瞥见了月光照耀下的船甲板。

他努力将思绪收回。他仍有职责在身。

斯宛美说他们正航向西方。安妮应该是朝东方的鄢堤去的。

如果她确实在海上的话。

尼尔勉力检查着伤口,发现斯宛美至少在这一点上说的是实话。那把发光的利剑切断了他的盔甲,还有两根肋骨。它没有伤到他的

THE CHARNEL PRINCE

要害，但也只是差之毫厘而已。

所以他会有一段时间不能走路，更别提战斗了。在这段时间里，不管斯宛美说的是真是假，他的性命都掌握在她的手里。

实际上，他已经身心俱疲，尽管他想要保持清醒来思考现在的处境，大海——他身边熟悉的那样事物——却很快令他重返梦乡。

他再度醒来是因为一阵轻柔的乐声。斯宛美坐在旁边的凳子上，用金色的调音栓拨弄着一架小小的樱桃木竖琴。船舱的窗子盖着布帘，可阳光却泄漏进来，如果她周身没有那火似的光芒，可说是像极了孩童的故事里那位白雪造就的女子。

"女士。"他低声道。

"啊。我没想吵醒您的。"

"被竖琴的乐声唤醒可算不上糟糕，而且它还弹奏得如此美妙。"

让他惊讶的是，她似乎为此而双颊泛红。"我只是在消磨时间，"她说，"您感觉如何？"

"好些了，大概。女士——我想麻烦您来看护我不太好吧。我向您保证，我会安静地躺着。除此以外也没什么别的选择。"

她稍稍垂低了目光。"噢，这是我的舱房，"她说，"我有时会试着到甲板上去。可那儿太亮，阳光会刺痛我的双眼，灼烤我的肌肤。"

"您不是瑟夫莱，对吧？"他开着玩笑。

"不。只是不习惯阳光。"她回望他，"但你见过瑟夫莱，是吗？"

"是的。这并不难。"

"我就还没见过呢。真想早点见到一个。"

"我不该待在您的舱房里，女士，"尼尔坚持道，"肯定有更适合我的房间。"

"没有别的房间更适合您的伤势了。"她回答。

"可这真的不合适。您的人——"

她抬起下巴。"我的人想把您喂鲨鱼。我的人在这不能发号施令，但我能。而且我想我不会因为您遭到危险。您不同意吗？"

"不，女士，可这还是——"

"我可以在那儿换衣服，就在屏风后面，以及洗漱。我可以睡在那边的帆布床上。"

"应该让我睡到帆布床上。"

"等您身体好些时我可以考虑。等您更好些时,您会跟我的手下睡在一起。"

"我想——"

"您叫什么名字?"她突然问,"您还没告诉我你的名字。"

"我——"他支吾了片刻,"我叫尼尔。"他最后说道。他已经厌倦了撒谎。

"尼尔,"她重复道,"那是个好名字。一个莱芮名字。或许您是从斯科来的。您——您会菲德棋吗?"

尼尔惊讶地抬起眉毛。"我会,女士。我父亲在我小时候教过我怎么玩。"

"我想——你愿意玩吗?这船上没有人会玩,而且他们忙得没时间学。可你……"

"噢,这是我力所能及的回报,"尼尔说,"只要您有棋盘就行。"

斯宛美有些害羞地笑着走向嵌在舱壁上一个小小的碗橱。她从里面拿出一张菲德棋盘,还有一个装满了棋子的皮袋。棋盘很漂亮,方格用嵌入的木条围成,一边棕红,一边骨白。棋盘中央的王座是黑色的。

棋子的美丽与之相称。国王用黑木雕成,有一顶帽檐尖锐的头盔作为王冠。他的手下被塑造成拿着剑和盾的造型,并且和他们的国王一样有着高大而纤细的身材。

匪徒们则各式各样,找不到两个相同的棋子,而且都有些奇形怪状。有些有人类的身体和鸟类、狗或是猪的脑袋。另一些身躯宽大却双腿短小,甚至完全没有腿,只有长长的手臂替代其功用。尼尔从没见过这么一套棋子。

"您想扮哪一方,女士?"尼尔问道,"国王还是匪徒?"

"我扮国王的次数已经很多了,"斯宛美沉思着,"不过我或许该再来一次,看看会不会有什么预兆。"

在这句晦涩难明的陈述之后,她开始放置棋子。国王放在中央,他的骑士呈十字形环绕。匪徒们——也就是尼尔的棋子——则放置在棋盘的边缘。棋盘的四个角上各有一道门。如果国王走到任何一道门上,斯宛美就赢了。尼尔只有抓住国王才能获胜。

她的第一步是将她的一位骑士派向东方,但走得不太远,没法攻击到他的手下。他考虑了一会儿棋局,随即反击,抓住了那个骑士。

"我想一位战士是会中这种圈套的。"她说道。她将另一名骑士派出,跨越棋盘,这次是去挡住他的一枚棋子。

五步之后,她的国王穿过了北面的大门,而尼尔还没弄懂究竟是怎么回事。

"噢,"他说,"如果这就是你在寻找的征兆,那看起来很好。"

"是啊,"她说,"事实上,我已经接近我的那道大门了。我希望再过不久就能穿过它。"她开始把棋子放回棋盘上。

第三章 莉希娅

"能悄悄摸到我身后的人可不多。"埃斯帕对身后的瑟夫莱低声道。他没有转身,可关于这个瑟夫莱,他知道了两件从前不知道的事。第一件就是,他肯定不是芬德。他熟悉芬德的嗓音,就像熟悉自己的一样。

而另一件,她是个女人。

"我可不这么想。"她回答,"不过没关系。只要你不伤害我,我也不会伤害你。"

"这取决于几件事。"埃斯帕说着,缓缓转身。他不再害怕那些修士或是狮鹫会发现他了。不管东边来的是什么,它已经吸引了所有人的注意力。他最紧迫的问题是身后这个。

她身材娇小,就算在瑟夫莱中也算是小个子,有一对紫罗兰色的眼眸,黑色的刘海几乎垂至睫毛。此刻她松开了头巾,话音显得不再模糊,而他也能看到她嘲讽式地弯起了嘴唇。她看起来很年轻,可他根据她眼中的坚决神色猜测,事实并非如此。她也许和他年纪相当,或者更老,瑟夫莱有着不易衰老的体质,活得也比人类要久。

尽管那时相距很远,他仍为自己曾将她误认为芬德而惊讶。

"哪几件事?"她问道。

他能看见她的双手,那里空空如也。他稍稍放了点心。

"你一直带着我到处转悠,"他告诉她,"耍些小把戏。我不喜欢那样。"

"是吗?你又不是非跟来不可。"

"我以为你是另一个人。"

她深思着点点头。"啊。你以为我是芬德。"

这名字就像一根针,刺痛了他。"你又是什么人?"埃斯帕嘶声道。

她将一只手指放在嘴唇上。"我以后再解释,"她承诺,"你会想看到即将发生的事的。"

"你知道要来的是什么?你见过?"

她点点头。"那些史林德。瞧——他们来了。"

"史林德?"他回头看去,起初看到的是森林。可森林却古怪地发着抖,就像有阵风吹过一小片林子。黑色的鸟儿在银色天际的云端盘旋。修士们因此刻而身躯僵硬地站着,仿如一尊尊雕像。

接着有些东西从林间现身,那是种时而用四足爬行,时而用两脚行走的生物。共有十只之多,而当它们踏入空地,看见那些修士时,吠声变得更为疯狂。

一开始埃斯帕觉得它们或许是小号的尤天怪,或是童谣故事里的其他什么丑八怪,可等他真正弄明白之后,冰冷的震惊感传遍全身。

那些是男人和女人。光着身子、脚步蹒跚、身体肮脏、遍体鳞伤,而且完全疯狂——但却是人类,正如易霍克的描述。

树叶开始在强劲的秋风中沙沙作响,而紧跟着出现的,是一大群人——二十、五十——多到他数不过来。他猜测至少有一百个。他们用古怪的方式前进着。说古怪并不仅仅因为他们时不时地四肢着地,而且还飞快而疯狂地跑着——从某种角度来说,就像一群昆虫。有些人拿着石块或树枝,但大多数人都空着手。

大部分人显得相当年轻,可也有些人两肩松弛,发色灰白。还有些不比孩子大多少,可他觉得随便哪张脸都至少度过了人生的第十五个冬季。

他们把修士们团团包围起来,而那刺耳的号叫变成了令人发根刺痛的某种歌声。歌词模糊而散乱,实际上只是些噪音,可他了解那种曲调。那是用阿尔曼语唱出的,有关荆棘王的童谣。

> 滴沥哒啦
> 向前走
> 荆棘王走来又回头

"那些就是史林德?"他问道。

"乌斯提族人这么叫他们,"瑟夫莱说,"至少没变成史林德的那些是这么叫的。"

在她说话时,史林德们开始倒下,身上扎满了黑色的箭矢。修士们用超乎常人的速度与精确度朝他们射出利箭。可这并没能阻挡涌来的人潮。他们绕过死者,就像河水绕过岩石。修士们拔出剑,排成环状防卫阵形——只有站在中央的两个还拿着弓。

埃斯帕几乎不假思索地伸手去拿他的弓。

"你没那么蠢吧,"她说,"你何必为他们战斗?你已经看到他们的所作所为了。"

埃斯帕点点头,"说得对。"那些修士是自作自受。可面对着如此离奇而可怖的敌人,他几乎忘了这点。

他忽然听到某种低沉怪异的咆哮声,这才想起他还忘了狮鹫。它站在原地,脚爪刨着土,背脊挺得笔直。接着它仿佛突然下定了决心,转身朝林间奔来。

笔直朝他奔来。

"该死。"埃斯帕咕哝着,抬起了弓。他已能感到它眼中灼人的苦痛。接着他放出箭。

那支箭被它鼻孔上方的骨质鳞片弹开。狮鹫匆忙扫视前方,接着以令人目眩的速度改变了方向,跳入林间,消失不见。

埃斯帕曾追踪一只狮鹫走过了大半个克洛史尼王国。却从没见它逃跑过。

如果狮鹫也参与战斗,那些修士或许还有机会获胜。他见过这些人的实战能力,实际上哪怕是一个拿着剑的差劲战士也能抵得上许多个赤裸且手无寸铁的袭击者。

可这些袭击者并不在意自己的生死,这本身就是件有力的武器。

所以他看着史林德们冲向修士们闪亮的刀刃之间,就像进了绞肉机里的肉,而结果也几乎相同。转瞬间,这片空地就已沐浴在鲜血、内脏、断首与碎肢之中。可袭击者仍旧前仆后继,毫不犹豫,毫无畏惧,就像狰狞怪的狂斗士——尽管狂斗士至少也会拿根长矛。他看到有个断了条腿的人拖着身体冲向修士们。另一个被利剑刺穿,却仍旧用手勒着敌人的喉咙。

到处都是这样的惨剧,但胜利者并不存在。修士们因对方纯粹的数量优势一个接一个地倒下,喉咙被咬断,或是腹部被撕开。接着，埃斯帕的胃里开始翻搅，他看到史林德们像狼群那样啃食着，撕咬着他们的躯体。

他望向一旁的瑟夫莱，可她却没有看那些史林德，只是盯着史林德们出现的森林边缘。他顺着她的目光，看到那些树在颤抖，甚至摇晃起来，他觉得太阳仿佛在升起，可却看不到半点光亮。只是他的脸能感受到光芒，心能察觉到变化。

随即又有东西从森林深处走来，身高虽不及树木，却足有一个大个子男人的两倍高。他的头顶伸出黑色的鹿角，却有张人类的脸，有着白桦树皮般苍白的皮肤与棕色苔藓似的胡须。他和史林德一样不着片缕，但浓密的毛发或是苔藓盖住了大部分身体。他的双脚所踏之处，黑色的荆棘便像喷泉般缓缓涌出。

"他以前可不是这模样。"埃斯帕喃喃道。

"他是荆棘王，"瑟夫莱回答，"他永远在变，又永远不变。"

一群史林德跟在他身后，当荆棘萌芽之时，他们冲了上去，试图将它们从地上拔起。那荆刺深深扎入躯体，令他们浑身浴血，可就像修士一样，荆棘也无法与他们的决心和人数抗衡。史林德流着血死去，可荆棘却像他们的人类敌人那样，被撕扯成碎片。

荆棘王好像对这一切漠不关心，他大步走向修士倒下的地方，而他身后的森林仿佛也被拉动起来，要与他一同前去。

埃斯帕冷酷地摸出那支黑箭。看到这一幕时，他就明白这是最好的机会。

"而这就是你要做的选择，御林看守。"瑟夫莱耳语道。

"不用选，"埃斯帕说，"他在毁掉森林。"

"是吗？御林看守，你真的睁开眼睛瞧仔细了吗？"

埃斯帕搭箭上弦，以示答复。

风势渐缓，荆棘王转过身来。即便隔得这么远，埃斯帕也能看见他眼中闪动的绿芒。

史林德也抬头望向埃斯帕，随即朝他逼近，可这位鹿角君王抬起了一只手，他们立刻停下了脚步。

"想想吧，御林看守，"瑟夫莱说，"我只要你好好想想。"

"瑟夫莱，你都知道些什么？"

"不比你多多少。我只是遵从心声所示。现在问问你的心,看它会告诉你什么。我把你带到这儿,只因为没人像你这么了解森林——瑟夫莱不能,人类也不能。那儿的谁才是敌人?是谁给了你那支箭?"

风已经完全停了。他几乎不用瞄准都能射中。

他能结束这一切。

"那些跟着他的东西,"埃斯帕说,"他们曾经是人。村里的人。"

"对,"她承认道,"我见过空无一人的村庄。"

"那么……"

可荆棘王救过他的命。他曾中了狮鹫的毒,而这位王在他身边俯下身子。他所记得的只有梦境,在梦中有许多的树根、深没土中、吮吸着阳光的树梢,伟大的季节之轮,诞生、死亡与腐朽。

他曾告诉自己那是个谎言。

荆棘王缓缓地转身,向森林走去。埃斯帕将弓拉满,却突然发现十指颤抖不已。

荆棘王的目光徘徊不去。在狮鹫的眼中,他只能看到病痛。可在荆棘王的眼里,他看到了生命。

他轻声诅咒着,放下弓,而荆棘王和他的随从们消失在林间。

号叫声渐止,森林归于寂静。

"我没法肯定这就是正确的选择,御林看守,"瑟夫莱打破了沉默,"可这是我会做的选择。"

埃斯帕把箭放回匣中。"我想,现在能告诉我你是谁了吧?"他咕哝道。

"我是塞恩族的人,"她回答,"我的口头名叫莱尔,不过我更喜欢纳兹盖弗人给我取的名字——莉希娅。"

"你在撒谎。塞恩族的人一千代以前就离开了哈喇族窑洞了。"

"你难道没在阿卤窑发现我的族人吗?你自己亲眼见过。而且我在很久以前,在我的族人之前就打破了这种禁忌。"

"该死,"他咆哮道,"我听都没听过你,你凭什么这么了解我?"

她冷冷地笑着。"埃斯帕·怀特,你自以为了解瑟夫莱的一切?你不了解,对我的就更少。就像我说的,我离开了一阵,在北方度过了三十个冬天。我回来,只是因为我感到他醒来了。"

"你还没回答我的问题。你为什么这么了解我?"

"我曾对你很有兴趣,埃斯帕·怀特。"她说。

"这还是不算回答,"他说,"我可没耐心跟瑟夫莱闲扯。"他眯起眼睛,"林子里的瑟夫莱几个月前就离开了。你为什么还在这?"

"其他人都逃避了职责,"她严肃地说,"可我没有。"

"什么职责?我从没听说瑟夫莱会对自己之外的事负什么责。"

"那我恐怕你得暂时在这件事上保持无知了,"她说,"你会因为我守口如瓶而攻击我吗?"

"或许会。你让我的一个朋友被杀了。"

"那个人类?我不知道会这样——我只是想让你们看看教会都干了些什么。他一定是对圣殿特别敏感吧。他是个祭司?"

"看来你也不是什么都知道。"

"对,当然不是。可如果他是祭司,而他走过另一条巡礼路,或许是和这条有关的,也许就能解释——"

"等等,"埃斯帕说道,他突然想到一件事,"这个圣堕——和你第一次带我去的那个在同一条巡礼路上?"

她抬起一边眉毛。"看起来很有可能。那些修士先建好了那个神殿,又来了这儿。"

"那这里的完成了吗?他们的仪式结束了没?"

她凝视着环绕土丘的凌乱尸体。"我想是的,"她说,"但我在这方面当然算不上行家。"

"我这就去把他带来。"埃斯帕回答。他转身想离开。

"等一下,御林看守。我们得谈谈。看起来,我们的目的是一样的。"

"我此刻只有一个目的,"埃斯帕说,"而我非常怀疑你和我一样。"

"那我就跟你走。"

埃斯帕没有回答。他找到魔鬼,上了马,接着朝他先前跟其他人分手的方向策马而行。

可瑟夫莱仍然跟着他。

他在先前约定处的附近找到了易霍克、薇娜和斯蒂芬,只是斯蒂芬的身体被他们放在一棵铁橡上,身体平稳地嵌在两根树枝的分叉处。易霍克取出了弓。

"是他们,"他看到埃斯帕的时候说道,"就是在阿骨冬村攻击我们的那些人。听到了吗?"

史林德的歌声再次响起,只是相当遥远。"对,"埃斯帕说,"不过我不觉得他们会到这边来。"

"你瞧见他们了?"薇娜一面从树上往下爬,一面问道。

"对。我瞧见了。"

薇娜的脚刚踏上地面,随即飞扑进他的臂弯。"我们以为他们抓住了你,"她低声呢喃,把脸抵上他的脖子。他觉得衣襟被打湿了。

"没事,薇娜,"他说,"我好着呢。"在这些天的紧张气氛和频繁争吵之后,这种感觉好极了。

可她的身体随即变得僵硬。"他来了,"她说,"在你身后。"

"对。那不是芬德。"但他还是向易霍克投去警示的一瞥。男孩点点头,待在树上,武器准备就绪。

"不是?"她离开他的怀抱,接着两人看着瑟夫莱走进营地。

莉希娅瞥了眼薇娜,接着困惑地看着易霍克。"这边的松鼠个头真大。"她说。

"而且危险得很。"埃斯帕回答。

"她是谁?"薇娜问。

"只是个瑟夫莱,"埃斯帕咕哝道,"跟别的一样,满肚子谎话和麻烦。"

"而且她自己会说话。"莉希娅说。她找了根圆木坐下,脱下一只高统靴,倒出一粒石子,接着揉起脚来。

薇娜定定地看了她好一会儿,想弄明白状况。

"我们的朋友因为你受了伤,"薇娜最后生气地开口,"你带我们——"

"我听说他死了,"莉希娅打断她的话,"那种说法是不是夸张了点?"

"也许吧。"埃斯帕承认。

"什么?"薇娜说,"你不这么觉得了?"

埃斯帕警告式地伸出手。"别抱什么希望,"他说,"但他身上发生过这种事,我听他自个儿说过。是在他走过啥圣者的巡礼路的时候。"

"德克曼。"

"对。他说他失去了身体的所有感觉,忘记了他是谁,就连心脏也不跳了。也许现在发生的事跟那时一样。也许他只需要走完巡礼路。"

薇娜的双眼被希望之火点亮,接着再次黯淡下去。"埃斯帕,我们不了解那些东西。上一次他就是自己完成的,因为那是圣者所愿。而这一次——"她对着那具一动不动的躯体点点头。

"你自己也说过他还没开始腐烂。"

"可——不,你说得对。我们不能什么都不做。我们得试试。可我们甚至不知道剩下的巡礼路在哪。"

"我们知道其中一部分,"埃斯帕说,"那就是个开始。"

"想想清楚,"莉希娅插嘴,"不管是谁——甚至是你的朋友——该不该去走完教会在建造的这条巡礼路。"

"教会?"薇娜看着埃斯帕。

"对,"他说,"圣堕边上有些祭司。他们把人剖开,然后吊起来,就像我们早先见过的那样。"

"可那些是费爱和叛教修士,"薇娜说,"斯蒂芬说教会对这些人一无所知。"

莉希娅嗤之以鼻。"那你的朋友就错了,"她反驳道,"这些可不是一小撮叛教者。你以为费爱和芬德没有帮手?他们只是大山上的一粒小石子而已。"

"是啊,"埃斯帕说,"那你都知道些什么?我在哪能找到芬德?"他昂起头,"说起来,你知道那根箭。你是怎么知道的?"

她转转眼珠。"我看到你射中了尤天怪。并检查过它的尸体。剩下的都是跟着你们的时候听到的或是猜到的。是教会的什么人给你的,对吧?而且要你去杀掉荆棘王。"

"芬德,"埃斯帕强调,不容她转变话题,"他在哪?"

"我不知道到哪能找到他,"她说,"我向南走的时候,听说他在巴戈山林。有传闻说他要去找沙恩林的女巫,可谁知道那是不是真的?"

"那你又是怎么找到我们的?你怎么知道我们是谁?"薇娜询问道。

"你们？不，我可不知道你是谁，也不认识树上那个男孩。可埃斯帕·怀特在整片御林里都很有名。"

"三十年前可不是。"埃斯帕说，"如果你已经很久没来过这了，这就是个好问题。"

"不，这还是个蠢问题。我要寻找国王的护林人，所以我会找人问他是谁，还有如何找到他。除此之外，我还听说你和狮鹫搏斗过，也是第一个看见荆棘王的人。他们说你去了伊斯冷，所以我就到这来找你。几个九日前我在费冷贝斯听说你往这边来了，所以就跟了过来。"

"可却不愿费神介绍你自己。"

"不。我听说过你，可我不了解你。我想要你去看我见过的那些事，也想看你会如何解决。"

"而现在你是我们最好的朋友，"薇娜讽刺地说，"在你帮助尤天怪并把可怜的斯蒂芬带向末日之后，你觉得我们也会这么想。"

莉希娅笑了。"御林看守，你喜欢他们的年轻气盛，是吗？"

"够了，"埃斯帕说，"真的够了。教会参与了多少？"

"所有一切，"莉希娅回答，"你见过那些修士了。"

"可不是护法，"薇娜生气地脱口而出，"要是他知道，干吗还——"

"——派你们去杀掉唯一有能力干扰他计划的敌人？"莉希娅颇为自得地替她说完，"天知道。"

"你怎么知道荆棘王是在对抗教会，而不是跟他们合伙？"

"问你的爱人吧。"

埃斯帕听到这话差点跳起来，他接着回望薇娜，却看到她脸上的神情有些异样。

"怎么说，埃斯帕？"她问道。

"我瞧见他们了，"他告诉她，"那些史林德——易霍克见过的，你也听说过的那种东西——他们受他指挥。他们杀了那些祭司，本来也可以杀了我们的，可他阻止了他们。"

"所以荆棘王是好人？"

"好人？不。但他在为森林而战。那些荆棘在跟着他——它们想杀死他，像对那些树那样摧毁他。狮鹫也不是他的仆从——而是他的敌人。"

"那他就是好人。"薇娜坚持道。

"他为森林而战，薇娜。可他不是我们的朋友，不是任何人的朋友。"

"可你并没有杀了他，"她说，"你说你根本试都没试。"

"不。实际上，我是弄不清楚状况。我只能再用一次那支箭——假使护法在这件事上没有说谎——可我不想把它用错地方，如果你明白我的意思。"

薇娜用尖锐的目光盯着莉希娅。"那么，我们就不知道该信谁了。"

"说得对。"

"那我们该做什么？护法派我们来这杀死荆棘王。你却没这么干。那我们现在该做什么？"

"我们把斯蒂芬带去圣堕，瞧瞧会发生什么。这是我们首先要做的。在那以后，我们得弄清楚是谁在撒谎，是护法——"他直视着莉希娅，"——还是你。"

瑟夫莱只是笑了笑，把靴子套回脚上。

陌生的关系

第四章
第三位翡思

在不适感再度袭来之前,安妮缓缓走上甲板。她甚至勉强走到了舵盘后的横栏处,在那儿,她的整个身体一阵痉挛。她开始呕吐,直到感觉自己的胸腔就要裂开。接着,她颤抖着把脚挪到甲板上,身体蜷成一团,哭泣起来。

此时已是晚上,尽管船仍在航行,但风已止歇。她听到有个水手短促地笑出声,而另一个叫他安静。可她不在乎。她什么都不在乎了。

她只想死掉,一了百了。她活该。

她害死了尼尔爵士,就像亲手把他推下海一样。他走遍半个世界救了她——救了所有人——而她能做的却只有看着海水淹没他的头颅。

就算她能永生不死,她也永远不会忘记他眼中最后一刻流露的神情。

她颤抖着深吸了口气。外面的空气要好得多了。当她待在甲板下和奥丝姥共用的那个小房间时,一切都旋转个不停。两天来都是这样。她根本留不住吃下的任何食物,而酒只会让情形更糟,特别是酒里还掺了水。

她翻过身,仰面朝天,望向星空。

星空也闪烁着回望她。那轮看起来明亮得过头的弦月也是。

她的胃又开始翻腾起来。

她将目光定格在月亮上,试图集中注意力来忘掉船的摇晃。她盯着月上的黑斑,想到了地图,又发现它们组成了某种她从未见过,却有着某种意义的古怪图案。

船的晃动逐渐止歇,而月亮的光芒从橙色变成了黄色——在它高悬夜空正中时——又变成了闪亮的银色。

随着一阵轻柔的晃动,整条船都消失不见。安妮望向四周,半

229

是吃惊地发现,她正身处沐浴在月光下的森林之中。

她两脚踏上地面,摇摇晃晃地站起身。"嗨?"她说。

没人回答。

她来过这两次了。第一次是被迫的——在她妹妹的生日宴会上,一个戴面具的奇怪女人把她拉来这儿。而第二次,圣塞尔修女院的修女把她禁闭在洞窟里,她试图逃避黑暗,不知怎的就来到了这里。

这次她没法肯定是出于召唤,或是本人的意愿,又或介于两者之间。可这次是晚上,从前都是白天。而且这儿没有人——没有戴面具的奇怪女人含糊不清地宣称她必须成为女王,否则整个世界都将灭亡。

也许她们不知道她来了。

云朵从明月前飘过,林间的阴影变得更深,仿佛在向她悄然走来。

而这时她才想起这儿是没有影子的,至少在阳光下没有。那为何到晚上就有了影子?

她开始觉得自己根本不在同一个地方。

接着她又发现,她还弄错了一件事。这儿有人,一个她的眼睛总是有意避开,无法直视的人。她更努力地尝试,可每一次她转过脸,都发现自己在看着另一边,那高大的影子永远停留在她眼角。

一阵轻柔的笑声触及她的耳际。是个男人。"怎么,"一个声音说,"来见我的可是位女王?"

安妮觉得自己在发抖。他向前走来,而她随即咬紧牙关,别过脸,不让自己看到他。"我不是女王。"她说。

"不是女王?"他问道,"撒谎。我能看见你头上的王冠和手里的权杖。翡思她们没告诉你?"

"我不知道你在说什么,"安妮否认,"我不认识什么翡思。"可她知道自己在撒谎。她过去在这遇到的那两个女人从没提起过自己的名字。但不知怎的,这名字听起来很适合她们。

他也知道。"也许你不知道她们的名字。"那声音呜呜作响,附和着她的想法。阴影走得更近,"她们的名字很多:哈高斯廷、瓦特伊斯、苏索里、篱中人——无影者。她们叫什么并不重要。她们是些好管闲事的女巫,又不像伪装的那么睿智和有力。"

陌生的关系

"那你呢？你是谁？"安妮努力让声音显出自信。

"某个她们害怕的人。她们以为你能保护她们不被我伤害。可你不能。"

"我不明白，"安妮说，"我只是想回家而已。"

"为了戴上王冠？为了成为翡思姐妹预言的那个人？"

"我不想当什么女王。"安妮一面诚实地回答，一面缓缓后退。她的恐惧就像一条束缚住心脏的明亮绳索，但在泽斯匹诺释放过的那种力量再度握在她手中。她感到它颤动着准备就绪，可当她将力量伸向那道影子时，那儿却没有血和肉，没有跳动的心脏。只有一片虚无。

可这儿还有些别的东西。它们骤然出现，飞快地穿越林间，来自四面八方，黑暗的绞索越收越紧。她捏紧拳头，颤抖着把脸转向月亮，那是她的身体唯一允许她看的地方。

月光闪耀，穿过她的躯体，而她体内的力量也随之变得全然不同。她觉得自己就像一块散发寒芒的大理石，而黑暗仿佛一片冰冷的浪花，从她身边呼啸而过，不再回头。

"啊，"那声音在渐渐消失，"你学得很快。可我也一样。别太珍惜你的生命，安妮·戴尔。它属于你的日子不会长久了。"

接着那影子消失不见，无瑕的月光填满了这片林中空地。

"他说得对，"一个女人说道，"你学得很快。月亮里有许多和黑暗截然相反的力量。"

安妮转过身，可那并非她曾见过的那些女人。她的发色如月光般银亮，肤色苍白。她穿着一件黑色长袍，衣服上到处有宝石在闪闪发光。她脸上戴着黑色的象牙面具，只露出嘴。

"你们有多少个？"安妮问道。

"四个，"女人回答，"你已经见过我姐妹中的两个了。"

"翡思姐妹。"

"他告诉你的只是我们名字中很少的几个。"

"直到现在，我都没听你们提起过自己的名字。"

"自我们来到这世界已经过去太久。大多数人都已将我们遗忘。"

"那影子是谁？他是谁？"

"他是敌人。"她说。

"荆棘王？"

她摇摇头。"荆棘王不是敌人，尽管你们中的很多人会死在他的手中。荆棘王代表着过去和现在事物的一部分。刚才和你说话的那个可不是。"

"那他是谁？"

"还是个凡人。有血有肉，却在变得超乎其上。就像这世界，他在变化。如果他完成了变化，那我们所知的一切都将荡然无存。"

"可他是谁？"安妮坚持问道。

"我们不知道他在凡间的姓名。但他可能早在几千年前就已存在。"

安妮闭上双眼，怒气在胸中涌动。"你和你的姐妹们一样没用。"

"我们想帮忙，可我们的本质约束着我们。"

"对，至少你的姐妹解释过这点，"安妮回答，"可我发现，那跟你们告诉我的其他事一样毫无助益。"

"万物皆有时节，安妮。月亮每月都有圆缺，每一年都有春夏秋冬。可世界本身有更长的时节、更强的趋势。花儿会在普瑞斯门月绽放，而在诺午门月休眠。自世之初便是如此。

"可当时节再度到来，循环本身却几近破坏，平衡尽失。轮子在裂开的车轴上嘎吱作响，从未存在的可能性也随之出现。其中一种可能性就是他。起初并非一个人，只是一个地方，一张从未有人坐上、虚位以待的王位。而现在就来了个想登上王位的人。可我们仍然不知道他是谁——我们看见的和你一样，只有他的影子。"

"他就是谋杀我姐妹和父亲的幕后黑手？是他派那些骑士去修道院的吗？"

"归根究底，这很有可能。他当然想要你死。"

"可为什么？"

"他不想让你成为女王。"

"为什么？"安妮重复道，"我对他能有什么威胁？"

"因为有两张新王位，"翡思柔声道，"两张。"

安妮从船甲板上醒来。有人在她身上盖了张毯子。她又躺了片刻，害怕自己一旦起身，不适感又会回来，可一会之后，她发现自

陌生的关系

己感觉很好。

她坐起身,揉揉眼睛。此时已是早晨,太阳在海平线处若隐若现。奥丝娅站在几码之外的栏杆处,正小声和卡佐说着话。她在微笑,当卡佐碰到她的手时,她变得满脸通红。

傻女孩,安妮生气地想着。她难道不明白,他根本不是真心?他只是个孩子,在玩着游戏。

可奥丝娅的愚蠢为何令她烦恼?毕竟,若他一心放在奥丝娅身上,或许就不会再缠着她了。这样当然再好不过。

可奥丝娅是她的朋友,而她应该为她担心。因此她扶着栏杆站起身。晕船没有复发的迹象。她觉得很好,至少在身体方面。

"啊,她总算活过来了。"卡佐说着,看向她那边。奥丝娅内疚地跳了起来,脸色更红。安妮突然想知道,他们是不是已经比牵手更进一步了。或许就发生在她呕吐不止和睡熟的时候?

她用不着问。奥丝娅最后会自己把一切都说出来的。可——也许不会。她们曾有一段时间无话不谈,可现在关系已经变得疏远。安妮知道那是自己的错,她对奥丝娅有所隐瞒。也许奥丝娅这是在报复。

"你觉得好点了吗?"奥丝娅问,"你不在床上,我到哪都找不到你。我还以为你掉下船了呢。最后我看到你睡在这儿,就拿了条毯子,让你暖和点。"

"你真好心,"安妮说,"我在外面觉得不那么难受了。总而言之,现在好多了。"

"那就好,"卡佐说,"你都有点让人烦了。"

"那我们俩就不分上下了。"安妮回答。

卡佐开口想要答话,可她身后有东西引起了他的注意。他皱起了眉头,她转身去看那是什么。

当她看到那是马可尼欧船长时,下巴绷得紧紧的。

"噢,"他说,"你看起来好多了,死者复活了。"

"可不是所有,"安妮冷冷地说,"有些人还死着。"马可尼欧的眼中闪过一丝不知是愤怒还是懊恼的神色。

"凯司娜,你在那失去了一位朋友,我感到遗憾。可我不会因为

227

THE CHARNEL PRINCE

你们付钱搭船就为你们而战。"他抬高目光,望向卡佐,她之前不确定的部分得到了证实。马可尼欧确实是在发火,在她说话之前便是如此。

"实际上,"船长续道,"我从不允许有任何卷入危险的可能性存在。"

"也许吧,"卡佐反驳道,"我知道最好别期待你的品德或是勇气,马可尼欧。"

马可尼欧哼了一声。"我同样也不能期待你的理智、判断力和感激。我想你的朋友们也一样。如果再耽搁一会儿出航,那些人就会冲上我的船。就算我们不会全部被杀,也会给困在码头两个九日去解决法律事务。就我看来,我救了你们所有人的命,所以现在我很惊讶自己为什么没把你丢下船去。"

"因为,"卡佐说,"如果你敢,我就让卡斯帕剑跟你的喉咙好好亲热一下。"

"你让我更容易下定决心了,卡佐。"

"啊,看在丢沃的分上,你们俩都闭嘴。"查卡托粗声粗气地喊道。他绕着主帆一瘸一拐地走了过来:"你们谁也不会碰谁的,你们自己清楚,所以省省那些幼稚的威胁吧。"

马可尼欧朝剑术大师点点头。"你是怎么忍他这么多年的?"

"灌醉自己就成,"查卡托咕哝着,"可要是你们俩都在我身边,就得找点更烈的酒了。这提醒我了——那种盖里安货还有剩么?"

"你们互相认识?"奥丝娅问,她的目光从查卡托转到船长,再转到卡佐身上。

"难说,"查卡托说,"不过他们是兄弟。"

"兄弟?"奥丝娅猛吸了口气。

安妮的惊讶不下于奥丝娅,但现在她也能看出他们的相似之处了。

"我的兄弟可不会败坏家族名誉。"卡佐平静地说。

"我怎么败坏家族名誉了?"马可尼欧问,"只因为我把那间破烂宅子留给了你?"

"你卖掉了乡下的田产,买了条船,"卡佐说,"我们家族从黑霸时期传下来的土地。你为了这玩意儿卖了它。"他用手背拍了拍船。

陌生的关系

"那块土地什么也赚不着,卡佐,整整一代都这样。我可没兴趣在埃微拉混日子,也不想为了谋生去斗剑——这种角色最适合你。我是个好商人。我有四条船,很快就会买下自己的地产,亲手盖自己的房子。你还守着穹瓦提欧的过去,兄弟。我代表我们的未来。"

"真是漂亮的演说,"卡佐承认,"你在镜子前练过了?"

马可尼欧张口欲答,却眼珠一转,两手叉腰,朝安妮讽刺地笑笑。

"嫁给他,让他不幸终身,如何?"他说。

安妮站直身体。"就算只是开玩笑,"她说,"你也太不知分寸了。别的不说,你和你兄弟在这点上还真像。"

"感谢丢沃神,只有这点而已。"

"能跟你的兄弟相像,你应该感到幸运,"奥丝娓突然冒出一句,"他是个英勇的战士。要是没有他,我们已经死了不下十次。"

"可要是没有我,"马可尼欧说,"你只会死一次,但我想,这足够了。"

卡佐抬起手指,想要再说些什么,可他兄弟摆手制止了他,"查卡托说得对——这没用。我就不该让我的兄弟上船,更别提他的朋友了,可我已经带上你们了。做了的事就没法改变,所以,重要的是——追杀你们的是些什么人?"

"我想你跟我们的关系仅限于搭船而已,"安妮说,"为什么你会对我们的敌人突然好奇起来?"

"两个原因,凯司娜。首先是在他们看来,我是跟你们一伙的。我惹上了个预料之外的敌人。其次是现在有一艘相当快的船跟在我们后面,而我很怀疑,那里装着的就是你们在泽斯匹诺码头上的那些朋友。"

第五章 艾丽思·贝利

"陛下?"

玛蕊莉抬起头。说话的是费尔爵士安排在前厅站岗的年轻士兵。

"怎么?"她问。

"有人敲门求见。"

玛蕊莉揉揉眼睛。她没听到。

"看看是谁。"

"遵命,陛下。"

他的身影消失在接待室那边,而她则紧张地盯着暗门所在之处。尽管看起来刺客明显是从正门进来的,可她没法肯定他也是从那离开。对于不知道有暗门的人来说,那扇门是看不见的,可要是知道它存在,又有足够的时间,就肯定能找到门闩。

除非她能确定他已经不在那儿,确定他没有藏身墙后,否则她单独待着时就不会感到安心。

士兵走了回来。"是赫斯匹罗护法,陛下。"他宣称。

"就他一个人?"

"是的,陛下。"

"很好。"她叹口气,"让他进来。"

片刻之后,身着黑色长袍的护法走进房间,躬身行礼。"陛下。"他说。

玛蕊莉总是觉得护法身上少了某样东西,可她说不出是什么。当然,他是个有才智的人,而在国家和宗教事务上也不缺乏热情。他善于辞令,甚至显得油嘴滑舌。可不知为何——甚至在最为热烈的争论中——在她看来,他也有所保留,似乎他形于外的某些品质是伪装出来的,真正的他其实并非如此。然而,当她专心去观察他时，却看不出半点破绽。

或许，她下了结论，她只是不喜欢他，而他缺少的只是她的认可而已。

"护法大人，您为何事来访？"她问道。

"只是来表达一下对您的关心。"他回答。

她抬起一边眉毛。"请您解释。"她直截了当地说。

"我想这应该很明显，"赫斯匹罗说，"午夜时分，费尔爵士和他的卫兵突然冲进了王室住所。吾王查尔斯也被带来，同样置于莱芮人的保护之下。御前护卫躁动不安，而整座城堡都混乱不堪。"

玛蕊莉耸耸肩。"有人企图谋杀我，护法大人，"她说，"在这种情况下，混乱再正常不过了。你觉得我该怎么做呢？"

"有人企图谋杀您？"他的惊讶看起来就和关心一样诚恳。

"除非他们的真正目的是残杀我的护卫和我的年轻女佣，否则我只能得出这个结论了。"玛蕊莉说。

"太可怕了。他是怎么做到的？"

她阴冷地笑笑。"就和教士们杀我女儿那会儿一样，看起来没人知道。"

护法的嘴张成了小小的"O"形，接着闭上，然后再次开口。"陛下，如果您在暗示教会参与了此事，我原谅您。显然，紧张混淆了您的判断力。"

"不过这两件事确实很像。"玛蕊莉回答。

"戴思蒙修士和他的手下是叛教者，"赫斯匹罗提醒她，"更糟的是，他们还是使用禁忌技艺的异教徒。"

"在事后看来，没错，"玛蕊莉承认，"可当我冒昧查看德易修道院的名单之后，发现他——和他的手下——在死之前还是教会信赖的成员。"

"的确，我想他大概是在谋杀了院长之后才失去我们的认可的，"赫斯匹罗讽刺地说，"邪恶的可能性无处不在，即使在教会内部。我不否认这点。谋杀您孩子的凶手——还有他们采取的方式——提醒了我们这个简单却被忽视的事实。从黑霸时期开始，我们就开始对不同的修道院进行最严格的审查，这审查上至教皇本人，下到地

THE CHARNEL PRINCE

位最卑微的修士和最偏远地区的侍僧。如果您有证据说今晚对您性命的觊觎和教会的任何人有关,我就有必要向您询问那个人的名字。"

"我没有证据。"玛蕊莉承认。

"明白了,"护法回答,"那您知道些什么呢?"

"有人用一把匕首在我房间门口杀了守卫。接着他进了房间,用同样的方式杀了我的女佣。"

"可您逃脱了。"

"我那时不在。"玛蕊莉回答。

"那可真幸运。"护法说。

"是啊,很幸运,"她显得有些疲倦,"护法大人,您为何在此?"

他吃惊地抬起了两边眉毛。"为您提供我的支持和我的参议会。"

"什么样的参议会?"

"陛下,我得坦白说了。尽管我明白您是出于恐惧和绝望的刺激才采取的行动——或许在某种程度上是正当的——但这造成了恐慌。谣言四起。有人说这是莱芮人的一次政变,而您是被迫——或者更糟的说法,被选中——以武力夺取王国。"

"我是不是该提醒您,护法大人,这王国已经是我的了?"

"不是的,陛下,"护法用一种似乎亲切得过分的语气更正,"它是您儿子的,他是个戴尔,不是德·莱芮。您没有登上王位的权力。"

"好极了,"玛蕊莉冷笑,"那我也开门见山地说吧。有个刺客不知用什么法子经过或者绕过了那些自吹自擂的御前护卫,进了我的房间,杀了我的女佣,假使我运气不好就在里面,他也会杀了我。自卡洛司那件事以后,我发现很难完全信任王家护卫,而现在我更确定这点。我不相信城堡里的任何人,也不应该相信,你该明白。所以我在尽我所能保护我和我儿子的生命,还有我儿子的王位。如果你有更好的主意,请不吝与我分享。"

赫斯匹罗擦了擦前额,叹了口气。"您不是傻子,陛下。您肯定明白此举会造成的影响。不管您真正想做的是什么,如果寒沙人认为您意图安排莱芮人摄政,他们就会派出军队。我和寒沙的护法一直致力于制止战争,如果您沿着这条路走下去,我们的努力就白费了。"

她摊开双手。"那就告诉我该做什么，护法大人。"

他沉默了片刻。接着，一番踌躇后，他清了清嗓子。"噢，这有过先例的。"他最后说。

"你说的是哪个先例？"

"三百年前，莱芮统治着大半个克洛史尼，但受控的却只有西部地区——东部陷于相对的混乱中，直到转让给维吉尼亚。"

"对。莱芮的领主们没有力量控制那里，又觉得交由维吉尼亚人统治总比寒沙要好。"

"是的，"护法附和道，"莱芮和寒沙之间的仇恨由来已久，在黑霸时期，或许更早，在他们还是交战的部落时便是如此。无论如何，虽然教会认可这次合法转让与包括在内的婚姻——这也是莱芮和维吉尼亚一系列结盟活动的开端，就此而言，您是最直接的例子——可寒沙更为强大，也准备用武力夺取东克洛史尼。或许他们会说是夺回，因为它起源于寒沙的一个摆脱了黑霸政权控制的部落。"

"我明白了，"玛蕊莉生硬地说，"你在建议我接受教廷和约。"

护法点点头。"就像从前那样。我会说服至高无上的教皇大人派出部队维护和平，并显示您受圣者偏爱，从而平息各种猜疑。"

"可在五十年以后，寒沙征服了整个克洛史尼，从东到西。"

"的确，可那是在和约时限之后。"

"所以你建议我允许这座城市被维特利安的部队占据。"

"艾滨国的部队，"赫斯匹罗纠正她，"是最为神圣的教皇大人的手下。只有这样，此地的政治格局才能以和平的方式解决。这是最好的方法，陛下。寒沙永远不敢对抗教会。和平将得到维护，无数人的生命将得以保全。"

玛蕊莉闭上双眼。这很诱人。如果她把权力转交给教会，她就能休息了。她就能专心保护她剩下的孩子们了。

"教会已经有三百年没站在任何国家一边了，"她说，"现在又有何理由？"

"您当然明白的，陛下，这可不是像决定一年后由谁坐上克洛史尼的王位这么简单的事。有一股巨大的邪恶力量正在世间崛起，我们不清楚那是什么,但没人可以忽略这一点。

"想必您读过阿特沃公爵最近从东部寄来的报告了吧?他一半的部下都死在一群只能形容为赤裸疯汉的人类,还有自从魔战时期就销声匿迹的恶魔和怪物的手上。成片的城镇被毁,而整个东部已渺无人烟。伊斯冷即将涌入大批难民,而我们仍在失去国土。

"而且不仅是边境——布鲁格就在新壤的中心,却被一种无人能想象的邪恶生物摧毁殆尽。今时今日,各大王国应当团结一心,而非独断独行。你们应当携起手来,共同对抗涌起的黑暗之潮,孤身奋斗终将被其吞没。这就是我能提供给您的——这机会不仅能保住俗世的王位,也让我们能与真正的敌人战斗——共同战斗。"

"在艾滨王国的领导下。"

赫斯匹罗用手指拨弄着胡须。"我们之所以不插手国与国之间的长期冲突,陛下,是因为我们有更崇高的使命。维吉尼亚·戴尔清除了我们这世界最初的邪恶,司皋斯罗羿。可似乎无论邪恶被击败得多么彻底和完全,它总会带着不同的伪装,卷土重来。是教会接过了维吉尼亚·戴尔的权力与她的使命。黑稽王崛起后,是教会率领众人击败他,推翻了他的统治。"

"是啊。接下来的六百年,教会统治了世界的绝大部分。"

"那是黄金般的年代,"赫斯匹罗说着,为她的语气皱起眉头,"伊文龙时代以来最完美的和平与繁盛时期。"

"你想要回到那时候?"

"我们可以做得更过火,但我并非在暗示那种结果。我所说的是,我们必须团结起来,但不是通过战争或是征服。我们需要一次**净化**,一次**瑞沙卡拉图**,那会让我们在这场伟大考验地到来之前做好准备。**瑞沙卡拉图**已经开始了,陛下,就在教会内部,而它必须——也将会——继续进行。"

"你在请求我允许一支军队兵不血刃地开进我的城门,占据我的国家。"

"带着神圣的授权,陛下。带来克洛史尼迫切需要的和平与正义。"

"如果我拒绝呢?"玛蕊莉问道。

赫斯匹罗看起来有些目瞪口呆。"那么您就给了我们所有人致命的一击,"他说,"可我们还是会联合起来——我们会用某种方式与邪恶战斗。我所建议的只是行动的最佳方案,但并非唯一。"

"再说一个看看。"她挑衅道。

他摇摇头,双眼闪着异样的光芒,"我还没想到。请求您,陛下——请您至少考虑一下我的话吧?"

"当然了,护法大人,"她放缓了语气,"你的意见很明智,可有这么多大事要考虑,我实在累得很。我们回头再谈这件事,你可以更详细地向我讲述这一计划的实行方式。"

"我会祈求圣者们让您作出最佳的判断,陛下。"他鞠了一躬,然后离开,留下因受到威胁而满脸不悦的玛蕊莉。

赫斯匹罗看起来很真诚,而且他说得对——世上正在发生某些可怕的事,而他也许比她知道的更多。教会的目的也许是完全纯洁的,赫斯匹罗也完全有可能是对的,让那支神圣的部队进驻她的城市,或许对每个人都是最好的。

可她同样能看出护法谨慎的暗示。无论教会最终的动机和目的为何,他们都需要一件工具来实现。一个国家。如果克洛史尼不愿意,那就只剩寒沙了。

她还在思考时,他们带来了艾丽思·贝利,她仍旧穿着玛蕊莉上次看到的睡袍。

"陛下。"女孩低声说着,向她鞠躬。她不安地站在哪儿,任玛蕊莉上下打量。她真是个尤物——这点毫无疑问,尽管她蓝宝石般的双眸下有了黑眼圈,卷曲的头发也乱糟糟的。

"搜过她的身了吗?"她问那个士兵。

"是的,陛下。她没带武器。"

"你搜过她的头发了没?"

"啊——不,陛下。可我应该搜的。"

他开始这么做了。贝利的脸上浮现一丝微笑。

"陛下,我看起来有这么危险吗?"她问道。

玛蕊莉没有回答,而是对那个士兵点点头。"请下去吧,阁下。"她说。

等门在他身后关上,玛蕊莉坐进一张扶手椅里。

"贝利女士,"她说,"过去几个钟头里发生了很多事。你应该也听到了些传闻吧。"

"是有些,陛下。"她承认。

"昨晚有人想杀了我。"

"太可怕了。"

"谢谢。我知道你除了希望我健康之外从来没有别的想法。"

贝利看起来很迷惑。"从来没有,陛下。我一直很尊敬您,希望您安好。"

"甚至当你和我丈夫在床上时也是?"

"当然。"

"可你从没想过那会让我烦心?"

贝利耸耸肩。"那是您和陛下之间的事。如果您感到烦心,就该告诉他。除非在他的情妇里您只对我感到反感。"

"你实在太大胆了,"玛蕊莉说,"特别是现在,你不再受他保护的时候。"

"没有人保护我,陛下,"贝利依然冷静,"我非常清楚这点。"

玛蕊莉意识到,有些事不对劲。也许不是每件事都跟她想的一样?

"你真是太大胆了,"她重复了一遍,"那个只要我进房间就会缩手缩脚,总是傻笑的女孩去哪儿了?"

贝利又一次露出浅笑。"她和威廉一起死了。"

"你提起我的亡夫时,应该说国王陛下或者国王,或者干脆不要提,贝利女士。"

"好的。"她看上去满不在乎。

"够了,"玛蕊莉说,"我的时间很宝贵。你写信宣称我身处危险之中,在我收到信的几个钟头后,就有人企图谋杀我。如果你还想要你的脑袋留在原位的话,就向我解释清楚——就现在——所有你知道的事。"

就算贝利因为玛蕊莉知道是她留下了字条而吃惊,她也没有表现出来。她站得笔直,不慌不忙地迎上玛蕊莉的目光。"我会告诉你我所知的一切,陛下,可我在信里也提到了,我自己也需要保护。"

陌生的关系

"此刻你需要担心的是我。而唯一能救你的就是实话。"

贝利略微点头表示同意。

"您知道国王陛下那天为何会在宜纳岬吗?"她问玛蕊莉。

"你想说你知道?"

"罗伯特亲王去战炉大厅找国王。之前他离开了一段时间,秘密前往盐标。当他回来时,他带来了某样东西——丽贝诗公主的断指。"

"丽贝诗?"丽贝诗是威廉的妹妹,和罗伯特是双胞胎。她已经失踪很久了。

"罗伯特亲王宣称丽贝诗的订婚对象——萨福尼亚的凯索——把她出卖给了奥斯保公爵,成了他的人质。"

"赎金是什么?"

"您还记得吧,盐标那时正在和悲叹群岛交战。赎金就是要国王陛下在战争中秘密协助盐标一方。"

玛蕊莉环住双臂。"悲叹群岛是莱芮的属地,同时也受我们保护。他不能那么做。"

"国王陛下可以,而且他这么做了,"贝利说,"你得知道他有多爱丽贝诗。"

"人人都爱丽贝诗。可在战争中帮助我们的仇敌去对付盟友——威廉的判断力很少会那么差。"

"是罗伯特亲王怂恿他这么做的——他很会说服人,特别是他还有丽贝诗的手指作为证据。克洛史尼的船打着伪装的旗号,攻击并击沉了二十艘悲叹群岛的战舰。国王陛下去宜纳带回丽贝诗公主,却在那遭到了背叛。"

"被谁?奥斯保也一样被杀了。"此刻有某种可怕的感觉正逐渐浮现。或许杀死她丈夫护卫的莱芮箭矢根本不是被人事后插在尸体上的。或许那真的是某个知道威廉所作所为的莱芮领主的报复。

如果这猜测无误,费尔·德·莱芮又是否清楚?难道这整件暗杀计划都经过精心策划,只为把她带向他的掌握?

"我猜到了叛徒的身份,"贝利说,"可没有确凿的证据。"

"噢?"

THE CHARNEL PRINCE

女孩走了几步,双手紧扣在背后。接着她转脸再次面向玛蕊莉。"你知道安伯芮·葛兰还有另一个情人吗?"她问道。

玛蕊莉哼了一声。"哪些人和她没有一腿——你应该这么问。"

贝利摇摇头。"是个非常隐秘的情人。非常有地位的人。"

"别烦我了,贝利女士。他是谁?"

胜利的微笑在贝利的脸上绽放。"罗伯特亲王。"她说。

玛蕊莉花了一点时间去接受这个事实。在起初的震撼过后,她发觉这其实很容易接受。罗伯特总是想要威廉拥有的一切。他甚至有一两次试图勾引玛蕊莉。"那又怎样?"

"罗伯特亲王说服国王陛下亲自去偿付赎金。他还为国王陛下和奥斯保定下了时间和地点。只有亲王自己知道所有细节。"

"你认为是罗伯特背叛并杀死了威廉?"

"我想是的。"

"就算罗伯特也在伏击中被杀,你也这么想?"

贝利眨眨眼睛。"没有人知道罗伯特在哪,陛下。"

"他们只找到威廉的残骸,"玛蕊莉说,"他被丢进了大海。假使罗伯特……"声音逐渐变轻,她为何如此轻易地认定罗伯特死了?就因为其他人都死了?"那这和葛兰有什么关系?"

"我最近听她谈起亲王,就好像她知道他还活着。她还暗示自己见过他。"

"她对你这么说过?"

"没有,"贝利承认,"可我还是听到了。而且我认为她确实知道。"

"看来你把聆听很多事当成你的本分了。"玛蕊莉评论道。

"是的,陛下,是这样。"

"那你是怎么听到这一切的?"

"我想您知道,陛下。"贝利说着,把乱糟糟的鬓发从脸上拨开,她终于表现出些许紧张来,"和您得知谁留下字条的方法一样。"

"这样看来,威廉也知道暗道了。"

让她吃惊的是,贝利笑了起来,那是阵短促的吃吃轻笑。"国王陛下?不,他一点都不知道。"

玛蕊莉皱起眉头。"那你是怎么——?"她随即明白过来,"你是修女院出身。"

贝利点头的动作几乎小到看不见。

玛蕊莉向后靠去,试图在脑中重新勾勒这女孩的形象,她很想知道,她的生活中还有什么是真实可信的。

"依伦知道吗?"她问。这声音在自己听来软弱无力。

"我不这么想,陛下。我们不是同一个修女院的。"

一阵寒意让玛蕊莉的脊骨绷紧。"可应该只有圣塞尔修女院才对。"不过依伦自己也提到过这种可能:还有一座非法的修女院。

"还有另一座。"贝利证实了她的想法。

"而她们派你到这儿来。"

"是的,陛下。让我睁大眼睛,仔细聆听,待在国王身边。"

这次轮到玛蕊莉大笑起来,尽管莫名地显得有些苦涩。"你做得实在好极了。可你们修女不是该禁欲吗?"

贝利害羞地低下头,自谈话开始头一回表现得符合她十九岁的年纪。"我的教派没这种限制。"她喃喃道。

"明白了。可你为何要来告诉我这些?"

贝利抬起头。她睁大眼睛,泪光盈盈。"因为,陛下,她们都死了——我的姐妹都死了。我成了孤身一人。而且我相信凶手跟杀了威廉、法丝缇娅、艾瑟妮和丽贝诗的是同一群人。"

玛蕊莉突然涌起了同情,而她自己的伤心事也隐隐浮现,但她却把这些感情强压下去。以后会有时间那么做的,何况她已经在贝利面前显得太过软弱了。她转而将注意力放在这些事实上。

"丽贝诗?那是奥斯保杀了她?"

"我想奥斯保从来没见过她,"贝利说,"我想她是在这,在伊斯冷死的。"

"那罗伯特又从哪弄到她手指的?"

"当然,是从这件事的始作俑者那里。那个策划了这整场悲剧的人。"

"葛兰?"

"或是罗伯特。或是他们俩。我可说不准。"

"罗伯特比任何人都爱丽贝诗。"

"没错,"贝利语带讽刺,"一种可怕的爱。我相信那是种她无法接受的不正常的爱。"

玛蕊莉只觉胃里难过地翻搅着,舌尖发苦。

"罗伯特现在在哪?"

"我不知道。但我想安伯芮·葛兰知道。"

"她又在哪?"

"在她的房间里,在筹备宴会什么的。"

"我一点也没听说。"玛蕊莉有些怀疑。

"这消息可没在伊斯冷传开。"

"都有谁会参加?"

"这点我还没弄清楚。"贝利坦白地说。玛蕊莉靠向椅背,转着头。她闭上双眼,想把这一切理个明白,但要想的东西实在太多了。

"如果你对我撒了谎,"她最后说,"你不会死得很轻松。"

"我没对您撒谎,陛下。"贝利仰起下巴。她的眼神再度清晰,声音也变得有力。

"我们都希望没有,"玛蕊莉说,"你还有什么能告诉我的吗?"

"还有很多,"贝利想了一下,"我可以告诉你朝议会的哪些成员爱戴您,哪些则相反。我能告诉你站在葛兰那边的都有谁。我也能告诉你她正计划在不久后与您对抗。"

"我可有理由怀疑费尔爵士和他的手下?"

"就我所知没有。"

玛蕊莉站起身。"贝利女士,你愿意对你信仰的随便哪位圣者宣誓,将我视作你个人的君主吗?"

"作为回报,如果您能保护我的话,陛下。"

玛蕊莉笑了。"你得知道我几乎保护不了我自己。"

"您比您所知的更有权力,"贝利告诉她,"您只是还没学会如何使用。我可以帮助您。我接受训练就是为了这个。"

"你会成为我的新依伦?"玛蕊莉苦涩地问,"我新的受训修女护卫?"

"我会的,陛下。我向我信仰的圣者发誓。"她用手指点了点前额和胸口。

玛蕊莉叹了口气。"我一定是个大傻瓜,才会相信你。"

"如果我已经被您雇用了,我会告诉您实话,"贝利说,"您没有理由相信我。可我请求您相信。您需要我,而我也需要您。整个修女院,那些我爱的女人,都遭到了屠杀。不管您相信与否,我确实关心国王陛下。他不是个好国王,缺点一大堆,可他却是个好人,世界上已经少有这么好的人了。我要看着谋害他的人哭喊着梅菲提的名字,乞求她的怜悯。另外,还有一件事。"

"什么事?"玛蕊莉问。

"请别让我解释原因。那是我唯一无法解释的事。"

"继续说。"

"你女儿安妮。她必须活下来,而且她必须成为女王。"

震惊如电流传遍玛蕊莉的全身,从她的脚底直至头顶的王冠。

"你对安妮都知道些什么?"她询问道。

"知道她还活着。知道她曾在圣塞尔修女院。知道圣塞尔修女院的修女,和我的修女院一样,全都被杀了。"

"可安妮逃走了?"

"我没有证据,不过我能感觉到,还能在梦中看到。但她有很多敌人。"

玛蕊莉凝视着这个女孩,想知道自己怎么会相信她的伪装,相信她只是个大脑空空的尤物。甚至连依伦也被骗过了,这可真了不起。艾丽思·贝利是个非常危险的女人。她也能成为有用的盟友。

玛蕊莉站起身,唤来士兵。"护送这位贝利女士,让他们把她带回她的房间收拾一些私人物品。然后把她安顿在走廊那边的小房间。还有,转告费尔阁下,我请他过来。"

"您不会为此后悔的,陛下。"贝利承诺。

"也许不会。现在去吧,贝利女士。"

她目送女孩离开,接着坐回椅子里,手指敲击着木制扶手,等待着费尔爵士。

是时候拜访一下她丈夫的其他情妇了。不过她先要去见另一个人。一个她一直试图回避的人。

她走向梳妆台,尽管已经做出了决定,可她还是在那个小小的

THE CHARNEL PRINCE

保险柜前踌躇良久，想到他，想到深深的城堡底下，那光明从未闪耀之处。他那柔若丝绸，却仿如梦魇的声音。威廉死后，她在他的书房找到了这把钥匙，从那次以后，她便再没有和传秘人说过话。

可如今她有问题要问他。她不再犹豫，打开了木匣。

钥匙却不在那儿。

陌生的关系

第六章 《关于变成死人之类多种事物的观察报告》

从前我也有过重新学习如何去听的经历。那是在我走过德克曼巡礼路之后的事。巡礼路上的每一次逗留,都会带走我的一些东西——手的触觉,接着是听力,视力——直到除了肉体之外,再无一物存留,甚至连思想都被带走。我不知怎么走完了全程,然后一切又回来了,只是变得不同,变得更好了。

而现在大概就是死去的感觉。我先是听到了很多声音,可那毫无意义。只是些噪音,像是诅咒大厅中鬼魂的哀嚎。接着声音变得有了意义,最后更变得熟悉起来。

我能听见埃斯帕、薇娜和易霍克的声音,可我的身体却不属于我。我不能跟他们说话,也不能动动手指或是抬起眼皮。

我想起我过去很在乎他们。

现在也还是一样,在很多方面。当薇娜在我身边,我的嗅觉、触觉甚至味觉都能感受到她。而当她碰触我时,会带来一阵游走全身的颤抖,可我毫无知觉的躯体无法将其展露。

我昨晚听到了她和埃斯帕的声音。他们做那件事情的时候,她的气味变得不一样,变得更强烈了。埃斯帕也是。

《关于守林兽离奇古怪行为之观察报告》——在繁殖活动中,这种习惯沉默寡言的生物出奇地多话,只是声音很轻。他用他爱人的名字做了韵文——米娜-薇娜,芬娜-薇娜,还有肯定会有的薇娜-薇娜。他用自己发明的其他蠢名字称呼她,尽管薇娜这名字已经够蠢了。

有个人是新来的,一个瑟夫莱。薇娜不喜欢她,因为埃斯帕喜欢她,尽管他会用任何方式予以否认。我怀疑她可能长得像他的妻

243

子，死掉的那个。

他们在带我去巡礼路的下一座神殿，这对他们来说很明智。我很想知道在那会发生什么事。第一座神殿就很古怪，而我也很难解释它为何会对我造成那样的影响。那座神殿是为祭祀其中一位受诅圣者建造的，她以恶魔女王而闻名。也许这是德克曼对我的惩罚，因为我踏上了她的巡礼路，可不知为何，现在我觉得我想错了。剩下唯一的可能就是，她也是圣德克曼的化身之一，这可真是有趣，更别提她是位异教神了。

圣者会否成为异端？

我们接近了神殿。我觉得它就像一团火焰。

埃斯帕俯瞰着空地和土丘。那些躯体还在，全都一动不动。荆棘王和他的狩猎队踪影全无，只剩下史林德和修士们的尸体留在原地。

"噢，圣者啊。"薇娜看到这片屠戮场时倒吸了一口气。

"你肠胃不好吧？"莉希娅问。

"我以前见过这样的尸体，"薇娜说，"可我没必要装作我喜欢看。"

"对，是没必要。"瑟夫莱承认。

"那我们现在该做什么？"

埃斯帕耸耸肩，下了马。"我猜得带斯蒂芬到土丘上头去。瞧瞧会发生什么。"

"你肯定这么做明智吗？"莉希娅忽然问道。

"不。"埃斯帕简短地回答。

他们小心地前进，绕过尸体堆积最多的地方，攀上圣堕顶端。埃斯帕把斯蒂芬放在土丘中央。

正如他或多或少预料到的，什么都没发生。

"噢，这值得一试，"他嘟哝道，"你们三个看好他。我去仔细瞧瞧周围。"

埃斯帕按原路走下土丘，从尸堆中穿过，他觉得很累，并且为自己抱着如此渺小的希望感到生气。人总是会死的。他又不是刚刚才知道，对吧？他过去从不会把死人放在心上。

那些史林德现在看起来像是人了，他们的脸在死亡中显得安详。

陌生的关系

或许他们就来自御林周围的村子。他庆幸自己没瞧见任何熟人。

片刻之后,他漫步到森林边缘,在意识到的时候,他已经站在那棵纳拜格树粗糙的枝条下,而其中一截腐烂的绳圈就挂在上边。这片土地饮下过许多鲜血。也包括他母亲的鲜血。

没人解释过她为何会被带到这来。他的父亲和养母很少提到她,偶有提及也只会轻描淡写几句,并且比画着驱邪的手势。然后他们死了,是桔丝菩把他抚养长大。

一只渡鸦落在这棵树最高的枝条上。更高的云端处有只鹰的黑色轮廓若隐若现。他深吸了口气,感觉大地翻滚着退开,它变得更加宽广,肆意伸展着石头的骨架和根须的肌肉。他能闻到岁月和生命的气息,这是他长久以来第一次感到自己平静的决心。

我会治好你们,他对那些树无声地做出承诺。

"我会治好你。"这是桔丝菩发现他时所说的第一句话。那次他奔跑了一整天,血流不止,森林在他身侧化作一团影子。当他最后倒下时,仍梦见自己在奔跑。可他有时会清醒过来,发现自己躺在某处沼泽的芦苇丛中,身体的一半都浸没在水里。听到她走近时,他再度醒来,想伸手摸出匕首,却连一根指头都动不了。他那时只有七岁。他还记得自己刺耳的呼吸声,可又总是忘记那是什么,于是把它归结为某种他从未听过的鸟鸣。

接着他看到了桔丝菩那张古老而苍白的瑟夫莱的脸。他试图开口说话,而她仿佛在那儿站了很久很久,接着,她跪在他身边,用瘦骨嶙峋的手指轻抚他的脸颊。

"我会治好你,"她保证,"我会把你修补完好,纳拜格之子。"

她从没说过自己是怎么认识他的。但她养大了他,给他脑子里塞满了瑟夫莱的胡说八道,然后她死了。

他很想她。而且现在才明白过来,瑟夫莱的故事并不都是胡说八道,他多想再和她说说话啊。他想在她还活着的时候,对她多一些关心。或许他也应该对她说声谢谢,至少一次。

可逝者已矣。

他叹口气,拍拍自己的脖子。

北面几王国码的远处,有东西从森林里跑了出来,速度比一头鹿还快。

那是个男人,穿着和那些修士相似的服装。他拿着一张弓,朝着圣堕径直奔去,埃斯帕能看到其他人还待在那儿。

埃斯帕无声地咒骂着,从箭袋中取出一支箭。

那修士一定是从眼角看到了动静——正当箭离弦之时,他飞快地下蹲转身,朝埃斯帕回射一箭。

埃斯帕的箭偏离了一指宽,而修士的箭偏离了他的两倍。

就在那修士搭弓射出另一支箭之际,埃斯帕避向纳拜格树后。箭头正中古树,箭羽兀自颤动不止。

那修士再度转身,向着土丘疾驰而去,脱离了埃斯帕的射程。埃斯帕骂了句脏话,用比他对手慢得多的步伐追了上去。

忽然,修士扭动身体跳起了古怪的舞蹈,埃斯帕随即明白过来,那是易霍克和莉希娅正在朝他射箭。两支都射偏了,而在他们下一轮攻击开始之前,教士开始还以颜色。埃斯帕眼睁睁看着易霍克痉挛着倒了下去,无助感让他几欲窒息。薇娜蹲伏在地上,可她的目标还是太大了。

莉希娅接二连三地射出利箭,却无一命中。

修士的奋力躲闪给了埃斯帕可乘之机,他在奔跑中拉开了弓。

随着一声闷响,他的弓弦断了。

他抽出斧子,开始咆哮。

莉希娅继续搭弓射箭。这次修士因为躲避的动作太过剧烈跌倒下去,可在触地的一瞬他鱼跃而起,面向埃斯帕。

埃斯帕掷出斧子,移向侧方。教士的箭嗡响着射中了空气,可斧子也同样落了空。

修士突然跌跌撞撞朝右方跑去,埃斯帕也从他古怪的行动模式中得出了结论:他的敌人没有做近身搏斗的打算。他打算就这么不停地奔跑和射箭,直到把他们全部射死,或是箭支用尽。

他将手探入帆布包,找到另一根弓弦预备装上。此时,利箭随着闷响射中了他那件熟皮革制成的护甲,他咒骂着倒在地上。弓弦已经装好,同时另一支箭插进他鼻子正前方的泥土里,这次修士全然不顾莉希娅,只是全力朝他飞奔而来。

陌生的关系

埃斯帕把箭搭上弦,弓却无力地垂向地面。他这次攻击大失水准,而且他明白那修士会在他进行反击之前再射出一箭。

可那修士突然打了个趔趄,有支利箭插进了他的大腿。他尖叫着转身,对着土丘射去,可又一支箭正中他的胸口,他重重坐倒在地。埃斯帕的箭也在此时,命中了他的锁骨右侧,那家伙向前倒下,哀嚎不止。

莉希娅几乎在转瞬间就出现在他身旁,把弓从他的手里踢走。

"别杀他。"一个熟悉的声音喊道。

埃斯帕望向土丘。斯蒂芬站在那儿,手里拿着易霍克的弓。薇娜向他跑去,给了他一个结结实实的拥抱。

埃斯帕无法抑止嘴角浮起的笑意。看到斯蒂芬站在那的感觉可真好。

"该死,"他嘟哝着,"的确有效。"

"留他活口。"他告诉莉希娅,对着那修士摆手示意。

她已经在用绳子捆那人的手了。"如果可以的话,"她说,"我有几个问题要单独问他。"

埃斯帕犹豫起来。她在战斗中帮了他。或许在荆棘王出现时还救了他的命。可相信她——相信任何瑟夫莱——都是愚蠢的提议。

她看起来有些退缩,就好像他已经把自己的想法化为了实际语言。她用紫罗兰色的目光注视他片刻,随即嫌恶地摇摇头,继续手里的活。

埃斯帕再次仔细巡视了这片空地,接着走向斯蒂芬和薇娜,他感到脚步轻松多了。

可当他看到易霍克时,步履又变得沉重。这男孩伸开四肢,躺在草地上,手掌无力地抓着大腿上的一支箭。他身边的地面沾满了鲜血。薇娜和斯蒂芬已经在照料他了。

"嗨,埃斯帕。"斯蒂芬头也不回地说。

"看到你能——呃——活过来,这可真好。"埃斯帕说。

"是啊,这样很好,"斯蒂芬回答,目光仍旧不离伤员,"薇娜,在他嘴里放点东西,让他不会咬掉自己的舌头。"

"如果你应付不来,我可以处理。"埃斯帕提议道。

"不,"斯蒂芬拒绝了他,"我受过训练,能做好。不过我需要些愚巫草来给伤口止血。"

埃斯帕眨眨眼睛。上一回斯蒂芬面对流血的伤口时被吓得瘫倒在地,不停地呕吐,一点忙都帮不上。而现在他跪在易霍克身边,双手沾满了血,护理手法迅速、准确而又坚决。在他们认识之后的几个月里,这男孩一定变了很多。

"我会找些来,"他说,"易霍克,你还好吗,孩子?"

"我觉——觉得好多了。"他喘息着说。

"我会带些塞利柯草来止痛,"埃斯帕建议,"你只要慢慢深呼吸就好。斯蒂芬知道他在做什么。"他走开去寻找草药,心里祈祷自己说得没错。

等易霍克的血止住,腿也缠上了绷带,他们把他安放在他的马上,昏迷不醒的修士被扔在天使背上。他们动身出发,只为在夜幕降临之前尽可能远离这座圣堕。

"我们走错路了。"莉希娅说。

"路是我选的,我是头儿,所以不可能走错。"埃斯帕指出。

"我们应该跟着这个修士的脚印。"

"跟什么脚印?荆棘王的狩猎队没抓住他,就这么回事。"

"我对此表示怀疑,"她说,"我想他是来给他们送信的。"她举起一份带有某种封缄的文件。

"那是教会的封缄。"斯蒂芬在十码之外和易霍克共乘的马背上说。

"噢,你的眼神还是那么好。"埃斯帕说。

"没错。"斯蒂芬笑了。

"你还好吗?"

"只是有点困惑。我不知道发生了——噢,管它发生了什么。"

"你不记得了?"薇娜问。

斯蒂芬策马追近了些。"记得不很清楚。我记得走进圣堕,接着有种很怪的感觉。或者说,什么都没感觉到。这些死尸让我不舒服——快要觉得不舒服——接着突然我不在乎了。他们就像变成了石块似的。"

"那封信?"莉希娅打断他的话。

"斯蒂芬是我们的朋友，"薇娜呵斥道，"我们曾经以为他死了。你最好把你的嘴闭上。"

莉希娅耸耸肩，假装对这片森林来了兴趣。

"你出来的时候就倒下去啦。"埃斯帕说。

斯蒂芬摇摇头。"我不记得了，我在这座圣堕醒来，看见你在和那个修士搏斗，之前发生的事都不记得了。"

"你那箭射得真准。我都不知道你能把弓使得这么好。"

"我不能。"斯蒂芬说。

"那是——？"

"你还记得我是怎么用德思蒙•费爱自己的匕首刺中他的吗？有时候我看过一个动作就能——噢，照做。我并不总能这样，也不能模仿复杂的动作。我没法看到一个人拿剑搏斗就学会用剑，但我或许能耍上几招。可要知道出招的时机——这是两码事。"

弓箭一样没那么简单，埃斯帕想着。你得了解它，让风来——

斯蒂芬有些地方不一样了，可他说不出是哪儿。

"那是你得到过的，呃，圣者的礼物之一？"他问道。

"是的，来自圣德克曼巡礼路的赠礼。"

"那你得到什么新礼物没？从这个圣堕？"

斯蒂芬大笑起来。"这我可不知道。我感觉没什么不一样。此外，如果我没搞错的话，我还没走完整条巡礼路，只是两个圣堕而已。"

"可确实发生了些事，"埃斯帕坚持道，"第一个杀了你，第二个让你起死回生。"

"我很好奇下个圣堕会是怎样？"莉希娅问道。

"我可没打算去找，"斯蒂芬回答，"我还活着，能走路，能呼吸，我感觉很好——而且我不想再和这条巡礼路的圣者扯上什么关系了。"

"你了解那位圣者？"莉希娅问道。

"第一个圣堕里有座雕像，"斯蒂芬说，"还有个名字：马海尔赫本。"

"我从没听说过他。"薇娜说。

"是她，"斯蒂芬纠正道，"至少就那个化身来说，这位圣者是女性。如果圣者这个词真的适用的话。"

"你什么意思？"

"马海尔赫本是受诅圣者之一，教会已经禁止对她的信仰。她名字的意思是'恶魔女王'。"

"圣者怎么会被人完全遗忘？"

"她没有。你应该听过她的名字——瑙莎，死尸之母，绞架女巫——这是她留存至今的一些名字。"

"瑙莎不是圣者，"薇娜表示异议，"她在儿童故事里是个怪物。"

"荆棘王也是。"斯蒂芬说。

"总之，有人还记得她的原名。"他皱起眉头，"或者说有人提醒了他们。我解译的几本书中数次提及了她。她的另一个化身是'贪食之母'。她会吞噬生命，让死者复生。"他低下头，"要不是我，要不是我的研究，他们根本做不到这些。"

"斯蒂芬，这不是你的错。"薇娜试图安慰他。

"对，"斯蒂芬说，"的确不是。可我曾是他们的工具，而那让我很不愉快。"

"现在我们可以跟踪这修士的脚印了吧。"莉希娅说。

"让我看看那封信，"斯蒂芬想了一下，"接着再决定做什么。我们是被派来寻找荆棘王的，不是来御林追捕我那些堕落的修士弟兄的。或许我们其中一个应该把消息带给护法。"

"我们已经找到荆棘王了。"埃斯帕说。

"什么？"斯蒂芬在马鞍上转过身。

"干掉那些修士的是荆棘王跟他手下那群怪物。"埃斯帕解释道。

"你说起过荆棘王的狩猎，"斯蒂芬说，"可我没想到你又见到了他。那么，那支箭一定是没效果了。"

"我没用它。"埃斯帕神色平静。

"没用？"

"荆棘王不是敌人，"莉希娅回答。"他攻击了那些修士，放过了我们。"

"他是敌人，"易霍克虚弱的嗓音响起，"他把村民变成了野兽，让他们杀死其他村民。他也许恨那些修士，可他也恨所有人。"

"他在净化他的森林。"莉希娅说。

"我们村的人从司皋斯罗羿灭亡那天起就住在山里,"易霍克抗议,"住在那是我们的权利。"

莉希娅耸耸肩。"仔细想想,"她说,"他醒了过来,发现森林染上了疾病,而疾病的源头——那些跳来跳去的恶心怪物——只会加速森林的死亡。尤天怪、狮鹫——还有黑色荆棘。是他在和疾病搏斗,而在他看来,那些住在森林里砍伐树木的人也是疾病之一。"

"他没有杀我们。"埃斯帕指出。

"那是因为,"她说,"我们和他一样是治病的良药。"

"你没有证据。"斯蒂芬说。

她再次耸耸肩。"或许,但这是种合理的解释。你能想到别的解释吗?"

"能,"斯蒂芬态度坚决,"森林里有些不对劲,没错,还有可怕的生物醒来或是诞生。荆棘王就是其中之一,也像他们一样疯狂、古老、敏感而且强大得可怕。他不是我们的朋友,也不是我们的敌人,他就像一阵风暴,或是一束闪电。"

"这和我刚说的没多大分别。"莉希娅回答。

斯蒂芬转向埃斯帕。"你怎么想,御林看守?"

埃斯帕呼出一口气。"你们俩也许都对。可不管森林里有啥不对劲的,荆棘王都不是原因。我想他是在想法解决问题。"

"但这可能意味着杀死森林中的所有男人、女人和小孩。"斯蒂芬指出。

"对。"

斯蒂芬的眼睛睁大了。"你不在乎!比起人来你更在乎森林。"

"别代替我下结论,斯蒂芬。"埃斯帕警告他。

"那你自己说。你告诉我。"

"读读这信,"埃斯帕说着,转向一个他自己也不确定的话题,"接着我们就能估摸出该从这往哪走。没准我们该再和护法谈谈。"

斯蒂芬对他皱皱眉,但还是从莉希娅手中拿过了信。当检查封缄时,他阴沉地笑了起来。

"的确,"他声音发冷,"我们是该跟赫斯匹罗护法大人好好谈谈。这是他的封缄。"

THE CHARNEL PRINCE

第七章 舞会上

"埃肯扎尔法赖?"里奥夫抬起头,看着站在他门口的那个年轻男子。他有双蓝色的眼睛和纤细的黄发。他的鼻子歪向一旁,而目光似乎也因此游移不定。

"什么?"

"打扰了,葛兰夫人派我来带您去参加她的舞会。"

"我……我很忙,"里奥夫说着,拍了拍桌子上的乐谱,"我接受了一项委托……"

那人皱起眉头。"您确实接受了夫人的邀请吧。"

"噢,是的,没错,可——"

那家伙摆了摆手指,就好像里奥夫是个淘气的孩子。"夫人已经说得很明白,您的缺席会是对她最严重的侮辱。她还特意为您置办了崭新的哈玛琴。"

"明白了。"里奥夫环视房间,带着模糊的期待,拼命想找到某件能帮他摆脱困境的东西。

"我没有合适的衣服。"他试探着说。

男人笑了起来,接着向里奥夫看不见的地方招手。一个仆从打扮的圆脸女孩出现在门口,手里抱着许多折叠整齐的衣物。

"我想这些应该正合身,"男人说,"我叫阿鲁雷克。是您今晚的男仆。"

里奥夫无法可想,只得拿过衣服,走向卧房。

里奥夫看着运河边缓缓转动的眉棱风翼,暮色中的寒气与布鲁格那晚的记忆重叠起来,令他瑟瑟发抖。一轮暗淡的满月从夕阳的背后升起,在这清澈的空气中,他能听到远处的声声犬吠。秋日的干草气味消失不见,代之以灰烬的气息。

"我还以为舞会是在城堡里举行。"里奥夫壮着胆子开口。

陌生的关系

"外套是不是不够暖和？"

"它很漂亮。"里奥夫说。的确如此，这件外套有柔软的衬垫，高领和宽袖口处都绣有树叶图案。他只希望它也能同样暖和。

"那是因为夫人的品位出众。"

"我能问问，我们要去哪儿么？"

"哎，当然是去葛兰庄啦，"阿鲁雷克回答，"夫人的宅邸。"

"我还以为葛兰夫人住在城堡里呢。"

"大多数时间里是，但她也有自己的宅邸。"

"当然了。"里奥夫重复着，觉得自己蠢透了。

他感觉自己身在梦中，就是那种一个人不断朝着目标前进，却逐渐忘记目标为何的梦境。

他还记得自己想要避开这场舞会。在阿特沃的警告和遇见太后的奇怪夜晚之后，再和葛兰夫人扯上关系实在显得愚不可及。

所以他决定装作忘了她的邀请。显然这一招失败了，接着他又打算在短暂露面之后悄然离开。可现在他却稀里糊涂地走出了城堡，越过城门，登上了一艘驶往新壤的长艇。夜幕很快就将降临，城门也将关闭——而他要回自己的房间就得等到明天了。

他本该直接回绝的，但为时已晚。现在他只希望太后不会发现这件事。

世界变得愈加黑暗，而里奥夫蜷缩身体与之对抗。对他而言，夜晚不再显得那么单纯了。它会掩藏万物，可不公平的是，它没有掩藏他。恰恰相反，他仿佛成了万物的饵食，他们都想将他猎捕。在那些夜晚，他甚至要点亮灯火方能入眠。

突然前方出现了一排令人欣喜的灯光，等再靠近一些后，他们看到了运河边排列成行的提灯。灯光那头是码头边的一座大帐篷，有四十艘以上的运河长艇停靠在岸边。

空气中飘扬着音乐。他首先听到的是高亢而甜美，像是六孔竖笛的乐声，可音调之间却有更为悠长的鼓声与古怪的滑奏段落。它的韵律也很怪，首先是两音节，接着是三音节，又变回两音节，再扩展到四音节。这出乎意料的感觉令他露齿而笑。

克洛琴的背景配乐和推挽乐器的欢快伴奏也令他惊奇。节奏明亮而愉悦，可却总是有郁郁寡欢之感，因为整首乐曲的基调是低音维苏琴奏出的缓慢而低沉的乐章。

这跟他听过的任何曲子都截然不同，既古怪又令人兴奋。

他们尚未接近码头，提灯的光芒便已映出乐师的面容——那是四个瑟夫莱男子，宽檐帽因入夜而摘下，脸庞在月光中仿如雕像。

两个下人走来，拉过帆角索，让船靠岸。里奥夫不顾他的向导，径直踏上岸向瑟夫莱们走去，希望能和他们中的某个人交谈。他看到那六孔竖笛上没有出气孔，乐师正对着这件骨制——象牙？——乐器上的对角切口吹奏。其他几件乐器倒很普通。

"好了，好了，"阿鲁雷克催促道，"快点吧。您已经迟到了。"乐师们似乎没察觉到他的关注，而那乐曲也不像要结束的样子。

灯火继续延伸，攀上一座低矮的山丘，在其间勾勒出一条光辉之路，而路的尽头是黑暗中隐现的房屋廓影。里奥夫和阿鲁雷克无声地走向宅邸，这时有歌声加入了乐曲中，瞬时乐章的每一部分都契合在一起，令他叹为观止。他侧耳倾听着歌词，可歌者所用的并非王国语。突然间，他仿佛看见了那间陪伴他度过整个童年的海边小屋。他看见他姐姐格琳娜在母亲的花园里玩耍，她的金发沾满泥巴，脸上笑容满溢，而他父亲坐在凳子上，弹着克洛琴。

如今小屋只剩瓦砾，父亲和姐姐已成魂灵。有那么一瞬间，他仿佛突然听懂了歌词的含意。

宅邸处传来的喧嚣随即盖过了瑟夫莱的旋律。那儿也有乐声，那是首熟悉的乡村舞曲，与他方才所听的乐曲相比，显得沉闷而俗气。可听着那些随舞曲响起的欢声笑语，他猜想大多数听众都相当满意。

不一会儿，他们走到铁皮包裹的一对巨大的门扇前，在阿鲁雷克向某个看不见的人打了手势之后，门扇咯吱作响地缓缓开启。穿着亮绿色裹腿和褐色长罩衫的看门人向他们问好。"去通报，"阿鲁雷克说，"里奥维吉德·埃肯扎尔来访。"里奥夫止住自己的叹息。他引起的注意已经够多了。他们跟着看门人穿过一条烛火通明的漫长走廊，来到另一道门前，门扇旋开，这次出现了一座闪耀着灯光——以及烛光的大厅。声浪扑面而来，乐声与人群的闲谈声混为一体。音乐家们待在大厅的另一端，这个四重奏组合正在演奏孔雀

陌生的关系

舞曲。大约有二十对男女正随着音乐起舞,而在旁闲谈的人则有两倍之多。

可当他进入房间时,一切戛然而止,上百人把目光转向了他。乐声归于寂静。

"向各位介绍,里奥维吉德·埃肯扎尔,"看门人用低沉而清晰的声音宣告,"宫廷作曲家与布鲁格的英雄。"里奥夫不记得自己原本预料的场面是怎样,可那突然响起的高声喝彩令他大吃一惊。当然,他曾在公众面前表演过,也曾有人赞美过他作的曲子。可这次——有些不一样。他感觉自己的脸红了。

葛兰夫人不知从何处突然现身,挽住了他的手臂。她靠向他,在他脸颊留下轻轻一吻,随即转身面向人群。里奥夫注意到有人从另一边向他走来,那是个年轻男子。他把一只手放在里奥夫的肩膀上。里奥夫呆站在那里,只觉得越来越局促不安。

等人群终于安静下来,葛兰夫人对他们屈膝行了个礼。接着,她对里奥夫绽开笑颜。

"我想我应该告诉您的,你是今晚的主宾。"她说。

"抱歉,您说什么?"里奥夫脱口而出。

可葛兰已经转向人群。"朋友们,埃肯扎尔法赖非常的害羞,所以有这么多人慕名而来,既不会让他太过困窘,也让他用不着担心和我独处。不过这毕竟是我的房子,我还是有点特权的。"

话音刚落,笑声的合奏随即响起,而她的微笑也一刻未停。接着,她再次开口,语气突然变得严肃。

"这座大厅里金碧辉煌,"她说,"可别被骗了。外面就是黑暗,无论阳光是否闪耀。眼下的时日艰难而可怖,更糟的是,勇气也弃我们不顾。逆境成就英雄,那句古话不正是这么说的?可这儿又是谁成了英雄?是谁走出了悲剧的阴影,凭一己之力对抗崛起的邪恶?我——就像你们——曾绝望地以为,这样的人再不会降生在世上。可这个人,一个来自异国的人,甚至没有受过战斗的训练,却成了我们的救星,而我据此将他称为我们的英雄!从此以后,我们将称他为卡瓦奥!"

当人群再次欢呼时,有样东西落在了里奥夫的头上。他伸手摸

255

了摸,发现那是个金属头环。

周围突然又安静了下来,而里奥夫紧张地等待着,想看看接下去会发生什么。

"我猜他们想听您说句话。"葛兰夫人冲他微笑。里奥夫眨眨眼睛,扫视着那些期待的面孔。他清了清喉咙。

"啊,感谢你们,"他说,"我可完全没想到。完全没有。我,唔——可你们说得不太对。"

他紧张地看了葛兰一眼,她两眼间轻微的褶皱令他的不安更甚。"你那会儿在布鲁格,没错吧?"有人叫道。

"我是在那儿,"里奥夫说,"我在,但并非独自一人。你们不该赞扬我。阿特沃公爵大人和吉尔墨·奥科逊才配得上这些赞美。而且夫人,我必须得表示异议。我来这儿并不久,可这个国家有许多英雄。整个镇子的英雄。他们为你们死在了布鲁格。"

"听听,听听。"几个人叫道。

"这点毫无疑问,"葛兰颔首表示同意,"也感谢您的提醒,是该向他们致敬。"接着她冲他晃晃手指,仿佛在训斥孩子,"不过那天阿特沃公爵大人汇报情形时我也在场,如果说这个王国里还有人拥有祖辈的勇气与理智,那就是公爵大人了。的确,我本想今晚能邀请公爵大人,可他似乎已被派往东部进军,远离宫廷和伊斯冷。就算他不在场,我也不会质疑他的话,埃肯扎尔卡瓦奥,希望您也不会。"

"我绝对不会。"里奥夫说。

"表示怀疑。噢,我说得够多了。在这儿别太拘束,里奥维吉德·埃肯扎尔——这些都是您的朋友。等您有心情的时候,我希望您能试试我的新哈玛琴,并且告诉我音是否已经调准。"

"感谢您,夫人,"里奥夫谦虚地说,"我真觉得受之有愧。我马上就去。"

"我想您去不了,"她的表情高深莫测,"但您不妨一试。"

她说得对。他才走了几步,有个约莫十六岁的年轻女人就挽住了他的手臂。

"卡瓦奥,我能请您跳支舞吗?"

"呃……"他傻乎乎地眨着眼睛。她漂亮而又友善,椭圆的脸庞,棕黑的双眸,纯金的长发打着小卷儿。

音乐再度奏响,这次是一首三拍式的威沃尔舞曲。

他环视四周。"我没跳过这种舞,"他感到抱歉,"听起来有点儿快。"

"很容易学的,"她握住他的双手,向他保证,"我叫爱蕊娜。"

"很荣幸认识你。"里奥夫一面说,一面摸索着舞步。就像她说的,这不难——就像他少年时跳过的乡村圆舞——他很快就学会了。

"能第一个和您跳舞真太好了,"爱蕊娜说,"我很幸运。"

"的确,"里奥夫附和,感觉颈脖发烫,"运气成就的事可太多了。不过我宁愿听你谈谈自己。你来自哪个家族?"

"威斯特柏姆。"她回答。

"威斯特柏姆?"他摇摇头,"我才来这个国家不久。"

"您不可能听说过我们。"她说。

"噢,能教导出这么迷人的女士,那一定是个优秀的家族。"他说着,忽然觉得自己太过放肆了。

她付之一笑。和她跳舞的感觉很好,他的腿仍旧不灵活,笨拙的步子偶尔让他们的身体撞在一起。里奥夫已经有很久没有和女人这么亲近了,而且发觉自己乐在其中。

"宫廷是什么样的?"她问道。

"你没去过那儿?"

她看着他,吃吃地笑了起来。"您以为我是贵族?"

里奥夫在些迷惑。"我想是的。"

"不,我的家族只是些卑下的乡民——虽然我父亲是威斯特柏姆的埃希尔。您是不是觉得我没那么迷人了?"

"没有,"他否认,尽管他现在意识到,她说话带有乡下口音——虽不像吉尔墨那么重,可仍旧明显——而且与他所知的宫廷对话的腔调大为不同,"我也一样没有贵族血统。"

"可你内心是多么高贵啊。"

"没那回事。我很害怕。我几乎记不起来发生了什么,没被杀掉简直是个奇迹。"

THE CHARNEL PRINCE

"我想正是奇迹把您带给了我们。"爱蕊娜说。

乐曲伴随着敲击声而中止,爱蕊娜从他身边退开。

"我不能太贪心,"她说,"否则其他女士永远不会原谅我的。"

"感谢你与我共舞。"他由衷地回答。

"下一次就得您邀请我了,"她笑道,"像我这样身份的女孩,胆大妄为也就到此为止了。"

然而,这儿并不缺少胆大妄为的女孩,而似乎所有人都来自乡民家庭。在第四支舞后,他请求休息,接着朝负责分发酒水的侍者走去。

"呃,卡瓦奥,"一个刺耳的声音响起,"和我跳支舞如何?"里奥夫向声音来源望去,欣喜不已。

"吉尔墨!"他叫了起来,把这个小个子男人抱了起来。

"嗨,得了,"那人抱怨道,"我只是开玩笑。我可不想跟你玩单脚跳游戏。"

"可早先那位夫人在表示敬意时,你到哪去了?这场舞会应该为你举办,而不是我。"

吉尔墨大笑着拍拍他的肩膀,接着对他耳语。"我是跟着一群人悄悄混进来的。别担心——这场聚会不为我们也不为你。"

"什么意思?"

"你没仔细听那位夫人漂亮的演说吗?你没发现这些宾客的特点吗?"

"噢,他们似乎大都是乡民。"

"对。噢,这儿是有贵族的——那位夫人,当然,那边穿蓝衣服的是尼瑟盖尔德省的长官,还有夏尔公爵,法洛领主,弗兰姆·达庚领主以及他们的夫人,可这儿的大多数人都是乡民或是镇民。乡村和城镇的居民。"

"对宫廷里的一位夫人而言,举办这种聚会可够怪的。"里奥夫承认。

吉尔墨把手伸向经过身边的一只托盘,抄起两杯酒。

"我们过去一点,"他提议,"瞧瞧你的哈玛琴。"他们朝着仍旧横陈屋中的那架乐器走去。

陌生的关系

"这些家族是新壤的脊骨,"吉尔墨继续刚才那个话题,"他们也许没有贵族血统,可他们有钱,有民兵,还有那些佃户的忠心。他们与贵族家系的不和已经持续了整整一代,而现在情况变得更糟,特别是在布鲁格发生的那件事以后。王室和这些人之间有了一条深深的鸿沟,而这鸿沟每一天都在变得更宽、更深。"

"可阿特沃公爵——"

"他不一样,而且就像葛兰夫人说的,他被派走了,对吧?皇帝陛下也从不把目光转到这儿来。他不会听我们说话,不会见我们,更不会帮助我们。"

"可皇帝——"里奥夫试图反驳。

"我知道皇帝是啥样,"他说,"可他母亲,太后——她又在哪儿?我们也从没听她发过话。"

"可她——"他停了下来,不确定自己是否应该提起那件委托。

他抿了口酒。"那这又是怎么回事?"他问道,"为何会邀请我来?"

"我不知道,"吉尔墨回答,"可这儿有点危险。我只是溜进来警告你。一有机会我就离开。"

"等等。你说有点危险是什么意思?"

"贵族像这样招待乡民的时候,通常可不只是为了示好。特别是在没人清楚谁在真正统治国家的时候。葛兰夫人有个儿子,你也见过——他刚才就站在你旁边。我猜你知道他父亲是谁。"

"噢。"里奥夫倒吸了一口气。

"哎。听我的劝吧——在那哈玛琴上弹点啥,然后赶紧离开这儿。"

里奥夫点点头,想知道如果他提出要求,阿鲁雷克会不会答应带他回去。

他们走到乐器边上。它很漂亮,有漆成深红色的枫木琴身和黑黄相间的琴键。

"既然眉棱塔给烧了,你现在在哪工作?"

"阿特沃公爵给我安排了个新职位,"吉尔墨说,"圣索恩格拉夫的一座眉棱塔,就在米欧维斯附近。离这儿不远。"

THE CHARNEL PRINCE

"这真让我高兴。"

他在凳子上坐定,回头望去。吉尔墨已经不见了。他叹息一声,轻抚琴键,一连串轻快的音符从手底流泻。

这是他的一首旧作,格拉斯提公爵非常喜欢。他也曾将其视为得意之作,可现在却只觉得它笨拙而幼稚。他加快了节奏,将曲调加以变化,想让它显得更加有趣,可当一曲终了,他只觉得它虚有其表。

令他惊讶的是,在最终的音符之后传来了掌声的致意,接着他发现有一小群人聚集起来,葛兰夫人就在其中。"简直令人陶醉,"她赞美道,"请再弹些别的吧。"

"您想听什么都行,夫人。"

"我想知道能否委托您作首曲子。"

"非常荣幸,不过我已经接受了一项必须优先完成的委托。"

"我只是想要您为这个场合创作一首曲子,"她坚持,"我听说您能做到,而且我和夏尔公爵打了赌,就赌您能不能即兴写出令人满意的曲子。"

"我可以试试。"他勉强答应。

"不过看看这儿,"公爵突然插嘴。这个臃肿的男人穿着一件绷得很紧的短上衣,"我们怎么知道他是创作,而不是弹奏那些不太出名的老曲子?"

"我想他的正直值得信赖。"葛兰回答。

"跟我的钱包有关就不行。"公爵叫嚣道。

里奥夫清了清嗓子。"如果可以的话,公爵大人,请哼一段您最喜欢的调子。"

"好吧……"他思索片刻,接着吹出几个音节。人群中传来轻笑,里奥夫则在猜测那曲调究竟是什么。

里奥夫发现爱蕊娜也在人群中。"还有你,亲爱的,"他说,"再给我一段旋律。"

爱蕊娜脸颊通红。她紧张地看看四周,随即唱道:

Waey cunnad min loof, min goth moderp

260

陌生的关系

Waey cunnad min werlic loof?
Thus cunnad in at,is paed thin loof
That ne nethal Niwhuan Coonth

她有副悦耳的女高音。
"非常好,"里奥夫说,"这就是开头。"
他开头用的是爱蕊娜的曲子,因为它开始时是个问题:"我要如何了解我的爱人,好母亲?我该如何了解我的真爱?"他换上忧郁的曲调,带着非常轻的低音和声,接着是母亲的回答,用更为丰满和华美的和弦奏出,"看他的外套就能知道,针线的活儿他不会知晓。"
此时,他把这两段旋律分开,并将其交织在一起,在每个对位旋律处都加上公爵的口哨声,那音调几乎高到哈玛琴的极限。当众人听到时,几乎所有人都大笑了起来,里奥夫自己也在笑。他本就猜测将这首爱人谜题之歌与另一首较为粗俗的曲子的并奏会令人发笑,而此刻他将其组成了对话:女孩在询问该如何了解她的爱人,有个好色之徒偷听了她的话,而严肃的母亲警告那家伙滚开,旋律在砰响声中到达高潮,仿佛是母亲朝他丢出了一只瓦罐,让那人落荒而逃,他的旋律也随之飞快地消退下去,最后只剩女孩的部分。

Waey cunnad min loof?……
我该如何了解我的爱人?……

喧闹的鼓掌喝彩声接踵而至,里奥夫突然觉得自己就像在酒馆里演奏,这不像他去演出过的那几个宫廷中,那种礼数周到却往往是违心的致意。这些喝彩真诚到了骨子里。
"真是太出色了,"葛兰夫人说,"您拥有杰出的才能。"
"我的才能,"里奥夫谦虚地道谢,"这一切都归于诸位圣者。但我很高兴能让您满意。"
这位夫人笑了笑,开始说起别的话题,可门那边突然发生的骚乱让所有人都转过身去。里奥夫听到金属碰撞与痛苦的号叫声,还有面目狰狞的人穿甲携剑冲进大厅,后面还跟着射手。整个房间仿

THE CHARNEL PRINCE

佛就要在混乱中炸开,里奥夫试着站起身,可背后有人撞上了他,让他跌倒在地。

"皇帝陛下有令,"一声沉重的怒吼盖过了无处不在的喧嚣,"以通敌叛国的罪名,你们全都被捕了。"

里奥夫想要爬起来,接着有只靴子踢中了他的脑袋。

第八章 斯宛美

尼尔绷紧了身体，看到他的每一条前行之路都黯淡下去。如果杀了斯宛美，他就能保护安妮到达目的地，并为王后效命。这也是他此刻达成目标的唯一方法。可若杀死一个他承诺过不去伤害的女子，也就意味着他所有荣耀的终结。

不管如何选择，他都肯定会死。

他凝视着斯宛美洁白的咽喉，想要她靠近，又惊讶于自己能如此不公地对待她。

她微微颔首，一缕短发盖上她的脸颊。"我真希望能满足您的愿望，尼尔阁下，"她口气真诚，"可我不能带您去鄱堤。我就快要逃脱了，您明白吗？如果我顺从您的意思，就会把所有人都卷入危险。而且您很可能会被杀，这是我不愿看到的。"

他把头靠在枕上休息。视野中有光点在翩翩起舞，有那么片刻，他很想知道她是否用某种法术迷惑了自己。

可他发现那是战斗本能的狂热余韵。如今它正渐渐消退，但他的血仍旧流得飞快。他开始发抖。

"您还好吗？"她问道。

"我刚才有点头晕。"他说，"请告诉我。您说我会被杀——这是什么意思？"

"我对您说过，您朋友的船逃离了港口，这些都是真话。但他们在被追踪——我看到有艘船跟在他们后面。就算他们不会在海上被抓，也会在鄱堤被捕。我想到那时会有场战斗，而您这情形可不适合参战。"

"求您了，女士。带我去鄱堤。不管您在烦恼什么——不管在追赶您的是什么——我都会保护您。可我必须到鄱堤去。"

"我相信您会努力保护我。"斯宛美丝毫不为所动，"可您不会成功的。您不明白吗？那些袭击您朋友的人——我也在避开他们。

您的敌人就是我的敌人。救您的命让我担上的风险比您所知的更大。如果他们看到我，认出我的船，一切就都完了。"

"可——"

"您知道您保护不了我，"她温柔地说，"那个**纳斯乔克**是杀不死的。他在您毫发无伤时打败了您——您觉得您现在能比那时更强吗？"

"纳斯乔克？您认识他？您知道他是什么？"

"只在古老的传说里听说过。这种东西本不该再存于世上，而且直到不久前，他们还不存在。可如今死亡的法则已被打破。"

她的声音变得有些怪异，就像在非常远的地方和他说话似的。她的双眸变成了两面镜子。

尼尔试图坐起。"女士，您是何人，为何知道这些事情？您可是黠阴巫师？"

她虚弱地笑笑。"我对那些技艺略知一二，当然有一些您可能闻所未闻。"

"我不相信，"尼尔说着，感觉身体冰冷，"您太好心了，女士。您绝非恶徒。"

她的双眉低垂皱起，可嘴角却在上扬。她双手合拢，指尖相抵。"感谢您，"她说，"我也不认为自己是邪恶的。可您为何会这么想？"

"黠阴巫师都是邪恶的，女士。他们修习禁忌的技艺，教会痛恨他们。"

"是吗？"她反问。

"我听说是这样。至少我相信是这样。"

"那或许您错了。或许我确实是恶徒，只是我们对何谓邪恶的看法不同。"

"没有什么看法不同，女士，"尼尔坚持己见，"邪恶就是邪恶。"

"您生活的世界很单纯，尼尔阁下。我并不羡慕，事实上，我嫉妒您。可我相信事物比您想的要复杂得多。"

他正准备反驳，却想到方才自己面对的选择。或许确实是复杂得多吧。他又不是教士，犯不着争论这种事。

死亡的法则已被打破。法丝缇娅在影中伊斯冷说过这句话。

"女士，很抱歉。您提到了一些我不明白的事。死亡的法则是什么?"

她吃吃笑出声来。"很简单啊,就是亡者永亡。"

"您是说那个和我战斗的男人是死人?"

"不,不太确切。可他还能存在,是因为应该死去的某个人没有死。某个人离开了命运之地又再度归来。这改变了世界,尼尔阁下,打破了它的某些法则。这让从前不可能出现的事物现身,创造出从未存在过的巫术。也正是这件事让我能够逃脱。"

"从哪儿逃脱,女士?是谁在追赶您?"

她摇摇头。"这是个老故事了,对吧?女人被关在塔上,等待王子来拯救她?可我等过了,尽了我的义务,却没有人来救我。所以我只好自己逃出来。"

"什么塔?"

她用手指梳理着头发,接着低下头,这是他第一次看到她露出受挫的姿势。"不,"她低声道,"我不能如此信任您。我不能如此信任任何人。"

"您的船员呢?他们也不行?"

"对他们我没有选择——而且我认为他们爱戴我。如果我错了,此刻您和我都没法在这说话了。然而,过上一天、一个月或是一年,他们中有个人会背叛我。人就是这样。"

"您用某种方法预言过吗?"

"不。但这很有可能。"

尼尔叹了口气。"您的神秘简直无处不在,斯宛美女士。"

"那或许我就是无。"

"我不那么想。"

她一脸愁容地笑了。"如果我能帮您,我会的,尼尔阁下。可我不能。"

"那就让我在下一个港口下船,"他恳切地说,"让我自己过去。我不会把您的事告诉任何人。"

"是我的陪伴让您厌倦了吗?"她问道。

"不。可我的职责——"

"尼尔阁下,请相信我说的,抛下责任的痛苦将会渐渐消退。"

"不可能。而且您也不会这么想。您太善良了。"

"刚才您还说我邪恶呢。"

"我没有。我说您绝非恶徒。"

她思考了一番。"我想您是说了,只是兜了个圈子。"她耸耸肩,"可不管您说的是对还是错,我还是相信生命比职责更重要。"

"是的,"尼尔说,"可没了职责,剩下的生命便毫无意义。"

她站了起来,步入阴影,随后转身看着他,眼中闪动着些许野性的光芒。"当您落入水中,"她说,仔细斟酌着词句,"您还有知觉。可您没有试图脱下您的盔甲。没有松开任何甲扣。"

"我没想到去脱下它,至少在一切太迟之前都没想到。"尼尔回答道。

"为什么?您并不蠢。也并非不熟悉盔甲。任何快淹死的人都会尝试去脱下它,而且绝不迟疑,除非——"

"除非什么,女士?"

"除非他认为盔甲是他的一部分,他认为不应该脱下。除非他宁愿死也不愿脱下盔甲。或许,这就像他本就想死一样。"

他感觉有片刻迷失了自我。她怎么能——?"我没想过死,斯宛美。"尼尔坚持道。

她踱回灯光中。"她是谁?是法丝缇娅吗?"

尼尔觉得自己就像被一支飞旋的箭矢射中。他张开嘴,可知觉还被抛在身后。

"我没听过那个名字。"他撒了谎。

"您在梦中叫了这名字许多次。她是您爱的人,不是船上那个女孩,对吧?"她的声音更显低沉,"克洛史尼国王有个女儿就叫这个名字。他们说她在卡洛司被杀了。"

"女士,您是谁?"尼尔询问道。

"谁也不是,"她回答,"您的秘密在我这很安全,尼尔·梅柯文。我问您这些问题的唯一理由就是满足我的好奇心。"

"我不能相信您的理由。"

"我知道。您真的想死吗?"

尼尔叹息一声,头向后靠去。"您的话题换得可真快,女士。"

"不。我自始至终都在说这个。"

"我没寻死,"尼尔说,"可我——我想我是觉得解脱了。因为再没有我可做的事而解脱。"

"接着我把一切都给毁了。"

"您救了我的命,我很感激。"

斯宛美看着自己的指甲。"曾经有一次,尼尔阁下,"她说,"我站在这儿,手里拿着一把剃刀,对着我的手腕沉思默想。还有一次,我拿着一杯毒酒,距离唇边只有数指之遥。在我认识的所有人之中,我想或许您能明白,职责那无休止的压迫会熄灭我们的生命之火。"

"职责就是我的生命之火。"

"是啊。可若您让它失望,或者更糟——它让您失望,您就会一无所有。"

"不。"

"我脱下了盔甲,尼尔阁下。我没有淹死。我会找到更好的事物充实我的生活,更好的理由去度过每一天。"

"可您还没找到。"

"现在是您在改变话题了。"

"这样我们就扯平了。"

"可您失败了,"她答道,"现在我已经不想说这个了。"她向他走来,再次在他身边坐下。

"我不关心您是什么人,尼尔阁下。我也不关心您为谁效命。但我很希望您能为我效命。我需要您这样的人,您这样可以信赖的人。"

尼尔无力地笑笑。"如果我背叛了一位主人,您又如何能相信我不会背叛您?"

她点点头。"您说出了重点。我本希望您不会想到的。"

"可您已经想到了。"

"当然。可在我看来,您是被人背叛,而非背叛别人。"

"我效命的那个人永远不会背叛我。"

"这话可跟您的梦中低语不一样,"斯宛美说,"我现在得走了。好好考虑我说过的话。"

"我不认为我会改变想法。再次恳求您——让我在下个港口下船。"

"如果您拒绝我的提议,我会等您康复到能够旅行时让您下船,但不会提前。"她说。

他目送她离开,通过开启的房门,听到了海鸥的刺耳叫声。他等了半晌,不顾自己身侧的痛楚,走向舷窗。

蓝宝石般的海水在阳光下舞动,而在不到一里格远的地方,他分辨出了一条海岸线。

那么这就不是诡计。如果他们的航路是朝向鄢堤,就应当在深海区域。赖尔海的南部没有这么大的岛屿。

他退回床上,回忆着自己梦中低语的内容。或许那只是猜测?太后没有背叛他,可……他觉得自己受到了背叛。她把他远远遣走,而自己却身处危险的宫廷。如果她遭到袭击,他什么也做不了。他曾恳求她让自己留在她身边。

可当她最后派走他时,他却松了口气,因为他潜意识里觉得她的死期即将来临,这样他就不必为此负责。在维特利安,他再次感觉自己真正活着,真正胜任他的任务,去面对自己看得见和能够对抗的敌人,就算他们都是杀不死的怪物,也比影子里都藏着杀机的宫廷要好。

为斯宛美效命有着某种吸引力,而他内心深处的某个部分正蠢蠢欲动。

您已经忘记我了,法丝缇娅曾对他说。

我没有。

已忘,将忘。都一样。

泪水流下他的脸颊,而郁结在他胸中的那条长达百码的痛苦之绳逐渐解开,他将脸埋在床单里,失声痛哭。

三个钟头后,她回来了,此时夕阳已落入世界尽头的森林之下。他装作已经睡着,而她也没打算叫醒他。他听到她坐在屏风后的帆布床上,听着她辗转反侧,然后呼吸逐渐柔和,变得微弱而规律。接着他站起身,手按绷带边缘,悄然走过舱房的木制地板。

舱门上了闩,但没有锁,他拉开一条缝隙,向外窥视。甲板上

陌生的关系

大部分区域都很安静，只有来自月亮的朦胧亮光。两个男人站在驾驶盘处交谈，话里带有轻微的口音。另一个人在几王国码以外倚着舵板处的栏杆。然而，从这儿到后甲板处一个人都没有。

他轻手轻脚地把门又推开一些。

他差点撞上个人。他就靠在舱门的外侧，一支长矛横在他膝盖上。

她说得对。她是需要更好的守卫。可尼尔不会成为他们中的一员。

当他走到船边时，没有人高声叫喊。他睁大眼睛，试图借着月光看清早先见到的陆地是否仍在附近。他觉得自己看到了远方的灯光，尽管那可能是这边火光的倒影。

他毫不迟疑地跨过了栏杆。

他落入水中，浪花飞溅。他因寒冷而颤抖，可却将背转向上方，两脚踢打着海水，希望身侧的伤口不会再次裂开。他没想过到了岸边该做什么，可在这艘船上的每一天都会让他更加远离应去之地。

"*Hwas ist thata*?" 有人大叫着，"*Hwasfol*? *Airic*?"

"*Ne，ni mih.*"

尼尔面色阴沉，更加固执地向前游去。他了解这种语言——那是寒沙语，敌人的语言。

人声逐渐变得模糊。有一次他觉得自己听到了斯宛美的声音，但不能确定。之后便只剩他独自和海浪搏斗。

双臂很快变得沉重，除了肋骨处火燎般的痛楚之外，他能感到身体的温暖也在逐渐流失。如果海岸还不在附近，那他就能完成那次被斯宛美阻止的死亡了。

她说得对吗？他真的想死？

王后的形象随即浮现，她苍白的脸庞和黑色的头发，还有从四面八方向她伸去的手，可那情景稍纵即逝。接下来他在月亮的半张圆脸里看到的是斯宛美蓝色的双眸。一股怪异的失望感将他压倒，还有更多的疑问，永远的疑问。如果她是寒沙人——现在他可以确定这点——那她为何要帮他？她又在逃离什么人？

大海从他身下升起，他的脸没入水中。他从口鼻中喷出水，转而仰面游去。他听到轻微的嘘声传来，那或许是海浪，又或许是心脏濒死的跳动。

THE CHARNEL PRINCE

他继续游向前方。这是他唯一能做的事。

他醒来时,看到了蔚蓝的天空和噼啪作响的温暖火堆。有那么一会儿,他觉得自己在做梦,可斯宛美的声音让梦境分崩离析。他觉得舒服极了,就好像睡了整整十天。身侧的痛楚如今只剩下难以触摸的一丁点儿,在这一瞬间,他再次觉得离开伊斯冷之后发生的一切或许只是一场梦。

可他接着听到身边的谈话声,那是寒沙语,便伸手去拿他的剑。

"您是个非常愚蠢的人。"斯宛美的声音对他说。

他睁开双眼,坐了起来,发现自己躺在一张毯子上。火堆就在附近,再前方是一片沙滩和大海。两条长木舟被拖上岸,放置在海滩上,而斯宛美的船停泊在离岸一百王国码的海中。

海岸的另一侧是片盖满了低矮尖细野草的平原。斯宛美就坐在火堆边的一条板凳上。她的手下似乎在忙着搭帐篷。最近的两个人正往一只模样古怪的小鹿肚子里填料。

斯宛美戴着顶宽檐帽,就像个真正的瑟夫莱,可她的脸却显得疲倦而憔悴。双眸中的蓝色变得黯淡,仿佛失去了生气。

"对不起,"他哑着嗓子道歉,"我必须一试。"

"我现在明白了,"她回答,"但这不会让您显得更聪明。"

他点点头,勉强承认。

她耸耸肩。"我们在泽斯匹诺没能补给充足。我的人正在想法补救。"她仰起头来,"您感觉如何?"

"棒极了。"他回答。

"很好。您还记得什么吗?"

"我记得的最后一件事是海浪的声音。"

"我们发现您躺在岸边。您的伤口开裂,呼吸微弱,身体冰冷。"

"可现在——发生了什么?"

"正如之前所说,我了解一些技艺。我犹豫不用是因为它的代价过于高昂。"她露出骇人的笑容,"您很幸运,因为生死之间的那道墙是如此单薄。"

恐惧在尼尔心中蔓延。"我死过了?是您——?"

"您没死。您的生命曾像风中摇曳的烛火,但它并未熄灭。"

"女士,不管您用的是什么巫术,您都不该再用了。告诉我它的代价,而我将做出补偿。"

"那代价不需要您来偿还,"她温柔地拒绝了他,"而且已经过去了。"斯宛美的声音变得坚定,"另外,那是我自己做出的决定。别害怕,您不会被诅咒,也不会被安胡尔萨的灵魂附身。您也无须步入黑夜,按我的命令作恶。"

"我从未想象您会伤害我。"尼尔回答。

"是吗?可您还是在欠我一命时弃我而去。"她抬高了声量,"您不明白吗?您在泽斯匹诺就抛弃了生命,还有随它一起的职责和义务。您把它丢弃,而我将它捡起。现在它就是我的了,您不承认吗?您不觉得该对我负责吗?"

"我当然觉得,"尼尔脱口而出,"那就是问题所在。如今我欠了您两次,可我无法报答。这让我很苦恼,女士。您明白吗?您把我放在涌起的潮水和悬崖之间——"

"而你除了再淹死自己一次之外想不到更好的主意。"

她嗤之以鼻。"够了。这事结束了。"

"结束?"

"您永远不会为我效命,我现在明白了。可您确实欠我两次,我也希望您不会忘记这点。等我哪天有事相求,您得答应。明白吗?"

"只要我做得到。"

"不。如果您觉得有义务报答我,那就把这当作誓约吧。短时间里我是不会来找您的。"

他叹口气,向她妥协。"您是说,只要我接受这个誓约,您就会放了我?"

"嘘。我们中午就离开,不管您现在说什么,我都会带您去鄱堤。但只要您有斯科人传说中的诚实,您就会遵守我的誓约。"

"以我父辈信仰的圣者之名,我在此宣誓,接受誓约,"尼尔承诺,"当您需要我时,我就会来,只要那不会伤害到我负责保护的人。"

"很好。"她站起身,目光越过远方的旷野,"我从未登上过泽斯匹诺的海岸。"她轻声说道,"这是我踏上的第一片陌生的土地。它真美。"

"女士——"

"把船准备好。"她用寒沙语对手下喊道。接着她大步走开,再没有回头看他一眼。

陌生的关系

第九章 风与海

"他们会追上我们吗？"安妮问道。她专注地看着追击者船上的桅杆在高高的海浪间忽隐忽现。天空就像一块蓝绿色的宝石，只有几点白云的瑕疵。视野中没有陆地。

马可尼欧船长把长满老茧的手放在栏杆上，身体前倾。她意外注意到，他出汗时和卡佐一样会散发出轻微的杏仁味。

"只有尼图诺领主知道，"他叹息，"这是艘快船，一艘盐标制造的盈狼船。而且他们船后有一股强风。"

"他们比我们快？"安妮问道。

"快得多了。"

"那他们就会追上我们。"

马可尼欧挠挠胡子。"啊，你看——亲爱的，除了速度还有些别的因素。我们顶风航行的能力比它好，而且我们船的吃水比较浅。如果能在傍晚前到达特纳非附近的浅滩，我们就会有一次机会。"

"只有一次机会？"卡佐讥笑道。

马可尼欧眯起眼睛看着他兄弟。"我平时可很少需要逃脱军舰的追捕，"他刻薄地指出，"实际上——哎，从来就没发生过这种事。因为有你的陪伴，才让我有了如此宝贵的经验，兄弟。说真的，这让我想到，如果我丢下我的乘客们，追击我的人或许就会满意。"

"你不会那么做的。"安妮说。

马可尼欧的眉毛猛地一挑，盯着她，就好像她刚才是在问能不能砍掉他的脚。"抱歉，你说什么？我想知道你是怎么得出那种观点的？"

"那些人从圣塞尔修女院时就一路追赶我。他们杀死了在那儿的每个修女。有什么理由让你觉得他们会放过你？"

"还得考虑海事公会。"查卡托醉醺醺地补充。他晃了晃不知道从哪找来的窄颈酒瓶。"你知道不管有啥理由，他们绝对不会允许

THE CHARNEL PRINCE

别人挑衅自己的船。我们后边那船的船长不会冒那种风险的——他不会给你机会去告发他的。所以别做傻瓜。"

"放松点，老人家，"马克尼欧安慰他，"你知道我刚才说的——只是说笑。要想办法甩掉他们，我们是不可能和他们对抗的。像那样的船会装载有三到四门劲弩，或许还配备了火炮。我的兄弟不会有机会用他的剑，除非他们有某些理由想要留这女孩活口。"他回头看着安妮，"有没有可能是这样？"

"我不这么想，"安妮说，"我觉得他们只想看到我死。"

"而你仍旧不愿意告诉我原因？"

"我还不知道原因。"安妮无力地说。

"噢，"马克尼欧说，"那我们就跑吧，希望这阵风比较偏爱我们。"

他们驶入风中，航向急转北方，起初那艘大船看起来被抛远了一些，可它很快又再次加速。此刻还没到正午。

"除非我们运气好，否则他们会在我们到浅滩之前就赶上我们。"马可尼欧最后总结道。

"噢，那么，他们就要来找架打了。"卡佐对他兄弟挤挤眼，将手放在细剑的剑柄上。

"我告诉过你了，"马可尼欧说，"只要他们能在远处击沉我们，就没有理由接近。"他双手叉腰，"可如果他们想来白刃战——那个拿着发光剑的家伙——你要怎么和他打？你码头上的朋友打中他的那下足够让他死无全尸的了。可上次我见他时，他还活得好好的。"

"我跟这种家伙打过，"卡佐用一种自信得过了头，在安妮听来显得怒气冲冲的语气说道，"我会砍下他的脑袋，把他扔到海底去。"

"上次是我往他头上丢了块砖头，"查卡托提醒他，"这次我该丢啥？"

卡佐耸耸肩。"或许一根锚？总归找得到能丢的东西的。"

马可尼欧合拢双手。"什么？这回不来一对一战斗了？你的荣誉感去哪了？"

"要和地狱的帮凶战斗用不着讲什么荣誉，"卡佐毫不理睬他的挑衅，"我发誓要保护这些女士。就算这战斗会让荣誉受损，也在所不辞。"

陌生的关系

马可尼欧转转眼珠。"反正也没关系,"他说,"如果不算泽丝翠戈凯司娜,他们的人数就是我们的两倍。想丢就丢吧,虽然我就那么几根锚。"他冲着逼近的战舰点点头,"但他们是不会靠近的。看到那些劲弩了没?我跟你说过什么来着?"

安妮看到那一艘船的甲板上安放着几架奇怪的装置,但她不明白它们的作用。这时候奥丝姥开口发问,把她从耻于提问的困境中拯救出来。

"那是一种巨大的机械弓,"马可尼欧解释道,"能丢出石块、铅弹、火罐——之类的东西。"

"你就没有什么作战武器吗,船长?"安妮有些好奇,"能够反击的方法?你从前肯定用它们击退过海盗。"

马可尼欧摇摇头。"我们有一架小型劲弩。对付那一小撮敢于面对公会怒火的海盗足够了。"

"那我建议你把它架好。"查卡托说。

"我想你说得对,老先生。一点点抵抗总比没有强。而且尼图诺或许会对我微笑的。他过去就这么干过。"

五个钟头过后,那些追击者试着朝他们抛出几块石头。石弹在中途落下,但距离目标不远,马可尼欧的水手们紧张地拿着弓,并且架设起他们的劲弩——它确实更像一张大号的十字弓。此时安妮已经能听到另一艘船上水手说话的声音,看到他们从甲板和帆索处四散逃离。

"在他们进入我们的射程前,我们就会先受到攻击,"马可尼欧说,"女士们,我建议你们躲到甲板下去。"他的目光转向海平线,黑色的云团正在那汇聚,"我不常期待风暴,但你们不妨向崇拜的哪位圣者祈祷风暴会比那些家伙先赶上我们。只要有一阵风,我们就能甩掉他们。"

"我要留在这儿。"安妮说。

"留在这做什么?"卡佐反问。"你会射箭?"

"我可以试试。"

"我们没那么多箭可以浪费,"马可尼欧命令道,"下去。这是我的船,而且这是命令。"

安妮准备好了另一句反驳,却任由它在唇后消逝。尼尔阁下就是被她糟糕的判断力害死的。马可尼欧远比她更了解海上作战。

"来吧,奥丝妮。"安妮说。

"拿着这个。"卡佐说。他把匕首的柄递向她。

"我有一把了。"

"我没有。"奥丝妮忽然插嘴。

"那你拿着吧。"卡佐回答。

奥丝妮接过武器,绷紧了面容。"我想和你一起待在上面。"她说。

卡佐笑了笑,拉过奥丝妮的手。"我兄弟这次说得对,"他柔声劝道,"在上面,你只会成为拖累。知道你在下面安全地待着,我就能按圣者的意愿和他们战斗。"

奥丝妮目光低垂,接着突然探身过去,吻上他的嘴唇。

"不要死。"她说。

"不会的。"他向她保证,"我可不想死在海上。去吧,勇敢点。"

她点点头,转过脸,蹒跚地走向船舱,试图掩饰脸上不断滚落的泪水。

卡佐望向安妮,片刻之间,她甚至没法移开与他相交的目光,那种感觉就像在做坏事的时候被抓了个正着,而且找不到任何辩解的理由。

卡佐打破了这道魔咒。

"噢,那是一个幸运之吻,"他说,"再来一个如何?"

"没什么幸运之吻,"安妮轻声说道,"而且你仍然是个傻子。"

接着她跟上了奥丝妮。

"她说得对,"马可尼欧等两个女人都消失在视野外时说道,"你是个傻子,而且在玩傻子的游戏。"

"你这话算什么意思?"卡佐显然被激怒了。

"两个女孩。你期待那位露芙拉对你垂青——丢沃清楚为啥——可你却在对她的朋友大献殷勤。"

"我对安妮没兴趣,"卡佐说了谎,"就算有,也和你无关。"

"你对她的兴趣明显到让我快要送命了,所以这完全和我有关,"

马可尼欧嘲笑他,"不过我懒得去追究。说到底,玩弄女孩的心是很残忍的。"

"安妮可没有心。"

"我现在说的是另一个。"

"呃,不过你刚才说我们就要被杀了,所以没机会发生那种事了。"

"噢,是啊,这对你来说是最好的结果。"令卡佐惊讶的是,马可尼欧拍了拍他的肩膀,"去下面躲着吧。在他们真正接舷之前你派不上什么用场,假使他们真会靠近的话。"

他大步走开。

"等一会儿。"卡佐叫住了他。

他兄弟停了下来。"就一会儿。"

"你对查卡托了解多少?"

马可尼欧耸耸肩。"应该比你少。你想说什么?"

"泽斯匹诺的一个人——一个认识他的人——叫他埃穆拉图。"

"真怪。"马可尼欧不情愿地承认。

"我也这么想。"

"他确实参加过战争,"马可尼欧想了一会儿,"几乎每个人都参加过,就连父亲也一样。"

"对,但他是指挥官?那他为何——?"

"他为何毕生致力于教导一个品行不端,来自没落贵族家庭的崽子如何挥剑?我不知道。或许你该问他。"

"你有没有试过问他什么私人问题?"

马可尼欧笑了。"有一两次吧,在我年纪很小,还不太懂事的时候。但他一直很爱你,卡佐。你对他来说是与众不同的。他是为了你才留下。"

"是谁杀了我们的父亲,马可尼欧?"

他哥哥脸部的线条软化了些。"卡佐,我永远弄不懂你。或许还是孩子时——我们也曾相处愉快,不是吗?你总是那么严肃又冷静,就像位小小的祭司。可在父亲死后——"

"我不想讨论这个。而且我们没有时间。"

"这也许是最后的时刻了。"马克尼欧同意,"在父亲死后,你

THE CHARNEL PRINCE

拿起了剑,就好像别无选择一样。和每个小男孩一样,你发誓要为他复仇。我们没有告诉你有关那场决斗的一切,因为我们害怕你会离家出走,去找那个人报仇。"

"我会的。"

"可当你长大后,而且成了——别怀疑——埃微拉最好的德斯拉塔,或许是特洛梅菲最好的——你却不再追问,也再没去找过那个人。"

"因为我再也不在乎了,"卡佐傲然回答,"父亲是个傻子。他把我们的财产挥霍一空,还让自己被杀。"

"你每天都在决斗,"马可尼欧说,"又为何责难只决斗过一次的父亲?特别是你还对那场决斗的详情一无所知?"

"我知道他是从身后被刺中的,"卡佐轻声说,"我看到尸体了,马可尼欧。什么样的斗剑者能从背后击中他?"

马可尼欧的脸无声地抽动了几下。"我没有亲眼目睹那场搏斗,你也没有,"他最后说,"怎么突然又关心起这个了?"

"我不知道,"卡佐摇头,"这想法就这么蹦进我脑子里了。"

"查卡托当时在场。他才是你应该询问的对象。可——父亲没那么差劲,卡佐。母亲还活着时,他要好得多了。大部分的他都随她而去了。"

紧接着是又一阵难堪的沉默。

"你最近见过切斯科吗?"卡佐换了个话题。

"两个月前才见过。他很好,并且有了一条属于自己的船。要知道,我们永远欢迎你加入。"

"我不能抛弃我的名字和我们的家,"卡佐说,"我不能。"

马可尼欧转了转眼珠。"看看你身旁,"他指出那个事实,"你已经这么做了——只是你还没发觉。"

卡佐长叹一声,朝远方的那阵风暴望去。"它没法及时赶来帮我们了,是吗?"

马可尼欧摇摇头。"它根本没往这边来。"

安妮坐在她的帆布床边,感觉又有些反胃。奥丝妮则透过厚厚的窗玻璃向外窥视。

陌生的关系

"他们是从后船舷那儿追来的,"安妮提醒她,"在另一边。"

"我知道,"奥丝娓倔强地说,"我只是——我们应该上去。"

"他们说得对,"安妮说,"我们只会碍手碍脚。"

"我们也许能帮上忙,"奥丝娓主张道,"我们又不是没遇到过危险。"

"是啊,可我们根本不了解航海和劲弩。而且我想马可尼欧船长相信如果敌人看不到我们,就有些许可能让他们以为自己追错了船。"

奥丝娓摇摇头。"那些人有魔鬼指路。直到我们死去,他们才会停手。"

"直到我死去,"安妮纠正道,"他们在追的是我,不是你们。"

奥丝娓的眉毛拧成一团。"你不是又想一个人逃跑吧?你向我承诺过不会的。或许你现在觉得不必对我守诺了?"

"你这话是什么意思?"安妮听出她话中有话。

"没什么。"

"瞧啊,是你总和卡佐待在一起。也是你没空理我。"

奥丝娓别过脸,用比呼吸还轻的声音说了什么。

"你说什么?"安妮问道。

"没什么。"

"告诉我!"

奥丝娓转过头,双颊涨得通红。"你对我撒了谎!撒谎!你到底是谁?"

安妮被她彻底的狂怒吓得后退几步。"你究竟在说什么?"

"我是说你知道他们为什么追赶你。你知道,而且你不愿告诉我。就像你说的,我会像你一样死去,还有卡佐,还有查卡托——就像尼尔·梅柯文一样死去!"

"不要提他!"安妮粗暴地打断她。

"为什么?不正是你的过错让他被杀的吗?"

安妮涌起的怒意在瞬间崩塌,凝结的愤怒、悲痛与挫折梗塞于喉中。她半天吐不出一个字来。

这很好。奥丝娓有很多话要说。

"你在修女院的时候就变了。你能看到别人看不见的东西。你能做到别人做不到的事。我一直在等你解释,可你根本不想解释,不是吗?"

"奥丝娆——"

"你不相信我,是吗?就算我永远都是你忠实的朋友,就算那会让我卷入危险?"

"你不明白,奥丝娆。我不明白。"

有东西打中了船,而他们听到甲板上有人在高喊。

"噢,这可不太好!"奥丝娆尖叫起来。

当追踪者在背风处向他们投去船影时,德里亚·普齐亚的船帆静止下来,片刻之后,第一枚飞出的石弹命中了船首,发出空洞的砰响,随后弹落水中。

"损伤不重。"卡佐评述道。

"他们只是在计算射程,"马可尼欧阴沉着脸说,"下一次会更重了。"

"他们不打算再靠近了?"

"对。他们是在确保我的武器没那么远的射程。他们挡住了风,所以我们没法前进。他们会待在那猛轰,直到我们沉没。"

"那你为啥架起劲弩?"

"如果他们够蠢就有用了。但他们不蠢。"

当卡佐还在观察的时候,敌人的两门劲弩几乎在同时开了火。两发燃烧着的炮弹飞向天空,划出两道浓重的黑色尾烟。

"我想这比你说的更糟。"卡佐说。

一枚炮弹无害地跃入海水,另一枚却正中甲板中央,绽放出一朵火焰的郁金香。马可尼欧的一名水手身上也着了火,他尖叫着倒向甲板,拍打着身体,而他的同伴试图用一条湿帆布闷熄他身上的火焰。

卡佐紧紧握住卡斯帕剑的柄,指节发白。马可尼欧说得对——他永远不会有机会杀掉他们中的任何一人。他的一生从未感觉到如此无力。

他望向他的兄弟,想要问他有什么可做的,可却发现马可尼欧并没在看另一艘船,而是将目光投向大海的彼方。而且他在笑。

"怎么?"卡佐问道。

"瞧那儿,"他说,"那儿的水。"

卡佐顺着他的目光望去,却没看到任何特别的东西。

马可尼欧把手放在舵手的肩膀上。"准备转向,"他叫道,"你瞧见那边了吧?"

"喔,我瞧见了,"舵手说,"它就要来了。"

"怎么回事?"卡佐问道。

"看看他们的帆。"他回答。

卡佐试图集中注意力,与此同时另一批齐射的燃烧罐朝他们飞旋而来,要看清楚实在太难了。其中一只打中了主帆。

"把火灭掉!"马可尼欧下令,"我们就要用上它了。"

这时,另一艘船的帆突然间静止了。

"转向,快!"马可尼欧大吼道。

水手们朝着各自的岗位飞奔,拉动帆索。随着周围的隆隆炮声,仍在燃烧的船帆中灌入了一阵微风。它看起来几乎无法让船移动分毫,可水手们随即欢呼起来。

"发生了什么?"卡佐问道。

"尼图诺拿走了他们的风,又从别的方向给我们送来了一阵。"马可尼欧说。

"这风不够大。"卡佐仍表示怀疑。

"不,这对我们来说更加完美。托它的福,我们能够笔直前行,并且比他们更快。"

"我还以为他们比较快。"卡佐说。

"是啊,在风力最大的时候。我们能提速,因为我们的船更小。等他们转向再启航时,我们已经抛开他们两里格远了。"

他的兄弟又一次说对了。尽管他们的船看起来行动迟缓,但敌人根本是纹丝不动。劲弩还在持续降下火雨,卡佐也加入了灭火的队伍,同时船也在缓慢而费力地向射程外航去。当劲弩的炮弹终于落空时,又一阵欢呼声响起。

他们顺着风笔直前行,等到不用再抢风转向之时,卡佐才为甩掉追踪者而感到一阵迟来的狂喜。

但黄昏时,大船又追了上来。

炮击的响声仿佛月亮的盈亏般，先是达到顶点，然后又逐渐衰退下去。

怒气爆发过后，奥丝娅一直蜷缩在帆布床上，一言不发。"他们在欢呼，"安妮注意到，"一定是有好消息了。"奥丝娅茫然地点点头，仍旧避开她的目光。"我去看看发生了什么，"安妮说，"你不想一起来吗？"

奥丝娅摇摇头，闭上双眼。"我看够了。"她说。

安妮盯着女孩看了片刻，寻找着打破僵局的方法。"你刚才说得对。"她最后说。

"说对了什么？"

"回想我试图逃跑的那次。我觉得自己可以打扮得像个男人，独自在世上闯荡。但是你对我说，这样想太蠢了，要不了一个九日，我就会饿死、被杀或是被人绑架。"

"哦，对，"奥丝娅说。"我是说过。"

"那时候我同意留下，只因为你要我这么做，我担心如果自己离开，你会遇上麻烦。现在我明白你说的都对。我对世界一无所知。可如果说我确实明白了什么事，那就是我不想再冒险了。我想回到伊斯冷去。我想回到过去的时光，那时最糟的事不过是法丝缇娅和母亲的训斥。而且我想要你和我一起回去。"

"我很高兴你终于承认我也能说对些事了。"奥丝娅说。

"有许多人因为我而死去，"安妮压低了声音，"修女院的修女、尼尔阁下。我害怕去甲板，害怕看到又一个死去的人。我不想再有人为我而死了，奥丝娅。我厌倦了这整件事。"

"噢，那为什么不告诉他们呢？"奥丝娅说，"下次那些人追上我们，你只需要告诉他们你不想再玩了，而且你会很乖，请他们放过我们。"

安妮笑了，她觉得奥丝娅在开玩笑，气氛终于可以缓和下来。可她马上知道自己又错了一次。

"这跟你厌不厌倦没有关系，"奥丝娅冷冷地看着她，"无论如何它都会继续下去。"

安妮觉得心脏停止了跳动。"求你了,奥丝娅——"

"你还是不想告诉我发生了什么?"

安妮觉得自己快要落泪,心中的哀恸更甚。"如果我把一切都告诉你,只会让你的情形更糟。我担心那会让你遇险。"

"我无论如何都会被杀的,"奥丝娅反驳,"你感觉不到吗?"

"你到底在说些什么?"

"没什么。没什么。"

"奥丝娅——"

"我累了。"

奥丝娅转过身,背对着安妮。安妮无助地看着她,眼眶湿润。她要如何告诉奥丝娅那些幻景?她要如何让最好的朋友去帮她确定她是不是发了疯,还是她重要到不成为女王,世界就将灭亡?她要如何告诉她林中的那个男人?况且在那些景象消退后,她自己都对此感到怀疑。正因为这样,她才一直觉得自己没有理由去打破约定,而奥丝娅当然也会继续跟着她。至于她刚刚对奥丝娅说,她对她初次逃亡的看法没错,也并非谎话。可现在不一样了。现在奥丝娅有卡佐保护她。这一次她也没有逃避职责,而是朝它径直奔去。而如果翡思姐妹如此坚持她会成为女王,那在她登基之前,她们肯定能把她保护得很好。

她只是不想再让朋友们为她而死了。因为奥丝娅说得对。他们不会停手,永远不会。尽管她知道再次不告而别会让奥丝娅伤心,但起码她的朋友会活着,而且还有人保护。

下定决心之后,她回到甲板上,去看看自己又害死了什么人,也是去确认他们所有人能否活过这一晚。

她看到那艘船仍然跟随在后,并且逐渐逼近。当夜幕降临时,云团翻涌,随之到来的是彻底的黑暗。随着风力逐渐升级,马可尼欧让船接连转过几道弯。这次连欢呼也听不到了,只因他们的敌人现在所能追踪的只剩下声音。

安妮回到舱房,努力让自己睡着,可几个钟头后,她被一声炸响惊醒。她匆忙穿上睡衣,跑上甲板,担心那艘船已经发现了他们。

但发现他们的不是那艘船——而是一阵风暴。

THE CHARNEL PRINCE

第十章 运河

里奥夫被剧烈的头痛和微弱的人声唤醒。

"醒醒,先生,"那声音听上去很悲伤,"请不要死啊。"

那呼喊几乎被背景中的尖叫与踩踏的不谐和音完全盖了过去。里奥夫费力地睁开双眼,首先看到的只有一团模糊的影子。影子慢慢清晰,最后变成了梅丽的小脸。

"出了什么事?"他呻吟着说。

"你没死!"她惊叫道。

"对,"他承认,"不过也许快了。"他摸向头部一侧,手指收回时沾满了鲜血。这可不像是个好兆头。

"快点,"梅丽催促道,"趁士兵还没到这来。"他感觉她正用力拖着自己的手。

他试图挣扎站起,可紧接着又是一阵头晕目眩。

"不,别站起来,"她说,"跟着我就好啦。"

他用手和膝盖并行,跟着梅丽穿爬这片混乱。他断定自己一定只昏迷了几秒钟。

梅丽消失在一条挂毯后,他跟着她,好奇自己在做什么,又是为何而做。

等他来到那里时,正好看见梅丽的蓝色裙摆消失在墙壁上的一条狭窄开口处。那道开口延伸了大约一王国码,随即通向一条更加宽阔,两侧都用火把照明的回廊。

"等等,"梅丽警告说,摆手示意他回去,"还没好呢。"

他等待着,感觉脑袋随着疼痛而肿胀。

"好了,快来。"

她站起身,飞奔着穿过走廊,向一扇开启的门跑去。他紧随其后,感觉两腿发软。走廊那一边,数名身着宫中服色的人正站在一扇更大的门前,朝舞池中的人挥动着剑和矛。他们似乎忙得没时间注意他。"

"太好啦,"梅丽说,"我想他们没看到我们。"

"发生了什么事?"

"我不知道,"她说,"来吧。"

头痛略微减轻了一些,接下来他由衷地希望梅丽知道自己在做什么,因为在这间房子曲折昏暗的道路中七拐八拐之后,他明白自己永远找不到回去的路了。可梅丽却毫不犹豫地转弯,然后再次转弯,带着他穿过宽敞的屋子和狭小的隔间。整座宅邸就像是一个魔法柜子,里面摆放着许多更小更精巧的盒子。舞场的喧嚣已被他们远远抛在身后。

他摸了摸脑袋,得出了创口并不严重的结论。他只希望骨头没有断。

终于,里奥夫感觉到了新鲜的空气。这间屋子里漆黑一片,梅丽拉着他走到一条通风道前,里奥夫觉得它似乎是倾斜向下延伸至户外的。

"在这,"她说,"我们得从这出去。"

"这是什么?"

"这儿是厨房,"她解释道,"他们往这倒垃圾。"

"或许我们该留在这,等事态平静下来。"里奥夫说。

"坏人会找到我们的,"她有些着急,"我们得到外面去。"

"外面可能也有坏人。"他提出这个假设。

"是啊,可外面有秘密通道,"她说,"你不想回伊斯冷吗?"

"等等。"他叹了口气,试图理出个头绪。那些"坏人"是太后的手下。走廊的那些人的打扮就像两晚前他护送王后去见的那位骑士——费尔•德•莱芮。

有人企图杀死王后,而两晚之后她的手下却来袭击安波芮•葛兰的舞会。

是葛兰策划了那次暗杀?

诸圣啊,他让自己卷入了怎样的危机?

"对,"他告诉她,"我想我们最好回到那儿。"否则,他就会被牵扯进这整件事里,而后果绝不会只有丢掉工作这么简单。

可王后无论如何都会查明真相。逃跑只会让他显得心虚。

但他还得为梅丽考虑，不是吗？

他祈祷着通风道足够宽敞，接着顺着坡度滑下。这里散发着猪油、腐烂蔬菜以及其他有害健康之物的臭气。

接住他的那堆东西似乎更糟。他很庆幸周围太黑，看不清那是什么。

在新壤的又一个迷失之夜。他真的开始痛恨这地方了。

他在梅丽出现时接住了她，让她免遭和自己同样的命运。

"现在走哪边？"他问。

"我们去运河上找条船。"

"我想坏人们已经在运河上了，"里奥夫皱起眉头，"我敢打赌他们在那儿有很多人。"

"我们不去那条运河，"她答道，"还有另一条。来吧。这边走。"

他们在修剪得稀奇古怪的昏暗篱园中曲折前行，绕过一片在月光下闪耀微芒的大理石水池。草地覆盖上了寒霜，两只猫头鹰的谈话声仿如鬼魅。就在不远处，他听到了人声，可很快便黯淡下去。

他突然停下脚步。

"怎么啦？"她问。

"吉尔墨。我朋友吉尔墨还在那里。"

"那个小个子？不，他在你弹哈玛琴的时候就走啦。"

"哦。很好。"也许不是这样。那些士兵在外头多久了？他们也许会在他离开时把他抓住。

可现在他什么都做不了，因为他和梅丽在一起。她的处境很可能比他更危险。

"你怎么知道如何逃跑，梅丽？"他突然起了疑心，"就好像你把整件事都计划好了。"

"对。"她沉默片刻，然后承认。

"为什么？"

"我总是在计划怎么逃跑。"

"为什么？"

"妈妈说他们有一天会来杀我。"

"她说过为什么吗?"

"没有。她只说他们有一天会来,国王的人,要杀我和哥哥。所以我想好了逃跑的路线和躲藏的地方。之后还找到了音乐室。"

"你是个非常聪明的女孩,梅丽。"

"你会和我妈妈结婚吗?"她忽然问了一个毫不相干的问题。

"什么?"那种晕眩感又回来了,"她说过这样的话?"

"没有。"

"那你为什么这么问?"

"因为我喜欢你。"

他握住她的手。"我也喜欢你,梅丽。来吧,我们去找个暖和的地方。"

他们很容易就找到了运河,还有好几条小型长艇。但当它们靠近时,梅丽突然抓住了他的手臂。

"嘘。"她警惕地打量着四周。

黑暗中传来说话声,里奥夫花了好大力气才辨认出运河边有几道朦胧的身影。他和梅丽蹲伏在一片灌木丛后。

"他们抓住了葛兰夫人和她的儿子。"其中一个沙哑的男中音说道。

"这不重要。"第二个人回答。那人声音里有某些东西让里奥夫感到一阵寒意。不是因为声音本身,那只是个再普通不过、文雅的男高音。可正像鲁特琴弹奏出的每个音符中都藏着无数更小的音调一样,有某种东西藏在那声音里——某种让他感觉不对劲的东西。

"你怎么能那么说?"男中音似乎有些惊讶,"我们的计划都给毁了。"

"还差一点。我很惊讶玛蕊莉能够发现,但她的行动不怎么出人意料,而且探子来向我报告的时候,我尽了全力去鼓励他们。"

"什么意思?"

"我的几个手下带着弓箭在码头撞上了他们,杀掉了其中一两个后逃匿。在这之后,王后的手下们就不再怀疑——他们猛攻向正门,而那边的守卫则本能地反击,直到他们意识到敌人的身份。一场计划好的和平审问以流血而告终。你知道他们杀了多少人吗?"

THE CHARNEL PRINCE

"我不清楚，大人——不过可不止几个。"

"我觉得自己真蠢，没去亲手安排这场会面的证据，"男高音说，"不过，一切都进展得相当顺利。"

"我不太明白这怎么算顺利。"

"他说得对。"第三个人声说道。这个声音在里奥夫听来很熟悉，可他想不起那是谁。"如果有人发现我们其中之一，情况就会有所不同。实际上，玛蕊莉的手下找不到多少实质性的东西——能让这场袭击合法化的东西。他们看起来就像是冲进了一场无辜者的集会，然后开始屠杀乡民。"

"的确如此，"男高音附和，"甚至连朝议会的少数几个忠心成员都无法对这项行为表示支持。我相信这将加快我们的进度。"

"我恳请您慎重考虑，大人，"第三个人劝道，"在您行动前，给这个王国接受的时间。"

"不，我不那么想，"第二个人断然拒绝，"进攻的时机到了。"

"您指今晚？"男中音怀疑地问道。

"不是今晚。但用不了多久。去营地，告诉他们准备渡河。"

"遵命，大人。"

其中一个身影走向长艇，很快航向运河远方。

"现在我也该走了，"那个熟悉的声音说，"但请留心我的建议——行动太快会是个错误。"

"不，现在是最完美的时机。"

"还有很多人仍然同情王后，还有更多人并不在乎您，大人。情形对您有利，可或许有方法巩固它。"

"噢，我永远欢迎你的建议。"男高音道。

"今晚之后，乡民们将被激怒，"那个熟悉的声音续道，"通过葛兰，您将确保他们的支持。可贵族们不会对几个死去的乡巴佬太过关心。事实上，这或许会让他们中的几个回到王后的阵营。"

"她担心那些人都到组建私人莱芮卫队的地步了。"

"是的。可要是她开始清理除查尔斯和安妮之外的所有继承人呢？"

"你是指杀掉葛兰和她的私生子？"

陌生的关系

"完全正确。"

"可我们需要葛兰,我想,而她的儿子也可能有用。毕竟他是威廉的种。"

"是的。葛兰和那男孩被杀可能会把整件事搞得一团糟。不过那个女孩对我们没用。"

"梅丽?不,我想她是没什么用。或许该把她交给太后监管。我想这不妨事。你能安排吗?"

"这不会很难。"熟悉的声音保证。

"能在明天之前办成吗?"

"您真那么急吗?"

"三天。不能再久了。"

"我想时间是足够了,"那熟悉的声音叹息着,"我希望您知道自己在做什么。"

"准备好扮演你的角色,这样就会一切顺利。"

"只能这样了。我的手下还得有一个月才能到。"

"我们不需要你的手下,护法。只要你的承诺。你能向我保证吗?"

"我向您保证。"

他们随即离开,护法步行,而另一个人登上长艇。里奥夫抱着梅丽,一动不动,他全身颤抖不已,不只是因为寒冷。

"我告诉过你的。"梅丽轻声说道。

"不会有事的,梅丽,"里奥夫保证道。"他们不会杀你的。来吧。"

"如果我们去城堡,他们就会找到我。"

"我知道。我们不去城堡。"

他们登上一艘长艇,接着朝那些人离开的相反方向航去。清晨时分,来到了一座名叫普林斯的气氛欢快的小镇。里奥夫在那儿仔细确认了前往米尔维斯近郊的路线。他还买了一件斗篷盖住梅丽的衣裙,两人从那出发,沿着里奥克威格大道前往北方。终于在接近日落时分抵达米尔维斯,在一间弃屋中落脚。第二天,他们沿着圣索恩男爵堤坝向西前进,不到半个钟头,一座眉棱塔出现在视野中。

289

THE CHARNEL PRINCE

里奥夫把梅丽的脸用帽檐遮住,走向大门,然后敲了敲。

当他看到吉尔墨就是前来应门的人时,心情轻松了许多。吉尔墨的眼睛瞪得滚圆,带着一种夸张的惊讶。

"看见你没事可真好,"他们拥抱之后,小个子男人说道,"我听说了那位夫人遇到的麻烦。有一些差不多是我亲眼见着的。我猜你肯定是考虑过我的建议了。"

"我那会还在里面,"里奥夫说,"有人帮助我逃了出来。"

"其中一位年轻女士,呃?"

里奥夫笑了。"我需要帮助,吉尔墨。"

"尽管开口吧。"

"这事可不简单,而且很危险。在你答应之前我得先解释一下。"

他招呼梅丽进门,然后叙述了发生的一切,包括那天晚上他们俩听到的事。

"你们觉得那会是谁?"吉尔墨问道,"除了护法?那两个是谁?"

"我不知道。"

"其中一个人是罗伯特亲王。"梅丽说。

吉尔墨看着她。"罗伯特亲王已经死了,小丫头。"

"那就是他。"女孩坚持道。

吉尔墨吹出一声又长又低的口哨。"这可不咋好。一点儿也不好。"他拍了拍膝盖。"不过你做得对。回到那儿你什么都做不了。得啦,王室会处理那堆乱摊子的。可护法——噢,他们有时候是会变成那样的。"

"我不能让梅丽发生任何意外。"里奥夫说。

"不,你当然不能。"吉尔墨笑了,顺手揉乱女孩的头发,"就算教皇大人从艾滨国到这来也无所谓,我可不会让身边的小女孩被杀。不,你们俩都待在这儿吧。等一切都过去了,我们再做打算。"

"吉尔墨,我需要你保护梅丽的安全——这没错。可我得回去。"

吉尔墨对他摇摇手指。"这太疯狂了,"他看上去相当不以为然,"你觉得你能凭一己之力阻止一场宫廷政变?而且就算你成功了,有谁会感谢你?你是那场聚会的主宾。就算王后赢了,她也会

陌生的关系

觉得你是叛徒。吸取点教训吧,孩子——别插手了。"

"我不能。得有人警告王后。"他放平双肩,"除此之外,我还得完成一项委托,并且筹备一场音乐会。"

第四部
道　标

伊文龙2223年　德克曼月

　　第五调式，彭托，它召来圣丢沃，圣弗棱茨，圣图诺，圣罗斯特。它创造热切新欢，喧嚣筵席，肆意流淌的美酒。它招致欢欣，轻狂乐事与强烈欲望。

　　第六调式，赛斯托，它召来圣依伦，圣安妮，圣芬迪塞弗，圣艾达琳。它创造不愿忘却之痛，肉体欢爱后无声的悲哀，无从实现的渴望。它招致性爱的悲伤。

——选自艾尔金·维德塞《和弦辑录》

道　标

第一章 友谊

安妮一面用梳子梳理她因盐渍而纠结的头发，一面看着岸边的海鸥为鱼类和其他更为难辨的、曾是活物的残躯争夺不休。这些鸟儿并非唯一的拾荒者：二三十个人——大多数是孩子——也在沙中搜寻海浪带来的财宝。

更远处的海滨，德里亚·普齐亚那破烂不堪的船身已被拖入干坞的平台上，在它后方那团拥挤的白色村舍便是**都维尔的盖里安人村落**。

她很难记起那场风暴的细节。凶狠咆哮的雷霆，折断的桅杆，以及涌起的波涛混为一团，变成一段漫长而纯粹的恐惧。它离去时，留给他们仅用一面临时用帆来随波逐流的厄运，以及视野中能看到海岸的好运。那之后他们又沿着海岸前进了将近一天，才找到这座渔村和它提供的停泊地。

一阵寒风从海上吹来，但积云都已散去。那场风暴留下的唯一痕迹便是它造就的遇难船只。

梳子遭遇了重重阻碍，她受挫地扯着头发，想要洗澡，可这村子没有旅店之类的建筑，只有家小酒馆。此外，他们的钱几乎都花光了。卡佐拿着剩下的一些，预备去购买马匹和其他补给。马可尼欧船长估计至少需要一个礼拜他们的船才能再次出海，而她根本没打算等那么久。

根据这里居民的说法——至少是马可尼欧的手下能够听懂的那部分——都维尔位于鄱堤南边大约十里格处。总之，之前也有过从陆路前往伊斯冷的打算，所以他们决定不妨从这开始。

她叹息着起身，回头向村庄处望去，以确保卡佐是在做他该做的事，而不是和奥丝姹私奔了。短暂的独处感觉不错，可现在是时候出发了。

她在酒馆找到了他，当然，还有查卡托、马可尼欧、奥丝姹和一群当地人。酒馆里拥挤，烟雾弥漫，悬挂于房梁四处的干鳕鱼的气味腥臭刺鼻。两张长桌的桌面因为长期摩擦使用显得凹凸而锃亮，而地板——和墙壁一样——用搁浅的海贝制成的灰泥建成。

马可尼欧在说话——在谈论一个名为萨宛的城市的奇妙之处——一个最多只剩三四颗牙齿的干巴巴的小老头儿滔滔不绝把他的话翻译成盖里安语。身着红色和棕土色粗制羊毛套衫的孩子们和戴着黑色棉布头巾的女人都在倾身细听，不时发出笑声，或是彼此交谈几句。当她进门时，他们望向了她，可很快就把注意力转回马可尼欧身上。

安妮双手叉腰，试图吸引卡佐的目光，可他要么是没看见她，要么就是忙于取悦奥丝姹而忽视她——她正跟他一起，大口喝着一只陶壶里的酒。查卡托的脑袋已经倒在了桌子上。安妮不耐烦地从人群中挤过去，拍拍卡佐的肩膀，引起他的注意。

"怎么，凯司娜？"他抬头望向她，问道。奥丝姹别过头，装作对马可尼欧的故事来了兴趣。

"我还以为你在购买补给和马匹。"

卡佐点点头。"我的确在买啊。"他拍拍旁边一个矮胖的中年男子的肩膀，那人有张晒得黝黑的脸庞，以及令人惊讶的绿色眸子，"这位是图盖尔·麦普贾万。我正在跟他做生意。"

这个人——看起来正顺利地走向酩酊大醉的终点——抬起头，朝安妮笑笑。

"*Hinne allan*。"他揉着肚子解释道。

"噢，你就不能快点吗？"她问道，完全没理睬这个令人反感的家伙。

"这儿的人好像做什么事情都不着急，"卡佐露齿一笑，"我就喜欢这种人。"

"卡佐。"

"还有，我们的钱不够。"

"看起来你还有钱买酒。"

卡佐干脆地痛饮一口。"不，"他说，"这些是讲故事赚来的。"

"好吧，我们需要多少钱？"她被激怒了。

道　标

他把壶放回桌上。"他要我们用全部财产的两倍来换一头驴和四天的口粮。"

"一头驴?"

"这附近没人有马——就算有,我们也绝对买不起。"

"噢,看起来不值得为一头驴这么费神吧,"安妮皱眉,"只买食物就好啦。"

"如果你愿意自己背着,"卡佐仍是那副无所谓的样子,"我马上就敲定。"

"如果非得这样,我会的。我们不能再等下去了。"

有人轻轻地拉着她的头发。她倒吸一口冷气,发现那是图盖尔。

"住手。"她斥道,把他的手甩开。

"Ol panne?"他问道。

卡佐看着那位翻译,可他仍在忙于马可尼欧的故事。

"她可不卖。"卡佐摆摆手回答。

这有点太过了。

"卖?"她失声尖叫。

马可尼欧的话说到一半停了下来,桌子旁迸发出一阵大笑。

"Ne, ne,"图盖尔看起来也有些迷惑。"Se venne se panne?"

"他在说什么?"安妮询问道。

那翻译笑得合不拢嘴,更凸显出他寥寥可数的牙齿。"他想知道你的头发值多少钱。"

"我的头发?"

"Se venne se?"他问图盖尔。

"Te."图盖尔回答。

"对,"翻译说,"你的头发。多少钱?"

安妮觉得脸就像在被火烤似的。

"她的头发不——"卡佐刚说到一半,安妮拉住了他的手臂。

"那头驴和九份的食物。"她扳出了价格。

奥丝娅转过脸。"安妮,不。"

"只是头发而已,奥丝娅,"安妮回答,她朝翻译点点头,"告诉他。"

尽管言辞勇敢,可当他们剪下头发时,她很勉强才没有让自己哭出来,而房间里的每个人都在对她高喊和大笑,就像在看戏班的小丑表演。尽管如此,她还是抑制住泪水,并且强忍着抚摸头皮上残存发碴的诱惑。

"好了。"她从椅子上站起,几乎是猛冲向屋外。那一刻泪水奔涌而出,与其说是因为失去头发,倒不如说是出于屈辱。

她听到脚步声自身后而来。"让我一个人待着。"她哽咽着,没有回头。

"我只是觉得你可能想要这个。"

她闻言望去,有些惊讶地发现那是马可尼欧。他正拿着一条村里的女人经常戴的那种黑色棉头巾。她盯着它看了片刻。

"要知道,"他踌躇着开口,"你们应该问我要钱。反正我都得卖掉一些货物来修船。卡佐太高傲了,可你应该开口的。"

她摇摇头。"我不能要求你做任何事,船长。你的一些手下已经因我而死,你的船也坏了。我已经欠你太多了。"

"这话听上去没错,"马可尼欧说,"可水手总会死去,船也总会沉没。这些都是命里注定,希望你没来过什么的根本是浪费时间。吸取从前的教训,继续前进才是正途。我不会记恨你的,安妮。让你搭船是因为我兄弟的要求,不管我从前说过什么,我确实预料到了我兄弟和他的——处境会带来的麻烦。"

"你知道要他来见我有多难吗?可他还是来了,这让我了解你对他而言有多重要。你能把他从特洛梅菲拖到这么远的地方,这能说明的。我认识的卡佐从不会为别人付出这么多。假如他有了进步,我又该如何让他表现给我看呢?"

安妮为这句话挤出一抹笑意。"你爱他,对吗?"

马可尼欧笑了。"他是我兄弟。"

他递上头巾,她伸手接过。"谢谢,"她说,"总有一天我会报答你的。"

"我唯一想要的报答就是请你照看好我弟弟。"马可尼欧深深地看着安妮。

"我会尽我所能的。"

道　标

马可尼欧露出了微笑，可就在他抬起头目光聚焦在她身后时，笑容飞快地消失不见。"他们来了，"他叹息道，"我就知道他们是不会沉没的。"

安妮顺着他的目光望去。在海天交接之处，她看到了船帆。

"噢，不。"她低语道。

"他们没朝这边来，"片刻之后，马可尼欧断言，"很可能是在寻找更深一些的港口——它少了根桅杆，瞧见没？"

安妮没看见，可她点了点头。马可尼欧说得对——那船并没有朝陆地驶来，而是与海岸平行着前进。

"如果他们看到你的船——"她提出一种可能，可马可尼欧摇了摇头。

"距离这么远，少了桅杆的德里亚·普齐亚又在干船坞里。不过就算他们发现了，也没法靠近——没法航过我们经过的那些暗礁。它的吃水太深了。"他转向安妮，"但如果我是你，我会离开，而且尽快。等他们看到了普齐亚，又找到较深的码头，就会立刻派人从陆路绕到这儿。你也许还有一辈子的时间，又或者，你只有一天了。"

"可要是他们真的来了呢？"安妮问道，"他们会杀了你的。"

"不，"马可尼欧说，"我注定不会死在岸上的。带上其他人出发吧。日落前你们还有好几个钟头的时间。"

卡佐在船边找到了他兄弟。

马可尼欧看到他时皱起了眉头。"你还在这儿？安妮没对你说我们看到那条船了吗？"

"说了，"卡佐说，"我只是——"他支吾起来，突然对自己想说的话没了把握。

"说再见会带来厄运，"马可尼欧嘟囔着，"这暗示你不想再和对方见面了。可我肯定还会见到你的，对吧，弟弟？"

卡佐觉得自己将苦涩吸入了肺中。"抱歉把你的船弄成这样。"他声音很轻。

"噢，等你赚了钱我们再讨论这个吧，"马可尼欧耸耸肩，"这段时间就让我自个儿操心好了。说到底，这是我的船。"

THE CHARNEL PRINCE

"你在取笑我。"卡佐说。

"不,"马可尼欧摇头,"不,我没有。你有你的命运,*fratrillo*,我能从骨子里感觉到。而且那只属于你自己——不属于我,不属于我们的父亲,也不属于我们尊敬的祖先。它是你的。我只是很高兴终于有人能让你开始去追寻。而当你找到它时,我希望你能来我在图拉奈特的家,向我细细讲述。"

"我很乐意去见识它。"

马可尼欧笑了。"去吧,"他说,"*Azdei*,直到我们下次再见。"卡佐紧紧握了握他兄弟的手,随即脚步沉重地离开海岸,前往和其他人会合的地方。

离开都维尔的路只有一条,一条名副其实的羊肠小径。卡佐走在最前面,牵着他们新买的驴子,在进入村庄高处的树林前忍不住回头看了一眼。他看见了马可尼欧,那个小小的身影,正和他的手下一起工作。

片刻之后,他把目光转向前方的道路。

森林不久便让道于起伏不定的麦田。他们曾看到远方零星有几座房屋,却再没有发现像都维尔那样规模的村落。黄昏时,他们在一棵古老到枝干已垂至地面的苹果树下生起了营火。

安妮自从失去头发后就没怎么说过话。卡佐从没见过没有头发的女人,显然他不喜欢那种样子。这种感觉等她用头巾包住头后才好了些。

他有一两次想和她说话,可她的回答简短而直接,令话题无从展开。

奥丝娅也很安静。他推断两个女孩在船上有过某种争执,而且两人都在为此生着闷气。他很想知道这争吵是否是因为他。奥丝娅很乐于接受他的好意,就算安妮嫉妒了,也没有表现出来,但她可能已经对奥丝娅发泄过了。

查卡托可没把这些放在心上,他刚才为自己被人从恍惚中唤醒而醉醺醺地抱怨,当他们开始扎营时,他又变得絮絮叨叨。等卡佐拔出卡斯帕剑开始练习之后,这位老人才咕哝着爬起来,拔出他自己的剑。

"我那天看见你用了 z'ostato。"他说。

"我是用了。"卡佐说。

"那攻势可蠢透了,"查卡托哼了一声,"我从没教过你那招。"

"对,"卡佐承认,"但埃斯特尼的一位徒弟对我用过。"

"啊哈。它有用么?"

卡佐露齿而笑。"不。我用 pero perfo 回击,让他扎穿了自己。"

"那当然。只要你的脚一离地,就没法儿改变方向了。你得牺牲全部的灵活性。"

"对。"

查卡托空挥了几剑。"那你为啥要用那招?"他问。

卡佐开始回想,试图记起原因。"那骑士差点抓住安妮,"片刻之后,他说,"我可以用突刺击中他,可我的剑不可能穿透他的盔甲,而且那一下的力道也不足以阻止他。但把我全身的重量集在一点上,就有可能击倒他。我想我透过他的护喉压断了他的气管,不过既然他是个魔鬼什么的,这就不重要了。"

查卡托点点头。"我从没教过你 z'ostato,因为要对付拿细剑的敌人时这招很蠢。可跟拿着重剑穿着盔甲的人搏斗时还算合适。"

卡佐试图掩饰自己的惊讶。"你是说我应该用?"

"是该用,可你用得不够巧妙,姿势太糟了。"

"可它有效啊。"卡佐抗议道。

查卡托对他摆摆手指。"我告诉过你的,德斯拉塔技艺里最重要的是什么?"

卡佐叹口气,倚剑而立。"德斯拉塔不考虑速度或力量,只考虑动作的精准与否。"

"完全正确!"查卡托大喊着,挥舞着他的武器,"别误解我的话,有时候速度和力量能让你成功,即便姿势很糟糕。可总有哪天你不再拥有速度和力量,要么是因为受伤、生病——要么就是像我这样老了。你该为那时做好准备。"

"很好,"卡佐让步了,"我错在哪了?"

查卡托摆出防御架势。"它是像这样,用后脚跟起手,"他开口道,"你必须猛地前冲,手臂要固定成线。你应该刺向外侧那条线,

THE CHARNEL PRINCE

而不是里侧那条,因为它更近些。等命中后,你从他身边经过,可以向背后再次刺击,也可以逃跑。试试吧。"

在老人的指导下,卡佐把这招练习了几次。

"好点了,"查卡托点头,"不过这一跳应该再往前一点儿——你不应该把起跳点放到这么后面。跳得越远,你就越慢,而这招最重要的就是够快。"

"对一个穿着护甲的人,我该瞄准哪儿?"卡佐发问道。

"护喉甲是个不错的选择。如果他把手抬起来护住那里,也很好,往他胳肢窝里扎。如果你在他背后,就刺头盔下面,膝盖后边。假使你能刺中的话,眼孔也成。"

卡佐咧嘴笑了。"你不是教过我别和骑士对抗的吗?"

"我叫你别跟他们比剑,"老人动动手指,"这不代表你不能杀了他们。"

"显然,我们现在的敌人是个例外。"卡佐提醒他。

"他们大多数人都有血有肉,"查卡托轻蔑地吐了口唾沫,"剩下那些只需要砍下脑袋。我们都清楚那是可行的。"

他将细剑举过头顶,剑柄朝上,而尖端或多或少对着卡佐的脸。"如果他像这样握着那把阔剑,并且刺击过来,不要格挡。顺着他的剑反击,并且向侧面闪避。永远不要用挡式迎上阔剑。计算好步法——等他斩下,突刺,注意他的回扫攻击。"

接下来的两个小时,在火光中,他们假装在用细剑对抗阔剑,从旅行至今,卡佐头一回感到德斯拉塔那种纯粹的乐趣回来了,这乐趣来自于跟他的梅司绰学习和较量。

最后,老人喘着气把剑收回鞘中。"够了,"他叹口气,"我真是老了。"

"再练一会儿吧?"卡佐恳求道,"要是那一击是来自下方,可——"

"不,不。明天再说。"查卡托在一块石头上躺下,擦去额头上映照着火光的汗水。

"查卡托,你跟骑士搏斗是哪一年的事?"卡佐问道。

查卡托只是嘟哝着看着火堆。

道　标

"欧斯佩罗叫你埃穆拉图。他是什么意思?"

"那是很久以前的事了,"查卡托喃喃道,"没有必要的话,我不打算回想那时候。"

"你从没提起你当过指挥官。"

查卡托摇摇头。"我刚说过不想谈,对吧?"

"对。"

"很好。"他离开石头,四仰八叉地躺在他的毛毯上,然后闭上了眼睛。

卡佐看了他很久。女孩们都已睡着。看起来他仿佛在守夜。

第二天凉爽而晴朗。田野继续绵延前行,在大约半个钟头的旅行后,他们发现了远处山丘上的一座城堡。卡佐能看清它下方小镇里那些白墙黄顶的房屋。

此刻他们走到了岔路口前。一条路通向城堡,而另一条继续向前。

"按我们的路线应该直走。"卡佐说。

"你今天早上心情很好啊。"奥丝娆目不转睛地盯着他。他们两人和那头驴子比其他人走得更靠前一些。其次是安妮,似乎在沉思。查卡托一瘸一拐地走在最后。"我想是的,"卡佐眨眨眼,"为什么不?有位美丽的凯司娜与我同行,阳光灿烂,而我们已逃离危机,至少此刻是。最棒的一点是,我们不在船上。"

"是这样没错。"奥丝娆说。

"还有所有这一切,"卡佐向周围一指,挥挥手臂,"都变了。这儿肯定不是维特利安。克洛史尼就像这样吗?"

奥丝娆摇摇头。"说真的,这儿更像维特利安,"她回忆道,"克洛史尼要潮湿些。有更多的树,原野也更绿,就算在这个时节也是。而且那儿也更加寒冷。"

"噢,我真想见识一下。你一定也是。你肯定想家了吧。"

奥丝娆踌躇地抬起肩膀。"我现在不清楚家在哪儿了,"她说,"所有的事都变了。我不知道那儿还有没有我的容身之地。"

"你是指什么?"

"我不知道安妮还要不要我当她的女仆。"

THE CHARNEL PRINCE

"女仆?"

她看起来吃了一惊。"你不知道?"

"我不知道。我以为你们是表姐妹或是朋友。"

"哦,我们曾经是朋友。"

他回望安妮一眼,压低了声音。"我注意到你们俩最近关系比较僵。"

"我们在船上吵了一架,"奥丝妮承认,"我说了些不该说的话。"

"好吧,你认识她比我久多了,"卡佐似笑非笑,"可她肯定不是世界上最容易相处的人。"

"她过去和我相处得很好。"奥丝妮低下头,神色有些黯然。

"不过有些事变了。"

"对。她变了。她碰到了一些事,但不愿告诉我。"

卡佐用力拉过骡子,它似乎对道路一边的什么东西有了兴趣。"好吧,"他说,"你告诉过我她父亲和姐姐被杀了,而且还有人花了老大的力气想杀她。或许是这些事的影响吧。"

"当然。但不止这些。"

"噢,你们俩很快就会和好,"卡佐歪着头想了一会儿,"或者,至少我希望如此。我可不喜欢看到你们这么闷闷不乐。"

他们沉默着又前进了几步。"真高兴你在这儿,卡佐,"她轻声说,"安妮是我真正有过的唯一的朋友。"

"我希望我也是你的朋友。"他说。

"你当然是朋友,"奥丝妮回答,"可和安妮不一样。"

"不一样?那我是哪种朋友?"

"那种我甚至不敢想象的朋友。"她回答。

他感受到一种陌生而古怪的罪恶感,情不自禁地将手滑入她的掌中。

马可尼欧说得对。他的兴趣一直在安妮身上,尽管他为她疯狂,可却说不清原因。但安妮太难接近了,她觉得自己仍然爱着那个叫罗德里克的家伙。他以为对奥丝妮表示关心就能引来安妮的注意——很多女人都是这样。有些时候他觉得自己就要成功了。但大多数时间里,他觉得自己在浪费时间。

道标

可与此同时,他已经和奥丝娖相处得太好了。没人看不出她的心意。

让他惊讶的是,他发现自己真的想要回报她的感情。她亲切聪明,而且任何地方都能以自己的方式和安妮媲美。更要命的是,每次他看着她,都觉得她更美了。奥丝娖是那种你会想要抱在怀中安慰,告诉她一切都会好起来的女孩。

可他还是想要安妮。

午后不久,他们终于来到了维特利安大道,那是一条真正的道路,路面宽敞,足够数驾马车并行。有一辆从他们身边经过,安妮一脸憧憬地看着它。她和奥丝娖就是乘着这样一辆马车来到的维特利安,还带着她能想到的所有奢侈品。

而此刻她回家时骑着一头驴。

这两趟旅途只有一点相似——奥丝娖和她在马车里也没说什么话。为的是惩罚她轻率的私逃。那场争吵因一句承诺而平息。她当时没有想到承诺可以如此轻易就被打破。

无论如何,奥丝娖现在有了卡佐。他们俩一整天都牵着手。

他们在派克瑞镇外的一座谷仓里逗留了一晚。那里有个农民会说一点王国语,他告诉他们,很快就将经过火籁。听到这句话时,她的心跳有些加速,随后她问他是否知道邓莫哥在哪儿。他说它在东边,但不太清楚怎么走。

当天晚上她一夜未眠,为不再思念罗德里克而感到内疚。她知道她还爱他,可这期间发生的事实在太多。

然而在内心深处,她明白不只如此。卡佐种下了对罗德里克猜疑的种子,而尽管她知道他是错的,可却没法把那种想法彻底地驱离脑海。她得再见他一面。他会在伊斯冷,还是返回了邓莫哥的家乡?

也许等他们抵达鄱堤,她能找到一名信使,把她正在回家的口信带去邓莫哥。

次日,田野让路给漫山遍野、连绵延伸至地平线之外的广阔葡萄园。安妮想起自己在乘马车旅行时见过它们——她还记得自己那时从未想象过世界上会有这么多葡萄。

她的目光扫过奥丝娓,而对方也是头一回没有和她保持二十码的距离。

"特勒明河一定就在前面,"安妮试探着开口,"如果我对你的日志记得没错的话。"

"我想你说得对。"奥丝娓说。

"你可真聪明,"安妮继续说道,"保留了那本日志。至少我们知道自己在哪儿。你觉得我们离伊斯冷还有几天的路?"

"坐马车是五天,"奥丝娓想了想,"可我们那时不是整天都在旅行,而且还在鄱堤待了两晚。"

"那如果我们尽快前进,六天,或者七天,你觉得能到么?"

"也许可以吧。"奥丝娓心不在焉地附和道。

安妮咬住嘴唇。"我们还要这样继续前进吗?"她问,"不说话?"

"我们正在说话。"

"你明白我的意思。"

奥丝娓叹口气,接着点点头。"只是——我还是爱你的,安妮,可有时候我觉得你不爱我。"

"胡说,"安妮涨红了脸,"你是我最好的朋友。你一直是我最好的朋友。而且我仍然需要你。"

"你不愿和我分享心事,这让我伤心。"

"我知道。"安妮说。

"可你还是会继续这么做。"

安妮显然在犹豫。"让我考虑一下吧。可我们能暂时先休战吗?"

"我们可没在打仗。"

"噢,真高兴听到你这么说。"安妮打着哈哈,试图让声音显得欢快。

在那之后,她们聊了会儿天,猜测着伊斯冷会变成什么样。气氛不像从前那样轻松,可至少好过沉默。

半个钟头过后,奥丝娓请求稍事歇息,以便回应自然的召唤。

"我也去,"安妮说,"早上的酒在作怪了。"

卡佐和查卡托借机坐下。"别着急,"卡佐温言道,"驴子也需要休息。"

两个女孩爬上一座小山,穿过长长的葡萄藤,直到再也看不见那些男人。安妮希望现在就是葡萄成熟的时节——他们用她的头发买来的鱼干和硬面包让她难以下咽,而且她现在真的觉得很不舒服。

"下面那是什么?"她们完事之后,奥丝姹突然问道。

安妮凝视着女孩所指的方向。这座小山在背朝来时大路的一侧有片斜坡,在它和另一座小山的腹地处形成了一片小小的山谷。有排柳树生长在流经谷地的小河旁,但在小河前方出现了一堵乍看之下胡乱堆砌的红砖墙。接着她又看到了些东西。

"它看起来就像座遗迹。"安妮说。

"我们能靠近点去看吗?"奥丝姹提议。

安妮不太喜欢这个主意——她经历过的探寻和冒险已经够用一辈子了。可奥丝姹刚刚才跟她讲和。

"就看一小眼,"她沉吟片刻,"我们不能停留太久。"她们沿着较为平缓的坡地下山。修剪整齐的藤蔓消失在半路,接着又出现在下一座小山的山腰处,可山谷里却野性十足,长满了野生藤蔓、小树丛以及灌木丛。砖块四散在地面上。

"它过去一定是座城堡,或者是宅邸。"等她们更接近一些后,奥丝姹说道。

安妮赞同地点点头。葡萄藤掩盖了大部分建筑。一面兀自挺立的墙壁比她们的头还高——剩下的那些几乎都碎裂得只剩地基。尽管如此,她们还是能看到建筑物过去的轮廓,这是一所相当大的房子。

当她们靠近之后,能清楚地看到那里有更多建筑,或者说曾经的建筑。可它们某些地方让人感觉很奇怪。就算是只剩下残垣断壁,也显得有些眼熟。

安妮好奇地跨过一面残墙,走进最近的废墟。在不远处有一块土石丘,走近之后,她发现那是个被打破的石箱。某种暗白色的东西吸引了她的注意,进而俯身将它拾起。它很小,却很沉,这使她意识到那是一小片铅箔。她感觉上面的字正缓缓升起,接着倒吸一口冷气,将它丢下。

"怎么回事?"奥丝姹问道。

"这是座墓城,"安妮低语,"亡者之城,就像伊斯冷墓城。"她从石箱处走开,因为那可能是石棺的部分残骸。

"圣者啊!"奥丝娅喃喃道,环顾四周,"可活人的城市在哪?我们还没到派克瑞,我也不觉得已经到了特勒明。"

"没人记得这里,"安妮定了定神,"生者之城一定也消失了。或许就在这座山谷的远处。"

"整个城镇都没了?"奥丝娅大声惊呼,"这是怎么发生的?"

"就这么发生了,"安妮说,"或许有一场瘟疫,或是战争——"一阵战栗沿着她背脊游走。"我们离开吧。这些不是我们的祖先。他们或许不喜欢我们待在这儿。"

"等等,"奥丝娅拉住她,"看那儿。"

安妮不情愿地跟着奥丝娅绕过另一堆乱石。在它前方坐落着一座多少可说是完整的方形建筑,有四面墙,不过没有顶。入口处的拱门已经坍塌,但仍留有进出的空隙。里面的树木和藤蔓生长得极为浓密,形成一道天然的屏障。

"这是座火梓园,"奥丝娅下了结论,"它就跟我们家乡那座一样——我们就是在那找到了维吉尼亚的墓地。"

当安妮意识到奥丝娅说得没错时,一种古怪的感觉掠过心头。她觉得有东西跑到了肉眼看不到的地方,耳畔有轻微的低吟响起,用的是她没有听过的语言。

"我们得走了,奥丝娅,"她急切地说,"我们现在就得走。"

奥丝娅转过身,瞪大了眼睛。"你的脸,"她说,语气显得颇为关切,"你还好吧?"

"我只是觉得该走了。"

当她们把火梓园抛在身后时,那种感觉逐渐淡去。

"怎么了?"奥丝娅问道。

"我不知道。"安妮回答。接着她看到奥丝娅脸上怀疑的神色,又补充了一句,"我真的不知道。可我现在觉得好些了。"

奥丝娅突然皱起了眉头。"你听到了吗?"她努力侧听,"那是不是卡佐?"

"我什么都没听到。"

奥丝娅开始奔上小山，可安妮抓住了她的手。"等等，"她阻止了她，"慢一点，安静点。"

"为什么？那听起来像是他在大叫。"

"还有别的理由，"安妮说，"如果他是想警告我们呢？"

"警告我们？"奥丝娅的声音听起来有些惊慌。

她们匆匆赶至山顶，俯下身，目光穿过葡萄藤的缝隙向下望去。

卡佐和查卡托还在那里，周围多出了大约二十个骑手。卡佐双膝着地，剑落在几码之外，其中一个人正把他的双手反剪至身后。查卡托还站着，可惜被绑得像颗粽子。

那正是码头上见过的骑士和士兵。

"他们找到我们了。"安妮低语道。

"卡佐。"奥丝娅喘息着。接着她想要大喊，可安妮捂住了她的嘴。

"不，"安妮几乎叹息着摇头，"我们得逃跑。"

奥丝娅闭上双眼，艰难地点头。安妮松开了手。

"我们不能丢下他们。"奥丝娅不安地绞着衣服的一角。

"他们没有下杀手，"安妮说，"除非抓到我们，否则他们不会那么做，明白吗？可要是他们抓到了我们，我们所有人都会死。"

"我——"

"他们会找到这里，"安妮打断了她，"幸好他们现在还没找来，可他们认出了卡佐和查卡托，也就能猜出我们肯定去了什么地方。我们能帮他们的唯一方法就是不被抓住。"

"我想是的。"奥丝娅的语气平静了些。

她们朝废墟的方向下山，先是蹑手蹑脚地爬行，等听到身后迫近的马蹄声，两人便不顾一切地开始飞奔。

第二章 瞎子、聋子和黑暗

艾丽思·贝利一进门，玛蕊莉便挥手示意她坐下。

"告诉我正在发生的事，"她说，"告诉我，我今天会怎样死去。"

贝利皱起眉，十指交叠。"陛下，"她柔声道，"我想先谈谈袭击葛兰女士宅邸的事。"

"继续说。"玛蕊莉颔首，伸手去拿她的茶杯。

"您下此命令是因为我提出罗伯特亲王在那儿，而且葛兰女士正在密谋反叛。恐怕我让您失望了。"

"因为我们没找到罗伯特？"玛蕊莉呷了一口茶，"这并不奇怪。计划进行得很糟，可那不是你的错。首先他们根本就不该进攻。我的命令是包围那里，不让任何人潜逃。接着由费尔爵士带着我的委任状进入，进行一场和平的搜查。可他的手下却进行猛攻，而对方也像斗士般做出了反击。除了罗伯特，很明显葛兰也在计划赢得新壤乡民的支持。这件事本身就值得探究。"

但贝利脸上焦虑的神色并未因此减退。"陛下，这一点我本可亲自前去查探，而且用不着流血。"

"你认为我派卫队去葛兰那儿是个错误？"

"告诉您这些事是我的职责，陛下，"贝利回答，"这正是您要求我做到的。"

玛蕊莉挑起一边眉毛，可贝利说得对。以前当她做了蠢事时，依伦总是直言不讳。当然，依伦比她年长，又是她多年的朋友。而要被这个女孩责备——这让人生气。

"好吧，我同意，"她不情愿地说。"我知道这件事会招来不满的声音,尤其是某些人。但我觉得我必须表现得强势些,来证明我并不是只会一味忍让。"

"也许是这样,"贝利承认,"可您也许挑起了另一场争斗。乡民们不再漠视王室——现在他们极端愤怒。朝议会对您的支持跌入了低谷,而街头巷尾则传说您发了疯。最糟糕的是,护法也开始说您的坏话了。"

"真的?"玛蕊莉表示怀疑,"护法说了什么?"

"他尖锐地指责您篡夺了您儿子的权力。"

"他很清楚查尔斯没有独立执政的能力。"

贝利点点头。"我相信那是他所持的态度。但他更深一层的意思是您的儿子应该摆脱您的监管,改由他来看护。"

玛蕊莉苦笑起来。"就在几天前,他还建议我允许艾滨的部队进驻这座城市。你知道这件事吗?"

"不,不过我能猜到。教会开始行动了,陛下。我不知道他们具体的议事日程,可我想他们肯定取消了长久以来不直接干预俗事的自我限制。"

玛蕊莉把杯子放在座椅的扶手上。"赫斯匹罗也说过类似的话。"她垂下眼帘,"很好——替我杀了他。"

"陛下?"贝利的眼睛睁大了一点儿。

"我在开玩笑,贝利女士。"

"我……哦,好的。"

"除非你也以为我疯了。"

"我从未这么想过,陛下。"贝利向她保证。

"噢,好吧,"她讽刺地笑,"你说我做错了——欢迎你提出关于如何做对的意见。"

"最重要的是赢回乡民和商人的支持,陛下,"女孩回答,"恐怕我强调得还不够。"

"不管你相信与否,"玛蕊莉说,"几个星期前我已经考虑过这些家族了。我托人去为他们和城里的平民谱写一首曲子。那场表演将在三个星期后开始,同时还会举办一场宴会。我不知道被葛兰夫人抢先了一步。或许现在这没什么意义了。看上去就像是在道歉。"

THE CHARNEL PRINCE

"这正是您该继续这项计划的原因,"贝利坚持,"不过您应该更进一步,我想,考虑修订某些律法来安抚他们。我建议举办一场正式的听审会,让他们说出自己的需求。"

"我明天会着手办理。还有别的吗?"

"不管您有没有和莱芮人牵扯在一起,至少每个人都笃定这点。您有两个选择:要么和贝瑞蒙德结婚让谣言不攻自破,要么干脆嫁给一个莱芮领主假戏真做。"

"不,"玛蕊莉一口回绝,"还有别的吗?"

"立即释放葛兰,"贝利大胆进言,"您并未掌握任何确实的证据,而如果她在您的羁押下出了什么事,只会让您显得更糟。"

"我更希望她被羁押时会出点什么事。"玛蕊莉回答。

"我希望这也只是笑话,陛下。"

"是的,贝利女士,可不完全是。我会在一个钟头内释放她。还有别的事吗?"

"有的。去公开露面几次。还有多睡一会儿——您的黑眼圈太明显了。"

玛蕊莉吃吃笑出声来。"依伦过去会帮我梳头。你也准备这么做吗?"

"如果您愿意的话,陛下。"贝利小心翼翼地说。

"不,谢谢你。我觉得类似让我丈夫的情妇帮我梳理头发这样的玩笑有点过了。"

"可以理解。"

"你帮他梳过头吗?"

"我——有几次。"贝利坦白道。

"他睡着时那种奇怪的鼾声有没有让你觉得困扰?"

"我觉得它很动听,陛下。"

"噢。谢谢你,贝利女士。等你有别的事要报告时我们再谈。"

贝利起身离开。

"稍等,贝利女士。"玛蕊莉叫住她,嘴唇翕动几下,像是难以抉择。

"遵命,陛下。"

道　标

"入侵我房间的刺客拿走了某样东西。一把钥匙。"

"什么地方的钥匙，陛下？"

"我这就带你去看。"

贝利在光与影的交界处停下脚步。

"来吧。"玛蕊莉说。

"可陛下，这儿没有火把。或许我们该回去拿盏提灯来。"

"会有人给我们的，"玛蕊莉不为所动，接着又把脸转向这个年轻女子，"我真高兴你并不了解所有的秘密。"

"我对这儿一无所知，除了那次——在国王陛下死前不久——他去了地牢里的某个地方，回来时脸色苍白，而且对那儿看到的一切只字不提。"

"威廉去世之前我并不知道这个地方。后来我在他房间里发现了一把钥匙，而对它的疑惑把我带到了这里。不过没人会承认知道下面有什么。"

她步入黑暗，贝利紧随其后。玛蕊莉摸索着记忆中的那道木门，找到了把手。

"没有音乐。"她低语道。

"应该有吗？"贝利问。

"保管人有时会弹西尔伯琴作为消遣。"玛蕊莉说。

"保管人？"

玛蕊莉没有回答这个充满试探意味的问题，而是直接叩响了门。短暂的等待之后，她又敲了一次，这次更加用力。

"也许他在睡觉。"贝利猜测。

"我不这么想，"玛蕊莉回答，"来，让我们拿一根火把——"

她的后半截话被悄无声息的开门声吞没。

保管人的脸在走廊的微弱灯光下显得红润了些。那是一张苍老而美丽的脸，很难分清是属于男性还是女性。他那对覆有薄翳的盲眼看起来正在寻找她们。

"我是王后，"玛蕊莉努力保持镇定，"我得跟你谈谈。"

保管人没有回答，而是朝着她伸出一只颤抖的手，玛蕊莉突然明白,有些事很不对劲。

"保管人,"她重复了一遍,"回答我。"

他唯一的回应是张大了嘴,仿佛想要尖叫。

那里没有舌头。

"诸圣啊。"她喘息着后退,惊骇不已地贴在墙壁上呕吐起来。她觉得胃里仿佛有许多蛆虫在翻搅。

贝利突然出现在一旁,以惊人的力气支撑住她的身体。

"我没事——"玛蕊莉颤抖着开口,却忍不住再次呕吐,紧接着又是一次。

等不适感终于退去,她用发软的腿支撑起身体。

"我猜他过去有说话的能力。"贝利说。

"是的。"玛蕊莉无力地答道。

保管人还站在那儿,一动不动。贝利绕着他转了一圈,在近处凝视着他。

"我想他的鼓膜被戳破了,"她皱起眉毛,"他也没法听见我们说话了。"

玛蕊莉颤抖着朝那个老瑟夫莱走去。"是谁干的,"她像是在自言自语,"是谁干的?"

"那个拿走您钥匙的人,我猜。"贝利说。

玛蕊莉感到两颊上奇怪地湿了一大片。她不了解保管人——她只见过他一面,可她的确曾威胁要夺走他的听力。当然,她并没真想这么做,但此刻却为此心烦意乱。

"他一辈子都待在这,"玛蕊莉哑着嗓子道,"在黑暗里,看不见东西,只有尽责。可他有音乐,还可以和来访的人说说话。但现在他还有什么?"

"他的耳朵也许能治好,"贝利安慰她,"我听说过这种事。"

"我会派我的医师来。"她伸出手,将那只在空中四处摸索的手紧紧握住。保管人带着某种绝望回握,他的五官剧烈地扭曲着。片刻之后他松开手,退后几步,然后关上了门。

"他在保管什么,我的王后?"贝利问道。

玛蕊莉大步退回走廊,从插槽处拔下一支火把。接着,她们沿着一条岩石雕成的楼梯向下。

"这些岩石里有骨头。"当她们顺着这些潮湿的阶梯进入地底深处时,贝利评述道。

"对,"玛蕊莉回答,"保管人告诉我这些骨头比石头本身更古老。"

在台阶尽头,立着一扇刻有古怪符号的铁门。空气闻起来就像燃烧的松脂和肉桂,而她们的回声则是另一场内容模糊的谈话。

"两千多年前,"玛蕊莉开口道,"有一座堡垒坐落于如今伊斯冷所在之处,那是奴役我们祖先的司皋斯罗羿领主的最后一道防线。维吉尼亚·戴尔和她的军队就在这儿推倒了高墙,杀死了恶魔种族的最后一员。他们杀掉了几乎所有的司皋斯罗羿,只留下一个——他成了残废,但保住了命。"

她走到门前,指尖轻按其上。

"这扇门需要两把钥匙——我房间里被取走的是其中一把,而刚才那道连光线都无法通过的门后的保管人手里有另一把。现在,他就在里面。"

"最后的司皋斯罗羿,"贝利轻声叹息,"一直都活着。我绝对想象不出有这种事。"

"司皋斯罗羿不会自然死亡,"玛蕊莉说,"他们不像我们被时间所束缚。"

"可为什么?为什么要让这种东西活着?"

"因为他有不可言说的智慧,以及超越凡人的远见。两千年来,克洛史尼的国王都在想方设法从他那里得到建议。"

"就连修女院的修女也不知道这些,"贝利似乎在沉思,"当然教会肯定也不知道,否则他们会杀了他。"她的双眉抬起少许,"你跟他说过话?"

玛蕊莉点点头。"就在威廉和我的孩子们被杀之后。我问他该如何向那些凶手复仇。"

"而他告诉了你。"

"对。"

"有效么?"

玛蕊莉苦笑起来。"不知道。我对幕后的主使者下了诅咒,可

THE CHARNEL PRINCE

我不清楚他的身份,所以也不知道诅咒是否成功。可我觉得应该成功了,有东西动了,就像锁里的锁芯。"

"诅咒是很危险的,"贝利警告她,"它们就像石头砸到水面上泛起的涟漪。您永远不会知道您的愿望会带来怎样的后果。"

"王——后。"一个声音在玛蕊莉脑中沙沙响起。

"他在跟我说话,"玛蕊莉喃喃道,"你能听见吗?"

"我什么都没听见,陛下。"贝利摇头。

"王——后,女人的臭气,母亲的臭气。门立于我们之间。你为何不到我身边来?"

"我不能,"她试图捂住耳朵,"我没有钥匙。"某种邪恶的笑声在她头骨中嘎吱作响。

"你没有。他有。你创造的那个人。"

玛蕊莉的心脏仿佛被一只拳头牢牢攥住。"我创造的那个人?你什么意思?"

"我为他歌唱,唱了又唱。当世界破碎,或许我将死去。"

"告诉我,"她哀求,"告诉我他是谁。你不能对我撒谎。"

"你没有钥匙……"那声音沙沙地远去,就像渐止的风。玛蕊莉觉得最后这句话里包含着某种欢欣之情。

"回答我,"她尖叫,"尨克斯卡那,回答我!"

可那声音没有再出现,玛蕊莉也逐渐冷静下来。

"我们必须查明是谁来过这儿,"玛蕊莉吩咐贝利,"我们必须知道他对传秘人说过些什么,而且我必须拿回我的钥匙。"

"我会尽力而为。"女孩向她保证的声音听起来有些颤抖,显露出她不够成熟的一面。玛蕊莉突然开始后悔和贝利分享传秘人的秘密。可还有谁能帮助她?费尔爵士和他的手下对谍报之类的事无能为力。而贝利已经证明了自己在这方面的资质。对于她少得可怜的选择来说,这是唯一可行的办法。

况且她已经那么做了。

她们离开了地牢。接着她独自一人回到卧室,召来她的私人医师去照看保管人,签发命令释放葛兰和她的孩子,最后早早上床歇息。

梦中反复出现的蜘蛛、毒蛇与盲眼老人令她彻夜难眠。

道　标

　　第二天，她准备像贝利建议的那样举办御前会议。自从证实有人觊觎她性命以来，她一直在避免公开露面，可她不能永远逃避下去。所以她先帮查尔斯穿戴整齐，见贝利迟迟未到，便开始自行着装。她选了一件领口有扇形蕾丝的紫色萨福尼亚制长袍作为外套，尽管她明白自己没法扣上背部的衣钩。这让玛蕊莉想到，她需要一名新女佣，可尤娜带来的伤痛仍然鲜明，令她无法忍受继续思考这种可能。她觉得她可以指派贝利做这项工作，接下来却意识到自己有多么依赖这个年轻女人。

　　她不是依伦，她提醒自己。她是你丈夫的妓女。

　　可贝利和依伦在某些地方是那么相像，那种训练有素的自信，玛蕊莉发现自己的老习惯又回来了。

　　老习惯可能会危及生命。她仍然没法证明贝利的忠诚。而且她迟到了。

　　等女孩最后出现时，她已经显得相当烦躁。皇后正想要开口抱怨，却被贝利的表情吓了一跳。

　　"怎么了？"玛蕊莉问道。

　　"他在这，陛下，"她脸色苍白，说起话来上气不接下气，"罗伯特亲王在这。我看见他了。"

　　那这就是真的了。玛蕊莉闭上双眼。"他在城堡里？"

　　"在王座大厅，陛下，在等您。"

　　"你知道他的目的吗？"她抬高眼皮。

　　贝利坐了下来，手掌贴上前额。玛蕊莉从没见过她如此不安。

　　"他带着护卫，陛下，四十个人。夏尔公爵和弗兰姆·达庚领主分别带了至少二十个人。朝议会其余的成员也都带了护卫，而且听说城里出现了乡民自发组成的民兵队。"

　　整个房间仿佛在随着玛蕊莉的心跳而脉动，不断地膨胀、收缩。她沉重地陷入扶手椅中，无暇顾及散落一地的裙裾。

　　"他打算篡夺王位？"她两眼发直，嘴唇发干。

　　"依我看来，很有可能，陛下。"

　　"这是唯一的可能。"

　　"我早该料到会发生这种事。"贝利苦涩地笑。

THE CHARNEL PRINCE

"你已经想到了?"玛蕊莉喃喃道。

"但我没想到会这么快,"贝利激烈地反驳,"至少不是现在。我以为我们有足够的准备时间,来削弱这次暴动的威胁。"

"噢,我们没有。"她闭上双眼,试图思考,"费尔爵士有三十个部下。还有二十名御前护卫——如果我能信任他们——还有他们手下的士兵,大约还有一百个我摸不清底细的人。说真的,他们可能也会选择罗伯特当他们的王。"

"根据律法,他们不能,"贝利说,"查尔斯和安妮还活着时就不能。"

"没人知道安妮是否还活着,而查尔斯——他们或许会因为查尔斯的智力放过他。罗伯特或许会做得更绝。如果他杀了父亲,也就能杀掉儿子。"

她站起身,背对着贝利。"贝利女士,你能帮我扣紧衣钩吗?"

"您还想出席御前会议?"

"我还在考虑。"玛蕊莉说。

贝利开始扣紧衣钩。玛蕊莉能感觉到女孩喷洒在她发梢的鼻息。她的心跳似乎开始减缓,当某个灵感不请自来时,她居然意外地镇定下来。

"你了解暗道,"当贝利扣上第三根衣钩时,玛蕊莉说,"你知道离开城市的路吗?"

"通往护城墙外围的那条长通道?能蓄满水的那条?"

"那也是我唯一知道的出路。"玛蕊莉回答。

"我知道它在哪,"贝利想了会儿,"但我从没去过那儿。"

"可你肯定自己能找到。"

"我在修女院研究过这座城堡的平面图。迄今为止我还没发现它有任何疏漏。"她扣紧最后一根衣钩和领口。

"很好。"

玛蕊莉大步走向接待室,叫来门外的那个卫兵。

"立刻把费尔爵士带来。"她命令道。

老骑士已经住进了艾瑟妮的房间,就在走廊那一头。片刻之后,他进了门。

"费尔阁下，"她说，"我需要你再帮我一次。"

"请您尽管吩咐，陛下。"

"我要你带查尔斯去莱芮。"

老人张大了嘴，定定地看了她好一会儿。"什么？"他最后挤出这句话。

玛蕊莉交叠双臂，平静地注视着她叔叔。"就好像命中注定，罗伯特亲王根本没有死。他回来了，而我相信今天他就将夺取王位。我要我儿子平安，费尔阁下。"

"我——当然我们会阻止他。他没有权利——"

"我不想冒这个险。"玛蕊莉顿了一下，朝艾丽思·贝利点点头，"你认识这位女士吧？"

"贝利女士，是的。"他看上去显得迷惑不解。

"有一条路能安全地通向城外，一条暗道。她知道那条路，而且会带你们出去。你领上查尔斯，然后立即离开。留给我两个护卫，其余的手下跟你走，以防船坞附近会有埋伏。"

"可您当然得跟我们一起走。"

"不，我不走，"玛蕊莉缓缓摇头，"这就是我的请求，现在没有时间讨论了，请你回答行或者不行。"

"玛蕊莉——"

"求你了，费尔阁下。我已经失去了两个女儿。"

他站直身体。"我答应你。可我会回来找您的。"

"你这样做就等于抛下正统的国王，"玛蕊莉紧盯着他，步步紧逼，"你明白吗？"

"我明白。"费尔的双眼蒙上雾气，无力地垂下了头。她叹息一声，向他走去，拥抱了他。

"谢谢你，费尔叔叔。"她说。

他轻轻捏了捏她的手臂。"愿圣者与你同在，小玛。"

贝利抓住了她的另一只手臂。"等我带他们找到路，我就回来。"

"不，"玛蕊莉还是那个回答，"和他们一起去。看好我儿子。"

等他们走后，她回到扶手椅中，多坐了一刻钟，计算着他们出发的时间。接着，她深吸了口气，站起身，离开房间，沿着走廊向御前护卫队长莫里斯·卢卡斯爵士的住所走去。

他开门时看起来非常惊讶。

"陛下,"他说,"我因何享有此等荣幸?"

"莫里斯阁下,"玛蕊莉开口道,"过去几个月里,我并未善待你和你的手下。"

"如果您要这么说的话,陛下。"他含混地表示同意,语气有些迟疑。

"也就是说,我必须请求你的原谅,让你回答几个直接而且无礼的问题。"

"我会回答陛下向我提出的任何问题。"骑士向她保证说。

"御前护卫是否忠于我和我儿子查尔斯?"

莫里斯面色一僵。"我们忠于国王查尔斯,也忠于他的母亲您。"他回答。

"那你是否认可其他人对王位的继承权?"

莫里斯的眉头皱得更紧。"安妮公主有权继位,可她——就我所知——不在了。"

"你听说过罗伯特亲王回来的消息了吗?"

"是有传闻这么说。"

"如果我是来告诉你,我认为他杀死了我的丈夫和御前护卫,以及陪同他前去宜纳岬的皇家轻骑队呢?"

"我会说这是合理的推测,陛下。要是若您打算问我会不会服从罗伯特亲王,回答是不。"

"那你相信你的手下吗?"

他犹豫了一会儿。"大多数吧。"他最后承认道。

"那么我就相信你,莫里斯阁下,还有你的手下。我要你们离开城堡和这座城市,即使那并非易事。"

他的双眼睁得像芮伽币那么圆。"陛下?我们会支持您。"

"要是这么做,你就会死。我要你活下去,离开城堡,离开伊斯冷,去你能寻求到援兵来巩固我的正义之处。我要你带上猎帽儿,而且让其中一个手下披上厚厚的斗篷和风帽,看上去就像是查尔斯与你同行。"

道标

"可是国王，陛下——"

"他仍然是国王。他会很安全的，我向你保证。"

莫里斯在几次呼吸间消化了这些话。"您要我们现在就离开吗，陛下？"

"现在，而且尽可能安静。如非必要，我不想有任何人流血。"

他躬身行礼。"谨遵您的旨意，女士。愿圣者与您同在。"

"也与您同在，阁下。"她回答。

她回到自己的房间，想着现在她至少可以知道——第一次，也是最后一次——御前护卫是否真的值得信任。事实胜于雄辩。

她戴上王冠，带着费尔留给她的两名护卫，尽力能从容地前去出席御前会议。

第三章 剑士，祭司与君王

当斯蒂芬撕开护法的封缄时，就明白了自己从此和教会再无瓜葛。封缄不容亵渎，只能由收件人亲自揭开。若一位见习修士或是祭司背叛了圣者的信任，首先会被解除其圣职者的身份。在那以后，他们还需要接受世俗的惩戒——其形式从鞭打致死到溺毙，应有尽有。

可对斯蒂芬而言，这不算什么。如果教会要追究他的罪行，他们就得先找到证据，而且他若想躲开他们的追捕，也并非难事。不，他撕开封缄的原因是他已经从心底明白，在德易院所见的恶行只是梨子上的霉斑之———整只水果都已腐烂，从里到外，连带赋予它生命的那棵树。

如果教会的那些神职者正是唤醒受诅圣者的幕后主使，那牵扯到的内幕就更让人吃惊了。假设教会本身已被腐化，那么他也不想担任其中的任何角色——或者说，不想担任更加重要的角色。他将以自己的方式服侍众神。

"斯蒂芬？"薇娜唤道，"上面怎么说？"

他意识到自己的目光只是在那些墨水字上游移，完全没有用脑子去分析。他努力排除杂念，集中精神。

奇怪，他想。除了签名和一段韵文看起来像是卫桓语以外，剩下的字符都显得晦涩难懂。

"啊。这是某种加密方式，"他告诉他们，"一种密码。"

"一团你解不开的字结？"埃斯帕说，"我可不信。"

斯蒂芬点点头，重新打起精神。"给我时间，我能解读它。它使用了教会的维特利安语，以及一种更加古老，叫做杰赫迪卡德的礼拜用语言。可是这样写的话，就完全没有意义了。不过这儿的一段韵文……"他的声音逐渐变小，开始研究起那段韵文来。那正是古卫桓语，或者，至少是种和它类似的方言。

"这儿写着'*canitu*,'"他自言自语，"在巫王的语言里，*canitu subocaum*——啊，这是篇'召唤祷文'。"

"召唤谁？"莉希娅追问。

"赫乌伯·赫乌刻，"他看上去同样不解，"不管这是什么，我都没听说过。不过并非所有的受诅圣者都广为人知。事实上，这听起来更像是个地名，而不是某个人——它的意思类似'荒草土丘。'"

"会不会和圣堕有关？"莉希娅提出了另一种假设。

"很有可能，"斯蒂芬表示赞同，"根据我们迄今所见，这个解释也最合情理。可他们还给这个单词加上了*dhy*的前缀，这通常表示后面所跟的名字是属于某位圣者。真是莫名其妙。"

"无论如何，"莉希娅最后总结道，"显然你们的护法很清楚这儿发生的事，那再回去伊斯冷警告他就没有任何意义了。"

"噢，我还是一头雾水。"埃斯帕抗议道。

"我也一样，"莉希娅制止了他的发问。"可我们现在知道教会正在唤醒一条古老的巡礼路，很明显，让他们完成这项工作不是个好主意。"

"他们也许已经完成了。"埃斯帕故意发难。

"我不这么想，"斯蒂芬说，"我相信这里记录的就是向赫乌伯·赫乌刻献祭的方法，不管这名字实际上是指什么。而这个坎尼图看起来像是长篇祷文的一部分——确切地说，长篇祷文的结尾部分。"

"你是说我们拿着的东西正好是他们完成这档子事的关键？"

"对，这正是我想说的。听好，我试试给你们翻译。"他清了清喉咙。

> 而今前往荒草土丘，
> 血色新月，
> 为荒草土丘奉上鲜血。
> 七者之血，

THE CHARNEL PRINCE

三者之血；
一者之血：
令七者为全然之凡人，
令三者为剑士、祭司与君王，
令一者为不死之亡灵，
炼就荒草土丘之心。
源自幽魂之眼，
源自贪食之母，
源自施怒者派尔，
源自削皮森林，
源自腐烂与枯朽之双子，
源自未亡者。
当其伊始，道路即成。

片刻的沉默之后，埃斯帕咕哝起来。"这可不是下酒的小曲儿。"

"我也不是通篇都有把握，"斯蒂芬承认，"例如'剑士、祭司与君王'那一句。那些词是 *Pir Khabh*，*dhervhidh* 和 *Thykher*。第一个词很清楚，就是个持剑战斗的人。*dhervhidh* 意为'走过巡礼路的人'，但未必是教会的人。第三个词，*Thykher*，可以指任何拥有王室血统的人，也可能特指国王。没有更详细的参考资料，我没法解释得很贴切。"

"那'不死之亡灵'这个词呢？"薇娜问道。

"*Mhwrmakhy*，"斯蒂芬复诵了一遍，"实际上的意思是'穆赫瓦的奴仆'，穆赫瓦是黑稽王的别名，不过他们也被叫做 ***anmhyry*** 或是'不死者'。除了清楚他们已经不存在之外，我们对他们知之甚少。"

"你是说，不存在？"莉希娅冷笑，"过去有很多事物确实'不存在'。"

"同意。"斯蒂芬点头，显得有些踌躇。那段'源自'的句子正困扰着他。

埃斯帕注意到他的心不在焉。"怎么了？"他问道。

斯蒂芬将双臂交叠，环抱在胸前。

道 标

"巡礼路必须按顺序走完,接着整条巡礼路才能被唤醒,也就是说,它的力量是有特定流向的。这就是为什么我踏上其中一座神殿时会发生怪事,或许是因为我已经和圣堕有所关联了。"

"所以?"莉希娅不置可否。

"噢,如果我对祷文的理解没错,巡礼路上最后一座圣堕就是赫乌伯·赫乌刻,"斯蒂芬解释,"虽然我们不知道它在哪儿,不过根据这段韵文,第一座圣堕该是幽魂之眼……"

"你知道它在哪儿?"埃斯帕问道。

"快了,"斯蒂芬显得魂不守舍,"我还在思考全文。"

"噢,请吧,慢慢来。"埃斯帕半信半疑地看着他。

"第二座,'贪食之母'——是我进入的那座神殿,我能肯定。也就是莉希娅带我们去的第一座神殿。那是马海尔赫本的别称之一。

"埃斯帕,回想你当初追踪狮鹫的时候,在把我送去德易院之后,你说你发现圣堕那里举行了一场祭祀。确切地说,那地方在哪?"

"从这往东大概五里格,塔夫河那里。"

"塔夫……"斯蒂芬思考了一会儿,随即将手伸向马鞍后方,他的地图就卷好塞在里面。他挑出自己需要的那张,盘腿坐下,将它在地上铺开。

"那是什么地图?"莉希娅一面低头看着,一面发问。

"斯蒂芬习惯随身带着过时了几千年的地图。"埃斯帕说。

"对,"斯蒂芬不理会他的玩笑,"可这次它终于能派上用场了。这是一份黑霸时期地图的摹本。地名换成了维特利安人熟悉的名字,并用古代文字写成。塔夫应该在哪儿,埃斯帕?"

御林看守俯下身,研究起这张泛黄的纸来。"森林不大一样,"他说,"那时候更大点儿。不过河都差不多。"他的指头戳向一条弯弯曲曲的细线,"在这附近。"

"看到这条河的名字了吗?"斯蒂芬问他们。

"塔瓦塔。"薇娜读道。

斯蒂芬点点头。"我敢打赌,这是阿罗特西安语中塔德瓦特这个词的变体——意思是'幽魂'。"

"那就是它了。"莉希娅说。

埃斯帕怀疑地哼了一声。

斯蒂芬把手指移开了一点。"所以塔夫河边的那个就是第一座。我走进的那个是第二座,大约在这。最后一座大约在这。"他把手指放在表示山岭的曲线上。奇怪的是,它的顶端画着一棵枯死的树。

"这对你意味着什么,埃斯帕?你对这地方了解些什么吗?"

埃斯帕皱起眉头。"它过去是古人向狰狞献祭的地方。他们把祭品吊死在纳拜格树上。"

"狰狞怪?"

埃斯帕缓缓点头,一脸的不安。

"我从没听过派尔之名,"斯蒂芬歪着头想了想,"不过事实上他和狰狞怪都跟狂怒有关,这点很有趣,对吗?"

"现在我明白了,"莉希娅吐了口气,"到目前为止,修士们都在往东走,而且我们也见过头三座圣堕。那么第四座在哪儿?"

"削皮森林。在卫桓语中念做维赫德拉伯。"他把手指移向东面,停在德易河上。那儿有座标注为微特拉夫的小镇。

"微凫!"薇娜突然叫起来,"那是个村子!它还在那儿!"

"或者说我们希望它还在。"斯蒂芬阴沉着脸说。

"对,"埃斯帕说,"我们最好去瞧瞧。而且我得弄清楚我们的囚犯什么时候会醒。或许我能说服他多告诉我们些事。"

可当他们去查看时,那修士已经死了。

他们给那个修士举行了御林看守式的葬礼——也就是让他仰卧,手掌交叠放在胸膛上,除此之外什么都不做——随后动身穿越布罗格·伊·斯特拉德高地。这座森林中散布着遍石楠花的草场与青翠茂盛的蕨丛。即便寒冬袭来之际,御林的这些地方依然满溢着生机。

斯蒂芬能肯定埃斯帕和莉希娅看到了他遗漏的某些东西。他们纵马在前,牵着易霍克的坐骑,就像对阴沉的兄妹。薇娜一度与他们并肩同行,但此刻她落在了后面。"你感觉怎样?"她小心翼翼地问。

"好得很。"斯蒂芬说。这不完全是真话——有些事正令他困扰。可他不能告诉她,当他在土丘上醒来抓过易霍克的弓时,他差点拿箭射向她,而不是那个修士。

最初的几次心跳间,他感觉到了从未想象过的恨意,此时回忆起来,依然觉得不可思议。他恨的并非薇娜,而是一切活物。但那感觉消退得又是如此突然,让他一度怀疑它仅仅是一个幻觉。

他也记起了第一次醒来时经历的某些梦境,但它们也已消失不见,只留下模糊不清的残影。"你怎么样?"他反问,"我从没见过你像这样闷闷不乐。"

她略略扮了个鬼脸。"有太多的事要弄懂了,"她说,"我是酒馆店主的女儿,记得吗?几个月以前我最担心的事还是班夫·提拉森会喝得烂醉找人打架,要么就是恩瑞·弗洛瑞不付酒钱就想逃跑。就算是在我跟埃斯帕追踪狮鹫那会儿,一切也都很简单。可这会儿我不知道我们该对付谁了。荆棘王?大护法?发疯的村民?还漏了谁?可我又有什么用?"

"别这么说。"斯蒂芬安慰她。

"为什么不?埃斯帕总这么说。我也否认过,找各种理由反驳,可从骨子里我知道他是对的。我不会搏斗不会追踪,懂的东西也不多,而且每次打起架来,我都需要有人保护。"

"不像莉希娅,嗯?"

她睁圆了眼睛。"别这么残忍。"她低下头,不敢看他的眼睛。

"可那正是你的想法,"他一方面滔滔不绝,一方面为自己的冒失感到惊讶,"她很漂亮,而且和他年纪相仿。她是个瑟夫莱,而他被瑟夫莱养大,她能像狼那样追踪猎物,像豹子般和敌人搏斗,而且她好像比我们所有人都更了解这整件事。他凭什么不拿她来代替你?"

"我——"她一时语塞,"你为什么这样说话?"

"噢,首先,我明白你觉得自己很没用,"他放缓了口气,"而且除了埃斯帕,没人能让你觉得自己这么没用。并非他有意这么做——只因为他总是把事情做得太好,而且又夸口说自己不需要任何东西或是任何人,你有时真的就相信了他。"

"你会没用吗?"她表示怀疑,"你拥有圣者赠予的才能。你了解最微小和最博大之物,以及它们之间的一切,没有你,我们对该做的事不会有半点头绪。"

"当埃斯帕遇到我时,我并没受过圣者的祝福,"他指出。御林

THE CHARNEL PRINCE

看守那毫不掩饰的轻蔑还历历在目。"而埃斯帕肯定觉得我是个累赘。当我们分别时,我觉得他说得对。可我错了。你也是,而且你清楚这一点。"

"我不——"

"薇娜,你为何要跟随埃斯帕?你为何离开考比村,离开你父亲和你所熟悉的一切,去追赶一个御林看守?"

她撇撇嘴,这习惯让他觉得相当迷人。"噢,我从没想过真的离开考比村,"她说,"没那么久。我觉得埃斯帕有危险,就去警告他,原本我打算随后就回家去。"

"可你没有。为什么?"

"因为我和他相爱了。"她忽然有些害羞。

一种陌生的感觉刺痛了斯蒂芬的心,他不动声色地将其压下。"可你爱上他一定有段时间了,"斯蒂芬试探性地问。"爱情不会毫无征兆地降临,对吧?"

"当我还是个小女孩时,就爱上他了。"她叹了口气。

"那为什么突然——你做了什么吗?"

"我本来没打算吻他,"她说,"只是——我发现他一动不动地躺在地上。我以为他死了,而且我以为他永远不会知道。"

"你为什么觉得他会介意?"

她摇摇头,脸上的表情楚楚可怜。"我不知道。"

"要不要我告诉你我怎么想?"斯蒂芬问道。

薇娜拂开脸上的碎发。他遇见她的时候,她剪短了头发,可现在又长长了许多。"为什么不?"她心事重重地说,"你已经坦率得快要超出我的想象了。"

"我想你那时看到的埃斯帕正在失去某些东西。他强壮、果敢、技艺娴熟,而且某方面来讲,他也很聪明。可如果没了你,他就不会有心。没了你,他只是森林的一部分,会在非人之路上越走越远。是你把他带回到我们身边。"他顿了顿,抹掉脑海中冒出的另外一句话,"这样有意义了吗?"

薇娜皱起眉头,却没有接口。"这就是为什么我们三个在一起能做得这么好,"他续道,"他有力量、匕首和利箭。我有他假装看不起，但又不可或缺的知识，而你是我们两者的君主，将我们团结在一起。"

她嗤之以鼻。"剑士、祭司和君王？"

他眨了眨眼。她是在说那句卫桓祷文。"噢，这是种相当古老的三位一体，"他笑，"就连圣者们也都是三个三个出现——比如圣诺德、圣奥莫和圣罗伊。"

"我可不是女王，"薇娜自嘲，"我只是个从考比村来的女孩，正前往不属于自己的地方。"

"这可不对。"斯蒂芬笑着否认。

"那她又代表了什么？"她把鼻子对着莉希娅，问道。

"她不能代表什么，"斯蒂芬耸耸肩，"她是另一个埃斯帕，他们有相同的本质，他不会从她那得到心，她也一样。"

"埃斯帕从来都不怎么想要心，"薇娜仍在嘴硬，"也许他需要的是个和他更接近的女人。"

"他想要什么并不重要，"斯蒂芬说，"爱情不在乎对错、好坏或是任何人的需要。"

"我对此再清楚不过了。"

"那你现在觉得好些了吗？"

"也许吧，"她笑得有些勉强，"就算不，至少你也尝试过了。谢谢你，斯蒂芬。"

在那之后，他们无声地驾着马，斯蒂芬很高兴，因为他也不确定自己能否在不违背良心的情况下继续维护埃斯帕。他没有说谎——他说的每件事都是真的。

不幸的是，其中也包括那句：爱情不在乎对错、好坏或是任何人的需要。

微见镇就在那儿，远远看去就像是死亡一样安静。寒气彻骨，没有半道烟云飘向天际。街道上没有人，也没有任何像是活物发出的声音。

大部分御林边的村庄都没有这么古老——像考比村那样，它们都是在过去的一百年间建起的。房屋主体通常用圆木搭建，而街道

THE CHARNEL PRINCE

则是铺满泥土。埃斯帕记得微兄是座古镇——狭窄的鹅卵石路面被上百代人的厚底靴磨得闪闪发亮。镇子的中央并不大——大约三十栋房子围着钟塔广场挤成一团——可这儿的东面稍远处有大型的农庄,而河道两岸的高脚房屋也朝着不同方向绵延伸展。尽管规模不大,可它过去一直是个充满活力的地方,因为它是伊文河——那条下游部分蜿蜒曲折长达二十里格的河流——南部唯一的河港。

如今居民已不复存在,但这座石头小镇依然屹立如初。埃斯帕从高处的山丘向下看去,注意到钟塔不见了。就这么消失了。那里——在塔楼原本所在之处的土丘上——是一幕再熟悉不过的景象。死尸之环。

"该死的。"他喃喃自语。

"我们来迟了。"薇娜不忍心再看。

"迟得很了。"莉希娅仔细打量那处,"从那些烧毁的田庄来看,这是几个月前的事了。"

埃斯帕点点头。散布在圣堕周围的尸体看起来大都已化作白骨。

"把镇子建在受诅圣者的足迹上,"他说,"可真不走运。"

"我不明白你怎么能拿它来说笑,"薇娜猛地抬起头,"那些人可都……我不明白。"

埃斯帕看着她。"我没有说笑。"他轻叹一口气,最近在薇娜身边似乎说什么都不对。"另外,或许这儿没看上去这么糟。也许还有剩下的镇民逃走了。"他转身面向瑟夫莱,"这位置不错。你和易霍克在这把风,我们下去瞧瞧。"

"正合我意。"莉希娅说。

他们走进小镇,尽管刻意表现得轻松,可事情正往他最害怕的方向发展。没有人出来问候他们。整座镇子都像它上游那儿的双胞胎兄弟微兄墓园那样安静。人影全无。

埃斯帕在河中雄鸡的门前下了马,那曾是镇中最为繁忙的酒馆。"你们俩留神后面,"他告诉斯蒂芬和薇娜,"我进去看看。"

里面没有活人,也没有任何尸体,这都还算好。可他发现有根烤叉上的肉被烤成了焦炭,而另一桶麦酒的龙头还开着,所有的酒都流了出来,地板上仍残留着黏糊糊的一摊液体。

他回到广场那里。

"他们走得很匆忙,"他说,"没有血,也没有搏斗过的迹象。"

"也许那些修士把他们的尸体丢进了河里。"薇娜提出。

"也许是这样,也许他们都逃掉了。不过这正是让我奇怪的地方——这条河虽然算不上最繁忙的水路枢纽,可总该有人察觉到才对。就像莉希娅说的,这儿的事肯定在几个月前就发生了,甚至早在我们对抗戴思蒙·费爱和他那伙人之前。为啥没人清理这些尸体?为啥没人走进镇子,或者至少把这事在下游传开?"

"也许是有过,"斯蒂芬说,"而护法隐瞒了这件事。"

"对,可经过这里的河民会把这事沿着河道传开。总会有人过来瞧瞧的。"

"你认为教会在这派兵驻守过?"斯蒂芬问道。

"我也没见着那种迹象。酒馆里留下的麦酒和贮备还很多——我想足够一支驻防队伍敞开肚子吃的了。另外,我早先没瞧见任何炊烟,现在也没闻着。可要是没人驻防,为啥往来的船夫没一个抢过酒馆?"

"因为来过这的人没一个能离开。"薇娜接过他的话头。

"说得好。"埃斯帕附和道。他的目光一一扫过那些建筑。

"也许这儿有只狮鹫。"斯蒂芬说。

"也许吧,"他勉强表示同意,"在狰狞兽的绞架出没的那些修士身边就有一只。"他没说出它避开他的事。

"我得往河那边走,"他最后决定,"你们俩跟在后面,保证能看见我,但别靠太近。如果有只狮鹫在屠杀船夫,我们就该能找到他们的船和尸体。"

当他沿那条倾斜向下的小道朝河边走去时,脚下的靴子发出空洞的回响。很快,木制码头出现在他的视野里。它还在那儿,但他根本看不到半条船。他俯身走入最后一间屋子的阴影,专心地向河堤的远端窥视。树林一直延伸到水边,没有发现任何令人不安的东西。他回头望去,只见薇娜和斯蒂芬正紧张地盯着他。

他打手势示意自己要再靠近些。

一面破碎的黄色风向旗在微风中鼓动,这几乎是他接近码头的

THE CHARNEL PRINCE

木制铺板时听到的唯一声响。仅有的鸟鸣声也显得相当遥远。

这很怪。就算在无人的小镇上,也该有鸽子或是家鸦。而且在这个时节,河边也还有翠鸟、旋潜鸟和白鹭。

可这里什么都没有。

随即有什么东西引起了他的注意,他本能地蹲伏退后,弓身戒备,可却分辨不出自己看到的是什么。那是种难以言说的东西,一阵离奇的波光舞动。

而他鼻孔中充斥的那种秋日气息总是意味着杀机将至。

他缓缓后退,只因他察觉到了某种东西,某种潜藏在世界表皮之下的东西。

他又看到了那种光芒,接着忽然明白过来。不是世界,是水。某种巨大的未知之物正在水下移动。

他继续向后退去,可又想起远离水边也没能让微戌的居民幸免于难。

河中央突然隆起,有东西正像梦中深知猎物无法逃脱的怪物那样,懒懒地浮出水面。起初他对它只有一种印象:强壮的身躯和光滑的皮毛——也许是鳞片——而且庞大无比。

而它突然发出了高亢的嘶鸣,那声音是如此美妙,让他明白自己之前想错了。这未知物并非生命的毁灭者,而是生命的本质。他脚下所处,正是诞生与寂灭周而复始,猎者与猎物殊途同归之所。在这里,一切都充满安宁。

埃斯帕感到胸中涌起一股言语无法表达的惬意,他垂下弓,昂首阔步,前去与它会首。

道 标

第四章 边境之地

当安妮和奥丝妮再度进入那座亡者之城的废墟时,有人发出嘶吼。安妮迅速扫视周围,看到两个全副武装的人正在骑着马朝山下冲锋。

"他们看见我们了!"她失声尖叫。

她几乎是拖着奥丝妮,蹲伏在第一座建筑背后,同时疯狂地张望四周,寻找可供藏身之处。

不管朝什么方向跑,结局只有被杀或是被擒——山谷两边柔韧的藤蔓无法提供确实的保护:它们或许能为她们争取一点时间,但追捕者冲下来是早晚的事。

当然,就地藏匿也有同样的问题,因为这儿根本没地方可躲。

除了火梓园。如果它长得真像看上去那样茂密,她们或许能挤进去,可那些块头更大又穿着盔甲的人就没法跟来了。

"这边,"她告诉奥丝妮,"快点,在他们看见我们以前。"

跑到墙壁环绕的园子前的那段时间漫长得像是永远,可当她们穿过崩塌的拱门时,骑士们仍然不见人影。安妮俯下身,用手和膝盖支撑身体,挤进那片多瘤的植被,这儿一切植物的生长速度似乎都比她和奥丝妮经常拜访的那座火梓园快得多。泥土的腥味更重,还有些腐臭的气息。

"他们就要来找我们了,"奥丝妮声音发颤,"他们就要追来了,我们会被困在里面的。"

安妮在一棵古老橄榄树的茂密根须间蠕动。"他们不能砍伐火梓园,"她说,"圣翡萨会诅咒他们。"

"他们杀死了整个修女院的修女,安妮,"奥丝妮指出,"他们不在乎诅咒。"

"可这是我们唯一的机会。"

"你就不能——就不能做点什么吗,就像在河边那次?"

THE CHARNEL PRINCE

"我不知道,"安妮显得很无奈,"我也不明白是怎么回事。当时一切都很突然。"

这不完全是真话。但在修女院外弄瞎那个骑士,以及在泽斯匹诺伤害埃瑞索时,她的确未加思索就出手了。

"我害怕,"她最后承认,"我不了解这种力量。"

"对,安妮,可你知道,我们就要死了。"奥丝娃看上去很悲伤。

"你说得有道理。"安妮沉默了。她们已经尽可能地来到了火梓园的深处,整个身体几乎都紧贴着地面,而更前方的植物交织得密不透风。

"安静地躺好,"安妮说,"不要出声。还记得那时我们假装司皋魔在追赶我们吗?就像那样。"

"我不想死。"奥丝娃低声啜泣。

安妮握住奥丝娃的手,把她拉近,感觉到她的心脏在剧烈地跳动。她能听到附近某处的谈话声。

"*Wlait in thizhaih hourshai.*"其中有人用命令式的语气说道。

"*Raish.*"另一个人回答。

安妮听到皮制马鞍的短促摩擦声,接着是靴子踩上地面的金属声。奇怪的是,她忽然想起她的马——飞毛腿——有没有出什么事,一幕清晰得令她心痛的景象闪过:她骑着它在阳光照耀下的袖套上奔跑,空气中弥漫着春天的芬芳。那就像是许多世纪以前的事了。

当脚步声越来越近,树丛也开始沙沙作响之时,她身边奥丝娃的心跳也变得愈加狂乱。安妮闭上双眼,试图将恐惧推向内心深处。

忽然,某种刺痛代替了恐惧。它毫无预兆,顷刻间席卷了她的全身,像是一种热病,让她觉得血液仿佛变成了滚烫的污水,而骨骼变成了腐烂的肉块。她想要捂住嘴,可不知为何却找不到自己的喉咙,而她的整具身躯仿佛都在逐渐消融。

"*Ik ni shaiwha iyo athan sa snori wanzyis thiku.*"有人在极近处说道。

"*Ita mait, thannuh.*"另一个人在远处咆哮。

"*Maita?*"近处那个男人似乎在发问,语气显得犹豫不定。

"对。"

道　标

声音安静了片刻，接着传来某样东西砍伐植物的响声。那种不适感开始加剧，安妮忍不住喘息起来。

奥丝娖说得对。这些人根本不怕圣者。

她把身体压得更低，直贴地面，感到脑袋开始发晕。大地仿佛在陷落，而她的身体逐渐下沉，穿过树根，感觉到那些纤细的根须摩挲着她的脸。与此同时，身下仿佛也有某种物体涌现，就像涌向伤口表面的鲜血。怒气在她心中翻涌，仿佛一根颤抖的鲁特琴弦，而有那么片刻，她真想抓过它，让它全然控制自己。

但怒气随即消退，而胃里的不适与下沉的感觉也消失不见。只剩下脸颊两侧还有些余热。

她睁开了双眼。

现在，她躺在一片随着轻风荡漾的碧绿草场上，森林伸出一只由橡树、山毛榉、白杨、枫香树、桓树以及十种她没见过的树组成的手掌，遮天蔽日地覆盖在草地上方。从左肩处望去，一只小巧的湿地蛙正咯咯叫着跳进一片布满了睡莲，周围由灯芯草环绕的池塘，池塘中央有一只白鹤正用它长长的腿小心地划开碧波，寻找着鱼群。从右肩处望去，是苜蓿纯白和淡蓝色的花朵，而她身下那片涟漪草也变成了蕨类的叶片和羊齿草的卷牙。

奥丝娖就躺在她身边。接下来，她飞快坐起，眼中满是恐慌。

安妮仍握着她的手，这时加重了手上的力道。"没事的，"她温柔地看着自己的朋友，"我想我们暂时安全了。"

"我不明白，"奥丝娖一脸的无措，"怎么回事？我们在哪？我们死了吗？"

"不，"安妮纠正她，"我们没死。"

"我们在哪？"

"我也不清楚。"

"那你怎么能肯定——？"奥丝娖的眼中浮现出恍然大悟的神色，"你以前来过这。"

"对。"安妮承认道。

奥丝娖站起身，开始朝四周张望。片刻之后，她开口了。"我们没有影子。"

"我知道,"安妮顿了顿,"如果你沿着逆时针方向前进,就会来到这儿。"

"你是指那些童话故事?"

"对。我第一次来这儿是在艾瑟妮的生日宴会上。你还记得吗?"

"你晕倒了。醒来之后,你问起了某个戴着面具的女人。接着你断定自己是在做梦,而且不愿再谈下去。"

"那不是梦——或者说不完全是梦。从那之后我又来过这两次。一次是在梅菲提的子宫里,另一次是我睡在船的甲板上时。"她对着这片空地左顾右盼,"它总是不一样,"她续道,"但不知为什么,我知道它是同一个地方。"

"什么意思?"

"第一次这儿是一座树篱的迷宫。第二次是片林间空地,在船上那次则是森林正中,而且是夜里。"

"可怎么会?我是说,我们怎么会到这儿来?"

"头一回是什么人带我来的,"安妮解释道,"一个戴面具的女人。其他几次我是自己来的。"

奥丝娌并拢两腿,坐了下来,眉头拧成了结。"可——安妮,"她试图提出异议,"那几次你哪都没去。我那时不在梅菲提子宫里,可你那天仍然在汤姆·窝石山上。而且你一直都在船上。"

"我也不太清楚,"安妮说,"或许我离开后又回来了。"

"汤姆·窝石那次我不太肯定,"奥丝娌回忆,"可我能肯定船上那次。我的眼睛片刻都没离开过你。这表示,不管我们认为自己在哪——或是我们的影子去了哪——我们的身体还留在那儿,任那些骑士生杀予夺。"

安妮无力地抬起手。"也许是吧,可我不知道怎么回去。每次总是突然就回去了。"

"噢,那你试过没有?毕竟是你把我们带到这来的。"

"那倒没错。"安妮让步了。

"噢,试试吧。"

安妮闭上双眼,再一次努力寻找起那个地方。它仍然安静地待在那里,稳如磐石。

道　标

　　奥丝娅倒吸了一口冷气。
　　安妮睁开双眼，但没有发现任何异常。"怎么了？"
　　"这儿有什么东西，"奥丝娅小声说，"我看不见，可确实有。"
　　安妮发起抖来，她想起了影子里的那个人，可现在这儿没有影子。一阵夏日般的暖风扬起，压低了树梢，令草地泛起道道涟漪。空气中有植物腐败的气味，却并不真的令人不快。
　　而且那风从四面八方朝他们吹来，树木、蕨草和青草朝她们躬身行礼，就好像她和奥丝娅是艾芬国的领主似的。而在听力能及的最远处，安妮听到了模糊而狂野的鸟鸣声。
　　"出什么事了？"她咕哝着。
　　它们突然间出现，越过树梢——天鹅和野鹅，法莱鸟和燕子，布里奇鸟和赤罗伯特鸟，数以千计的鸟儿盘旋着扑向空地，咯咯、嘎嘎、唧唧叫着朝安妮和奥丝娅飞去。安妮连忙抬手护住脸，可鸟儿们在一码之外就绕着她们打起了转，一阵羽翼的龙卷向云端天际蜿蜒而上。
　　片刻之后，恐惧消退，安妮开始大笑。奥丝娅看着她，觉得她好像失去了理智。
　　"这是什么？"奥丝娅问道，"你知道这是怎么回事？"
　　"我不知道，"安妮说。"可这场奇迹是……"她住了口，因为她发现找不到一个合适的词语来描述她想表达的意思。
　　这一幕似乎持续了很久，但风儿最终止歇，带着鸟儿们一起各自还巢，唯留那只仍在捕鱼的鹤。最后，连鸟叫声也完全隐去了。
　　"安妮，我好困。"奥丝娅叹了口气。她之前的惊恐似乎已消失不见。
　　安妮也觉得自己的眼皮突然变得很沉。此刻的阳光似乎变得更加温暖，而在经历这一连串自然和非自然的事件之后，她觉得自己仿佛有几天没有合眼了。
　　"翡思，你们在吗？"她问道。
　　没人回答，那只鹤抬起头看了她一眼，随后又埋首于它的目标。
　　"谢谢你。"安妮说。
　　她并不清楚自己在和谁说话，或是在感谢什么。
　　她在火梓园中醒来，奥丝娅在她身边，和之前一样攥着她的手。

THE CHARNEL PRINCE

她们被掩埋在树木的断枝和碎叶之下。那些骑士已经把这儿给毁了——他们玷污了这片神圣的花园。她和奥丝娅就躺在那条破坏之路的终点。

很好,她思考着。我们没有死,这是个开始。假如奥丝娅是对的,翡思姐妹那儿只是一场梦,那么那些袭击者又怎么会放过她们?

她静静聆听了很久,可除了不时响起的嗡嗡虫鸣,没有其他任何声音。过了一会儿,她叫醒了奥丝娅。

奥丝娅坐起身,明白她们已经回来,接着便喃喃地向圣瑟凡与圣瑞耶妮念诵祷文。"他们没看见我们。"她说,"可我想不出原因。"

"也许你错了,"安妮猜想,"也许我们根本没把身体留下。"

"也许吧。"奥丝娅仍表示怀疑。

"你留在这,"安妮站起身,"我出去看看。"

"不,让我去吧。"

"如果他们抓住了你,还是会继续追捕我,"安妮耐心地解释,"可如果他们抓住了我,就没有理由继续追捕你了。"

奥丝娅不情愿地同意了这种逻辑,接着安妮离开了火梓园,这次是走着穿过这片被肆意踩躏的植被。

她在出口处发现了一摊暗色的黏稠液体,她认出那是血。外面有更多,但那些血迹在半途突然消失了。

她搜寻了好几个废墟,可那些骑手们似乎失踪了。当她爬上山丘,向下窥探时,发现大路上一个人影都没有。

卡佐、查卡托和骑手们都消失了。

"我们得找到他们,"奥丝娅绝望地坚持道,"得找到他们。"她的脸上被泪水抹得一团糟,可安妮没法责怪她。她在回火梓园找她朋友的路上就已经哭过一场了。

"会找到的。"她说着,努力让声音显得自信满满。

"可要怎么找?"

"他们不会走得太远,"安妮推测。

"不,不,"奥丝娅赌气似的扯着头发。"我们也许已经在这待上一年了。也许是十年,也许是一百年。我们刚刚是在艾芬国,对吧?那儿总会发生这种事。"

道　标

"在某些巫术里才是,"安妮提醒她,"而且我们还不知道那儿是不是艾芬。我每次离开都不超过半小时。所以我想我们应该跟上他们。"

"他们也许已经杀了卡佐和查卡托。"

"我没看见他们的尸体,你呢?"

"也许被他们给埋了。"

"我不觉得这些人会做出这种事。如果他们不怕屠杀整座修女院或是砍伐火梓园带来的报应,也就不会介意在路上留下两具尸体。此外,那些骑士把他们都绑起来了,记得吗?他们也许是要把他俩带回船上去。"

"或者卡佐对我们的去向说了个聪明的谎,"奥丝婼也开始思考,她的声音现在听起来平静了些。"而他们正等着验证他说的是不是真话,然后才拷打他。"

"这有可能。"安妮说着,努力不去想象卡佐被拷打的情形。

"那我们该走哪边?"奥丝婼问。

"他们的船经过都维尔往北去了,"安妮说,"因此他们更可能来自我们目的地,这条路的更远处。"

"可为了我们的安全,卡佐或许会把他们引向南边。"

"对。"安妮附和道。她满心挫败地看着那条路,真希望自己了解追踪的方法。可这么多骑手在这条早就被踩踏得面目全非的马路上并没留下多少痕迹,至少她那双未经训练的眼睛看来一无所获。

但她随即就看到了希望,那是一小滴鲜血。她向北走了几步,找到了另一滴,然后又是一滴。

南边什么都没有。

"往北走,"她说,"他们有个人被火梓园弄伤了,而且我猜还没止住。无论如何,这是我们找到的唯一线索。"

在某个遥远的年代,特勒明河曾吞没无数乡民的累累白骨,可如今的它和那条传说中的河流没有半分相似之处。它在寒冷的气候中显得苍老而慵懒,甚少去骚扰背上的那些小圆舟、驳船与帆船。

而且无论是横跨河道狭窄处的那座令人惊叹的石桥,又或是立于水中支撑桥身的那些厚实的花岗岩桥墩,也没有招来它的丝毫怨恨。

THE CHARNEL PRINCE

安妮把目光转向坐落于石桥远端的村庄。她依稀记得那里也叫特勒明,上次途经维特利安大道的时候,她们没有在这停留。

"奥丝娲,"安妮问道,"我们进入维特利安的时候,那儿是有边境守卫的。你还记得吗?"

"对。我记得你还跟其中一个调情来着。"

"我没有,你这坏女孩,"安妮抗议,"我是叫他检查我的东西时认真点!算了,以前这儿的边境卫兵呢?这是特洛盖乐和火籁两地的边境。难道不该有卫兵吗?"

"那时没人拦下我们,"奥丝娲思索了片刻,随后确认道,"可我们从克洛史尼到火籁的时候也没人阻拦。"

"对,可火籁是父亲的——"悲伤让她住口,那是她一直努力忘记的事情。"火籁是帝国的一部分。可特洛盖乐不是。总之,现在这里好像有卫兵了。"

奥丝娲点点头。"我看见他们在检查商队。"

"他们怎么会突然加强警备?"

"这支商队是想入境,而我们那时是要离境。也许帝国会在乎谁要进入它的国土,可特洛盖乐不会。"

"也许吧,"安妮叹了口气,"我应该知道这种事的,对吧?我过去在辅导课上为什么不专心一点?"

"你害怕这些人就是那些骑手?"

"对——或是拿了他们的悬赏来抓我们的人,就像在泽斯匹诺那样。"

"那不管他们是不是真正的卫兵都没关系了,"奥丝娲做了总结,"我们不能冒这个险。"

"可我们必须过桥,"安妮皱眉,"而且我希望在帝国境内能找到些帮手。至少能问问有谁看见了卡佐和查卡托。"

"还有弄点吃的,"奥丝娲补充道,"我已经吃腻了鱼,不过总比没有的好。"

安妮的肚子也在咕咕叫。但这种不快只是暂时的,再过上一两天,她们才会面临真正的问题。她们身上一个子儿也不剩,而她也已经卖掉了头发。在剩下几样能卖的东西里,她哪样都不会考虑。

道 标

"也许等天黑了就能行动。"奥丝婼迟疑着提议。

有东西在她们身后动了一下。一块小石子儿顺着斜坡滚下，绕过她们的藏身之处。安妮吸了口气，转过身，看到两个黑色头发和橄榄色皮肤的年轻男人正从坡上居高临下地打量着她们。那两人穿着皮制短上衣、棉布马裤和高脚靴，都拿着短剑，其中一个还有弓。

"*Ishatite*！*Ishatite, ne ech te nekeme*！"拿着弓的男人尖叫道。

"我听不懂你的话！"安妮懊恼地吼了回去。

喊话者昂起头。"王国语，是吗？"他说着，从坡上走下，箭尖正对着她，"那你们就是他们找的人，我敢打赌。"

"又有个人往背后来了。"奥丝婼小声提醒。安妮的心沉了下去，可当那两人走近时，她的恐惧又变成了愤怒。

"你们是谁？"她瞪着眼前的不速之客。"你们想要什么？"

"想要你，"那人笑了，"外乡人昨天经过这里，说，'找两个女孩，一个红头发，一个金头发。活捉她们来或者杀了她们，没有分别，把她们带来就能拿钱。'现在我瞧见了一个有金发的女孩。我想在头巾下面，还会有红色的头发。"他挥了挥武器。"脱下来。"

安妮伸手取下头巾。那人的嘴咧得更宽了。"想藏起来，呃？做得不大好。"

"你是个蠢货，"安妮冷笑，"他们不会付你钱的。他们会杀了你。"

"随你怎么说，"男人回答。"我不会相信。"他继续逼近。

"别碰我。"安妮厉声喝道。

"伊许瑞吉。"另一个人说。

"哦，对，"拿弓的人点头，"他们说红头发是女巫。最好干脆杀掉。"

见他拉开了弓，安妮轻蔑地抬起下巴，触及自己的力量，想看看它究竟能做什么。"你会为此而死的。"她警告说。

他的脸上掠过恐惧之色，显然犹豫起来。接下来他的五官因痛苦和惊讶而扭曲，身体也开始摇摇晃晃，她看到一支箭正插在他的肩膀上。他丢下弓，大声呻吟，而另一个人也开始尖叫。

"走开，考马瑞，还有你们剩下的人。"一个新的声音响起。安妮看见这声音的主人站在山丘更高处——那是个略显苍老的中年男

THE CHARNEL PRINCE

人,有一张棱角分明、晒成棕褐色的脸庞,还有一头花白的短发。"这两位女士好像不喜欢你们。"

"阿托利,该死的,"肩膀上中箭的男人咬牙切齿地咒骂,"这跟你没关系。我先看见的。"

"我和我儿子会让它跟我有关的。"年长的男人回答。

袭击者们向后退去。"哦,好吧,"考马瑞不死心地威胁,"不过总有一天,阿托利。"

就在此时,一支箭穿透了他的喉咙,男人的身体就像一袋谷物那样倒了下去。剩下两人开始还在大叫,接着安妮发现,自己看着的是三具尸体。

"没有那天了,考马瑞。"阿托利说着,遗憾似的摇摇头。

安妮抬头望向他。

"抱歉让你们看到这些,女士们,"他说,"你们还好吧?"他走近了些。

安妮拉过奥丝娅,紧抱着她。"你想要什么?"她满脸的警惕,"为什么要杀他们?"

"他们本来还能活很久,"那人摇摇头,"可我刚刚想到,如果放他们走,他们就会去告诉那队寒沙骑士,然后他们就会来找我,烧掉我的房子——这可不好。"

"你是说你不会带我们去他们那里?"

"我?我恨骑士,也恨寒沙人。我为什么要帮他们的忙?来吧,就快天黑了,我想你们也饿了,嗯?"

安妮麻木地跟着这个名叫阿托利的男人,沿着一条由杜松和萼距花分隔路缘、满布车辙的道路,进入一片远离河畔的山区。很快就有四个男孩加入这支队伍,每个人的手里都拿着弓。夕阳在身后缓缓下落,他们的影子在柔和的薄暮中迈向前方。燕子那新月般的翅膀划过夜空,安妮又一次开始思考火梓园里究竟发生了什么,而那些骑士为什么没看见他们。

他们漫步于空旷的田野和茅草屋顶的砖房之间。阿托利和他的儿子们不时交谈几句,并与邻里互致问候,仿佛一切都很平常。

"这是贾尼,"阿托利拍了拍一个又瘦又高的年轻人的肩膀,

"他年纪最大,二十五了。头上有个鸡窝的那个是库图马。这是洛切提,他有对招风耳,还有年纪最小的瑟奇。"

"我还没感谢你呢。"安妮谨慎地说。

"为什么要谢?你还以为我们要带你去镇里,就像考马瑞计划的那样。是吗?"

"那些骑士还在镇子里吗?"安妮问道。

"有些还在。有些在乡下,还有三个去了东面,带着两个被他们捆得结结实实的家伙。"

"卡佐!"奥丝妮喘着粗气。

"我猜,那是你们的朋友。"

"对,"安妮说,"我们正在跟踪他们,想找机会把他们救出来。"

阿托利为这句话大笑起来。"我很好奇你们怎么会觉得自己办得到。"

"我们必须试试,"安妮绷紧了脸,"他们救过我们的命,而且如你所说,他们是我们的朋友。"

"和那样的人对抗?你很有勇气,但不太聪明。为什么他们想抓你?"

"他们想杀了我,这就是我知道的全部,"安妮很小心地斟酌着用词,"他们从维特利安一路追赶我们到了这。"

"你们打算去哪儿?"

安妮犹豫片刻。"伊斯冷。"她最后说道。

他点点头。"和我想的一样。不过,这条路还很长,而且和你们的朋友被带去的方向不一样。那么,你们要走哪边?"

自从卡佐和查卡托被抓后,安妮就一直在思考这件事。毫无疑问,返回伊斯冷是她的责任。可她也要对朋友负责。当追捕者们往北方去的时候,她用不着强迫自己进行选择。可现在她必须选择了,而且她非常清楚,不管结果为何,她的母亲——以及翡思姐妹——都不会称之为正确。

最关键的问题在于,不管她选择哪条路,身边的奥丝妮都没有多少生还的可能。

"我不知道。"她垂下了头。

"安妮!"奥丝妮叫了起来,"你在说什么啊?"

"我会考虑清楚的,"她保证道,"我会考虑清楚的。"

阿托利的家外观上类似他们刚才经过的那些房子,不过更高大,也更宽敞。一群小鸡在院里院外啄食,在围成半圆形的栅栏中,她看到了几匹马。此时的天空已接近墨色,而屋里传来的烛光洋溢着欣喜。

一位和阿托利年龄相仿的妇人在门口迎接他们。她的金发束成圆髻,身穿一条围裙。令人垂涎的香味从敞开的大门里满溢而出。

"这是我妻子,"阿托利向她们介绍,"欧瑟妮。"

"看来你找到她们了,"她说,"你们真够走运的,女孩们。"

"你在找我们?"安妮重复了一遍,感觉到脖颈上汗毛竖起。

"别害怕,"那妇人眼角含笑,"是我派他去的。"

"可为什么?"

"进来吃东西吧。我们等会儿再谈。"

屋里看起来就像屋外那样欢快。一面巨大的壁炉立于客厅的一端,上面放着罐子和平底锅,厨案,还有数个装着面粉、食糖和香辛料的瓷罐。串串蒜头自房梁处垂下,有个小女孩正在陶瓦铺就的地板上玩耍。

安妮突然觉得这辈子从没这么饿过。晚餐已经准备就绪,妇人带领她们坐下。

在接下来的一刻钟里,安妮几乎忘掉了一切,除了如何往嘴里塞东西。刚刚出炉的滚烫面包被切成薄片,整齐地放入她们的盘中。还有黄油——不是像维特利安常见的橄榄油,而是黄油。欧瑟妮舀了一勺炖猪肉、韭菜和贻贝肉涂在面包上,这本身已经够丰盛了,可她还拿来一种馅饼,里面塞满了奶酪汁、油酥面团和整只的鸡蛋。还有种把鸡肝放在面皮中烘烤而成的糕点,而这一切都有浓郁的红酒帮助下咽。

她觉得自己喜悦得快要落泪了——在修女院,她们吃得很俭朴——只有面包、奶酪和麦片粥。在旅途中,以及在泽斯匹诺时,他们食不果腹,吃的是他们能找到的和买得起的任何食物。这是她几个月前离开伊斯冷到现在,第一次吃上真正美味的饭菜。这提醒了她,生命的意义并不只是活下去而已。

道 标

饭罢,安妮帮着欧瑟妮、奥丝妮和两个较年轻的男孩清理饭桌和洗刷碗碟。

等他们干完,房间里突然只剩下她和欧瑟妮两人。她不清楚奥丝妮去了哪儿。

欧瑟妮把脸转向她,然后笑了。"现在,安妮·戴尔,"她说,"克洛史尼王位的继承人——你和我必须谈谈。"

第五章 鄱堤港

斯宛美的确守信。在她做出承诺的五天后，他们便到达了特勒明河的河口处。

这时尼尔已经可以站立，甚至行走，只是很快就会觉得疲倦，所以当他听说已能看见陆地时，才穿上斯宛美给他的衣服，走上甲板。

太阳升起，驱散遮蔽天际的云朵，用纤长的光之画笔为大地涂上浓墨重彩的一笔。考卡克海峡，尼尔思索着，若没有运河和眉棱塔，以及人力去调节水力，新壤也会变成这样——上千座岛屿和沼中高地，其中几座会在潮水高涨时消失不见，这一切都被湿地草和古老的橡树染成了绿色。他们的船经过一座座村落，那里的房屋下有高高的支柱，小船上的人们正奋力拉起一网网挣扎跃动的小虾。在河道前方，曲折纷乱的溪流和水路蜿蜒直至视野尽头的地平线处。

他发现斯宛美就伫立在船首一侧。

"我们就快到了，"她说，"你看，我告诉过您的。"

"我并未怀疑您，女士。"他局促地开口，"您说那些袭击我的人也正是您害怕的人。可他们在泽斯匹诺没能认出您的船。就算他们此刻在鄱堤港，您又为何担心会被他们认出呢？"

一抹笑意在她的唇际浮现。"在泽斯匹诺他们还不知道应该来找我。一天之后，消息才会传到他们那儿。可现在，消息肯定已经传到鄱堤了。"

"您逃走的消息？"

"对。"

"那样的话——如果可以的话——我建议您别那么执著于诺言了。在到达港口之前，让我在这上岸吧。我肯定自己能找到那里。"

斯宛美的目光越过沼地。"这儿可真美，不是吗？"她好像没听见他的建议。

"是啊。"他赞同地说。

"我从没见过这样的景色。"她转向他,"您非常善良,这么为我着想,尼尔阁下。"

"这没法和您为我做的事相提并论,女士。我不想看见您受到伤害。"

她耸耸肩。"我不会有什么实质性的危险。他们不会杀我,如果是这件事让你担忧,那大可不必。"

"我为此感到高兴。"他说。

"我接受您的提议,"斯宛美宣布,"如今不再领先他们,我逃离赖尔海的机会已经很小。可尽管如此,机会仍在。我或许仍然能赢得这场菲德棋戏。"

"我会祈祷您成功的,斯宛美女士。"他真诚地看着她。

"要知道,那不是我的真名。"

"我不知道,"他回答,"我真希望自己有那个荣幸。"

她摇摇头。"我会给您一条小艇和一些补给。"

"这没有必要。"他推辞道。

"这不会对我造成损失,而且会让你更容易活下来。为什么不呢?"她抬起头,"可如果您想为这条小艇报答我,我有个提议。"

"任何事,只要我力所能及。"

"一个吻——就一个。这便是我所有的要求。"

在阳光的照耀下,她的双眸变得比天空更清澈。他突然想起了儿时喜爱的那首歌:《艾夫赫与奎蕊伊雯》

> 若你不愿留下,与我同榻而眠,
> 奎蕊伊雯女士发话,
> 那我所有的要求就是一个吻,
> 轻轻一吻作为报答。

可当艾夫赫弯腰去吻奎蕊伊雯女士时,她用藏在袖子里的一把匕首刺进了他的心脏。

而斯宛美有着超脱凡俗的美貌,她很可能也会是奎蕊伊雯那样的人。

THE CHARNEL PRINCE

"您为何这样要求,女士?"他问道。

"因为也许再也不会有人吻我了。"她回答。

"我——"他突然意识到,她不是在说笑。

"任何力所能及的事,您说过的。"

"我说过。"他承认道,接着朝她弯下腰,望向那双奇异而美丽的双眼深处。她闻起来有股淡淡的玫瑰香气。

她的双唇温暖,而且令人惊讶,和他吻过的任何人都截然不同,在他们唇际相触之时,似乎有什么东西起了变化。等尼尔退开后,她的双眼不再显得那么神秘。他觉得自己能理解那对眸子里蕴涵的东西。

"我的名字是布琳娜。"她低吟。她的手里没有匕首。

在接下来的半小时里,他坐在小艇上,看着她的船,直到连船帆也消失不见。接着他开始向上游划去。每当船桨浸没水中,他仿佛都能听到法丝缇娅在说,他会忘记她。

潮水涌起,令他的旅途变得轻松,可都堤在几里格远处的上游,而且他仍旧很虚弱,不得不频繁停下休息。尽管如此,这番劳作的感觉不错,盐沼的气味也令他心情愉快。接近日落时,他停泊在一座渔村渡口,有个十二岁左右沙黄色头发的男孩接过他的帆脚索。他看了看布琳娜给他的钱袋,发现里面有些硬币。他挑出一枚铜币,但付给男孩前先在指间转了一圈。它的一侧刻着一把剑,却没有铭文。他又取出一枚金币,打量起来。上面有个男人的肖像,还有读作马克弥·安萨·斯乌赞·米齐尔的铭文。马克弥是寒沙的国王。

他叹口气,把硬币放回钱袋里。

男孩用火籁语说了些什么,尼尔只听得懂其中的几个词。

"你会说王国语吗,伙计,或者莱芮语?"他用自认为最标准的火籁语问道。

"喔,当然,我会说王国语,"男孩用缓慢而节奏分明的口音回答,"你需要住的地方吗?莫伊·穆克那里有间房。"他指着一栋用覆皮厚木板与石瓦建成的长屋。

"谢谢,"尼尔冲他点头,"嘿,伙计,你叫什么名字?"

"内尔·梅普蓬玛。"男孩告诉他。

尼尔笑了。"和我的名字很像。我叫尼尔·梅柯文。内尔,你了解船吗?"

男孩把胸膛挺直了一点儿。"喔,阁下,我当然了解。"

"我想知道,你这几天有没有见过一艘叫德里亚·普齐亚的维特利安商船路过这儿?"

"我见过那船,"男孩说,"可不是最近的事。"

"那你有没有看到一艘没名字也没旗帜的大型盈狼船?"

"这我见过,在三天前。它被卷进了那场风暴,坏得厉害,需要一副新桅杆。"

"风暴?"

"喔,很厉害的风暴。有几条船被它弄沉了——有一条是从这儿出去的船,图恩·卡万斯。"

"也许德里亚·普齐亚从这边过去了,可你没注意?"

"也许,"内尔迟疑着说,"你可以去莫伊·穆克打听打听。为啥问这个?上面有你亲戚?"

"差不多,"尼尔回答,"谢谢。"他拿上他的东西,走向旅店。

门口挂着一张海报,上面画着一只鼠海豚,这证实了尼尔那有些无聊的猜想:"莫伊·穆克"和"梅乌·穆克"的意思一样,在斯科,他们就是这么称呼海豚的。这句话意为"海猪",他一直觉得对如此美丽的生物而言,这名字差劲得很。当然,尼尔的意思是"勇士",也是个和他不太般配的名字。他已经失去了盔甲和剑,而现在王后命令他找回的公主或许已葬身赖尔海。

海猪里寥寥可数的客人都否认见过德里亚·普齐亚,可他们指出可以让那艘吃水很浅的维特利安船停靠躲过风暴的港口,在这附近超过半打。这让尼尔感觉好了些,可更大的问题还在于——如果安妮还活着,也就说明德里亚·普齐亚确实停泊在了别的港口,也就意味着他再次把她弄丢了。

托恩·伊·拉格的这个村子里没人用剑,这并不奇怪,但他还是想办法买到了一根鱼叉和一把匕首,这样总好过手无寸铁。他吃了一顿水煮鳕鱼配面包的晚饭,享受着那种简单而熟悉的感觉。次日清晨,他感觉体力恢复了些,接着再次出发,前往郢堤。

THE CHARNEL PRINCE

　　鄱堤是座古城。当伊斯冷的庞大港口仍为泽国,荆棘门的高墙尚未建起之时,它就是方圆一百里格之内唯一的深水港口。在克洛史尼帝国统一之前,克洛史尼、火籁和特洛盖乐都得依靠鄱堤来维持海运。为了争夺这里的统治权,他们的海军冲突不断,而在他们之前的时代更有黑霸和巫王诸国对鄱堤虎视眈眈。

　　没人知道,究竟有多少船舰在特勒明河的河道中慢慢腐朽,而且最古老的那些根本不是人类所造。

　　这座城市最古老的那些围墙也不是,它们大多竖立于一块形状端整的灰色悬崖上,比涨潮时最高的水位线还要高出三十码。尼尔从没见过这些墙,可这次他是顺着河道划来,也就能看出那些传闻是真的:在标示深水区的藤壶标志上方,仍能辨认出原本石料间模糊的接缝。待他到达港口处,庞大的栅栏围成巨大的半圆形,长度足有一里格还多,这儿还有座以同样石料砌成的古老码头,固定着众多的浮动船坞。

　　码头大约有百来码宽,某种水手城市正在此处成长——在这片人力造就的绝壁下,充斥着酒馆、旅店、赌场和妓院。甚至从这么远的地方,尼尔也能看出,这座码头城镇里绝不缺乏色彩斑斓的人生体验。

　　当他途经船坞时,他几乎瞬间就认出了那艘盈狼船。它就停泊在那里的木台上,工人们围着它忙忙碌碌,锤头和锯子奏响着乐曲。这儿还有很多别的船,可没有一艘是安妮曾坐过的。

　　他回想起在泽斯匹诺的那次较量。盈狼船在码头上的位置离德里亚·普齐亚很远。船上的水手不可能看到那场战斗——而且说到底,他那时还穿着盔甲。

　　他把小艇划至码头,把它系在盈狼船边,接着攀上那条被岁月抛光的石岸。

　　他对附近的一位水手挥起手来。

　　"嗨,你好啊。"他尝试用火籁语招呼道。

　　"*Ik ni mathlya Haurnaraz.*"水手摇头。

　　尼尔迫使自己扯出一个微笑,接着换成了寒沙语。"我也不是,"他说,"能听懂你说话真好——整天都得努力去听那些鸟语都让我烦透了。"

水手也笑了笑,伸出一只粗糙的手指指着尼尔的小艇。"你一路上就坐这个来?"

尼尔摇摇头。"不,我原先干活的那条船有一晚上被风暴甩到岸上去了。然后我从个渔夫那买了这条小船。"

"那风暴可厉害了,"水手像是想起了什么,心有余悸地点头,"我们差点就给它弄沉了。"

"那风确实挺大。"尼尔附和道。

"你以前待在哪条船上?"那人问道。

"霍尔的伊塞克瑟洛尔号。"这样说应该很安全——霍尔是悲叹群岛中最偏远也最少人去的岛屿之一,而且它还是——根据他上一次听到的传闻——少数几座受寒沙人控制的岛屿之一。

"啊,难怪你会寒沙语,"那家伙说,"好吧,你想要什么?"

"我想知道你们是否需要帮手,至少等这艘船修好。只要给我住的地方,再有点儿钱就行,我会一直干到够付返乡的船上的舱位费。"

那水手挠挠头。"噢,船长是说过马西普玛娜需要雇几个本地帮工,不过我相信他更愿意选那些说神灵语的人。"

尼尔希望自己不会就此退缩。他大半辈子都在对抗说寒沙话的人。而他们认为自己的语言正是圣者语言的这个事实,就在提醒他原因所在。

他一定把自己的感情隐瞒得相当好,因为当那水手把他介绍给船长时,他上上下下打量了他一番,问了和水手一样的问题,然后耸耸肩。

"我们可以让你试试,"他说,"可话要说在前头,你别想得到舱位。船上的那位大人很介意上船的都是些什么人。不过如果你还有兴趣的话,我付你每天一先令,外加一顿午饭,而且你可以睡在帐篷里。"

"这也够好了。"尼尔表现得受宠若惊。

"还有你的名字?"那人问道。

"耐瓦,"尼尔临时编了个名字,"耐瓦·贝瑞格苏努。"

"你修过桅杆没?"

"六岁前就修过。"尼尔答道。

"那就到那边去吧。如果我不满意你的工作,你就拿不着工钱。"

在桅杆上工作相当不错——这让他可以看到所有进出的人。可他并没有看到自己认识的人,当然,也没看到那个骑士或是那些士兵。这或许是个好兆头——这表示他们仍在寻找安妮和她的同伴。

和敌人并肩工作令他不安,可一段时间之后也放下了心。其他那些在桅杆边工作的苦力似乎都相信了他的话,而且其中两个还和他处得不错。他们都来自塞尔哈斯特兰斯,盐标周边的一座岛屿,除了语言和痛恨的目标有所不同,他们的少年时代与尼尔颇为相像。

所以当白天过去,他们拿到各自的酬劳之后,他并不为简和维斯格邀请他去酒馆而感到意外。

小酒馆里供应的库姆谷酒又苦又稠,和他们在岛上喝过的那些麦酒相差不远——尼尔知道,他应该节制。他的酒量从来都不怎么好,而且在这么长的时间里,他只喝过一点点葡萄酒。

简和维斯格可没有这层顾虑,他们大口大口地豪饮,就好像那只是水似的。当那几份焖鳗鱼送上来时,这两人已在前往圣雷尼大厅的路上大步前进。

在对到访过的海域夸耀了一番之后,尼尔将身体倾向前方。"最近我见到了些怪事,"他压低了声音,"离奇的事。我听说飓流在歌唱,还在特纳非看到会走路的死人。我爹说世界末日就要到了。"

听到这句话,两人的脸都挤成了一团。简是个有着红润脸蛋、黑色眼睛、秃顶的大块头,而维斯格的脸显得那么棱角分明,就好像吞下了一只铁砧,而它卡在了他的脑壳里。

"你用不着告诉我们啥奇怪的事,"维斯格说,"我们可见过更——"

简把手放在他的手臂上。"不,别说那个。"他看上去有些胆怯。

维斯格严肃地点点头。"哎哟,我晓得。可那不对头。我早说过那位大人的手下根本不是人,他们有些——我又说了。"他用一根指头戳了戳尼尔,"他们不给你舱位你该高兴,这就是我要说的。"

"维斯,轻点儿声。"简嘟哝道。

道标

"我没瞧见船上有啥奇怪的事啊。"

"哎哟——他们都走啦,感谢赫勒拉安苏,去南边追——"

"维斯!"简一拳敲在桌子上,令他们的碗和杯子都咔哒作响。

尼尔又咽下一口麦酒。"别吵架啊伙计们,"他咧嘴,"我可不想惹上啥麻烦。那句谚语怎么说的来着?'明智将帮你守住任何财宝'。"

"瞧,这就是我想说的。"简说。

"说得好,"维斯格大着舌头点头,"我承认,只要我流着的还是窝石安苏的血,就学不会明智。"他举起手里的大酒杯。"愿我们能死在温暖的海水里。"他一饮而尽。

"为明智干杯,"尼尔回道,随后喝下一口,"现在,让我跟你说说我们在悲叹群岛瞧见的那只大乌鲸。"

"你没见过啥乌鲸。"简断言道。

"哎,可我确实见过,那可真是只大怪物。"

他开始讲述祖父过去常讲的一个故事,等他讲完,简已经冷静下来,维斯格则吵着要唱歌。尼尔觉得自己有些莽撞,他不打算再冒险听下去了——能知道是哪位领主管这条船固然很好,可他已经找到他需要的情报了,而且只花了一天时间。

许久之后,他们才摇摇晃晃地走回帐篷,简和维斯格一头栽进了麦酒带来的梦乡。尼尔考虑过杀了他们,可却有好几个理由阻止了他这么做。一场公平的战斗会引来注意,而趁熟睡时切开他们的喉咙又会毁掉他所剩不多的荣誉。他很怀疑这两个水手会把这段谈话和他的不告而别联系到一起,就算会,他们最多也就是以为他被吓跑了。

说到底,除非必要,水手们是不会跟他们的长官或领主谈话的,杀了他们只会让别人更加好奇他去了哪里。而且简和维斯格是两个好家伙,不该因为他们说了些不该说的话,就承受这种不幸的结局。

所以在其他人醒来之前,他就带上随身物品离开,爬上斜坡,进到鄱堤城内。他带着布琳娜给他的钱,在这儿找到了一把他买得起的剑。起初铁匠执意不肯卖给他,因此尼尔给他看了手上的伤痕,和脖颈上那条小小的银玫瑰项链——这两样是他仅存的骑士身份的证明。

"任何人都会砍伤自己,"铁匠指出,"而且那项链也许是你从哪个死掉的骑士身上弄来的。"

"你说得对,"尼尔承认,"可我向你保证,我是一名伊斯冷的骑士。"

"却拿着寒沙的钱币。"铁匠满心怀疑地反驳道。

尼尔在桌子上已有的五枚金币处又加上一枚。"要是你不想卖,为何要造这把剑?"他问道,"是个骑士委托你造的?"

"城市守卫会从我这买,"他补充说,"我有卖剑给他们的许可证。"

"那当然也能卖给丢失了财物的骑士,"尼尔把玩着那些金币,"另外,我就要离开鄱堤,而且再也不回来了。"

铁匠找来一块布,把剑紧紧包住。"在出城前把它藏好,成么?"

"我会的。"尼尔许诺。他拿着剑走了。在城外路边的一座马厩那里,他买了一匹眼神看上去不那么呆滞的马,还有些它的草料,剩下的几个先令则用来买了干粮。他骑上马,沿着维特利安大道向南前进。

那剑不大能算是剑——更像是根有刃的铁棍儿——而那马也不大能算是马。可另一方面,他也不大算得上骑士,尽管最后他再次找回了些感觉。他不清楚自己找到那个怪骑士跟他手下的时候能做什么,但他已经准备好找出答案了。

第六章 归来

御前议会的全体成员静静站着，向玛蕊莉和她的两名护卫致敬。这真是个奇迹，她想，过去她总是无法相信一个地方能塞下这么多喋喋不休的傻子。当她的护卫在门边就位后，唯一的响动便是她的鞋跟轻叩大理石地板的声音，而当她在太后宝座上落座之后，这响声也随之消失。

"好了，"她说，换上一张虚伪的笑脸，"首相大人今天不会出席朝会，因此由我负责处理他的事务。赫斯匹罗护法，教会今天对王位有何看法？"

赫斯匹罗略微皱眉。"太后，我想知道查尔斯陛下在哪？他应当出席议会。"

"对，"玛蕊莉回答，"我跟他说过，可国王陛下决定的事很难改变。而且我想知道，护法大人，您从什么时候开始不再称呼我为陛下了？"

"我很抱歉，太后，可根据我们现有的律法，这样称呼您并不恰当。这称谓只适用于国王和王后，而您两者都不是。议会继续这么称呼您是出于敬重，以及顾虑到您的悲伤。"

"我明白。现在你肯定不再敬重我，也不再考虑我的悲痛了。真可耻。"她为自己的冷静而吃惊，就好像这整件事只是场游戏。

"太后，"夏尔公爵插嘴，试图让他那可笑的圆脸透出某种冷酷，"朝议会对在位者最近的行为提出了严重的质疑——事实上，我们质疑这些行为的合法性。"

玛蕊莉将身体向后靠去，装出吃惊的样子。"噢，请一定要向我揭露这些问题，先生。我非常想知道。"

"合法性的问题还有些争议。"夏尔解释说。他蓝莓色的双眼中浮现出警觉。

"你到底有没有问题要问我？"玛蕊莉继续摆出一副困惑的表情。

"没什么特别的问题,殿下,只是一般而言——"

"可我的好公爵——你才说过朝议会对在位者最近的行为提出了严重的质疑。而现在你又说对那种行为没有异议。你要么是个骗子,要么是个小丑,夏尔。"

"听着——"

"不,"玛蕊莉打断他的话,声音抬得更高,"你听着。不管根据哪条律法,查尔斯都是国王和皇帝,而你们都是他的臣民,你这巧言令色的无能鼠辈。你当真以为我不知道你们今天是来做什么的?你以为我会毫无察觉地掉进你幼稚的陷阱里?"

"太后——"护法想说什么,可她再次抢在了前面。

"你,管好你的舌头,"她冷笑,"根据不容置疑的律法,你的权力仅限于教会,护法。"

"一向如此,太后。"

"哦,不,"玛蕊莉紧盯着他,一字一句地道,"你嘴碎的程度就像妓院里最刻薄的妓女。你煽动他人,暗中密谋,这间屋子里的每个人都明白,正因为有你带头,他们才趋之若鹜。你提议用教会的军队占领这个国家,威胁说若不同意,就让他们去寒沙。你一面温言软语,一面意图不轨,你是我见过最卑鄙的人,不,你甚至不配称之为人。所以你和你的傀儡朝议会,还有那些漂亮的野心都靠边站吧。让他到我面前来。让你们这些蠢货想要推上克洛史尼神圣王位的那个杀人犯站到我面前来,让我看清他的脸。"

人群随即炸开了锅,就像是有人刚刚把一只猫扔进了鸡窝。唯有护法一言不发,用完全漠然的表情看着她,但不知为何,她觉得那是她所见过的最具威胁的眼神。

当众人开始从慌乱中平静下来时,人群分开,接着他走了出来——罗伯特·戴尔,她丈夫的兄弟。

他穿着黑色的紧身上衣和黑色的马裤,一手拿着顶同样色调的宽檐帽。他的脸比她记忆中的更为苍白,可那英俊的面容、讥讽的眼神、短短的山羊胡和髭须依然未变。他笑了笑,露出洁白的牙齿。接着他从人群中昂首阔步地走来,腰间那把纤细的窄剑就像猎犬的尾巴那样得意洋洋地摇摆着,最后他朝她单膝跪下。

"向你致意，太后。"

"起来吧。"她说。

当她的目光与他交汇时，她能确定——他正是杀害她丈夫的凶手。罗伯特无法隐瞒这样的事，也无法欺骗了解他的人。他的喜悦太过明显。

"抱歉让你如此心烦意乱，"他装模作样地说，"我本希望这件事的进展能更合理些。"

"是吗？"玛蕊莉思忖着自己的发言，"有人看到你手下的私人卫队正东躲西藏。乡民的民兵队在城外集结，而你在朝议会里安插的那些小丑带着这么多士兵。我想这就是原因。是因为你觉得这样做很合理？"

"我想做什么？"罗伯特突然爆发出一阵怒气，"太后莫非有看透他人心灵和思想的能力？是不是有个精灵在对你耳语？根据您如此放肆的假设，我'想做什么'，殿下？"

"自己坐上王位。"她说。

"噢，"罗伯特怒极反笑，"噢，好吧，没错，我是想这么做。"他转向众人，"有人反对吗？"

没人答话。

"你瞧，太后，我们都爱查尔斯，可毫无疑问，如果说他本来有常人一半的智慧，那现在就只剩下四分之一了。就像夏尔公爵试图以更为含蓄的方式解释的那样，议会不喜欢你的决定，或者说实话，不喜欢你，我傲慢的嫂子。你和莱芮人结盟，屠杀忠诚的乡民，拒绝和寒沙议和，而今天我们又都看见了你侮辱护法，侮辱教会，侮辱这房间里的每一个人。你还毫无根据地指责我是凶手。

"与此同时，罗勒水妖正在杀害我们的国民，我们在边境地区与地狱大军正面冲突，而用不了多久，寒沙也必定会向我们正式宣战。而你反对我的领导，只因为你更想通过你那可怜的、受过圣抚的儿子攫取权力？这真的太过分了，太后。"

玛蕊莉从他的话语中感觉不到半分退缩之意。"我反对你的领导，"她冷淡地开口，"因为你是个弑兄者，或者更糟。"她身体前倾，不慌不忙地续道，"你知道你是什么样的人，罗伯特。我也知道。你谋杀了威廉,或是策划了那场谋杀。或许还有我的女儿——甚至是丽贝诗。你不会有机会杀掉我儿子的。"

当她说这话时,他的眼中闪耀着异样的怒火,但她能肯定只有她能看见。接着他的表情转变为懊恼。"查尔斯在哪?"

"在你碰不到的地方。"

他向四周张望。"费尔爵士和他的卫兵呢?御前护卫呢?"

"我把他们送走了,"玛蕊莉说,"否则他们会用武力对抗你的暴行,而我不愿看到这里有人流血。"

他对她怒目而视,接着倾身靠近她。

"你很聪明,玛蕊莉,"他附耳低语,"我低估了你。可这终究不会对你有任何好处。"

他转向人群,抬高声音。"找到国王陛下,小心别伤着他。逮捕他的卫兵,逮捕御前护卫。有违令者,格杀勿论。从现在起,我将担任王国和帝国的摄政王。明日此时我们将举行朝会来商讨细节。"

他的两名亲兵走上前。"带太后去狼皮塔。要确保她在那住得舒适。"

当他们带她离开时,玛蕊莉很想知道她还能活多久。

玛蕊莉从没去过狼皮塔,这并不令人惊讶——就广义而言,伊斯冷城堡共有三十座塔。可别被狼皮——或者更确切的说,"狼之毛皮"——的字面意思给骗了。它位于内堡的东侧,高达六十码,结实的塔身和锐利的尖顶,仿如一柄直指天国的长矛。

也许它曾经被称为——斯乌瓦德·弗兰·瑞克堡·"狼之毛皮",他可不像史书上记载的那样是个地位卑下,又或是心智完全健全的人,传闻中这座塔就是他委托建造的。但就在它完工当年的晚些时候,"狼之毛皮"死在了白鸽大厅,死在她丈夫家系中统治克洛史尼的第一人,威廉一世手下。

如今她被囚禁于此。罗伯特大概觉得自己很聪明吧。

然而,他说过会让她住得舒适这点倒不假。几个小时之后,这间积满灰尘的石制套间里已经配上了床、扶手椅、凳子、地毯之类

道　标

的东西，不过显然这些都不是从她自己的房间里搬来的。

她甚至还可以欣赏风景。她的房间大约位于这座高塔的四分之三高处，开有两扇窄窗。透过其中一扇，她能看到城市南部的屋顶和广场，影中伊斯冷的一部分，还有湿软的沼地。朝向东方的那扇窗则刚好可以窥见巫河和露河交汇处的壮丽景色。

但是舒适也好，观景也罢，她都已身陷囹圄。高塔的墙壁陡峭而光滑。卫兵就在门外站岗——罗伯特的卫兵——而门也从外面被牢牢锁住。走出房间后还得在狭窄的楼梯间向下走大约两百步，穿过一整支卫队，方能到达内堡。她觉得是时候把头发留长了。

一成不变的景致很快让她觉得厌倦，她叹口气，靠在扶手椅上思考，却发现脑中一片空白。她已经完成了自己能做的事，而进一步的决定权也不在她手中，除了是否结束自己的生命，但她还不想做这个决定。如果罗伯特想要她死，他一定会亲自下手，或是至少亲自下令。

她听到前厅的门打开，随即又关上。接着内侧房门处响起了柔和的敲门声。

"进来。"她说，同时猜想自己将要应付什么样的新状况。

房门转开，一个她认识的女人出现在眼前。

"艾丽思·贝利为您效劳，太后，"她说，"我来做您的女佣。"

恐惧令玛蕊莉全身颤抖，她再次觉得脚下原本实实在在的地板突然消失不见。

"你回来了。"玛蕊莉不受控制地说着，舌头感觉像灌了铅。她突然对这场游戏心灰意冷。"我儿子被抓了吗？他死了吗？"

"不，陛下，"贝利压低声音说道，"一切都照您的计划进行。"

"别再折磨我了，"玛蕊莉恳求道，"罗伯特如今已经拥有了一切。现在他除了折磨我之外别无所求。请告诉我真相吧，除非你恨我。"

贝利在她身前跪下，握住并吻了她的手。"这就是真相。我不怪您怀疑我，可我是看着船开走的。您确实让亲王吃了一惊。"

"那你是怎么到这来的？"玛蕊莉稍微平静了一些。

"您需要女佣。罗伯特亲王选了我。"

"他为何这么做？"

"我提醒了他。在他把您送到这以后,我听到他大声询问选什么佣人最能让您生气。我就选了那时候向他道贺,接着他笑了。一会儿之后,我就在来这的路上了。您瞧,他不知道。"

"你也参加了朝会?"

"我赶到时您刚刚被带走——我错过了您历数护法罪状的那段,可我真希望能亲眼目睹。好多人在讨论这个。"

"这些都是真话,不是什么诡计?"

"我也给锁在了这里,就和陛下您一样。我没有比您更多的自由,因为罗伯特不会冒任何风险,即便是你我之间友好的可能性如此渺茫。"

"如果你所说都是真的,"玛蕊莉仍有疑问,"如果你真的决心帮助我,那你为何到这来?你在外面能帮上我更多的忙。"

"我考虑过,陛下,可在外面我不能保护您。如果您被谋杀,那我收集的任何信息都将毫无价值。他们能用上千种隐蔽的手法杀死您。至少我能发觉和阻止其中一部分。而且谁知道呢,如果我们在那些卫兵的监视下表现得充满敌意,或许我能得到些有限的自由。"

"我说过要你保护我的儿子。"玛蕊莉提醒她。

"他有人保护,"贝利解释道,"您没有。"

玛蕊莉叹了口气。"你和依伦一样固执,"她半是抱怨地说,"事已至此。我想你不知道塔里有什么密道吧?"

"我想是没有,"贝利摇头,"这不妨碍我们去找,虽然我不记得图纸上有。"她顿了顿,"顺带一提,我想那晚在您房间里的一定是罗伯特亲王。"

"你从哪得出的结论?"

"他为何不干脆把您关进您自己的房间里?"她问道,"他本可以直接派人在那看住你,通常这种事都是这么处理的。他为何把你送到这里,远离他的视线和掌控?"

"这塔是个象征,"玛蕊莉脱口而出,"统治克洛史尼的瑞克堡末代君王建造了它。"

"我想他知道暗道,"贝利不理会她的解释,"我想他知道你能从自己的房间里逃出去。可这很怪,陛下。真的很怪。"

"我看不出哪怪了，"玛蕊莉固执地说，"要是到现在还有人不知道那些暗道，才真是奇迹。"

贝利笑了。"那确实是奇迹，陛下，确切地说，是某种魔法。男人是无法记住那些暗道的。"

"你是指什么？"

"我是说别人能指给他们看，他们也能走进去——可一天过后他们就会全部忘记。大多数女人也是一样。只有那些拥有圣塞尔，或是拥有我服侍的那位女士徽记的人才能一直记住——我们和我们选中的那些人。依伦一定选中过您——但她绝不可能选中一个男人。"

"那费尔爵士不会记得他是怎么离开城堡的了？"玛蕊莉问道。

"不，他不会。他的手下或是查尔斯都不会。这是种非常古老也非常强大的咒文。"

"可你觉得罗伯特还记得？"

"这是他让你搬到这来的解释之一。也是现在我能看出的唯一解释。"

"正如你刚才指出的，罗伯特是个非常多疑的人，"玛蕊莉猜测，"他或许只是害怕我有某些逃生的方法。"

贝利摇摇头。"还有呢。那把钥匙——还有谁会想要传秘人房间的钥匙呢？保管人所遭受的不幸也能让人联想到罗伯特。"

"这两点都有道理，"玛蕊莉妥协了，"可如果你说得对，也就是说这咒语不知为何对他无效了。"

贝利点点头。她的脸上显出几近痛苦的神情，仿佛咬到了自己的舌头。

"他不是普通人，"片刻之后，贝利又道，"他有些超乎常人的本质。"

"这我知道，"玛蕊莉说，"我认识他很久了。"

"不，"贝利断言，"是种新的本质。他过去不具备的特质。我这双受训过的眼睛看他时会感到痛楚。而他的气味——就像某种正在腐烂的东西。"

"我没发现什么气味，"玛蕊莉回想了一会儿，"而且我那时离他很近。"

"气味的确有。"她双手合拢，握成拳头，"您说过传秘人教过

THE CHARNEL PRINCE

您一个诅咒——一个能用来对付杀死您丈夫和孩子的人的诅咒。"

"对。"

贝利点点头。"而且您已经用过了。"

"对。你觉得罗伯特被诅咒了?"

"噢,当然,"贝利回答,"这就是我感觉到的那部分,但不是全部。那到底是哪种诅咒?诅咒的内容是什么?"

"我不太确定,"玛蕊莉咬住了嘴唇,"传秘人告诉我如何写下祷文,可我不认识那种文字。我把它写在一张铅纸上,然后放在影中伊斯冷火梓园底下的一口石棺里。"

"火梓园底下?"

"实际上是地底。那儿很奇怪——我不认为有人知道那地方。入口在园中深处,植物最茂密的地方。我只好爬进去找它。"

贝利身体前倾,急切地说。"您知道那是谁的坟墓吗?"

"不,我不知道。"玛蕊莉说。

"那种祷文——您还记得里面的哪些字句吗?您知道那是献给哪位圣者的吗?"

"那种文字非常古怪。那位圣者我也从来没听说过,叫玛丽——什么的。"

贝利的双唇微启,但很快用一只手捂住了它。

"马海尔赫本?"她从牙缝中挤出这个名字,声音抖个不停。

"听起来没错,"玛蕊莉点头,"我记得他的名字里有好几个'h'的音。那时我还好奇怎么发音呢。"

"诸圣啊。"贝利无力地垂下双肩。

"我做了什么?"

"我——"她的声音越来越小,看上去害怕极了。

"我做了什么?"玛蕊莉坚持重复了一遍。

"我不太确定,"她说,"不过没有任何事能阻止这诅咒,您明白吗?任何事都不能。"

"我不明白,"玛蕊莉皱起眉头,"你说罗伯特受了诅咒。在我看来这没什么不好的——这正是我想要的。"

"若您以她之名诅咒一个人,陛下,那任何事都不能拯救他,甚至死亡都不能。而若您诅咒他时他已经死了……"她低头望向地板。

"那会让他活过来?"玛蕊莉呆了半晌,好一会儿才难以置信地问道。

"那会让他活过来,"贝利证实了她的猜想,"而且我确实能从亲王身上感觉到某种东西——那就是死亡。"

玛蕊莉用手掌盖住前额。"这些事不是真的,"她呻吟道,"不可能是真的。"

"噢,它们是真的,陛下。"

玛蕊莉抬头望向她。"可你为何会怀疑罗伯特曾经死过?毕竟,是他计划暗杀威廉的。"

"计划出了差错。威廉有忠心的手下跟在身边,而且发生了战斗。无论如何,有很多人都恨不得杀了罗伯特——而且他又离开了宫廷这么久。"

"这仍然只是推测。"玛蕊莉说。

"是的,"贝利看上去有些疲惫,"不过这能解释我听到的其他事。那些不该发生的、可怕而超乎寻常之事。"

"我只是诅咒了罗伯特——"

贝利猛地摇了摇头。"陛下,如果他死而复生,那您所做的就不只是诅咒了。您打破了死亡的法则,这本身就是一件非常糟糕的事。"

THE CHARNEL PRINCE

第七章 更换赞助人

"求你了,"里奥夫对士兵乞求,"你就不能告诉我发生了什么吗?他们觉得我做了什么?"

"不知道。"士兵说。他是个矮个子,有一张臃肿的红色脸膛,说话时带着令人不快的鼻音。"有人放话给城门那边,说你一出现就抓住你——然后你出现了。我就知道这么些。你要么继续往前走,别再拿一堆我没法回答的问题来烦我了。"

里奥夫吞了口唾沫,顺从地在原地等候。

他们此时身在他从未到过的城堡中某处——但这并不奇怪,因为城堡里大多数地方他都没去过。他们已经经过了朝会厅,所以不是去那儿。他们穿过一条有着高大拱门和红色大理石地板的长廊,接着步入一间雪花石膏铺就的大厅。阳光顺着宽敞的窗口川流而入,叶子的淡绿与窗帘的金黄点缀其中。地毯和挂毯也都呈现相似的色彩。

当他看清楚房间里等待的那些人时,只觉头皮刺痛,心脏的跳动也漏了一拍。

"埃肯扎尔法赖,"其中一个人朗声道,"或者我该叫你卡瓦奥?"

里奥夫不认识那张脸,可他立刻就听出了那个与周围环境格格不入的声音。这正是运河边的那个人,那个梅丽称作罗伯特亲王的人。

"我——我很抱歉,大人,"里奥夫躬身行礼,结结巴巴地说,"我不知该如何称呼您。"

"当然,另一个人——就是护法了。"你应该不认识罗伯特亲王,"他指了指那个男人,"可他如今是这个国家的摄政王。你可以称他为'殿下'或是'亲王大人'。"

里奥夫又鞠了一躬,只希望别人看不见他颤抖的双腿。他们是不是已经知道他听过他们的谈话了?他们知道吗?

"非常荣幸见到您,殿下。"他努力使自己的声音显得自然。

"我也一样,埃肯扎尔法赖。听说在我外出的这段时间里,你为我国作出巨大的贡献。"

"那不算什么,亲王大人。"

"我也听说过你过分的谦虚,这是我不太理解的一种品质。"他站了起来,手背在身后。"很高兴你没出什么事,尽管我看到你受了伤。"他指指里奥夫头上的绷带。"你那时也参加了葛兰夫人的舞会,对吧?"

"的确如此,殿下。"

"那是场悲剧,"亲王发表着意见,"不会再发生了。"

"亲王大人,我能不能问问,是国王陛下出了什么事吗?"

摄政王露出令人不快的微笑。"埃肯扎尔法赖,我把你带到这来,不是让你质问我。等到时机恰当,你自然就会明白。我更想知道的是你去了哪儿。"

"我——我去了哪儿,殿下?"里奥夫结结巴巴地反问。

"没错。等葛兰夫人那儿的混乱平息之后,没人知道你去了哪儿,五天之后,你却突然出现在城门那里。"

里奥夫点点头。"是的,大人。正如您预料的,我很害怕,而且不知所措。头上的伤让我晕头转向,又在黑暗中迷了路。我一直漫无目的地走着,最后晕了过去。有个农民发现了我,他一直照料我直到我康复为止。"

"我明白了。那农民发现你时,你是孤身一人?"

"是的,大人。"

亲王点点头。"我相信你认识葛兰夫人的女儿梅丽,对吧?你在教她弹奏哈玛琴?"

"是的,亲王大人。"

"你没在舞会上看到她?"

"没有,大人。我根本不知道她也在那里。"

亲王笑了笑,挠挠那撮山羊胡。"她也在,而且现在还下落不明。有人企图在太后关押葛兰夫人和她儿子期间杀害他们,所以我们做了最坏的设想。"

里奥夫试图让自己显得不安。这并不难。"我祈祷她不会出任何

THE CHARNEL PRINCE

意外，"他真诚地说，"她是个奇妙的孩子，也是个有天赋的音乐家。"

亲王点点头。"我本希望你能知道她的下落。"

"抱歉，亲王大人。"

摄政王耸耸肩。"你是怎么从宅邸里逃出去的？那些入口全都给守得严严实实。"

"我不记得了，大人，"里奥夫一口咬定，"我那时晕头转向的。"

"啊，"亲王说，"啊。"他穿过房间，在一张扶手椅上落座，接着打了个响指。一个侍从递给他一杯酒。

"假使说，"亲王沉吟片刻，"我能告诉你发生了什么呢？"

"殿下？"

摄政王呷了口酒，随后做了个鬼脸。"你被当成了囚犯，"他说，"被王后的莱芮守卫抓住，在水牢里关了五天，直到有人向我报告。接着我就把你放了。"

里奥夫皱起眉头。"亲王大人——"

"如果这不是事实，"亲王一面检视着右手的指甲，一面续道，"我就不得不接受邻近村庄发来的那份报告了。他们说有个长得像你的人和一个长得像梅丽的女孩一同旅行。这样的话，我只好认定你在撒谎，这将是大不敬，就算你是为了保护一个小女孩，又或者是她的确有被太后加害的危险，那也一样。"他抬起头看着里奥夫，"我想你会比较喜欢我那个故事。"

"我——是的，殿下。"里奥夫垂头丧气。他觉得全身难受得要命。

罗伯特露出微笑，拍了拍手。"那我们达成共识了，"他说，"她的母亲很想念她，而太后也不会再对她造成威胁，要是你正好有梅丽的消息，或是知道她的下落，就告诉我，好么？"

"好的，殿下。"

"很好。我还听说太后委托过你，让你安排一场音乐演出什么的？"

"是的，殿下。为了俞尔节的庆典，有一场宴会在烛光园举行。并且会大量邀请城里和乡村地区的居民共同狂欢。"

"了不起的主意，"亲王赞美道，"请把这项工作交予护法大人审核。"

"遵命，殿下。"里奥夫说。

道　标

"好了。这里没你的事了。"他摆摆手,遣走了里奥夫。

等到只有里奥夫自己,他倚着墙壁,感觉四肢就像水那样瘫软无力。他该做什么?如果他告诉他们梅丽在哪,她会出什么事?而他呢?他们是否知道或是猜到他和这女孩听到了密谋?他们是不是还在找她?

可他必须得做点什么,在这件事上,他只会有一位盟友。

他耸耸肩膀,继续向前走去。

"嗯?"士兵说,"我能帮你什么忙吗,法赖?"

"我必须得和夫人谈谈,"里奥夫口气谦和,"我有件非常重要的事。"

那士兵看起来很不耐烦,但他只是点点头,然后走开。过了一会儿,他回来了。"请随我来。"

他带着里奥夫来到一间起居室,房间里有块巨大的田园式挂毯盖住了整面墙壁。挂毯上描绘着牧羊人和衣着简朴的女子在池塘边野餐,手持竖琴的山羊腿男人,以及分别拿着长笛、鲁特琴和三角竖琴的三位水泽仙女在为他们演奏。

葛兰看起来满脸憔悴,衣冠凌乱,可这不仅没有损害到她的美丽,反而更增添了一种别样的风韵。

她没有浪费任何时间在客套上。

"你有我女儿的消息吗,埃肯扎尔法赖?"她厉声道。

"她平安无恙,夫人。"里奥夫向她保证。

"你还有没有脑子?"她呵斥他,"你知道诱拐会受到何种刑罚吗?"

"抱歉,夫人,"里奥夫试图解释,"我没有诱拐她——我只是在努力确保她的安全。我担心她的生命会有危险。"

"好吧。"葛兰有些沮丧,她低下头,手指轻叩着两侧的扶手。她深深吸了口气,然后呼出,这才再次迎向他的目光。

"埃肯扎尔法赖,你还没做过父亲,对吗?"她问道。

"不,夫人。没有。"

"千万别做,"她建议,"那可烦透了人了。要知道,我从没盼望自己会有个女儿,一次都没有。她对我来说只是个累赘,可不管有再多理由,不管多有么违背我的本意,我都明白自己在乎她。我以

THE CHARNEL PRINCE

为她死了,埃肯扎尔法赖,这都得怪你。"

"夫人,请宽恕我带给您的忧伤,但我想假如我没这么做的话,她现在已经死了。"

葛兰叹了口气。"我现在有点混乱,可您说得没错。当我们受太后'保护'的时候,有人企图毒死我儿子和我。毫无疑问,她也想杀了梅丽。"她再次深吸了口气,"很好,忘了这事吧。总之,亲王想讲述的故事不太一样,而且我觉得阻挠他是不明智的。就告诉我在哪能找到我女儿吧。"

"我宁愿自己去接她,尊贵的夫人,"里奥夫说,"如果您能给我一匹马或是一辆马车——"

她的眉头再度皱起。"你为什么不肯告诉我?"

"因为我把她留给一个朋友看护,一个我不想牵连的人。希望您能明白。"

片刻之后,她生硬地点点头。"那好吧。我会安排马车把你也带上。"

"夫人,不知我能否询问有关——呃——我离开的时候都发生了什么?看起来,有很多事都——变了。"

"你没听说?"

"不,夫人,我没有。"

她露出浅笑,靠向椅背。"这么说吧,罗伯特亲王死而复生了,而且在昨天宣布自己为摄政王。"

"那查尔斯陛下呢?"

"玛蕊利成功地把他弄走了——不知道用了什么方法——连同她的莱芮卫兵一起。御林守卫们也出了城。"

"那太后呢?"

"太后还留在伊斯冷,"葛兰说,"她目前正处于拘禁之中。"她撅起嘴唇。"你为什么觉得我女儿还会有危险?"

突然回到先前的话题让里奥夫有点紧张。"我不觉得我说过自己认为她仍然有危险。"他小心翼翼地说。

她点点头。"是啊,可你是这么想的。"

"我——"他思索着某种不会暴露他先前听闻之事的解释。要是梅丽在返回伊斯冷之前莫名其妙地死去，那就将变成另一件对抗太后的武器。他已经纵容自己成了任人摆布的棋子——但他不会让梅丽也为此送命。

"只是一种感觉，"他低语道，"可我想等我把她带回你身边，她就会安全了。"

"那她现在安全吗？"

他思考了一番——亲王收到的报告中提到有人看见他俩一起出现，可他并没有抓住梅丽，也就意味着他的眼线没能跟随他们的足迹来到吉尔墨那里。

"我想是的，夫人。"

"那就让她暂时待在那儿吧。等我准备好带她回来，我就去找你。"

"感谢您，葛兰夫人。"

她真诚地看着他。"不——感谢你，埃肯扎尔法赖。"

他回到房间，期待着休息和安宁，却发现护法正浏览着放在桌面上的乐谱。他的心头不期然地涌起一阵异乎寻常的炙热怒火。

"护法大人。"他使用了敬语，努力不让自己的语气中流露出恨意。

"希望你不要介意，"护法说，"我不请自来了。"

"这里永远欢迎护法大人。"里奥夫撒谎。

"这就是太后委托你谱写的曲子？"

"大部分都是，护法大人。"

"幸好我对音乐略知一二，"护法的手指敲击着桌面，"在位列圣职之前，我曾在圣欧莫学院进修。我主攻文学，当然，音乐也是必修科目之一。"

"您选了哪种乐器？"里奥夫问道。

"首先是鲁特琴，当然还有竖琴。我出生于特洛盖乐，竖琴在那很受欢迎。"他对这份乐谱略微皱眉，"可我不太明白这个。五线谱下面写的这些字是什么？"

"它们是用来演唱的歌词，护法大人。"

"和乐器一起？"

"是的，护法大人。"

THE CHARNEL PRINCE

"那怎么算得上一部严肃的作品?"护法惊呼,"它看起来很粗野,就像那种酒馆或者街头的乐器表演。来自宫廷的音乐应当能振奋人的灵魂,就算是听众并非贵胄也一样。"

"我向您保证,护法大人,它会振奋灵魂的。这是件非常新鲜的事物。"

"世界里已经装满了新鲜事物了,"护法沉吟着,"没几个好的。不过继续说,法赖——跟我解释一下这个'新鲜事物'。"

"这是场婚姻,护法大人,戏剧和音乐的结合。"

"就像街头那种下流小曲?"赫斯匹罗嗤之以鼻。

"不对,护法大人——可也对。那种曲子是用歌声叙述故事,而演唱者自己就是戏剧中的角色。我计划让演员自己来唱,管弦乐团负责伴奏。"

"这在我听来没什么本质的区别。"

"可确实有,护法大人。王后——太后要我编排的曲子不是写给贵族,不是写给朝臣,而是写给人民,在这样黑暗的时代里给予他们希望。他们——如您所说——很熟悉那些下流小曲。可我见过的街头表演内容粗俗,伴奏也很糟糕,我想给他们某种能够撼动灵魂的东西——如您所说,让他们得到升华。"

"就像你在格拉斯提那样,引发暴乱来让他们得到升华?"

"那是场不幸的意外,"里奥夫说,"但那不是音乐的错。"

赫斯匹罗什么都没说,只是继续翻动曲谱。

"这段三和弦是在第七调式。"他评论道。

"的确,护法大人您眼力真好。"

"三和弦不该放在第七调式,"护法坚决地说,"它们会和整体气氛不搭调。"

"对,对,"里奥夫忙不迭地附和,"完全正确,护法大人。这就是这段曲子的关键,让一切仿佛都迷失了方向,而当它出现时,邪恶也将凯旋。但如果您翻过这一页,您看——"

"第三调式,"赫斯匹罗插话,"可这些不仅仅是三和弦,这些——你这曲谱是写给多少种乐器的?"

"三十种,护法大人。"

"三十种？太荒谬了。你为何会需要三架低音维苏琴？"

"烛光园很大。这是为了让声音传得更远——可您瞧这儿，它们会各自演奏不同的主旋律。"

"我看到了。这真是繁杂得超乎寻常。可无论如何，要从第七转向第三调式——"

"从绝望到希望。"里奥夫低声辩解。

护法皱着眉续道，"那就该从一段高潮再到另一段。"

"可护法大人，这是音乐的意义所在啊。"

"不，音乐是圣者的启示。它为人类带来满足。它不该去刺激别人的感情。"

"我想如果您听过，护法大人，您就会发现它——"

护法挥了挥乐谱表示让他安静。"这是什么语言？"

"啊，护法大人，这是阿尔曼语。"

"古维特利安语才更适合人类的嗓音，你为何选阿尔曼语？"

"可，护法大人，大多数出席音乐会的平民都不懂古维特利安语，要他们能听懂唱的是什么，这点很重要。"

"简单的说，这是个什么故事？"

里奥夫复述了吉尔墨告诉他的那个故事，加上他自己的润色。

"我想，我明白你为何会选这个故事，"护法说，"它有种普遍的吸引力，并且会受到那些人的欢迎，而且它宣扬对君主的忠诚，甚至死不渝。可里面那位国王在哪？在他的人民需要他时，他在何处？"他顿了顿，把一根弯曲的手指放在双唇之间。

"这样如何？"他最后提议道，"你可以加些东西进去。国王死了，被他的妻子毒死。她通过她的女儿实行统治，而她——背离所有正义与诸圣——被宣布为国王的继承人。城镇遭到战火洗礼，人民请求她的帮助，可她拒绝了。在女孩牺牲了自己之后，侵略者野心勃勃，誓言屠尽一切平民，可随即我们发现国王之子——所有人都认定死去的那位——事实上还活着。他拯救了村庄，随后夺回了属于他的王位。"

"可，护法大人，这不是——"

"还有，把那些国家的名字改掉，"护法充耳不闻。"现在的形

THE CHARNEL PRINCE

势下，把寒沙人当作恶棍实在太具煽动性。就把那些国家叫做，让我想想——啊，我想到了。特洛•撒卡罗和特洛•安撒卡罗。你可以猜猜哪个是哪个。"

"还有什么吗，护法大人？"里奥夫问道。他觉得自己疲惫不堪。

"的确有。我会给你一份列表，列出你不能加在曲子里的三和弦，而且不能有比三和弦更多的和弦音。你可以保留你的三十件乐器，但只是为了保证音量——你得简化我标示出的这些小节。而且最重要的是——歌声和乐器不能结合在一起。"

"可护法大人，这是最关键的啊。"

"对你来说是最关键的，但不是你该做的。先由乐器弹奏完一小节，随后再朗诵歌词。他们甚至可以唱，我想，但不能有伴奏。"

他卷起曲谱。"我要借用一下。你根据我的归纳，写一首新的曲子。有必要的话就用阿尔曼语吧，我会弄一份完整的译文，并且做些改动，所以你不用关心这个。我会在两天内把它还给你的。你有两天时间把它修改到让我满意，而且在那之后你得马上开始排练。都清楚了吗？"

"是的，护法大人。"

"高兴点，埃肯扎尔法赖。你该这样想——原本委托你谱曲的赞助人此刻没法再付给你酬劳。你还能保住这份工作已经很幸运了。摄政王如今是你的新赞助人——希望你别忘了这点。"

他淡淡一笑，转身离开。

"护法大人？"里奥夫说。

"什么？"

"如果这么快就得排练的话，就必须得雇用乐师了。我已经有几个人选了。"

"列个名单出来，"护法说，"会有人去传唤他们的。"

等护法离开，里奥夫关上门，攥紧的拳头抵着哈玛琴。

接着，他缓缓地笑了起来。不是因为喜悦，也不是因为什么有趣的事，只因他不再担心，也不再害怕。这些软弱的情绪都被他从未感受过的清晰而冷静的怒火一扫而空。这个人，这个自称为护法的蠢货，刚刚在一片广阔的田地上撒下了种子，很快他就将得到收

道 标

获。如果里奥夫是位斗士,他就会拔出剑,砍倒护法、罗伯特亲王以及能砍到的所有人。

他并非斗士。但当他完成曲子之后,护法只会后悔里奥夫的武器不是剑。关于这点,他能向自己和一切他所知的圣者发誓。

第八章 尼柯沃

斯蒂芬起初觉得是河水举起了一只拳头砸向埃斯帕,可那拳头接下来化作一个平坦而宽阔的脑袋,一双黄绿色巨眼如提灯般闪耀,脑袋下是厚实而细长的脖颈。它的身体是种介于橄榄绿和黑色之间的暗色,而且不知怎的给人以一种像是马儿的古怪印象。

就像马儿。这立刻在他受过圣者祝福的记忆中敲响了警钟。他举起双掌盖住耳朵。

"薇娜,捂上——"他出声示警,可太迟了,那怪兽已然开始歌唱。

那些音符切过他的手掌,就像一把灼热的匕首割开猪油:它直插入他的头骨,在脑中挥砍不休。音色如古老传说中一样动人,可对他太过敏感的知觉而言,它美丽得可怕,仿佛黄蜂的针蜇般带着致命的毒素,令他无法思考。越过一根红色的横桅索,他看到埃斯帕平静地放下弓,向那生物走去。薇娜也迈开步子,泪水滑过她的脸庞。

他放下已经派不上用场的双手,拿起易霍克的弓。要不了几秒钟,埃斯帕就会走进那生物张开的口中。

他尖叫着用颤抖的手举起武器,试图抵消脑中的噪音,试图清楚地记起埃斯帕射箭时的动作。他拉弓放箭。利箭从怪物的头顶飞掠而过,未伤分毫。

它歌唱的音色变成了男高音,他觉得绷紧的肌肉开始舒缓下来,古怪的喜悦感席卷全身,仿如遇溺般欢欣而温暖。他抛下弓,感到愚蠢的笑容逐渐占据了整张脸,只能大笑着看着**尼柯沃**——这就是这种生物的名字,尼柯沃——低下头,张着血盆大口逼近埃斯帕。

突然,它的脖子仿佛鞭子般猛地抽回,美妙的歌声中止,换上痛苦的咆哮。耳边传来轻响,他的眼睛捕捉到疾飞利箭的模糊光影。它命中了尼柯沃的下颌,而他惊讶地发现那儿已经有支箭了,箭身深深没入他先前没注意到的袋子似的肉球里。

他朝箭飞来的方向转过头,看到莉希娅正沿街朝他们跑来,大约在五十码开外。

她此时本该待在山上，不过他很高兴她没这么做。他捡起弓，朝薇娜跑去。

埃斯帕只觉一切梦境都被狠狠撕碎——清晨在铁橡林中苏醒，林中深处的幽静，薇娜皮肤的触感——所有的美好事物都消失不见。徒留一只从未见过的丑陋野兽，正想用尖锐、闪着光的锯齿状黑牙将他撕裂。他发出一声嘶喊，向侧面鱼跃，鼻腔传来一股仿佛死去许久的马匹那鼓胀的腹部、又或是秃鹫呼吸发出的恶臭。

他退后几步，取出匕首和斧子，同时诅咒自己的愚蠢。此刻那怪兽将身体移上了码头，他看得更清楚了些。它的脑袋类似水獭，像响尾蛇那样呈现楔形，还有他所见过的最大马儿两倍大的颅骨。就像狮鹫和尤天怪一样，它全身也覆盖着鳞片，但同时长有油光发亮的黑绿色皮毛。起初他觉得它的身体像一条巨蛇，可他犹在揣测之时，它突然用短而粗壮的前肢爬上了码头。它的脚上有蹼，还有长如人臂的利爪。此刻除了潺潺水流的轻响之外寂静无声，它蹒跚着走向他，费力地将庞大身躯的剩余部分从河中拖出。他不知该做什么，只好一步步后退。如果它再次歌唱，那他肯定会像刚才那样，傻傻地走向它的嘴里。

至少他清楚了发生在微岚居民身上的事。他们笑着走下河被它吃掉了。他还记得某个鄞贡故事里提到过类似的事，可他不记得它叫什么了。他从不关心和不存在的生物有关的故事。

另一支箭出现在它喉咙下的"袋子"上，但除了无法哼唱那首毁灭之歌以外，似乎也没给这野兽造成其他麻烦。此刻除了尾巴之外，它已全部露出水面。它的后腿像前腿一样短而壮实，而前后腿之间的距离足有两匹马那么长，因此它不得不拖着腹部在厚厚的木板上爬行。尽管它看似笨拙，可等到全身上岸之后，它又突然爆发出埃斯帕意料之外的速度。它冲了过来，而他向侧面避开的同时用斧子劈向它的颈背。利刃在鳞片中切出一条伤痕，尽管不深，却也令他惊讶。

而当它的头猛地甩向他时，他吃惊得没能避开这一击，被撞倒

THE
CHARNEL PRINCE

在地。他在地上滚了几圈，觉得肋骨好像断了几根，接着发现那颗脑袋再次朝他疾冲而来。埃斯帕以蹲伏的姿势扭身避开，用匕首切向怪物暴露在外的喉咙，划开了一道长长的、参差不齐的伤口。血液溅上他的臂膀，这次他躲开它的反击，站起身，开始朝反方向奔跑。

等他跑远之后，利箭便朝那头野兽倾泻而去。大多数箭支都被弹开，因为它正缩着头保护它脆弱的喉咙。埃斯帕看到射出这些箭的是莉希娅和斯蒂芬。

怪物正在流血，但没有埃斯帕希望的多。然后，在短暂的犹豫之后，它似乎觉得自己受够了。它冲回码头，滑进河里，接着消失在水面下，留下惊魂未定的他独自思索这东西是否像狮鹫那样身含剧毒。幸运的是尽管他接触到怪物血液的皮肤感觉到轻微的灼痛，可却跟对抗另一种怪物时那种作呕和强烈的灼热感截然不同。

莉希娅和薇娜的反应也天差地别。薇娜用手和膝盖着地，呕吐不止，而莉希娅则倚着弓，脸上浮现出皮下的蓝色血管。

斯蒂芬倒是一脸的平静。

埃斯帕走向薇娜，在她身旁蹲下。"它碰到你了吗？"他问道。

她摇摇头。"没有。"

"那就不会有事。"他咕哝道，打算伸手去摸她的头发。

"别，"莉希娅呵斥道，"那血。"

埃斯帕的手在离薇娜几英寸处停下，接着硬生生抽回，又退后几步。"好吧。"他让步了。

莉希娅点点头。"不像有些西德玛，伊库德斯凯欧的凝视并不致命，但它的血会让我们受到感染。"她偏着脑袋。"我很想知道你为什么没事。还有我们的这位祭司为什么不像你们俩那样被歌声影响。"

"你知道那是啥？"埃斯帕说。

"只从故事里听过。"瑟夫莱回答。

"故事里有没有解释它是怎么——用驴叫唤——让我们变成那样的？"埃斯帕看上去心有余悸。他仍在思念那种声音，那种完美的感觉。如果他能再听一次……

"那是能影响人的特定音调与和声，"斯蒂芬插嘴。"传说黑稽王创作的歌曲，其魅力大到能让整支军队抛下武器，静静聆听。据说,他是受了某只名为伊库柯的生物的启发。在阿尔曼语里这只怪物被称为尼柯沃,在莱芮语里念做*伊柯·欧德切*。我想在王国语里是叫水怪,如果我没记错那些神话故事的话。"

"很好,现在我知道它在五种语言里的叫法了,"埃斯帕发着牢骚,"它到底是啥?"

莉希娅闭上眼睛,身体在微微颤抖。"它是只西德玛,我告诉过你。要知道,它没有死,也算不上重伤。如果你们想继续讨论这事,就先回山上去吧。还有为我们着想,你该先把身上的那些血弄干净。就算它在某种程度上对你无效,对我们可不是。"

"好得很,"埃斯帕说,"就这么办。"

在回去的路上,他们发现易霍克不顾自己的伤势,已经爬到了半山腰。

"那歌声,"男孩气喘吁吁地说,"到底是什么?"

埃斯帕留下其他人解释,自己去清洗身体。

他发现了一条自山中淌下的小溪。接着便脱下皮制胸甲和衬衣,浸泡在水里,用抹布擦拭裸露在外的手臂和脸。

等他清洗干净之后,薇娜和莉希娅看起来也好多了。

当他走近时,莉希娅指向下方的河流。"我看见它往上边来了,正在水下游呢。等它再浮起来时我们就应该能瞧见。"

"哈,"埃斯帕咕哝着,"这就是你离开岗位的原因。"

"从这儿我可射不着它,"她争论道,"反正还有易霍克在看守呢。"

"我没在怪你,"埃斯帕听上去像在道谢,"要是你没跟来,我们仨现在就该在它肚子里了。"

"为什么它的歌声没影响你?"薇娜突然发问,声音有些尖锐。

"我是个瑟夫莱,"莉希娅答道,"我们耳朵的构造不同。"她忽然把愉快的笑容转向斯蒂芬,"我也不太关心人类的音乐。"

薇娜闻言挑起一边眉毛,但并未追问下去。

可斯蒂芬却开了口。"尽管如此,"他评论,"你怎么知道它不会像诱惑我们那样诱惑你?"

"我不知道,"她理所当然地说,"不过幸好我没被诱惑,对吧?"

薇娜打量着瑟夫莱。"谢谢你,"她说,"谢谢你救了我们的命。"

莉希娅耸耸肩。"我说过我们现在需要共同进退。"

"那我们该怎么杀掉它？"埃斯帕不耐烦地问道。

"我不觉得我们办得到。"斯蒂芬泼了他一盆冷水。

"怎么说？"

"只要有时间，或许我们能扎死它，可我们现在没有时间。巡礼路肯定都快完成了。埃斯帕，在这之前我们必须阻止他们。"

"可有关最后一座神殿的指令在我们手里。"薇娜说。

"对，"斯蒂芬同意，"这意味着他们必须再派一名骑手去伊斯冷见护法。这能给我们争取一点时间，但最多到这个月的月底。尼柯沃失去了声音，而这是它最危险的武器。我们把它留给那些船夫就够了。"他转身面向莉希娅。"你叫它西德玛。那是什么意思？这是个瑟夫莱词吗？"

"主母恫雅就是这么称呼那些狮鹫的。"薇娜补充道。

莉希娅的两眼睁得滚圆。"你跟主母恫雅说过话？"她显得很惊讶，"我还以为她已经死了。"

埃斯帕还记得最后看到那个老女人时，她似乎只剩下一具枯骨。"也许她还没死，"埃斯帕说，"不过也要不了多久了。"

莉希娅咬着嘴唇以示默认。"瑟夫莱没什么真正的语言，"她解释道，"我们很久以前就废弃了它。现在我们说附近的人类使用的任何语言，不过也会保留古词。西德玛就是个古词。它的意思是'圣堕的恶魔'。狮鹫、尤天怪和尼柯沃都是西德玛。"

"它们跟圣堕有关？"斯蒂芬问道。

"你肯定知道的，"莉希娅点头，"当你第一次看到时，狮鹫就在圣堕边走动。"

"对，"埃斯帕接口，"这就是那群教士找着它们的法子。"

"可你暗示的是某种更深的关联。"斯蒂芬坚持己见。

"对，"莉希娅不否认这点，"它们是圣堕力量的产物，由圣堕培育而成。在某种意义上，它们是圣堕力量的精华。"

斯蒂芬摇摇头。"这说不通。这等于说它们是圣者自身的精华了。"

"不，"莉希娅谨慎地措词，"这等于说圣者是圣堕力量的精华，就像西德玛一样。"

道 标

埃斯帕几乎为斯蒂芬下巴脱臼的样子大笑起来。在这瞬间,斯蒂芬又变成了几个月前他在国王大道上遇到的那个幼稚的男孩。

"这是异端邪说。"他最后断言。

"没错,"莉希娅干巴巴地说,"违背这么个献祭孩童给黑暗圣者的教会的难道不是很糟糕吗?我觉得好羞愧啊。"

"可——"斯蒂芬的思绪仍未理清,可脸上的神情却表示他思考得更投入了。

"这会儿对我们来说最重要的事,"薇娜插嘴道,"是找到最后一座圣堕,荒草土丘。"

"她说得对,"埃斯帕承认,"要是我们没时间杀掉那只尼柯沃,就更没时间让你俩站在这发呆了。"

斯蒂芬勉强点头表示同意。"我看过地图了,"他说,"可我没看见标记的地方有像是赫乌伯·赫乌刻的东西。据我推断,它是在东边。"他膝盖着地,把地图铺在地上,让所有人都能看见。

"为啥?"埃斯帕问道。

"根据祷文我们已经知道了巡礼路的顺序,我们也知道第一座神殿在哪儿。其余几座都是按照顺序往东去的。大多数巡礼路都是直线或是弧线,呈现出某种规律。"

"等等,"薇娜想起一件事,"他们想拿我献祭的神殿呢?它在卡洛司附近,那是在北边。"

斯蒂芬摇摇头。"他们在那弄的仪式不一样,完全不是一回事。那也不是巡礼路的一部分,是个仅仅用于控制太后护卫的圣堕。不,这条巡礼路是往东去的。"

埃斯帕看着斯蒂芬用那只手指画出一条浅浅的曲线,穿过应该是晓河的地方,进入如今邓莫哥所在的那片平原附近。

"这条是晓河,还有这条是圣瑟佛德河?"埃斯帕问道。

"对。"斯蒂芬回答。

"这森林一直延伸到这么远——一直到火籁国境内?那荆棘王会发火也不足为奇了。现在森林可只有过去的一半大了。"

"很多都是在巫战时期被毁的,"斯蒂芬叹气,"荆棘王不能因此怪罪我们。"

莉希娅嗤之以鼻。"他当然能。他才不在乎是哪群人毁了他的森林,他只在乎森林被毁了。"

"火籁那儿还有一片铁橡树,"埃斯帕不理会她的挑衅,"我有次去鄱堤的时候路过那儿。它有个滑稽的名字——普瑞斯索鲁卡尔德。"

"普瑞斯索鲁卡尔德。"斯蒂芬重复道,"这真是个怪名字。"

"我不太会说火籁语。"埃斯帕老老实实地承认。

"祷文结尾的卡尔德,意思是'森林',"斯蒂芬进一步推理,"普瑞斯的意思是'杂树林',就像一片杂乱的树林。我想,索鲁的意思是'寄生虫'或是'蠕虫'或是类似的东西。"

"杂树林—蠕虫—林子?"莉希娅撇嘴,"这可不怎么说得通。为啥会在同一个名字里又是杂树林又是森林的?"

斯蒂芬点点头。"是说不太通,这就是说它原先可能不是火籁名字。应该是个发音类似普瑞斯索鲁的词,所以随着岁月流逝,他们用自己能够理解的词语取代了它。"

"什么意思?"莉希娅问道。她的语气听起来就和埃斯帕一样茫然。

"就像这里,微儿,"斯蒂芬解释道,"在乌斯提语中,它的意思是'白镇',可我们从地图上得知,它最初的名字是维赫德拉伯,意为'削皮森林',而在维特利安语中被误读为'维特拉夫'。再后来使用乌斯提语的人在这定居后听到这个名字,觉得它的意思是'白镇',就这么回事。你明白了吧?"

"我可是越听越糊涂,"埃斯帕揉着两边的太阳穴,"你到底想说什么?"

"普瑞斯——什么的听起来一点也不像赫乌伯·赫乌刻,"薇娜犹犹豫豫地说,"至少在我听来不像。"

"不,一点也不像,"斯蒂芬沉思起来。"不过这提醒了我……"他顿了一下。"这张维特利安地图,是在黑霸时代制作的。上面的地名大都原本是奥罗特西语或是卫桓语。可后来这些城镇和界标一定有了维特利安名字。"

"你有没有时间靠后点的地图?"莉希娅问道。

"不,我手头没有,"斯蒂芬告诉她。"而且我还是不明白为何赫乌伯……"他停了口,仿佛在盯着什么离奇之物。有时,埃斯帕

道 标

会苦恼于斯蒂芬在走完了德克曼巡礼路之后,脑子究竟转得有多快,又有多怪。虽然这还不至于怪到难以相处。

"就是这样,"斯蒂芬开始自言自语,"肯定是。"

"这样啥?"埃斯帕问道。

"他们翻译了它。"

"翻译了啥?"

"那些滑稽的地名,"斯蒂芬说着,语气变得异常兴奋——就跟他每次想明白什么事一样。"比如,当一群使用某种新语言的人来到某个地方,他们会选择沿用原来的地名,即使并不知道它的含义。因此,有时会产生一些讹传,比如维特拉夫。但有时,他们确实知道老地名的含义,就会把它翻译成自己的语言。易霍克,你的族人管御林叫什么?"

"**悠尼尔霍阿姆阿尔霍**。"男孩回答。

"意思是?"斯蒂芬追问道。

"御林。"易霍克答道。

"正确。在巫王的语言中,它名为卡哈达斯·里克胡兹。黑霸时代称它为洛维斯·里加图瑞斯,而在莱芮摄政时期,它被叫做切尔迪特·德·瑞伊。在乌斯提语中是阿夫·萨·恐戈林地,而当维吉尼亚语成为王国语后,我们开始叫它御林。但它的意思几千年都没变过,明白没?"

"你说了那么大一堆到底是想证明啥?"埃斯帕有些火大,为自己还没有明白对方的意图而心烦,但是他也明白,等斯蒂芬得出结论后,只会让他更觉得自己很蠢。

"我想普瑞斯索鲁这个词源于维特利安语里的佩索斯·乌瑞斯。"斯蒂芬得意扬扬地宣布。

"好哇,"埃斯帕彻底不耐烦道,"这又是啥见鬼的意思?"

"荒草土丘,"斯蒂芬沾沾自喜地揭晓谜底,"你现在跟上我的思路了吧?"

"该死,不,我啥也没跟上,"埃斯帕反驳,"你这话听上去就跟一座雾造的桥似的。"

"也许吧。"斯蒂芬嘿嘿一笑。

THE CHARNEL PRINCE

"而且如果我没弄错,你是说我们现在该拼了老命赶到火籁的一片林子里去,而唯一的线索就是这场愚蠢的文字游戏?"

"是的。"斯蒂芬飞快地答道。

"还有——让我们把话说清楚一些——就连你自个儿也拿不准?"

"就像在黑暗里盲目射出的一箭。"斯蒂芬承认道。

埃斯帕挠挠下巴。"那我们出发吧,"他说,"这地图上的一码远有十二里格路呢。"

"等等!"莉希娅抗议道,"如果他错了——"

"他没错。"埃斯帕说。

"那头尼柯沃怎么办?"易霍克发问,"我们还是得过河。"

"往下游走一里格,那边有片浅滩,"埃斯帕告诉他,"如果它跟着我们到了那,至少我们能瞧见它。然后咱们可以折回旧国王大道。它直通到邓莫哥。"他冲斯蒂芬和薇娜点点头,"你们俩帮易霍克上马。莉希娅,你跟我来,我们去酒馆里弄点补给。"

他看到薇娜皱起眉,突然觉得胸口有些发堵。莉希娅是他们之中唯一对尼柯沃的歌声免疫的人。薇娜难道不知道让这个瑟夫莱跟着他回镇子更有意义些?毕竟,河里的那种野兽也许不止一只。

但他什么都没说。他才不会为这些显而易见的事情多费口水呢。薇娜还有很多要学的。

"靠近点去盯着河边,"他补充了一句,"如果你们看到什么就大叫。还有往耳朵里塞点东西。"

"你也该这么做。"薇娜不甘示弱地回嘴。

"那我就听不到你们的叫声了,不是吗?"他还击道。接着他朝小镇走去,莉希娅在他身后亦步亦趋。

道标

第九章 姐妹会

在这瞬间,惊恐冻结了安妮的舌头。"抱歉?"她最后问道,"你在说什么?我想你是把我跟什么人弄混了。"

"不,"欧瑟妮缓缓摇头,"我收到消息说你会走这条路。你以为我丈夫找到你是个巧合?"她把手放在桌上,掌心朝上。"伊薇柯莎修女,"她轻声道,"没死在圣塞尔修女院屠杀中的修女,而且这片土地上有许多修女院的毕业生和盟友。关于你的困境和追捕者的消息传得都很快。"

安妮觉得自己仿佛是在千万利刃的刀尖上行走。有人清楚地知道她是谁,并且想帮助她而不是杀了她——这简直单纯到难以接受。它和现实的截然相反,让她觉得这可能只是美好伪装下的另一次背叛。

她已经懒得去分析哪种情况可能性更大些了。"如果你想要我死,那就动手吧。"安妮静静地说。

"我一点也不想伤害你啊,安妮。"欧瑟妮向她保证。

"我会轻易相信这种话已经是很久以前的事了。"她将一只手平摊在桌上,感受着木料的坚实的触感。"有谁逃过了大屠杀?"她显得意兴阑珊。

"你不认识身为修女的她,"欧瑟妮想了想,"从某些方面来说,她也不是修女,她还有其他身份。"

安妮未加思索就明白了那是谁,仿佛她一直就知道似的。"欧绮佤伯爵夫人。"

欧瑟妮点点头。"不幸的是,你在她弄明白发生了什么之前就逃出了她的宅邸。不过现在你又和朋友们在一起了。"

"你想从我这得到什么?"安妮警觉地看着她。

欧瑟妮的手越过桌面,握住了她的手。"只想帮你回到伊斯冷,回归你的命运之路。"

安妮觉得这双满是老茧的手和桌子一样坚硬而真实。

"你——你是修女院的修女吗，欧瑟妮？"

"我受过训，"年长的妇人说道，"但没有立誓，不过只要她们有所召唤，我就会回应。我不会为圣塞尔修女院付出一切——不包括我的生命，或是我丈夫和儿子的生命——但我会为你付出这一切，安妮·戴尔。我看见了。翡思姐妹曾托梦给我。"

"翡思姐妹！"安妮大惊失色，"你认识她们？她们是谁？"

"有人宣称她们只是非常强大的预言家，另一些人则说她们和世界一样古老，是命运的女神。就连修女院的修女也为她们的本质争论不休。就我的看法，我相信事实介于两者之间。但无人能够否认她们的智慧。不管她们活了多少个世纪，又或亘古不灭，她们对世界的认识都比我们更多，而对其本质的了解也比我们更深。"她顿了顿，"你见过她们，和她们说过话？"

"她们中的三个。"安妮说。

欧瑟妮叹口气。"我从未有幸得蒙她们召唤。我只在梦里听到她们的声音，看到她们所见的浮光掠影，仅此而已。你是个非常幸运的姑娘。"

"我不觉得幸运，"安妮叹了口气，"我只觉得中了圈套。"

"如果你要这么想，"欧瑟妮呵呵地笑了，"那我们就全都在圈套里了。"

"没有另一条路可走吗？"安妮问道。

"没有，"欧瑟妮说，"我们都是必不可少的。也许我们每个人只是一根丝线，可没有丝线，也就没有织锦。"

"那一根丝线怎么会比其他的更重要？"

"有些丝线是经纱，而有些是纬纱，"欧瑟妮转了转眼珠，"必须得有经纱，其他丝线才能编织在一起。必须先得有经纱。"

"你跟翡思姐妹一样坏。"安妮瞪她。

欧瑟妮又笑了，把她的手握得更紧。"她们告诉过你必须做的事，是吗？而且至少暗示过你一些缘由。"

安妮点点头，勉强承认。"我没想拒绝，"她说，"我一直在试图返回伊斯冷。"

"你会回到那儿的，"欧瑟妮向她发誓，"我的丈夫和儿子会带

道标

你过河，并且帮你对付镇上的敌人。他们会护送你回伊斯冷。"

"我不能直接回家，"安妮摇头，"还不行。"

"可你才说过那儿是你的目标。"欧瑟妮说。

"把我救出修女院，并且一直保护我的那两个人被那些骑手抓走了。我得先救出他们才行。"

欧瑟妮的眉头因为忧虑而拧成一团。"我很同情你的朋友，"她说，"可拯救他们并非你的首要职责。"

"也许不是，"安妮说，"但我不会让他们死的。我一定得做点什么。"

欧瑟妮闭上双眼。"那并非你应走之路。"

"我也许可以选择另一条路？"

欧瑟妮犹豫起来。"对。可那样未来便将朦胧不清。"

"让它去吧。如果对朋友不忠，那我还能忠实于谁？我对其他人能好到哪去？"

欧瑟妮闭上眼睛，沉默半晌。"你朋友那边有多少骑手？"

"阿托利见过他们。他说有三个。"

"那我会让阿托利和我儿子跟上他们，并且得给你找个安全的地方藏身，直到他们回来。"

"不，"安妮坚持，"我要跟他们一起去。"

"他们也许不会成功，"欧瑟妮柔声说，"如果其中一个骑士是个迈尔维斯，他们可能就会失败。"

"是个什么？"安妮问道。

"不死者。他们还有别的名字。"

"噢，"安妮点头，"他们中有个人就是那样，"她说，"也许不止一个。"

"那你就该知道这有多危险。"

"你让你的丈夫和孩子去送死，只为了让我回到伊斯冷？"

"我不想这么做，"欧瑟妮表情黯淡了下去，"我更希望你让他们护送你回家。这还是会有危险，但不像让他们去和迈尔维斯战斗那么大。"

"你不明白，"安妮说，"那两个人——卡佐和查卡托——为我们甘冒一切风险。"

"我们也一样,亲爱的。"

"我知道,"安妮突然发起火来,"我厌倦了有人为我而死,你明白吗?我再也承受不了了。"

"人民为他们的女王而死,"欧瑟妮大声说道,"这是你必须承受的负担,否则你回到伊斯冷也毫无意义。你将来还会面临更加困难的抉择,安妮。"

"卡佐和查卡托对我注定的命运一无所知,"她眼圈开始泛红,"而且我肯定如果我什么都不做,他们就会死。可我又怎么能让你的家人冒险?"

"因为我们心甘情愿地接受了你的命运,以及我们在其中扮演的角色。如果你决定去追那些骑手,我们就会服从你的决定。"她的眼神变得更加热切,"我可以用酒把你灌醉,"她说,"阿托利可以就这么把你带回家。可自己做不了决定的女王的确差劲得很。"

安妮揉揉脑袋。"我恨这事,"她大吼,"我恨这一切!"

"他们也许已经死了,"欧瑟妮无视于她的悲恸,"如果骑手确信他们把你跟丢了,我也想不出他们有让你的朋友继续活命的理由——除非用作诱饵,寄望于你会跟来。"

安妮觉得泪水流过脸庞。她想起了卡佐,当她初见他时,他傲慢、爱捉弄人、而且充满活力。想象他死去让她的心变得空空荡荡。

可她父亲死了。艾瑟妮死了。法丝缇娅死了。

"我要去伊斯冷。"她说,剧烈的悲伤随着这个决定自胸中迸出。欧瑟妮回到桌边,用双臂环住了她,而安妮也一动不动地任由她抱着,尽管她几乎不认识这位妇人。她压抑地哭泣着,欧瑟妮温柔地摇晃着她,此时夜色缓缓涌入窗棂,也涌入她的心。

安妮和奥丝娅被安置在一间没有窗户的房间里。在提灯的照耀下,墙上的灰泥呈现一片暗黄色。这里只有简单的几样摆设:一张床,一盆水和木架上的手巾,还有床下的便盆。远离壁炉的这儿很冷,安妮很快穿上了欧瑟妮给她的睡衣,接着钻进厚厚的羊毛床罩下。奥丝娅本来已经在里面睡着了,可当安妮在她身边躺下时,她又醒了过来。

"谈了好久啊，"奥丝娲揉揉眼睛，"在谈什么呢？"

安妮深吸了口气。她的胸膛因哭泣而隐隐作痛。

"欧瑟妮很多年前在圣塞尔修女院待过，"她尽力表现得若无其事，"她知道我们的身份，因为欧绮佤伯爵夫人沿路送出消息，叫人来寻找和保护我们。"

"伯爵夫人？好奇怪啊。"

"不奇怪，"安妮说，"伯爵夫人也是修女院的一员。"

"那就更怪啦，不过这样就说得通了。伯爵夫人肯定很了解你，知道你会惹上很多麻烦。"

"我将会成为女王，奥丝娲。"

奥丝娲大笑起来，可笑声戛然而止。"这话什么意思？"她问道。

"我父亲，你记得的。他曾让朝议会宣布法丝缇娅、艾瑟妮和我是他的合法继承人。法丝缇娅和艾瑟妮都已不在人世，只剩下我。"

"可查尔斯还活着，"奥丝娲说，"那个信使没提到他死了。"

"我们的敌人并不在乎查尔斯，"安妮指出，"他们不想要伊斯冷的女王。他们害怕女王。"

"为什么？"

安妮随即向她解释了一切。翡思姐妹，林中的黑影男子，她的梦境。当她讲完之后，奥丝娲的双眼因惊讶而睁得滚圆。

"你过去为什么不告诉我这一切？"好一会儿之后，她才问道。

"因为我自己也不相信，"安妮看着她的眼睛，"因为我怕这会让你莫名其妙地卷入危险。但现在我知道，我非告诉你不可。"

"为什么？因为我去过了翡思姐妹那里吗？"

"不，因为明天阿托利和他的儿子们会帮我们渡河，然后带我们返回伊斯冷。"

"可这很好啊。"奥丝娲顿了顿，接着又开了口，语气变得低落，"你是说等我们救出卡佐以后？"

安妮摇摇头。"不，奥丝娲。我们不能去救他们。对不起。"

"我不明白。有阿托利在，我们能救出他们的。"

"阿托利和他的儿子没法和那些骑士对抗。"安妮说。

"你怎么知道,安妮,你——"

"我不能冒这个险,你不明白吗?"

"不!你怎么能抛下他们,让他们等死?"

"奥丝娅,我知道你对卡佐的感觉,可——"

"不!你不知道——你不可能知道。"她忽然大哭起来,"我们不能就这样放弃。"

"我们没有选择。"安妮回答。

"有的!"

"你听我说,"安妮忍住涌上心头的酸楚,"这对我来说很难。你觉得我想这样做吗?可如果我们去找他们,而那是个陷阱——几乎可以确定——不仅卡佐和查卡托会死,阿托利和他的儿子也会,我们也会。"

"我从来不觉得你很胆小。"奥丝娅说。

"如果所谓的风险只是我们自己的生命,那我会马上去找他们,"安妮拼命地解释,"如果只是这几个人,我还是会去。可如果翡思姐妹,还有欧瑟妮说的是真的——就这件事来说,还有瑟苦拉修女——那我就不能冒这个险。我必须立即返回伊斯冷。"

"可你凭什么相信她们?我又凭什么相信你?你,拯救世界免遭毁灭的女王?你不觉得这听起来很荒谬吗?"

"对。可我已经开始相信了。"

"你当然会信!你就要成为所有善人的女王和救世主了啊。你这个笨瓜!"

"奥丝娅——"

"噢,不,"奥丝娅粗暴地打断了她,"别费劲了。别跟我说话。再也别跟我说话了。"

她侧过身,再次哭泣起来,而安妮的泪水也随之归来,悄无声息。她睁着眼睛躺了很久,直到疲惫将她淹没。

次日早晨,当她醒来时,奥丝娅不见了。

"看起来她拿走了一件遮风斗篷和一些面包,"欧瑟妮说,"可没人看到她离开。"

"奥丝娅不是小偷。"安妮反驳。

道 标

"我知道。我肯定她觉得自己的需要胜过一切,也同样肯定她打算归还斗篷。这根本不重要——我怎么都会送给她这些东西的。"

"噢,她走不了多远的,"安妮急道,"如果我们快点,就能找到她。"她知道自己要做的将会和昨晚所说的一切背道而驰,可那是奥丝妮啊!此外,她还没被那些骑手抓住呢,不会有危险的。

"无论如何,我们都得往这个方向走上好几里格路,"阿托利冷静地分析,"而且我们最好现在就出发。"

"马匹已经准备好了,阿提,"他的次子库图马说道,"贾尼也装好了补给品。"

"欧瑟妮,给公主穿好衣服,然后我们就出发。"

欧瑟妮给她穿上她儿子的衣服——马裤的下摆塞进皮靴,套上棉衬衣和厚厚的羊毛套衫,披上遮风斗篷和破破烂烂的宽檐帽。他们在半个钟头内准备妥当启程出发。

"她在这留了痕迹,阿提。"库图马说。他指着路上安妮完全看不出异样的某处。

"哦,有人跟她说了走上边那个路口,"阿托利沉思道,"她一定是停下来问了维姆塞。聪明的丫头。"

"噢,我们都明白最好别从特勒明河的桥上过去。"安妮说。她拍拍坐骑的鬃毛。"它叫什么名字?"她问道。

"豆粒儿。"他告诉她。

"逗留?"安妮重复了一遍,"希望它比它的名字要快。"阿托利的脸上露出奇怪的表情,但没有接口。他们沿着那条靠近河边的路继续前进,接着走上一条看起来很不牢固的绳桥。从这个角度看来,下方的河水比特勒明镇那边深了许多,安妮摇摇晃晃地走过桥面,努力不让自己往下看。他们在桥那端一条可供马车通行的大道的交叉处发现了奥丝妮的踪迹。

这条白土路带着他们向山岭高处而去,一时自山脊蜿蜒至顶,一时又不情愿地降入谷底。这片山岭低矮而贫瘠,几乎看不到灌木的影子。灰色和白色的绵羊群在斜坡上吃着草,偶有几队山羊或是马匹。他们看见四散各处的房屋,大都以未加工的石料和茅草屋顶建成。

"嘿,我敢打赌,那些骑手来过。"过了一会儿,阿托利得出了结论。

"你怎么知道?"安妮问道。这次就连她也能看见那些纷乱的蹄印。

"有个人在这下了马。瞧见他的马刺留下的痕迹了没?那些马靴的形状也很好笑,而且他们有三个人。"

"那奥丝娅呢?"

"她从前边那座农场弄了匹马,"他回答说,"这就是她留下的。"他指着一道模糊的印迹。"马儿在一溜儿小跑。她很着急。"

"在前面多远?"

"她领先我们一个钟头,而他们则超过半天。"

"我们能加快速度吗?"

"当然,可如果她离开这条路,我们也许会追丢。"

"她没法像你那样追踪。她会一直走这条路,并且祈祷那些抓了卡佐的人也走这边。"

"那好吧。"阿托利耸耸肩,驱使马儿小跑起来。

"来吧,逗留。"安妮说。起先她只是让马儿小跑,可为了测试它能有多快,她鼓励马儿开始加速,直到竭尽全力的飞奔,在这一刻,她发现自己忘掉了一切,由衷地笑起来。她热爱骑马,尽管逗留不像飞毛腿那么快,可也算得上是匹良驹,而且她已经很久没骑马了。她几乎已经忘记了这种感觉。

然而,她明白自己不该让它保持这种速度太久,因此她让马儿回到小跑的步调,过一段时间再策马飞奔。他们和特勒明镇之间的距离随着他们的影子一起变长,直到夜幕降临,奥丝娅留下的痕迹只有她偷走的马的蹄印。

他们在一座小山上扎营,俯瞰着地形。

"我们明天就能赶上她,"阿托利承诺说,"她把马儿弄得筋疲力尽,它会慢下来的。我们能在邓莫哥路附近找到她,接着就可以沿那条路往西去伊斯冷。"

"邓莫哥,"安妮忽道,"我们在邓莫哥附近?"

"要我说,大概有五里格路。怎么?"

"只是好奇。我认识那儿的某个人。"罗德里克。他会帮忙的——他的家族当然有军队。有了他的帮助,他们就能找到卡佐,然后成功救出他们。

虽然他更有可能在伊斯冷,可要是他们离得那么近,去找他也不会有什么损失,对吧?

但接踵而来的便是卡佐的那番猜测。要是她的敌人正要去邓莫哥呢?要是他真的跟那些人是一伙的呢?

她把这种假设赶出脑海。

明天她就会知道的。

山丘的斜坡通往一片平原,阿托利把它叫做马格·伊·赫斯,"土冢平原"。安妮没看到什么土冢,只有一里格连着一里格看不到尽头的泛黄野草,队列整齐的颀长树木哨兵沿着河道两侧一字排开。鹅群在上游处戏水,路边不时闪过牛群在啃食青草的身影。偶尔会出现通往小乡村的岔路,可以一直望到坐落在村落间的大小钟楼。

大约正午时分,一片绿色出现在地平线处,最终转变成一片森林。道路引领他们来到一座由铁橡树、白蜡树、桓树、山胡桃树的枝丫构成的巨型拱顶之下。马儿的蹄声大半被落叶吞没。森林显得苍白,瑟缩成一团,仿佛是个正想拥她入怀的衰老男人。

"普瑞斯索鲁卡尔德,"阿托利指指那些树,说道,"你可以叫它'小小虫林'。"

"这名字好怪啊,"安妮奇道,"为什么这么称呼它?"

"我听过一些传说,据说有某种怪物住在这片土地,可我不记得细节了。他们说它曾经是御林的一部分,可在巫战时期,一支火焰军团从圣瑟佛德的某个方向进军,并且摧毁了森林。从那之后它就越变越小。现在它是邓莫哥领主的禁猎区。"

"一支火什么的军团?"

"故事是这么说的——十二眼的斯弗法斯召唤了一支火焰军团,来对抗他的敌人——噢,她叫什么来着?——风之女巫赛芙海德。有人说那是一支浑身喷火的恶魔军队,另一些人说那是一条有生命的火焰之河。可这些是故事,明白吧。我从没读过那些严肃的历史。但如果它真是火,那肯定不是啥普通的火。因为那些树再也没长回来过。等我们到了另一边你就能瞧见了——从那到河边半棵树都没有。"

"阿提!"其中一个男孩尖叫起来,安妮弄不清是哪一个。待他话音刚落,她就听到了某种古怪的声响,像是穿透树叶的雨水,还奇怪地打着旋儿,纵马在前的贾尼突然捂着心脏,怪异地抽搐着从马上坠落。真相随即大白,她也反应过来,那撕裂了空气自四面而来的,是支支利箭。

"走!"阿托利大吼,一巴掌打在"逗留"的尾巴上。马儿猛地向前冲去。安妮贴向这匹牝马的鬃毛,抱住它的头,脉搏狂跳。两支箭嗖嗖地在她身边掠过,近到让她足以感到被撕开的空气,她突发奇想,不知道被它射中会是何种感觉。

紧接着这想法就成了真。那感觉就像被重锤击中,她还以为自己撞上了树枝之类的东西。她下意识地低头,看到那里有一根长长的羽杆没入了大腿。正当她好奇为什么不疼的时候,下一瞬间疼痛便让她眼冒金星。

"逗留"长嘶一声,她猜想它也中了箭,可她看不到伤在哪儿。

"对不起,真对不起。"安妮气喘吁吁地低喃。她并不清楚自己是在对谁道歉。是对所有人吧,她猜想。

"逗留"仍在飞奔,漫长的几个瞬间之后,安妮意识到箭已止歇。她回头望去,却发现那里空无一人。

"阿托利!"她大喊。同时感觉到她的腿此刻正悸动不止,浑身发热,虚弱不堪。

她别过脸,眼角余光瞥到一名骑手正从另一个方向策马而来。

第十章 序曲

道标

玛蕊莉被一阵柔和的嗡嗡声吵醒。她睡眼惺忪地睁开眼，试图寻找声音的来源。

"啊，"一个男性的声音说道，"早上好啊，太后。"她看到罗伯特慵懒地靠在她的扶手椅上，身体本能地僵住了。艾丽思·贝利正坐在他的膝盖上。

"滚出我的房间。"玛蕊莉命令道。

"噢，你知道，事实上这不是你的房间，"罗伯特不以为然，"它属于君王，在此刻也就属于我。"

玛蕊莉没有回答，因为没什么好说的。她也不能召唤守卫，因为他们不会来。她巡视了一圈，寻找可以用作武器的东西——任何东西，可什么都没有。贝利吃吃笑了起来。

"现在去吧，亲爱的，"罗伯特对女孩说，"离开这。我有事要跟你的女主人谈谈。"

"喔，我不能待在这吗？"贝利撅起嘴。

"这是大人间的谈话，"罗伯特哄道，"到你的房间去，把门关好。"

"喔——好吧。但她对我可凶了。我想您该惩罚她。"说着，她站起身，消失在门后。在此期间，罗伯特就坐在那儿，轻抚着他的胡须。

"前几天你可真让我大吃一惊啊，"他说，"我该夸奖你的——我想你连知道我会来的方法都没有。"

"是你杀了我女儿吧？"玛蕊莉质问他，"当然还有威廉。"

"噢，我可没法同时身在两地，对吧？"罗伯特的口气带着挑衅。

"不。但你可以安排别人协助你完成这个罪恶的计划。但我猜你想亲手杀了威廉。"

他大笑起来。"你可真了解我，玛蕊莉。对，我确实是这么想的，但你知道吗？这比我想象的难得多。威廉是——噢，他在最后时刻够勇敢的。真给我们家族长脸。当然，要是他不是个彻头彻尾的傻子，这事儿也不会发生。就连你也得承认，亲爱的，他不配当国王。"

"他是个你永远比不上的好国王和好男人，你这腐烂发臭的疯子。"

他叹了口气。"至于你的女儿们，我没有下那种命令，但我知道那迟早会发生。说真的，是威廉杀了他们，是他宣布她们是王位的合法继承人。"

"护法也是幕后黑手吧？"

罗伯特摆摆手指。"啊，不，我不会告诉你不需要知道的事。总之，事实比你想象的夸张多了。我可不想让你承受如此大的精神压力。虽然，我得再说一遍，你比我料想的要精明些。"他把手放回膝盖，身体前倾，"说正事吧。我要你放弃所有东山再起的打算。我们真的需要一个联合阵线来面对某些问题。我知道你这会儿对我有点生气，可你是个务实的女人——"

"真的？"玛蕊莉打断了他的话，"你觉得我对你只是有点生气？罗伯特，你把你有过的一点点理智都丢光了。我宁可早点死掉，也不想和你有任何合作。"

"看，你明白了吧？这就是我刚刚说的。你在生气。这就是我为什么对查尔斯不在这感到失望——否则我就能有个重要的筹码来让你维持冷静。我想我说得够明白了。"

"那丽贝诗呢，"玛蕊莉突然大声说道，"你为何要杀死丽贝诗？她是绝不会成为女王的！"

他脸颊泛起薄红。"你当然知道原因。"他说。

"你怎能期望我去理解一个杀死自己亲生姊妹的人？"

"没人比我更爱丽贝诗，"罗伯特断言，他看起来真的发火了，"没有人。可有些事不能原谅，有些轻慢无法抹消。"

"什么轻慢？"

"你知道那件事的！"罗伯特暴跳如雷，额上青筋乍起，"每个人都知道！我简直没法相信。"

"就当作我不知道吧。"玛蕊莉咬牙切齿地说。

他看着她，仿佛她才是失去理智的那个人。"你真的要装作自己不知道？"

"就算是吧。"玛蕊莉说。

"她——她的婚事没征求过我的同意,"他咆哮道,声音逐渐上扬,"哦是啊,她问过威廉,可她没问我!"他吐出的最后一个字仿佛汽锅爆炸般发出轰鸣。

寒意在玛蕊莉的背脊处徘徊不去。"要知道,你真的完全疯了。"她低语着。这骤然而来的惊惧并非源于罗伯特本身,而是他脑子里那些龌龊的念头。

某种复杂的神情掠过他的脸庞,罗伯特随即露出苦涩而僵硬的笑容。"谁能不发疯?"他咕哝道,"不过说得够多了。你为何一直用这些问题来分散我的注意力?御前护卫在城外扎营,而且拒绝见我。为什么?"

"也许是因为他们无法认同你声称的合法继承权,我的大人。"

"噢,那他们就得死了,真可惜,他们肯定会干掉不少乡民的部队。要知道,这只会让人们更加不喜欢你,也进一步削弱了整个国家的实力。"

"你想派枪兵来对付骑士?真卑鄙。"

"他们已经因为违抗君主的意志而失去了骑士资格,"罗伯特声称,"我可不打算坐以待毙。已经有报告说他们在集结自己的步兵队了。"

"当然啦,还有莱芮,"玛蕊莉语带讥讽,"他们不太可能对你的行为坐视不理。"

罗伯特摇摇头。"我已经跟寒沙大使说得很清楚了,假如他们的舰队去攻打莱芮,我们不会表示反对。"

"克洛史尼和莱芮之间的盟约是神圣的,"玛蕊莉提醒他,"你不能违背它。"

"你在用莱芮人做护卫和用他们来对付乡民的时候就已经违背了盟约。"他反驳道。

"一派胡言。"玛蕊莉斥道。

他耸耸肩,站起身来。"无论如何,如果我是你,就不会指望莱芮人的援助。"

"那等寒沙攻打我们时,也别指望他们会帮忙了。"玛蕊莉无力地垂下肩膀,"我们和他们是一体的。罗伯特,这太疯狂了。"

"你可以保留你的意见,我很好奇你是否真的知道它们的含意。"他摆摆手,仿佛要将她的话当作一阵风扇出窗户,"瞧啊,瞧啊,你可以阻止这一切的,玛蕊莉。把御前护卫召回来,把查尔斯带回来。我还是当我的王,而你陪在我身边,皆大欢喜。"

"你是在暗示我要嫁给杀害我丈夫的凶手?"

"是的,为了国家的利益。这是最体面的方式,我相信你会同意的。"他交叠双臂,身体斜倚着窗扉。

"罗伯特,"玛蕊莉说,"我非常有兴趣照你的建议去做,以便有机会在你熟睡时用一把匕首插进你的心脏,可我没法伪装那么久。"她也将双臂交叠,"这样如何?你放弃王位,遣走你的卫兵,解散乡民军队。我会把查尔斯和御前护卫带回来,接着我们就绞死你。这样对你够体面了吧?"

罗伯特换上笑脸,走向床边。"玛蕊莉,玛蕊莉。时间没有损耗你的口才和美貌。你看上去还是那么动人。当然,他们都说脸是最后变老的,岁月会从脚趾开始显现威力。我很想看看是不是真的。"他抓住被单,猛地从床上扯下。

"罗伯特,你不能这样。"她终于变了脸色。

"哦,我想我能。"他说着,将手伸向她的胸部。她想要阻止他,可他的手指却像一对铁箍,将她的双腕紧紧扣住。她猛地向后倒去,他有意用一条腿压着她,随后抬高另一条直接跨坐在她身上。他放低身体,压在她身上,脸在两掌高处停了下来。他的目光片刻不离她的双眼,松开一只手开始掀起她的睡衣。然后,他将一只膝盖放在她股间,将两腿分开。

他的身体变得更加沉重,令她在床上动弹不得,而他的脸此刻离她是那样接近,那是张扭曲变形的属于陌生人的脸庞。她还记得婴儿时的罗伯特,童年的他,在宫廷中的他,可她看不出这些和现在那个正用手在她私处做着那种事的他有任何联系。当他松解裤带时,她觉得四肢酸软,接着别过头,不去看他的脸。他的手在她身上游走,仿佛巨大的蜘蛛,而他的气息正像贝利所说,仿如腐肉。

她的目光掠过罗伯特,看到贝利正悄悄从罗伯特背后接近,一只手里紧紧握着某样东西。玛蕊莉摇摇头,对她做了个不的口形。

然后,她缓缓伸出手,摸上了罗伯特腰间的那把匕首的柄,拔出,随后刺进他的身侧。轻松刺入。她做这一切的时候,整个世界的时间好像都停止了,她一直以为刺杀一个人跟切开一个南瓜差不多,但这根本不一样。

罗伯特抽搐着身体,咒骂着,从她身上爬起,而她毫不迟疑地将匕刃刺进了他的心脏。他呻吟一声倒了下去,而她被他压在身下不停挣扎,手里仍旧握着匕首。当她开始发抖时,艾丽思及时出现扶起她,低声说着安慰的话。

不一会儿,罗伯特也从地板上站起,呼吸中带着刺耳的呼哧声。

"先是丈夫,再是妻子,"他喘息着说,"我开始恨这一家子了。"

玛蕊莉注意到,他没流血——至少不太多。罗伯特的伤口处正涌出糖浆似的液体,但不是红色的。她看着匕首,它还在她手里。匕刃上仿佛覆盖着一层黏稠的半透明树脂。

罗伯特步履蹒跚地走过房间,她退后几步,可他仿佛没看到她一样,无精打采地坐进椅子里。

"还是挺疼的,"他心不在焉地说,"我也不知道为什么。"他看着她,"我猜你终究还是不愿嫁给我。"

"罗伯特,你做了什么?"玛蕊莉低语道。

罗伯特低头去看他胸膛上的血窟窿。"这个?我什么都没做,亲爱的。快死那会儿我还在想一切都完蛋了——你知道的,威廉能刺中我纯属意外。接着我就死掉了,我想,可现在——噢,跟你看到的一样。"他对她摇摇手指,"是你干的,小淘气。传秘人是这么对我说的。"

"那天晚上在我房间的真的是你。"

"当然,"他皱着眉毛,承认道,"我从没听说过那些暗道,这可真怪。你就是用它把查尔斯弄出去的,对么?"

玛蕊莉没有回答。她丢下匕首,无力地靠在艾丽思身上。

"你们俩看起来很友好嘛,"罗伯特来回地打量着她们,"艾丽思,你对我的殷勤都是假的吗?我是说,我知道那是假的,可我以为你渴望恢复宫廷妓女的身份。"

"罗伯特,请别碰她,"艾丽思静静地说,"如果你真想要,让我来吧。"

"哦,不,我已经没那心情了。"罗伯特摆手,接着把头往后仰,"我想想,"他似乎是在自言自语,"我本想再跟你说些别的事,是什么来着?"他挠挠下巴,"对了。你安排在烛光园的那件事——是个好主意。我会把它继续下去。而且因为这是你的主意,我也会安排你出席。就把这当成道歉吧。"

他摇摇晃晃起身。"我最好去看看这伤,然后再决定要不要杀掉医生。"他躬身行礼。"愿两位女士晨间愉快。"接着就离开了。

等他走后,玛蕊莉发起抖来。

"坐下吧。"艾丽思提议。

"不,"她拼命地摇头,"不,这张椅子不行。还有床,再也——再也不要了。"

"噢,那就到我的房间来。我给您泡杯茶。来吧。"

"感谢你,艾丽思。"她说。

她由着女孩领她走进房间,接着坐在床上。艾丽思走向放在一旁的小火炉,开始生火。

"他是什么,艾丽思?"玛蕊莉忽道,"我究竟做了什么?"

艾丽思顿了顿,侧过身,随即又继续手里的活儿。"在修女院里,"她悠悠地开口,"我们学习过像这种生物的传闻。可在历史上,只有一次关于死亡法则被破坏的记载——那就是黑稽王。他让自己变得跟罗伯特一样,不会死去,却又并非真正活着。但一旦死亡的法则被破坏,要创造其他的不死者就容易多了。黑稽王的头衔之一就是**穆赫瓦**。而他创造出的不死者被称为**穆赫瓦马克西**。在古代北方王国的编年史中,黑稽王被叫做**纳乌**,而他的仆从就是**纳斯乔克恩**。"

"后面那些名字更容易让我的舌头打结。"玛蕊莉老实地承认。

她还是能感到他的手落在身上,他的身体逐渐压下……

"等等,"她说着,努力转移自己的注意力,"如果黑稽王破坏了死亡的法则,我又怎么能再破坏它一次?"

"它被修复了,只是代价巨大。"艾丽思说。

"可的确能修复。"玛蕊莉满怀期待地看着她。

"我们不知道方法,"她回答,"修复者在过程中便已消亡。"

玛蕊莉低下头,绝望填满了她的心。"那我真该——"

艾丽思从炉边飞快地上前三步,重重给了她一巴掌。

玛蕊莉惊讶莫名地抬头,脸颊一侧火辣辣的刺痛。

"不,"艾丽思低呼,"别说。永远别说,想也别想。"她屈膝跪下,握住玛蕊莉的手,眸子里泪光点点。

玛蕊莉终于失声痛哭,却发现自己早已挤不出一滴泪水。她在床上蜷成一团,闭上双眼,寻找着能够忘却这一切的沉眠。

里奥夫打开传来轻微叩击声的房门,发现爱蕊娜站在门口,看起来满脸迷惑,可那身深蓝色的长袍让她显得格外迷人。

"是您召唤我吗,埃肯扎尔卡瓦奥?"她不太确定。

"对,"他说,"请叫我里奥夫吧。"

她不安地笑了。"如您所愿,里奥夫。"

"请进吧,找地方坐下。"他注意到她身后有位较为年长的妇人,"还有您,夫人,请进。"

爱蕊娜看起来有些窘迫。"对不起,"她说,"只是——我从没来过王宫,而且它是那么——喔,您能看出来的,我很紧张。这是我的家庭教师,简妮·朱奈尔道特。我想这会比较恰当……"她的声音逐渐变小,仿佛弄不清自己想说什么,又或是担心自己已经说错了什么。

"非常欢迎您,简夫人,"里奥夫对她微笑,"如果您能代替爱蕊娜的父母发言,就再好不过了。"

"我不是什么夫人,年轻人,"她神情倨傲,"不过我感谢你的问候。"

"请坐吧,你们两位。"

当他们入座后,他把目光转回满脸玫红的爱蕊娜。

"里奥夫,"她开口道,"我——这是要说——"

他随即明白过来。"噢,不,我想你误会了,"他连忙澄清,"我叫你来不是为了——不是因为我觉得你很迷人……"他的声音低了下去。"越描越黑,是吧?"他叹了口气。

"喔,这的确让我越来越迷惑了。"爱蕊娜赞同地说。

"是这样,你看。"里奥夫说着,拍拍工作台上的乐谱。

"这就是我叫你来这的原因。你听说过烛光园将要举行的演出了吧?"

"当然啦,"她显得有些兴奋,"所有人都听说了。我很期待。"

"噢,很好,"他说,"非常好。"他希望自己没有对她无礼。

"然后呢?"她又问。

里奥夫发现自己还没真正开始解释。"是的,"他清了清嗓子,"我希望你能负责领唱。"

她的双眼睁得出奇大。"我?"

"啊,对,"他点头,看上去跃跃欲试,"或者至少试演一次。"

"我不明白。"

"你在葛兰夫人舞会上展现的歌喉打动了我。不仅美妙,而且正是我在寻找的适合表演的歌声。我想等你看完这角色就明白了。"

"角色?"她说着,眉头因困惑而纠结。

"对,对——这是种新曲子,有点像是那种下流小曲,只是更加——唔,道德水准更高。"

"我也希望如此。"家庭女教师恼怒地插嘴。

"噢,安静,简妮,"爱蕊娜打断她,"你跟我一样喜欢那些小曲。我们只是装作瞧不起它们,记得吗?"

"对,可像你这样身份的小姐——"

"听我说完,"里奥夫说,"劳驾。那是布鲁格的丽塔的故事。你知道那个传说吧?"

"哦,当然。"

"你将负责唱丽塔的角色。"

"您是指扮演。"爱蕊娜纠正道。

"不,不,看这儿,"他说着,将乐谱递给她,"你认识字,对吧?"

"她认字认得很好。"家庭教师声称道。当爱蕊娜看着书页时,他觉得理解的黎明已逐渐破晓。

"你明白了吧?"他说。

她怀疑地看着他。"你想要的是我的新壤口音,是吗?"

"部分是,"他承认道,"而且我相信,如果演出是为新壤和伊斯冷的人民而办,就该有你们中的一员参与其中。不过你得明白,我绝不会因为心血来潮就让我的音乐妥协。你拥有一种——那种——纯粹的勇气,其他歌手都得靠伪装,而在你身上,它是完全真实的。"

爱蕊娜的脸又红了,这次红得更彻底。"现在我真的不知道该说什么啦。"

"那么,就在这试唱一下吧。"他提议道。

"好啊。"

他选了丽塔的第一段旋律:先是她的美妙歌唱,接下来一段比较考验技巧,他把它称为"唱白"——一种介于说话和歌唱之间的唱法。待她唱罢,他明白自己的直觉是正确的。

"这歌真美。"她说。

"用这样的歌喉来演绎,美只是理所应当,"里奥夫对她说,"我由衷地希望你能考虑接受这角色。"

"如果您真觉得我合适,我会觉得很荣幸。"她热切地回答。

"你再合适不过了。"里奥夫满心愉悦地赞美。他随即咳嗽几声,让表情显得比较严肃,"可我得告诉你一些更重要的事。这或许会让你改变主意。"

"什么事?"

"赫斯匹罗护法大人明令禁止这样的表演。如果我们公然违抗他,他会发火。我想我会承担他的怒气,当然也会揽下所有责任,可每个牵涉其中的人都会有危险,也包括你。"

"为什么护法会反对?"爱蕊娜奇道,"这曲子没有对神不敬啊,对吧?"

"一丁点儿都没有,我向你保证。"

"那——"

"护法是圣者的代言人,"家庭教师突然插嘴,"我们当然不能违抗他的话。"

THE CHARNEL PRINCE

"可这看起来没道理——"爱蕊娜显然不能接受这个说法。

"爱蕊娜,不,"她的家庭教师警告她,"你不该搅和到这事里。"

爱蕊娜面向里奥夫。"您为何要冒这种风险?"她问,"而您又为何要我冒险?"

"因为那会是一场精彩绝伦的演出,"他轻声说道,"我打心眼儿里知道会是这样,没有人可以阻止我。我告诉过你,我绝不会让自己的音乐妥协,当我明白自己创作的曲子有这个价值时,我是绝对不会这么做的。"

爱蕊娜定定地看着他,轻咬着嘴唇。好一会儿之后,她垂下眼帘。

"简妮说得对,"她最后说,"我相信你,里奥夫。我对你所说的一切深信不疑。可我不能这么做,对不起。"

他点点头,只觉灰心丧气。"那就感谢你拨冗前来了。无论如何,能再听到你的歌声可真好。"

"我才觉得光荣呢,大人,"她犹豫了一下,"还有,感谢您的诚实。"

"走吧,"家庭女教师刻薄地挑起眉毛,"我们来这都可能惹上麻烦。"

他们离开之后,里奥夫坐了下来,满心沮丧,只希望其他试演者并不都是这样。

下一位访客在半小时后到来,当里奥夫看到那人时,强烈的笑意令他的脸庞为之舒展。

"埃德维恩!"

埃德维恩·迈尔顿个子高挑,细长的身躯像个稻草人,那张脸初看时显得瘦弱而悲伤,可等你留心他的眼神时,会发现其中闪耀着顽皮与亲切的光彩。埃德维恩大咧咧地给了他一个拥抱,拍拍他的背。

"宫廷作曲家,嗯?"他揶揄道,"我就知道你会出人头地的,里奥夫。"他压低声音,"可这会儿局面有点动荡,是吧?真有场政变?"

"对,恐怕是的,可我的表演还会继续,呃,在某种意义上。你过得怎样?我根本想不到你会出现在这里。我以为你还仍在一百里格之外给那个可怕的兰内斯公爵演奏呢。"

"啊,不,"埃德维恩道,"我们稍微有点儿口角,我跟公爵。也许该说我被扫地出门了。我去了罗依斯，待在女公爵宅邸，那里除了工作繁重之外还算惬意。我从罗斯林海姆那儿听说了这场演出，他收到了你的邀请却无法前来。我希望我能作为合适的接替者。"

"一位非常合适的接替者。"里奥夫满心欢喜。

"噢，那就不要再等了，老兄，让我看看曲子。"

"稍等，埃德维恩，"里奥夫说，"我得先说清楚几件事——有关表演的。"

他把跟爱蕊娜说过的事向埃德维恩重复了一遍，只是把护法反对的理由讲得更详细了些。

"可这护法，他又不是无所不能，对吧？"埃德维恩提出异议，"他可没有干预世俗的权力。"

"对，可就算这样，他还是能告诉亲王，而我根本不了解那个人。等他发现我欺骗他时，我可说不准会发生什么事。"

"他难道就不会出席预演吗？"

"我想会的。但我想只要计划周详，我们就按他所希望的进行预演，只在正式演出时维持原样。"

埃德维恩点点头。"你觉得情况会有多糟糕？"

"最好的情况下，我会丢掉工作；最坏的情况下，我会被当成黠阴巫师烧死。我期望惩罚会介于两者之间。我由衷地相信，即使无法避免，我的音乐家们要承担的风险也会小得多，可我没法保证。"

"唔唔。好了，让我瞧瞧吧。我很想知道是什么曲子让你这么大惊小怪。"

埃德维恩看到第一页时，表情和身体便仿佛凝固了，他默然不语，直到看完最后一个字和音符，他才抬头看着里奥夫。

"愿圣者诅咒你，里奥夫，"他叹口气，"你明知道我会冒死演奏它的。"

"这正是我所期待的，"里奥夫由衷地回答，"现在，我们只需要期待再找到二十九个想法相同的人了。"

"你会找到他们的，"埃德维恩许诺，"我会帮你的忙。"

在这一天结束前，他又招募到了八名音乐家，也送走了同样多的人。第二天要好上许多，因为消息已经传开，只有那些拥有更坚定决心的人才会出现。他并不担心护法会听到任何风声——他相信他邀请的每一个人,而音乐家公会的准则之一便是对成员及其事务守口如瓶。

正当他准备结束一天的招募时,他听到门上传来又一阵叩击声。他打开门,发现是爱蕊娜,这次她的家庭教师没有随行。

"你好啊。"里奥夫迟疑地说。

她高高抬起下巴。"如果您还没找到丽塔的歌手,"她说,"我很乐意来演唱。"

"可你的家庭女教师——你的父母——"

"我还有些积蓄,"她打断了他,"我在镇上找了间房子住下。我了解我的父母,他们会明白的。"

里奥夫点点头。"这真是个好消息,"他小心翼翼地补充道,"我只想弄清楚,你是否确实了解参与这件事会带来的风险。"

"我了解,卡瓦奥,"她坚决地说。"我已经准备好面对任何将加诸于我身上的惩罚。"

"我希望不会有任何惩罚,"里奥夫轻叹,"但我感谢你的勇气。"他对哈玛琴打了个手势,"我们开始排演吧?"

"那将是我的荣幸。"她回答。

而里奥夫的全部担忧也随之消失——除了最后的一个。

道标

第十一章 罗德里克

正当安妮驱使坐骑从小路转入森林时，一阵微风拂过林间，赋予片片落叶新生，化作正踮起足尖在空中跳着旋转芭蕾的舞者。不知何处飘来模糊的女声合唱为其伴奏，那歌声稀松无力，仿佛是从极高处坠下之后被层层剥离，待落地时早已空无一物，唯留铭刻在空气中，却也在逐渐淡去的回忆。

她觉得她听到了自己的名字，可周围只有逗留的马蹄声和她的呼吸声。那呼吸简直就像影子一般在她身畔徘徊不去，而非自体内传来。圆柱形的树干连绵不断，一排接一排，仿佛没有尽头般令人昏昏欲睡。

逗留跃过一根倾倒的圆木，差一点在前方的斜坡处失足，可它站稳身形后，斜坡随即化为坦途。在这短暂的瞬间，她仿佛浮在空中，阳光在她四周爆散开来，森林消融，化为翠绿的草坪与远方雾气迷蒙的湿地，而她则再度驾着飞毛腿，沿着袖套飞驰，带着恐慌、眩晕，以及对生命的狂喜。

有那么片刻，她似乎将这感觉握在手中，可它在须臾间又消逝无踪。她终于醒悟，这只是一段无法挽回的记忆。那段人生，那段童年，永远地过去了，即便她能回去，故乡也不会再与回忆相同。

逗留长嘶一声，再度绊倒，它的腿折了。安妮被甩向前方，跌进一片闪耀着金光的迷雾，穿过飞舞的叶片和雨水来临前的湿气。她撞上地面，随后弹起。她听到有东西噼啪作响，而腿上传来的痛楚仿如近处雷霆的轰鸣。她用双臂护住头部，只觉手肘和臂膀上的皮肤被撕裂，最后她终于被一根树桩绊住停下身体，翻开的泥土、鲜血和断裂根须的气味将她牢牢包裹。

她一度忘了自己身在何方，只是迷惑地仰望头顶的树枝，好奇着那是什么，就在此时，有东西踩着节奏分明的步子向她走来，像个逐渐接近的鼓手。

她看到一张自己本应认识，却对不上号的脸，接着那脸就像这

THE CHARNEL PRINCE

阵风和她的童年那样，逐渐回归虚无。

　　有东西正在她周身轻轻拍打，仿佛巨犬的舌头，又仿佛浅滩的波浪，摇曳不定，却令人安心。安妮试图睁开双眼，可眼皮却重逾千钧，她改为将目光透过眼睑，看到了她的房间——除非那不是她的房间，但很相似，只是墙壁早已坍塌，一道红光顺着接近天花板处的大洞涌入，吓得她不敢细看，而在身侧——借由眼角的余光——她看到房门洞开，一个不该出现的人，一个她无法直视的人，正越过那扇门。她突然意识到自己根本没有醒来，仍是在噩梦之中。

　　她更努力地尝试，强迫两眼睁开，想搬开梦境之墙步入现实。可当她这么做时，却再次回到了房间里，红光变得更强，房门开得更宽，那阴影已经步入房间。她觉得周身皮肤刺痛，好似被毒蝎爬遍全身，她又一次醒来，一切周而复始……

　　她坐起身，听到有人在尖叫，接着她花了些时间才明白过来，那是她自己的声音。她抓着样式古怪的床单，胸口起伏不定，祈祷这次真是梦境的终结，而非噩梦的又一场诡计。她感到腿上中箭处传来的痛楚，随即带着残留的恐慌张望四周。她先前醒来过，不知道她在哪儿，想不起任何事。现在逐渐清醒过来，自己此刻身在的正是那个熟悉的地方，只是因反反复复的梦境才变得怪异离奇。可当她仔细打量着房间时，它却又不那么熟悉了。

　　梦中的拍击声转为几码远处壁炉中的爆裂声。厚重的织锦窗帘掩盖着窗棂，让她弄不清是白天还是晚上。有张狼皮平铺在地板上，火炉旁有一副织机和一张矮凳。除此之外，只有一扇以铁皮加固的木门。

　　她掀开床单，发现身上穿着一件饰有琥珀、纹着金色玫瑰的长袍。她拉起袍子，能看见腿上缠着绷带。她觉得通体清爽，似乎有人帮她擦洗过，身上还留有丁香花的气息。

　　安妮又躺了一会儿，试图回忆起发生的事。她记得逗留摔倒了，而那之后的记忆几乎全都和幻象混作一团。

　　不管找到她的是谁，都不可能是寒沙骑士。他们从没表现出俘房她的兴趣，更别提为她洗浴和包扎伤口了。

　　她试着把腿跨过床沿，小心地踏上石制地板上的那条毛毯。她的伤腿承重时隐隐作痛，但还不至痛到无法行走，她一瘸一拐地走向窗户,把那条织锦推开。

窗外暮色盎然。夕阳已逝,可点缀着金黄与铜绿的深紫色云彩依然横亘于东方天际。细雨落下,令厚厚的窗玻璃蒙上雾气,触感冰凉。平原或是牧场绵延至远方某片林地的阴霾,而这一切仿如一张方才绘毕便被水渍浸染的油画。

她放下织锦,摇摇晃晃地走向门边。它和预期的一样上了锁。她叹口气,回身去检查房间的其余部分,可眼角突然晃动的影子让她后退了几步。

她双眼盯着那个方向,发现有个女人正看着她。在她几乎要开口询问时,忽然意识到自己面前的是一面等身长镜。

她的投影显得憔悴、两颊凹陷,两眼周围似乎肿了起来。鬈曲的短短红发显得古怪而骇人。脸上的雀斑因长时间的日晒而加深扩大——可更重要的是,她的脸真的起了变化。变得更加成熟。这不仅仅是比喻,也是事实。她脸部骨骼的形状也和之前不同——她的鼻子似乎变小了,而她头一回看到自己的身上浮现出母亲的影子。

她有多久没看过镜子里的自己了?女人从十六到十七岁又会有多大变化?

如今她已是十七岁,尽管错过了自己的生日。她生于诺午门月的第八天。日子就这样一天天过去,她不清楚,也不去想,直到现在。

本该有场宴会,舞蹈和蛋糕。可她甚至不清楚自己身在何方,也不记得现在的日期,只知道诺午门月已经过去很久。的确,俞尔节也该到了——如果今晚它还没过去的话。

她没法长时间盯着自己的新模样看,索性搜索起房间,想找到能用作武器之物,可她能找到的只有个纺锤。她把它握在手中,蹒跚着走回床上,而在附近某处,晚祷的钟声响起。

在下次钟响之前,吱吱作响的开门声惊动了她。一个身着灰白裙服和黑色披肩的小个子女人佝偻着身子走进门。"殿下,"她躬身行礼,满脸恭敬,"我看见您醒了。"

"你是谁?"安妮问道,"我在哪儿?"

"我名叫维斯普瑞瑟恩,安妮公主。"

"你怎么知道我的身份?"

THE CHARNEL PRINCE

"我在宫廷里见过您,殿下。虽然您剪了头发,我还是认得出。您需要我拿点什么来吗?"

"告诉我,我在哪,还有我是怎么到这儿来的。"

"我的主人请求由他来亲自向您解释,殿下。他要我等您醒来就去叫他。我现在就去。"

她转身出了房间,关上了门,安妮听到钥匙扣上锁舌的声音。

安妮走回窗边,掀起窗户。屋外的空气潮湿而冰冷,可她关心的并非天气,而是身处房屋的种类和距离地面的高度。可结果并不值得期待。她看到灰白的石墙向两翼伸展,甚至能分辨出头顶的城垛和下方的几扇窗户。此处大约有二十码高,下方是护城河那肮脏的水面。墙壁上除了狭窄的窗框外,没有多少可供攀缘之处。如果她把床单和毯子系在一起,也许能到达一半的高度,如果河水够深,或许能减缓她下落的冲力。

她关上窗,坐在床上开始思考。她的腿令她烦心,她很想知道这样的伤势要花多久才能医好。这伤能够痊愈,还是她下半辈子都得做个瘸子?

大约半个钟头过后,门外传来钥匙窸窣作响的声音,她拿起纺锤,等待着谜底揭晓。

一个男人走进房间,她立刻认出了他。在内心深处,她明白自己早就该想到了。

"噢,"他说,"我曾有次把你错当成男孩,可看见你的头发,我觉得自己又错了一次。"

"罗德里克。"

"噢,真高兴你现在记得我了。"他看上去很高兴,"自从在路上遇见你,我就不太确定你是否还记得我。"

"罗德里克。"她重复了一遍,思考着接下来要说的话。

他的语气严肃了些。"要知道,你吓着我了。我以为你死了。"

"那我是在你父亲的城堡里了?"她问道。

"是啊,欢迎来到邓莫哥。"

"我还有些朋友在森林里。我们被袭击了。"

"对,我知道——抱歉,他们都遇害了。我猜是群强盗干的。近来我们跟他们有点过节。不过瞧啊,安妮——你不可能出现在这的。以冰斗湖神之名,你怎么到这来的?"

她看着他的脸,那张她长久以来魂牵梦萦的脸。

尽管她变成熟了,可他却显得更年轻了,而且不像想象中的那样熟悉。这让她意识到,她真正认识他的时间不过几天,甚至不到一个月。她曾与他相爱,不是吗?那种感觉还在。可现在她看着他,却感觉不到应有的那种满溢的喜悦之情。

而这不仅仅因为她明白,他在撒谎。

"别说了,罗德里克,"她疲倦地哀求道,"求你了。如果你对我还有好感的话,就别说了。"

他皱起眉。"安妮,我不明白你在说什么。"

"我是指我的信,"她说,"那封我在修女院写的信。卡佐终究还是把它寄出去了。"她摇着头,"我不明白自己为什么要怀疑他。"

"你把我抛在了脑后,公主。我以为你见到我会感到高兴。毕竟,我们——我是说,我以为你爱我。"

"我再也不知道何谓爱情了,"安妮不打算在这个问题上纠缠下去,"而且我还有太多别的事需要铭记。"

他踏前一步,可她抬起了手。"等等。"她说。

"我没想过伤害你,安妮,"罗德里克看着她,"事实正好相反。"

"我再请求你一次,别对我说谎了,"安妮说,"这对你没有任何好处。我知道你背叛了我。我被那些杀手追遍了整个世界,可我终于也开始找寻他们。他们从哪儿来?这儿。他们就在这,不是吗?"

罗德里克看了她片刻,接着关上了门,上了锁。他转过身,朝她走来。

"我没有选择,你明白吗?对我来说,家族的职责永远排在第一位。先于国王,先于护法,先于爱情。"

"我们相遇不是意外,"她指控道,"那天在袖套,你是在找我。"

他犹豫起来。"是的。"他最后承认。

"还有我的信——你给他们看了。"

"对,给我父亲。接着我开始憎恨自己——直至现在我也仍在为你遭受的一切而憎恨自己。整件事都是场肤浅的骗局,只为博得你

#THE CHARNEL PRINCE

的信任。可我不知怎的却深陷其中。你知道我这几个月以来都会梦到你吗？当我以为你已死去，万物好像都失去了色彩。我想寻死。可接着，我奇迹般地在这找到了你。"他把右手放在前额上，"那些梦，安妮。关于你的梦境，拥着你的梦境——让我夜不能寐。"

罗德里克的话语充满真挚，她突然想到和他初遇时的那天。她和奥丝娆来到影中伊斯冷的古老火梓园下，走进吉妮娅•戴尔的墓穴，在一张铅纸上写下了对法丝缇娅的诅咒，并且放进石棺中，让吉妮娅把它带给司掌女性之复仇的圣者塞尔。其实她并没有真的诅咒法丝缇娅，只是希望她姐姐更和蔼些。最后她又心血来潮地加上了一句："另外，让罗德里克•邓莫哥对我一心一意，梦不到我不要睡觉。"

"噢。"她对自己咕哝着。

罗德里克突然双膝跪下，在她抽回之前飞快地抓住她的手掌。他紧紧攥着那只手。

"除了维斯普瑞瑟恩，没人知道你在这，而她也不会告诉别人，因为她比我亲生母亲更爱我。我能把你从他们的手里救出来，安妮。我想要弥补一切。"

"是吗？你打算怎么做，罗德里克？"她古怪地看着他，"你能把奥丝娆、卡佐和查卡托还给我吗？他们也在这，不是吗？"

他点点头，满脸痛苦。"他们要把你的同伴带到森林里的小小蠕虫神殿去。我对此无能为力，安妮。你不明白——我真希望我能——可太迟了。"

"他们是谁？"

"我不太清楚。他们来自各地，不过好些骑士都来自寒沙。他们都在为一位我父亲那样的领主效命。一位有强大权势的领主，但我不知道他的名字或是来历。"他伸手去抚摸她的脸颊。"如果你想活下去，就忘掉他们。我会设法把你藏一辈子。"

"你不打算帮我逃走？"安妮说。

"那有什么用？"罗德里克反问，"他们只会再一次找到你，而这次不会再有人保护你了。他们会杀了你，而我会生不如死。我不能让这种事发生。"

"那你打算怎么解决？"安妮问道。

"嫁给我，"他说，"如果你嫁给我，就会得到安全。"

安妮惊愕不已地眨着眼睛。"你为什么觉得——?"她咽下那句以'我宁可被吊死也不嫁给你'作为结尾的回答。思索片刻，对提问的内容稍作修改。

"你为什么会觉得我成了你妻子就会安全?"

"因为那样你就永远不会成为伊斯冷的女王，"他平静地说，"对，我知道。他们不希望你成为女王。如果你成了我妻子，依照法律，你就不能继位。我父亲也会像对待儿媳妇那样保护你。很完美，不是吗?"

"那我的朋友呢?"

"他们没救了。他们今晚就会死。"

"今晚?"

"对。我们应该结婚——趁着我父亲的注意力被林子里的仪式吸引过去的时候。我已经雇了一位主祭来证婚。他会在第二天早上去教会登记注册，那样我们就能同时拥有圣者和我家族的保护了。"

"这太突然了，"安妮打断他，"太突然了。"

罗德里克用力点着头。"我知道，我知道。可你一定打心眼里相信我们彼此在乎，就和我一样，安妮。"

"如果是这样，"安妮僵硬地问道，"你怎么会背叛我?"

"那信是直接送到我父亲手上的，"他说着，眼睛一眨不眨。显然是已经忘记之前他亲口承认自己把信交给他父亲的，"他在我发现之前就拆开了信。"他紧紧攥住她的手，力量之大仿佛要把她的骨头捏碎，泪水在他眼中打滚，"我不会告诉他们你在哪的，吾爱。我发誓。"

安妮闭上双眼，心念急转，却突然感到他和她嘴唇相抵。她油然升起一股强烈的厌恶，想要推开他，可同时又明白这是一次机会。诅咒令他忘却理智，而他对她疯狂的爱意是她唯一的武器。

所以，她回忆着自己心甘情愿时的那些吻，伸出双臂抱住他，然后吻了回去。这一吻持续了很久。

他终于抽回了舌头，接着温柔地低下头看着她。"你瞧?你也感觉到了吧。"

"是的，我爱你，罗德里克，"她撒了谎，"别再背叛我了。你得发誓。我再也受不了那种伤痛了。"

他的脸简直要因为喜悦而裂成两半。"以冰斗湖神之名，我发誓，若我撒谎，甘受神谴。"

"那我们就结婚吧，"她说，"越快越好。如果你说的是真的，我们就只有这一次机会。"

他兴奋地点点头。"主祭就在邓莫哥村里。他会等我们直到午夜前半个小时。我去负责准备。你现在休息吧。我会照顾你的。你会幸福的，安妮——我以我的生命起誓。"

接着他又走了，门再次锁上，唯留安妮一人，期盼能有肥皂和水来洗去他的味道。

第五部
和 弦

伊文龙 2223 年　俞尔季

威纳特节,时值俞尔季仲,是为年中最长之夜。午夜时分,天国之门将洞开,来年之兆也将呈现真颜。

——选自《普莱松·曼提欧历书》

第七调式,瑟菲亚,召来圣萨特罗、圣窝石与圣瑟凡。它创造苦涩记忆、迷失爱恋与临终暮色。它招致忧郁与疯狂。

第八调式,乌塔沃,召来圣布莱特、圣梅丽、圣阿布罗与圣瑟恩。它创造珍贵记忆、美妙初吻与升起朝阳。它招致欢欣与狂喜。

——选自艾尔金·维德塞《和弦辑录》

THE CHARNEL PRINCE

第一章 岭间之歌

里奥夫停下笔,揉了揉眼睛。他面前纸上的那些符号变得模糊,清晰的音符化做蜿蜒的黑色溪流。

没时间了,他绝望地想着。没时间完成它了。

但他非做不可。就算他即将离开这个世界,也必须把它做到完美。而且它——就快完成了。可他明白,自己遗漏了某件事,而这件事并非还没完成,而是根本还未开始。

丧气的他把疲惫的脑袋搁在哈玛琴上,让两眼稍事休息。他的意识失去了规律,开始像阳光中的微尘那样飘游。接着那些微尘变成了蓟丝,而他正躺在初秋那仍旧翠绿的草地上,就在那座迷人的小镇盖里翁·迈尔翰不远处。前晚他看到了紫色的月亮。为此他很晚才睡,一直在观赏这真正的奇迹。而现在他正考虑打个盹来补充睡眠,直到他听到山岭远方传来用牧羊笛吹奏的某种旋律。那它是如此美妙,余音缭绕,让他听得入了神,只是这曲子尚未完成……

"埃肯扎尔法赖——喔,我打扰到你了。"

里奥夫猛地跃起,活像一条上钩的鱼儿,稿纸散落一地,而他也因意识到自己刚才的大意而满心恐慌。如果是护法来找他,而又看见了他的所作所为……

但那不是护法。只是葛兰夫人罢了。

挣扎着站起身。"夫人——"他匆忙开口道。

"没必要客套,"她说,"我只是来感谢你。"

"那——"

"对,"她再次确认,"我的手下找到了梅丽,和你说的一样。而且我保证没有伤害你的朋友。"

里奥夫觉得自己再见到吉尔墨之前都不会相信这句话,可已经有传闻说摄政王的手下在附近的村落搜寻这个小女孩了。葛兰很快就明白了其中的含意,便恳求他说出梅丽的所在。他心软了,虽然知道这会让他朋友冒上生命危险,但他也相信对吉尔墨和梅丽来说,摄政王要比葛兰可怕得多。一旦梅丽回到她母亲身边,亲王就很难再宣称她遭到了太后的陷害,而且如果葛兰夫人够谨慎,亲王就永远不会知道看护梅丽的那个人是吉尔墨。

"等时机合适,我想去见见她。"里奥夫说。

"现在就很合适,"葛兰回答,"我只是想和你单独谈话。说真的,我想知道你为何愿意置身此等风险之中,我看不出你能从中得到任何好处。"

里奥夫眨眨眼。"我——只因为这样做似乎是正确的,夫人。"

她凝视着他,露出疲惫的浅笑,接着在他还没反应过来之前俯下身,温柔地在他的唇角落下一吻。她随即站直身体。"梅丽就在走廊那边。我去叫她进来。"

他头晕目眩地等待着,脑子里还在思考着刚才究竟是怎么回事。一看到梅丽,她便径直扑向他的臂弯,久远的哭泣声自她藏身在他壁橱的那一天传来。

"和吉尔墨在一起过得怎样?"他问她,"开心吗?"

"他脾气有点儿坏,"梅丽撇撇嘴,"可我想,他对我已经尽可能的好啦。有一次,我们去村子……"他心不在焉地听着她的那些冒险故事,虽然重逢的确令他万分欢欣,但之前的旋律却又再度浮现在他脑海。在她说话时,他开始了弹奏,可那些遗漏的音符嘲弄着他,仿如一阵挠不着的恼人瘙痒。

梅丽笑了。"真好听啊,"她巴巴地看着哈玛琴,"我能试试吗?"

"当然可以,"他说,"还没完成……"

他无力地聆听着她的演奏——当然,分毫不差,可到底和他的版本一样不够完整。

"这不太好,是吗?"梅丽说。

他看着她。"是的,不太好。"他最后说道。

"那要是——"她歪着头想了想,接着用舌头舔了下嘴角,把双手放在琴键上,按了下去。

里奥夫倒吸一口冷气,完全目瞪口呆。"就是这个,"他喃喃道,"圣欧莫啊,就是这个。"

"这样好些了吗?"梅丽俏皮地眨眨眼睛。

"你明白的。"他说着,揉乱了她的头发。

她点点头。

他伸展双手,轻抚琴键,照着她的方法去弹奏——不再是分别按下一个个音符,而是像和弦那样同时奏响。

"这就完美了,"当和弦音逐渐淡去时,他舒了口气。"现在它是完美的了。"

第二章 交汇和弦

卡佐咳嗽一声,吐了口唾沫。当他的头重重撞上地面之后,透过被痛苦模糊的视线,他看到有斑驳的血迹洒在树叶上。身体有种轻飘飘的奇怪感觉,有一瞬间他觉得自己并不是被拳背打中,而是被直接砍下了脑袋。

他花了片刻考虑是否该继续说谎,可最后却只是痛苦而笨拙地坐起身——在双手双脚都被牢牢捆住时,这么做可相当困难。

他再次抬高目光,看着刚刚打了他的那个人。没了遮蔽面孔的头盔,那骑士看起来很年轻——只比卡佐年长几岁,约莫二十出头的样子。他的眼眸介于绿色与棕色之间,头发是特洛梅菲的尘土的颜色——并非安妮那种红铜发色,而是更加苍白暗淡的浅红色。

"我道歉,"卡佐说着,一面用舌头去感觉牙齿是否折断,"我没法想象自己为何会叫你卑劣的鼠辈。你已经证明我错了,现在我感觉自己蠢透了。正像他们说的,事实胜于雄辩,再没什么能比殴打一个毫无还手之力的男人更能证明勇气的了——或许谋杀女人除外。"

那人蹲在他身边,扯住他的头发,把他的脑袋向后拉去。"你干吗不闭嘴?"他用浓重的维特利安口音问道,"以所有安苏之名,你怎么就学不会闭紧你的嘴?"他的目光越过他望向查卡托,"他总是这样么?"

"对。"查卡托无动于衷地回答,"从他生下来那天起就这样了。可你得承认他说得有道理。你打他就是为了这个,他戳中了你的软肋。"

"我打他,"那人说,"是因为我告诉过他安静待着。"

"那就往他嘴里塞点什么,别再打了,"查卡托动了动脖子。"他被揍得越狠,你就会觉得越羞愧。"

"不如这样,"卡佐拧着头向敌人提议,尽管代价是牺牲了几根头发,"你干吗不给我松绑,然后把剑还给我?反正你死不了,难道还害怕跟我打?"

THE CHARNEL PRINCE

"你是骑士么？"那人问道。

"我不是，"卡佐回答，"但我是卡佐·帕秋马迪奥·达·穹瓦提欧，生来就是贵族。是怎样的父亲养大了你？他在被人挑战时也不愿接受么？"

"我是沃德希姆之子尤里克，我父亲是沃德希姆·高斯桑·艾弗·弗罗祖拜格，"那人正色道，"骑士和领主。而他的子嗣没必要赐予你这样卑贱的无赖任何光荣的决斗。"他把卡佐的头扯得更后，接着放开了手，"无论如何，我的手下和我是被禁止进行决斗的。"

"这理由很好。"卡佐说。

"能及时注意到陷坑而跨过它就更好了，"骑士回以凶狠的笑容，"总之，你可不是在决斗中击败阿尔哈伊爵士的。更像是有人往他头顶扔了些石头，接着趁他倒地时砍下了他的脑袋。"

"就是圣塞尔修女院后边那位穿着镀金盔甲的绅士？那位沾满神圣修女鲜血的杀人犯？那个在一大群同伙和黑暗之神的协助下袭击我的人？"

"他是个值得尊敬的人，"尤里克警告他，"别说他的坏话。而且你得知道，我不像他那样有安苏庇佑。我们中一次只能有一人能得此荣耀，而赫鲁斯伍夫才是被选中的人。"他朝追捕者之一点点头，那是个有一头木炭般黑发的男子，皮肤白皙，双颊粉红，就像婴儿的脸。

"噢，那让他过来吧。我会和他打一架——我是说，再打一次。我会让他摔个屁股开花的。"

"我准备照那老家伙的建议塞上你的嘴了。"尤里克说。

"从我成为你的俘虏后，你就没塞过我的嘴，"卡佐露出一副无赖样，"我不相信你现在会这么干。"

骑士笑了。"正确。我更乐于让你明白你的那些小花招对我没用。"

"我想这就是你打我的原因。"卡佐说。

"不，那只是因为我觉得有趣。"尤里克反驳道。

"别骗自己了，伙计，"查卡托插嘴，"你让他说话只是因为你希望他能激怒你，然后你就有理由给他松绑。你跟他一样想打上一架。"

"好吧，"尤里克不得不承认，"没错，我是很想看看他到底怎么用这根缝衣针击败我。"他叹了口气,"可我肩负神圣的使命。我不能先于任务考虑我自己。"

"满世界找俩小女孩可没啥神圣的。"查卡托咕哝道。

"那事已经结了。"尤里克挑眉,看上去很惊讶,"你不知道?我们抓到你们不久就找着她们了。说实话,赫鲁斯伍夫觉得是你们杀了她们。"

"杀了她们?"卡佐脱口而出,"你在说什么?"

"他们割开了女孩们的喉咙,俩人都是,就在抓到你们的那座小山后边。都有乌鸦在啄食她们的残躯了。奥兰德就是这么受的伤。"

卡佐盯着他。"啥,那个没了眼睛的家伙?那个中了血毒,没到天亮就死掉的家伙?你真觉得是只乌鸦干的?"

"我亲眼看见的。"尤里克说道。可他的样子很怪,仿佛自己也不太相信。

"虽然——"他硬生生截住了话头。"不。我看见了。她们的脑袋几乎都给砍掉了。"

"你在撒谎。"卡佐有些恍惚。女孩们那时去了小山那边如厕。他只是把目光离开了她们几分钟。可他还是能想象出那幅情景,这些匪徒咧嘴笑着切开她们的喉咙。他突然感到一阵恶心。

"你这婊子养的。"他发誓,"你这瘟狗的贱种。我把你们全干掉!"

"不,"尤里克微笑,"要不是我们需要一个剑士,你早就死了。可我想,要是你这么急着去见海尔加安苏,用那老家伙也可以。放心吧,你会死,而且不会很痛快地死,所以抓紧时间向你的安苏祈祷吧。"

他用绳子在卡佐的脖子上绕了一圈,把他拽了起来。再将绳索丢过一条低垂的树枝,在上面打了个结,这么一来卡佐要是想坐下,就非得窒息不可。

他走了,只留下搜肠刮肚寻找一切可用诅咒的卡佐。

当天下午,陆续有人骑马前来,大多数人的打扮像士兵,不过也有几个像是修士。这给卡佐带来了短暂的希望,可看到他们跟骑士们相处友好,希望便随之破灭。

THE CHARNEL PRINCE

卡佐除了看着他们干活,并且努力不让自己睡着之外,无事可做。

营地位于一座崎岖的土石堆边,维特利安语中把这种地方叫做裴斯或是圣堕,而且上面通常建有圣殿。据说那些圣职者会按照一种预先安排好的顺序走过这些地方,以此来获得众位圣者的祝福。可不管他们在做什么,都绝对跟神圣不沾边。新加入的人带着的俘虏尽是些女人和孩童,他们先在土丘周围埋下七根立柱,接着又开始清除地上的杂草。其余的人则在土丘顶上建造一座石头神殿。

"你知不知道他们想做什么,查卡托?"卡佐一边观察他的敌人像蚂蚁一样工作,一边和同伴搭讪。

"不太清楚,"老人说,"没酒的时候很难思考。"

"你没了酒连站都站不起来。"卡佐吐了口唾沫。

"就算是吧,"老人无精打彩地叹气,"一个男人永远不该拒绝美酒,特别是他快死的时候。"

他的话被一阵骚乱打断。远方传来几声吆喝,骑士们纷纷上马,离开了空地,五个僧侣打扮的人紧随其后。大约半个钟头之后他们又回来了,带着更多的俘虏。全都是男人,一个正值中年,另三个较为年轻,最小的那个看起来不过十多岁。他们全都受了伤,尽管看上去都不算重。

那个年长的男人和卡佐一样被绑了起来,离他仅有一佩里奇远。接着,他们回去继续干活。

等周围没有敌人时,新俘虏上下打量起卡佐。

"那你们就是那些维特利安人了,"他用卡佐的家乡话打招呼,"卡佐和查卡托。"

"先生,你认识我们?"卡佐奇道。

"对,我们有两位共同的朋友,两位漂亮的朋友。"

"安妮和——"

"安静,"那人嘘道,"压低嗓门。我想那些都是满瑞斯修士,但有几个也可能是德克曼。如果是这样,他们可是能听见蝴蝶振翅的声音。"

"她们还活着,而且很健康?"

"就我所知是这样。我叫阿托利,在帮助女孩们找你们。看起来我至少完成了一部分工作,尽管我没打算在这种情况下和你们见面。"

"她们逃走了?那些骑士没看见她们?"

阿托利耸耸肩。"我可说不准。我的儿子们跟我尽力拖住了他们,可那些修士射箭准得要命。他们想留活口,否则我们早死了。"

"教会怎么会插手这事?"卡佐有些迷惑,"这说不通啊。"

"是人就会堕落,"阿托里说,"假使他们能说服自己是在进行神圣的工作,那就更容易了。事实上,我对这件事不比你们了解多少。你该去问我妻子才对。"他看起来面色阴沉,"我真想最后再见她一面。"

"我们总能找到法子逃走的,"卡佐向他保证。"瞧着吧。我会找到法子的。"

可不管他如何拉扯捆缚他的棘手绳索,还是想不到任何挣脱的方法。

尼尔坐在马上,双手交叉置于前鞍,好像闲庭漫步似的思索。他不喜欢横亘于前方那座森林的样子。他对森林知之甚少——斯科根本没有森林,除了在前往维特利安的路上穿过的那片稀疏的林子之外,他在大陆上也没见过多少大面积的林地。在他十五岁左右,曾有次跟着费尔·德·莱芮爵士前往北方的荷瑞兰兹。那次他们的身份是使节,却在途中遭到了维寒匪徒的袭击。他们赢得了那场海战的胜利,但并非毫发无伤,最后不得不靠岸进行修理。那儿除了岸边满是乱石的狭窄浅滩之外,只有一片由冷杉、松树和黑奇挈提树组成的林地。在尼尔看来,它就像一座巨大的洞窟。在开阔的荒野和无垠的海洋上对抗敌人并没什么不同,可在这四处可供藏身的地方战斗就完全不一样了。他们为了打造一根上好的桅杆进入了森林,紧接着还被一大群吼叫不停、浑身刺青的部族人追踪。

这片森林就是这副样子,甚至更糟,因为在荷瑞兰兹,树干笔直竖立,枝干分明,而这里的树杈则都纠结在一起,仿如一片巨大的荆棘丛。

要跟踪那些寒沙骑士并不难。鄱堤和特勒明镇之间是片乡村,在这种地方,人们总会留意奇怪的事。一群穿甲的外国骑士和士兵

THE CHARNEL PRINCE

一面急行军,一面打听两个女孩的消息,这可有点超乎寻常。虽说他自己也是异乡客,可只要够礼貌,并且买些东西,要展开话题倒也不难。

在特勒明镇附近,他在道路的转弯处碰上了那些骑士,他们正打算返回鄱堤。等他意识到那些人的身份时,已经来不及躲藏了。尼尔只好继续策马前进,一面祈祷他们不会认出他来。他们的确没有,而女孩们也不在队伍里。

现在他除了继续前进之外无法可想。他们要么是找到了安妮和奥丝妮,并且杀了她们;要么就是放弃了追捕。后者似乎不大可能,因此他拖着沉重的脚步进入了特勒明镇。在几个巧妙的问题和三倍酒钱的协助下,他打探到了那几个骑士的消息,"那些让人不舒服的家伙"离开了北方。有人更进一步提到,他们还带着两个维特利安人俘虏。

而几天之后的现在,尼尔坐在那匹被他取名为"前景"的马上,在一片黑暗的森林面前停下了脚步,他试着去想象那里面会有多深。

"噢,前景,"他叹了口气,"我们去瞧瞧这里都有些什么妖魔鬼怪,好么?"

他甩了甩缰绳驱使马儿前进,可走了不到几码,就被前方的什么东西吸引了目光,那是一晃而过的金色。接着有东西跑进了树丛,停在了一棵巨大橡树的背后。

他沉着脸下马,把剑抽出来掂量了几下,陌生的手感令他有些不安。前景不是战马——他可说不准骑着它战斗会发生什么事,特别是在这片林子里。

有人在橡树后面探出一颗脑袋朝这个方向窥探,接着马上又缩了回去。他注意到那张一晃而过的面孔看上去有点眼熟。他听到一声模糊的尖叫,树林中随即响起了杂乱而清晰的脚步声。

奥丝妮。

他还剑入鞘,跟在她身后紧追不舍。尼尔感到有些迷惑,因为他能肯定她已经认出了自己。

她不顾一切地向前飞奔,仿佛全世界的恶魔都在背后追赶着她。

"奥丝妮!"他控制着音量,以免自己的嗓门太大刺激到她,可这似乎也同样引起了反效果。幸好他奔跑的速度比她要快，况且这儿的树木根茎粗壮，并没有多少碍事的矮灌木丛。

在她离他还有差不多十码远时，有个骑马的男人突然挡住了她的去路。女孩尖叫一声，双膝跪地。

那人穿着护甲，但没戴头盔。他将一条腿越过胯下的坐骑，预备下马。这时，他看到了尼尔。

骑士还来不及叫喊，尼尔就像支离弦的箭那样撞上他的腰际。那人半个身子仍挂在马上，在被一撞之下重心不稳，整个人都翻向了另一侧，重重地摔在了地上。反作用力抵消了尼尔的前冲之势，让他倒向了马匹的这一边。落地的同时，他从马腹下滚过，一语不发拔剑便砍。那个家伙在慌乱中抬起被铁甲包裹的手臂，勉强挡下这次斩击，但是尼尔仍听到了对方骨骼碎断的声音。他不确定这人是寒沙士兵还是那些骑士的同伙。他知道自己应当坚守骑士的荣誉堂堂正正地向敌人挑战，可迄今为止这些人用自己的行为一再向他表明，他们鄙弃那些荣誉。

他高举利剑，以雷霆万钧之势劈向那人暴露在外的脑袋，接着他听到耳边传来马的嘶鸣。他就地滚向一侧，下一秒钟马蹄撕开空气，踏向他之前所站之处。他不得不从那匹发狂的牲畜身旁退开，那位骑士也趁着这个空隙站了起来。他张大了嘴，尼尔突然意识到，他准备呼唤援兵。

所以他做了唯一该做的事——他掷出了剑。它在空中划过几个圆弧，斜插进了那人的胸膛和脸孔。于是，他未曾出口的呼喊尽数转为了哀嚎，鲜血从折断的鼻梁里喷涌而出。尼尔冲向前去，矮身避过骑士疯狂斩向他头部的一击，拳头挥上了那人的咽喉——他甚至能感受到压碎对方喉管软骨的触感。那骑士砰然倒地，就像一个折断了木杆的稻草人。

胜负已定，尼尔不想再冒任何风险。他捡起那人的剑，只用两下就砍下了他的脑袋。

他转过身，气喘如牛，一旁的奥丝妮仍在地上蜷成一团，呜咽不已。

"奥丝妮？你没事吧？"他问道。

"别过来,"她倒抽了一口寒气,"你跟他们是一伙的。肯定是。"
"你在说什么?"
"我看到你死了!"她哀号。
"噢,"他突然明白过来,"不,奥丝姹。那伤没那么严重,一位女士让她的手下把我从水里捞了上来。是的,我差点就死了,可我不是什么纳斯乔克。"
"我没听过这名字,"她回答,"卡佐砍下过其中一个人的头,可它还是能动。"她现在正仰头看着他,泪水在眼眶里打转儿。

尼尔回头望向刚被砍下脑袋的那个人。他看起来不会动了。"噢,我可不像那样。"他说,"砍掉我的头,我就会死,我向你保证。"他俯下身,按住她的肩膀。"奥丝姹,"他温和地看着女孩,"我和他们较量过,记得吗?你们才能趁机上船。要是我跟他们是一伙的,干吗这么做?"

"我——想你说得对,"她结结巴巴地说,"可你知道,这很吓人,有这么多吓人的事。太多,太多了。"

尼尔忍不住同情起这女孩来,可现在他必须得抓紧时间。"奥丝姹,"他温柔却坚定地问道,"安妮在哪?"

"我不知道,"奥丝姹看上去沮丧极了,"她本该和阿托利跟他儿子在一起,而且他们本该去伊斯冷的,可我后来看到他们带着阿托利进了营地,我想其中一个僧侣听到了我的声音,虽然我在几百码以外——"

"奥丝姹,这些家伙在森林里还有更多同伙吗?"

她点点头。

"好吧,那么——让我们安静地离开,去找个安全些的地方,然后你把一切都告诉我,好吗?在我们骑马过去的过程中,你把这些想想清楚。"

"我们得去救卡佐。"她喃喃道。

"没错。我们会救出每个人,可我得先弄清楚现在的情况,在这谈话并不明智。来吧。"

在骑士竞技中,尼尔有权赢得对手的武器、护甲以及坐骑来作为战利品。尽管这场战斗的过程不是特别骑士,可他猜想这规定也同样适用。

　　那家伙的剑相当不错，用上好的钢铁锻造，比他在鄱堤买的那把匀称锋利得多。他忧郁地把他的新武器命名为昆斯莱克——"死者之剑"，并且希望这名字不会变成名副其实的预言。

　　那件锁子甲算得上合身，只是稍嫌宽松，胸甲和铁护手也一样，只有胫甲显得有点太长了。头盔连同两根长矛一起绑在马匹身侧，可他没法靠近那头牲畜。

　　事实上，这马也是个问题。它也许会返回营地，提醒死者的伙伴其主人遭受的厄运。当然，他如果迟迟不归，他们早晚都会知道的，可迟些总比早些好。但是他并不想杀死这头可怜的牲畜。于是他拿出晚上拴前景用的绳索做了个套索，在尝试几次之后套住了它，最后把绳索的另一端系在一棵树上。

　　整装完毕之后，他和奥丝妸带着前景离开森林，翻过一座小山，这儿看不见森林和道路，让他感觉比藏在森林安全许多。他听奥丝妸讲述了她的故事，以及那场幻梦般的奇妙经历。

　　"你不该离开安妮。"他对她说。

　　"她背叛过你，我不明白你怎么还能这样说。"奥丝妸打断他，接着又满脸委屈地续道，"另外，她很安全，至少我这么觉得。卡佐和查卡托可不一样。"

　　"对，可你打算怎么对付那些骑士呢？"

　　"我想我可以偷偷摸进去，割断绑住他们的绳子，"她回答，"可到现在为止，我还没机会靠得那么近。"

　　"而且你根本没看见安妮。"

　　"对。"奥丝妸说。

　　"你觉得他们已经把她给杀了？"

　　"我不知道，"奥丝妸的脸因为痛苦而扭曲，"他们抓住了阿托利和他的儿子们。他们肯定还杀死了其中的一个，因为有一匹马背上是空的。可我数过了，没有安妮的马。"

　　"所以你相信她逃走了？"

　　"我希望她逃走了，"奥丝妸说，"这都是我的错。要不是为了我，她是绝不会到这来的。"

"没必要为此烦恼,"尼尔安慰她,"关心你能做的事,而不是做不到的。"他有些意外自己会这么说,但更令人惊讶的是,他意识到这番话针对的不只是奥丝娅,还包括他自己。

是的,他已经失败过好几次了,或许还会再次失败,可他父亲告诉过他,作为一个男子汉,就该继续尝试下去。

"如果安妮还活着,"他按照常理推论,"她会在森林的另一边。我们不能从大路过去,否则他们会向对你的朋友那样伏击我们。可我们得过去——我们得弄清楚她是否还活着。"

"可卡佐——"

"那儿至少还有两个骑士,其中一个是纳斯乔克。有多少修士和士兵?我需要同时对付多少人?"

"有几个总是轮流巡逻,"她说,"我想大概有五个僧侣和十五个士兵。"

"太多了,"尼尔摇头,"他们会杀了我,还有你,接下来是你的卡佐和查卡托,而我们也没法再为太后——或是安妮——效命了。我们对她们的职责是第一位的,你明白吗?"

奥丝娅垂下头。"明白。"她妥协了。

"你不会再想跑掉了吧?"

"不会了。"

"很好。那我们走吧,趁着天还没有黑。"

奥丝娅又点点头,可仍然耷拉着眼皮。尼尔用手托起她的下巴。"我向我同胞的信仰的圣者起誓,一旦我们得知安妮的情况,我就会尽我所能去救你的朋友。"

"谢谢你。"她说。

"好了。那我们走吧。"

他带头走进森林,远离大路,绕着树海边缘前行,脸一直朝着太阳的方向。还不到一刻钟,他看到了透过树冠洒下的阳光,这让他松了口气。这座森林似乎很长,但却不够宽。黄昏时分,他在黯淡的光辉中认出了一座城堡的轮廓——以及远处的一片村庄。

"你知道这是哪吗?"他问道。

她摇摇头。

"好吧,"他说,"我们去村子里问问。"

尼尔小心翼翼地领着奥丝姥沿着一条废弃的小路前进。途中,他们遭遇了两拨人:第一拨守在分别通往城堡和村庄的岔路口。此时四周唯一的光源来自一弯新月,可他们听到了来自城堡方向的马车车轮声。尼尔只能看到一道影子,可他估计这声音离这边至少还有百来码远。他拉动缰绳,驱使前景走上前往城镇的道路,果然马车的声音很快在他们身后淡去。

第二次是在村庄外围,他发现有四个骑手朝他们走来。他在鞍上坐直身体,手按在昆斯莱克的柄上。从轮廓上看来,他们没有穿护甲。

"谁在那儿?"一个男人在黑暗中咆哮——用的是王国语。

尼尔把武器握得更紧,因为在他听来,那声音虽然熟悉,却对不上号。

"放下,埃斯帕,"另一个声音阻止了他,"你看不见那是谁吗?"

"在这点光下可瞧不见。我又不像你拥有圣者祝福的视力。"

"幸会,尼尔阁下,"那个较为轻柔的声音说道,"我想我们有很多事可以谈。"

THE CHARNEL PRINCE

第三章 仪式

安妮发现自己又在看镜中的那个女孩。虽然距离上次看了不过几个钟头,可她发现镜中那人显得更加陌生了。这次她戴着淡金色萨福尼亚锦缎制成的新娘头纱,盖住她头上仅存的几缕头发。礼服是骨白色的,有合身的长袖和与头纱同样色泽的流苏。被这些东西包围的那张脸看起来迷茫而陌生。

维斯普瑞瑟恩似乎对此相当满意。"这衣服简直是为你量身定制,"她说,"这是件好事,因为我们剩下的时间不多了。我的主人急得很。"她拍拍安妮的手臂,"你知道,他真的很爱你。我可从没见他有一件事情和他父亲对着干过。我真希望他一切都能如意。"

维斯普瑞瑟恩一脸热切,显然是在期待她的回答。

"他一直在我心中,让我思念。"安妮最后开口说,"能带给他与之相配的幸福是我最大的愿望。"

至少她确实这么想过。

"像你这样地位的人能为爱结合可不多见呢,亲爱的。"维斯普瑞瑟恩口无遮拦地说,"你都不知道自己有多幸运。"

安妮想起法丝缇娅不止一次告诉过她同样的事——那个婚姻很不幸福的法丝缇娅;那个曾与她玩耍,为她制作花环的法丝缇娅;那个她离开前和她大吵一架,而且永远没机会接受她道歉的法丝缇娅。

法丝缇娅,如今已是蠕虫的食粮。

安妮听到走廊处传来脚步声。

"是他来了,"维斯普瑞瑟恩说,"你准备妥当了吗,亲爱的?"

"是的,"安妮应道,"准备妥当了。"

"这儿来,"老妇人快活地笑了,"我们把你用这件遮风斗篷包起来。这儿不会有人能认出你,不过还是小心为好。"

安妮定定地站着,任由维斯普瑞瑟恩在她的礼服外套上那件羊毛外衣。门外传来叩击声。

"是谁啊?"有了维斯普瑞瑟恩先前的说明,这句问话显得很做作。

"罗德里克,"答话从门缝里飘进来,"她准备好了吗?时候到了。"

"她准备好了。"维斯普瑞瑟恩说。

门嘎吱一声开启,罗德里克就站在那儿,深赭色的紧身上衣和白色绑腿让他显得派头十足。

"诸圣啊,"他看着她,"我本以为现在就能看到你穿着礼服呢。"

"真不走运,"安妮表示遗憾,"你很快就能看见了。"

"是啊,"他动情地说,"我真不敢相信自己离开了你这么久,安妮。看不见你的脸,一个钟头都显得那么漫长。"

"我也想你,"安妮说,"在修女院度过的许多漫长夜晚里,我都想着你在哪儿,想着你在做什么,同时祈祷你还爱我。"

"我也一样,"他点头,"诸圣将你铭刻在我心中,再也没有他人的容身之处。"

你不知道这句话有多真实,安妮想。的确,你不知道。

"好了,我们走吧,"罗德里克说,"维斯普瑞瑟恩,你走在前面望风。我们从仆从用的楼梯下去,穿过厨房,接着从后门,那边有马厩。我认识那边执勤的守卫,他很忠诚。"他拉起安妮的手。"你现在什么都不用怕了,"他向她保证,"你的烦恼结束了。"

"对,"安妮勾起嘴角,"我知道。"

罗德里克很了解他的城堡和堡中的居民——他们几乎没遇上任何人,除了在厨房里烤面包的老人和罗德里克提到的那个守卫。那个面包师好像根本没注意到他们。而守卫则拍拍罗德里克的背,用火籁语说了些听着像是鼓励——或许还有点下流——的话。这让她感觉很奇怪:那守卫是罗德里克的朋友,正如奥丝娜是她的朋友。一个成天只计算着背叛和欺骗,并且精于此道的人怎么会受到其他人的爱戴呢?

或许事实上,他们心里并不爱他。或许这也就是奥丝娜离开她的真正原因:因为在奥丝娜心中,已经不爱安妮了——甚至恨着她。这并非因为她做过什么,只是因为安妮身上已经没有值得去爱的地方。

不过让它去吧,已经无所谓了。现在最重要的就是做完这件事,无论用什么方式去完成。

他们随即坐进马车。维斯普瑞瑟恩坐在车夫旁,全身用厚厚的斗篷包裹起来。在车外,白昼的最后一缕余晖正逐渐褪去,阴影沿着地平线包卷而来。月亮仿佛扎进地平线的细长尖角。再有一晚,它就将变为新月。

"吻我,罗德里克,"在马车卡嗒卡嗒地开出一段后,安妮忽道,"吻我。"

他伸出手,下一刻又犹豫起来。"我们是不是该等到典礼开始?"

"我们以前也接过吻,"她指出,"还有那么久,我不能等了——别让我再等了。"

车内没有灯光,她看不清他的脸庞,可还是能感觉他的手指正沿着她下巴的轮廓一寸寸推移到她脑后,接着她与他四唇相抵,他的嘴唇温暖而柔软。她还记得在伊斯冷墓城的那一夜,他的手放在她身上,仿佛刚出炉的钢铁般滚烫,而她呼吸加速,心跳如雷,她过去是多么爱他啊——在这极短的瞬间,她真的想了起来,真的再次爱上了他,以一个女孩初恋的方式爱上了他。

他们的嘴唇分开,可她又把他拉了回来,两手环住他的头,带着她心中的所有黑暗奔向他,将黑暗推向他,透过他的嘴将他填满,直至满溢而出。他呻吟起来,却无法从她身边抽离,而她在心中将他的面容抹去。接着,她将他推开,动作依旧温柔。他开始哭泣和颤抖。

"我……安妮……呃,圣者啊!"他的声音变为可怕的尖叫,马车在一个剧烈的颠簸之后停了下来。

"你什么都不是,邓莫哥的罗德里克。"她说,接着打开车门,步入夜色,对车夫和维斯普瑞瑟恩的高声抗议充耳不闻。她蹒跚着沿路走去,走向森林,或是她认为是森林之处。她只希望她的腿不要又开始流血。

月亮升得更高,而安妮也越来越肯定她走的路没错,尽管下弦月的光辉暗淡到难以察觉,可她发现自己每走一步,那光都会变得更强一些,同时逐渐渗入影中。远处传来一声钟鸣,接着是另一声,那声响仿佛一阵轻风掠过她的身畔。她不知为何感到既冷静又愤怒。

她大致思索了一下自己对罗德里克的所作所为，可又觉得并没有什么大不了的。那是种很坏而且永久性的变化——她能从骨子里肯定这点。

第十一次钟声敲响之际，她走到那些轮廓骇人的树下，停下脚步。她跪在潮湿的泥地上，闭上双眼，将自己从这个世界中抽离。

等再次睁开眼睛时，她已身在另一片森林中，可这儿仍是夜晚，月亮如一把镰刀高悬在空中。在她面前站着一位陌生的女子。她戴着象牙面具，身穿点缀着宝石的黑色长袍。

"第四位翡思。"她说。

那女子微微颔首。"你呼唤了我，我应命前来。"她仰起头，"你不该这么做的，安妮。返回伊斯冷之路已畅通无阻。"

"不，"她坚决地说，"我已经厌倦了逃跑。我再也不逃了。"

那女子露出浅笑。"你察觉到你的力量正在苏醒，可它尚不完全。你还没准备好接受试炼，我向你保证。"

"那我就会死，并且结束这一切。"安妮说。

"会结束的并不只是你，还有我们所知的这个世界。"

"我并不怎么在乎我们所知的这个世界。"安妮有些轻蔑地坦言。

那女子叹了口气。"那你为何来此？"

"来告诉你们。如果你们这么肯定我必须活着，那我想，你们就会帮我。"

"我们已经在帮你了，安妮。我的姐妹和我都已倾其所有为你编织命运之网。我们预见了此刻，前方有两条路。一条是归乡之路，去伊斯冷。此刻你母亲被囚禁在塔中，而谋害你父亲的凶手窃取了王权。某个时刻也在逐渐逼近，若你无法亲眼目睹，结局将骇人得超乎想象。"

"那另一条路呢？去面对我的追捕者，释放我朋友的这条路呢？我要选择的这条路呢？"

"我们看不透那条路，"她低语道，"这的确令人困扰。"

"可你说你们能预见此刻。"

"是的，但预见不到你的决定。我们害怕你会选择那条无法看透之路，因此竭尽所能地为你提供帮助。可我觉得这还不够。"

"这些就够了，"安妮扬眉，"要不你就得再找个女王了。"

THE CHARNEL PRINCE

僧侣们一整个白天都忙于打桩,接着又把那些木材排成庞大的锥形,可入夜后不久,他们就点着了木桩。卡佐看着火焰蹿到半空中,张牙舞爪地朝顶端的橡树枝扑去。

"你猜他们是不是打算烧死我们?"他问查卡托。

"要是他们想这样,就该把我们绑在那些圆木头上。不,孩子,我想他们有些更有趣的打算。"

卡佐点点头。"对。就用那些。"他是指僧侣们早先竖起的那七根柱子,也包括没多久以前增加的那些令人不安的细节——三根悬挂在某条低矮树枝上的绞索。

"你总说我会死在绞架上。"他向老人抱怨。

"对,"查卡托承认,"可我从没想过会跟你一块儿被绞死。说起这个,你那计划咋样了?你答应阿托利的那个计划呢?"

"我觉得我就快想出来了,"卡佐说,"差不多只剩些细节要考虑了。"

"啊哈。你准备怎么挣脱绳子?"

"很不幸,那正是细节之一。"

"你慢慢想吧,我去睡一觉。"查卡托咕哝道。

两人默然不语,卡佐出神地看着那场光与热的盛宴。它就像阴影的巨人从树上跃向空地,然后再次跳回——练习着步法,就像德斯拉塔那样。他长久凝视着卡斯帕剑,他的这把佩剑和其他东西一起被放在地上。

绑着他的绳索有些松动,可根据先前的经验,很快就会有人走过来将它系紧。

卡佐觉得自己很累,等仪式开始时,他几乎打起了瞌睡。那些修士正带着俘虏走向环绕着土丘的柱边,把他们固定在那儿。第一波响起的尖叫声让昏昏欲睡的卡佐明白,他们并非是在捆绑他们。

"哦,该死的,不。"卡佐说着,加倍用力地挣扎起来。他眼睁睁地看着一个不到五岁的小女孩双手被拉至头顶,钉上了钉子。

"不!"他尖叫,"以所有神圣之名,你们以为自己在做什么?"

"他们正在唤醒圣堕,"阿托利面色阴郁,"唤醒巨虫。"他头一回显得害怕起来。

"可……"卡佐一时语塞,恐惧占据了他的心。"他们怎么做得出这种事?"他最后勉强说完了这句话。

"我想我们还没看到最糟糕的,"阿托利预言,"而且我猜我最好现在就向你道别。"

卡佐看到有人向他们走来。他朝身着长袍的修士冲去,可绳索在他脖子上收紧,让他功亏一篑。

"住手!"他看着那人切断阿托利的束缚,不受控制地高叫。阿托利的身手远比外表看起来敏捷。他用头撞上了修士的脸。那人猛地向后倒去,可马上又以炫目的速度踏前一步击中了阿托利的胃部。他呕吐起来,双膝着地,那修士用手臂勾住他,将他拖往木桩处。

"查卡托?"卡佐说着,觉得呼吸突然间变得急促。

"啥?"

"谢谢你。"

"谢啥?"

"德斯拉塔。还有一切。"

有那么一会儿,老人什么都没说。"不客气,孩子。"他最后答道,"我的生活原本会更糟。我很乐意跟你待在一起。"

有个修士朝查卡托走来。尤里克则朝卡佐走去。

"别太多愁善感了,"卡佐努力保持微笑,"我还准备把我们弄出去呢,到时候你就会觉得自己很蠢了。"

那些人就快走到他们身边了。卡佐试着放松身体,以便让动作更加迅速。等绳子松开,他会有一瞬间的机会,而他得好好利用这一瞬间才行。

尤里克笑了笑,给了他下巴一拳。卡佐只觉牙齿猛地咬合在一起,差点窒息过去。压力在下刻如潮水般消退,接着那骑士从他身后钩住他的脖子,拽着他蹒跚前行。

"还不能杀你,"尤里克说,"你可是主宾之一啊。我本以为自己不得不扮演你的角色,而且做好了心理准备,可接着我们就找到了你。"

"你在胡扯什么,你这卑劣的混蛋?"卡佐咆哮道。

"剑士、祭司与王族。"骑士徒劳地解释道,"还有一个无法死

THE CHARNEL PRINCE

去之人。我们有了个祭司，一位王族，不过恐怕她自己都不知道——而现在我们有了剑士。至于不死者——噢，你已经见过赫鲁斯伍夫了。"

"这些都是什么玩意儿？"卡佐还想再问，但是尤里克推着他走上了土丘，让他站在绞架树下的一块石头上，接着把绞索套上他的脖子。另一个人拿来了卡斯帕剑，将剑尖插在他面前的地上。卡佐贪婪地看着这把武器，它近在咫尺，却又遥不可及。

如今他能看到所有被钉在木桩上的受害者。他甚至能借着火光看清他们的脸庞。查卡托已经被钉在他们之中，鲜血从他交叠的双掌中滴落，离这里还不到六佩里奇远。

阿托利也在那儿——他说得对，的确变得更糟了。那些修士按逆时针方向，开始一个一个地切开受害者的胸腔，拉出他们的内脏。他们把脏器拉长，钉在下一根木桩的受害者臂上，接着剖开他的肚子。这时，土丘上的一名主祭开始用卡佐从未听过的语言开始吟唱。

与此同时，又有人进入了空地，那是个衣着华贵的男人和一个女人。那男人身材高大，面色阴沉，有灰白色的髭须和胡子。那女人看起来年轻些，只是在远处很难看清她的面容，这其中有一半是因为她被捆了起来，还塞住了嘴。

"这就是我们的王族。"有个声音在卡佐的耳边响起。他转过身，看到其中一名修士踏上了他身边的石块，平静地把绞索套在自己的脖子上。

"我宁愿不知道的好。"卡佐仿佛听到自己的声音在远处响起，"永远不要知道。我见过各种残酷、恶意、谋杀和无心的伤害。可我在最可怕的梦里都想象不出如此扭曲而疯狂的行径。"

"你不明白，"那修士轻声斥道，"世界行将灭亡，剑士。天塌地陷，万劫不复。而我们是要拯救世界。你应该满怀敬意。"

"如果我拿着我的剑，"卡佐说，"我就会让你瞧瞧我都尊敬些什么，还有尊敬的方式。"

那女子被放在第三块石头上。她的眼神因恐惧而变得迷离。

他将注意力转向那圈木桩。仪式已经完成过半，就要轮到查卡托了。卡佐除了眼睁睁看着之外，什么都做不了。

第四章 赫乌伯·赫乌刻

当那位拿着匕首的僧侣走向查卡托时，卡佐闭上了双眼，可马上又强迫自己睁开。如果他唯一能为查卡托做的事就是目睹他死亡的全过程，那他会的。所以他咬紧牙关，向自己发誓，他不会表现出半点让那些人满意的激动情绪。

查卡托突然做了些非常古怪的举动。他双脚离地，两条腿笔直抬起与头部等高，接着踢向他们——对他这个年纪的人来说，他展现出的灵敏与力量令人诧异。接着他飞快地扫荡了一圈，把那些人撞向木桩。尽管他不可能没感觉到疼痛，可脸上的表情却出奇的平静。他的身体因反作用力而前倾，那些钉子撕裂了血肉，他摔在了地上，双手也同时获得了自由。他一跃而起，鲜血淋漓的右手掐住修士的咽喉。那家伙丢下了匕首，查卡托将它抄起，朝卡佐疾奔而去。

此时其他人几乎都在留心着那位唱祷者，因此在第一声示警响起之前，卡佐的梅司绰已接近了半程以上。卡佐身边的那个修士因为出于自愿而未被绑缚，此时他飞快将手伸向颈边，想让自己摆脱那条绞索。可卡佐发出一声模糊不清的嘶吼，下巴抵住绞索，抬起腿，用两只脚踢中了他。与此同时，他和那修士脚下的石块都已滚走，脖子上的绞索猛地收紧，令他一时间无法呼吸。

视野中有黑色的蝴蝶在振翅舞动，当绳索将他再次甩向前方时，他看到查卡托已从地面向上爬来。一根长长的黑色箭杆兀自在老人的背上颤动，而他口中的咒骂声清晰而繁复。在攀缘之时，另一轮箭雨朝他落下。他又中了一箭，这次伤在小腿处，但他并未坠落。

下一瞬间，卡佐看到那个像他一样被吊起的僧侣两手抓住头顶的绳索，试图以单手之力将自己托高，用另一只松开绳扣。查卡托

THE CHARNEL PRINCE

破坏了他即将到来的成功：他在那修士的喉咙处划开了一道长长的口子，接着他的手切断了那条快要勒死卡佐的绳索。

卡佐砰然落地，大口呼吸着空气。他看不见查卡托在哪儿，可他能感到捆缚他的绳索已经断开。他发出嘶哑的呼喊，一跃而起，将卡斯帕剑从地上拔出。他转过身，发现查卡托的肋骨上插着第三根箭，他的呼吸变得更加急促，双眼失去了神采。

"躺下吧，老人家，"卡佐告诉他，"我来料理他们。"

"噢。"查卡托气喘吁吁地说，"绝妙的主意。"

卡佐菜单上的第一道就是尤里克与两个士兵。他们在几佩里奇远处，利刃在手，冲锋而来。卡佐有点惊讶自己没像查卡托那样被射成筛子，他往空地处匆忙一瞥，发现那些射手都放下了武器，他露出讽刺的笑容，明白他们是为了吊死他而想留活口。

他拉开架势，将颈上的套索用未持剑的那只手取下。

他们除了手持阔剑之外，还都身穿铠甲，只是没人戴头盔。卡佐的剑对准尤里克的脸笔直刺出。骑士挥出武器，想要格开这一击，可卡佐扭动手指，将剑锋垂至迎来的剑刃之下，身形疾转，横跨一步。尤里克的前冲之势让他与卡佐擦身而过，此时卡斯帕剑已刺入其中一名士兵的咽喉。卡佐以武器作为杠杆，跃向前方左侧，将那具准尸体置于尤里克与其他士兵之间。这为他提供了掩护，让他有机会拔出武器，重整姿势。那不幸的家伙随即倒下，鲜血从他气管上的孔中汩汩流出。

"*Ca dola dazo lamo*。"卡佐气势汹汹地朝他的敌人怒吼。

第二个士兵或许是忘记了要保证卡佐能活着被吊死，他从尤里克旁边冲来，抬高武器向卡佐砍去。卡佐回以飞快的直刺，这一击正中那人手腕内侧。

"*Z' estatito*。"当那人闷哼一声，武器脱手时，卡佐解释道。尤里克的利剑正朝他右下方疾刺，这一回的目标明显是他的腿，因此卡佐将剑挥向外侧，挡下这一击，反手刺入那士兵的眼窝——那人还立在当场，大惑不解地盯着自己流血的手腕。

"*Zo pertumo sesso，com postro en truto*。"

他俯身避开尤里克恶狠狠的回身扫击，他的剑仍卡在那人的头骨中。当他拔出武器之时,尤里克冲到剑锋难及的近处,掐住他的脖子,阔剑的柄头对准他的鼻子,狠狠砸下。卡佐勉强偏过头,让剑柄只是擦过鼻梁,可这也足够让他的整个世界都嗡嗡作响了。他还以颜色,用卡斯帕剑的握柄砸向尤里克的耳朵,接着两人都倒了下去。

卡佐匆忙爬了起来,尤里克也一样。从眼角的余光处,卡佐看到三名僧侣用匪夷所思的速度朝他跑来,接着他明白,自己只剩下一次心跳的时间了。

"你逃不掉的。"尤里克向他保证。

"我没想逃。"卡佐说。

接着,就像和查卡托几天前练习过的那样,他像长矛般前冲,身体几乎与地面平行。尤里克睁大了两眼,将自己的剑抬高想要抵挡,可已经太迟了。卡斯帕剑的剑锋带着卡佐的全部体重和前冲之力击中了尤里克的牙齿。齿缘碎裂,利刃越过舌头,刺穿了颅骨。尤里克眨眨眼睛,显然为自己的死困惑不已。

"Z' ostato."

就在卡佐因收势不及而失去重心的时候,有人从背后给了他一下,然后以摔跤的架势扣住了他。那感觉就像一只铁钳卡住了他的脖子。他挣扎着起身,发现自己被包围了。其中有一人就是身着贵族服饰的那个家伙。

"这真让人惊讶,"他说,"至少我们能肯定你是个真正的剑士。可现在我们又需要新的祭司和王族了。我妻子好像发生了点意外。"

卡佐抬头望向土丘,只见那女人脚下的垫脚石不知什么时候已经不见了,她的身子在半空中摇晃。他只希望这不是自己在刚才那片混乱中干的。

"你知道的,我们得把你们一起吊死才行。"他说。

卡佐给了他一巴掌。"你这疯狗,你拿自己的妻子来献祭?"

那人只是擦了擦脸,并不以为忤。"噢,为了让巡礼路复苏,我愿意献上更多的祭品。"他接着大笑起来,笑声中带些许苦涩,"实际上,我猜我只能这么做了——没时间去找我儿子了,我想,我是这儿唯一拥有王室血统的人。"

"不,"一个熟悉的声音响起,"这儿还有另一个流着王室血液的人。"

所有人都转过身去,卡佐看到安妮正站在林地的边缘。她抬高了声音,用了一种卡佐从未听她使用过的命令式语气。

"我是安妮·戴尔。"她放言,"克洛史尼皇帝之女,罗威女公爵。我命令你们全体放下武器,释放那些人,否则,我向复仇之神塞尔起誓,你们全都得死。"

在几下心跳间,这片空地陷入短暂的沉寂,唯有火焰的爆裂声与濒死者的呻吟。接着卡佐身边的那位贵族干笑一声。

"你!"他说,"要知道,我找你找遍了整个世界。整个世界!为了找到你,整座修女院的人都做了陪葬。我的人告诉我,你已经死了——可你现在却径直闯进我的臂弯。了不起。过来吧,小姑娘,来给我们一个吻。"

"你不会再嘲笑我了,"安妮平静地说,"你不会。"

"我想我会的。"那人回答。

安妮踏着稳健的步伐向那人走去。"你是罗德里克的父亲。"她感到心中的一部分正因恐惧而颤抖,可这并没有持续太久,它们逐渐下沉,仿佛春天的积雪般消融殆尽。"当然。罗德里克的父亲和他的寒沙骑士。可邓莫哥公爵,你为什么要满世界地追捕我?你这么做,是在畏惧什么?"

"并非畏惧,"公爵说,"我只是遵从领主的命令。"

"哪位领主?哪位领主能下令要我的命?"

"你怎么会蠢到以为我会提起他的名字。"邓莫哥嗤笑。

"蠢的是那个没问他领主为何要害怕一个女孩的人。"安妮斩钉截铁地纠正他。她突然脑海中灵光乍起,再次感觉到那曾经围绕着她的不适感,那大地本身的狂热脉动,还有那辗转游走于泥土中之物。这感觉跟那天和奥丝娅在墓城逃脱骑士的追捕时一样,只是更为强烈。她吸了口气,任由它在四肢百骸中蔓延伸展。

"他只害怕伊斯冷的女王。"邓莫哥说道,话中忽然有了极其轻微的动摇。

"不,"安妮低语,"就像所有人一样,他害怕月影。"她又吸了口气，感觉到它在她肺中变得漆黑而浓稠，仿如灯油。

"吊死她。"邓莫哥说。

她将气息呼出——再次呼出，那蠕虫透过她的脚底爬上，延着脊椎流过她的身体。邓莫哥像个得了癔病的婴儿般尖叫起来，但她没有停手。

她转向别的目标，转向那些僧侣，转向那些士兵，她浑身发抖，听着自己像疯子似的大笑。

邓莫哥弯下腰，呕出几口鲜血。几个僧侣开始朝她走去，仿佛是被吸入了一个深不见底的旋涡。她放过了卡佐和虚弱的查卡托，剩下的每个人都成了她的奴仆，被她的力量折服。

除了一个人。有个人还站在她面前：是那个骑士，那个砍伤过尼尔爵士的骑士。她的意念如同穿堂风一般掠过他的身体，仿佛他的身体并不在此处，所以那蠕虫根本看不见他。他上前几步，拔出了佩剑。她模糊地意识到，卡佐正挣扎着起身，也举起了手中的武器。

接着她身体里有东西扭动着逐渐消失，她觉得自己在向下坠落。她所见到的最后一幕是那骑士迎面而来，提剑砍向她的脑袋。

卡佐看到安妮在骑士前冲之时倒了下去。他不清楚发生了什么，也不确定自己是不是想知道。他只清楚自己已身获自由，卡斯帕剑在手中，敌人就在前方。

不幸的是，这敌人戴着头盔，而他使用的武器正是卡佐在泽斯匹诺见过的那把能切断钢甲的发光怪剑。

卡佐赶在那骑士发动下盘斩击之前，格开剑刃，以同样的招式还击，可他的剑仅仅在钢制的胸甲上留下一道浅痕。那骑士回过身，由下至上斜挥一剑，企图将卡佐从胯到肩斩为两截，可卡佐识破了这一招，侧身闪避的同时，用剑柄撞上那骑士的面甲，试图将它敲落。

他的对手扭转身体，武器第三次夹着风声呼啸而来，尽管卡佐勉力抬起卡斯帕剑的剑身挡住了对手的全力一击，但双膝仍因过重的负担而弯曲。骑士着甲的脚向上猛踢，正中他的下巴，当鲜血的气息在鼻孔中弥漫的同时，他仰面倒在了地上。

那骑士转过身，当他不存在似的，朝着安妮匍匐的身影走去。

THE
CHARNEL PRINCE

卡佐挣扎着想要站起，明白自己已经没法及时阻止他了。

接着两支箭猛然刺入那骑士的身体，令他脚下一缓。卡佐朝利箭飞来的方向望去，只看见一个骑着马的男人朝他们冲了过去。但那些箭并不是那个人放的——他一手拿着剑，另一只手举着木盾。它们来自另外两个人：戴着头巾的纤细身影和穿着皮革胸甲、四肢修长的男人。

卡佐试图用卡斯帕剑支撑着自己起身，接着他震惊地发现，细剑的剑身已被那怪骑士的武器震裂了一半。卡斯帕剑是用贝白纳钢打造的，那是世界上最坚固的金属。

正当那个纳斯乔克朝着一动不动的安妮扑去之时，埃斯帕和莉希娅的利箭命中了他。这番停顿让尼尔能及时冲到他身边。他用昆斯莱克重重斩下，感受着那种实实在在的、令人满足的反冲之力。他不明白为什么空地上的其他人都停止了战斗，甚至不再站起，可他不打算质疑这些。无论如何，其中有些人已经开始爬起来，要是他们真的起来了，他和他的新伙伴就会在人数上处于严重的劣势。

他的马受了惊，人立而起，他被摔了下来，随即退后几步爬起身，面对着那位挥舞着魔法利刃的骑士。

"别人说维吉尼亚·戴尔手下的斗士才有那样的武器，"尼尔说，"咒文剑。英雄的利刃，克邪的武器。我不知道你是从哪得到它的，可我知道你不配拥有它。"

这个纳斯乔克推起他的面甲。他脸色苍白，双颊粉红，眼眸如海浪般灰白。

"你，"他低沉地说道，仿如梦呓，"我杀掉过你一次，是不是？"

"就差一点。"尼尔回答。他抬起盾牌："可看在圣弗仁与圣芬德威的分上，这一次不是你死，便是我亡。"

"我不会死，"那人说，"你不明白吗？我不会死。"

"请原谅，我对你这句话的理解不同。"尼尔回答。先前他一直拖着步子前进，寻找着合适的距离。此时他缓缓绕起了圈子，目光紧盯着纳斯乔克，当怒意萌生，腹中也仿佛燃起了熊熊火焰。

接着纳斯乔克眨了眨眼睛，在此瞬间，尼尔发动了攻击，他纵身跃起，自盾牌上方挥出一击。他的敌人表现出优秀战士的本能，僵硬的手臂朝尼尔的盾牌施以疾刺，以期用剑的长度将尼尔的攻势挡在半途。

可咒文剑刺穿了盾牌，堪堪掠过尼尔的手臂上方。虽然尼尔不得不分心躲避，以免脸被这把发光的武器刺穿，可他随即将盾牌绞向下方，连同卡在上面的咒文剑一起，再次劈出一击。昆斯莱克在护喉甲与肩甲的接缝处发出鸣响，尼尔感到自己切断了链扣。面甲随着这一击之力叮当坠地，而他敌人的脸部再无遮蔽。

尼尔在他的对手用致命的利刃切进他的手臂之前就扔下盾，抽回了手，以待时机，可咒文剑的速度实在太快。尼尔眼睁睁看着敌人近身之后才往后跳，而这一击几乎是贴着他的身体擦过。接着他做出了反击。

他本以为那骑士势必会因为收势不及而露出破绽，可他估计错了。那武器一定是轻若鸿毛，因为它立刻又挥了过来，自下方破坏了他的攻势。他飞快地退后，方才避免了被开膛破肚的命运。

尼尔的呼吸声已经开始变得刺耳，只因上次和这家伙的战斗后的伤势还未痊愈。

而那看起来不知疲倦为何物的纳斯乔克又逼近了一步。

"这是咋回事，斯蒂芬？"埃斯帕问道。说完，他让魔鬼站定，利箭对准了一名僧侣。当他们来到时，那修士正躺在地上，而此刻却摇摇晃晃地站了起来。埃斯帕松开了手指。那家伙肯定没看到过自己的末日：他几乎就是个不会动的箭靶，这一箭正中他的心脏，僧侣双膝着地，直挺挺的倒下。

空地周围，越来越多先前一动不动的躯体开始站起。埃斯帕瞄准了那些动作最快的人。

"我不知道，"斯蒂芬回答，"刚来的时候我还能感觉到某种东西，某种很强大的东西，可它现在不见了。"

"也许他们一直没有从护法那得到指示，"莉希娅猜测，"也许他们做错了什么。"

"也许吧，"埃斯帕附和道，"可不管发生了啥，看起来都对我

THE CHARNEL PRINCE

们有利。斯蒂芬,你和薇娜去把公主带来。赶紧去。"

尼尔和那全副武装的骑士之间的战斗看起来不太顺利。埃斯帕发现那骑士的剑就像戴思蒙·费爱想用来刺杀薇娜的小刀那样闪着光,也就是护法大人征用去"研究"的那把。

他射出一箭,紧接着挑选下一个目标,可那人提前看到了他,避开那支箭之后用堪比羚羊的速度朝他们奔来。在他左面,空地的另一端,又有一个人站了起来。

"莉希娅,解决左边那个。"埃斯帕小声告诉同伴。

"好。"她点头。

埃斯帕仔细瞄准,再次放箭,可那僧侣只晃了晃身子,箭尖擦破了他的手臂。他们之间的距离迅速缩短,埃斯帕明白,他只来得及再射一箭了。

他在五码远处放出了箭,那人没能避开。利箭没入腹中,他闷哼一声,张牙舞爪地向埃斯帕胡乱挥出一剑。埃斯帕让魔鬼侧身避开,接着驱使这牲畜退后,想拉开足够的射击距离,可那修士仍在接近,他跃向空中,动作快得离奇。埃斯帕勉强用弓背挡开了这一击。可他对手落下时的力道仍将他撞下了马鞍。

埃斯帕奋力挣脱那僧侣的纠缠,将他踢开之后抽出匕首,可他刚刚爬起,就发现剑刃朝他迎面挥来,但是速度却比埃斯帕曾经面对过的战斗修士要慢上不少,他说不清这是因为那人腹部的伤,还是他们到来前发生了什么事。他勉力下蹲,避开这一击,接着踏前几步,抓住这修士的手腕,恶狠狠地用匕首戳向对方的大腿内侧。一阵血雾喷了他一头一脸,他明白,这一刀正中目标。

可那僧侣还不知道自己已经受了致命伤。他拧起埃斯帕的头发,抬起膝盖撞去,当御林看守因为突如其来的痛苦而后退时,他的双手又在埃斯帕的颈脖处勒了下去。埃斯帕用匕首扎进他的肋骨,开始搅动,可他同时感觉到喉咙里有什么东西碎了,黑色的星星刹那间遮蔽了怒视着他的那双疯狂的绿色眼眸。

力量开始自那男人的指间流失,血液从他口中涌出,埃斯帕用单手将他推开。

接着他正好瞥到仅仅一码之外,另一个修道士正高举利剑,作势欲斩。

　　纳斯乔克继续朝尼尔发起攻击，而他唯一能做的就是回避。两人与其说是较量剑技，倒不如说是比试谁的盔甲更牢固。全副武装的骑士从不格挡，他们只会承受并施与攻击。可经验告诉尼尔，在现在这种情况下，就算他穿着泽斯匹诺最优质的盔甲，也挡不下这把闪光的咒文剑。尽管尼尔战斗生涯的大部分时间都穿着链甲或是皮制锁甲，也完全了解该如何格挡，可在每次两剑交锋，他的精钢武器都会被磨损一分的情况下，他同样不敢这么做。

　　他只得一面保持着斗志，一面思考，在自己精疲力竭之前等待着某个更好的时机。

　　那骑士大吼一声，加速往前冲，当尼尔反应过来之时，对方已攀上了土丘。他摇晃着身体，几乎是漠然地看着那把光芒四射的武器从高处朝他刺来——接着他突然明白了该做什么。

　　他举起他的剑，做出正面格挡之势，他放弃了较为厚实的剑身，转用剑刃挡下全部攻击。斩击之力震得尼尔半个身子发麻。那咒文剑削断了昆斯莱克，穿透了他的锁子甲。

　　他把剧痛抛至脑后，放开断剑，用双手抓住纳斯乔克的手腕，扭转过身体，将他的手臂拉过肩膀，猛地向下折去。包裹在铠甲里的关节令手臂不至折断，剑却在空中划过点点星芒应声落地。

　　骑士徒手击中了尼尔的肾脏，这一击穿透了链甲，可他紧咬牙关，踢向纳斯乔克的膝盖，借着那股力道，将他重重摔向地面。接着，在下一次呼吸之前，他抄起咒文剑的剑柄，刺入了早先在他敌人肩膀处留下的伤口。纳斯乔克尖叫起来，那是种全然非人的悲鸣。

　　尼尔喘息着，再度举高咒文剑，猛地向下一击，斩下了他的脑袋。

　　当斯蒂芬接近昏迷不醒的公主时，一支箭擦过他的脸颊，可他浑不在意，只是坚信埃斯帕和莉希娅能挡住任何敌人，直到他们把安妮带到安全的地方。此时，他再一次希望自己能更游刃有余地使用武器，而非凭借那圣者赐福的记忆给予他的反复无常的能力。

　　"卡佐！"有人叫道，接着斯蒂芬看到那个叫作奥丝娅的女孩直奔向薇娜。

那勉强站立在公主身边的男人抬头看着他们。"**奥丝婉，Ne! Cuvertucb!**"他叫道。

这是种现代方言，并非教会用的维特利安语，但斯蒂芬完全听得明白。

可这警告来得太迟了。剩下的僧侣和士兵都已摆脱了困扰他们的那种束缚。他们集结在一名身穿主祭蓝袍的人身后。斯蒂芬看到有八个弓手，都是满瑞斯的僧侣，另有十个全副武装的人在朝他们逼近。

埃斯帕抬起手臂，做着毫无意义的抵抗。此时一支利箭刺中了僧侣的前额，那力道令他仰面朝天，而埃斯帕则惊讶地倒退两步。他转身回望，看到是莉希娅在不到两码处射出了这一箭。

"住手，要不我就放箭了。"她平静地说。此时那僧侣就像一棵被砍断的白杨树那样，僵硬地倒了下去。

"该死。"埃斯帕无力地诅咒道。他爬了起来，取回自己的弓，却发现弓弦已断。

他看着向斯蒂芬他们逼近的那些人。

"我们还是可以逃走，"莉希娅小声说，"总得有人知道这儿发生的事。"

"只要我们其中一个去说就够了，"埃斯帕叹道，"我想那应该是你。"他翻身骑上魔鬼。"来吧，伙计。"他咕哝了一句。

尼尔用尽了仅存的力气，飞奔到守护在安妮身畔的那一小群人之中。他站在卡佐身边，正对着那些袭击者，而身后就是安妮。卡佐咧开嘴，给了他一个无声的微笑，接着说了些似乎和宿命论有关的话。

"你说得对。"尼尔同样回以微笑，此时那些僧侣的弓瞄准了他们。

"等等！"主祭叫道，"我们只需要公主和一个活着的剑士。把他们留下，其余的人可以离开。"

尼尔听到背后传来马蹄声，他转身看见了埃斯帕。士兵们正一步步逼近。

尼尔觉得根本没必要答复如此荒谬的建议。显然其他人也这么想。他将目光调转至那些弓手,考虑着自己能否在被杀死前至少干掉其中的一个。大概不能吧,他见识过他们的技艺。

"对,"埃斯帕说,仿佛读懂了他的意思,"他们是好射手。可也就这样了。我们照样能干掉他们。"

"等等,"斯蒂芬忽道,"我听到了马蹄声,有很多匹,朝这边来了。"

"这对我们来说不大可能是好消息。"埃斯帕还有心思和他抬杠。

斯蒂芬摇摇头。"不,我想它是。"

埃斯帕觉得他也听见了马蹄声,可他也注意到了一些别的东西——一道在林边晃动的影子。当一支箭突然刺中一名射手的后颈窝时,他明白过来,那是莉希娅。剩下的僧侣一齐转身,朝林间放出箭矢。

埃斯帕驱赶魔鬼,决定尽他所能地利用他们这次机会。在僧侣们开始朝他放箭之前,他跑到了半途。眼前晃过一片黑色的模糊影子,一支箭羽砰然没入他的皮甲,穿透了他的肩膀,从背部刺出,他在恍惚中对这些家伙能拉开多少磅的弓感到好奇。但此时他仍未感觉到疼痛。

另一箭划过他的脸颊,拉出一条深深的口子,也削下了小半只耳朵,这次可疼得很了。魔鬼尖叫着人立而起,而埃斯帕有一瞬间悬在半空中,接着又重重摔落在地。

他顽固地站起身,抽出投斧,决定在自己被射成豪猪之前至少干掉一个。

可他们不再把他放在心上。大约二十个左右的骑手从密林中冲出,除了领头的那人之外都是全副武装。领队者是个穿着红色紧身上衣和白色裹腿的年轻人。他拔出了剑。

"安妮!"那男子尖叫,"安妮!"

他只叫了两声,便有支箭命中了他胸膛高处,他向后翻倒,落下马去。四散在周围的弓手以圣者赐予的速度继续朝骑手们射击。埃斯帕选了最近的那个掷出斧子,带着巨大的满足感看着它陷入那

THE CHARNEL PRINCE

人的颅骨，接着自己双膝一软，倒了下去。

当埃斯帕向弓手奔去的同时，尼尔和卡佐也冲向了剑士们。尼尔猜想只要距离够短，那些弓手就很难有放箭的机会。他不清楚卡佐是怎么想的，可这并不重要。在几次呼吸之间，他们肩并肩地战斗。咒文剑在他手中灵活而轻巧，他在被击倒前干掉了四个人。紧接着有人狠狠地敲中了他的脑袋，令他暂时失去了知觉。

一个男人的声音吵醒了他。尼尔睁开双眼，看见了一群骑着马的人。领头的那人推起面甲低头望向他。

他说了些尼尔听不懂的话，接着目光溜过空地，满脸惊骇。

"我听不懂你的话，阁下。"尼尔用王国语说道。

在他身后，安妮呻吟了一声。

"圣罗斯特的蛋蛋啊，这是咋回事？"骑手看上去惊魂未定。

尼尔指向那人的短披风上的家徽。"你是邓莫哥的臣属，阁下——你该比我更清楚。"

那骑士摇摇头。"吾主小邓莫哥，罗德里克爵士——他带我们到这来的。听着他说的那些东西，我还以为他疯了，可——阁下，你得明白我根本不晓得这些事。"他抬起两只手，仿佛想用一个手势把钉在木桩上的残肢断臂和散落在空地间的尸体全部包括进去。他徜徉的目光最终定格在邓莫哥公爵的尸体上，面容绷紧。"告诉我这儿出了什么事。"他质问道。

"我杀了邓莫哥，"一个无力的女声响起，"是我干的。"尼尔转过身，只见斯蒂芬和薇娜扶着安妮站了起来。

她的目光与他相对，接着她张大了嘴。"尼尔阁下？"她倒抽了一口寒气。

尼尔单膝跪地。"殿下。"

"殿下？"骑马那人重复道。

"是的。"安妮把注意力转向他，说道，"我是安妮，威廉二世之女，而你对我的忠诚应先于邓莫哥和其他任何领主。"

这让尼尔的背脊涌起一股寒意，这一刻她的语气多像玛蕊莉太后啊。

"阁下，你的名字是？"安妮询问他。

"我名叫马凯克·梅普卡瓦。"他回答,"可我——"

"马凯克阁下,"他的一个手下插嘴,"这的确是安妮公主。我在宫廷里见过她。而这个人是尼尔·梅柯文,把太后从她的御前护卫手下救出来的那个人。"

马凯克爵士思考着,仍旧显得迷惑不解。"可这些是什么?这些人出了什么事?"

"我自己也不清楚,"安妮说,"可我需要你的帮助,马凯克阁下。"

"殿下,您有何吩咐?"

"当然,先把那些还活着的人从那些桩子上弄下来,照料他们的伤势。"安妮扬起下巴,"然后逮捕所有那些没被钉在木桩上,也并非我伙伴的人。接管邓莫哥城堡,抓住你在那里找到的所有修士,并且暂代堡主之位,直到伊斯冷有命令传来为止。"

"当然,殿下。还有别的吩咐吗?"

"我需要一些马和补给,以及你能提供的所有兵力。"她回答,"还有带伤员们去医师那里。明天日出时,我就骑马去伊斯冷。"

THE CHARNEL PRINCE

第五章 烛光园

烛光园不是园林,严格说来尽管这儿有许多提灯,却没有任何蜡烛。当里奥夫初次听闻伊斯冷这个大型集会场所的名字时,他以为它得名于古老的年代,那时吟游诗人会在忽明忽暗的烛光中,在神圣的树下歌唱,可在他查阅烛光园历史的过程中,他很快明白了自己的想法有多蠢。

这座城市中最早使用的人类语言是古卡瓦鲁语,接着是黑霸时期的维特利安语,阿尔曼语有时也会被莱芮语和寒沙语取代,而最近代替它的则是王国语。爱蕊娜用她的家乡话称这里为**卡欧德尔格瑞夫**,而且很爽快地承认自己并不明白它的意思。这只是个"老名字"而已。

但不管它的起源为何,里奥夫喜欢这个称呼和它描绘出的景象:那段更为古老,也更加纯朴的时光。

从结构上来说,烛光园是黑霸时代古老的城镇剧场的混合体,开放式的木制舞台让演员仿佛是在城镇广场中演出滑稽剧,而教典台则用来让唱诗班歌颂或是展现诸神的经历。半圆形的阶梯在山中开凿而成,每一道台阶都呈现出纤长的曲线。

在最低的三道阶梯中央,一座巨大的包厢突出其间,构成一片王族专用的独立看台。这儿有两个舞台——一座是木制的高台,下方有足够的空间,方便演员和道具通过活板门消失和出现——还有一座较低的石制舞台,供乐师和歌手使用。根据教会的习俗,较高的那座被称作比特瑞斯,意为"现世",而较低的舞台则叫作安比特瑞斯,意为"异世"。

这就是赫斯匹罗护法想要划清界限的那两个世界。他会失望的。

两座舞台上方有块四分之一球形的天花板,上面绘有明月、星辰,它被恰如其分地称为"苍穹"。王族的席位也被遮蔽在下。其他人则不得不忍受雨雪的烦扰。

和弦

可今晚月朗星稀,尽管很冷,却没有半分湿气。

在烛光园周围——在观众席、舞台甚至"苍穹"上方——围绕着大群精力充沛的平民,自午时起,这里就成了一片巨大的筵席。里奥夫觉得整座城市和乡村的居民肯定大部分都来了——数以千计的居民。他自己坐在一张长桌旁,摄政王坐在一端,而护法则身在另一端,在他们之间是朝议会成员、公爵、官员以及乡民们。

他找了个借口,早早离席去确认一切是否已准备妥当。的确如此:观众席上满满当当,空气中充斥着数千个声音的低语。

自他六岁时初次登台献演以来,再也没有感受过肢体如此强烈的颤抖和腹中这般浓重的不安。

他低头望向他的乐师们。

"我知道你们能做到,"他告诉他们,"我相信你们所有人。我只希望自己够资格与你们同台演出。"

埃德维恩抬起克洛琴的琴弓向他致意,可大多数乐师仅仅给了他匆匆的一瞥,因为他们正在紧锣密鼓地排练那首与预演时类似,却又不尽相同的乐曲。

当然,护法监督了整个预演过程,并且表示了认可,因为里奥夫确实按这位教士的那些荒谬规范重写了作品。器乐部分用作歌手歌唱内容的介绍,接着声乐部分将在没有伴奏的情况下完成。他也加入了护法想要的内容,删去了他已经写完的部分。

可尽管如此,这也不会是护法想要的表演。今晚,乐器将与歌手共同唱响,而调式、三和音以及和弦部分将会全部更改。如果里奥夫料想的没错,第一个音符响起后,护法就无力再阻止他了。

他抬头望向王家包厢。当然,摄政王就在那儿,还有刚才那桌边的大多数人。只是多了两位不速之客。其中一位的身份令人震惊,她无疑是玛蕊莉太后。尽管最近她的头衔有所更改,可他看待她的方式却一如既往。她穿着海豹皮装饰的黑色伊斯肯礼服,但是头上却没戴王冠或是头环。

另一位是个有着柔软栗色头发的女子,里奥夫觉得自己在宫廷里和她见过一两面。两人被一群摄政王的黑甲护卫围在中央。

"感谢诸神,陛下,"他用比呼吸更低的声音自言自语,"您应该来听的。"他只希望她不会蔑视自己，因为他正在帮助她的敌人诽谤她。

摄政王罗伯特·戴尔抬起了手，表示他已经准备好聆听了。

里奥夫首先确保乐师们的注意力都已经转移到自己身上，然后才将手指放上哈玛琴的琴键，弹出一个音节。领奏的六孔竖笛开始吹响，接着是低音维苏琴，最后所有的乐器都已调音完毕。等乐声终止，寂静再度降临。

里奥夫将他颤抖的手指再次伸向琴键。

"它应该是代表布鲁格。"当那些乐师开始调音时，玛蕊莉对艾丽思说道。

"好漂亮的舞台啊。"艾丽思发表感慨。

的确如此。舞台描绘出的是一座城镇广场的场景，后方是俯瞰全景的钟塔，左侧是一座旅店，写有"派特旅店"的招牌挂在门口。旅店被巧妙地分隔开，让人能同时看见正面和内部。一座崭新的小舞台建在"现世"上方四码左右，代表这座建筑物中较高处的卧室。

舞台的右侧是那座让城镇得名的著名桥梁，它横跨过一座栩栩如生的运河，沿着河边放有干燥的花朵，用以象征生命。这一切的后方有一面画布，上面画着宽广的绿色原野和新壤的眉棱塔。

玛蕊莉看着舞台，这时有名少年步入舞台，坐在广场中的喷泉旁。他穿着乡民的柔软羊毛衣戴着风匠的黄色绶带，这表示他最近才被公会认可。

乐师们停止了调音。

"见鬼，这么多维苏琴和克洛琴，"夏尔公爵在她身后某处嘀咕，"我可不明白有什么必要。肯定会吵得要命。"

玛蕊莉看着里奥夫渺小的身影在哈玛琴边抬起双手，随即又放下。

随之而来的声响是玛蕊莉从未想象过的，在那巨大的乐声轰鸣中，有能鸣动群星的高亢乐声，也有如深海暗流般的低音嗡响。它径直闯入她的灵魂，在那里登基为王。仿佛世上的任何事物都无法与之相提并论。

尽管这段和弦拥有无可比拟的美妙和力度，却不知为何显得并

和弦

不完整——就像因为举棋不定而挣扎痛苦——她明白,除非她听到完整的曲调,否则她将无法安眠,无法将目光移开,也无法拥有内心的平静。

"不。"她觉得自己听到护法说了这个字。可接下来她的耳朵里能听到的便只有乐曲。

当第一段和弦填满了半碗形的烛光园,洋溢在夜色中时,里奥夫咧开嘴,露出热切的笑容,这是超过一千年都无人演奏的和弦,是梅丽为他在牧羊人的歌声中再度寻获的和弦。

这如你所愿了吧,护法。他想。

因为在他听闻乐曲响起的此刻,便已经明白,没有人能在曲终之前阻止他,护法不能,教皇本人也不能。

那少年从喷泉边站起,他轻展歌喉,那歌声瞬时与乐器一同翱翔天际,在流云与苍穹之间浑然一体。他用的并非王国语,而是阿尔曼语,起初有些刺耳,可马上又展现出绝妙的默契。

"*Ih kann was is scaon.*"他唱道。

> 我知道美是什么
> 是吹来的西风
> 是幽深的绿地
> 是杓鹬的歌唱
> 还有她,还有她……

他名叫吉尔墨,他在歌唱着生命、喜悦以及他的爱人,丽塔·朗斯穆特。当他唱罢,有个女孩从酒馆处现身,她年轻而美丽。当玛蕊莉看到她时,明白那就是丽塔,因为她正像男孩刚刚描述的那样"鬈发就像金色麦田里的阳光"。接着,她开始唱起一段截然不同的旋律,却和他的音色完美吻合。他们仍未察觉彼此,可歌声却在翩翩共舞——因为丽塔是如此深爱着他,正如他深爱着她。是的,这就是他们将要结合的那一天。玛蕊莉发现,当他们最后相见之时,这段二重唱变为了齐唱。乐声加速,转为活泼的维沃尔舞曲,而他

THE CHARNEL PRINCE

们也开始踏着节奏跳起舞来。

当两位爱人停止歌唱时,一位老者走上台前,看起来应该是丽塔的父亲,一名制艇工人,而他所唱的,是一首滑稽而又透出真切忧郁的歌。

"我没了女儿又欠了债。"他唱道,接着他的妻子出现,责难他的气量狭小,他们也开始了二重唱,与此同时,年轻的一对也在重复上一段歌词,这四种声音突然升高,变为一段错综复杂的和声,仿佛打开了一本讲述了爱情各个阶段的书,从初恋时的脸红心跳到最后认定彼此的十指交握。玛蕊莉在短短的时间里重新体验了自己的婚姻,她屏住呼吸,身躯忍不住微微颤抖。

镇上的牧师也加入进来,镇民们为参加婚宴从四面八方云集而来,他们突然间齐声唱起了欢快的小夜曲。它是如此令人陶醉,可即便等第一幕结束——伴随着遥远的号声,以及牧师那谁还要来参加宴席的大声询问——玛蕊莉仍在翘首期盼着第一段和弦的续篇。

当演奏者陆续离开舞台时,乐声淡去,但并未终止。由一段简单的旋律开始,先是重述宴会的欢欣,可随即音色转为哀伤,再转为模糊的恐惧。随着音阶的逐渐升高,令人毛骨悚然的不快感也在听众间传递。玛蕊莉看了看自己的脚边,确认那里没有蜘蛛爬进她的长袜。

这更让她想到了罗伯特。

第二幕随着雷米斯穆德·福兰·乌特豪普爵士的登场而开始,他到来的乐声是如此阴郁而激烈,伴随着风笛尖锐的示警和低音弦乐器间奔涌的危机。她下意识地抓紧了椅子的扶手。

当她注意到那个扮演乌特豪普的歌手之后,内心油然而生一种古怪的喜悦。那人像极了她的内弟罗伯特。

此时故事变得残忍,婚宴变为了血腥的修罗场。舞台上清晰可见的道具如今显得无比真实,仿佛烛光园当真是在布鲁格的空壳之上盘旋,仿佛他们正在看着镇民的鬼魂重演他们的悲剧。

雷米斯穆德爵士是个从寒沙逃亡来的叛教者,在他所到之地肆意抢掠,勒索赎金。他残忍地杀死了街上的牧师,而他的手下疯狂地冲进了镇子。雷米斯穆德看见了丽塔,大步向她走去,此时吉尔墨挺身而出,他被关入囚牢,等日出时,他将被绞死在广场上。

雷米斯穆德是如此自命不凡,他没有用武力占有丽塔,而是跟着手下的强盗回酒馆喝了个酩酊大醉。而这便是第二幕的结尾。

而乐声仍在继续,没有丝毫停滞,令整场音乐会无法中止。就连罗伯特也没有任何动作,尽管他肯定已经明白发生了什么事,这实在很了不起。

玛蕊莉想起了和那位作曲家的谈话:教会禁止谱写这种曲子的原因,特定的和声与音色的力量。现在她明白了。他把他们全都迷住了,不是吗?它才不像巫术,它根本就是。可坠入爱河有什么错?对美的热爱又能有什么错?如果这位作曲家是个黠阴巫师,那么世上肯定有善良的黠阴巫术,只因这其中没有半分不洁和罪恶。

第三幕的开头是一段幕间喜剧,雷米斯穆德的某个手下向一位酒馆女佣求爱,却屡屡碰壁。接着上台的是雷米斯穆德和他的首席亲信拉佐维尔,后者为他带来了一封信。他口述了一封寄给君王的急件,用冰冷的字句说明,如果国王不付赎金,他就将破坏河堤,淹没新壤。拉佐维尔穿着类似护法服饰的长袍,而他的胡须和髭发也在强烈暗示着赫斯匹罗的形象。拉佐维尔坚持将信上的那些字眼改得更加冠冕堂皇,又说圣者支持他们的事业,而君王会遵从圣者的意志。这一段很滑稽,前前后后只有这两个恶棍的唱词,但同样令人不安。

酒店的女佣在雷米斯穆德进门时躲了起来,听到了全部的计划。在随后的场景中,她逃出了酒店,把这消息告诉了丽塔和她父亲。消息传出,而镇民们私下聚集在一起,决定行动的细节。正当会议即将进行时,拉佐维尔却前来寻找丽塔。

为防他发现他们的计划,她跟着他去见了雷米斯穆德,而这位征服者为了博得她的爱,演唱了全剧迄今为止最优美的歌曲。

> *"Mith aen Saela*
> *Unbindath thu thae thongen*
> *Afsa sarnbroon say wardath mean haert …"*
> 一道目光,

THE CHARNEL PRINCE

　　便能卸下我心上
　　包裹的铁甲。
　　一句言辞,
　　便可攻占我的要塞,
　　令高塔也崩塌破碎。
　　一个亲吻,
　　我会让你成为女王,
　　从此改过自新。

　　不论他早先的言行如何,此时的他显得异常真挚,玛蕊莉也开始觉得自己可能误会了雷米斯穆德。他是个人,不是怪物。若是他的爱意能表达得如此自然,先前的行径或许也情有可原。
　　丽塔告诉他,她会考虑他的求婚,然后转身离开。一等她消失在视野里,雷米斯穆德便开始窃笑,随后对着拉佐维尔唱道:

　　"多么温柔,多么动人的纯洁,多么容易欺骗,真愚蠢。只要一夜欢愉,我便与她再不相干。"

　　接着他和那位教士似的谄臣一起大笑,乐曲也变得欢快——却不知为何仍显得邪恶。
　　这便是第三幕的结局,器乐声逐渐淡去,仿佛只在远方律动。从表演开始后,玛蕊莉头一回觉得稍许放松了些——她觉得可以畅所欲言了,于是将目光从罗伯特身上掠过。
　　"我非常喜欢这场表演,摄政王大人,"她说,"感谢你允许我出席。"
　　罗伯特怒目而视。
　　"我想你看错了我的作曲家。"她愉快地补充道。
　　罗伯特的呼吸变得有些沉重,仿佛那里面有东西重逾千万。"这是场毫无意义的闹剧。"他从牙缝里挤出声音,"愚蠢的勇气。"
　　"不。"赫斯匹罗断言,"这是场背信弃义的黠阴巫术表演。"
　　"如果你在寻找黠阴巫术,可敬的护法大人。"玛蕊莉说,"你

和弦

只要看着我们的摄政王大人就够了。用剑刺他，你会看到他不会流血，至少不是人的那种血。我开始觉得你很擅长在这种魔鬼的力量间选择你蔑视和崇拜的对象，赫斯匹罗护法。"

"闭嘴，玛蕊莉。"罗伯特呵斥她。"在我割掉你的舌头前闭上嘴。"

"就像你割掉保管人的舌头那样？"

罗伯特叹口气，打了个响指，她身后忽然多出来一只手，将塞口布强行塞入她的口中。在最初的震惊过后，她没有挣扎。那样太不成体统了。

护法开口说了些什么，可乐器随即营造出旋律的高潮，用于欢迎丽塔重归舞台。

女孩站在吉尔墨被关押的牢房边，两人再次交换爱情的誓言。吉尔墨告诉她，他听说了镇民会在午夜起义。他述说了害怕他们会全体遇害的恐惧，无法参与其中的挫折，还有无法娶她为妻的伤心欲绝。他恳求她在一切都太迟之前逃离城镇。克洛琴和维苏琴将他的心痛带往天际，展现于繁星之前。

丽塔以自己的歌接着唱了下去，而玛蕊莉听着这段曲调的回响，突然发现那正是她初次去见埃肯扎尔时，他为她演奏的曲子，那首曾让她忘我地流下久违泪水的曲子。而它此刻带给她的，是最终的曲调即将来临的焦急期盼，期盼那段将最终令她从第一段曲调中解脱出来的和声。可当丽塔提醒吉尔墨，他的职责与她相同时，旋律又变得陌生起来。他们忽然唱起了"圣塞伯琳娜赞歌"，歌颂那位庇佑新壤的圣者，不久之后出现了上千个声音齐声同唱，只因这是观众席上每个人都熟悉的歌曲。那声音振聋发聩。

爱人分离，而赞歌也在风中逐渐凋零。可在离开舞台前，丽塔又见了酒馆的女孩一次，她问她要去哪儿。

"去我的婚礼。"丽塔答道，然后她走了。

心烦意乱的酒馆女孩把这消息带给了吉尔墨，当女孩试图安慰他时，他痛苦地歌唱起来。

接着，在他们看不到的地方，丽塔再次出现，穿着她那件银色萨福尼亚锦缎制成的结婚礼服，这是她父亲的全部财产。吉尔墨悲

158

叹之时,乌云在低音弦乐器间汇聚,丽塔去了雷米斯穆德那里。她先去见了拉佐维尔,他嘲笑她,同时还提出了几个下流的建议。接着她走向楼上。她缓慢而庄严地踏上楼梯,前往上方雷米斯穆德的房间。

见到她时,雷米斯穆德恢复了先前温文尔雅的外表,告诉她,他会带给她幸福与财富,然后致歉说要去安排卫兵放哨,因为他很快就将心无旁骛。

当他歌唱之时,玛蕊莉透过嘴里的塞口物喘息起来,她又一次感觉罗伯特正压在她身上,而他的手在她的睡袍下游走。她抽动喉咙,害怕自己会吐在塞口物里,可艾丽思突然伸出了手,紧紧握住她的手掌。那可怕的记忆很快从内心深处退却,淡化为单纯的不适感。

丽塔如今又孤身一人注视着窗外的黑夜。第十一声钟响过后,远方的某处响起了镇民的轻声合唱,他们正为一场毫无希望的战斗而集结,共同对抗雷米斯穆德的手下。

接着,高音弦乐器间传出某种滑音,就像一只不断挣扎着振翅高飞的鸟儿,虽然会再度飞起,可一次比一次更接近地面,直到音色完全黯淡下去。

接着,丽塔独自唱起最后的曲子,那声音起初几乎低不可闻。

> 当白昼的光辉现身天际,
> 爱人啊,我将远去……

她的歌声伴随着泪水,可在玛蕊莉听来,却是深藏在绝望中的胜利喜悦,只有不再信仰希望之时,希望才会消亡。这正是那天的那段旋律,那段让她下定决心委托他的那首曲子。

一支长笛的乐声加入了丽塔的独唱,接着是一根芦笛,接着是克洛琴雅致的大幅滑奏。她的唱词已不再重要——它代表的唯有恐惧和悲伤——维苏琴和低音维苏琴为她的歌声伴奏,为其增添了孤注一掷的勇气和决心。泪水在玛蕊莉的脸上流淌,此时雷米斯穆德再次出现,没有任何乐声作为先兆。他大摇大摆地向她走去。丽塔

和弦

站在窗前,双手绞着面纱的一角,这时他从背后抱住了她,在一瞬间,乐声也开始震颤,仿佛丽塔的决心都已用尽。

她的嗓音突然飞跃到前所未有的高空,其他伴奏的音乐却化作下方的一座高山,就像是支撑世界本身的基础,这完美的和弦让之前的一切再次重现,当开始与终结会首,化作完整的乐曲……

胜利的乐曲。

丽塔随着歌声倾身向前,仿佛要亲吻他,将面纱绕过他的脖颈,随后纵身跃向窗外。双手仍抱着她的雷米斯穆德吃了一惊,却已来不及做出反应。两人垂直落向街面。虽然玛蕊莉记得舞台并非真的很高,她也曾猜想窗下会有伪装起来的床垫之类的东西,可现在看起来并非如此。他们仿佛在不断落下,落下,随后在高楼下的鹅卵石路面上死去。

可和声仍然驻留不去,丽塔的歌声转由乐器延续,仿佛想说明即便死亡也无法令歌曲终止。随后响起的是一首进行曲,此时镇民们朝着雷米斯穆德的手下冲去,他们因为他的死而心惊胆丧,他们或是逃跑,或是死亡。

寂静最终再度降临,它持续了很久,直到有人高呼了一声——不是什么大人物,只是观众席高处中某个人的呼喊。可那是刺耳、尖锐却又带着胜利喜悦的欢呼,随即有人与他应和,继而整座烛光园都为之起立,高声怒号。

每一个人,也就是说,除了罗伯特和赫斯匹罗。

里奥夫凝望着目瞪口呆的观众,继而将目光转向护法,后者此刻的怒视可与任何一只罗勒水妖媲美。里奥夫僵硬地鞠了一躬,听到一声响亮的欢呼。接着人群中掌声如潮欢声雷动。他明白,这是他一生中最伟大的时刻,像这样的一幕他再也不会见到了。而且他也感到无比自豪,只因它带给了他能想象到的最为彻底的满足。

半个钟头之后,这样的感觉仍未淡去,而这时——他正在向他的乐师表示祝贺,而爱蕊娜冲动的一吻令他双颊泛红——卫兵来了。

罗伯特的卫兵们粗鲁地拖着玛蕊莉和艾丽思穿过人群,将她们

THE CHARNEL PRINCE

推进返回监狱的马车。可回城堡的路上,她自始至终能听到民众的声音,他们在唱着塞伯琳娜赞歌。她无法遏止地哭泣,等塞口物从她嘴里取出,她开始与他们和声高唱。

当天晚上,她仍能透过窗棂听到歌声,而她明白,她所知的世界又一次被彻底改变了——只是这次变得更好。

这种感觉——她长久以来头一回感受到的——就像胜利。

当晚她安然就寝,坠入梦乡,而梦境带给她的不再是惊骇——而是愉悦。

第六章 俞尔和弦

　　埃斯帕不自觉地缩了下身体，此时医师将针最后一次穿过他的脸颊，随后将羊肠线打了个结。

　　"完事了。"老人说道，"你这两边伤得都挺走运的。肩膀应该很快就能痊愈。"

　　"我可不觉得受伤还走运。"埃斯帕嘟囔，为说话时风不再呼啸着穿过他的脸颊而松了口气。

　　"再偏个一指宽，它就能要你的命了。"医师愉快地回答，"好了，要是你不介意，我还得再给你护理一番。"

　　"她怎么样了？"埃斯帕说着，用下巴指着莉希娅躺着的地方，她全身包裹着毛毯，那张失去意识的脸孔即使对她而言也显得太过苍白。

　　医师耸耸肩。"我不大了解瑟夫莱。"他说，"伤得挺严重的，而我也尽我所能了。现在她的命在圣者们手里头啦。"他拍拍埃斯帕没受伤的那只肩膀。"你最好休息一下，何况你蠢得明天就想骑马。"

　　埃斯帕点点头，目光仍停留在瑟夫莱身上。前往城堡的路是透过痛苦的迷雾和流失的鲜血窥见的记忆。这期间薇娜一直与他并驾齐驱，让他不至摔落马鞍。她不久之前才应公主的召唤而离开。

　　他明白尼尔爵士和那些维特利安人受了重伤，可莉希娅的伤势最为严重。他们发现她被一支箭钉在了树上。

　　他把手按在膝盖上，站起身，走到她的床边，静静伫立在烛光之中。他的影子盖上她的脸，她动了动身子。

　　"怎么——？"她呻吟着，猛地张开双眼。

　　"别动。"埃斯帕柔声说，"你受了伤。还记得么？"

　　她点点头。"我好冷。"

　　埃斯帕扫了一眼壁炉。他自己正在出汗。"我还以为你走了。"他说。

　　"哦。"她闭上双眼，随口应了一句，"可我不能这么做，对吧？"

THE CHARNEL PRINCE

"我不明白为啥不能。"

"你不明白?可——没关系。我没走。"

"好得很。谢谢。"

她点点头,再次睁开眼睛,就像两盏摇曳闪耀紫罗兰色的灯火。

"我明天得跟他们走了。"他踌躇了一下,"去伊斯冷。"

"当然。"她说,"我知道。"

"好吧,我是想说,你得在我离开的时候活下去。"他把话挑明。

"……我才不接受你的命令呢,御林看守。"她顿了顿,"可你在离开前都会陪着我,对吗?"

埃斯帕点点头。"对。"

他坐在床边的地板上,很快睡着了。他再次醒来时已是清晨,薇娜温柔地摇醒了他。

"该出发了。"她说。

"对。"埃斯帕说。他低头看了看莉希娅。她的呼吸悠长平稳,气色似乎也好了些。"对。"

卡佐把一些水洒在查卡托的嘴唇上。这位老剑术大师在睡梦中做了个鬼脸,试图把水吐掉。

"噢。"卡佐说,"这迹象真不错。"

"他得喝下去。"这位医者声称,"他流了很多血,而血是水做的。"这位火籁医者用滑稽的口音说着维特利安话,就像在唱歌。

"血是酒做的,"查卡托半睁开一只眼,驳斥道,"真正的美酒,圣弗菲欧诺的美酒,那才是我们血管里流淌的东西。水只能用来淹死小婴儿。"

这医者笑了。"一点点加了水的酒也没关系,"他说,"我去弄点儿来。"

"等等。"查卡托气喘吁吁地说,"我们在哪个国家?"

"火籁和克洛史尼帝国。"

查卡托缩了缩身子,把手放下。"卡佐。"他叹道,"你不晓得特洛盖乐往北是产不出能喝的酒的吗?"

"我们可不觉得那些酒难以下咽。"那医者皱眉。

和弦

"好吧,"查卡托续道,"我不想冒犯,可这只代表你没有味觉,至少不够好。我怎么到这种鬼地方来了?一个人这辈子最后喝的酒应该让他回忆起生活里美好的一切,可不该把他送去跟昂特罗领主一起哭哭啼啼的。"

"首先。"医者纠正他,"就我所知,你离死还早着呢。"

"没么?"查卡托惊讶地抬起双眉。

"没有。你得花很长的时间躺在床上,然后花更长的时间恢复体力,可我给你止住了血,而且伤口也没有感染的迹象。"

"也就是说,你都瘦得没肉可烂啦。"卡佐插话道。

"照我推测。"医者说,"不管朝你射箭的人是谁,他是打算让你受伤而不是杀掉你。可既然没人能有这么好的准头,我得说你该感谢圣者。"

"如果这儿有维特利安酒,我会感谢圣弗菲欧诺。"查卡托坚持说,"还有特别感谢带酒来的人。"

"我相信地窖里还有点盖里安产的巴尼斯·伊特·塔维酒。"医者让步了,"也只有这个了。"

"呃。"剑术大师勉强点头,"这能帮我撑到弄到些更好的酒。"

医者走了,查卡托用比呼吸还低的声音絮絮叨叨抱怨着,接着目光定格在卡佐身上。

"我发现我们都还活着。"

"的确。"卡佐表示同意,"虽然我还没弄明白我们是怎么活下来的。"

"你也就刮破了点皮。"

卡佐低头看着身上厚厚的绷带和药膏。"没错。"他回答,"这都要感谢之前我们做的练习。"接着他尽可能描述了前晚发生的事。

"好吧。"等卡佐将完,年老的剑术大师说道:"重要的是……"他的声音逐渐变低,有一会儿卡佐甚至以为睡着了,可最后他又打起了精神。"我们什么时候回家?"

"我想是你对我说应该出门见识世界的。"

"噢,我们已经见识得够多啦。"查卡托反驳道,"现在是时候躺在阳光下,喝着上年头的好酒过上一阵子了,你不这么想吗?这

THE CHARNEL PRINCE

会儿回埃微拉应该也安全了，就算不成，我相信伯爵夫人也会再收留我们一次的。"

他住了口，眯起眼睛，显然是看到了卡佐脸上掠过的神色。"怎么？"

"噢。"卡佐忽然冒出这么一句，"看起来，安妮是克洛史尼的公主。"

"你才知道？"查卡托嗤之以鼻，"你不记得威廉死掉的消息传来的时候，那些女孩有多不安？"

"噢，对，可我以为她们只是因为皇帝死掉才不安的。我可不知道那是她父亲。"他想到自己在初次见到安妮时，藏起了自己小小的头衔，打算在适当的时机让她大吃一惊。可在发生了这么多事的现在，他觉得自己真蠢。

"你该告诉我的。"卡佐责备他。

"如果我不让你用用自己的脑子，它早晚会变成浆糊。"查卡托反驳道。

"总之。"卡佐强调说，"她的王国被人篡夺，她的母亲被当成了囚犯。她要我陪伴她，帮她夺回前者，救出后者。"

"又不是你的国家。"查卡托突然严肃地说，"不关你的事。"

"我觉得这关我的事。"卡佐看上去不是很确定，"我已经走了这么远了——我想我得走完它。"

"没啥可'走完'的，孩子。我向你保证，假如你掺和到战争里，就会见到些你不想见识的东西。"

"我不害怕战争。"卡佐告诉他。

"那你就是个蠢货。"剑术大师吐了口唾沫，"记得我是怎么跟你说的？和骑士战斗可跟你的午间决斗完全不同。"

"我记得。"卡佐说，"你说得对，因为你的建议我才活了下来。"

"那就再听我一次吧，哪怕是最后一次。"查卡托语重心长地劝道，"不管你想象的战争是啥样，你都想错了。它很可怕，就算再勇敢也没用。死在战争里不是最糟糕的，活下来才是。"

卡佐的目光纹丝不动。"我相信。"他说，"我也相信这是你的经验之谈，就算你不愿意谈起那段经历。可我觉得这成了我的职责，查卡托。我觉得这场战斗是我的归宿，而且我想我已经赢得了你的认同，你该不会觉得我做决定的时候像个小孩子了。也许我不清楚自己正走向何方，可我确实睁开了眼睛。"

查卡托长叹一声，点了点头。"你已经旅行得够远了，卡佐。"他看上去忽然苍老了许多，"而且你也学到了些判断力。我终于看到你成为了那个你一心想要成为的人物。可这次还是听我的吧，跟我回家。"

"你现在不能动。"卡佐避开他的目光，"等我们解决伊斯冷的事之后，你可以到那去找我们。"

"不。"老人说，"一等我能走路，我就回维特利安去。要是你想去北方搅和那堆烂摊子，就自个去吧。"

卡佐拔出那把伤痕累累的剑，将它举高示意。"向你致敬，老人家。"他说，"你昨晚的表现简直让人难以置信。我将终生铭记你为我所做的一切。"

"你该走了。"查卡托干巴巴地说。

"对。"

"那就走吧。别再说啥好听的了。去吧。*Azdei*。"

"*Azdei*，梅司绰。"卡佐答道。他忽然很担心自己会忍不住放声大哭。

尼尔跪在安妮身前，试图用单膝维持平衡，可饱受痛苦和倦意折磨的身体背叛了他。他倒了下去，紧接着用双手稳住了身子。

"放松些，尼尔阁下。"安妮公主说道，"请坐吧。"

他犹豫着，接着站起身，沉重地坐在长椅上。一片色彩斑斓的光点在他眼前上下舞动。"抱歉，殿下。"他喃喃道，"我只是有点喘不过气。"

公主点点头。"你经历了很多磨难，尼尔阁下。"她表示理解，"而其中一些是因为我。我在泽斯匹诺没有相信你。"

"我明白的，殿下。"

她在背后绞着手指，定定地看着他。"我误会了你。"她斟酌着自己的措词，"你差点因此丧命。可我有我的原因。你会因此置疑

THE CHARNEL PRINCE

我吗?"

尼尔发现他从未置疑过她。

"不,陛下。"他真诚地说,"我明白您的处境。我本该加倍努力来消除您的顾虑。"

"我不是女王,尼尔阁下。"公主轻柔地纠正他,"你不该称呼我'陛下'。"

"我明白,殿下。"尼尔回答。

她把一只手放上他的肩膀。"我很高兴你活下来了,尼尔阁下。这点最让我感到高兴。"

尼尔听着她的致歉——不卑不亢的致歉。这充满了无形压迫感的致歉让他感觉到一丝寒意。

她值得我为之效命,他发现自己在想。他从前并不了解安妮,并不真正了解。可他知道她过去不是这样的。她身上有些最根本的东西起了变化,她过去只是个女孩。现在她是某种更强而有力的存在。

"啊,卡佐。"他听到安妮说。尼尔抬起头,看到那个维特利安人走了过来。

"*Mi Regatura*."卡佐略微昂起头说道。可接着,他仿佛感到那姿势很别扭似的,单膝跪了下来。

安妮看了他一会儿,接着用维特利安语跟卡佐交谈了一会儿。

"现在我得去见见其他人了。"她告诉尼尔。

尼尔打着祝福的手势,而卡佐也做着类似的动作,接着两人站起身。等安妮离开,维特利安人望向尼尔。

"你的话,我说不好。"他用带着浓重口音的王国语断断续续地说着,"可我会听,嗯?你,勇敢男人。你,兄弟。"他伸出手。

尼尔马上紧握住他的手。"能和你并肩作战是我的光荣。"他说。

"她——"维特利安人指指安妮,努力寻找着字眼,"不一样了。"他最后开口道。

"对。"尼尔吸了口气,"她现在是位女王。"

安妮低头凝视着罗德里克的尸体。维斯普瑞瑟恩已经为他清洗完毕,此刻他正躺在一卷床单上。安妮和奥丝娅来看他时,她正站在一旁哭泣。

"他死得很勇敢。"安妮冒昧地说。

维斯普瑞瑟恩艰难地把目光转向她。"他为你而死。"她的声音充满了怨毒,"我想象不出你哪儿值得他这么做。他爱你。他爱你爱到发狂。"

安妮点点头,没有做任何解释。过了一会儿,她离开了,奥丝娅跟在她身后。

两个女人走上城垛,安妮能感到迎面吹来的风。降雨的征兆早已远去,星辰在夜空中熠熠生辉。

"我想我爱过他。"安妮忽道,"后来我想我恨他,现在我只觉得他可怜。"

"为什么?"奥丝娅不解地说,"安妮,肯定是他父亲命令他去追求你的。他们一直都打算杀了你,罗德里克只是计划里的一枚棋子。"

"我明白。我相信要是我没有诅咒他爱上我,他会亲手杀了我。可我确实诅咒了他,而且不止一次。他甚至不明白自己为了什么而死。就像那匹马,记得吗?欧里恩公爵的马。它折断了腿,我们躲在干草仓里,看着他们杀掉它。你能从它的眼睛里看出,它其实不明白发生了什么。"

"我想是的。"

"要不是我蠢到给他写信,也就不会发生这些事。他的爱先是虚情假意,接着是受巫术的影响。而我的爱两者皆否——只是一场傻女孩的游戏。那又有谁该为此负责?"

"你不能独自承担这些。"

"哦,可我能。"安妮说,"我必须这样。我又去了那里一次,奥丝娅。我见到了第四位翡思,她告诉我,我母亲被囚禁,我父亲的王位被篡夺。这就是我们明天就得离开的原因。"

"这不是真的。"奥丝娅神色凄然。

"可我相信。"安妮回答,"他们先是杀掉了我半数的家人,接着夺走了属于我们的王位。整件事的过程好像天衣无缝。可他们漏掉了我,他们将为此而后悔。"

奥丝娅盯着她看了许久。"我相信他们会的。"她说。她想换个话题，可似乎又挣扎了好一会儿。"对不起，我违抗了你。"她最后轻声道。

安妮真诚地看着她。"奥丝娅，只有你才是我能坦言自己爱的人。我现在才明白。我甚至没法对母亲或是查尔斯这么说，没法出自真心。你是我唯一爱的人。"

"我也爱你。"奥丝娅说。

"可你不能再违抗我了。"安妮说着，拉起她的手。"下不为例。我可能对，也可能错，如果你觉得我错了，你可以尽力说服我，可只要我做出了决定，那也就成了你的决定。"

"因为你是公主而我是仆人？"奥丝娅咕哝了一句。

"是的。"安妮笑了。

他们于次日清晨出发——安妮、奥丝娅、薇娜、埃斯帕、尼尔、卡佐，还有邓莫哥的二十个骑手。乌云再度归来，正午时分下起了雪，冬天的第一场雪。这便是俞尔季，从此以后，白昼只会更加漫长。

终章

瑞沙卡拉图

和弦

　　里奥夫抬起头，看着护法走进这间在过去两天中作为他临时居所的小房间。这房间里没多少样东西——一张桌子，几根蜡烛，根本没有窗户。当然，这么深的地下也不会有窗户。

　　"你很聪明。"过了一会儿，护法说道，"而且比我想的更有政治野心。"

　　"我说过那会是场伟大的演出。"里奥夫迎上他的目光，努力让声音透出勇气。

　　"哦，是啊，的确伟大。"赫斯匹罗承认说，"连我都被感动了——事实上，就像被黠阴巫术感动一样。"

　　"这是音乐，不是黠阴巫术。"里奥夫坚持道，"所有音乐都有魔力。你不能人为地分隔——"

　　"噢，我当然能。"护法平静地回答，"而且恐怕护法议会也赞同我的意见。里奥维吉德•埃肯扎尔，你被指控使用黠阴巫术和犯了严重的叛国罪。"

　　他走近了些，把一只手放在里奥夫的肩上。那触感令作曲家起了一身鸡皮疙瘩。

　　"不，我的朋友。"护法用他最和蔼的语气说道，"享受你的小小胜利吧。它会陪伴你度过余生。"

　　里奥夫抬高下巴。"我不怕死。"他说。

　　护法耸耸肩。"我不会杀你。"他说，"可我很快就要离开这个房间，你也一样，你会被带去一个地方。"他把双手收在身后，"埃肯扎尔法赖，你知道*瑞沙卡拉图*的意思吗？"

　　"它表示一场复圣仪式——恢复圣洁的仪式。"

　　"的确。世界已经变成了邪恶之地，埃肯扎尔法赖，我想你应该同意。战争在威胁整个世界，骇人的怪物徜徉其间——你自己也碰

THE CHARNEL PRINCE

上过一个，对吧？"

"对。"里奥夫说。

"没错。世界需要被净化，当这种需要出现时，教会就将着手开始仪式。它已经开始了，在每个国家，每个村庄，每户人家。瑞沙卡拉图已经开始了。而你将有幸成为它的第一批——受洗者。"

"你什么意思？"里奥夫忽然有了种不祥的预感，颈背的汗毛也随之根根乍起。

"你将被祛邪，法赖——被净化。恐怕过程会很痛苦，可救赎通常都伴有代价。"

他友好地捏了捏里奥夫的肩膀，然后离开了。正像他所说的，不久之后有人过来把里奥夫带去了某个地方。

里奥夫努力表现得一无所惧，可他并非为受苦而诞生于世，过了一会儿，他开始尖叫和哭喊，并衷心企盼着它的终结。

但它并未终结。

致谢

特别感谢特瑞·布鲁克的支持和鼓励。同样感谢伊丽莎白·海顿，米兰妮·罗恩，凯瑟琳·蔻姿，罗苹·荷布，约翰·马多克斯·罗伯茨，查尔斯·德·林特对《荆棘王》的宽厚赠言。

感谢我的读者：T.卡伦·安德森，南希·贝克，克瑞斯·博迪斯，马歇尔·西博尼斯，克里斯·霍德金斯，拉妮尔·凯耶斯，尤吉妮亚·曼斯菲尔德，查理·谢弗以及南希·维嘉。

感谢杰克·西蒙斯博士对航海部分的帮助。书中的任何航海学谬误都与他无关。

像以往那样，感谢我的编辑斯蒂夫·萨菲尔，主编贝特西·米切尔以及总编南希·德里亚。感谢伊利亚尼·托瑞斯费心纠正我的拼写及其他错误。同样感谢编辑助理凯斯·克莱顿所做的大量艰苦工作。

感谢为书绘制了更多漂亮地图的克里克·考得威尔，感谢斯蒂芬·尤尔的封面设计，感谢戴夫·斯蒂文森把这些放在一起。

感谢考里恩·林德赛和克里斯丁尼·卡贝罗带我进入三维空间和网络。很抱歉我浪费了一位好助手的才能，考里恩，即使只有一两天。感谢马克·马吉尔的产品编排。除此之外，还得感谢斯蒂芬妮·贝尔沃斯和彼得·拉维里，感谢他们把这本书在英国出版，也感谢他们的盛情款待——特别是允许我留宿的彼得。

感谢戴夫·格罗斯一直以来的支持，以及在我最近的婚礼上担任伴郎。

给雅克·查伯恩送去迟到的感谢，他为我在法国出版的第一本书做了编辑。你让我的世界变得更加宽广。

附图：

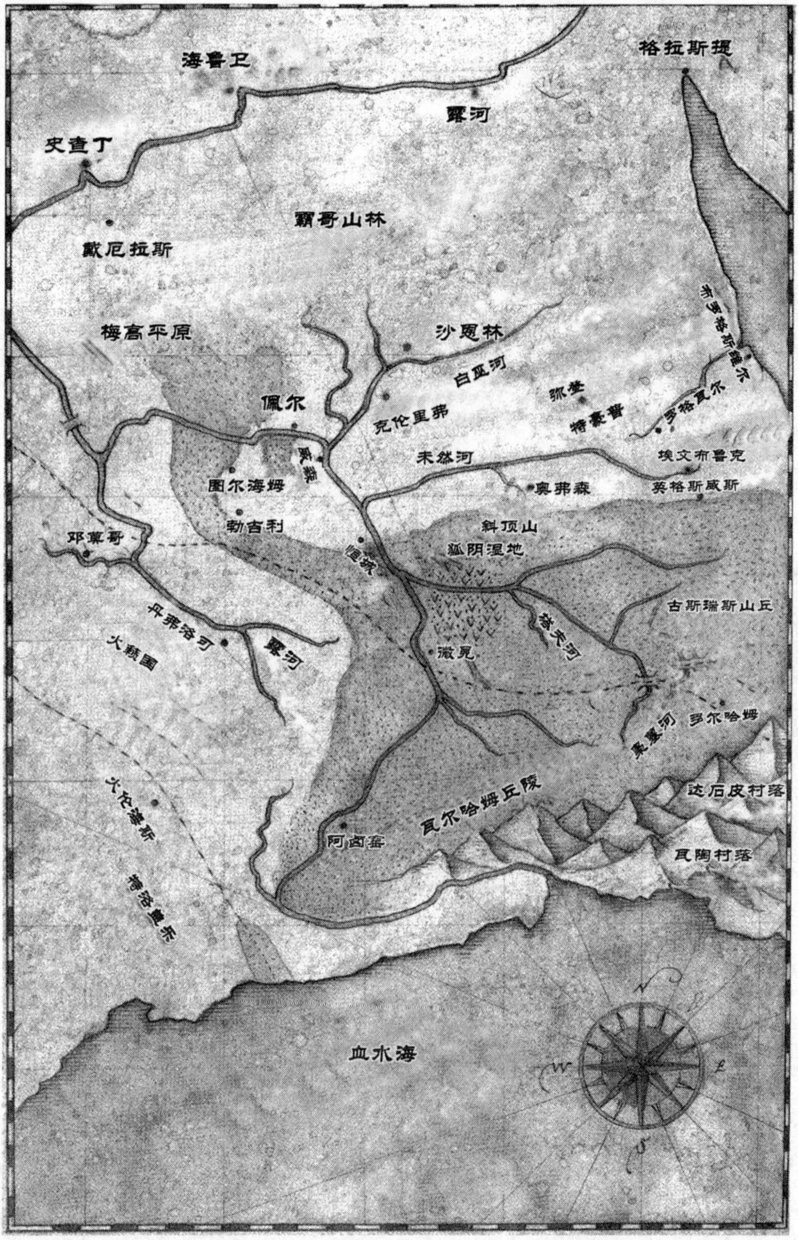

海鲁卫
罂河
格拉斯提
史查丁
霸哥山林
歉尼拉斯
梅高平原
沙恩林
白巫河
佩尔
克伦里弗
弥埜
特豪普
罗格瓦尔
未然河
埃文布鲁克
威森
图尔海姆
奥弗森
英格斯威斯
勃吉利
斜顶山
邓莱哥
恒城
狐阴湿地
古斯瑞斯山丘
丹弗洛可
罂河
火賴国
澈晃
格夫河
多尔哈姆
奥菱河
瓦尔哈姆丘陵
达后皮村落
阿卤鑫
瓦陶村落
血水海

奇幻巨著《冰与火之歌》

《冰与火之歌》是由美国著名科幻奇幻小说家乔治·R.R.马丁所著的史诗奇幻小说，是当代奇幻文学一部影响深远的里程碑式的作品。

走进冰与火的世界，你会惊叹于那复杂而真实的人性所产生的神奇魅力；你会感慨于提利昂丑陋的外表下内心对亲情爱情的纯真渴望、琼恩失去亲情友情最终失去信任的孤独无助；你会无奈于丹妮莉丝理想治国的美好幻想的破灭；你会沉迷于席恩从臭佬到临冬城王子到变色龙到临冬城幽灵最后做回席恩这逐渐在迷失中找回自我的心酸历程；你会震悚于他们内心隐秘世界的强烈涌动与最终体现。这就是"冰与火之歌"的最大特色，关注现实，不作田园牧歌般的描绘。

灰暗天空，苍白雪地，血红火焰，蓝黑海洋，这不是五彩斑斓童话故事的色彩，而是属于现实的颜色，冰冷、血腥、残酷的冰与火之歌！

现已全面上市……

新书预告：

《冰与火之歌官方地图集》
华丽盒装，重磅登场！——

·本图集包含12张全手工高清地图，首次披露了从维斯特洛到东方世界之间的真实地貌、布拉佛斯和多斯拉克海的异域风情，以及小说里主要角色的活动轨迹。

·随地图附赠全彩《冰与火之歌官方地图指南》，100%无遗漏解析，还原一个最真实最详尽的"冰与火之歌世界"！

《七王国的骑士》
"冰与火之歌"外传合集 全球首发——

揭示坦格利安王朝的兴衰、暗藏几大家族的争斗、讲述不该成王的王的精彩人生。

在《冰与火之歌》故事开篇前约89年，
这时的维斯特洛风平浪静。
"高个"邓肯怀揣着骑士梦，
与他的侍从、实则身份远非如此简单的小男孩伊戈，
踏上了行侠仗义、游历天下的旅程。

比武审判、冷壕堡之劫……
危险如影随形、死亡寸步不离。
这一场成王路上
梦想与现实的碰撞、正义与阴谋的较量，
带给他们的远比他们想象的要多。
忠诚、荣誉、勇气，
终将伴随他们一路向前……

即将上市，敬请期待……